# LE CÔTÉ DE GUERMANTES

## I

MARCEL PROUST

# A LA RECHERCHE
# DU TEMPS PERDU

Édition réalisée sous la direction de
Jean MILLY

# LE CÔTÉ
# DE GUERMANTES

I

*Édition du texte,*
*Introduction, Bibliographie*
par
Elyane DEZON-JONES

GF
FLAMMARION

*On trouvera en fin de volume un résumé*
*du* Côté de Guermantes I
*l'accueil de la critique,*
*une bibliographie et une chronologie*

CÔTÉ DE GUERMANTES I

## Introduction au « Côté de Guermantes I »

Versant opposé au *Côté de chez Swann, Le Côté de Guermantes* I devait, dans le plan de Proust en 1913, constituer le second volet d'un triptyque qui aurait été complété par une ultime partie intitulée *Le Temps retrouvé*. Si, comme l'affirme Roland Barthes, « l'évé-nement (poétique) qui a lancé la *Recherche,* c'est la découverte des noms [1] », on peut dire que l'intrigue du *Côté de Guermantes* I tourne autour de la démythific-ication progressive du nom de Guermantes par le narrateur, qui doit renoncer à « l'âge des noms ». A la rêverie initiale sur le nom de Guermantes, qui contient dans ses syllabes « sept ou huit figures différentes » et qui forme l'ouverture du volume, succède le récit d'une série d'approches initiatiques vers la réalité du milieu Guermantes, que recouvrent et dissimulent les sonorités poétiques d'un nom auréolé depuis l'enfance des couleurs du mythe, mais qui débouche sur la mort et recèle en ses profondeurs le côté de Sodome. Arriver à « l'âge des mots », c'est d'abord apprendre à séparer les Guermantes de leur nom. Plus le narrateur se rapproche, dans l'espace géographique et social, des personnes qui portent le nom de Guermantes, plus il progresse vers la découverte des mécanismes de

1. Roland Barthes : « Proust et les noms » in *Le Degré zéro de l'écriture* suivi de *Nouveaux Essais critiques*, Paris, Le Seuil, 1972, p. 124.

l'illusion qui lui ont fait jusque-là assimiler faussement le nom à la personne. En ce sens, *Le Côté de Guermantes* I décrit une phase décisive dans le long apprentissage de l'interprétation des signes, qui est, selon Gilles Deleuze, la véritable histoire de toute la *Recherche*[1]. « Cet apprentissage connaît toujours deux moments (en amour, en art, en snobisme) : une illusion et une déception ; de ces deux moments naît la vérité, c'est-à-dire l'écriture ; mais entre le rêve et le réveil, avant que la vérité surgisse, le narrateur proustien doit accomplir une tâche ambiguë (car elle mène à la vérité à travers bien des méprises), qui consiste à interroger éperdument les signes : signes émis par l'œuvre d'art, par l'être aimé, par le milieu fréquenté[2]. » Lieu du passage de « l'âge des noms » à « l'âge des mots », chronique de la mort des illusions sur le nom suprême, et récit des étapes de la déception qui suit, le *Côté de Guermantes* I se passe tout entier « entre le rêve et le réveil, avant que la vérité surgisse », c'est-à-dire avant que le narrateur sache reconnaître les signes de sa vocation d'écrivain. A la fin de l'adolescence, plongé dans des mondes étrangers (un nouvel appartement à Paris, un fauteuil d'orchestre à l'Opéra, une chambre d'hôtel inconnue à Doncières, les coulisses d'un théâtre, le salon Villeparisis), il va se perdre dans l'univers factice de la mondanité, suivre de fausses pistes, se tromper le plus souvent sur la signification réelle des signes émis par l'être aimé — en l'occurrence Mme de Guermantes — et par les milieux fréquentés, que ce soit une ville de garnison ou un salon parisien. Cependant, au milieu de cette « comédie des erreurs », le narrateur aura trois révélations, la première concernant l'art théâtral, la deuxième une des lois psychologiques de l'amour et la troisième les rapports du langage et de la mort, comme autant de jalons dans la prise de conscience de son rôle en tant que créateur, qui consiste à « dégager

1. Voir *Proust et les Signes*, Paris, P.U.F., 1964.
2. Roland Barthes, *op. cit.*, p. 125.

délicatement des bandelettes de l'habitude et revoir dans sa fraîcheur première le nom de Guermantes [1] » c'est-à-dire à refaire en sens inverse et par l'écriture, le chemin qui a conduit de Combray à Paris, des années d'innocence à l'âge adulte, du nom à la personne, de l'illusion à la déception.

---

1. Marcel Proust : *Contre Sainte-Beuve*, Paris, Gallimard, 1954, p. 316.

### GENÈSE DU « CÔTÉ DE GUERMANTES I »

On peut étudier aujourd'hui la genèse du *Côté de Guermantes* I dans toute sa complexité puisqu'il est possible d'avoir accès à l'ensemble des documents qui s'y rapportent et qui sont déposés à la Bibliothèque nationale à Paris, au département des manuscrits : cahiers de brouillons, manuscrits, dactylographies et divers jeux d'épreuves — Grasset en 1914 et Gallimard en 1919 — qui ont finalement abouti au texte de l'édition originale de 1920.

Il faut cependant remonter à la création de la famille Réveillon qui domine *Jean Santeuil*, premier « roman » écrit par Marcel Proust entre 1896 et 1900 [1], puis passer par le « côté de Villebon » qui figure dans le Carnet de 1908 [2], pour bien saisir les métamorphoses qui ont précédé le choix du nom de Guermantes en 1909, choix sur lequel Proust ne reviendra pas après avoir hésité quelque temps entre « Garmantes » et « Guermantes », ainsi qu'en témoigne le Cahier 31. Le 23 mai 1909, Proust demande à son ami Georges de Lauris : « Savez-vous si Guermantes, qui a dû être un nom de gens était déjà alors dans la famille Parîs ou plutôt pour parler un

---

1. Publié par Bernard de Fallois aux éditions Gallimard en 1954, puis dans la collection de la Pléiade en 1971.
2. Edité par Philip Kolb, Paris, Gallimard, 1976, folio 7v° « Ce que m'ont appris le côté de Villebon et le côté de Méséglise ».

langage plus décent si le nom de Comte ou de Marquis de Guermantes était un titre de parents de Parîs et s'il est entièrement à prendre pour un littérateur [1] ? »

A cette époque, Proust travaille sur les Cahiers Sainte-Beuve [2] dans lesquels apparaissent « le nom de Guermantes », « l'Opéra-Comique », la ville de garnison et « les 5 heures de Mme de Villeparisis », qui constituent la première ébauche fragmentaire des quatre épisodes clés du *Côté de Guermantes* I, auxquels viendra s'ajouter la maladie de la grand-mère, qui se trouve à l'état de brouillon dans les Cahiers 29 et 14 et de manuscrit dans les Cahiers 47 et 48. *Nous appelons manuscrits les cahiers à partir desquels la dactylographie ou les épreuves du texte ont été établies.*

Entre la fin de 1909 et le début de 1911, Proust rédige les brouillons du *Côté de Guermantes,* qui sont répartis entre les Cahiers 39 à 43, le Cahier 66, et le Cahier 49. Bien que notre objet ne soit pas ici une étude systématique des brouillons, nous indiquons brièvement dans quels cahiers se trouvent les diverses versions des épisodes principaux du *Côté de Guermantes* I et à quels manuscrits elles ont abouti :

— le nom de Guermantes : Cahiers 5, 13, 66, 37 et 41. Le Cahier 39, qui est un brouillon dans d'autres cas, a servi pour cette partie de manuscrit.

— l'Opéra et le sourire de Mme de Guermantes : Cahiers 4, 51, 49, 30, 39, 40 et Cahier 66, folio 25 et suivants. Manuscrit dans le Cahier 45.

— la ville de garnison de Montargis (qui deviendra le Doncières de Saint-Loup) Cahiers 3, 2, 50, 31, 36, 38 et 40. Une simple allusion dans le cahier 66, folio 25 r° : « Je demande à partir pour Orléans. J'y arrive. Tout cela est écrit. » Manuscrit dans les Cahiers 45 et 35.

---

1. *Correspondance de Marcel Proust*, Texte établi, présenté et annoté par Philip Kolb, Paris, Plon, 1982, tome IX, p. 102.
2. Voir à ce sujet le *Bulletin d'Informations Proustiennes*, n° 9, 1979. Il s'agit des Cahiers 1 à 7 (Cotes de la Bibliothèque nationale N.A.F. 16641 à 16647) du cahier 31 (N.A.F. 16671) 36 (N.A.F. 16676) et 51 (16691).

— le salon de Mme de Villeparisis : Cahiers 31, 66, 39, 40. Manuscrit dans le Cahier 44.

— la maladie de la grand-mère : Cahiers 29 et 14. Manuscrit dans les Cahiers 47 et 48.

A partir des manuscrits, Proust fait établir une dactylographie, sans doute dès 1911. Il la corrige abondamment en 1912-1913. Les noms définitifs des lieux et des personnes sont alors mis en place et reportés pour la plupart sur les placards des épreuves Grasset en 1914, eux-mêmes largement chargés de corrections et d'additions autographes. Ainsi, pour ne donner que quelques exemples, le nom de « Montfort » est rayé définitivement par Proust au profit de celui de « Norpois » et « Fleurus », antérieurement « Guercy », devient « Charlus ». « Borniche » se transforme en « Jupien », « Jacques ou Charles de Montargis » s'appelle « Saint-Loup » et sa mère « Madame de Marsantes ». Le prénom de Mme de Guermantes qui est parfois « Rosemonde » dans les brouillons est confirmé comme étant « Oriane » et celui du duc passe d'Astolphe à « Basin ». Cependant, il faudra attendre les épreuves Gallimard de 1919 pour que « la ville de garnison » porte le nom de Doncières. Mais dans l'ensemble, c'est en 1913-1914 que Proust fixe les noms de lieux et de personnes dans cette partie du roman.

La genèse du *Côté de Guermantes* I est donc constituée de plusieurs strates d'écriture comportant chacune un certain nombre d'unités rédactionnelles et qui finissent par se stabiliser dans les épreuves Gallimard de 1919 ; ensuite, après avoir encore surchargé ces dernières d'additions marginales, Proust donne le bon à tirer. Fin mars 1920, Gaston Gallimard demande à Jacques Rivière de faire pression sur Proust pour qu'il accepte de publier le *Côté de Guermantes* en deux volumes. Pour des raisons commerciales, le texte est donc coupé au milieu de l'attaque de la grand-mère aux Champs-Elysées, juste avant la phrase « Nous retraversâmes l'avenue Gabriel » qui constitue le début du *Côté de Guermantes* II.

Entre 1909 et 1919, le texte du *Côté de Guermantes* I a connu plusieurs états : brouillon, manuscrit, dactylographie, épreuves Grasset, épreuves Gallimard. C'est en tenant compte de toutes ces métamorphoses que nous avons établi le texte de la présente édition.

Lorsque Proust écrit à Gaston Gallimard : « Vous m'envoyez bien les dernières pages de *Guermantes* I mais non la dédicace que je serais pressé de soumettre à Daudet. Je crois qu'au revers de l'exemplaire de *Guermantes* I, vous devriez annoncer : Pour paraître en décembre : *Germantes* II, *Sodome et Gomorrhe* I [1] », il se fait des illusions. A cause du changement d'imprimeur et surtout du nombre incroyablement élevé des additions et des corrections sur épreuves, *Le Côté de Guermantes* II ne paraît que le 2 mai 1921, six mois après *Le Côté de Guermantes* I, qui est mis en vente le 25 octobre 1920.

## HISTORIQUE DE LA PUBLICATION

Alors que le manuscrit est achevé de rédiger en 1912 et de dactylographier en 1913, puis mis en épreuves en 1914, *Le Côté de Guermantes* a un statut tout à fait particulier dans l'ensemble que forme *A la recherche du temps perdu,* parce qu'une série d'événements extérieurs amenèrent Proust à décaler le livre qui devait sortir initialement sous ce titre chez Bernard Grasset en 1914 et constituait le deuxième volume du roman proustien, se situant entre *Du côté de chez Swann* et *Le Temps retrouvé.*

La publication du *Côté de Guermantes* fut affectée par des péripéties d'ordres divers, dont la moindre ne fut pas le désir qu'avait Proust de changer d'éditeur.

---

1. *Les Cahiers de Marcel Proust* — VI. *Lettres à la N.R.F.* Paris, Gallimard, 1932, p. 119. Datée de juillet ou août 1920. C'est en effet à son ami Léon Daudet que Proust dédie *Le Côté de Guermantes.*

Lorsque, au début de 1914, André Gide lui fait savoir que « la N.R.F. est prête à prendre à sa charge tous les frais de publication [des deux autres volumes d'*A la recherche du Temps perdu*], Proust répond avec un enthousiasme non feint : « J'ai souvent éprouvé que certaines grandes joies ont pour condition que nous ayons d'abord été privés d'une joie de moindre qualité, que nous méritions, et sans le désir de laquelle nous n'aurions jamais pu connaître l'autre joie, la plus belle. Sans le refus, sans les refus répétés de la N.R.F., je n'aurais pas reçu votre lettre [1]. » Proust fait ici allusion au rejet catégorique, en décembre 1911, par le comité de lecture de la N.R.F. composé de Copeau, Gide, Ghéon et Schlumberger, du manuscrit de quelque 1 500 pages qu'il avait envoyé en insistant maladroitement pour payer les frais de publication. La lettre d'André Gide, proposant de façon ferme de publier le reste de l'œuvre telle qu'elle se présente en 1914, arrive au terme d'échanges épistolaires abondants que Proust avait entretenus à partir de novembre 1912 avec Gaston Gallimard [2].

La publication, à compte d'auteur, chez Bernard Grasset de *Du côté de chez Swann*, suscita rapidement les regrets de la N.R.F. mais aussi d'un autre éditeur qui avait refusé de publier le manuscrit de Proust, faute d'arriver à un accord sur le nombre de volumes : Fasquelle. Aussi Proust peut-il écrire en toute sincérité à André Gide : « Je vous répondrai dès que je serai un peu moins malade : il faudrait que je me lève pour pouvoir chercher mon traité, car je ne me rappelle plus du tout ce qu'il y a dedans. Mais me donnât-il toute liberté, je ne crois pas que j'en userais, de peur d'être peu gentil vis-à-vis de Grasset. Dernièrement,

1. *Marcel Proust : Lettres à André Gide*, Neuchâtel, Ides et Calendes, 1949, p. 13. Lettre du 12 ou 13 janvier 1914, reprise dans *Correspondance de Marcel Proust*, éditée par Philip Kolb, Paris, Plon, 1985, tome XIII, 1985, p. 56.
2. Voir *Lettres à la N.R.F.*, Cahiers Marcel Proust VI, Paris, Gallimard, 1932.

Fasquelle (chez lequel je devais primitivement paraître) m'a fait demander (il est vrai que c'est indirectement et je ne peux pas affirmer qu'il ait été aussi formel qu'on me l'a dit) de publier le deuxième et le troisième volume. Je n'y ai même pas songé un instant, ne voulant pas quitter Grasset. Pour la N.R.F., c'est autre chose. C'est l'honneur que j'ai le plus ambitionné, vous le savez, et vous remercierez bien pour moi vos amis de me l'accorder. Mais il ne faut pas que le désir que j'ai de dire oui me fasse mal agir à l'égard de Grasset [1]. »

Ainsi donc, *Le Côté de Guermantes,* à l'opposé de *Du côté de chez Swann,* trouve en 1914 deux éditeurs potentiels autres que Bernard Grasset, que Proust, après bien des scrupules, se résout à avertir de ses intentions. Le samedi 4 avril 1914, il lui envoie une lettre dans laquelle il lui demande la permission d'« émigrer » à la N.R.F., tout en prenant la précaution de préciser exactement le statut du *Côté de Guermantes :* « Quant à la question qui faisait l'objet de votre lettre, relativement à la date d'apparition de mon 2ᵉ volume, je vous réponds pour le cas où vous tiendriez absolument à ce qu'il paraisse chez vous. Il me semble bien difficile qu'il puisse paraître avant octobre. A l'heure qu'il est, j'en possède le début en placards, tout le reste est encore manuscrit, pas même recopié complètement à la machine et que vous n'avez pas encore lu [2]. »

Ce que Proust appelle ici le début du deuxième volume correspond en fait aux 150 pages de placards qui restaient de *Du côté de chez Swann* — et qui constitue aujourd'hui, avec des ajouts, le début d'*A l'ombre des jeunes filles en fleurs.* Bernard Grasset avait en effet décidé de reporter dans le deuxième volume ce

1. *Lettres à André Gide,* p. 19. Lettre du 21 mars 1914, reprise dans *Correspondance de Marcel Proust,* éditée par Philip Kolb, Paris, Plon, tome XIII, 1985, p. 115.
2. Cité par Léon-Pierre Quint in *Proust et la stratégie littéraire,* Paris, Corréa, 1954, p. 119.

qui était au départ la fin du premier et dépassait
largement les 525 pages prévues. Dans la même lettre
Proust proteste une fois encore : « La division en trois
volumes m'a obligé à trouver une fin prématurée pour
le premier volume, laquelle laisse, dans le deuxième
volume d'où elle était extraite, une lacune. Il me
semble que tout cela manque d'équilibre. Et sans
exagérer l'importance de ce que j'écris, je dois pourtant aux lecteurs qui ont témoigné de l'indulgence au
premier volume et veulent bien attendre le deuxième,
de ne pas leur donner quelque chose de trop arbitrairement sectionné. »

Il faut voir là la raison véritable de la décision de
rupture avec Grasset. En effet, autant que le désir très
profond de se voir publié par la N.R.F., le ressenti-
ment d'avoir dû, pour des raisons commerciales et
techniques, mutiler *Du côté de chez Swann* motiva les
efforts que Proust poursuivit dans le but de se
désengager aussi élégamment que possible de ses
accords avec Grasset. Celui-ci ne capitula que le
29 août 1916 : « Je suis sensible à toutes les tristes
choses que vous me faites l'amitié de me confier et je
ne veux pas, par mon fait, augmenter vos soucis et vos
peines. Et quoi qu'il m'en coûte, je renonce à publier
le second volume d'*A la recherche du Temps perdu*[1]. »
A cette date, *Le Côté de Guermantes* est assez différent
du livre de même titre qui aurait sans doute été publié
si la Première Guerre mondiale n'avait pas éclaté,
interrompant tous les projets d'édition et forçant
Bernard Grasset à fermer sa maison. Mais de toute
façon, dès le début de mai 1914, Proust indique à
Jacques Rivière que « la seule publication (journal et
revue) où [il] souhaite que des fragments de [son]
œuvre paraissent est la Nlle Revue Fçaise[2] ». Il
semble même accepter l'idée de faire paraître la quasi-
totalité du *Côté de Guermantes* en feuilleton dans la

1. Léon-Pierre Quint, *op. cit.*, p. 158.
2. *Marcel Proust et Jacques Rivière : Correspondance* (1914-1922),
présentée et annotée par Philip Kolb, Paris, Plon, 1955, p. 3.

*Nouvelle Revue Française* lorsqu'il écrit à Jacques Rivière : « Je comptais vous donner quelques paysages marins (contrastant avec les paysages terriens du $1^{er}$ volume) de Balbec et de ma déception à Balbec qui ressemblait si peu à ce que je croyais (plus la nuit d'arrivée avec ses tristesses, et les consolations de ma grand-mère). C'est une partie du chapitre qui dans le $2^e$ volume s'appellera " Nom de Pays : Le Pays ", et qui fait pendant au chapitre du $1^{er}$ volume appelé " Noms de Pays : Le Nom ". Enfin si vous voulez un peu plus, je pourrais y ajouter les pages sur la mort de ma grand-mère qui termineront le volume et qui pourraient se relier assez bien à ces pages sur Balbec. Tout cela ne fait évidemment qu'une petite partie du volume, et peut-être pas celle que je préfère (non que je désire donner ailleurs celle-là, mais elle est toute en " situation " et se détacherait plus difficilement). Si tel n'est pas votre désir, et si vous voulez vraiment publier entièrement (avec qq coupures) tout mon second volume, j'y consens volontiers, mais cela semble un terrible encombrement pour votre revue (vous n'avez vous-même qu'à regarder en prenant mon $1^{er}$ volume ce que cela fera de pages de la Revue, je pourrais faire des coupures mais comme le $2^e$ volume sera je crois plus long, même avec les coupures cela ferait presque la longueur de *Du côté de chez Swann*[1] ! » Ironiquement, la correspondance échangée entre Proust et Jacques Rivière fait ressortir les divergences entre éditeur et auteur qui ne sont pas sans rappeler celles qui avaient opposé Proust à Grasset, concernant la longueur des textes destinés à la publication. Il y eut toujours désaccord entre Proust et ses éditeurs, que ce soit Grasset ou Gallimard, sur le découpage de son œuvre. La correspondance de 1914 montre clairement que Proust se refuse à supprimer quoi que ce soit. Il veut bien substituer, mais il lui est difficile d'enlever, de rejeter la moindre partie. S'il barre, c'est pour ré-écrire ; et pour lui corriger veut

1. *Marcel Proust et Jacques Rivière*, p. 5. Début mai 1914.

dire ajouter. Grâce à l'infinie patience de Jacques Rivière, paraîtront dans la *N.R.F.* de juin et de juillet 1914 (puis dans le numéro du 1$^{er}$ janvier 1921) des extraits de ce qui était à l'époque le deuxième volume d'*A la recherche du temps perdu* et suivait le plan d'ensemble annoncé au dos de la page du faux titre de l'édition Grasset de *Du côté de chez Swann* en 1913 : *Le Côté de Guermantes* : Chez Mme Swann. — Noms de Pays : le Pays. — Premiers crayons du Baron de Charlus et de Robert de Saint-Loup. — Noms de personnes : la Duchesse de Guermantes. — Le salon de Mme de Villeparisis.

Les pages que Proust donne finalement à la *N.R.F.* sont le résultat de ce que lui-même appelle « un travail de dépeçage ». Il ne cache pas à Jacques Rivière le caractère décousu de l'ensemble : « ce que je vous ai envoyé est fait de pièces et de morceaux pris un peu partout [1] ». Mais s'il hésite longuement sur le choix des passages qu'il veut faire connaître au public, imposant des remaniements, des substitutions et des ajouts de dernière minute, en proposant toujours de payer les frais d'impression qui sont la conséquence inévitable de sa méthode de composition « sur épreuves », il ne varie jamais sur le fait que les extraits en question doivent inclure la mort de la grand-mère, qu'il avait prévu de faire figurer dans le tome III de l'édition Grasset, *Le Temps retrouvé*. Ce tome devait comprendre les chapitres suivants : A l'ombre des jeunes filles en fleurs. — La princesse de Guermantes. — M. de Charlus et les Verdurin. — Mort de ma grand-mère. — Les intermittences du cœur. — Les Vices et les Vertus de Padoue et de Combray. — Mme de Cambremer. — Mariage de Robert de Saint-Loup. — L'adoration perpétuelle.

En mai 1914, Proust est décidé à terminer *Le Côté de Guermantes* par la mort de la grand-mère puisqu'il écrit sans équivoque à Jacques Rivière : « Pour le N° de Juillet, je vous donnerai des pages sur Madame de

---

1. *Marcel Proust et Jacques Rivière*, *op. cit.*, p. 11.

Guermantes et sur la mort de ma grand-mère qui
finiront assez bien ces extraits et sur lesquelles du
reste s'achèvera le volume[1]. » Si l'on regarde cependant les épreuves Grasset, on peut voir que le texte du
*Côté de Guermantes* s'arrête après la matinée chez
Mme de Villeparisis, avec la sortie du narrateur en
compagnie de Charlus. Ce qui veut dire que la
déclaration de guerre du 1er août 1914 interrompit en
fait la fin de la composition des épreuves Grasset du
*Côté de Guermantes*. Car Proust donne à Jacques
Rivière, pour faire paraître en juin et juillet 1914 des
passages de *Guermantes* qui correspondent aux subdivisions deux et trois de son plan initial : « Noms de
Pays : le Pays » et « Premiers crayons du Baron de
Charlus et de Robert de Saint-Loup ». Il explique
qu'il préfère ne rien extraire de la première subdivi-
sion « Chez Mme Swann » parce que : « La 1re partie
du deuxième [volume] se passe encore du *Côté de chez
Swann* en réalité (mais je ne vous ai pas donné cette
partie-là pour que vos extraits fussent plus différents)[2]. » En fait, les fragments de *Guermantes* que
publie la *N.R.F.* en juin 1914, glisseront, modifiés,
amplifiés dans le second volume réel d'*A la recherche
du temps perdu*, c'est-à-dire *A l'ombre des jeunes filles en
fleurs* qui paraîtra chez Gallimard en 1918. Sur les
indications de Proust, Jacques Rivière a soin de
rédiger en bas de page dans la *N.R.F.* de juin 1914
une note qui explique : « Ces fragments sont extraits
du deuxième volume de *A la recherche du temps perdu*
intitulé *Le Côté de Guermantes* qui doit paraître
prochainement chez Grasset. » Ce à quoi Marcel
Proust répond : « La petite note que vous avez mise
me semble parfaite. Tout en vous laissant maître d'en
décider à votre gré, je crois inutile de mettre en titre
" Le Côté de Guermantes " (c'est *Le Côté de Guermantes* et non *Du côté de Guermantes*, qui avait été il me
semble le titre annoncé sur ma couverture). Mais je ne

1. *Marcel Proust et Jacques Rivière*, op. cit., p. 7.
2. *Ibid.*, p. 16.

suis pas certain de maintenir ce titre pour mon second
volume, pour la raison que la division en volumes
correspond mal à la division en parties et est plutôt
commandée par la convenance de l'éditeur [1]. » *Le Côté
de Guermantes* ne sera pas en définitive le titre du
deuxième mais du troisième volume d'*A la recherche
du temps perdu* et il ne paraîtra pas en 1914 chez
Grasset mais en 1920 chez Gallimard. Au lieu d'être la
suite du premier roman d'un auteur peu connu, il sera
le troisième volet attendu du romancier qui venait
d'obtenir le prix Goncourt. On retrouvera dans *Le
Côté de Guermantes* I de 1920, grossis, restructurés, les
passages qui appartenaient aux subdivisions trois et
quatre du plan initial annoncé en 1913 : « Noms de
personnes : la Duchesse de Guermantes et le salon de
Mme de Villeparisis. » En vérité, les extraits publiés ←
dans la *N.R.F.* de juillet 1914 présentent un résumé
des épreuves Grasset de 1914 et une sorte de *Côté de
Guermantes* I en miniature puisqu'ils incluent l'installation de la famille du narrateur dans un appartement
parisien proche de celui des Guermantes, les réactions
de Françoise au déménagement, la poursuite de la
duchesse de Guermantes par le narrateur, l'évocation
d'un gala à l'Opéra-Comique. La visite à Saint-Loup
dans sa ville de garnison, la visite à Rachel. Se
trouvent dans les épreuves Grasset et *Le Côté de
Guermantes* I, mais non dans les « bonnes feuilles » de
la *N.R.F.* les passages concernant le salon de Mme de
Villeparisis. Se trouve dans *Le Côté de Guermantes* I et
dans les « bonnes feuilles » de la *N.R.F.* mais non
dans le *Guermantes* Grasset, l'épisode de l'attaque
cardiaque de la grand-mère dans le petit pavillon des
Champs-Élysées. Des comparaisons systématiques
peuvent être établies entre le texte du *Côté de Guer-*

1. *Marcel Proust et Jacques Rivière, op. cit.*, p. 16. Notons que
Proust insiste sur l'exactitude du titre. A la suite d'une erreur
initiale sur la première page de la dactylographie en 1912, le titre *Le
Côté des Guermantes* persistera sur les épreuves Grasset de 1914 et
jusque sur les épreuves Gallimard de 1919 Proust où barrera le
« s » !

*mantes* version Grasset tel qu'il se présente sur les épreuves et ce qu'il est devenu, une fois redistribué, avec un grand nombre d'« ajoutages » entre *A l'ombre des jeunes filles en fleurs* et *Le Côté de Guermantes* I, publiés par Gallimard en 1918 et 1920, grâce aux travaux d'Albert Feuillerat (*Comment Proust a composé son roman*, 1934), d'Alison Winton (*Proust's additions : the making of A la recherche du temps perdu*, 1977) et surtout de Douglas W. Alden (*Marcel Proust's Grasset Proofs*, 1978). Quelles que soient les divergences d'interprétation sur le sens à donner aux ajouts, les chercheurs s'accordent généralement à dire que l'on retrouve dans *Le Côté de Guermantes* I les principaux épisodes de la seconde moitié du *Côté de Guermantes* Grasset, transformé par une série d'additions que Proust eut le loisir de faire, à cause des événements historiques qui empêchèrent la publication du volume sous sa forme première. Ainsi, le début du texte du *Côté de Guermantes* I est un *incipit* autographe en tête des épreuves Gallimard de 1919, et s'ouvre sur : « Le pépiement matinal des oiseaux semblait insipide à Françoise », alors que les épreuves Grasset commencent directement avec ce qui est la page 10 de l'édition Gallimard de 1920 : « A l'âge où les noms, nous offrant l'image de l'inconnaissable que nous avons versé en eux... » Les épreuves Grasset s'achèvent avec la promenade du narrateur, après la matinée Villeparisis, en compagnie du baron de Charlus, jusqu'au moment où ce dernier saute dans un fiacre, « qui partit au grand trot ». Ces mots que l'on retrouve à la page 287 de l'édition originale sont suivis d'un développement sur l'affaire Dreyfus à l'office qui correspond à une addition marginale sur le placard 24 des épreuves Gallimard de 1919 puis de l'épisode de la maladie de la grand-mère pour lequel il n'y a pas trace d'épreuves Grasset mais trois dactylographies, des épreuves Gallimard et un document intermédiaire : les pages publiées dans la *N.R.F.* du 1er juillet 1914.

Il semble qu'il y ait eu quelques flottements quant au format de la publication définitive du *Côté de*

*Guermantes* chez Gallimard en 1920, à cause des dimensions toujours grandissantes que prenaient les textes à imprimer. Le 18 juillet 1918, Marcel Proust écrit à Grasset : « J'aurai le plaisir de vous envoyer deux volumes de moi (de la *N.R.F.*), un volume de Pastiches et d'articles et un volume d'A la Recherche du Temps Perdu : *A l'Ombre des Jeunes Filles en Fleurs.* C'était le titre d'un chapitre dans mon ouvrage. Mais cela a pris les proportions d'un gros volume. De sorte que vous verrez beaucoup de choses que vous ne connaissez pas, deux volumes, *Sodome et Gomorrhe* ont été écrits depuis la guerre et une partie est sur elle. C'est donc une collection de six volumes que j'aurai à vous offrir. Mais ne craignez rien, pas tout à la fois [1] ! »

Il semble que Gallimard ait eu l'intention de publier *Le Côté de Guermantes* en un seul volume puisque au dos du faux titre d'*A l'ombre des jeunes filles en fleurs,* on peut lire en 1918 : Editions de la *N.R.F.* Œuvres de Marcel Proust. *A la recherche du temps perdu.* 5 volumes.

*Du Côté de chez Swann* I
*A l'ombre des jeunes filles en fleurs* II
Sous presse :
*Le Côté de Guermantes* III
Noms de personnes : la Duchesse de Guermantes. — Saint-Loup à Doncières. — Le salon de Mme de Villeparisis. — Mort de ma grand-mère. — Albertine reparaît. — Dîner chez la Duchesse de Guermantes. — L'esprit des Guermantes. — M. de Charlus continue à me déconcerter. — Les souliers rouges de la Duchesse. *Sodome et Gomorrhe* IV. — *Sodome et Gomorrhe* V.

Finalement, le tome III d'*A la recherche du temps perdu* fut subdivisé en deux volumes, *Le Côté de Guermantes* I qui s'arrête après l'attaque de la grand-mère aux Champs-Elysées et *Le Côté de Guermantes* II qui commence avec « Nous retraversâmes l'avenue

1. *Proust et la stratégie littéraire*, p. 168.

Gabriel » et dont le premier épisode majeur est la mort
de la grand-mère ; puis suit le contenu indiqué par
l'annonce des parties dans *A l'ombre des jeunes filles en
fleurs...*

Cette coupure purement arbitraire, due au fait
qu'une fois encore le livre imprimé eût été trop long,
reflète une situation qui s'était déjà produite lors de la
publication des fragments du *Côté de Guermantes* par
la *N.R.F.* Dans le numéro de juillet 1914, ceux-ci se
terminent avec l'évolution de la maladie de la grand-
mère jusqu'au moment où le narrateur s'aperçoit
qu'elle « ne [le] reconnaissait pas ». Il faut attendre la
*N.R.F.* du 1er janvier 1921 pour lire la suite de
l'épisode, c'est-à-dire la description de l'aggravation
des symptômes et de la mort à proprement parler,
dont l'esquisse primitive, conçue dès 1908, est largement embellie de scènes tendant à démontrer l'ineffi-
cacité de la médecine et l'impuissance devant la mort.
Par exemple, dans une lettre du 10 décembre 1920 de
Jacques Rivière à Marcel Proust, il est précisé : « Dès
le reçu de votre lettre, j'ai prié Paulhan de recopier les
scènes avec le Professeur E... Elles seront rajoutées[1]. » Mais, en échange, Jacques Rivière demande à
Proust que soient supprimées les pages concernant les
visites de Bergotte, parce qu'il est, dit-il, « absolument prisonnier dans l'étroit vêtement de la revue ».
Proust s'y résoudra. Mais il ne faut pas oublier que le
passage qui paraît dans la *N.R.F.* de janvier 1921 sous
le para-titre « Une agonie », et constitue à quelques
variantes près le début du *Côté de Guermantes* II,
aurait dû être selon les vœux de Proust en 1914 la fin
du *Côté de Guermantes* Grasset et en 1920 la fin du *Côté
de Guermantes* I. La raison pour laquelle la mort de la
grand-mère n'a pas été rattachée à la suite du texte sur
épreuves du *Côté de Guermantes* I, en 1914, est
simple : il s'agit de la mort d'Agostinelli, qui aura
pour conséquence immédiate d'empêcher Proust de
travailler à la correction des épreuves de *Guermantes*,

---

1. *Marcel Proust et Jacques Rivière, op. cit.,* p. 157.

et de vérifier l'état de la composition ainsi qu'en témoigne une lettre qu'il écrit à Gide le 13 juin de la même année : « Depuis la mort de mon pauvre ami, je n'ai pas eu le courage d'ouvrir un seul des paquets d'épreuves que Grasset m'envoie chaque jour. Ils s'empilent tout ficelés les uns sur les autres, et je ne vois pas quand, ni si jamais, j'aurai le courage de me remettre à la besogne. J'ai arrangé les extraits pour le prochain numéro de la *N.R.F.* parce que je craignais qu'un morceau aussi long ne fît trop défaut. Mais c'est tout ce que j'ai pu faire [1]. »

Les passages concernant l'attaque aux Champs-Elysées, le retour à l'appartement et l'évolution de la maladie étaient pourtant composés à l'imprimerie en 1914 puisque, lorsqu'il règle ses comptes avec Grasset, Proust lui rappelle le 14 août 1916 :

« 1° Je ne suis pas (sauf erreur) débiteur des épreuves du second volume pour cette raison : nous avions convenu de faire un livre de 700 et quelques pages. En route nous l'avons arrêté à la page 525. Les premières épreuves de 150 pages (représentant la partie du premier volume dont nous décidions de faire le début du second volume au lieu de la fin du premier) étaient déjà tirées. C'est cela qui est presque tout ce qui a été tiré du deuxième volume. Or cela se trouvait payé d'avance, puisque j'avais payé pour le premier volume. Il est vrai que quand j'ai voulu faire paraître des extraits dans la *N.R.F.* je vous ai demandé de faire tirer des épreuves un peu plus loin. Je ne puis faire serment sans avoir les épreuves sous les yeux, mais je crois qu'elles vont jusqu'à la page 18. Quant aux remaniements dont vous me parlez, je ne peux, sans avoir demandé à être relevé d'un secret, vous dire quelle en est la cause (je parle des dernières).

---

1. *Marcel Proust : Lettres à André Gide*, Neuchâtel, Ides et Calendes, 1949, p. 45. Lettre du 19 juin 1914 reprise dans *Correspondance de Marcel Proust*, éditée par Philip Kolb, Tome XIII p. 254.

En tous cas il est impossible que 18 pages d'épreuves
nouvelles composent toute la fin du premier volume
que j'ai payé comme s'il avait été fait et qui n'a même
jamais été mis en page (les seules épreuves que j'aie
eues de la fin de ce premier volume sont de grandes
épreuves dites (je crois) placards. Je les ai ici. D'ailleurs je ne vous parle de cette comptabilité que comme
indication. Vos livres vous permettront de voir si je
me trompe [1]. »

Le secret auquel Proust fait ici allusion est, bien
entendu, la transformation d'Alfred Agostinelli, le
fugitif, le disparu en personnage d'*A la recherche du
temps perdu* : Albertine, qui jouera un rôle essentiel
dans *Le Côté de Guermantes* II et dans les parties d'*A
l'ombre des jeunes filles en fleurs* composées après juin
1914 mais est totalement absente du *Côté de Guermantes* I qui devait se terminer initialement avec la
mort de la grand-mère. La mort de la grand-mère fut
« déplacée » au début du deuxième volume du *Côté de
Guermantes* mais existait en épreuves puisque Proust
ajoute en remarque à une lettre à Gaston Gallimard du
11 janvier 1921 : « Faites observer à Bellenand qu'il
faut paginer Guermantes II en mettant N° 1 à la
première page et ainsi de suite. (Actuellement, cela se
trouve commencer à la page 25, je crois, mais je ne
m'en souviens pas très exactement [2]. »

On peut conclure que les dix-huit pages dont Proust
parle à Grasset correspondent à peu près à l'attaque de
la grand-mère aux Champs-Elysées et aux premières
phases de la maladie qui va l'emporter, alors que les
vingt-cinq pages dont il est question dans la lettre à
Gallimard couvrent en gros les interventions des
médecins, l'aggravation de l'état de la patiente et sa
mort.

Contrairement au personnage d'Albertine qui s'in-

---

1. Léon-Pierre Quint, *op. cit.*, p. 154.
2. *Lettres à la N.R.F.*, p. 148.

sère de façon relativement tardive dans la structure romanesque d'*A la recherche du temps perdu,* celui de la grand-mère remonte au projet de 1908, même si Proust note en 1914 dans le Cahier 13, ses hésitations sur la place définitive à donner à sa mort, alors qu'il tente de restructurer l'ensemble de son œuvre, bouleversée par l'apparition du personnage d'Albertine. Au folio 55 du Cahier 13, daté par Maurice Bardèche de l'automne 1914, Proust envisage les séquences suivantes :

2<sup>e</sup> année à Balbec — Les filles. Je fais leur connaissance par le peintre. Je m'amourache de ~~Maria~~ Albertine [1]. Est-ce que je pourrai vous voir à Paris ? Difficile. Gentillesse d'Andrée. Jeu de furet. Déception. Scène du lit. Déception définitive. Désirs disponibles se retournent vers Andrée. Profite de sa gentillesse (peut-être). Pour avoir prestige pour Albertine. Renoncement à Andrée. Paris : Mme de Guermantes. *Mort de ma grand-mère* (biffé). Visite chez Mme de Villeparisis. Monsieur ne sait pas qui est venu ? Mlle Albertine. Mort de ma grand-mère. Mlle de Silaria — Visite d'Albertine, etc.

Maurice Bardèche écrit à propos du *Côté de Guermantes* qu'« on a l'impression d'une sorte de vagabondage de Proust, il faudrait presque dire d'une sorte d'incohérence : aucun des incidents capricieux du roman ne paraît justifié [2] ». En fait, il est assez normal qu'à la suite de l'introduction du cycle Albertine à l'intérieur de *La Recherche,* qui provoque l'éclatement du second volume initial, Proust se demande comment réorganiser son texte et quel est l'endroit le plus favorable à l'insertion du thème de la mort qui va en définitive clore *Guermantes* I avec l'étude de la défaillance cardiaque de la grand-mère et *Guermantes* II avec l'annonce du décès prévisible de Swann.

Ce parallélisme va finalement remplacer la structure

1. « Maria » est biffé et Proust a écrit « Albertine » au-dessus.
2. *Marcel Proust romancier,* Paris, Les Sept Couleurs, 1971, p. 140.

initiale qui devait faire se terminer le volume intitulé *Le Côté de Guermantes* par la mort de la grand-mère, prévue par Proust dès 1908, puisqu'on peut lire au verso du folio 44 de son *Carnet* :

3° Mort de ma grand-mère, apparitions, etc.

Bien qu'il ait plusieurs fois manifesté l'intention d'achever *Le Côté de Guermantes* I sur cette mort, Proust laissa néanmoins couper l'épisode en son milieu, lors de la publication de l'édition originale du texte en 1920. Dans la mesure où nous l'avons pris comme référence, il nous a semblé nécessaire de respecter la décision que Proust s'est laissé imposer, sans doute parce qu'il était malade et pressé de finir son œuvre plutôt que soucieux de veiller à la bonne marche de sa publication. Cependant, le glissement de l'épisode de la mort de la grand-mère au début du *Côté de Guermantes* II a amené certains critiques à négliger la nécessité de sa place stratégique à l'intérieur du récit de mort des illusions qu'est avant tout *Le Côté de Guermantes* I, le plus balzacien peut-être des volumes d'*A la recherche du temps perdu* (Balzac étant, par ailleurs, l'auteur préféré du duc de Guermantes). Ainsi, Maurice Bardèche croit-il pouvoir affirmer que « la mort de ma grand-mère est un admirable tableau qu'on peut accrocher n'importe où ». Bien au contraire, la mort de la grand-mère va marquer, dans le récit, à la charnière des deux volumes *Guermantes,* la perte des illusions du narrateur sur la magie des noms (I) et le commencement de « la période centrifuge durant laquelle le héros découvrant la société se détourne de lui-même et de sa vocation[1]. » (II)

A la différence des autres personnages qui changent plusieurs fois de noms au fur et à mesure qu'évolue la rédaction des brouillons vers une forme définitive, la grand-mère, avant même d'être présentée sous son prénom Bathilde, ou dans le contexte de son statut social Madame Amédée, est toujours appelée par

---

1. Rousset, Jean : *Forme et Signification,* Paris, Corti, 1962, p. 165.

Proust « ma grand-mère ». Dans le *Carnet de 1908*,
Proust note juste après avoir indiqué pour la première
fois que sa grand-mère allait mourir :

« [44°] Noms Pontaven, etc. Voyage à ces villes.
Mais elles ne sont pas leur nom. » Il esquisse le thème
du *Côté de Guermantes* qui débordera dans *A l'ombre
des jeunes filles en fleurs*. On pourrait dire parallèlement que l'on retrouve le schéma : « Noms Guermantes, etc. Visites à ces *personnes*. Mais elles ne sont
pas leur nom. » Seule dans *Le Côté de Guermantes*, la
grand-mère EST son nom, d'où la nécessité de sa
disparition dans un monde où le narrateur va devoir
apprendre que les noms ne correspondent pas plus aux
personnes qu'aux villes et tirer la leçon de la remarque
ébauchée dans les toutes premières lignes du *Côté de
Guermantes* I[1] « la fée dépérit dès que nous nous
approchons de la personne réelle à laquelle correspond
son nom ».

### STRUCTURE DES MOTIFS NARRATIFS

La thématique du *Côté de Guermantes* I est moins
« l'histoire d'un jeune homme très intelligent qui,
appartenant à la bourgeoisie aisée, rêve de fréquenter
les milieux les plus aristocratiques et qui, à la fin du
livre, y parvient[2] », comme l'écrit Michel Raimond,
que la lente prise de conscience, par un narrateur qui
s'ignore encore, de la non-coïncidence des noms et des
personnes, que seul l'art de l'écrivain qu'il deviendra,
pourra, après coup, réconcilier. La réunification des
deux fragments du symbole, le nom et la personne,
doit permettre d'accéder au monde des essences
réactualisé par l'écriture et de transcender les contra-

1. *Le Côté de Guermantes* I, p. 59.
2. « Note sur la structure du *Côté de Guermantes* », in *Revue
d'Histoire littéraire de la France*, nos 5-6, 1971, p. 855.

dictions des apparences en reprenant le rêve baudelairien de « vivre ici-bas l'Unité » par l'intermédiaire de l'art. Toute *La Recherche* n'est-elle pas, en effet, la quête du nom d'écrivain par la personne qu'est le narrateur ?

On sait avec quelle insistance Proust a défendu « la rigueur inflexible bien que voilée » de la composition de son œuvre. Il a recours à de nombreuses métaphores, dans sa correspondance, pour dire et redire que chaque partie « ne prend son sens que par les autres [1] » et va jusqu'à déclarer que son « livre est un ouvrage dogmatique et une construction [2] ». Il est donc impossible de parler de la structure du *Côté de Guermantes* I sans la rattacher à l'ensemble de la *Recherche,* qu'elle reflète bien davantage que le laisse supposer le cliché qui fait de cette partie du roman une étude du monde de l'aristocratie française au tournant du siècle. Le *Côté de Guermantes* I est, en effet, le volume qui a reçu le moins d'attention de la part des critiques, depuis la publication de l'ensemble d'*A la recherche du temps perdu,* celui sur lequel on a le moins écrit depuis sa parution en 1920, moment où il fut éclipsé par la gloire et la controverse qu'avait suscitées l'attribution du Prix Goncourt à *A l'ombre des jeunes filles en fleurs* l'année précédente et par le scandale que provoque l'utilisation du titre *Sodome et Gomorrhe* en 1921. Ainsi encadré, *Le Côté de Guermantes* est resté dans l'ombre mais n'en est pas moins une des parties « capitalissimes » de la « cathédrale », de la « symphonie », de la « robe », auxquelles Proust a comparé successivement son livre.

Les unités rédactionnelles primitives du *Côté de Guermantes* : la rêverie sur le nom, la soirée à l'Opéra, le voyage à Doncières et l'invitation chez Mme de Villeparisis constituent tout un système d'échos, de symétries et de reflets avec d'autres parties de la

---

1. Lucien Daudet : *Autour de soixante lettres de Marcel Proust,* Paris, Gallimard, 1929, p. 76.
2. *Marcel Proust et Jacques Rivière, op. cit.,* p. 1.

*Recherche* dont elles sont complémentaires. Ainsi, la déception qui est celle du narrateur lorsqu'il rencontre enfin chez Mme de Villeparisis la duchesse de Guermantes redouble celle qu'il a éprouvée à Balbec et pour la même raison : c'est-à-dire que la brusque confrontation avec la réalité de la ville et de la femme, à un moment donné, s'oppose brutalement aux images nées de la longue rêverie provoquée antérieurement par les syllabes de son nom.

Lors de la soirée d'abonnement de la princesse de Parme à l'Opéra, le narrateur n'attend plus de la Berma qu'elle fasse coïncider réalité et imaginaire comme c'était le cas lorsqu'il avait été l'entendre pour la première fois dans *Phèdre*; mais il continue à assimiler les noms du Faubourg Saint-Germain avec les personnes qu'il voit *de loin* au théâtre et que son imagination continue de transformer en « déesses des eaux » et « tritons barbus ». Il semble que le narrateur transfère ses illusions sur la possibilité de coïncidence entre le nom et la personne (l'actrice et la femme) de la Berma à la duchesse de Guermantes qui deviendra l'objet de son guet et de sa quête, après Gilberte et avant Albertine.

Le voyage à Doncières s'intègre parfaitement à la stratégie d'enveloppement conçue par le narrateur et correspond aux leçons d'art militaire que développera Saint-Loup. En effet, le narrateur entreprend une manœuvre d'encerclement digne des plus hauts stratèges pour se rapprocher de la duchesse de Guermantes en utilisant délibérément l'amitié de Saint-Loup. Mais l'importance structurelle de ce voyage vient moins de ce qu'il révèle sur la psychologie de la manipulation que de deux événements qu'il entraîne : le demi-réveil, dans une chambre inconnue, qui rappelle Combray et Balbec et annonce Venise et le « téléphonage » à la grand-mère — faisant penser à la scène de la photographie dans *A l'ombre des jeunes filles en fleurs* — qui pose les bases de l'intermittence du cœur et du rêve développés dans *Sodome et Gomorrhe*.

La matinée chez Mme de Villeparisis est le premier

« salon » du narrateur mais non du livre. En effet, de
par sa composition sociale, il semble être un intermédiaire entre le salon Verdurin que fréquentait Swann
et le salon Guermantes qui s'ouvrira au narrateur dans
*Le Côté de Guermantes* II. D'une certaine façon, la
matinée Villeparisis représente le vrai début du narrateur dans le monde alors que la matinée chez la
princesse de Guermantes dans *Le Temps retrouvé* en
marquera la fin. L'abandon de la vie mondaine dans
laquelle le narrateur se perd dans *Le Côté de Guermantes* sera la condition *sine qua non* de la réalisation de
sa vocation d'artiste, une fois traversé le désert des
salons, une fois comprise « une vérité dont le narrateur ne prendra conscience que plus tard : toute
activité sociale est un leurre et engendre un état de
mort spirituelle pour qui a vocation d'artiste ; plus on
se donne au monde extérieur, plus on s'éloigne des
grâces sans lesquelles il n'y a pas d'artistes [1] ». Tout se
passe, en effet, comme si, plus le narrateur se
rapprochait des Guermantes, plus il s'éloignait de ses
facultés créatrices, ce qui crée une tension dramatique
à l'intérieur du récit, dans la mesure où la description
des étapes du rapprochement entre le narrateur et les
Guermantes est en fait un commentaire sur l'éloignement progressif de l'écrivain et de son sujet.

Contrairement à ce que pensait Albert Feuillerat,
les additions ultérieures aux épisodes de départ n'en-
combrent pas la structure initiale en l'alourdissant
d' « additions qui peuvent paraître triviales [2] » mais
renforcent par des effets de miroir et de contrepoint
les liens entre *Le Côté de Guermantes* et le reste de *La
Recherche*. Par exemple, le développement par ajouts
des relations qui s'établissent entre Françoise et
Jupien n'est pas une digression mais a pour but
d'amener le narrateur à s'interroger en généralisant :
« En était-il ainsi dans tous les rapports sociaux ? Et

1. *Forme et Signification*, p. 165.
2. *Comment Marcel Proust a composé son roman*, New Haven, Yale
University Press, 1934, p. 70.

jusqu'à quel désespoir cela pourrait-il me mener un jour s'il en était de même dans l'amour ? » La réponse sera donnée dans *La Prisonnière*. De même les additions successives concernant la façon dont Saint-Loup « voit » Rachel ont pour fonction de reproduire en l'explicitant le schéma des illusions de l'amour dont Swann a été victime avec Odette, dont le narrateur sera victime avec Albertine. Enfin, nombre des remaniements qui s'appliquent au salon de Mme de Villeparisis (redistribution des dialogues, entrée de personnages tels Alix et Mme Swann, complètement absentes dans la première version) ont souvent en commun de souligner les contradictions que perçoit le narrateur entre le nom et le comportement des personnes qu'il rencontre, ce qui va au-delà de la dichotomie entre le nom et l'aspect physique de ces personnes.

*Le Côté de Guermantes* I présente donc un exemple typique de la façon dont Proust a composé son roman : en rajoutant, à partir d'un noyau d'épisodes liés entre eux par un réseau subtil de correspondances et non par d'habiles transitions, des parties susceptibles d'enrichir encore la trame complexe du texte en lui donnant l'apparence du foisonnement de la vie. Proust s'en est d'ailleurs expliqué et justifié auprès de son éditeur qui paraissait lui reprocher son « système de retouches » : « Puisque vous avez la bonté de trouver dans mes livres quelque chose d'un peu riche qui vous plaît, dites-vous que cela est dû, précisément à cette surnourriture que je leur réinfuse en vivant ce qui matériellement se traduit par ces ajoutages [1]. » Ce qui rend le texte vivant, en effet, est la solidité des jalons posés pour l'insertion d'un épisode particulier, juxtaposée à la flexibilité du texte qui se modifie au fur et à mesure qu'il se construit. Prenons le cinquième et dernier « mouvement » du *Côté de Guermantes* : la maladie de la grand-mère. Annoncée dès l'ouverture du *Côté de chez Swann*, quand la grand-mère va

---

1. *Lettres à la N.R.F.*, p. 115.

changer les livres qu'elle avait l'intention d'offrir au
narrateur pour sa fête, par une parenthèse : « (c'était
un jour brûlant et elle était rentrée si souffrante que le
médecin avait averti ma mère de ne pas la laisser se
fatiguer ainsi) », cause secrète du déménagement de la
famille du narrateur dans un appartement dépendant
de celui des Guermantes, mis par Proust entre tirets :
« — et nous étions venus y habiter parce que ma
grand-mère ne se portant pas très bien, raison que
nous nous étions gardés de lui donner, avait besoin
d'un air plus pur — », la maladie de la grand-mère va
se matérialiser dans l'attaque cardiaque aux Champs-
Elysées sur laquelle se clôt *Le Côté de Guermantes* I. A
ce moment, les masques tombent et l'écriture en
témoigne : « Elle avait compris qu'il n'y avait pas à me
cacher ce que j'avais deviné tout de suite : qu'elle
venait d'avoir une petite attaque. » Remarquons dans
cette phrase réécrite par Proust sous cette forme en
bas du placard 24 des épreuves Gallimard, la suppression de la parenthèse et l'annulation de tirets au profit
des deux points explicatifs. Le narrateur est mis en
face de la réalité de la mort de la grand-mère au futur
proche et directement. Elle ne peut plus le protéger
contre la perte de ses illusions en dissimulant l'inexo-
rabilité de sa disparition sous les couleurs du voile de
Maya. Pour la première fois, le narrateur traverse les
apparences, devine ce qu'on lui cache et met un point
final à ses années d'innocence.

Arrivé à ce stade, le narrateur est prêt à affronter les
grands rites de passage que masquent les conversations mondaines décrites avec force détails dans *Le
Côté de Guermantes* II. Mais *Le Côté de Guermantes* I se
présente comme une série de cinq étapes initiatiques,
de cinq moments charnières vers la découverte de ce
que le narrateur appellera plus tard « la vraie vie »,
c'est-à-dire la littérature. Cette série s'articule autour
des premiers instants de démythification des noms, de
l'art dramatique, de l'amitié et de l'amour, du monde
des salons et de la mort. Le narrateur va mettre tout le
livre à se rendre compte qu'il ne peut avoir avec la

dame du titre, Mme de Guermantes, qu' « un roman purement d'aventures, stérile et sans vérité ». Le *Côté de Guermantes* I est donc, en ce sens, un début mais il reste aussi l'autre versant du *Côté de chez Swann* et le centre du triptyque initial : *Swann, Guermantes* et *Temps retrouvé,* ce qui explique le vaste système de reprises et de renversements des lieux, des situations et des points de vue, si particulier à cette partie médiane et médiatrice de *La Recherche.*

De façon tout à fait similaire, *Le Côté de Guermantes* I est à la fois représentatif de la méthode globale de composition d'*A la recherche du temps perdu* et en marge par son extrême vitalité qui rend difficile, si on en croit Proust, d'en détacher des morceaux choisis. En novembre 1920, il écrit à Gaston Gallimard : « Il me semble à première vue que *Swann* et les *Jeunes Filles* se prêtent mieux à ce genre d'extraction, que *Le Côté de Guermantes* composé d'une façon — excusez le terme — plus Dostoïevski et contenant, malgré ce qu'on dit et qu'on veut bien déjà " réciter ", moins de " morceaux " que les deux volumes précédents. Si le *Côté de Guermantes* était meilleur et digne d'une telle épigraphe, je lui appliquerais le vers de Baudelaire :
Mais où la vie afflue et s'agite sans cesse[1]. »

L'explication de la référence à Dostoïevski se trouve dans le texte de *La Prisonnière,* lorsque Albertine demande au narrateur ce qu'il avait voulu dire quelques jours auparavant en parlant du « côté Dostoïevsky de Mme de Sévigné ». Il lui fait alors un cours de littérature commençant de la façon suivante : « Il est arrivé que Mme de Sévigné, comme Elstir, comme Dostoïevsky, au lieu de présenter les choses dans l'ordre logique c'est-à-dire en commençant par la cause, nous montre d'abord l'effet, l'illusion qui nous frappe. C'est ainsi que Dostoïevsky présente ses personnages. Leurs actions nous apparaissent aussi trompeuses que ces effets d'Elstir où la mer a l'air

---

1. *Lettres à la N.R.F.,* p. 132.

d'être dans le ciel[1]. » Et dans *Le Temps retrouvé*,
Proust reprend la comparaison entre Elstir et Dostoïevsky pour expliquer sa propre démarche esthétique de
romancier — qu'il se défend d'être dans *La Prisonnière*
(« Je ne suis pas romancier[2] ») mais qu'il accepte
d'être devenu dans *Le Temps retrouvé* : « A supposer
que la guerre soit scientifique, encore faudrait-il la
peindre comme Elstir peignait la mer, par l'autre sens,
et partir des illusions, des croyances qu'on rectifie peu
à peu, comme Dostoïevsky raconterait une vie[3]. »
Ecrit « par l'autre sens », *Le Côté de Guermantes* I est
une étape décisive dans la rectification des illusions du
narrateur sur le monde et sur lui-même.

### LIEUX ET TEMPS DU RÉCIT

*Paris*

Si l'on considère *Le Côté de Guermantes* comme le
contrepoint descendant de la dynamique ascension-
nelle propre à *Du côté de chez Swann* et, jusqu'au
départ pour Balbec, à *A l'ombre des jeunes filles en
fleurs*, il est intéressant de constater que certains lieux
sont repris, banalisés, dépouillés de l'*aura* qui les
accompagnait précédemment dans l'imagination du
narrateur, tant qu'il s'en trouvait suffisamment éloigné. Proust explique dans sa correspondance qu'il a
été amené à ce processus de désillusion à cause d'une
composition qui s'appuie sur le parallélisme associa-
tif : « Par la logique naturelle, après avoir affronté à la
poésie du nom du lieu Balbec la banalité du pays
Balbec, il me fallait procéder de même pour le nom de

1. *La Prisonnière*, Paris, GF Flammarion, 1983, p. 488.
2. *Ibid.*, p. 489.
3. *Le Temps retrouvé*, Paris, GF Flammarion, 1986, p. 389.

personne de Guermantes [1]. » Ainsi voit-on le « paysage imaginaire » du château de Guermantes, céder le pas, dès les premières pages du volume, à un hôtel particulier assez quelconque, que « les Guermantes n'habitaient pas en vertu d'un droit immémorial mais d'une location assez récente » (p. 89). Le déménagement d'un quartier parisien à un autre, le déplacement minime à l'intérieur de la ville, de la famille du narrateur, va avoir pour conséquence énorme de le rapprocher physiquement des personnes qui portent le nom de Guermantes. Il va changer de position à leur égard en passant du statut d'habitant anonyme de Combray entrevu à l'église à celui de voisin ; mais il brigue en réalité la situation d'ami, c'est-à-dire, celle de Swann ! Le narrateur va donc être amené à pratiquer une politique des petits pas dans le but de se faire admettre au titre d'invité par les Guermantes. Mais, paradoxalement, le rapprochement dans l'espace va avoir pour effet immédiat une déception concernant le cadre de vie des Guermantes, qui sera compensée aussitôt par un nouvel effort de l'imagination du narrateur, substituant « le charme mystérieux du Faubourg Saint-Germain » (p. 92) à la magie perdue du château de Guermantes. Cependant, Proust met une certaine ironie à choisir comme « ligne de démarcation » entre l'appartement du narrateur restreint à une aile de l'hôtel de Guermantes et le reste du domaine, ... un paillasson.

A y regarder de près, *Le Côté de Guermantes* I commence dans une cuisine, celle de Françoise, qui guette ce qui se passe dans la cour de l'hôtel de Guermantes comme la tante Léonie surveillait de derrière sa fenêtre la vie de Combray, et s'achève dans un lieu d'aisance, le petit pavillon des Champs-Elysées, qui rappelle « le petit cabinet sentant l'iris », à ceci près que le lieu de plaisir solitaire est devenu lieu de douleur solitaire.

---

1. *Correspondance de Marcel Proust*, Paris, Plon, 1933, tome III, p. 305.

Entre ces deux endroits prosaïques, interviennent
d'autres lieux qui semblent être le terrain de prédilection pour les manœuvres d'approche du narrateur et la
stimulation de ses facultés d'idéalisation : l'Opéra et la
rue, où il assiste au spectacle sans y participer.
L'Opéra et la rue ont en commun, dans ce contexte,
de permettre au narrateur d'apercevoir, de loin et dans
toute la splendeur de leur comédie mondaine, les
personnes inaccessibles qui sont l'objet de ses rêves à
cause de leur nom, et en particulier la duchesse de
Guermantes, dont la facticité lui échappe, ébloui qu'il
reste par ses « apparitions », tant qu'elles s'opèrent *à
une certaine distance*. Tout se joue, en effet, autour de
la question de la distance dans *Le Côté de Guermantes* I; l'écrivain y est à la recherche de la distance
idéale vis-à-vis de son sujet : ni trop loin ni trop près.

*Doncières*

A la fin de l'automne, le narrateur se rendant
compte que la poursuite de sa voisine n'a pour résultat
qu'un « piétinement sur place », décide de « partir
dans une direction qui [le rapproche] de Mme de
Guermantes » (p. 134). Abandonnant la contemplation au profit de l'action, il quitte Paris pour Doncières « une de ces petites cités aristocratiques et
militaires, moins loin de Balbec que le paysage tout
terrien ne l'aurait fait croire » (p. 137). Il existe entre
Balbec et Doncières un grand nombre de rapports, qui
s'expliquent par la genèse concomitante des deux
villes et qui ont pour fonction principale d'approfondir par un effet de redoublement les expériences d'un
second voyage en dehors de Paris, répétant ce qui
avait été vécu lors du premier : la métamorphose de
l'inconscient qu'entraîne le déplacement en chemin de
fer, la peur panique de dormir seul dans une chambre
inconnue, la nécessité de la présence d'un être cher.
Les lieux de l'expérience sont les mêmes : la chambre
d'hôtel et le restaurant. Désorienté, le narrateur perd

son identité, en privé dans le sommeil et en public dans l'ivresse. Le cognac dans le train qui l'emmène à Balbec, le porto au restaurant de Rivebelle, le vin qu'il boit au restaurant de Saint-Loup à Doncières et le champagne qu'il partagera avec Rachel et Saint-Loup dans le cabinet particulier du restaurant parisien où il se trouve en leur compagnie, provoquent chez le narrateur un état d' « euphorie » proche de celui d'« aliénation mentale » que produit le sommeil. Mais, alors que le sommeil est une façon — en nous faisant remonter « jusqu'au jardin où nous avons été enfant » (p. 161) — de se retrouver en se souvenant autrement, l'ivresse est une manière de se perdre en s'oubliant — au point de ne pas reconnaître son image dans un miroir (p. 252). C'est pourquoi la grand-mère, gardienne de l'identité du narrateur, le presse de travailler, c'est-à-dire d'écrire, le supplie d'être lui, c'est-à-dire en contact avec son « moi profond », s'inquiète de le voir se réfugier dans les « divertisse-ments » que sont, à des degrés divers, la consomma-tion d'alcool, le voyage et la fréquentation du monde. En ce sens, la grand-mère, qui ramène toujours le narrateur à la nostalgie de sa vocation non réalisée est l'opposé de Mme de Guermantes, qui représente la distraction — la substitution d'un but humain (l'amour) à un autre plus élevé (l'art), pour lequel le narrateur est fait.

Il n'est donc pas étonnant que, parti pour se rapprocher de Mme de Guermantes (s'éloigner de sa vocation), le narrateur rentre à Paris pour retrouver sa grand-mère changée en *étrangère* à la suite de la séance du « téléphonage » différé qui a lieu dans un espace réduit au minimum à Doncières : une cabine télépho-nique. Ce passage est central pour toute l'œuvre car il résume le thème de la difficulté de la communication avec autrui et de l'angoisse de la séparation. A cause d'une double erreur de l'hôtel et de la poste, le narrateur est pris pour « un jeune homme qui portait un nom presque identique au [sien] ». Tout est tromperie, faux-semblant et double entente à Don-

cières. Ce n'est pas un hasard si le narrateur demande
aux amis de Saint-Loup de classer les différents
officiers... « comme jadis au collège je faisais faire à
mes camarades pour les acteurs du Théâtre-Français »
(p. 202). Doncières est le théâtre de l'illusion, où les
gestes et les paroles recouvrent des niveaux contradictoires de signification. Sous les explications de Saint-
Loup sur la stratégie militaire, il faut voir toute une
théorie de la stratégie amoureuse et esthétique. Derrière les manifestations d'amitié du narrateur, il faut
déceler la poursuite d'un but strictement égoïste et
intéressé. Et ainsi de suite. Le « téléphonage » rompt
le cercle des leurres en ramenant le narrateur à la
réalité de la mortalité de sa grand-mère, qui s'oppose à
l'artificialité de la vie à Doncières : « Il me semblait
que c'était déjà une ombre chérie que je venais de
laisser se perdre parmi les ombres et seul devant
l'appareil je continuais à répéter en vain : " Grand-
mère, grand-mère ", comme Orphée resté seul répète
le nom de la morte » (p. 212). Il est évident ici que
c'est la grand-mère et non Mme de Guermantes qui est
l'authentique Eurydice, l'instigatrice de l'œuvre à
faire, l'ombre qui doit être arrachée aux ombres par
l'écriture du livre où elle sera, pour toujours, vivante.

## Le retour à Paris

Ramené à ses devoirs et à Paris par la voix de sa
grand-mère, le narrateur se retrouve dans le salon
même de l'appartement vide « où [il avait] imaginé
maman quand [il était] parti pour Balbec ». Ainsi la
boucle se referme. Au retour de Doncières, le narrateur en est au même point qu'avant de partir et
reprend ses promenades matinales dans les rues de
Paris dans l'espoir toujours déçu d'attirer les regards
de Mme de Guermantes. Si la saison a changé, les
conditions atmosphériques sont restées les mêmes et la
rue populeuse est « souvent mouillée de pluie »
(p. 222). A la place de « tous les jours » ou « chaque

matin » qui ponctuaient régulièrement le guet du narrateur après la soirée à l'Opéra et avant le départ pour Doncières, apparaissent des notations sur le changement de saison (« cependant l'hiver finissait » ou bien « le temps était devenu plus doux » ou encore « le temps était redevenu froid ») qui correspond au rapide changement de toilettes de Mme de Guermantes. Dans cette période de transition, la temporalité du récit s'accélère et on passe de la fin de l'hiver aux « matins de Carême » dans l'intervalle de quelques pages, qui se trouvent, typographiquement parlant, au milieu du volume, lieu de passage du narrateur de l'adolescence à l'âge d'homme. En effet, ses habitudes de vie commencent à être acceptées par son entourage et surtout son père lui reconnaît le droit de prendre ses propres décisions quant au choix de sa carrière d'écrivain : « On peut trouver cela une belle carrière, moi ce n'est pas ce que j'aurais préféré pour toi mais tu seras bientôt un homme, nous ne serons pas toujours auprès de toi et il ne faut pas que nous t'empêchions de suivre ta vocation » (p. 226). Cette capitulation-surprise met le narrateur devant ses responsabilités et « la page blanche vierge d'écriture ». Dans un passage supprimé du texte définitif, il éclate alors en sanglots, se précipite dans les bras de son père en lui demandant la permission de poursuivre la même profession que lui et de rester « son petit garçon [1] ». Mais le retour en arrière est impossible : bousculé par le temps qui passe plus vite en ces quelques pages centrales que pendant les cent cinquante qui les ont précédées, le narrateur a grandi et doit renoncer au mythe de l'éternel jeune homme pour entrer dans le monde des adultes dont le salon Villeparisis est l'ouverture.

L'intervention du père-censeur qui donne accès à ce salon en obtenant pour le narrateur une invitation par l'intermédiaire du marquis de Norpois se situe au milieu du *Côté de Guermantes* qui se divise donc en

1. Voir note 58.

deux blocs distincts : les six mois qui précèdent et suivent le schéma circulaire Paris-Doncières-Paris, et la journée qui vient ensuite. Les lieux de ce qu'on peut appeler la journée Villeparisis : Paris-village de banlieue-Paris, reprennent ceux de la première partie du livre et correspondent au circuit antérieur du narrateur. Train, restaurant et théâtre réapparaissent dans un ordre inversé. Un premier salon s'ouvre enfin.

## La journée Villeparisis

### « le village de banlieue »

Entre « je quittai dès le matin la maison » (p. 231) et « je remontai et trouvai ma grand-mère plus souffrante » (p. 394) s'écoule une journée au cours de laquelle le narrateur va perdre une illusion après l'autre mais découvrir en contrepartie une des « lois psychologiques » qui servira de base à l'œuvre à venir : « la puissance de l'imagination humaine, l'illusion sur laquelle reposent les douleurs de l'amour » (p. 239). Dans un paragraphe disparu du texte définitif[1], s'inscrit plus clairement encore la cause de l'émotion provoquée par la brusque découverte, par le narrateur, que la maîtresse de Saint-Loup, sans prix à ses yeux, n'est autre que « Rachel quand du Seigneur », une prostituée à vingt francs. Proust situe toute la scène de « reconnaissance » à quelques jours de Pâques, non seulement pour établir le rapport Madeleine-Rachel mais surtout pour insister sur l'approche de la résurrection chez le narrateur, du moi profond qui écrira le livre une fois révélés tous les dogmes qui en constituent les fondements. Devant les poiriers en fleur, le narrateur fait l'expérience d'une révélation qui prolonge ce qu'il avait soupçonné devant les aubépines (dans *Du côté de chez Swann*) et ressenti devant les trois arbres d'Hudimesnil (dans *A*

1. Voir note 68.

*l'ombre des jeunes filles en fleurs*), c'est-à-dire « un bonheur analogue à celui que [lui] avaient donné entre autres les clochers de Martinville ». Il éprouve la joie qui accompagne la découverte d'une vérité qui lui permettra d'accomplir son œuvre. En effet, si le narrateur a piétiné pendant les six mois précédents, repoussant toujours à plus tard son « travail », il va maintenant avancer à pas de géant, en une seule journée, sur la trajectoire qui le conduit inexorablement à l'écriture du livre dont le sujet premier est finalement une reprise de la quête platonicienne des Essences cachées sous, derrière ou dans les apparences. Le train de retour vers la capitale l'emmène dans « un Paris inconnu au milieu de Paris » (p. 242), où vont lui être dévoilés les dessous de la passion de Saint-Loup pour Rachel et l'envers des décors du théâtre où elle est actrice.

*le restaurant*

« où Aimé avait annoncé qu'il devait entrer comme maître d'hôtel en attendant la saison de Balbec »

Passion intermédiaire entre celle de Swann pour Odette et celle du narrateur pour Albertine, l'amour de Saint-Loup pour Rachel répète et anticipe le motif de la jalousie qui transforme l'individu en « névropathe ». La scène du restaurant, où tout signe verbal ou gestuel est sujet à double, triple et en tout cas fausse entente, reflète la confusion psychologique dont est affligé celui qui aime, c'est-à-dire qui souffre de passion amoureuse.

Le narrateur qui assiste en observateur au drame de la passion de Saint-Loup pour Rachel, se laisse entraîner dans un jeu dont il ne fait qu'entrevoir les règles lorsqu'il accepte de boire du champagne avec eux, ce qui le fait régresser à des états antérieurs qu'il préférerait oublier et surtout abolit son espoir « de douer d'un caractère esthétique et par là justifier, sauver ces heures d'ennui ».

*le théâtre*

Lors de la répétition qui suit le déjeuner au restaurant, le narrateur pénètre dans les coulisses du lieu théâtral, sur le plateau où il peut voir les personnes derrière les acteurs. Ainsi, la cruauté de Rachel pour une actrice débutante lui est-elle brusquement révélée et le renvoie-t-elle à une scène de Combray : « à la souffrance de ma grand-mère quand mon grand-oncle pour la taquiner faisait prendre du cognac à mon grand-père ». Se rendant compte que « le monde n'est qu'un plus grand théâtre » le narrateur va par contrecoup voir le théâtre comme le monde et comprendre « la nature de l'illusion dont Saint-Loup était victime à l'égard de Rachel » (p. 255) avançant ainsi d'un pas par rapport à la révélation du matin devant les poiriers en fleur. Mais s'il réussit à percer les apparences en ce qui concerne la relation de Saint-Loup et de Rachel, par contre, il ne sait pas encore déchiffrer les paradoxes du « parfait comédien » qu'est Saint-Loup et ne peut que rapporter, sans les expliquer, les comportements bizarres de son ami envers le journaliste qu'il gifle et le promeneur passionné à qui il inflige une correction. De même, il se trompe complètement sur la raison pour laquelle Saint-Loup lui demande d'arriver chez Mme de Villeparisis indépendamment de lui. Il faudra attendre *La Fugitive* pour avoir la clef du « mystère » Saint-Loup. Au moment d'entrer dans le salon, le narrateur a donc fait un certain progrès dans son itinéraire spirituel mais demeure encore sous l'empire de nombreuses illusions sur les noms et les personnes. Il se trouve au seuil du « détour de bien des années inutiles par lesquelles [il] allai[t] encore passer avant que se déclarât la vocation invisible dont cet ouvrage est l'histoire [1] ».

---

1. *Le Côté de Guermantes* II.

*le salon Villeparisis*

Cet épisode du *Côté de Guermantes* I a toujours eu pour objet de mettre en scène la première conversation, aussi réduite soit-elle, entre le narrateur et la duchesse de Guermantes et de démythifier les personnages en les faisant parler : moins encore que leur apparence physique ou leur comportement leur langage coïncide avec leur nom. Le cas extrême est celui du Prince de Faffenheim-Munster-Weinigen qui s'exprime « avec le même accent qu'un concierge alsacien » alors que pour le narrateur « le nom du prince gardait, dans la franchise avec laquelle ses premières syllabes étaient — comme on dit en musique — attaquées, et dans la bégayante répétition qui les scandait, l'élan, la naïveté maniérée, les lourdes délicatesses germaniques projetées comme des branches verdâtres sur le Heim d'émail bleu sombre qui déployait la mysticité d'un vitrail rhénan derrière les dorures pâles et finement ciselées du xviii^e siècle allemand » (p. 348). C'est pour souligner la « profonde désillusion » du narrateur que Proust a substitué le nom de Faffenheim à celui de Tchiguine sur la dactylographie et rajouté le morceau sur les impressions poétiques que produisent les syllabes d'un nom, étendant ainsi le phénomène Guermantes. D'autres additions plus tardives semblent aller dans le même sens et, en particulier, la révélation faite au narrateur par M. de Charlus sur l'origine du nom Villeparisis : un emprunt fait par un riche roturier. Sur les épreuves Grasset de 1914 Proust rajoute la phrase d'explication suivante : « Mme de Villeparisis n'étant que Mme Thirion acheva la chute qu'elle avait commencée dans mon esprit quand j'avais vu la composition mêlée de son salon. »

Nous ne croyons donc pas que ce chapitre du *Côté de Guermantes* I ait simplement « pour objet de dresser le tableau d'un salon aristocratique — côté Guermantes — à prétentions littéraires et artistiques » ou soit « en somme galerie de portraits bien plus même que tableau d'ensemble [1] ». Première incursion véritable du narrateur dans le monde, le salon Villeparisis marque le début de la perte des illusions qu'il entretenait sur les personnes rattachées de près ou de loin au nom de Guermantes. D'ailleurs, le passage commence par des remarques sur les causes de la « déchéance mondaine » de Mme de Villeparisis et comme preuve de celle-ci, les premières personnes que rencontre le narrateur sont sans nom (« un historien », « un archiviste »), ou bien portent un nom familier, tel Bloch, son « ancien camarade devenu jeune auteur dramatique » (p. 273), ou encore ont un nom sans particule, comme Legrandin, que Mme de Villeparisis désigne par la suite avec la périphrase de « Grandin de rien du tout ». Entre le moment où le narrateur aperçoit Bloch et celui où Legrandin se fait annoncer, ont lieu deux entrées : celle d'Alix — que Proust a rajoutée sur les épreuves Grasset de 1914 — une des trois divinités déchues « cherchant par les nombres des saynètes qu'elles faisaient jouer à se donner l'illusion d'un salon » (p. 280) et celle de la duchesse de Guermantes — qui figure déjà dans le Cahier 44. Lorsqu'il entend pour la première fois sa « voix qu'on eût crue aux premiers sons enroués presque canaille », lorsqu'elle se moque de la sœur de Legrandin, Mme de Cambremer, parce qu'elle emploie le mot « plumitif », le narrateur comprend que se met alors en route le long processus qui va retirer les Guermantes de leur nom. Il est immédiatement « déçu » par les paroles qu'il entend prononcer par « une personne qui s'appelait Mme de Guermantes ».

A chaque entrée dans le salon, la déception et la désillusion du narrateur vont s'accentuer mais elles seront d'une certaine manière compensées par la mise en évidence de lois générales qui compléteront celle qui gouverne la passion de Saint-Loup pour Rachel et

---

1. Feuillerat, Albert : *Comment Marcel Proust a composé son roman*, p. 86.

surtout par une prise de conscience du statut social
que confère, avant tout, le nom. L'entrée du comte
d'Argencourt, du baron de Guermantes et du duc de
Châtellerault, « tout à fait de type Guermantes », est
suivie d'une scène au cours de laquelle l'historien se
ridiculise juste avant que le narrateur ne dise son nom
à mi-voix (M. Pierre) en réponse à la question du
Baron : « Comment s'appelle ce Monsieur. » La position du narrateur est ici particulièrement ambiguë car
il n'appartient encore à aucune des deux « classes »
présentes dans le salon : les mondains et les intellectuels. Il n'a littéralement pas de nom.

A la suite de divers essais de montage, Proust a
glissé ici la scène qui rassemble tous les invités autour
de Mme de Villeparisis en train de peindre, et qui se
termine par l'épisode du vase brisé par Bloch, aggra-
vant son cas par son impolitesse : « Cela ne présente
aucune importance, car je ne suis pas mouillé [1]. » Tout
le discours qui va suivre aura pour but d'illustrer la
mauvaise éducation de Bloch et ne sera interrompu
que par l'entrée du marquis de Norpois qui demande
au narrateur s'il a « quelque chose sur le chantier »
(p. 310) semblant ainsi le situer du côté des intellectuels. Mais il dissipe toutes les illusions que l'on
pourrait se former à ce sujet en ajoutant aussitôt :
« Vous m'avez montré une œuvrette un peu tarabiscotée où vous coupiez les cheveux en quatre. Je vous ai
donné franchement mon avis : ce que vous avez fait ne
valait pas la peine que vous le couchiez sur le papier. »
Le narrateur est ainsi placé dans la catégorie jeune
artiste sans talent (qui est aussi celle de Rachel, que
Mme de Villeparisis a refusé de venir faire jouer chez
elle et qu'Oriane de Guermantes critique avec
cruauté). Cependant l'autre question de M. de Norpois « nous préparez-vous quelque chose ? » n'est ni
purement rhétorique ni simplement polie. Elle impli-
que que la présence du narrateur dans le salon
Villeparisis est une *préparation* à autre chose et que

---

1. Voir notes 107 et 114.

tout le ballet apparemment inorganisé des entrées, des sorties, des rencontres et des conversations trouvera un sens et une place spécifique dans la courbe descendante des illusions perdues sur tout ce qui se rapporte au nom de Guermantes. Comme le fait remarquer Michel Raimond : « Au début était le mythe et, traqué par la réalité, sa part s'est restreinte de plus en plus. Le dernier mythe disparu, il ne restera plus qu'à écrire un livre sur la disparition du mythe[1]. » Dans le salon Villeparisis, le mythe Guermantes est pour la première fois traqué par la réalité et le rêve résiste mal aux assauts répétés de l'extrême banalité de la réunion mondaine. L'arrivée du duc de Guermantes va obliger le narrateur à reconnaître, sous les marques extérieures d'une bonne éducation, un esprit borné et suffisant, que reflètent toutes les affectations de son langage. D'autre part, les véritables rapports du couple Guermantes vont brusquement se faire jour lorsque le duc, « qui avait dans son ménage l'habitude d'être brutal avec elle » (p. 324), ne supporte pas d'être interrompu par sa femme, au milieu d'une phrase qui concerne le dreyfusisme de Saint-Loup et lui lance « un regard qui embarrassa tout le monde ». A partir des paroles prononcées par le duc de Guermantes, le narrateur va pouvoir décoder « non seulement les lois de l'imagination mais celles du langage » (p. 325).

Maître dans l'art de ne rien dire, Norpois est mis en contraste avec le duc de Guermantes qui affiche ses opinions, en noyant Bloch sous un flot de paroles qui porte ce dernier tantôt à penser qu'il est dreyfusard, tantôt qu'il ne l'est pas. Toute parole a figure de Janus dans le salon de Mme de Villeparisis et l'impression produite par une phrase peut en abolir complètement une autre. Ainsi Mme de Guermantes témoigne-t-elle d'un goût sûr en se déclarant fervente admiratrice de Bergotte mais d'un autre côté, critique stupidement

---

1. « Note sur la structure du *Côté de Guermantes* », p. 860.

*Les Sept Princesses* de Maeterlinck, amenant le narrateur au commentaire de « Quelle buse ».

La reprise du thème de l'affaire Dreyfus déjà discutée à Doncières, et source par excellence de commentaires contradictoires, servira de transition, lorsqu'elle sera l'objet d'un débat à l'office, entre la matinée Villeparisis et la maladie de la grand-mère. Là, elle permet à Proust d'introduire sur les épreuves Grasset et dans le salon de Mme de Villeparisis, Mme Swann, parce qu'elle a réussi à « entrer dans quelques-unes des ligues de femmes du monde antisémites ». Première annonciatrice que les temps changent, elle détrompe le narrateur qui croit M. de Norpois « sympathique » au contraire de Saint-Loup qui le prend pour « une peste », en lui rapportant un propos de Norpois le concernant : « Dernièrement Charlus a dîné chez la princesse de Guermantes ; je ne sais pas comment on a parlé de vous. M. de Norpois leur aurait dit [...] que vous étiez un flatteur à moitié hystérique » (p. 366). La stupéfaction du narrateur s'accompagne de la confirmation d'une autre loi générale qui l'aidera à accomplir son œuvre : « Plus tard cet écart entre notre image selon qu'elle est dessinée par nous-mêmes ou par autrui, je devais m'en rendre compte pour d'autres que moi, etc. » (p. 367). De même, il utilisera ses observations sur la conversation entre Mme de Marsantes et Saint-Loup pour généraliser sa théorie sur les rapports mère-fils et la conduite des « égoïstes » dont Robert est la parfaite illustration.

Dans le salon Villeparisis, le narrateur apprend donc à considérer les mots comme autant de clefs susceptibles d'ouvrir des portes. Ainsi, le prince de Faffenheim, qui désire entrer à l'Académie des sciences morales et politiques finit-il par « mettre la main sur la bonne clef » en demandant à M. de Norpois de le présenter à Mme de Villeparisis. Ce succès du prince est en opposition avec l'échec du narrateur qui a antérieurement demandé à M. de Norpois de soutenir la candidature de son père à un

fauteuil académique. C'est que le narrateur n'a pas
encore maîtrisé « le système d'inductions [...] la
méthode de lecture à travers des symboles superposés » (p. 353) qui ont permis au prince de Faffenheim
de trouver son Sésame. Il en est au stade préparatoire
et va commettre une ultime erreur en traitant le duc de
Guermantes d'idiot devant le baron de Charlus qui se
révèle être son frère, bien qu'il porte un nom différent...

De même que le narrateur est incapable d'interpréter correctement le langage et le comportement de
Saint-Loup avant la matinée Villeparisis, de même il
ne comprend rien au discours que lui tient Charlus par
la suite, pas plus qu'il ne saisit le sens de la contrariété
de Mme de Villeparisis à le voir quitter le salon en
compagnie du baron.

La promenade à pied, jusqu'à ce que Charlus
« trouve un fiacre qui lui convienne » est un dialogue
de sourds, au cours duquel le narrateur est complètement abasourdi par les réactions imprévisibles de son
interlocuteur, dont il ne comprend aucune des propositions. Celui-ci prétend détenir « le Sésame de l'hôtel
de Guermantes » mais a déclaré juste auparavant à
propos de la duchesse que « sa fréquentation ne
pourrait actuellement exercer qu'une action fâcheuse
comme d'ailleurs toute fréquentation mondaine »
(p. 390). Son départ précipité avec un jeune cocher
ivre est une dernière source d'étonnement : sa
conduite est tout aussi inexplicable que son langage.

La matinée Villeparisis, pendant laquelle le narrateur a eu la surprise de constater que « la fée dépérit si
nous nous approchons de la personne réelle à laquelle
correspond son nom » parce que la personne réelle ne
correspond jamais à son nom, s'achève sur une
impression d'ambiguïté et de confusion. A la fin de ses
années d'innocence, le narrateur qui « ne sait pas le
sens de cette expression d'argot : " truqueur " »
(p. 392) mais se rend compte que certaine plaisanterie
peut être « plutôt une preuve de correction que de
naïveté » (p. 392) n'a pas encore l'expérience suffi-

sante pour soupçonner qu'un seul mot — et un mot seul — expliquerait parfaitement Saint-Loup et Charlus et donc un aspect particulier du *Côté de Guermantes* : Sodome. Cette situation fait écho à un épisode antérieur ; observant par la fenêtre la scène de sadisme à Montjouvain, le narrateur a été incapable de comprendre que la fille de Vinteuil et son amie représentaient un aspect particulier du *Côté de chez Swann* : Gomorrhe. Si bien que le « côté de Guermantes » et le « côté de chez Swann » ne sont que d'autres noms pour désigner le « côté de Sodome » et le « côté de Gomorrhe » et que le rattachement des trente premières pages de *Sodome et Gomorrhe* au *Côté de Guermantes* II peut être moins le fruit du hasard que celui de la nécessité.

## Le petit pavillon des Champs-Élysées

De retour à son appartement, le narrateur entend « le pendant de la conversation qu'avaient échangée un peu auparavant Bloch et M. de Norpois » (p. 393) dans une discussion sur l'affaire Dreyfus entre son maître d'hôtel et celui des Guermantes. Proust a rajouté ce passage sur les épreuves Gallimard, pour assurer une transition entre la matinée Villeparisis et la maladie de la grand-mère, souffrante « depuis quelque temps ». La visite du docteur Cottard qui plaisante sur la possibilité d'une « maladie diplomatique » et prescrit un régime lacté sans aucun effet sinon d'aggraver l'état de la malade est suivie de celle du docteur du Boulbon, ami de Bergotte (lui aussi malade) et qui se trompe d'une autre façon en diagnostiquant une maladie psychosomatique qu'il appelle vaguement « le nervosisme », se traduisant dans le cas de la grand-mère par de « l'albumine mentale ». Proust a grossi le texte de base du Cahier 47 dans la dactylographie et sur les épreuves Gallimard pour souligner avec quelle facilité les hommes de science peuvent tomber dans des erreurs fondamen-

tales en ne sachant pas à quoi renvoient en réalité les
symptômes physiques qu'ils observent, et se tromper
complètement sur l'interprétation des signes, alors
qu'il s'agit, littéralement, d'une question de vie ou de
mort. D'autre part, lorsque le docteur du Boulbon
recommande une sortie aux Champs-Elysées, « près
du massif de lauriers » qu'affectionne le narrateur,
Proust embellit son discours d'une référence mythologique qui, au niveau métaphorique, illumine toute la
démarche du narrateur : « Après avoir exterminé le
serpent Python, c'est une branche de laurier à la main
qu'Apollon fit son entrée à Delphes » (p. 340).
Comme Apollon, dieu de la Poésie, a triomphé de
Python, symbole de la mort par étouffement, le
narrateur va devoir transcender la mort de sa grand-
mère par la gloire littéraire que lui apportera sa
transcription en termes esthétiques. En bref, il faut
que la grand-mère meure pour que naisse le texte qui
fera du narrateur un écrivain.

Débarrassé du chagrin qui l' « oppressait depuis
plusieurs semaines » par les paroles rassurantes du
médecin, le narrateur décide de conduire sa grand-
mère aux Champs-Elysées avant de partir en train avec
des amis à Ville-d'Avray. Mais cette excursion n'aura
jamais lieu. En effet, alors que les conditions climati-
ques paraissent idéales et que tout semble normal, la
grand-mère va étonner et irriter le narrateur par
l'étrangeté de sa conduite, tout d'abord en « mettant
un temps infini à sa toilette », puis en s'enfermant
« une grande demi-heure » dans le petit pavillon des
Champs-Elysées, et les deux fois sans s'expliquer ni
s'excuser. L'intermède comique de la « Marquise »
contient une part d'ironie tragique : c'est elle qui
évoque directement l'éventualité de la mort d'un de
ses clients parce qu'il a manqué un jour à sa visite
rituelle. Bien que la grand-mère essaie de donner le
change au narrateur en plaisantant sur la conversation
échangée entre la « Marquise » et le garde : « C'était
on ne peut plus Guermantes et petit noyau Verdurin »
(p. 410), ramenant ainsi au même niveau les deux

« côtés », celui-ci n'est pas dupe de ses propos et déjoue pour la première fois les pièges d'un langage de diversion. La dernière phrase du livre prouve que la grand-mère traite le narrateur en adulte, à qui les mots ne peuvent plus faire illusion. Aux Champs-Elysées, lieu de la réunion des âmes bienheureuses dans la mythologie grecque, le narrateur va donc à la fois perdre et retrouver sa grand-mère. L'annonce du thème de la mort, qui sera repris à propos de Swann à la fin de *Guermantes* II, marque une étape décisive dans le cheminement du narrateur vers sa vocation : à l'attaque cardiaque de la grand-mère correspond la fin des illusions enfantines sur la permanence des êtres, quel que soit leur nom et sur la part de vérité que contiennent les mots.

### Une année dans la vie du narrateur

*Le Côté de Guermantes* I recouvre une année pratiquement complète et, en tout cas, quatre saisons dans la vie du narrateur. Le récit avance chronologiquement, du moment imprécis de la fin de l'été où la famille vient s'installer dans une aile de l'hôtel de Guermantes, jusqu'à la sortie de la grand-mère aux Champs-Elysées, au début de l'été suivant (« Jamais un temps aussi chaud et aussi beau ne se prêtait si bien à sa sortie »).

La soirée à l'Opéra a lieu un jour d'automne. Elle est suivie par la répétition, « chaque matin », « tous les jours », du manège du narrateur pour voir passer dans la rue la duchesse de Guermantes, qui lui a souri à l'Opéra, jusqu'à ce qu'il parte pour Doncières, à la fin du même automne, puisqu'il fait allusion aux « fêtes prochaines » c'est-à-dire Noël. Le retour précipité à Paris, à cause de la grand-mère, met un terme au séjour à Doncières, qui a duré une quinzaine de jours. Il entraîne une reprise des promenades matinales du narrateur pour se rapprocher de la duchesse de

Guermantes, « pendant de longues semaines », jusqu'à la période du Carême.

La journée Villeparisis se situe quelques jours avant
Pâques. Elle occupe la seconde partie du volume. Elle
commence le matin avec le départ en train pour le
village de banlieue où habite Rachel, se poursuit à
Paris au restaurant et au théâtre, puis dans le salon de
Mme de Villeparisis, et s'achève avec le retour du
narrateur chez lui, où il trouve sa grand-mère plus
souffrante.

« Quelques semaines » s'écoulent entre la journée
Villeparisis et l'attaque de la grand-mère aux Champs-
Elysées, et le récit se referme une année après qu'il a
commencé, à un point indéfini de l'été. L'allusion que
fait M. de Norpois au procès Zola qui est en cours
(p. 330) permet de dater l'année du récit : 1898.

*Le Côté de Guermantes* I tel qu'il se présente
aujourd'hui reste fidèle à ce que Proust voulait qu'il
fût lorsqu'il écrivait en février 1914 à Jacques
Rivière : « Si je n'avais pas de croyances intellectuelles, si je cherchais simplement à me souvenir et à faire
double emploi par ces souvenirs avec les jours vécus,
je ne prendrais pas, malade comme je suis, la peine
d'écrire. Mais cette évolution d'une pensée, je n'ai pas
voulu l'analyser abstraitement mais la recréer, la faire
vivre. Je suis donc forcé de peindre les erreurs, sans
croire devoir dire que je les tiens pour des erreurs ;
tant pis pour moi si le lecteur croit que je les tiens pour
la vérité. Le second volume accentuera ce malentendu. J'espère que le dernier le dissipera [1]. »

Jusqu'à un certain point, en effet, *Le Côté de
Guermantes* accentue le malentendu que dissipera *Le
Temps retrouvé* parce que Proust y montre le narrateur
dans une série de situations qui mettent à l'épreuve
l'image qu'il a de lui-même et des autres sans qu'il soit
capable de toujours discerner le vrai du faux. Cette
première phase de la révision des valeurs s'effectue
dans des lieux publics (théâtres, restaurants, salons)

1. *Correspondance*, p. 3, 7 février 1914.

où les discours tenus en cachent toujours d'autres. Le narrateur découvre que tout mot dit, entendu ou écrit est suspect, car il recouvre une multitude de significations et ne fait en aucun cas partie du discours idéal que son imagination avait inclus dans les Noms de personnes.

Dès 1910, dans le Cahier 30, Proust avait résumé ce qui fait l'originalité du *Côté de Guermantes* : « Les peintures de débuts dans la vie mondaine sont sans intérêt parce que les romanciers négligent la seule chose qui y soit intéressante, l'émotion particulière éprouvée par le débutant dans la vie mondaine. Mais à l'âge où le monde apparaissait rempli d'êtres inconnus et merveilleux cachés sous chaque nom de ville, de rivière et de pays, les noms de personnes ne cachent pas des génies et des fées moins séduisants, assimilés au pouvoir et à la particularité de leur nom, et il faut des années avant que nous ayons renoncé à voir dans telle femme dont le nom brillait pour nous comme une branche de grenade autre chose qu'une combinaison quelconque des lignes du nez, et de morceau de peau comme du taffetas ou le pouvoir de son nom n'habitait pas. Tant que l'identification existe la vie mondaine, ce qu'on appelle le snobisme n'est pas indigne d'entrer dans la littérature [1]. »

## QUI EST QUI ?

Bien que Proust se soit plu à répéter qu' « il n'y a pas de clefs pour les personnages de ce livre ; ou bien il y en a huit ou dix pour un seul [2] », sa correspondance

---

1. Cahier 30 (N.A. fr. 16670), 4r°. Nous avons respecté la ponctuation.
2. Dédicace « à Monsieur Jacques de Lacretelle », Paris 20 avril 1918, in Marcel Proust : *Contre Sainte-Beuve*, Bibliothèque de la Pléiade, Paris, Gallimard, 1971, p. 564.

abonde en indications d'emprunts à la réalité du
monde parisien du début du siècle pour la composition des personnages du *Côté de Guermantes*. Nous
avons donc réuni un certain nombre de lettres de
Proust à divers correspondant(e)s dans lesquelles il
révèle, parfois de façon contradictoire, quelles personnes réelles ont posé comme modèles pour les
personnages d'Oriane de Guermantes, de Rachel, de
Saint-Loup, de Norpois, de Mme de Villeparisis et de
Charlus. Pour ce qui concerne la transposition dans
l'œuvre d'événements ayant eu réellement lieu dans la
vie de Proust, nous renvoyons les lecteurs à la
biographie de G. D. Painter : *Marcel Proust : 1904-
1922 Les années de maturité.*

## ÉTABLISSEMENT DU TEXTE

Nous avons adopté comme texte de base celui de la seconde édition originale publiée par les éditions de la *Nouvelle Revue française* en 1920 : *Le Côté de Guermantes*, qui comporte quatre pages d'*errata*, constituant en quelque sorte les ultimes corrections de Proust.

L'exemplaire sur lequel nous avons travaillé se trouve à la réserve de la Bibliothèque nationale, sous la cote Y2 1085, et porte une dédicace autographe de Proust à Henri Gans : « A vous mon cher ami avec tout mon vif attachement. Savez-vous que je viens d'être très malade ? (40 de fièvre). J'espère que pendant le même temps Madame Votre Mère s'est entièrement rétablie. Vous me ferez grand plaisir si vous pouvez m'en assurer. Je n'ai rien fait des choses que je vous avais dites mais la fatigue l'a emporté. Votre très affectueusement dévoué Marcel Proust. »

Nous avons respecté la ponctuation et la disposition typographique de cette édition originale, qui diffèrent à divers niveaux de celles qui apparaissent dans les manuscrits, dans les dactylographies et dans les placards antérieurement corrigés par Proust, parce qu'elles correspondent à l'état du texte pour lequel Proust a donné en 1920 le bon à tirer. Cette décision rend compte des différences de présentation entre le texte que nous avons établi et celui de la Bibliothèque de la Pléiade ; les autres divergences s'expliquent par le fait que nous avons eu accès à des documents autographes, dactylographiés ou imprimés qui n'étaient pas à la disposition de Pierre Clarac et André Ferré lorsqu'ils préparèrent leur édition de 1954.

Nous appelons manuscrits les *Cahiers* 39, 45, 35, 44 et 47 qui ont servi à établir la dactylographie du texte du *Côté de Guermantes*. Les autres cahiers, qui ont été repris partiellement par Proust pour aboutir au texte des cinq cahiers cités, sont considérés comme des brouillons[1]. Lorsque nous indiquons les folios, nous faisons toujours référence à la pagination imprimée en haut à droite de chaque page ou feuillet par la Bibliothèque nationale.

Cahier 39 (N.A.F. 16679). Rêverie sur le nom de Guermantes. Installation de la famille du narrateur dans un nouvel appartement parisien voisin de celui des Guermantes. Réactions de Françoise. Amitié avec le fleuriste Borniche (qui deviendra le giletier Jupien dans la dactylographie). Nouveau mystère du Faubourg Saint-Germain.

Cahier 45 (N.A.F. 16685). Rêverie sur la vie des Guermantes. Entretien entre le duc de Guermantes et M. de Montfort (barré à diverses reprises en faveur de Norpois). Soirée d'abonnement à l'Opéra-Comique patronnée par la princesse de Parme. M. de Fleurus (barré au profit de Charlus). La princesse et la duchesse de Guermantes. Manège du narrateur pour voir passer la duchesse de Guermantes dans la rue. Décision d'aller voir Charles de Montargis (remplacé à plusieurs endroits par Robert de Saint-Loup) dans sa ville de garnison. Arrivée du narrateur dans une chambre d'hôtel.

Cahier 35 (N.A.F. 16675). Dîner avec Saint-Loup. Discussion sur la valeur militaire. Téléphonage à la grand-mère. Retour à Paris. Scène de jalousie au théâtre. Robert et sa maîtresse au restaurant.

1. Voir p. 12.

Cahier 44 (N.A.F. 16684). Matinée chez Mme de Villeparisis. Incident du vase renversé par Bloch. Arrivée de Legrandin. Entrée de la duchesse de Guermantes et déception du narrateur qui ne retrouve pas dans la personne l'inconnu de son nom. Hypocrisie de M. de Norpois. Discussion du talent des actrices et des illusions de l'amour. Conversation entre Bloch et Norpois sur l'affaire Dreyfus. La vicomtesse de Saint-Loup (Mme de Marsantes dans la dactylographie). Arrivée de Saint-Loup. Brève conversation entre le narrateur et Mme de Guermantes. Manœuvre du prince Tchiguine (qui sera remplacé par le nom de Faffenheim-Munsterburg-Weinigen dans la dactylographie) pour entrer à l'Institut.

Cahier 47 (N.A.F. 16687). Réflexions sur la maladie. Le thermomètre. Visite d'un médecin qui conclut à l'origine nerveuse de la maladie de la grand-mère. Promenade du narrateur et de sa grand-mère aux Champs-Elysées. Le petit pavillon et la « marquise ». La grand-mère a une petite attaque.

D Dactylographie (N.A.F. 16736). *Le Côté des Guermantes*. 310 feuillets portant des corrections et des additions marginales de Proust. 305 feuillets sont dactylographiés, de « A l'âge où les Noms [...] » jusqu'à « Monsieur je ne vous retiens pas puisque vous êtes pressé. » Proust a barré le feuillet 306 et l'a fait suivre de quatre pages manuscrites qui s'achèvent sur : « Et il sauta à côté du cocher, au fond du fiacre qui partit au grand trot. »

D1 D2 D3 (N.A.F. 16737). Maladie et mort de la grand-mère. 3 dactylographies avec corrections autographes.

G Epreuves Grasset (N.A.F. 16760). *Le Côté des Guermantes*. 28 placards comportant divers ajouts autographes. Le texte imprimé va de « A l'âge où les noms [...] » jusqu'à « [...] qui partit au grand trot ». Le premier placard porte le tampon de l'imprimeur : Ch. Colin Imprimeur à Mayenne, 6 juillet 1914.

N.R.F. 10 fragments imprimés du *Côté de Guermantes* dans la *Nouvelle Revue française* N° 67 du 1er juillet 1914, pp. 72-124, sous le titre *A la recherche du temps perdu*.

G2 Epreuves Gallimard (N.A.F. 16762) *Le Côté des Guermantes*. 24 placards corrigés par Proust. Sur le premier on peut lire : Prière de retourner ces épreuves corrigées et signées à M. Gallimard. Le 8 décembre [1919]. Proust a ajouté l'incipit qui va de « Le pépiement matinal des oiseaux semblait insipide à Françoise. » jusqu'à « [...] un appartement qui dépendait de l'hôtel de Guermantes. » Sur le placard 24 il a fait une addition concernant l'affaire Dreyfus à l'office allant de « Pour ma part, à peine rentré à la maison [...] » jusqu'à « J'eus l'impression que ce n'était pas lui qui mettait la division dans la domesticité des Guermantes », qui fait une transition entre la fin des épreuves Grasset et le début de la maladie de la grand-mère imprimé sur le placard 24 et allant jusqu'à la fin du volume « [...] elle venait d'avoir une petite attaque. » Il n'existe pas de placard Grasset correspondant à cet épisode mais on a retrouvé trois dactylographies (N.A.F. 16737) dont la dernière, corrigée par Proust, a servi à l'établissement du texte du placard 24.

G1 Ces épreuves Gallimard ont été précédées d'un premier jeu d'épreuves dont il reste trois fragments :
— le placard 1 (N.A.F. 16761) corrigé par Proust, postérieur aux épreuves Grasset, allant de « A l'âge où les noms [...] » jusqu'à « [...] les plus délicats, les plus généreux. »
— le placard 10 reproduit dans l'ouvrage de Pierre Abraham : *Proust*, édition Rieder, 1930, planche XVI à XIX ;
— le placard 23 non classé à la Bibliothèque nationale.

G3 Pour expliquer les différences qui demeurent entre les épreuves Gallimard G2 et le texte de l'édition originale, il nous faut supposer un ultime jeu d'épreuves revu par Proust et resté chez l'imprimeur : G3. Ceci permet de comprendre comment le titre corrigé par Proust sera bien *Le Côté de Guermantes* (et non *des* Guermantes) dans l'édition originale de 1920.

## Rappels sur « A l'ombre
### des jeunes filles en fleurs »

Le marquis de Norpois ayant conseillé au père du narrateur de lui laisser faire de la littérature, celui-ci permet à son fils d'aller assister à une représentation de *Phèdre* dans laquelle se produit la Berma mais cette première matinée est une grande déception. Le narrateur, agité par son amour grandissant pour Gilberte Swann, — fille de Swann et d'Odette de Crécy devenue Mme Swann — avec qui il joue aux Champs-Elysées, finit par tomber malade mais parvient ainsi à se faire inviter chez les Swann. Il y entend parler de « la fameuse Albertine » et y rencontre l'écrivain Bergotte, dont l'apparence physique est en complet désaccord avec l'image de « doux chantre aux cheveux blancs » que le narrateur avait associée à son nom. Vers cette époque, Bloch conduit le narrateur dans une maison de passe où une entremetteuse lui présente Rachel. Voyant que Gilberte semble l'éviter et s'éloigner de lui, il feint une rupture qui deviendra une réalité et il conclut à l'impossibilité du bonheur en amour. Cependant, au fur et à mesure que le temps passe, son chagrin s'atténue et l'oubli fait son œuvre ; les moments douloureux vont en s'espaçant au rythme même des visites du narrateur à Mme Swann, dont la position sociale commence à opérer un redressement.

Deux ans plus tard, le narrateur part avec sa grand-mère pour Balbec et éprouve une autre grande déception devant l'église qui n'est pas conforme à ce que son

nom lui avait laissé imaginer. Angoissé à l'idée de
dormir seul dans une chambre du Grand Hôtel, il
n'est calmé que par la présence de sa grand-mère, dont
il n'interprète cependant pas tous les motifs. Elle lui
fait connaître une de ses amies, Mme de Villeparisis
(qui est en fait la maîtresse du marquis de Norpois et
une Guermantes) qui l'invite à faire quelques promenades dans sa voiture ; au cours de l'une d'entre elles,
il aura l'intuition d'une réalité cachée derrière les trois
arbres d'Hudimesnil. Mme de Villeparisis lui présente
son neveu, Robert de Saint-Loup, qui devient son
ami. Ses bonnes manières contrastent singulièrement
avec celles de Bloch, que le narrateur retrouve également à Balbec. Il y reconnaît aussi dans l'oncle de
Robert de Saint-Loup, le baron de Charlus, dont il ne
s'explique ni la conduite ni les propos, le monsieur du
raidillon de Tansonville. Mais il s'intéresse surtout à
un groupe de jeunes filles qui se promènent sur la
digue. Parallèlement, il va dans l'atelier du peintre
Elstir qui lui révèle la beauté de l'église de Balbec et
les secrets de la vision que l'artiste a du monde en
général. Etant enfin accepté par la « petite bande » le
narrateur va « préférer » Albertine aux autres ; elle
vient passer une nuit au Grand Hôtel mais refuse au
narrateur de lui donner un baiser. Le temps et le
rapprochement transforment aux yeux du narrateur
les créatures surnaturelles en simples jeunes filles mais
Albertine garde son mystère. La saison finissant, le
narrateur et sa grand-mère repartent pour Paris.

Elyane DEZON-JONES.

# LE CÔTÉ DE GUERMANTES

## I

Le pépiement matinal des oiseaux semblait insipide
à Françoise. Chaque parole des « bonnes » la faisait
sursauter ; incommodée par tous leurs pas, elle s'interrogeait sur eux ; c'est que nous avions déménagé.
Certes les domestiques ne remuaient pas moins, dans
le « sixième » de notre ancienne demeure ; mais elle
les connaissait ; elle avait fait de leurs allées et venues
des choses amicales. Maintenant elle portait au silence
même une attention douloureuse. Et comme notre
nouveau quartier paraissait aussi calme que le boulevard sur lequel nous avions donné jusque-là était
bruyant, la chanson [1] (distincte de loin, quand elle est
faible, comme un motif d'orchestre) d'un homme qui
passait, faisait venir des larmes aux yeux de Françoise
en exil. Aussi, si je m'étais moqué d'elle [2], navrée
d'avoir eu à quitter un immeuble où l'on était « si bien
estimé de partout » et où elle avait fait ses malles en
pleurant, selon les rites de Combray, et en déclarant
supérieure à toutes les maisons possibles celle qui avait
été la nôtre, en revanche, moi qui assimilais aussi
difficilement les nouvelles choses que j'abandonnais
aisément les anciennes, je me rapprochai de notre
vieille servante quand je vis que l'installation dans une
maison où elle n'avait pas reçu du concierge qui ne
nous connaissait pas encore les marques de considération nécessaires à sa bonne nutrition morale, l'avait
plongée dans un état voisin du dépérissement. Elle

seule pouvait me comprendre ; ce n'était certes pas son
jeune valet de pied qui l'eût fait ; pour lui qui était
aussi peu de Combray que possible, emménager,
habiter un autre quartier, c'était comme prendre des
vacances où la nouveauté des choses donnait le même
repos que si l'on eût voyagé ; il se croyait à la
campagne ; et un rhume de cerveau lui apporta,
comme un « coup d'air » pris dans un wagon où la
glace ferme mal, l'impression délicieuse qu'il avait vu
du pays ; à chaque éternuement, il se réjouissait
d'avoir trouvé une si chic place, ayant toujours désiré
des maîtres qui voyageraient beaucoup. Aussi, sans
songer à lui, j'allai droit à Françoise ; comme j'avais ri
de ses larmes à un départ qui m'avait laissé indifférent, elle se montra glaciale à l'égard de ma tristesse,
parce qu'elle la partageait. Avec la « sensibilité »
prétendue des nerveux grandit leur égoïsme ; ils ne
peuvent supporter de la part des autres l'exhibition
des malaises auxquels ils prêtent chez eux-mêmes de
plus en plus d'attention. Françoise, qui ne laissait pas
passer le plus léger de ceux qu'elle éprouvait, si je
souffrais détournait la tête pour que je n'eusse pas le
plaisir de voir ma souffrance plainte, même remarquée. Elle fit de même dès que je voulus lui parler de
notre nouvelle maison. Du reste, ayant dû au bout de
deux jours aller chercher des vêtements oubliés dans
celle que nous venions de quitter, tandis que j'avais
encore, à la suite de l'emménagement, de la « température » et que, pareil à un boa qui vient d'avaler un
bœuf, je me sentais péniblement bossué par un long
bahut que ma vue avait à « digérer ». Françoise, avec
l'infidélité des femmes, revint en disant qu'elle avait
cru étouffer sur notre ancien boulevard, que pour s'y
rendre elle s'était trouvée toute « déroutée », que
jamais elle n'avait vu des escaliers si mal commodes,
qu'elle ne retournerait pas habiter là-bas « pour un
empire » et, lui donnât-on des millions — hypothèses
gratuites — et que *tout* (c'est-à-dire ce qui concernait
la cuisine et les couloirs) était beaucoup mieux
« agencé » dans notre nouvelle maison. Or, il est

temps de dire que celle-ci — et nous étions venus y habiter parce que ma grand-mère ne se portant pas très bien, raison que nous nous étions gardés de lui donner, avait besoin d'un air plus pur — était un appartement qui dépendait de l'hôtel de Guermantes.

A l'âge où les Noms, nous offrant l'image de l'inconnaissable que nous avons versé en eux, dans le même moment où ils désignent aussi pour nous un lieu réel, nous forcent par là à identifier l'un à l'autre au point que nous partons chercher dans une cité une âme qu'elle ne peut contenir mais que nous n'avons plus le pouvoir d'expulser de son nom, ce n'est pas seulement aux villes et aux fleuves qu'ils donnent une individualité, comme le font les peintures allégoriques, ce n'est pas seulement l'univers physique qu'ils diaprent de différences, qu'ils peuplent de merveilleux, c'est aussi l'univers social : alors chaque château, chaque hôtel ou palais fameux a sa dame, ou sa fée, comme les forêts leurs génies et leurs divinités les eaux. Parfois, cachée au fond de son nom, la fée se transforme au gré de la vie de notre imagination qui la nourrit ; c'est ainsi que l'atmosphère où Mme de Guermantes existait en moi, après n'avoir été pendant des années que le reflet d'un verre de lanterne magique et d'un vitrail d'église, commençait à éteindre ses couleurs, quand des rêves tout autres l'imprégnèrent de l'écumeuse humidité des torrents.

Cependant, la fée dépérit si nous nous approchons de la personne réelle à laquelle correspond son nom, car, cette personne, le nom alors commence à la refléter et elle ne contient rien de la fée ; la fée peut renaître si nous nous éloignons de la personne ; mais si nous restons auprès d'elle, la fée meurt définitivement et avec elle le nom, comme cette famille de Lusignan qui devait s'éteindre le jour où disparaîtrait la fée Mélusine. Alors le Nom, sous les repeints successifs duquel nous pourrions finir par retrouver à l'origine le beau portrait d'une étrangère que nous n'aurons jamais connue, n'est plus que la simple carte photographique d'identité à laquelle nous nous reportons pour savoir si nous connaissons, si nous devons ou non saluer une personne qui passe. Mais qu'une sensation d'une année d'autrefois — comme ces instruments de musique enregistreurs qui gardent le son et le style des différents artistes qui en jouèrent — permette à notre mémoire de nous faire entendre ce nom avec le timbre particulier qu'il avait alors pour notre oreille, et ce nom en apparence non changé, nous sentons la distance qui sépare l'un de l'autre les rêves que signifièrent successivement pour nous ses syllabes identiques. Pour un instant, du ramage réentendu qu'il avait en tel printemps ancien, nous pouvons tirer, comme des petits tubes dont on se sert pour peindre, la nuance juste, oubliée, mystérieuse et fraîche des jours que nous avions cru nous rappeler, quand, comme les mauvais peintres, nous donnions à tout notre passé étendu sur une même toile les tons conventionnels et tous pareils de la mémoire volontaire. Or, au contraire, chacun des moments qui le composèrent, employait, pour une création originale, dans une harmonie unique, les couleurs d'alors que nous ne connaissons plus et qui, par exemple, me ravissent encore tout à coup si$^3$, grâce à quelque hasard, le nom de Guermantes ayant repris pour un instant après tant d'années le son, si différent de celui d'aujourd'hui, qu'il avait pour moi le jour du mariage de Mlle Percepied, il me rend ce mauve si doux, trop brillant, trop neuf, dont se veloutait la cravate gonflée de la jeune Duchesse, et, comme une pervenche incueillissable et refleurie, ses yeux ensoleillés d'un sourire bleu. Et le nom de Guermantes d'alors est aussi comme un de ces petits ballons dans lesquels on a enfermé de l'oxygène ou un autre gaz : quand j'arrive à le crever, à en faire sortir ce qu'il contient, je respire l'air de Combray de cette année-là, de ce jour-là, mêlé d'une odeur d'aubépines agitée par le vent du coin de la place, précurseur de la pluie, qui tour à tour faisait envoler le soleil, le laissait s'étendre sur le tapis de laine rouge de la sacristie et le revêtir d'une carnation brillante, presque rose, de géranium, et de cette douceur, pour ainsi dire wagnérienne, dans l'allégresse, qui conserve tant de noblesse à la festivité. Mais même en dehors des rares minutes comme celles-là, où brusquement nous sentons l'entité originale tressaillir et reprendre sa forme et sa ciselure au sein des syllabes mortes aujourd'hui, si dans le tourbillon vertigineux de la vie courante, où ils n'ont plus qu'un usage entièrement pratique, les noms ont perdu toute couleur comme une toupie prismatique qui tourne trop vite et qui semble grise, en revanche quand, dans la rêverie, nous réfléchissons, nous cherchons, pour revenir sur le passé, à ralentir, à suspendre le mouvement perpétuel où nous sommes entraînés, peu à peu nous revoyons apparaître, jutaxposées, mais entièrement distinctes les unes des autres, les teintes qu'au cours de notre existence, nous présenta successivement un même nom.

Sans doute quelle forme se découpait à mes yeux en ce nom de Guermantes, quand ma nourrice — qui sans doute ignorait, autant que moi-même aujourd'hui, en l'honneur de qui elle avait été composée — me berçait de cette vieille chanson : *Gloire à la Marquise de Guermantes* ou quand, quelques années plus tard, le vieux maréchal de Guermantes remplissant ma bonne d'orgueil, s'arrêtait aux Champs-Elysées en disant : « Le bel enfant ! » et sortait d'une bonbonnière de poche une pastille de chocolat, cela je ne le sais pas. Ces années de ma première enfance ne sont plus en moi, elles me sont extérieures, je n'en peux rien apprendre que, comme pour ce qui a eu lieu avant notre naissance, par les récits des autres. Mais plus tard je trouve successivement dans la durée en moi de ce même nom sept ou huit figures différentes : les premières étaient les plus belles : peu à peu mon rêve forcé par la réalité d'abandonner une position intenable, se retranchait à nouveau un peu en deçà jusqu'à ce qu'il fût obligé de reculer encore. Et, en même temps que Mme de Guermantes changeait sa demeure, issue elle aussi de ce nom que fécondait d'année en année telle ou telle parole entendue qui

modifiait mes rêveries ; cette demeure les reflétait
dans ses pierres mêmes devenues réfléchissantes
comme la surface d'un nuage ou d'un lac. Un donjon
sans épaisseur qui n'était qu'une bande de lumière
orangée et du haut duquel le seigneur et sa dame
décidaient de la vie et de la mort de leurs vassaux avait
fait place — tout au bout de ce « côté de Guermantes »
où, par tant de beaux après-midi, je suivais avec mes
parents le cours de la Vivonne — à cette terre
torrentueuse où la Duchesse m'apprenait à pêcher la
truite et à connaître le nom des fleurs aux grappes
violettes et rougeâtres qui décoraient les murs bas des
enclos environnants : puis ç'avait été la terre héréditaire, le poétique domaine, où cette race altière de
Guermantes, comme une tour jaunissante et fleuron-
née qui traverse les âges, s'élevait déjà sur la France,
alors que le ciel était encore vide, là où devaient plus
tard surgir Notre-Dame de Paris et Notre-Dame de
Chartres, alors qu'au sommet de la colline de Laon la
nef de la cathédrale ne s'était posée comme l'Arche du
Déluge au sommet du mont Ararat[4], emplie de
Patriarches et de Justes anxieusement penchés aux
fenêtres pour voir si la colère de Dieu s'est apaisée,
emportant avec elle les types des végétaux qui multi-
plieront sur la terre, débordante d'animaux qui
s'échappent jusque par les tours où des bœufs se
promenant paisiblement sur la toiture, regardent de
haut les plaines de Champagne ; alors que le voyageur
qui quittait Beauvais à la fin du jour ne voyait pas
encore le suivre en tournoyant, dépliées sur l'écran
d'or du couchant, les ailes noires et ramifiées de la
cathédrale. C'était, ce Guermantes, comme le cadre
d'un roman, un paysage imaginaire que j'avais peine à
me représenter et d'autant plus le désir de découvrir,
enclavé au milieu des terres et de routes réelles qui
tout à coup s'imprégneraient de particularités héraldi-
ques, à deux lieues d'une gare ; je me rappelais les
noms des localités voisines comme si elles avaient été
situées au pied du Parnasse ou de l'Hélicon, et elles
me semblaient précieuses comme les conditions maté-

rielles — en science topographique — de la produc-
tion d'un phénomène mystérieux. Je revoyais les
armoiries qui sont peintes aux soubassements des
vitraux de Combray, et dont les quartiers s'étaient
remplis, siècle par siècle, de toutes les seigneuries que,
par mariages ou acquisitions, cette illustre maison
avait fait voler à elle de tous les coins de l'Allemagne,
de l'Italie et de la France : terres immenses du Nord,
cités puissantes du Midi, venues se rejoindre et se
composer en Guermantes et, perdant leur matérialité,
inscrire allégoriquement leur donjon de sinople ou
leur château d'argent dans son champ d'azur. J'avais
entendu parler des célèbres tapisseries de Guermantes
et je les voyais, médiéviales et bleues, un peu grosses,
se détacher comme un nuage sur le nom amarante et
légendaire, au pied de l'antique forêt où chassa si
souvent Childebert, et ce fin fond mystérieux des
terres, ce lointain des siècles, il me semblait qu'aussi
bien que par un voyage je pénétrerais dans leurs
secrets, rien qu'en approchant un instant à Paris
Mme de Guermantes, suzeraine du lieu et dame du
lac, comme si son visage et ses paroles eussent dû
posséder le charme local des futaies et des rives, et les
mêmes particularités séculaires que le vieux coutumier
de ses archives. Mais alors j'avais connu Saint-Loup ;
il m'avait appris que le château ne s'appelait Guermantes que depuis le XVIIᵉ siècle où sa famille l'avait
acquis. Elle avait résidé jusque-là dans le voisinage, et
son titre ne venait pas de cette région. Le village de
Guermantes avait reçu son nom du château après
lequel il avait été construit et, pour qu'il n'en détruisît
pas les perspectives, une servitude restée en vigueur
réglait le tracé des rues et limitait la hauteur des
maisons. Quant aux tapisseries, elles étaient de Bou-
cher⁵, achetées au XIXᵉ siècle par un Guermantes
amateur et étaient placées à côté de tableaux de chasse
médiocres qu'il avait peints lui-même, dans un fort
vilain salon drapé d'andrinople et de peluche. Par ces
révélations, Saint-Loup avait introduit dans le château
des éléments étrangers au nom de Guermantes qui ne

me permirent plus de continuer à extraire uniquement de la sonorité des syllabes la maçonnerie des constructions. Alors, au fond de ce nom s'était effacé le château reflété dans son lac, et ce qui m'était apparu, autour de Mme de Guermantes comme sa demeure, ç'avait été son hôtel de Paris, l'hôtel de Guermantes, limpide comme son nom, car aucun élément matériel et opaque n'en venait interrompre et aveugler la transparence. Comme l'église ne signifie pas seulement le temple, mais aussi l'assemblée des fidèles, cet hôtel de Guermantes comprenait tous ceux qui partageaient la vie de la Duchesse, mais ces intimes que je n'avais jamais vus n'étaient pour moi que des noms célèbres et poétiques, et, connaissant uniquement des personnes qui n'étaient elles aussi que des noms, ne faisaient qu'agrandir et protéger le mystère de la Duchesse en étendant autour d'elle un vaste halo qui allait tout au plus en se dégradant.

Dans les fêtes qu'elle donnait, comme je n'imaginais pour les invités aucun corps, aucune moustache, aucune bottine, aucune phrase prononcée qui fût banale, ou même originale d'une manière humaine et rationnelle, ce tourbillon de noms introduisant moins de matière que n'eût fait un repas de fantômes ou un bal de spectres, autour de cette statuette en porcelaine de Saxe qu'était Madame de Guermantes, gardait une transparence de vitrine à son hôtel de verre. Puis quand Saint-Loup m'eut raconté des anecdotes relatives au chapelain, aux jardiniers de sa cousine, l'hôtel de Guermantes était devenu — comme avait pu être autrefois quelque Louvre — une sorte de château entouré, au milieu de Paris même, de ses terres, possédé héréditairement, en vertu d'un droit antique bizarrement survivant et sur lesquelles elle exerçait encore des privilèges féodaux. Mais cette dernière demeure s'était elle-même évanouie quand nous étions venus habiter tout près de Mme de Villeparisis un des appartements voisins de celui de Mme de Guermantes dans une aile de son hôtel. C'était une de ces vieilles demeures comme il en existe peut-être encore et dans

lesquelles la cour d'honneur, — soit alluvions apportées par le flot montant de la démocratie, soit legs de
temps plus anciens où les divers métiers étaient
groupés autour du seigneur — avait souvent sur ses
côtés des arrière-boutiques, des ateliers, voire quelque
échoppe de cordonnier ou de tailleur, comme celles
qu'on voit accotées aux flancs des cathédrales que
l'esthétique des ingénieurs n'a pas dégagées, un
concierge savetier, qui élevait des poules et cultivait
des fleurs, — et au fond, dans le logis « faisant hôtel »,
une « comtesse », qui, quand elle sortait dans sa vieille
calèche à deux chevaux, montrant sur son chapeau
quelques capucines semblant échappées du jardinet de
la loge (ayant à côté du cocher un valet de pied, qui
descendait corner des cartes à chaque hôtel aristocratique du quartier), envoyait indistinctement des sourires et de petits bonjours de la main aux enfants du
portier et aux locataires bourgeois de l'immeuble qui
passaient à ce moment-là et qu'elle confondait dans sa
dédaigneuse affabilité et sa morgue égalitaire.

Dans la maison que nous étions venus habiter, la
grande dame du fond de la cour était une duchesse,
élégante et encore jeune. C'était Mme de Guermantes,
et grâce à Françoise, je possédai assez vite des
renseignements sur l'hôtel. Car les Guermantes (que
Françoise désignait souvent, par les mots de « en
dessous », « en bas ») étaient sa constante préoccupation depuis le matin, où, jetant pendant qu'elle coiffait
maman, un coup d'œil défendu, irrésistible et furtif
dans la cour, elle disait : « Tiens, deux bonnes sœurs ;
cela va sûrement en dessous » ou « oh ! les beaux
faisans à la fenêtre de la cuisine, il n'y a pas besoin de
demander d'où qu'ils deviennent, le Duc aura-t-été à
la chasse », jusqu'au soir où elle entendait pendant
qu'elle me donnait mes affaires de nuit, un bruit de
piano, un écho de chansonnette, elle induisait : « Ils
ont du monde en bas, c'est à la gaieté » ; dans son
visage régulier, sous ses cheveux blancs maintenant,
un sourire de sa jeunesse, animé et décent, mettait
alors pour un instant chacun de ses traits à sa place, les

accordait dans un ordre apprêté et fin, comme avant
une contre-danse.

Mais le moment de la vie des Guermantes qui
excitait le plus vivement l'intérêt de Françoise, lui
donnait le plus de satisfaction et lui faisait aussi le plus
de mal, c'était précisément celui où la porte cochère
s'ouvrant à deux battants, la Duchesse montait dans sa
calèche. C'était habituellement peu de temps après
que nos domestiques avaient fini de célébrer cette
sorte de pâque solennelle que nul ne doit interrompre,
appelée leur déjeuner, et pendant laquelle ils étaient
tellement « tabous » que mon père lui-même ne se fût
pas permis de les sonner, sachant d'ailleurs qu'aucun
ne se fût pas plus dérangé au cinquième coup qu'au
premier, et qu'il eût ainsi commis cette inconvenance
en pure perte, mais non pas sans dommage pour lui.
Car Françoise (qui depuis qu'elle était une vieille
femme, se faisait à tout propos ce qu'on appelle une
tête de circonstance), n'eût pas manqué de lui présenter toute la journée une figure couverte de petites
marques cunéiformes et rouges qui déployaient au-
dehors, mais d'une façon peu déchiffrable, le long
mémoire de ses doléances, et les raisons profondes de
son mécontentement. Elle les développait d'ailleurs, à
la cantonade, mais sans que nous puissions bien
distinguer les mots. Elle appelait cela — qu'elle
croyait désespérant pour nous, « mortifiant »,
« vexant », — nous dire toute la sainte journée des
« messes basses ».

Les derniers rites achevés, Françoise, qui était à la
fois, comme dans l'église primitive, le célébrant et l'un
des fidèles, se servait un dernier verre de vin,
détachait de son cou sa serviette, la pliait en essuyant à
ses lèvres un reste d'eau rougie et de café, la passait
dans un rond, remerciait d'un œil dolent « son » jeune
valet de pied qui pour faire du zèle, lui disait :
« Voyons, madame, encore un peu de raisin : il est
esquis » et allait aussitôt ouvrir la fenêtre sous le
prétexte qu'il faisait trop chaud « dans cette misérable
cuisine ». En jetant avec dextérité dans le même temps

qu'elle tournait la poignée de la croisée et prenait l'air,
un coup d'œil désintéressé sur le fond de la cour, elle y
dérobait furtivement la certitude que la Duchesse
n'était pas encore prête, couvait un instant de ses
regards dédaigneux et passionnés la voiture attelée, et,
cet instant d'attention une fois donné par ses yeux aux
choses de la terre, les levait au ciel dont elle avait
d'avance deviné la pureté en sentant la douceur de l'air
et la chaleur du soleil[6], et elle regardait à l'angle du
toit la place où, chaque printemps, venaient faire leur
nid, juste au-dessus de la cheminée de ma chambre,
des pigeons pareils à ceux qui roucoulaient dans sa
cuisine, à Combray.

— Ah! Combray, Combray, s'écriait-elle. (Et le
ton presque chanté sur lequel elle déclamait cette
invocation eût pu, chez Françoise, autant que l'arlé-
sienne pureté de son visage, faire soupçonner une
origine méridionale et que la patrie perdue qu'elle
pleurait n'était qu'une patrie d'adoption. Mais peut-
être se fût-on trompé, car il semble qu'il n'y ait pas de
province qui n'ait son « midi », et combien ne ren-
contre-t-on pas de Savoyards et de Bretons chez qui
l'on trouve toutes les douces transpositions de longues
et de brèves qui caractérisent le méridional.) Ah!
Combray, quand est-ce que je te reverrai, pauvre
terre! Quand est-ce que je pourrai passer toute la
sainte journée sous tes aubépines et nos pauvres lilas
en écoutant les pinsons et la Vivonne qui fait comme le
murmure de quelqu'un qui chuchoterait, au lieu
d'entendre cette misérable sonnette de notre jeune
maître qui ne reste jamais une demi-heure sans me
faire courir le long de ce satané couloir. Et encore il ne
trouve pas que je vas assez vite, il faudrait qu'on ait
entendu avant qu'il ait sonné, et si vous êtes d'une
minute en retard, il « rentre » dans des colères
épouvantables. Hélas! pauvre Combray! peut-être
que je ne te reverrai que morte, quand on me jettera
comme une pierre dans le trou de la tombe. Alors, je
ne les sentirai plus tes belles aubépines toutes
blanches. Mais dans le sommeil de la mort, je crois

que j'entendrai encore ces trois coups de la sonnette qui m'auront déjà damnée dans ma vie.

Mais elle était interrompue par les appels du giletier de la cour, celui qui avait tant plu autrefois à ma grand-mère le jour où elle était allée voir Mme de Villeparisis et n'occupait pas un rang moins élevé dans la sympathie de Françoise. Ayant levé la tête en entendant ouvrir notre fenêtre, il cherchait déjà depuis un moment à attirer l'attention de sa voisine pour lui dire bonjour. La coquetterie de la jeune fille qu'avait été Françoise affinait alors pour M. Jupien le visage ronchonneur de notre vieille cuisinière alourdie par l'âge, la mauvaise humeur et par la chaleur du fourneau, et c'est avec un mélange charmant de réserve, de familiarité et de pudeur, qu'elle adressait au giletier un gracieux salut, mais sans lui répondre de la voix, car si elle enfreignait les recommandations de maman en regardant dans la cour, elle n'eût pas osé les braver jusqu'à causer par la fenêtre, ce qui avait le don, selon Françoise, de lui valoir, de la part de Madame, « tout un chapitre ». Elle lui montrait la calèche attelée en ayant l'air de dire : « Des beaux chevaux, hein ! », mais tout en murmurant : « Quelle vieille sabraque ! » et surtout parce qu'elle savait qu'il allait lui répondre, en mettant la main devant la bouche pour être entendu tout en parlant à mi-voix :

— *Vous* aussi vous pourriez en avoir si vous vouliez et même peut-être plus qu'eux, mais vous n'aimez pas tout cela.

Et Françoise après un signe modeste, évasif et ravi dont la signification était à peu près : « Chacun son genre ; ici c'est à la simplicité », refermait la fenêtre de peur que maman n'arrivât. Ces « vous » qui eussent pu avoir plus de chevaux que les Guermantes, c'était nous, mais Jupien avait raison de dire « vous », car, sauf pour certains plaisirs d'amour-propre purement personnels — comme celui, quand elle toussait sans arrêter et que toute la maison avait peur de prendre son rhume, de prétendre avec un ricanement irritant, qu'elle n'était pas enrhumée, — pareille à ces plantes qu'un animal auquel elles sont entièrement unies nourrit d'aliments qu'il attrape, mange, digère pour elles et qu'il leur offre dans son dernier et tout assimilable résidu, — Françoise vivait avec nous en symbiose : c'est nous qui, avec nos vertus, notre fortune, notre train de vie, notre situation, devions nous charger d'élaborer les petites satisfactions d'amour-propre dont était formée — en y ajoutant le droit reconnu d'exercer librement le culte du déjeuner suivant la coutume ancienne comportant la petite gorgée d'air à la fenêtre quand il était fini, quelque flânerie dans la rue en allant faire ses emplettes et une sortie le dimanche pour aller voir sa nièce — la part de contentement indispensable à sa vie. Aussi comprend-on que Françoise avait pu dépérir, les premiers jours, en proie, dans une maison où tous les titres honorifiques de mon père n'étaient pas encore connus, à un mal qu'elle appelait elle-même l'ennui, l'ennui dans ce sens énergique qu'il a chez Corneille ou sous la plume des soldats qui finissent par se suicider parce qu'ils s' « ennuient » trop après leur fiancée, leur village. L'ennui de Françoise avait été vite guéri par Jupien précisément, car il lui procura tout de suite un plaisir aussi vif et plus raffiné que celui qu'elle aurait eu si nous nous étions décidés à avoir une voiture. — « Du bien bon monde, ces Julien, (Françoise assimilant volontiers les mots nouveaux à ceux qu'elle connaissait déjà.) de bien braves gens et ils le portent sur la figure. » Jupien sut en effet comprendre et enseigner à tous que si nous n'avions pas d'équipage, c'est que nous ne voulions pas. Cet ami de Françoise vivait peu chez lui, ayant obtenu une place d'employé dans un ministère. Giletier d'abord avec la « gamine » que ma grand-mère avait prise pour sa fille, il avait perdu tout avantage à en exercer le métier, quand la petite qui presque encore enfant savait déjà très bien recoudre une jupe, quand ma grand-mère était allée autrefois faire une visite à Mme de Villeparisis, s'était tournée vers la couture pour dames et était devenue jupière. D'abord « petite main » chez une couturière, employée à faire un point, à recoudre un volant, à attacher un bouton ou une « pression », à ajuster un tour de taille avec des agrafes, elle avait vite passé deuxième puis première, et s'étant fait une clientèle de dames du meilleur monde, elle travaillait chez elle, c'est-à-dire dans notre cour, le plus souvent avec une ou deux de ses petites camarades de l'atelier qu'elle employait comme apprenties. Dès lors la présence de Jupien avait été moins utile. Sans doute la petite, devenue grande, avait encore souvent à faire des gilets. Mais aidée de ses amies elle n'avait besoin de personne. Aussi Jupien, son oncle, avait-il sollicité un emploi. Il fut libre d'abord de rentrer à midi, puis, ayant remplacé définitivement celui qu'il secondait seulement, pas avant l'heure du dîner. Sa « titularisation » ne se produisit heureusement que quelques semaines après notre emménagement, de sorte que la gentillesse de Jupien put s'exercer assez longtemps pour aider Françoise à franchir sans trop de souffrances les premiers temps si difficiles. D'ailleurs, sans méconnaître l'utilité qu'il eut ainsi pour Françoise à titre de « médicament de transition », je dois reconnaître que Jupien ne m'avait pas plu beaucoup au premier abord. A quelques pas de distance, détruisant entièrement l'effet qu'eussent produit sans cela ses grosses joues et son teint fleuri, ses yeux débordés par un regard compatissant, désolé et rêveur, faisaient penser qu'il était très malade ou venait d'être frappé d'un grand deuil. Non seulement il n'en était rien mais dès qu'il parlait, parfaitement bien d'ailleurs, il était plutôt froid et railleur. Il résultait de ce désaccord entre son regard et sa parole quelque chose de faux qui n'était pas sympathique et par quoi il avait l'air lui-même de se sentir aussi gêné qu'un invité en veston dans une soirée où tout le monde est en habit, ou que quelqu'un qui ayant à répondre à une Altesse ne sait pas au juste comment il faut lui parler et tourne la difficulté en réduisant ses phrases à presque rien. Celles de Jupien — car c'est pure comparaison — étaient au contraire charmantes.

Correspondant peut-être à cette inondation du visage
par les yeux (à laquelle on ne faisait plus attention
quand on le connaissait), je discernai vite en effet chez
lui une intelligence rare et l'une des plus naturellement littéraires qu'il m'ait été donné de connaître, en
ce sens que, sans culture probablement, il possédait
ou s'était assimilé, rien qu'à l'aide de quelques livres
hâtivement parcourus, les tours les plus ingénieux de
la langue. Les gens les plus doués que j'avais connus
étaient morts très jeunes. Aussi étais-je persuadé que
la vie de Jupien finirait vite. Il avait de la bonté, de la
pitié, les sentiments les plus délicats, les plus généreux[7]. Son rôle dans la vie de Françoise avait vite
cessé d'être indispensable. Elle avait appris à le
doubler.

Même quand un fournisseur ou un domestique
venait nous apporter quelque paquet, tout en ayant
l'air de ne pas s'occuper de lui, et en lui désignant
seulement d'un air détaché une chaise, pendant
qu'elle continuait son ouvrage, Françoise mettait si
habilement à profit les quelques instants qu'il passait
dans la cuisine, en attendant la réponse de maman,
qu'il était bien rare qu'il repartît sans avoir indestruc-
tiblement gravée en lui la certitude que « si nous n'en
avions pas, c'est que nous ne voulions pas ». Si elle
tenait tant d'ailleurs à ce que l'on sût que nous avions
d'argent, (car elle ignorait l'usage de ce que Saint-
Loup appelait les articles partitifs, et disait : « avoir
d'argent », « apporter d'eau »), à ce qu'on nous sût
riches, ce n'est pas que la richesse sans plus, la
richesse sans la vertu, fût aux yeux de Françoise le
bien suprême, mais la vertu sans la richesse n'était pas
non plus son idéal. La richesse était pour elle comme
une condition nécessaire de la vertu, à défaut de
laquelle la vertu serait sans mérite et sans charme. Elle
les séparait si peu qu'elle avait fini par prêter à
chacune les qualités de l'autre, à exiger quelque chose
de[8] confortable dans la vertu, à reconnaître quelque
chose d'édifiant dans la richesse.

Une fois la fenêtre refermée, assez rapidement, —

sans cela, maman lui eût, paraît-il, « raconté toutes les injures imaginables » — Françoise commençait en soupirant à ranger la table de la cuisine.

— Il y a des Guermantes qui restent rue de la Chaise, disait le valet de chambre, j'avais un ami qui y avait travaillé ; il était second cocher chez eux. Et je connais quelqu'un, pas mon copain alors, mais son beau-frère qui avait fait son temps au régiment avec un piqueur du Baron de Guermantes. « Et après tout allez-y donc, c'est pas mon père [9] ! » ajoutait le valet de chambre qui avait l'habitude comme il fredonnait les refrains de l'année, de parsemer ses discours des plaisanteries nouvelles.

Françoise, avec la fatigue de ses yeux de femme déjà âgée et qui d'ailleurs voyaient tout de Combray, dans un vague lointain, distingua non la plaisanterie qui était dans ces mots, mais qu'il devait y en avoir une, car ils n'étaient pas en rapport avec la suite du propos, et avaient été lancés avec force par quelqu'un qu'elle savait farceur. Aussi sourit-elle d'un air bienveillant et ébloui et comme si elle disait : « toujours le même, ce Victor ! ». Elle était du reste heureuse, car elle savait qu'entendre des traits de ce genre se rattache de loin à ces plaisirs honnêtes de la société pour lesquels dans tous les mondes on se dépêche de faire toilette, on risque de prendre froid. Enfin elle croyait que le valet de chambre était un ami pour elle car il ne cessait de lui dénoncer avec indignation les mesures terribles que la République allait prendre contre le clergé. Françoise n'avait pas encore compris que les plus cruels de nos adversaires ne sont pas ceux qui nous contredisent et essayent de nous persuader, mais ceux qui grossissent ou inventent les nouvelles qui peuvent nous désoler, en se gardant bien de leur donner une apparence de justification qui diminuerait notre peine et nous donnerait peut-être une légère estime pour un parti qu'ils tiennent à nous montrer, pour notre complet supplice, à la fois atroce et triomphant.

« La Duchesse doit être alliancée avec tout ça, dit Françoise en reprenant la conversation aux Guermantes de la rue de la Chaise, comme on recommence un morceau à l'andante. Je ne sais plus qui m'a dit qu'un de ceux-là avait marié une cousine au Duc. En tout cas c'est de la même « parenthèse ». C'est une grande famille que les Guermantes ! ajoutait-elle avec respect, fondant la grandeur de cette famille à la fois sur le nombre de ses membres et l'éclat de son illustration, comme Pascal, la vérité de la Religion sur la Raison et l'autorité des Ecritures. Car n'ayant que ce seul mot de « grand » pour les deux choses, il lui semblait qu'elles n'en formaient qu'une seule, son vocabulaire, comme certaines pierres, présentant ainsi par endroit un défaut et qui projetait de l'obscurité jusque dans la pensée de Françoise.

« Je me demande si ce serait pas eusse qui ont leur château à Guermantes, à dix lieues de Combray, alors ça doit être parent aussi à leur cousine d'Alger. » Nous nous demandâmes longtemps ma mère et moi qui pouvait être cette cousine d'Alger, mais nous comprîmes enfin que Françoise entendait par le nom d'Alger la ville d'Angers. Ce qui est lointain peut nous être plus connu que ce qui est proche. Françoise qui savait le nom d'Alger à cause d'affreuses dattes que nous recevions au jour de l'an, ignorait celui d'Angers. Son langage, comme la langue française elle-même, et surtout sa toponymie, était parsemé d'erreurs. « Je voulais en causer à leur maître d'hôtel. — Comment donc qu'on lui dit ? s'interrompit-elle comme se posant une question de protocole et elle se répondit à elle-même : ah oui ! c'est Antoine qu'on lui dit, comme si Antoine avait été un titre. — C'est lui qu'aurait pu m'en dire, mais c'est un vrai seigneur, un grand pédant, on dirait qu'on lui a coupé la langue ou qu'il a oublié d'apprendre à parler. Il ne vous fait même pas réponse quand on lui cause, ajoutait Françoise qui disait : « faire réponse », comme Mme de Sévigné. Mais, ajouta-t-elle sans sincérité, du moment que je sais ce qui cuit dans ma marmite, je ne m'occupe pas de celle des autres. En tous cas [10] tout ça n'est pas catholique. Et puis c'est pas un homme

courageux (cette appréciation aurait pu faire croire
que Françoise avait changé d'avis sur la bravoure qui,
selon elle, à Combray, ravalait les hommes aux
animaux féroces, mais il n'en était rien. Courageux
signifiait seulement travailleur). On dit aussi qu'il est
voleur comme une pie, mais il ne faut pas toujours
croire les cancans. Ici tous les employés partent,
rapport à la loge, les concierges sont jaloux et ils
montent la tête à la Duchesse. Mais on peut bien dire
que c'est un vrai feignant que cet Antoine et son
« Antoinesse » ne vaut pas mieux que lui, ajoutait
Françoise qui, pour trouver au nom d'Antoine un
féminin qui désignât la femme du maître d'hôtel, avait
sans doute dans sa création grammaticale un inconscient ressouvenir de chanoine et chanoinesse. Elle ne
parlait pas mal en cela. Il existe encore près de Notre-
Dame une rue appelée rue Chanoinesse, nom qui lui
avait été donné (parce qu'elle n'était habitée que par
des Chanoines) par ces Français de jadis, dont Françoise était, en réalité, la contemporaine. On avait
d'ailleurs, immédiatement après, un nouvel exemple
de cette manière de former les féminins, car Françoise
ajoutait : « Mais sûr et certain que c'est à la Duchesse
qu'est le château de Guermantes. Et c'est elle dans le
pays qu'est madame la mairesse. C'est quelque
chose. »

— Je comprends que c'est quelque chose, disait
avec conviction le valet de pied, n'ayant pas démêlé
l'ironie.

— Penses-tu, mon garçon, que c'est quelque
chose ? mais pour des gens comme « euss » être maire
et mairesse, c'est trois fois rien. Ah ! si c'était à moi le
château de Guermantes, on ne me verrait pas souvent
à Paris. Faut-il tout de même que des maîtres, des
personnes qui ont de quoi comme Monsieur et
Madame, en aient des idées pour rester dans cette
misérable ville plutôt que non pas aller à Combray dès
l'instant qu'ils sont libres de faire et que personne les
retient. Qu'est-ce qu'ils attendent pour prendre leur
retraite puisqu'ils ne manquent de rien ; d'être morts ?

Ah ! si j'avais seulement du pain sec à manger et du bois pour me chauffer l'hiver, il y a beau temps que je serais chez moi dans la pauvre maison de mon frère à Combray. Là-bas on se sent vivre au moins, on n'a pas toutes ces maisons devant soi, il y a si peu de bruit que la nuit on entend les grenouilles chanter à plus de deux lieues.

— Ça doit être vraiment beau, madame, s'écriait le jeune valet de pied avec enthousiasme, comme si ce dernier trait avait été aussi particulier à Combray que la vie en gondole à Venise.

D'ailleurs plus récent dans la maison que le valet de chambre, il parlait à Françoise des sujets qui pouvaient intéresser non lui-même mais elle. Et Françoise qui faisait la grimace quand on la traitait de cuisinière, avait pour le valet de pied qui disait en parlant d'elle « la gouvernante », la bienveillance spéciale qu'éprouvent certains princes de second ordre envers les jeunes gens bien intentionnés qui leur donnent de l'Altesse.

— Au moins on sait ce qu'on fait et dans quelle saison qu'on vit. Ce n'est pas comme ici qu'il n'y aura pas plus un méchant bouton d'or à la sainte Pâques qu'à la Noël, et que je ne distingue pas seulement un petit angélus quand je lève ma vieille carcasse. Là-bas on entend chaque heure, ce n'est qu'une pauvre cloche, mais tu te dis « voilà mon frère qui rentre des champs », tu vois le jour qui baisse, on sonne pour les biens de la terre, tu as le temps de te retourner avant d'allumer ta lampe. Ici il fait jour, il fait nuit, on va se coucher qu'on ne pourrait seulement pas plus dire que les bêtes ce qu'on a fait.

— Il paraît que Méséglise aussi c'est bien joli, Madame, interrompait le jeune valet de pied au gré de qui la conversation prenait un tour un peu abstrait et qui se souvenait par hasard de nous avoir entendus parler à table de Méséglise.

— Oh ! Méséglise, disait Françoise avec le large sourire qu'on amenait toujours sur ses lèvres quand on prononçait ces noms de Méséglise, de Combray, de Tansonville. Ils faisaient tellement partie de sa propre existence qu'elle éprouvait à les rencontrer au-dehors, à les entendre dans une conversation, une gaieté assez voisine de celle qu'un professeur excite dans sa classe en faisant allusion à tel personnage contemporain dont ses élèves n'auraient pas cru que le nom pût jamais tomber du haut de la chaire. Son plaisir venait aussi de sentir que ces pays-là étaient pour elle quelque chose qu'ils n'étaient pas pour les autres, de vieux camarades avec qui on a fait bien des parties; et elle leur souriait comme si elle leur trouvait de l'esprit, parce qu'elle retrouvait en eux beaucoup d'elle-même.

— Oui tu peux le dire, mon fils, c'est assez joli Méséglise, reprenait-elle en riant finement; mais comment que tu en as eu entendu causer, toi, de Méséglise?

— Comment que j'ai entendu causer de Méséglise? mais c'est bien connu; on m'en a causé et même souventes fois causé, répondait-il avec cette criminelle inexactitude des informateurs qui chaque fois que nous cherchons à nous rendre compte objectivement de l'importance que peut avoir pour les autres une chose qui nous concerne, nous mettent dans l'impossibilité d'y réussir.

— Ah! je vous réponds qu'il fait meilleur là sous les cerisiers que près du fourneau.

Elle leur parlait même d'Eulalie comme d'une bonne personne. Car depuis qu'Eulalie était morte, Françoise avait complètement oublié qu'elle l'avait peu aimée durant sa vie comme elle aimait peu toute personne qui n'avait rien à manger chez soi, qui « crevait la faim », et venait ensuite, comme une propre à rien, grâce à la bonté des riches « faire des manières ». Elle ne souffrait plus de ce qu'Eulalie eût si bien su se faire chaque semaine « donner la pièce » par ma tante. Quant à celle-ci, Françoise ne cessait de chanter ses louanges.

— Mais c'est à Combray même, chez une cousine de Madame, que vous étiez, alors? demandait le jeune valet de pied.

— Oui, chez Mme Octave, ah! une bien sainte

femme, mes pauvres enfants, et où il y avait toujours
de quoi, et du beau et du bon, une bonne femme vous
pouvez dire qui ne plaignait pas les perdreaux, ni les
faisans, ni rien, que vous pouviez arriver dîner à cinq,
à six, ce n'était pas la viande qui manquait et de
première qualité encore, et vin blanc, et vin rouge,
tout ce qu'il fallait. (Françoise employait le verbe
plaindre dans le même sens que fait La Bruyère.) Tout
était toujours à ses dépens, même si la famille, elle
restait des mois et *an*-nées. (Cette réflexion n'avait
rien de désobligeant pour nous, car Françoise était
d'un temps où « dépens » n'était pas réservé au style
judiciaire et signifiait seulement dépense.) Ah ! je vous
réponds qu'on ne partait pas de là avec la faim.
Comme M. le curé nous l'a eu fait ressortir bien des
fois, s'il y a une femme qui peut compter d'aller près
du bon Dieu, sûr et certain que c'est elle. Pauvre
Madame, je l'entends encore qui me disait de sa petite
voix : « Françoise, vous savez, moi je ne mange pas,
mais je veux que ce soit aussi bon pour tout le monde
que si je mangeais. » Bien sûr que c'était pas pour elle.
Vous l'auriez vue, elle ne pesait pas plus qu'un paquet
de cerises ; il n'y en avait pas. Elle ne voulait pas me
croire, elle ne voulait jamais aller au médecin. Ah ! ce
n'est pas là-bas qu'on aurait rien mangé à la va vite.
Elle voulait que ses domestiques soient bien nourris.
Ici, encore ce matin, nous n'avons pas seulement eu
le temps de casser la croûte. Tout se fait à la sau-
vette.

Elle était surtout exaspérée par les biscottes de pain
grillé que mangeait mon père. Elle était persuadée
qu'il en usait pour faire des manières et la faire
« valser ». « Je peux dire, approuvait le jeune valet de
pied, que j'ai jamais vu ça ! » Il le disait comme s'il
avait tout vu et si en lui les enseignements d'une
expérience millénaire s'étendaient à tous les pays et à
leurs usages parmi lesquels ne figurait nulle part celui
du pain grillé. « Oui, oui, grommelait le maître
d'hôtel, mais tout cela pourrait bien changer, les
ouvriers doivent faire une grève au Canada et le

ministre a dit l'autre soir à Monsieur qu'il a touché
pour ça deux cent mille francs. » Le maître d'hôtel
était loin de l'en blâmer, non qu'il ne fût lui-même
parfaitement honnête, mais croyant tous les hommes
politiques véreux, le crime de concussion lui paraissait
moins grave que le plus léger délit de vol. Il ne se
demandait même pas s'il avait bien entendu cette
parole historique et il n'était pas frappé de l'invraisem-
blance qu'elle eût été dite par le coupable lui-même à
mon père, sans que celui-ci l'eût mis dehors. Mais la
philosophie de Combray empêchait que Françoise pût
espérer que les grèves du Canada eussent une répercussion sur l'usage des biscottes : « Tant que le
monde sera monde, voyez-vous, disait-elle, il y aura
des maîtres pour nous faire trotter et des domestiques
pour faire leurs caprices. » En dépit de la théorie de
cette trotte perpétuelle [11], déjà depuis un quart
d'heure, ma mère qui n'usait probablement pas des
mêmes mesures que Françoise pour apprécier la
longueur du déjeuner de celle-ci, disait :
   « Mais qu'est-ce qu'ils peuvent bien faire, voilà plus
de deux heures qu'ils sont à table. »
   Et elle sonnait timidement trois ou quatre fois.
Françoise, son valet de pied, le maître d'hôtel entendaient les coups de sonnette non comme un appel et
sans songer à venir, mais pourtant comme les premiers
sons des instruments qui s'accordent quand un
concert va bientôt recommencer et qu'on sent qu'il n'y
aura plus que quelques minutes d'entr'acte. Aussi
quand les coups commençant à se répéter et à devenir
plus insistants, nos domestiques se mettaient à y
prendre garde et estimant qu'ils n'avaient plus beaucoup de temps devant eux et que la reprise du travail
était proche, à un tintement de la sonnette un peu plus
sonore que les autres, ils poussaient un soupir et
prenant leur parti, le valet de pied descendait fumer
une cigarette devant la porte, Françoise, après quelques réflexions sur nous, telles que « ils ont sûrement
la bougeotte », montait ranger ses affaires dans son
sixième, et le maître d'hôtel ayant été chercher du

papier à lettres dans ma chambre expédiait rapidement sa correspondance privée.

Malgré l'air de morgue de leur maître d'hôtel,
Françoise avait pu, dès les premiers jours, m'apprendre que les Guermantes n'habitaient pas leur hôtel en
vertu d'un droit immémorial mais d'une location assez
récente, et que le jardin sur lequel il donnait du côté
que je ne connaissais pas était assez petit et semblable
à tous les jardins contigus ; et je sus enfin qu'on n'y
voyait ni gibet seigneurial, ni moulin fortifié, ni
sauvoir, ni colombier à piliers, ni four banal, ni grange
à nef, ni châtelet, ni ponts fixes ou levis, voire volants,
non plus que péagers, ni aiguilles, chartes, murales ou
montjoies. Mais comme Elstir quand la baie de Balbec
ayant perdu son mystère étant devenue pour moi une
partie quelconque interchangeable avec toute autre
des quantités d'eau salée qu'il y a sur le globe, lui avait
tout d'un coup rendu une individualité en me disant
que c'était le « Golfe d'opale » de Whistler [12] dans ses
Harmonies bleu argent, ainsi le nom de Guermantes
avait vu mourir sous les coups de Françoise la dernière
demeure issue de lui, quand un vieil ami de mon père
nous dit un jour en parlant de la Duchesse : « Elle a la
plus grande situation dans le faubourg Saint-Germain,
elle a la première maison du faubourg Saint-Germain. » Sans doute le premier salon, la première
maison du faubourg Saint-Germain, c'était bien peu
de chose auprès des autres demeures que j'avais
successivement rêvées. Mais enfin celle-ci encore, et
ce devait être la dernière, avait quelque chose, si
humble ce fût-il, qui était au-delà de sa propre
matière, une différenciation secrète.

Et cela m'était d'autant plus nécessaire de pouvoir
chercher dans le « salon » de Mme de Guermantes,
dans ses amis, le mystère de son nom, que je ne le
trouvais pas dans sa personne quand je la voyais sortir
le matin à pied ou l'après-midi en voiture. Certes déjà
dans l'église de Combray, elle m'était apparue dans
l'éclair d'une métamorphose avec des joues irréductibles, impénétrables à la couleur du nom de Guer-

mantes et des après-midi au bord de la Vivonne, à la
place de mon rêve foudroyé, comme un cygne ou un
saule en lequel a été changé un Dieu ou une nymphe et
qui désormais soumis aux lois de la nature glissera
dans l'eau ou sera agité par le vent. Pourtant ces reflets
évanouis, à peine l'avais-je eu quittée qu'ils s'étaient
reformés comme les reflets roses et verts du soleil
couché, derrière la rame qui les a brisés, et dans la
solitude de ma pensée le nom avait eu vite fait de
s'approprier le souvenir du visage. Mais maintenant
souvent je la voyais à sa fenêtre, dans la cour, dans la
rue ; et moi du moins si je ne parvenais pas à intégrer
en elle le nom de Guermantes, à penser qu'elle était
Mme de Guermantes, j'en accusais l'impuissance de
mon esprit à aller jusqu'au bout de l'acte que je lui
demandais ; mais elle, notre voisine, elle semblait
commettre la même erreur, bien plus la commettre
sans trouble, sans aucun de mes scrupules, sans même
le soupçon que ce fût une erreur. Ainsi Mme de
Guermantes montrait dans ses robes le même souci de
suivre la mode que si, se croyant devenue une femme
comme les autres, elle avait aspiré à cette élégance de
la toilette dans laquelle des femmes quelconques
pouvaient l'égaler, la surpasser peut-être ; je l'avais
vue dans la rue regarder avec admiration une actrice
bien habillée ; et le matin, au moment où elle allait
sortir à pied, comme si l'opinion des passants dont elle
faisait ressortir la vulgarité en promenant familière-
ment au milieu d'eux sa vie inaccessible, pouvait être
un tribunal pour elle, je pouvais l'apercevoir devant sa
glace jouant avec une conviction exempte de dédou-
blement et d'ironie, avec passion, avec mauvaise
humeur, avec amour-propre, comme une reine qui a
accepté de représenter une soubrette dans une comédie de cour, ce rôle, si inférieur à elle, de femme
élégante ; et dans l'oubli mythologique de sa grandeur
native, elle regardait si sa voilette était bien tirée,
aplatissait ses manches, ajustait son manteau, comme
le cygne divin fait tous les mouvements de son espèce
animale, garde ses yeux peints des deux côtés de son

bec sans y mettre de regards et se jette tout d'un coup
sur un bouton ou un parapluie, en cygne, sans se
souvenir qu'il est un Dieu. Mais comme le voyageur,
déçu par le premier aspect d'une ville, se dit qu'il en
pénétrera peut-être le charme en en visitant les
musées, en liant connaissance avec le peuple, en
travaillant dans les bibliothèques, je me disais que si
j'avais été reçu chez Mme de Guermantes, si j'étais de
ses amis, si je pénétrais dans son existence, je connaî-
trais ce que sous son enveloppe orangée et brillante
son nom enfermait réellement, objectivement, pour
les autres, puisque enfin l'ami de mon père avait dit
que le milieu des Guermantes était quelque chose d'à
part dans le faubourg Saint-Germain.

La vie que je supposais y être menée, dérivait d'une
source si différente de l'expérience, et me semblait
devoir être si particulière, que je n'aurais pu imaginer
aux soirées de la Duchesse la présence de personnes
que j'eusse autrefois fréquentées, de personnes réelles.
Car ne pouvant changer subitement de nature, elles
auraient tenu là des propos analogues à ceux que je
connaissais ; leurs partenaires se seraient peut-être
abaissés à leur répondre dans le même langage
humain ; et pendant une soirée dans le premier salon
du faubourg Saint-Germain, il y aurait eu des instants
identiques à des instants que j'avais déjà vécus : ce qui
était impossible. Il est vrai que mon esprit était
embarrassé par certaines difficultés, et la présence du
corps de Jésus-Christ dans l'hostie ne me semblait pas
un mystère plus obscur que ce premier salon du
Faubourg situé sur la rive droite et dont je pouvais de
ma chambre entendre battre les meubles le matin.
Mais la ligne de démarcation qui me séparait du
faubourg Saint-Germain, pour être seulement idéale,
ne m'en semblait que plus réelle ; je sentais bien que
c'était déjà le faubourg Saint-Germain, le paillasson
des Guermantes, étendu de l'autre côté de cet Equa-
teur et dont ma mère avait osé dire, l'ayant aperçu
comme moi, un jour que leur porte était ouverte, qu'il
était en bien mauvais état. Au reste, comment leur

salle à manger, leur galerie obscure, aux meubles de
peluche rouge, que je pouvais apercevoir quelquefois
par la fenêtre de notre cuisine, ne m'auraient-ils pas
semblé posséder le charme mystérieux du faubourg
Saint-Germain, en faire partie d'une façon essentielle,
y être géographiquement situés, puisque avoir été reçu
dans cette salle à manger, c'était être allé dans le
faubourg Saint-Germain, en avoir respiré l'atmosphère, puisque ceux qui, avant d'aller à table, s'as-
seyaient à côté de Mme de Guermantes sur le canapé
de cuir de la galerie, étaient tous du faubourg Saint-
Germain. Sans doute ailleurs que dans le Faubourg,
dans certaines soirées, on pouvait voir parfois trônant
majestueusement au milieu du peuple vulgaire des
élégants, l'un de ces hommes qui ne sont que des
noms et qui prennent tour à tour quand on cherche à
se les représenter l'aspect d'un tournoi et d'une forêt
domaniale. Mais ici, dans le premier salon du faubourg Saint-Germain, dans la galerie obscure, il n'y
avait qu'eux. Ils étaient, en une matière précieuse, les
colonnes qui soutenaient le temple. Même pour les
réunions familières, ce n'était que parmi eux que
Mme de Guermantes pouvait choisir ses convives, et
dans les dîners de douze personnes, assemblés autour
de la nappe servie, ils étaient comme les statues d'or
des apôtres de la Sainte-Chapelle, piliers symboliques
et consécrateurs, devant la sainte Table. Quant au
petit bout de jardin qui s'étendait entre de hautes
murailles, derrière l'hôtel, et où l'été Mme de Guermantes faisait après dîner servir des liqueurs et
l'orangeade, comment n'aurais-je pas pensé que s'asseoir entre neuf et onze heures du soir, sur ses chaises
de fer — douées d'un aussi grand pouvoir que le
canapé de cuir — sans respirer les brises particulières
au faubourg Saint-Germain, était aussi impossible que
de faire la sieste dans l'oasis de Figuig [13], sans être par
cela même en Afrique ? Il n'y a que l'imagination et la
croyance qui peuvent différencier des autres certains
objets, certains êtres, et créer une atmosphère. Hélas !
ces sites pittoresques, ces accidents naturels, ces

curiosités locales, ces ouvrages d'art du faubourg
Saint-Germain, il ne me serait sans doute jamais
donné de poser mes pas parmi eux. Et je me contentais
de tressaillir en apercevant de la haute mer (et sans
espoir d'y jamais aborder) comme un minaret avancé,
comme un premier palmier, comme le commencement de l'industrie ou de la végétation exotiques, le
paillasson usé du rivage.

Mais si l'hôtel de Guermantes commençait pour moi
à la porte de son vestibule, ses dépendances devaient
s'étendre beaucoup plus loin au jugement du Duc qui,
tenant tous les locataires pour fermiers, manants,
acquéreurs de biens nationaux, dont l'opinion ne
compte pas, se faisait la barbe le matin en chemise de
nuit à sa fenêtre, descendait dans la cour, selon qu'il
avait plus ou moins chaud, en bras de chemise, en
pyjama, en veston écossais de couleur rare, à longs
poils, en petits paletots clairs plus courts que son
veston, et faisait trotter en main devant lui par un de
ses piqueurs quelque nouveau cheval qu'il avait
acheté. Plus d'une fois même le cheval abîma la
devanture de Jupien, lequel indigna le Duc en demandant une indemnité. « Quand ce ne serait qu'en
considération de tout le bien que Madame la Duchesse
fait dans la maison et dans la paroisse, disait M. de
Guermantes, c'est une infamie de la part de ce quidam
de nous réclamer quelque chose. » Mais Jupien avait
tenu bon, paraissant ne pas du tout savoir quel
« bien » avait jamais fait la Duchesse. Pourtant elle en
faisait, mais, comme on ne peut l'étendre sur tout le
monde, le souvenir d'avoir comblé l'un est une raison
pour s'abstenir à l'égard d'un autre chez qui on excite
d'autant plus de mécontentement. A d'autres points
de vue d'ailleurs que celui de la bienfaisance, le
quartier ne paraissait au Duc — et cela jusqu'à de
grandes distances — qu'un prolongement de sa cour,
une piste plus étendue pour ses chevaux. Après avoir
vu comment un nouveau cheval trottait seul, il le
faisait atteler, traverser toutes les rues avoisinantes, le
piqueur courant le long de la voiture en tenant les

guides, le faisant passer et repasser devant le Duc
arrêté sur le trottoir, debout, géant, énorme, habillé
de clair, le cigare à la bouche, la tête en l'air, le
monocle curieux, jusqu'au moment où il sautait sur le
siège, menait le cheval lui-même pour l'essayer, et
partait avec le nouvel attelage retrouver sa maîtresse
aux Champs-Elysées. M. de Guermantes disait bonjour dans la cour à deux couples qui tenaient plus ou
moins à son monde : un ménage de cousins à lui, qui,
comme les ménages d'ouvriers, n'était jamais à la
maison pour soigner les enfants, car dès le matin la
femme partait à la « Schola » apprendre le contrepoint
et la fugue et le mari à son atelier faire de la sculpture
sur bois et des cuirs repoussés ; puis le Baron et la
Baronne de Norpois, habillés toujours en noir, la
femme en loueuse de chaises et le mari en croque-
mort, qui sortaient plusieurs fois par jour pour aller à
l'église. Ils étaient les neveux de l'ancien ambassadeur
que nous connaissions et que justement mon père
avait rencontré sous la voûte de l'escalier mais sans
comprendre d'où il venait ; car mon père pensait
qu'un personnage aussi considérable qui s'était trouvé
en relation avec les hommes les plus éminents de
l'Europe et était probablement fort indifférent à de
vaines distinctions aristocratiques, ne devait guère
fréquenter ces nobles obscurs, cléricaux et bornés. Ils
habitaient depuis peu dans la maison ; Jupien étant
venu dire un mot dans la cour au mari qui était en
train de saluer M. de Guermantes, l'appela « M. Norpois », ne sachant pas exactement son nom.

— Ah ! monsieur Norpois, ah ! c'est vraiment
trouvé ! Patience ! bientôt ce particulier vous appellera
citoyen Norpois ! s'écria, en se tournant vers le Baron,
M. de Guermantes. Il pouvait enfin exhaler sa mauvaise humeur contre Jupien qui lui disait « Monsieur » et non « Monsieur le Duc ».

Un jour que M. de Guermantes avait besoin d'un
renseignement qui se rattachait à la profession de mon
père, il s'était présenté lui-même avec beaucoup de
grâce. Depuis il avait souvent quelque service de

voisin à lui demander, et dès qu'il l'apercevait en train de descendre l'escalier tout en songeant à quelque travail et désireux d'éviter toute rencontre, le Duc quittait ses hommes d'écuries, venait à mon père dans la cour, lui arrangeait le col de son pardessus, avec la serviabilité héritée des anciens valets de chambre du Roi, lui prenait la main, et la retenant dans la sienne, la lui caressant même pour lui prouver, avec une impudeur de courtisane, qu'il ne lui marchandait pas le contact de sa chair précieuse, il le menait en laisse, fort ennuyé et ne pensant qu'à s'échapper, jusqu'au-delà de la porte cochère. Il nous avait fait de grands saluts un jour qu'il nous avait croisés au moment où il sortait en voiture avec sa femme, il avait dû lui dire mon nom, mais quelle chance y avait-il pour qu'elle se le fût rappelé, ni mon visage ? Et puis quelle piètre recommandation que d'être désigné seulement comme étant un de ses locataires ! Une plus importante eût été de rencontrer la Duchesse chez Mme de Villeparisis qui justement m'avait fait demander par ma grand-mère d'aller la voir, et, sachant que j'avais eu l'intention de faire de la littérature, avait ajouté que je rencontrerais chez elle des écrivains. Mais mon père trouvait que j'étais encore bien jeune pour aller dans le monde et, comme l'état de ma santé ne laissait pas de l'inquiéter, il ne tenait pas à me fournir des occasions inutiles de sorties nouvelles.

Comme un des valets de pied de Mme de Guermantes causait beaucoup avec Françoise, j'entendis nommer quelques-uns des salons où elle allait, mais je ne me les représentais pas : du moment qu'ils étaient une partie de sa vie, de sa vie que je ne voyais qu'à travers son nom, n'étaient-ils pas inconcevables ?

— Il y a ce soir grande soirée d'ombres chinoises chez la Princesse de Parme, disait le valet de pied, mais nous n'irons pas, parce que, à cinq heures Madame prend le train de Chantilly, pour aller passer deux jours chez le Duc d'Aumale, mais c'est la femme de chambre et le valet de chambre qui y vont. Moi je reste ici. Elle ne sera pas contente, la Princesse de

Parme, elle a écrit plus de quatre fois à madame la Duchesse.

— Alors vous n'êtes plus pour aller au château de Guermantes cette année ?

— C'est la première fois que nous n'y serons pas : à cause des rhumatismes à monsieur le Duc, le docteur a défendu qu'on y retourne avant qu'il y ait un calorifère, mais avant ça tous les ans on y était pour jusqu'en janvier. Si le calorifère n'est pas prêt, peut-être Madame ira quelques jours à Cannes chez la Duchesse de Guise, mais ce n'est pas encore sûr.

— Et au théâtre est-ce que vous y allez ?

— Nous allons quelquefois à l'Opéra, quelquefois aux soirées d'abonnement de la Princesse de Parme, c'est tous les huit jours ; il paraît que c'est très chic ce qu'on voit : il y a pièces, opéra, tout. Madame la Duchesse n'a pas voulu prendre d'abonnements mais nous y allons tout de même une fois dans une loge d'une amie à Madame, une autre fois dans une autre, souvent dans la baignoire de la Princesse de Guermantes, la femme du cousin à Monsieur le Duc. C'est la sœur au Duc de Bavière. — Et alors vous remontez comme ça chez vous, disait le valet de pied qui, bien qu'identifié aux Guermantes, avait cependant des *maîtres* en général, une notion politique, qui lui permettait de traiter Françoise avec autant de respect que si elle avait été placée chez une Duchesse. Vous êtes d'une bonne santé, madame.

— Ah ! sans ces maudites jambes ! En plaine encore ça va bien (en plaine voulait dire dans la cour, dans les rues où Françoise ne détestait pas de se promener, en un mot en terrain plat), mais ce sont ces satanés escaliers. Au revoir monsieur, on vous verra peut-être encore ce soir.

Elle désirait d'autant plus causer encore avec le valet de pied qu'il lui avait appris que les fils des Ducs portent souvent un titre de Prince qu'ils gardent jusqu'à la mort de leur père. Sans doute le culte de la noblesse, mêlé et s'accommodant d'un certain esprit de révolte contre elle, doit, héréditairement puisé sur les glèbes de France, être bien fort en son peuple. Car, Françoise à qui on pouvait parler du génie de Napoléon ou de la télégraphie sans fil sans réussir à attirer son attention et sans qu'elle ralentît un instant les mouvements par lesquels elle retirait les cendres de la cheminée ou mettait le couvert, si seulement elle apprenait ces particularités et que le fils cadet du Duc de Guermantes s'appelait généralement le Prince d'Oléron, s'écriait : « C'est beau ça ! » et restait éblouie comme devant un vitrail [14].

Françoise apprit aussi par le valet de chambre du Prince d'Agrigente, qui s'était lié avec elle en venant souvent porter des lettres chez la Duchesse, qu'il avait, en effet, fort entendu parler dans le monde du mariage du Marquis de Saint-Loup avec Mlle d'Ambresac et que c'était presque décidé.

Cette villa, cette baignoire, où Madame de Guermantes transvasait sa vie, ne me semblaient pas des lieux moins féeriques que ses appartements. Les noms de Guise, de Parme, de Guermantes-Bavière, différenciaient de toutes les autres les villégiatures où se rendait la Duchesse, les fêtes quotidiennes que le sillage de sa voiture reliaient à son hôtel. S'ils me disaient qu'en ces villégiatures, en ces fêtes consistait successivement la vie de Mme de Guermantes, ils ne m'apportaient sur elle aucun éclaircissement. Elles donnaient chacune à la vie de la Duchesse une détermination différente, mais ne faisaient que la changer de mystère sans qu'elle laissât rien évaporer du sien, qui se déplaçait seulement, protégé par une cloison, enfermé dans un vase, au milieu des flots de la vie de tous. La Duchesse pouvait déjeuner devant la Méditerranée à l'époque de Carnaval, mais, dans la villa de Mme de Guise, où la reine de la société parisienne n'était plus, dans sa robe de piqué blanc, au milieu de nombreuses princesses, qu'une invitée pareille aux autres, et par là plus émouvante encore pour moi, plus elle-même d'être renouvelée comme une étoile de la danse qui, dans la fantaisie d'un pas vient prendre successivement la place de chacune des ballerines ses sœurs ; elle pouvait regarder des ombres chinoises, mais à une soirée de la Princesse de Parme, écouter la tragédie ou l'opéra mais dans la baignoire de la Princesse de Guermantes.

Comme nous localisons dans le corps d'une personne toutes les possibilités de sa vie, le souvenir des êtres qu'elle connaît et qu'elle vient de quitter, ou s'en va rejoindre, si, ayant appris par Françoise que Mme de Guermantes irait à pied déjeuner chez la Princesse de Parme, je la voyais vers midi descendre de chez elle en sa robe de satin chair, au-dessus de laquelle son visage était de la même nuance, comme un nuage au soleil couché, c'était tous les plaisirs du faubourg Saint-Germain que je voyais tenir devant moi, sous ce petit volume, comme dans une coquille, entre ces valves glacées de nacre rose.

Mon père avait au ministère un ami, un certain A. J. Moreau, lequel pour se distinguer des autres Moreau, avait soin de toujours faire précéder son nom de ces deux initiales, de sorte qu'on l'appelait, pour abréger, A. J. Or, je ne sais comment cet A. J. se trouva possesseur d'un fauteuil pour une soirée de gala à l'Opéra ; il l'envoya à mon père et, comme la Berma que je n'avais plus vu jouer depuis ma première déception devait jouer un acte de *Phèdre*, ma grand-mère obtint que mon père me donnât cette place.

A vrai dire je n'attachais aucun prix à cette possibilité d'entendre la Berma qui, quelques années auparavant, m'avait causé tant d'agitation. Et ce ne fut pas sans mélancolie que je constatai mon indifférence à ce que jadis j'avais préféré à la santé, au repos. Ce n'est pas que fût moins passionné qu'alors mon désir de pouvoir contempler de près les parcelles précieuses de réalité qu'entrevoyait mon imagination. Mais celle-ci ne les situait plus maintenant dans la diction d'une grande actrice ; depuis mes visites chez Elstir, c'est sur certaines tapisseries, sur certains tableaux modernes, que j'avais reporté la foi intérieure que j'avais eu jadis en ce jeu, en cet art tragique de la Berma ; ma foi, mon désir ne venant plus rendre à la diction et aux attitudes de la Berma un culte incessant, le « double » que je possédais d'eux, dans mon cœur, avait dépéri peu à peu comme ces autres « doubles » des trépassés de l'ancienne Egypte qu'il fallait constamment nourrir pour entretenir leur vie. Cet art était devenu mince et minable. Aucune âme profonde ne l'habitait plus [15].

Au moment où, profitant du billet reçu par mon père, je montais le grand escalier de l'Opéra, j'aperçus devant moi un homme que je pris d'abord pour M. de Charlus duquel il avait le maintien ; quand il tourna la tête pour demander un renseignement à un employé, je vis que je m'étais trompé, mais je n'hésitai pas cependant à situer l'inconnu dans la même classe sociale d'après la manière non seulement dont il était habillé, mais encore dont il parlait au contrôleur et aux ouvreuses qui le faisaient attendre. Car, malgré les particularités individuelles, il y avait encore à cette époque, entre tout homme gommeux et riche de cette partie de l'aristocratie et tout homme gommeux et riche du monde de la finance ou de la haute industrie une différence très marquée. Là où l'un de ces derniers eût cru affirmer son chic par un ton tranchant, hautain à l'égard d'un inférieur, le grand seigneur doux, souriant, avait l'air de considérer, d'exercer, l'affectation de l'humilité et de la patience, la feinte d'être l'un quelconque des spectateurs, comme un privilège de sa bonne éducation. Il est probable qu'à le voir ainsi dissimulant sous un sourire plein de bonhomie le seuil infranchissable du petit univers spécial qu'il portait en lui, plus d'un fils de riche banquier, entrant à ce moment au théâtre, eût pris ce grand seigneur pour un homme de peu, s'il ne lui avait trouvé une étonnante ressemblance avec le portrait, reproduit récemment par les journaux illustrés, d'un neveu de l'Empereur d'Autriche, le Prince de Saxe qui se trouvait justement à Paris en ce moment. Je le savais grand ami des Guermantes. En arrivant moi-même près du contrôleur, j'entendis le Prince de Saxe, ou supposé tel, dire en souriant, « je

ne sais pas le numéro de la loge, c'est sa cousine qui
m'a dit que je n'avais qu'à demander sa loge ».

Il était peut-être le Prince de Saxe ; c'était peut-être
la Duchesse de Guermantes (que dans ce cas je
pourrais apercevoir en train de vivre un des moments
de sa vie inimaginable, dans la baignoire de sa cousine)
que ses yeux voyaient en pensée quand il disait : « sa [16]
cousine qui m'a dit que je n'avais qu'à demander sa
loge », si bien que ce regard souriant et particulier, et
ces mots si simples, me caressaient le cœur (bien plus,
que n'eût fait une rêverie abstraite), avec les antennes
alternatives d'un bonheur possible et d'un prestige
incertain. Du moins en disant cette phrase au contrôleur il embranchait sur une vulgaire soirée de ma vie
quotidienne un passage éventuel vers un monde
nouveau : le couloir qu'on lui désigna après avoir
prononcé le mot de baignoire et dans lequel il
s'engagea, était humide et lézardé et semblait conduire
à des grottes marines, au royaume mythologique de
nymphes des eaux. Je n'avais devant moi qu'un
monsieur en habit qui s'éloignait ; mais je faisais jouer
auprès de lui, comme avec un réflecteur maladroit, et
sans réussir à l'appliquer exactement sur lui, l'idée
qu'il était le Prince de Saxe et allait voir la Duchesse
de Guermantes. Et, bien qu'il fût seul, cette idée
extérieure à lui, impalpable, immense et saccadée
comme une projection, semblait le précéder et le
conduire comme cette Divinité, invisible pour le reste
des hommes, qui se tient auprès du guerrier grec.

Je gagnai ma place, tout en cherchant à retrouver un
vers de *Phèdre* dont je ne me souvenais pas exactement. Tel que je me le récitais, il n'avait pas le nombre
de pieds voulu, mais comme je n'essayai pas de les
compter, entre son déséquilibre et un vers classique il
me semblait qu'il n'existait aucune commune mesure.
Je n'aurais pas été étonné qu'il eût fallu ôter plus de
six syllabes à cette phrase monstrueuse pour en faire
un vers de douze pieds. Mais tout à coup je me le
rappelai, les irréductibles aspérités d'un monde inhu-
main s'anéantirent magiquement ; les syllabes du vers

remplirent aussitôt la mesure d'un alexandrin, ce qu'il
avait de trop se dégagea avec autant d'aisance et de
souplesse, qu'une bulle d'air qui vient crever à la
surface de l'eau. Et en effet cette énormité avec
laquelle j'avais lutté n'était qu'un seul pied.

Un certain nombre de fauteuils d'orchestre avaient
été mis en vente au bureau et achetés par des snobs ou
des curieux, qui voulaient contempler des gens qu'ils
n'auraient pas d'autre occasion de voir de près. Et
c'était bien en effet, un peu de leur vraie vie mondaine
habituellement cachée qu'on pourrait considérer
publiquement, car la Princesse de Parme ayant placé
elle-même parmi ses amis les loges, les balcons et les
baignoires, la salle était comme un salon où chacun
changeait de place, allait s'asseoir ici ou là, près d'une
amie.

A côté de moi étaient des gens vulgaires qui, ne
connaissant pas les abonnés, voulaient montrer qu'ils
étaient capables de les reconnaître et les nommaient
tout haut. Ils ajoutaient que ces abonnés venaient ici
comme dans leur salon, voulant dire par là qu'ils ne
faisaient pas attention aux pièces représentées. Mais
c'est le contraire qui avait lieu. Un étudiant génial qui
a pris un fauteuil pour entendre la Berma, ne pense
qu'à ne pas salir ses gants, à ne pas gêner, à se
concilier le voisin que le hasard lui a donné, à
poursuivre d'un sourire intermittent le regard fugace,
à fuir d'un air impoli le regard rencontré d'une
personne de connaissance qu'il a découverte dans la
salle et qu'après mille perplexités il se décide à aller
saluer au moment où les trois coups, en retentissant
avant qu'il soit arrivé jusqu'à elle, le forcent à s'enfuir
comme les Hébreux dans la mer Rouge entre les flots
houleux des spectateurs et des spectatrices qu'il a fait
lever et dont il déchire les robes ou écrase les bottines.
Au contraire, c'était parce que les gens du monde
étaient dans leurs loges (derrière le balcon en terrasse),
comme dans des petits salons suspendus dont une
cloison eût été enlevée, ou dans de petits cafés, où l'on
va prendre une bavaroise, sans être intimidé par les

glaces encadrés d'or et les sièges rouges de l'établissement du genre napolitain ; c'est parce qu'ils posaient
une main indifférente sur les fûts dorés des colonnes
qui soutenaient ce temple de l'art lyrique, c'est parce
qu'ils n'étaient pas émus des honneurs excessifs que
semblaient leur rendre deux figures sculptées qui
tendaient vers les loges des palmes et des lauriers, que
seuls ils auraient eu l'esprit libre pour écouter la pièce
si seulement ils avaient eu de l'esprit.

D'abord il n'y eut que de vagues ténèbres où on
rencontrait tout d'un coup comme le rayon d'une
pierre précieuse qu'on ne voit pas, la phosphorescence
de deux yeux célèbres, ou comme un médaillon
d'Henri IV détaché sur un fond noir, le profil incliné
du Duc d'Aumale, à qui une dame invisible criait :
« Que monseigneur me permettre de lui ôter son
pardessus », cependant que le Prince répondait :
« Mais voyons, comment donc, madame d'Ambre-
sac. » Elle le faisait malgré cette vague défense et était
enviée par tous à cause d'un pareil honneur.

Mais, dans les autres baignoires, presque partout,
les blanches déités qui habitaient ces sombres séjours
s'étaient réfugiées contre les parois obscures et restaient invisibles. Cependant au fur et à mesure que le
spectacle s'avançait, leurs formes vaguement
humaines se détachaient mollement l'une après l'autre
des profondeurs de la nuit qu'elles tapissaient et
s'élevant vers le jour, laissaient émerger leurs corps
demi-nus, et venaient s'arrêter à la limite verticale et à
la surface clair-obscur où leurs brillants visages apparaissaient derrière le déferlement rieur, écumeux et
léger de leurs éventails de plumes, sous leurs cheve-
lures de pourpre emmêlées de perles que semblaient
avoir courbées l'ondulation du flux : après commençaient les fauteuils d'orchestre, le séjour des mortels à
jamais séparé du sombre et transparent royaume
auquel çà et là servaient de frontière, dans leur surface
liquide et plane les yeux limpides et réfléchissants des
déesses des eaux. Car les strapontins du rivage, les
formes des monstres de l'orchestre se peignaient dans

ces yeux suivant les seules lois de l'optique et selon
leur angle d'incidence comme il arrive pour ces deux
parties de la réalité extérieure auxquelles, sachant
qu'elles ne possèdent pas, si rudimentaire soit-elle,
d'âme analogue à la nôtre, nous nous jugerions
insensés d'adresser un sourire ou un regard : les
minéraux et les personnes avec qui nous ne sommes
pas en relations. En deçà, au contraire de la limite de
leur domaine, les radieuses filles de la mer se retour-
naient à tout moment en souriant vers les tritons
barbus pendus aux anfractuosités de l'abîme, ou vers
quelque demi-dieu aquatique ayant pour crâne un
galet poli sur lequel le flot avait ramené une algue
lisse, et pour regard un disque en cristal de roche.
Elles se penchaient vers eux, elles leur offraient des
bonbons ; parfois le flot s'entr'ouvrait devant une
nouvelle néréide qui, tardive, souriante et confuse,
venait de s'épanouir du fond de l'ombre ; puis l'acte
fini, n'espérant plus entendre les rumeurs mélodieuses
de la terre qui les avaient attirées à la surface,
plongeant toutes à la fois, les diverses sœurs disparais-
saient dans la nuit. Mais de toutes ces retraites au seuil
desquelles le souci léger d'apercevoir les œuvres des
hommes amenait les déesses curieuses, qui ne se
laissent pas approcher, la plus célèbre était le bloc de
demi-obscurité connu sous le nom de baignoire de la
Princesse de Guermantes.

Comme une grande déesse qui préside de loin aux
jeux des divinités inférieures, la Princesse était restée
volontairement un peu au fond sur un canapé latéral,
rouge comme un rocher de corail, à côté d'une large
réverbération vitreuse qui était probablement une
glace et faisait penser à quelque section qu'un rayon
aurait pratiqué, perpendiculaire, obscure et liquide,
dans le cristal ébloui des eaux. A la fois plume et
corolle, ainsi que certaines floraisons marines, une
grande fleur blanche, duvetée comme une aile, descendait du front de la Princesse le long d'une de ses
joues dont elle suivait l'inflexion avec une souplesse
coquette, amoureuse et vivante, et semblait l'enfermer

à demi comme un œuf rose dans la douceur d'un nid d'alcyon. Sur la chevelure de la Princesse, et s'abaissant jusqu'à ses sourcils, puis reprise plus bas à la hauteur de sa gorge, s'étendait une résille faite de ces coquillages blancs qu'on pêche dans certaines mers australes et qui étaient mêlés à des perles, mosaïque marine à peine sortie des vagues qui par moment se trouvait plongée dans l'ombre au fond de laquelle, même alors, une présence humaine était révélée par la motilité éclatante des yeux de la Princesse. La beauté qui mettait celle-ci bien au-dessus des autres filles fabuleuses de la pénombre n'était pas tout entière matériellement et inclusivement inscrite dans sa nuque, dans ses épaules, dans ses bras, dans sa taille. Mais la ligne délicieuse et inachevée de celle-ci était l'exact point de départ, l'amorce inévitable de lignes invisibles en lesquelles l'œil ne pouvait s'empêcher de les prolonger, merveilleuses, engendrées autour de la femme comme le spectre d'une figure idéale projetée sur les ténèbres.

— C'est la Princesse de Guermantes, dit ma voisine au monsieur qui était avec elle, en ayant soin de mettre devant le mot Princesse plusieurs p indiquant que cette appellation était risible. Elle n'a pas économisé ses perles. Il me semble que si j'en avais autant, je n'en ferais pas un pareil étalage ; je ne trouve pas que cela ait l'air comme il faut. »

Et cependant, en reconnaissant la Princesse, tous ceux qui cherchaient à savoir qui était dans la salle, sentaient se relever dans leur cœur le trône légitime de la beauté. En effet pour la Duchesse de Luxembourg, pour Mme de Morienval, pour Mme de Saint-Euverte, pour tant d'autres, ce qui permettait d'identifier leur visage, c'était la connexité d'un gros nez rouge avec un bec de lièvre, ou de deux joues ridées avec une fine moustache. Ces traits étaient d'ailleurs suffisants pour charmer, puisque, n'ayant que la valeur conventionnelle d'une écriture, ils donnaient à lire un nom célèbre et qui imposait ; mais aussi, ils finissaient par donner l'idée que la laideur a quelque

chose d'aristocratique, et qu'il est indifférent que le
visage d'une grande dame, s'il est distingué, soit beau.
Mais comme certains artistes qui, au lieu des lettres de
leur nom, mettent au bas de leur toile une forme belle
par elle-même, un papillon, un lézard, une fleur, de
même c'était la forme d'un corps et d'un visage
délicieux que la Princesse apposait à l'angle de sa loge,
montrant par là que la beauté peut être la plus noble
des signatures; car la présence de Mme de Guermantes qui n'amenait au théâtre que des personnes
qui le reste du temps faisaient partie de son intimité,
était aux yeux des amateurs d'aristocratie, le meilleur
certificat d'authenticité du tableau que présentait sa
baignoire, sorte d'évocation d'une scène de la vie
familière et spéciale de la Princesse dans ses palais de
Munich et de Paris.

Notre imagination étant comme un orgue de Barba-
rie détraqué qui joue toujours autre chose que l'air
indiqué, chaque fois que j'avais entendu parler de la
Princesse de Guermantes-Bavière, le souvenir de
certaines œuvres du XVIe siècle avait commencé à
chanter en moi [17]. Il me fallait l'en dépouiller maintenant que je la voyais, en train d'offrir des bonbons
glacés à un gros monsieur en frac. Certes j'étais bien
loin d'en conclure qu'elle et ses invités fussent des
êtres pareils aux autres. Je comprenais bien que ce
qu'ils faisaient là n'était qu'un jeu, et que pour
préluder aux actes de leur vie véritable (dont sans
doute ce n'est pas ici qu'ils vivaient la partie importante) ils convenaient en vertu des rites ignorés de
moi, ils feignaient d'offrir et de refuser des bonbons,
geste dépouillé de sa signification et réglé d'avance
comme le pas d'une danseuse qui tour à tour s'élève
sur sa pointe et tourne autour d'une écharpe. Qui sait,
peut-être au moment où elle offrait ses bonbons, la
Décsse, disait-elle sur ce ton d'ironie (car je la voyais
sourire) : « Voulez-vous des bonbons ? » Que m'im-
portait ? J'aurais trouvé d'un délicieux raffinement la
sécheresse voulue, à la Mérimée ou à la Meilhac de ces
mots adressés par une déesse à un demi-dieu qui, lui,

savait quelles étaient les pensées sublimes que tous
deux résumaient, sans doute pour le moment où ils se
remettraient à vivre leur vraie vie et qui, se prêtant à
ce jeu, répondait avec la même mystérieuse malice :
« Oui je veux bien une cerise. » Et j'aurais écouté ce
dialogue avec la même avidité que telle scène du *Mari
de la Débutante,* où l'absence de poésie, de grandes
pensées, choses si familières pour moi et que je
suppose que Meilhac eût été mille fois capable d'y
mettre, me semblait à elle seule une élégance, une
élégance conventionnelle, et par là d'autant plus
mystérieuse et plus instructive.

— Ce gros-là c'est le Marquis de Ganançay, dit
d'un air renseigné mon voisin qui avait mal entendu le
nom chuchoté derrière lui.

Le Marquis de Palancy, le cou tendu, la figure
oblique, son gros œil rond collé contre le verre du
monocle, se déplaçait lentement dans l'ombre transparente et paraissait ne pas plus voir le public de
l'orchestre qu'un poisson qui passe, ignorant de la
foule des visiteurs curieux, derrière la cloison vitrée
d'un aquarium. Par moment il s'arrêtait, vénérable,
soufflant et moussu, et les spectateurs n'auraient pu
dire s'il souffrait, dormait, nageait, était en train de
pondre ou respirait seulement. Personne n'excitait en
moi autant d'envie que lui, à cause de l'habitude qu'il
avait l'air d'avoir de cette baignoire et de l'indifférence
avec laquelle il laissait la princesse lui tendre des
bonbons ; elle jetait alors sur lui un regard de ses
beaux yeux taillés dans un diamant que semblait bien
fluidifier, à ces moments-là, l'intelligence et l'amitié,
mais qui, quand ils étaient au repos, réduits à leur
pure beauté matérielle ; à leur seul éclat minéralogi-
que, si le moindre réflexe les déplaçait légèrement,
incendiaient la profondeur du parterre de feux inhu-
mains, horizontaux et splendides. Cependant, parce
que l'acte de *Phèdre* que jouait la Berma allait
commencer, la Princesse vint sur le devant de la
baignoire ; alors comme si elle-même était une apparition de théâtre, dans la zone différente de lumière

qu'elle traversa, je vis changer non seulement la couleur mais la matière de ces parures. Et dans la baignoire asséchée, émergée, qui n'appartenait plus au monde des eaux, la Princesse cessant d'être une néréide apparut enturbannée de blanc et de bleu comme quelque merveilleuse tragédienne costumée en Zaïre ou peut-être en Orosmane [18] ; puis quand elle se fut assise au premier rang, je vis que le doux nid d'alcyon qui protégeait tendrement la nacre rose [19] de ses joues, était douillet, éclatant et velouté, un immense oiseau de paradis.

Cependant mes regards furent détournés de la baignoire de la Princesse de Guermantes par une petite femme mal vêtue, laide, les yeux en feu, qui vint, suivie de deux jeunes gens, s'asseoir à quelques places de moi. Puis le rideau se leva. Je ne pus constater sans mélancolie qu'il ne me restait rien de mes dispositions d'autrefois à l'égard de l'art dramatique de la Berma, quand, pour ne rien perdre du phénomène extraordinaire que j'aurais été contempler au bout du monde, je tenais mon esprit préparé comme ces plaques sensibles que les astronomes vont installer en Afrique, aux Antilles, en vue de l'observation scrupuleuse d'une comète ou d'une éclipse ; quand je tremblais, que quelque nuage (mauvaise disposition de l'artiste, incident dans le public) empêchât le spectacle de se produire dans son maximum d'intensité ; quand j'aurais cru ne pas y assister dans les meilleures conditions si je ne m'étais pas rendu dans le théâtre même qui lui était consacré comme un autel, où me semblaient alors faire encore partie, quoique accessoire de son apparition sous le petit rideau rouge, les contrôleurs à œillet blanc nommés par elle, le soubassement de la nef au-dessus d'un parterre plein de gens mal habillés, les ouvreuses vendant un programme avec sa photographie, les marronniers du square, tous ces compagnons, ces confidents de mes impressions d'alors et qui m'en semblaient inséparables. *Phèdre*, la « Scène de la Déclaration », la Berma avaient alors pour moi une

sorte d'existence absolue. Situées en retrait du monde
de l'expérience courante, elles existaient par elles-
mêmes, il me fallait aller vers elles, je pénétrerais
d'elles ce que je pourrais, et en ouvrant mes yeux et
mon âme tout grands j'en absorberais encore bien peu.
Mais comme la vie me paraissait agréable : l'insignifiance de celle que je menais n'avait aucune importance, pas plus que les moments, où on s'habille, où
on se prépare pour sortir, puisque, au delà existait,
d'une façon absolue, bonnes et difficiles à approcher,
impossibles à posséder tout entières, ces réalités plus
solides, *Phèdre*, la manière dont disait la Berma.
Saturé par ces rêveries sur la perfection dans l'art
dramatique desquelles on eût pu extraire alors une
dose importante, si l'on avait dans ces temps-là,
analysé mon esprit à quelque minute du jour et peut-
être de la nuit que ce fût, j'étais comme une pile qui
développe son électricité. Et il était arrivé un moment
où malade, même si j'avais cru en mourir, il aurait
fallu que j'allasse entendre la Berma. Mais maintenant
comme une colline qui au loin semble faite d'azur et
qui de près rentre dans notre vision vulgaire des
choses, tout cela avait quitté le monde de l'absolu et
n'était plus qu'une chose pareille aux autres, dont je
prenais connaissance parce que je me trouvais là, les
artistes étaient des gens de même essence que ceux
que je connaissais, tâchant de dire le mieux possible
ces vers de *Phèdre* qui eux ne formaient plus une
essence sublime et individuelle, séparée de tout, mais
des vers plus ou moins réussis, prêts à rentrer dans
l'immense matière des vers français où ils étaient
mêlés. J'en éprouvais un découragement d'autant plus
profond que si l'objet de mon désir têtu et agissant
n'existait plus, en revanche les mêmes dispositions à
une rêverie fixe, qui changeait d'année en année, mais
me conduisait à une impulsion brusque, insoucieuse
du danger, existait toujours. Tel soir où malade je
partais pour aller voir dans un château un tableau
d'Elstir, une tapisserie gothique, ressemblait tellement au jour où j'avais dû partir pour Venise, à celui

où j'étais allé entendre la Berma, ou parti pour Balbec,
que d'avance je sentais que l'objet présent de mon
sacrifice me laisserait indifférent au bout de peu de
temps, que je pourrais alors passer très près de lui sans
aller regarder ce tableau, ces tapisseries pour lesquelles j'eusse en ce moment affronté tant de nuits sans
sommeil, tant de crises douloureuses. Je sentais par
l'instabilité de son objet la vanité de mon effort, et en
même temps son énormité à laquelle je n'avais pas cru,
comme ces neurasthéniques dont on double la fatigue
en leur faisant remarquer qu'ils sont fatigués. En
attendant ma songerie donnait du prestige à tout ce
qui pouvait se rattacher à elle. Et même dans mes
désirs les plus charnels toujours orientés d'un certain
côté, concentrés autour d'un même rêve, j'aurais pu
reconnaître comme premier moteur une idée, une idée
à laquelle j'aurais sacrifié ma vie, et au point le plus
central de laquelle, comme dans mes rêveries pendant
les après-midi de lecture au jardin à Combray, était
l'idée de perfection.

Je n'eus plus la même indulgence qu'autrefois pour
les justes intentions de tendresse ou de colère que
j'avais remarquées alors dans le débit et le jeu
d'Aricie, d'Ismène et d'Hippolyte. Ce n'est pas que
ces artistes — c'étaient les mêmes — ne cherchassent
toujours avec la même intelligence à donner ici à leur
voix une inflexion caressante ou une ambiguïté calcu-
lée, là à leurs gestes une ampleur tragique ou une
douceur suppliante. Leurs intonations commandaient
à cette voix : « Sois douce, chante comme un rossi-
gnol, caresse » ; ou au contraire : « Fais-toi furieuse »,
et alors se précipitaient sur elle pour tâcher de
l'emporter dans leur frénésie. Mais elle, rebelle,
extérieure à leur diction, restait irréductiblement leur
voix naturelle, avec ses défauts ou ses charmes matériels, sa vulgarité ou son affectation quotidienne, et
étalait ainsi un ensemble de phénomènes acoustiques
ou sociaux, que n'avait pas altéré le sentiment des vers
récités.

De même le geste de ces artistes disait à leurs bras, à

leur peplum :« soyez majestueux ». Mais les membres insoumis laissaient se pavaner entre l'épaule et le coude un biceps qui ne savait rien du rôle : ils continuaient à exprimer l'insignifiance de la vie de tous les jours et à mettre en lumière, au lieu des nuances raciniennes, des connexités musculaires ; et la draperie qu'ils soulevaient retombait selon une verticale où ne le disputait aux lois de la chute des corps qu'une souplesse insipide et textile. A ce moment la petite dame qui était près de moi s'écria.

— Pas un applaudissement ! Et comme elle est ficelée ! Mais elle est trop vieille, elle ne peut plus, on renonce dans ces cas-là.

Devant les chuts des voisins, les deux jeunes gens qui étaient avec elle, tâchèrent de la faire tenir tranquille, et sa fureur ne se déchaînait plus que dans ses yeux. Cette fureur ne pouvait d'ailleurs s'adresser qu'au succès, à la gloire, car la Berma qui avait gagné tant d'argent n'avait que des dettes. Prenant toujours des rendez-vous d'affaires ou d'amitié auxquels elle ne pouvait pas se rendre, elle avait dans toutes les rues des chasseurs qui couraient la décommander, dans les hôtels des appartements retenus à l'avance et qu'elle ne venait jamais occuper, des océans de parfums pour laver ses chiennes, des dédits à payer à tous les directeurs. A défaut de frais plus considérables, et moins voluptueuse que Cléopâtre, elle aurait trouvé le moyen de manger en pneumatiques et en voitures de l'Urbaine des provinces et des royaumes. Mais la petite dame était une actrice qui n'avait pas eu de chance et avait voué une haine mortelle à la Berma. Celle-ci venait d'entrer en scène. Et alors, ô miracle, comme ces leçons que nous nous sommes vainement épuisés à apprendre le soir et que nous retrouvons en nous, sues par cœur, après que nous avons dormi, comme aussi ces visages des morts que les efforts passionnés de notre mémoire poursuivent sans les retrouver, et qui, quand nous ne pensons plus à eux, sont là devant nos yeux, avec la ressemblance de la vie, le talent de la Berma qui m'avait fui quand je

cherchais si avidement à en saisir l'essence, maintenant, après ces années d'oubli, dans cette heure
d'indifférence, s'imposait avec la force de l'évidence à
mon admiration. Autrefois pour tâcher d'isoler ce
talent, je défalquais en quelque sorte de ce que
j'entendais, le rôle lui-même, le rôle, partie commune
à toutes les actrices qui jouaient *Phèdre* et que j'avais
étudié d'avance pour que je fusse capable de le
soustraire, de ne recueillir comme résidu que le talent
de Mme Berma. Mais ce talent que je cherchais à
apercevoir en dehors du rôle, il ne faisait qu'un avec
lui. Tel pour un grand musicien (il paraît que c'était le
cas pour Vinteuil quand il jouait du piano) son jeu est
d'un si grand pianiste qu'on ne sait même plus du tout
si cet artiste est pianiste parce que (n'interposant pas
tout cet appareil d'efforts digitaux, çà et là couronnés
de brillants effets, toute cette éclaboussure de notes où
du moins l'auditeur qui ne sait où se prendre, croit
trouver le talent dans sa réalité matérielle, tangible)
ce jeu est devenu si transparent si rempli de ce qu'il
interprète que lui-même on ne le voit plus et qu'il
n'est plus qu'une fenêtre qui donne sur un chef-
d'œuvre. Les intentions entourant comme une bor-
dure majestueuse ou délicate la voix et la mimique
d'Aricie, d'Ismène, d'Hippolyte, j'avais pu les distinguer ; mais, Phèdre se les était intériorisées, et mon
esprit n'avait pas réussi à arracher à la diction et aux
attitudes, à appréhender dans l'avare simplicité de
leurs surfaces unies, ces trouvailles, ces effets qui n'en
dépassaient pas tant ils s'y étaient profondément
résorbés. La voix, de la Berma, en laquelle ne
subsistait plus un seul déchet de matière inerte et
réfractaire à l'esprit, ne laissait pas discerner autour
d'elle cet excédent de larmes qu'on voyait couler parce
qu'elles n'avaient pu s'y imbiber sur la voix de marbre
d'Aricie ou d'Ismène, mais avait été délicatement
assouplie en ses moindres cellules comme l'instrument
d'un grand violoniste chez qui on veut, quand on dit
qu'il a un beau son, louer non pas une particularité
physique mais une supériorité d'âme ; et comme dans

le paysage antique où à la place d'une nymphe disparue, il y a une source inanimée, une intention discernable et concrète s'y était changée en quelque qualité du timbre, d'une limpidité étrange appropriée et froide. Les bras de la Berma que les vers eux-mêmes, de la même émission par laquelle ils faisaient sortir sa voix de ses lèvres, semblaient soulever sur sa poitrine comme ces feuillages que l'eau déplace en s'échappant ; son attitude, en scène, qu'elle avait lentement constituée, qu'elle modifierait encore, et qui était faite de raisonnements d'une autre profondeur que ceux dont on apercevait la trace dans les gestes de ses camarades, mais de raisonnements ayant perdu leur origine volontaire, fondus dans une sorte de rayonnement où ils faisaient palpiter, autour du personnage de Phèdre, des éléments riches et complexes mais que le spectateur fasciné prenait non pour une réussite de l'artiste mais pour une donnée de la vie ; ces blancs voiles eux-mêmes, qui exténués et fidèles semblaient de la matière vivante et avoir été filés par la souffrance mi-païenne, mi-janséniste, autour de laquelle ils se contractaient comme un cocon fragile et frileux : tout cela, voix, attitudes, gestes, voiles, n'étaient, autour de ce corps d'une idée qu'est un vers (corps qui au contraire des corps humains n'est pas un obstacle opaque mais comme un vêtement purifié, spiritualisé), que des enveloppes supplémentaires qui au lieu de la cacher rendaient plus splendidement l'âme qui se les était assimilées et s'y était répandue, que des coulées de substances diverses, devenues translucides, dont la superposition ne fait que réfracter plus richement le rayon central et prisonnier qui les traverse et rendre plus étendue, plus précieuse et plus belle la matière imbibée de flamme où il est engainé. Telle l'interprétation de la Berma était autour de l'œuvre, une seconde œuvre, vivifiée aussi par le génie ?

Mon impression, à vrai dire, plus agréable que celle d'autrefois n'était pas différente. Seulement je ne la confrontais plus à une idée préalable, abstraite, et

fausse, du génie dramatique, et je comprenais que le
génie dramatique c'était justement cela. Je pensais
tout à l'heure que si je n'avais pas eu de plaisir la
première fois que j'avais entendu la Berma, c'est que
comme jadis quand je retrouvais Gilberte aux
Champs-Elysées, je venais à elle avec un trop grand
désir. Entre les deux déceptions il n'y avait peut-être
pas seulement cette ressemblance ; une autre aussi,
plus profonde. L'impression que nous cause une
personne, une œuvre (ou une interprétation) fortement caractérisée, est comme une personne particulière. Mais nous avons apporté avec nous les idées de
« beauté », « largeur de style » « pathétique », que
nous pourrions à la rigueur avoir l'illusion de reconnaître dans la banalité d'un talent, d'un visage cor-
rects, mais notre esprit attentif a devant lui l'insistance
d'une forme dont il ne possède pas d'équivalent
intellectuel, dont il lui faut dégager l'inconnu. Il
entend un son aigu, une intonation bizarrement
interrogative. Il se demande : « est-ce beau ? ce que
j'éprouve ? est-ce de l'admiration ? est-ce cela la
richesse de coloris, la noblesse, la puissance ? » Et ce
qui lui répond de nouveau, c'est une voix aiguë, c'est
un ton curieusement questionneur, c'est l'impression
despotique causée par un être qu'on ne connaît pas,
toute matérielle, et dans laquelle aucun espace vide
n'est laissé pour la « largeur de l'interprétation ». Et à
cause de cela ce sont les œuvres vraiment belles, si
elles sont sincèrement écoutées, qui doivent le plus
nous décevoir, parce que dans la collection de nos
idées il n'y en a aucune qui réponde à une impression
individuelle.

C'était précisément ce que me montrait le jeu de la
Berma. C'était bien cela, la noblesse, l'intelligence de
la diction. Maintenant je me rendais compte des
mérites d'une interprétation large, poétique, puissante, ou plutôt c'était cela à quoi on a convenu de
décerner ces titres, mais comme on donne le nom de
Mars, de Vénus, de Saturne, à des étoiles qui n'ont
rien de mythologique. Nous sentons dans un monde,

nous pensons, nous nommons dans un autre, nous pouvons entre les deux établir une concordance mais non combler l'intervalle. C'est bien un peu cet intervalle, cette faille, que j'avais eu à franchir quand, le premier jour où j'étais allé voir jouer la Berma, l'ayant écoutée de toutes mes oreilles, j'avais eu quelque peine à rejoindre mes idées de « noblesse d'interprétation » d'« originalité » et n'avais éclaté en applaudissements qu'après un moment de vide et comme s'ils naissaient non pas de mon impression même, mais comme si je les rattachais à mes idées préalables, au plaisir que j'avais à me dire : « j'entends enfin la Berma ». Et la différence qu'il y a entre une personne, une œuvre fortement individuelle et l'idée de beauté, existe aussi grande entre ce qu'elles nous font ressentir et les idées d'amour, d'admiration. Aussi ne les reconnaît-on pas. Je n'avais pas eu de plaisir à entendre la Berma (pas plus que je n'en avais à voir Gilberte). Je m'étais dit : « Je ne l'admire donc pas. » Mais cependant je ne songeais alors qu'à approfondir le jeu de l'actrice, je n'étais préoccupé que de cela, je tâchais d'ouvrir ma pensée le plus largement possible pour recevoir tout ce qu'il contenait. Je comprenais maintenant que c'était justement cela : admirer.

Ce génie que l'interprétation de la Berma n'était seulement que la révélation, était-ce bien uniquement le génie de Racine ?

Je le crus d'abord. Je devais être détrompé quand, une fois l'acte de *Phèdre* fini, après les rappels du public, pendant lesquels la vieille actrice rageuse, redressant sa taille minuscule, posant son corps de biais, immobilisa les muscles de son visage, et plaça ses bras en croix sur sa poitrine pour montrer qu'elle ne se mêlait pas aux applaudissements des autres et rendre plus évidente une protestation qu'elle jugeait sensationnelle mais qui passa inaperçue. La pièce suivante était une des nouveautés qui jadis me semblaient, à cause du défaut de célébrité, devoir paraître minces, particulières, dépourvues qu'elles étaient d'existence en dehors de la représentation qu'on en donnait. Mais je n'avais pas aussi cette déception de voir l'éternité d'un chef-d'œuvre ne tenir que la longueur de la rampe et la durée d'une représentation qui l'accomplissait aussi bien qu'une pièce de circonstance. Puis à chaque tirade que je sentais que le public aimait et qui serait un jour fameuse, à défaut de la célébrité qu'elle n'avait pu avoir dans le passé, j'ajoutais celle qu'elle aurait dans l'avenir, par un effort d'esprit inverse de celui qui consiste à se représenter des chefs-d'œuvre au temps de leur grêle apparition, quand leur titre qu'on n'avait encore jamais entendu ne semblait pas devoir être mis plus tard, confondu dans une même lumière, à côté de ceux des autres œuvres de l'auteur. Et ce rôle figurerait un jour dans la liste de ses plus beaux, auprès de celui de Phèdre. Non qu'en lui-même il ne fût dénué de toute valeur littéraire ; mais la Berma y était aussi sublime que dans *Phèdre*. Je compris alors que l'œuvre de l'écrivain n'était pour la tragédienne qu'une matière, à peu près indifférente en soi-même, pour la création de son chef-d'œuvre d'interprétation, comme le grand peintre que j'avais connu à Balbec, Elstir, avait trouvé le motif de deux tableaux qui se valent, dans un bâtiment scolaire sans caractère et dans une cathédrale qui est, par elle-même, un chef-d'œuvre. Et comme le peintre dissout maison, charrette, personnages, dans quelque grand effet de lumière qui les fait homogènes, la Berma étendait de vastes nappes de terreur, de tendresse, sur les mots fondus également tous aplanis ou relevés et qu'une artiste médiocre eût détachés l'un après l'autre. Sans doute chacun avait une inflexion propre et la diction de la Berma n'empêchait pas qu'on perçût le vers. N'est-ce pas déjà un premier élément de complexité ordonnée, de beauté, quand en entendant une rime, c'est-à-dire quelque chose qui est à la fois pareil et autre que la rime précédente, qui est motivé par elle, mais y introduit la variation d'une idée nouvelle, on sent deux systèmes qui se superposent, l'un de pensée, l'autre de métrique. Mais la Berma faisait pourtant entrer les mots, même les vers, même

les « tirades » dans des ensembles plus vastes qu'eux-
mêmes à la frontière desquels c'était un charme de les
voir obligés de s'arrêter, s'interrompre ; ainsi un poète
prend plaisir à faire hésiter un instant, à la rime, le
mot qui va s'élancer, et un musicien à confondre les
paroles diverses du livret dans un même rythme qui
les contrarie et les entraîne. Ainsi dans les phrases du
dramaturge moderne comme dans les vers de Racine,
la Berma savait introduire ces vastes images de
douleur, de noblesse, de passion, qui étaient ses chefs-
d'œuvre à elle, et où on la reconnaissait comme, dans
des portraits qu'il a peints d'après des modèles
différents, on reconnaît un peintre.

   Je n'aurais plus souhaité comme autrefois de pouvoir immobiliser les attitudes de la Berma, le bel effet
de couleur qu'elle donnait un instant seulement dans
un éclairage aussitôt évanoui et qui ne se reproduisait
pas, ni lui faire redire cent fois un vers. Je comprenais
que mon désir ancien était plus exigeant que la volonté
du poète, de la tragédienne, du grand artiste décorateur qu'était son metteur en scène et que ce charme
répandu au vol sur un vers, ces gestes instables
perpétuellement transformés, ces tableaux successifs,
c'était le résultat fugitif, le but momentané, le mobile
chef-d'œuvre que l'art théâtral se proposait et que
détruirait en voulant le fixer l'attention d'un auditeur
trop épris. Même je ne tenais pas à venir un autre jour
réentendre la Berma ; j'étais satisfait d'elle ; c'est
quand j'admirais trop pour ne pas être déçu par l'objet
de mon admiration, que cet objet fût Gilberte ou la
Berma que je demandais d'avance à l'impression du
lendemain le plaisir que m'avait refusé l'impression de
la veille. Sans chercher à approfondir la joie que je
venais d'éprouver et dont j'aurais peut-être pu faire un
plus fécond usage je me disais comme autrefois
certains de mes camarades de collège : « C'est vraiment la Berma que je mets en premier », tout en
sentant confusément que le génie de la Berma, n'était
peut-être pas traduit très exactement par cette affirma-
tion de ma préférence, et de cette place de « pre-

mière » décernée, quelque calme d'ailleurs qu'elles
m'apportassent.

Au moment où cette seconde pièce commença, je
regardai du côté de Mme de Guermantes. Cette
Princesse, par un mouvement générateur d'une ligne
délicieuse que mon esprit poursuivait dans le vide,
venait de tourner la tête vers le fond de sa baignoire,
les invités étaient debout, tournés aussi vers la porte,
et entre la double haie qu'ils faisaient, dans son
assurance victorieuse et sa grandeur de déesse, mais
avec une douceur inconnue due à la feinte confusion
d'arriver si tard et de faire lever tout le monde au
milieu de la représentation, entra, toute enveloppée de
blanches mousselines, la Duchesse de Guermantes.
Elle alla vers sa cousine, fit une profonde révérence à
un jeune homme blond qui était assis au premier rang
et, se retournant vers les monstres marins et sacrés
flottant au fond de l'antre, fit à ces demi-dieux du
Jockey-Club — qui à ce moment-là et particulièrement M. de Palancy furent les hommes que j'aurais le
plus aimé être — un bonjour familier de vieille amie,
allusion à l'au jour le jour de ses relations avec eux
depuis quinze ans. Je ressentais le mystère mais ne
pouvais déchiffrer l'énigme de ce regard souriant
qu'elle adressait à ses amis, dans l'éclat bleuté dont il
brillait tandis qu'elle abandonnait sa main aux uns et
aux autres et qui si j'eusse pu en décomposer le
prisme, en analyser les cristallisations m'eût peut-être
révélé l'essence de la vie inconnue qui y apparaissait à
ce moment-là. Le Duc de Guermantes suivait sa
femme, les reflets enjoués de son monocle, le rire de sa
dentition, la blancheur de son œillet ou de son
plastron plissé, écartant pour faire place à leur lumière
ses sourcils, ses lèvres, son frac ; d'un geste de sa main
étendue qu'il abaissa sur leurs épaules, tout droit, sans
bouger la tête, il commanda de se rasseoir aux tritons
inférieurs qui lui faisaient place, et s'inclina profondément devant le jeune homme blond. On eût dit que la
Duchesse avait deviné que sa cousine dont elle raillait,
disait-on, ce qu'elle appelait les exagérations (nom que

de son point de vue spirituellement français et tout
modéré prenaient vite la poésie et l'enthousiasme
germaniques) aurait ce soir une de ces toilettes où la
Duchesse la trouvait « costumée », et qu'elle avait
voulu lui donner une leçon de goût. Au lieu des
merveilleux et doux plumages qui de la tête de la
Princesse descendaient jusqu'à son cou, au lieu de sa
résille de coquillages et de perles, la Duchesse n'avait
dans les cheveux qu'une simple aigrette qui dominant
son nez busqué et ses yeux à fleurs de tête avait l'air de
l'aigrette d'un oiseau. Son cou et ses épaules sortaient
d'un flot neigeux de mousseline sur lequel venait
battre un éventail en plumes de cygne, mais ensuite la
robe, dont le corsage avait pour seul ornement,
d'innombrables paillettes soit de métal, en baguettes
et en grains, soit de brillants, moulait son corps avec
une précision toute britannique. Mais si différentes
que les deux toilettes fussent l'une de l'autre, après
que la Princesse eut donné à sa cousine la chaise
qu'elle occupait jusque-là, on les vit se retournant
l'une vers l'autre, s'admirer réciproquement.

Peut-être Madame de Guermantes aurait-elle le
lendemain un sourire quand elle parlerait de la
coiffure un peu trop compliquée de la Princesse, mais
certainement elle déclarerait que celle-ci n'en était pas
moins ravissante et merveilleusement arrangée ; et la
Princesse, qui, par goût, trouvait quelque chose d'un
peu froid, d'un peu sec, d'un peu couturier, dans la
façon dont s'habillait sa cousine, découvrirait dans
cette stricte sobriété un raffinement exquis. D'ailleurs
entre elles l'harmonie, l'universelle gravitation prééta-
blie de leur éducation, neutralisaient les contrastes
non seulement d'ajustement mais d'attitude. A ces
lignes invisibles et aimantées que l'élégance des
manières tendait entre elles, le naturel expansif de la
Princesse venait expirer, tandis que vers elles, la
rectitude de la Duchesse, se laissait attirer, infléchir,
se faisant douceur et charme. Comme dans la pièce
que l'on était en train de représenter, pour comprendre ce que la Berma dégageait de poésie personnelle,

on n'avait qu'à confier le rôle qu'elle jouait, et qu'elle seule pouvait jouer, à n'importe quelle autre actrice, le spectateur qui eût levé les yeux vers le balcon eût vu, dans deux loges, un « arrangement » qu'elles croyaient rappeler ceux de la Princesse de Guermantes, donner simplement à la Baronne de Morienval l'air excentrique, prétentieux et mal élevé, et un effort à la fois patient et coûteux pour imiter les toilettes et le chic de la Duchesse de Guermantes, faire seulement ressembler Mme de Cambremer à quelque pensionnaire provinciale, montée sur fil de fer, droite, sèche et pointue, un plumet de corbillard verticalement dressé dans les cheveux. Peut-être la place de cette dernière n'était-elle pas dans une salle où c'était seulement avec les femmes les plus brillantes de l'année que les loges (et même celles des plus hauts étages qui d'en bas semblaient de grosses bourriches piquées de fleurs humaines et attachées au cintre de la salle par les brides rouges de leurs séparations de velours) composaient un panorama éphémère, destiné à être bientôt modifié par les morts, les scandales, les maladies, les brouilles, mais en ce moment immobilisé par l'attention, la chaleur, le vertige, la poussière, l'élégance et l'ennui, dans cette espèce d'instant éternel et tragique d'inconsciente attente et de calme engourdissement qui, rétrospectivement, semble avoir précédé l'explosion d'une bombe ou la première flamme d'un incendie.

La raison pour quoi Mme de Cambremer se trouvait là était que la Princesse de Parme, dénuée de snobisme comme la plupart des véritables altesses, et en revanche, dévorée par l'orgueil, le désir de la charité qui égalait chez elle le goût de ce qu'elle croyait les Arts, avait cédé çà et là quelques loges à des femmes comme Mme de Cambremer qui ne faisaient pas partie de la haute société aristocratique, mais avec lesquelles elle était en relations pour ses œuvres de bienfaisance. Mme de Cambremer ne quittait pas des yeux la Duchesse et la Princesse de Guermantes ce qui lui était d'autant plus aisé que n'étant pas en relations

véritables avec elles, elle ne pouvait avoir l'air de
quêter un salut. Etre reçue chez ces deux grandes
dames, était pourtant le but qu'elle poursuivait depuis
dix ans avec une inlassable patience. Elle avait calculé
qu'elle y serait sans doute parvenue dans cinq ans.
Mais atteinte d'une maladie qui ne pardonne pas et
dont, se piquant de connaissances médicales, elle
croyait connaître le caractère inexorable, elle craignait
de ne pouvoir vivre jusque-là. Elle était du moins
heureuse ce soir-là de penser que toutes ces femmes
qu'elle ne connaissait guère verraient auprès d'elle un
homme de leurs amis, le jeune Marquis de Beausergent, frère de Mme d'Argencourt, lequel fréquentait
également les deux sociétés, et de la présence de qui
les femmes de la seconde aimaient beaucoup à se parer
sous les yeux de celles de la première. Il s'était assis
derrière Mme de Cambremer sur une chaise placée en
travers pour pouvoir lorgner dans les autres loges. Il y
connaissait tout le monde et, pour saluer, avec la
ravissante élégance de sa jolie tournure cambrée, de sa
fine tête aux cheveux blonds, il soulevait à demi son
corps redressé, un sourire à ses yeux bleus, avec un
mélange de respect et de désinvolture, gravant ainsi
avec précision dans le rectangle du plan oblique où il
était placé comme une de ses vieilles estampes qui
figurent un grand seigneur hautain et courtisan. Il
acceptait souvent de la sorte d'aller au théâtre avec
Mme de Cambremer ; dans la salle et à la sortie, dans
le vestibule, il restait bravement auprès d'elle au
milieu de la foule des amies plus brillantes qu'il avait
là et à qui il évitait de parler, ne voulant pas les gêner,
et comme s'il avait été en mauvaise compagnie. Si
alors passait la Princesse de Guermantes, belle et
légère comme Diane, laissant traîner derrière elle un
manteau incomparable, faisant se détourner toutes les
têtes et suivie par tous les yeux (par ceux de Mme de
Cambremer plus que par tous les autres), M. de
Beausergent s'absorbait dans une conversation avec sa
voisine, ne répondait au sourire amical et éblouissant
de la Princesse que contraint et forcé et avec la réserve

bien élevée et la charitable froideur de quelqu'un dont l'amabilité peut être devenue momentanément gênante.

Mme de Cambremer n'eût-elle pas su que la baignoire appartenait à la Princesse qu'elle eût cependant reconnu que Mme de Guermantes était l'invitée, à l'air d'intérêt plus grand qu'elle portait au spectacle de la scène et de la salle afin d'être aimable envers son hôtesse. Mais en même temps que cette force centrifuge, une force inverse développée par le même désir d'amabilité ramenait l'attention de la Duchesse vers sa propre toilette, sur son aigrette, son collier, son corsage et aussi vers celle de la Princesse elle-même dont la cousine semblait se proclamer la sujette, l'esclave, venue ici seulement pour la voir, prête à la suivre ailleurs s'il avait prit fantaisie à la titulaire de la loge de s'en aller et ne regardant que comme composée d'étrangers curieux à considérer le reste de la salle où elle comptait pourtant nombre d'amis dans la loge desquels elle se trouvait d'autres semaines et à l'égard de qui elle ne manquait pas de faire preuve alors du même loyalisme exclusif, relativiste et hebdomadaire. Mme de Cambremer était étonnée de voir la Duchesse ce soir. Elle savait que celle-ci restait très tard à Guermantes et supposait qu'elle y était encore. Mais on lui avait raconté que parfois, quand il y avait à Paris un spectacle qu'elle jugeait intéressant, Mme de Guermantes faisait atteler une de ses voitures aussitôt qu'elle avait pris le thé avec les chasseurs et, au soleil couchant, partait au grand trot, à travers la forêt crépusculaire, puis par la route, prendre le train à Combray pour être à Paris le soir. « Peut-être vient-elle de Guermantes exprès pour entendre la Berma », pensait avec admiration Mme de Cambremer. Et elle se rappelait avoir entendu dire à Swann, dans ce jargon ambigu, qu'il avait en commun avec M. de Charlus : « La Duchesse est un des êtres les plus nobles de Paris, de l'élite la plus raffinée, la plus choisie. » Pour moi qui faisais dériver du nom de Guermantes, du nom de Bavière et du nom de Condé

la vie, la pensée des deux cousines (je ne le pouvais
plus pour leurs visages puisque je les avais vus),
j'aurais mieux aimé connaître leur jugement sur
*Phèdre*, que celui du plus grand critique du monde.
Car dans le sien je n'aurais trouvé que de l'intelligence, de l'intelligence supérieure à la mienne, mais
de même nature. Mais ce que pensaient la Duchesse et
la Princesse de Guermantes et qui m'eût fourni sur la
nature de ces deux poétiques créatures, un document
inestimable je l'imaginais à l'aide de leurs noms, j'y
supposais un charme irrationnel et, avec la soif et la
nostalgie d'un fiévreux, ce que je demandais à leur
opinion sur *Phèdre* de me rendre, c'était le charme des
après-midi d'été où je m'étais promené du côté de
Guermantes.

Mme de Cambremer essayait de distinguer quelle
sorte de toilette portaient les deux cousines. Pour moi,
je ne doutais pas que ces toilettes ne leur fussent
particulières, non pas seulement dans le sens où la
livrée à col rouge ou à revers bleu appartenait jadis
exclusivement aux Guermantes et aux Condé, mais
plutôt comme pour un oiseau le plumage qui n'est pas
seulement un ornement de sa beauté mais une extension de son corps. La toilette de ces deux femmes me
semblait comme une matérialisation neigeuse ou dia-
prée, de leur activité intérieure, et comme les gestes
que j'avais vu faire à la Princesse de Guermantes et
que je n'avais pas douté correspondre à une idée
cachée, les plumes qui descendaient du front de la
Princesse et le corsage éblouissant et pailleté de sa
cousine semblaient avoir une signification, être pour
chacune des deux femmes un attribut qui n'était qu'à
elle et dont j'aurais voulu connaître la signification :
l'oiseau de Paradis me semblait inséparable de l'une,
comme le paon de Junon, je ne pensai pas qu'aucune
femme pût usurper le corsage pailleté de l'autre plus
que l'égide étincelante et frangée de Minerve. Et
quand je portais mes yeux sur cette baignoire, bien
plus qu'au plafond du théâtre où étaient peintes de
froides allégories, c'était comme si j'avais aperçu,

grâce au déchirement miraculeux des nuées coutu-
mières, l'assemblée des Dieux en train de contempler
le spectacle des hommes, sous un velum rouge, dans
une éclaircie lumineuse, entre deux piliers du Ciel. Je
contemplais cette apothéose momentanée avec un
trouble que mélangeait de paix le sentiment d'être
ignoré des Immortels ; la Duchesse m'avait bien vu
une fois avec son mari, mais ne devait certainement
pas s'en souvenir, et je ne souffrais pas qu'elle se
trouvât par la place qu'elle occupait dans la baignoire,
regarder les madrépores anonymes et collectifs du
public de l'orchestre car je sentais heureusement mon
être dissous au milieu d'eux, quand, au moment où en
vertu des lois de la réfraction, vint sans doute se
peindre dans le courant impassible des deux yeux
bleus, la forme confuse du protozoaire dépourvu
d'existence individuelle que j'étais, je vis une clarté les
illuminer : la Duchesse, de déesse devenue femme et
me semblant tout d'un coup mille fois plus belle, leva
vers moi la main gantée de blanc qu'elle tenait
appuyée sur le rebord de la loge, l'agita en signe
d'amitié, mes regards se sentirent croisés par l'incan-
descence involontaire et les feux des yeux de la
Princesse laquelle les avait fait entrer à son insu en
conflagration rien qu'en les bougeant pour chercher à
voir à qui sa cousine venait de dire bonjour, et celle-ci
qui m'avait reconnu, fit pleuvoir sur moi l'averse
étincelante et céleste de son sourire.

Maintenant tous les matins, bien avant l'heure où
elle sortait, j'allais par un long détour me poster à
l'angle de la rue qu'elle descendait d'habitude, et,
quand le moment de son passage me semblait proche,
je remontais d'un air distrait, regardant dans une
direction opposée et levant les yeux vers elle dès que
j'arrivais à sa hauteur mais comme si je ne m'étais
nullement attendu à la voir. Même les premiers jours
pour être plus sûr de ne pas la manquer, j'attendais
devant la maison. Et chaque fois que la porte cochère
s'ouvrait (laissant passer successivement tant de personnes qui n'étaient pas celle que j'attendais), son

ébranlement se prolongeait ensuite dans mon cœur en
oscillations qui mettaient longtemps à se calmer. Car
jamais fanatique d'une grande comédienne qu'il ne
connaît pas, allant faire « le pied de grue » devant la
sortie des artistes, jamais foule exaspérée ou idolâtre
réunie pour insulter ou porter en triomphe, le
condamné ou le grand homme qu'on croit être sur le
point de passer chaque fois qu'on entend du bruit
venu de l'intérieur de la prison ou du palais, ne furent
aussi émus que je l'étais, attendant le départ de cette
grande dame qui, dans sa toilette simple savait, par la
grâce de sa marche (toute différente de l'allure qu'elle
avait quand elle entrait dans un salon ou dans une
loge) faire de sa promenade matinale — il n'y avait
pour moi qu'elle au monde qui se promenât — tout un
poème d'élégance et la plus fine parure, la plus
curieuse fleur du beau temps. Mais après trois jours,
pour que le concierge ne pût se rendre compte de mon
manège, je m'en allai beaucoup plus loin, jusqu'à un
point quelconque du parcours habituel de la
Duchesse. Souvent avant cette soirée au théâtre, je
faisais ainsi de petites sorties avant le déjeuner, quand
le temps était beau ; s'il avait plu, à la première
éclaircie, je descendais faire quelques pas, et tout d'un
coup, venant, sur le trottoir encore mouillé, changé
par la lumière en laque d'or, dans l'apothéose d'un
carrefour poudroyant d'un brouillard que tanne et
blondit le soleil, j'apercevais une pensionnaire suivie
de son institutrice ou une laitière avec ses manches
blanches, je restais sans mouvement, une main contre
mon cœur qui s'élançait déjà vers une vie étrangère ; je
tâchais de me rappeler la rue, l'heure, la porte sous
laquelle la fillette (que quelquefois je suivais) avait
disparu sans ressortir. Heureusement la fugacité de
ces images caressées et que je me promettais de
chercher à revoir, les empêchait de se fixer fortement
dans mon souvenir. N'importe, j'étais moins triste
d'être malade de n'avoir jamais eu encore le courage
de me mettre à travailler, à commencer un livre, la
terre me paraissait plus agréable à habiter, la vie plus

intéressante à parcourir depuis que je voyais que les
rues de Paris comme les routes de Balbec étaient
fleuries de ces beautés inconnues que j'avais si souvent
cherché à faire surgir des bois de Méséglise, et dont
chacune excitait un désir voluptueux qu'elle seule
semblait capable d'assouvir.

En rentrant de l'Opéra[20], j'avais ajouté pour le
lendemain à celles que depuis quelques jours je
souhaitais de retrouver, l'image de Mme de Guermantes, grande, avec sa coiffure haute de cheveux
blonds et légers : avec la tendresse promise dans le
sourire qu'elle m'avait adressé de la baignoire de sa
cousine. Je suivrais le chemin que Françoise m'avait
dit que prenait la Duchesse et je tâcherais pourtant,
pour retrouver deux jeunes filles que j'avais vues
l'avant-veille, de ne pas manquer la sortie d'un cours
et d'un catéchisme. Mais, en attendant, de temps à
autre, le scintillant sourire de Mme de Guermantes, la
sensation de douceur qu'il m'avait donnée, me revenaient. Et sans trop savoir ce que je faisais, je
m'essayais à les placer (comme une femme regarde
l'effet que ferait sur une robe, une certaine sorte de
boutons de pierrerie qu'on vient de lui donner) à côté
des idées romanesques que je possédais depuis longtemps et que la froideur d'Albertine, le départ préma-
turé de Gisèle et avant cela, la séparation voulue et
trop prolongée d'avec Gilberte avaient libérées, (l'idée
par exemple d'être aimé d'une femme, d'avoir une vie
en commun avec elle) : puis c'était l'image de l'une ou
l'autre des deux jeunes filles que j'approchais de ces
idées auxquelles, aussitôt après, je tâchais d'adapter le
souvenir de la Duchesse. Auprès de ces idées, le
souvenir de Mme de Guermantes à l'Opéra était bien
peu de chose, une petite étoile à côté de la longue
queue de sa comète flamboyante ; de plus je connaissais très bien ces idées longtemps avant de connaître
Mme de Guermantes ; le souvenir lui, au contraire, je
le possédais imparfaitement ; il m'échappait par
moments ; ce fut pendant les heures où, de flottant en
moi au même titre que les images d'autres femmes

jolies, il passa peu à peu à une association unique et
définitive — exclusive de tout autre image féminine —
avec mes idées romanesques si antérieures à lui, ce fut
pendant ces quelques heures où je me le rappelais le
mieux que j'aurais dû m'aviser de savoir exactement
quel il était ; mais je ne savais pas alors l'importance
qu'il allait prendre pour moi ; il était doux seulement
comme un premier rendez-vous de Mme de Guermantes en moi-même, il était la première esquisse, la
seule vraie, la seule faite d'après la vie, la seule qui fût
réellement Mme de Guermantes ; durant les quelques
heures où j'eus le bonheur de le détenir sans savoir
faire attention à lui, il devait être bien charmant
pourtant ce souvenir, puisque c'est toujours à lui,
librement encore, à ce moment-là, sans hâte, sans
fatigue, sans rien de nécessaire ni d'anxieux, que mes
idées d'amour revenaient ; ensuite au fur et à mesure
que ces idées le fixèrent plus définitivement, il acquit
d'elles une plus grande force, mais devint lui-même
plus vague ; bientôt je ne sus plus le retrouver ; et dans
mes rêveries, je le déformais sans doute complètement, car, chaque fois que je voyais Mme de Guermantes, je constatais un écart, d'ailleurs toujours
différent, entre ce que j'avais imaginé et ce que je
voyais. Chaque jour maintenant, certes au moment
que Mme de Guermantes débouchait au haut de la
rue, j'apercevais encore sa taille haute, ce visage au
regard clair sous une chevelure légère, toutes choses
pour lesquelles j'étais là ; mais en revanche, quelques
secondes plus tard, quand, ayant détourné les yeux
dans une autre direction pour avoir l'air de ne pas
m'attendre à cette rencontre que j'étais venu chercher,
je les levais sur la Duchesse au moment où j'arrivais au
même niveau de la rue qu'elle, ce que je voyais alors
c'étaient des marques rouges, dont je ne savais si elles
étaient dues au grand air ou à la couperose, sur un
visage maussade qui par un signe fort sec et bien
éloigné de l'amabilité du soir de *Phèdre* répondait à ce
salut que je lui adressais quotidiennement avec un air
de surprise et qui ne semblait pas lui plaire. Pourtant,

au bout de quelques jours pendant lesquels le souvenir des deux jeunes filles lutta avec des chances inégales pour la domination de mes idées amoureuses avec celui de Mme de Guermantes, ce fut celui-ci, comme de lui-même, qui finit par renaître le plus souvent pendant que ses concurrents s'éliminaient ; ce fut sur lui que je finis par avoir, en somme volontairement encore et comme par choix et plaisir, transféré toutes mes pensées d'amour. Je ne songeai plus aux fillettes du catéchisme, ni à une certaine laitière ; et pourtant je n'espérai plus de retrouver dans la rue ce que j'étais venu y chercher, ni la tendresse promise au théâtre dans un sourire, ni la silhouette et le visage clair sous la chevelure blonde qui n'étaient tels que de loin. Maintenant je n'aurais même pu dire comment était Mme de Guermantes, à quoi je la reconnaissais, car chaque jour, dans l'ensemble de sa personne, la figure était autre comme la robe et le chapeau.

Pourquoi tel jour voyant s'avancer de face sous une capote mauve, une douce et lisse figure aux charmes distribués avec symétrie autour de deux yeux bleus et dans laquelle la ligne du nez semblait résorbée, apprenais-je d'une commotion joyeuse que je ne rentrerais pas sans avoir aperçu Mme de Guermantes, pourquoi ressentais-je le même trouble, affectais-je la même indifférence, détournais-je les yeux de la même façon distraite que la veille à l'apparition de profil dans une rue de traverse et sous un toquet bleu marine, d'un nez en bec d'oiseau, le long d'une joue rouge, barrée d'un œil perçant, comme quelque divinité égyptienne ? Une fois ce ne fut pas seulement une femme à bec d'oiseau que je vis, mais comme un oiseau même : la robe et jusqu'au toquet de Mme de Guermantes étaient en fourrures et, ne laissant ainsi voir aucune étoffe, elle semblait naturellement fourrée comme certains vautours, dont le plumage épais, uni, fauve et doux, a l'air d'une sorte de pelage. Au milieu de ce plumage naturel, la petite tête recourbait son bec d'oiseau et les yeux à fleur de tête étaient perçants et bleus.

Tel jour, je venais de me promener de long en large dans la rue pendant des heures sans apercevoir Mme de Guermantes quand tout d'un coup, au fond d'une boutique de crémier cachée entre deux hôtels dans ce quartier aristocratique et populaire, se détachait le visage confus et nouveau d'une femme élégante qui était en train de se faire montrer des « petits suisses » et, avant que j'eusse eu le temps de la distinguer, venait me frapper comme un éclair qui aurait mis moins de temps à arriver à moi que le reste de l'image, le regard de la Duchesse ; une autre fois ne l'ayant pas rencontrée et entendant sonner midi, je comprenais que ce n'était plus la peine de rester à attendre, je reprenais tristement le chemin de la maison : et, absorbé dans ma déception, regardant sans la voir une voiture qui s'éloignait, je comprenais tout d'un coup que le mouvement de tête qu'une dame avait fait de la portière était pour moi et que cette dame dont les traits dénoués et pâles ou au contraire tendus et vifs, composaient sous un chapeau rond au bas d'une haute aigrette, le visage d'une étrangère que j'avais cru ne pas reconnaître, était Mme de Guermantes par qui je m'étais laissé saluer sans même lui répondre. Et quelquefois je la trouvais en rentrant au coin de la loge, où le détestable concierge dont je haïssais les coups d'œil investigateurs était en train de lui faire de grands saluts et sans doute aussi des « rapports ». Car tout le personnel des Guermantes, dissimulé derrière les rideaux des fenêtres, épiait en tremblant le dialogue qu'il n'entendait pas et à la suite duquel la Duchesse ne manquait pas de priver de ses sorties tel ou tel domestique que le « pipelet » avait vendu. A cause de toutes les apparitions successives de visages différents qu'offrait Mme de Guermantes, visages occupant une étendue relative et variée, tantôt étroite, tantôt vaste, dans l'ensemble de sa toilette, mon amour n'était pas attaché à telle ou telle de ces parties changeantes de chair et d'étoffe qui prenaient, selon les jours, la place des autres et qu'elle pouvait modifier et renouveler presque entièrement sans alté-

rer mon trouble parce qu'à travers elles, à travers le
nouveau collet et la joue inconnue, je sentais que
c'était toujours Mme de Guermantes. Ce que j'aimais,
c'était la personne invisible qui mettait en mouvement
tout cela, c'était elle, dont l'hostilité me chagrinait,
dont l'approche me bouleversait, dont j'eusse voulu
capter la vie et chasser les amis ! Elle pouvait arborer
une plume bleue ou montrer un teint de feu, sans que
ses actions perdissent pour moi de leur importance [21].

Je n'aurais pas senti moi-même que Mme de
Guermantes était excédée de me rencontrer tous les
jours que je l'aurais indirectement appris du visage
plein de froideur, de réprobation et de pitié, qui était
celui de Françoise quand elle m'aidait à m'apprêter
pour ces sorties matinales. Dès que je lui demandais
mes affaires, je sentais s'élever un vent contraire dans
les traits rétractés et battus de sa figure. Je n'essayais
même pas de gagner la confiance de Françoise, je
sentais que je n'y arriverais pas. Elle avait, pour savoir
immédiatement tout ce qui pouvait nous arriver, à
mes parents et à moi, de désagréable, un pouvoir dont
la nature m'est toujours restée obscure. Peut-être
n'était-il pas surnaturel et aurait-il pu s'expliquer par
des moyens d'informations qui lui étaient spéciaux ;
c'est ainsi que des peuplades sauvages apprennent
certaines nouvelles plusieurs jours avant que la poste
les ait apportées à la colonie européenne, et qui leur
ont été en réalité transmises, non par télépathie, mais
de colline en colline à l'aide de feux allumés. Ainsi
dans le cas particulier de mes promenades, peut-être
les domestiques de Mme de Guermantes avaient-ils
entendu leur maîtresse exprimer sa lassitude de me
trouver inévitablement sur son chemin et avaient-ils
répété ces propos à Françoise. Mes parents, il est vrai,
auraient pu affecter à mon service quelqu'un d'autre
que Françoise, je n'y aurais pas gagné. Françoise en
un sens était moins domestique que les autres. Dans sa
manière de sentir, d'être bonne et pitoyable, d'être
dure et hautaine, d'être fine et bornée, d'avoir la peau
blanche et les mains rouges, elle était la demoiselle de

village dont les parents « étaient bien de chez eux »
mais, ruinés, avaient été obligés de la mettre en
condition. Sa présence dans notre maison, c'était l'air
de la campagne et la vie sociale dans une ferme, il y a
cinquante ans, transportés chez nous, grâce à une
sorte de voyage inverse où c'est la villégiature qui
vient vers le voyageur. Comme la vitrine d'un musée
régional l'est par ces curieux ouvrages, que les pay-
sannes exécutent et passementent encore dans certaines provinces, notre appartement parisien était
décoré par les paroles de Françoise inspirées d'un
sentiment traditionnel et local et qui obéissaient à des
règles très anciennes. Et elle savait y retracer comme
avec des fils de couleur, les cerisiers et les oiseaux de
son enfance, le lit où était morte sa mère, et qu'elle
voyait encore. Mais malgré tout cela, dès qu'elle était
entrée à Paris à notre service, elle avait partagé — et à
plus forte raison tout autre l'eût fait à sa place — les
idées, les jurisprudences d'interprétation des domestiques des autres étages, se rattrapant du respect qu'elle
était obligée de nous témoigner, en nous répétant ce
que la cuisinière du quatrième disait de grossier à sa
maîtresse, et avec une telle satisfaction de domestique,
que, pour la première fois de notre vie, nous sentant
une sorte de solidarité avec la détestable locataire du
quatrième, nous nous disions que peut-être, en effet,
nous étions des maîtres. Cette altération du caractère
de Françoise était peut-être inévitable. Certaines existences sont si anormales qu'elles doivent engendrer
fatalement certaines tares, telle celle que le Roi menait
à Versailles entre ses courtisans, aussi étrange que
celle d'un pharaon ou d'un doge, et bien plus que celle
du Roi, la vie des courtisans. Celle des domestiques est
sans doute d'une étrangeté plus monstrueuse encore et
que seule l'habitude nous voile. Mais c'est juste dans
des détails encore plus particuliers que j'aurais été
condamné, même si j'avais renvoyé Françoise, à
garder le même domestique. Car divers autres purent
entrer plus tard à mon service ; déjà pourvus des
défauts généraux des domestiques, ils n'en subissaient

pas moins chez moi une rapide transformation.
Comme les lois de l'attaque commandent celles de la
riposte, pour ne pas être entamés par les aspérités de
mon caractère, tous pratiquaient dans le leur un
rentrant identique et au même endroit; et, en
revanche, ils profitaient de mes lacunes pour y
installer des avancées. Ces lacunes je ne les connaissais
pas, non plus que les saillants auxquels leur entre-
deux donnait lieu, précisément parce qu'elles étaient
des lacunes. Mais mes domestiques, en se gâtant peu à
peu, me les apprirent. Ce fut par leurs défauts
invariablement acquis que j'appris mes défauts naturels et invariables, leur caractère me présenta une
sorte d'épreuve négative du mien. Nous nous étions
beaucoup moqués autrefois, ma mère et moi, de
Mme Sazerat qui disait en parlant des domestiques :
« Cette race, cette espèce ». Mais je dois dire que la
raison pourquoi je n'avais pas lieu de souhaiter de
remplacer Françoise par quelque autre est que cette
autre aurait appartenu tout autant et inévitablement à
la race générale des domestiques et à l'espèce particulière des miens.

Pour en revenir à Françoise, je n'ai jamais dans ma
vie éprouvé une humiliation sans avoir trouvé
d'avance sur le visage de Françoise, des condoléances
toutes prêtes ; et si, lorsque dans ma colère d'être
plaint par elle, je tentais de prétendre avoir au
contraire remporté un succès, mes mensonges
venaient inutilement se briser à son incrédulité respectueuse mais visible et à la conscience qu'elle avait de
son infaillibilité. Car elle savait la vérité ; elle la taisait
et faisait seulement un petit mouvement des lèvres
comme si elle avait encore la bouche pleine et finissait
un bon morceau. Elle la taisait, du moins je l'ai cru
longtemps car à cette époque-là je me figurais encore
que c'était au moyen de paroles qu'on apprend aux
autres la vérité. Même les paroles qu'on me disait
déposaient si bien leur signification inaltérable dans
mon esprit sensible que je ne croyais pas plus possible
que quelqu'un qui m'avait dit m'aimer ne m'aimât

pas, que Françoise elle-même n'aurait pu douter, quand elle l'avait lu dans un journal, qu'un prêtre ou un monsieur quelconque fût capable contre une demande adressée par la poste, de nous envoyer gratuitement un remède infaillible contre toutes les maladies ou un moyen de centupler nos revenus. (En revanche, si notre médecin lui donnait la pommade la plus simple contre le rhume de cerveau, elle si dure aux plus rudes souffrances, gémissait de ce qu'elle avait dû renifler assurant que cela lui « plumait le nez » et qu'on ne savait plus où vivre). Mais la première, Françoise me donna l'exemple (que je ne devais comprendre que plus tard quand il me fut donné de nouveau et plus douloureusement, comme on le verra dans les derniers volumes de cet ouvrage, par une personne qui m'était plus chère), que la vérité n'a pas besoin d'être dite pour être manifestée et qu'on peut peut-être la recueillir plus sûrement sans attendre les paroles et sans tenir même aucun compte d'elles, dans mille signes extérieurs, même dans certains phénomènes invisibles, analogues dans le monde des caractères à ce que sont, dans la nature physique, les changements atmosphériques. J'aurais peut-être pu m'en douter, puisque à moi-même, alors, il m'arrivait souvent de dire des choses où il n'y avait nulle vérité, tandis que je la manifestais par tant de confidences involontaires de mon corps et de mes actes (lesquelles étaient fort bien interprétées par Françoise) j'aurais peut-être pu m'en douter, mais pour cela il aurait fallu que j'eusse su que j'étais alors quelquefois menteur et fourbe. Or, le mensonge et la fourberie étaient chez moi, comme chez tout le monde, commandés d'une façon si immédiate et contingente, et pour sa défensive, par un intérêt particulier, que mon esprit, fixé sur un bel idéal, laissait mon caractère accomplir dans l'ombre ces besognes urgentes et chétives et ne se détournait pas pour les apercevoir. Quand Françoise, le soir, était gentille avec moi, me demandait la permission de s'asseoir dans ma chambre, il me semblait que son visage devenait transparent et que

j'apercevais en elle la bonté et la franchise. Mais
Jupien, lequel avait des parties d'indiscrétion que je
ne connus que plus tard, révéla depuis qu'elle disait
que je ne valais pas la corde pour me pendre et que
j'avais cherché à lui faire tout le mal possible. Ces
paroles de Jupien tirèrent aussitôt devant moi, dans
une teinte inconnue, une épreuve de mes rapports
avec Françoise si différente de celle sur laquelle je me
complaisais souvent à reposer mes regards et où, sans
la plus légère indécision, Françoise m'adorait et ne
perdait pas une occasion de me célébrer, que je
compris que ce n'est pas le monde physique seul qui
diffère de l'aspect sous lequel nous le voyons ; que
toute réalité est peut-être aussi dissemblable de celle
que nous croyons percevoir directement et que nous
composons à l'aide d'idées qui ne se montrent pas
mais sont agissantes, de même que les arbres, le soleil
et le ciel ne seraient pas tels que nous les voyons, s'ils
étaient connus par des êtres ayant des yeux autrement
constitués que les nôtres, ou bien possédant pour cette
besogne des organes autres que des yeux et qui
donneraient des arbres, du ciel et du soleil des
équivalents mais non visuels. Telle qu'elle fut, cette
brusque échappée que m'ouvrit une fois Jupien sur le
monde réel m'épouvanta. Encore ne s'agissait-il que
de Françoise dont je ne me souciais guère. En était-il
ainsi dans tous les rapports sociaux ? Et jusqu'à quel
désespoir cela pourrait-il me mener un jour, s'il en
était de même dans l'amour ? C'était le secret de
l'avenir. Alors, il ne s'agissait encore que de Françoise. Pensait-elle sincèrement ce qu'elle avait dit à
Jupien ? L'avait-elle dit seulement pour brouiller
Jupien avec moi, peut-être pour qu'on ne prît pas la
fille [22] de Jupien pour la remplacer ? Toujours est-il
que je compris l'impossibilité de savoir d'une manière
directe et certaine si Françoise m'aimait ou me
détestait. Et ainsi ce fut elle qui la première me donna
l'idée qu'une personne n'est pas, comme j'avais cru,
claire et immobile devant nous avec ses qualités, ses
défauts, ses projets, ses intentions à notre égard

(comme un jardin qu'on regarde, avec toutes ses
plates-bandes à travers une grille), mais est une ombre
où nous ne pouvons jamais pénétrer, pour laquelle il
n'existe pas de connaissance directe, au sujet de quoi
nous nous faisons des croyances nombreuses à l'aide
de paroles et même d'actions, lesquelles les unes et les
autres ne nous donnent que des renseignements
insuffisants et d'ailleurs contradictoires, une ombre où
nous pouvons tour à tour imaginer avec autant de
vraisemblance que brillent la haine et l'amour.

J'aimais vraiment Mme de Guermantes. Le plus
grand bonheur que j'eusse pu demander à Dieu eût été
de faire fondre sur elle toutes les calamités et que
ruinée, déconsidérée, dépouillée de tous les privilèges
qui me séparaient d'elle, n'ayant plus de maison où
habiter ni gens qui consentissent à la saluer, elle vînt
me demander asile. Je l'imaginais le faisant. Et même
les soirs où quelque changement dans l'atmosphère,
ou dans ma propre santé, amenaient dans ma
conscience quelque rouleau oublié sur lequel étaient
inscrites des impressions d'autrefois, au lieu de profiter des forces de renouvellement qui venaient de naître
en moi, au lieu de les employer à déchiffrer en moi-
même des pensées qui d'habitude m'échappaient, au
lieu de me mettre enfin au travail, je préférais parler
tout haut, penser d'une manière mouvementée, extérieure, qui n'était qu'un discours et une gesticulation
inutiles, tout un roman purement d'aventure, stérile
et sans vérité[23], où la Duchesse, tombée dans la
misère venait m'implorer, moi qui étais devenu par
suite de circonstances inverses riche et puissant. Et
quand j'avais passé des heures ainsi à imaginer des
circonstances, à prononcer les phrases que je dirais à la
Duchesse en l'accueillant sous mon toit, la situation
restait la même ; j'avais, hélas, dans la réalité, choisi
précisément pour l'aimer la femme qui réunissait
peut-être le plus d'avantages différents ; et aux yeux
de qui, à cause de cela, je ne pouvais espérer avoir
aucun prestige ; car elle était aussi riche que le plus
riche qui n'eût pas été noble ; sans compter ce charme

personnel qui la mettait à la mode, en faisait entre toutes une sorte de reine.

Je sentais que je lui déplaisais en allant chaque matin au-devant d'elle ; mais si même j'avais eu le courage de rester deux ou trois jours sans le faire, peut-être cette abstention qui eût représenté pour moi un tel sacrifice, Mme de Guermantes ne l'eût pas remarquée, on l'aurait attribuée à quelque empêchement indépendant de ma volonté. Et en effet je n'aurais pu réussir à cesser d'aller sur sa route, qu'en m'arrangeant à être dans l'impossibilité de le faire, car le besoin sans cesse renaissant de la rencontrer, d'être pendant un instant l'objet de son attention, la personne à qui s'adressait son salut, ce besoin-là était plus fort que l'ennui de lui déplaire. Il aurait fallu m'éloigner pour quelque temps : je n'en avais pas le courage. J'y songeais quelquefois. Je disais alors à Françoise de faire mes malles, puis aussitôt après de les défaire. Et comme le démon du pastiche, et de ne pas paraître vieux jeu, altère la forme la plus naturelle et la plus sûre de soi, Françoise, empruntant cette expression au vocabulaire de sa fille, disait que j'étais dingo. Elle n'aimait pas cela, elle disait que je « balançais » toujours, car elle usait, quand elle ne voulait pas rivaliser avec les modernes, du langage de Saint-Simon. Il est vrai qu'elle aimait encore moins quand je parlais en maître. Elle savait que cela ne m'était pas naturel et ne me seyait pas, ce qu'elle traduisait en disant que « le voulu ne m'allait pas ». Je n'aurais eu le courage de partir que dans une direction qui me rapprochât de Mme de Guermantes. Ce n'était pas chose impossible. Ne serait-ce pas en effet me trouver plus près d'elle que je ne l'étais le matin dans la rue, solitaire, humilié, sentant que pas une seule des pensées que j'aurais voulu lui adresser n'arrivait jamais jusqu'à elle, dans ce piétinement sur place, de mes promenades qui pourraient durer indéfiniment sans m'avancer en rien — si j'allais à beaucoup de lieues de Mme de Guermantes, mais chez quelqu'un qu'elle connût, qu'elle sût difficile dans le choix de ses

relations et qui m'appréciât, qui pourrait lui parler de
moi, et sinon obtenir d'elle ce que je voulais, au moins
de lui faire savoir, quelqu'un grâce à qui, en tout cas,
rien que parce que j'envisagerais avec lui s'il pourrait
se charger ou non de tel ou tel message auprès d'elle,
je donnerais à mes songeries solitaires et muettes, une
forme nouvelle, parlée, active, qui me semblerait un
progrès, presque une réalisation. Ce qu'elle faisait
durant la vie mystérieuse de la « Guermantes » qu'elle
était, cela, qui était l'objet de ma rêverie constante, y
intervenir, même de façon indirecte, comme avec un
levier, en mettant en œuvre quelqu'un à qui ne fussent
pas interdits l'hôtel de la Duchesse, ses soirées, la
conversation prolongée avec elle, ne serait-ce pas un
contact plus distant mais plus effectif que ma contemplation dans la rue tous les matins.

L'amitié, l'admiration que Saint-Loup avait pour
moi, me semblaient imméritées et m'étaient restées
indifférentes. Tout d'un coup j'y attachai du prix,
j'aurais voulu qu'il les révélât à Mme de Guermantes,
j'aurais été capable de lui demander de le faire. Car
dès qu'on est amoureux, tous les petits privilèges
inconnus qu'on possède, on voudrait pouvoir les
divulguer à la femme qu'on aime, comme font dans la
vie les déshérités et les fâcheux. On souffre qu'elle les
ignore, on cherche à se consoler en se disant que
justement parce qu'ils ne sont jamais visibles, peut-
être ajoute-t-elle à l'idée qu'elle a de vous cette
possibilité d'avantages qu'on ne sait pas[24].

Saint-Loup ne pouvait pas depuis longtemps venir à
Paris, soit comme il le disait à cause des exigences de
son métier, soit plutôt à cause de chagrins que lui
causait sa maîtresse avec laquelle il avait déjà été deux
fois sur le point de rompre. Il m'avait souvent dit le
bien que je lui ferais en allant le voir dans cette
garnison dont le surlendemain du jour où il avait
quitté Balbec, le nom m'avait causé tant de joie quand
je l'avais lu sur l'enveloppe de la première lettre que
j'eusse reçue de mon ami. C'était, moins loin de
Balbec que le paysage tout terrien ne l'aurait fait

croire, une de ces petites cités aristocratiques et
militaires, entourées d'une campagne étendue où par
les beaux jours, flotte si souvent dans le lointain une
sorte de buée sonore intermittente qui — comme un
rideau de peuplier par ses sinuosités dessine le cours
d'une rivière qu'on ne voit pas — révèle les changements de place d'un régiment à la manœuvre, que
l'atmosphère même des rues, des avenues et des
places, a fini par contracter une sorte de perpétuelle
vibratilité musicale et guerrière, et que le bruit le plus
grossier de chariot ou de tramway s'y prolonge en
vagues appels de clairon, ressassés indéfiniment, aux
oreilles hallucinées, par le silence. Elle n'était pas
située tellement loin de Paris que je ne pusse, en
descendant du rapide, rentrer, retrouver ma mère et
ma grand-mère et coucher dans mon lit. Aussitôt que
je l'eus compris, troublé d'un douloureux désir, j'eus
trop peu de volonté pour décider de ne pas revenir à
Paris et de rester dans la ville ; mais trop peu aussi
pour empêcher un employé de porter ma valise
jusqu'à un fiacre et pour ne pas prendre en marchant
derrière lui l'âme dépourvue d'un voyageur qui sur-
veille ses affaires et qu'aucune grand-mère n'attend,
pour ne pas monter dans la voiture avec la désinvolture de quelqu'un qui ayant cessé de penser à ce qu'il
veut, a l'air de savoir ce qu'il veut, et ne pas donner au
cocher l'adresse du quartier de cavalerie. Je pensais
que Saint-Loup viendrait coucher cette nuit-là à
l'hôtel où je descendrais afin de me rendre moins
angoissant le premier contact avec cette ville inconnue. Un homme de garde alla le chercher, et je
l'attendis à la porte du quartier, devant ce grand
vaisseau tout retentissant du vent de novembre, et
d'où, à chaque instant, car c'était six heures du soir,
des hommes sortaient deux par deux dans la rue,
titubant comme s'ils descendaient à terre dans quelque port exotique où ils eussent momentanément
stationné.

Saint-Loup arriva, remuant dans tous les sens,
laissant voler son monocle devant lui ; je n'avais pas

fait dire mon nom, j'étais impatient de jouir de sa
surprise et de sa joie.

— Ah ! quel ennui, s'écria-t-il en m'apercevant tout
à coup et en devenant rouge jusqu'aux oreilles, je
viens de prendre la semaine et je ne pourrai pas sortir
avant huit jours !

Et préoccupé par l'idée de me voir passer seul cette
première nuit, car il connaissait mieux que personne
mes angoisses du soir qu'il avait souvent remarquées
et adoucies à Balbec, il interrompait ses plaintes pour
se retourner vers moi, m'adresser de petits sourires,
de tendres regards inégaux, les uns venant directement de son œil, les autres à travers son monocle et
qui tous étaient une allusion à l'émotion qu'il avait de
me revoir, une allusion aussi à cette chose importante
que je ne comprenais toujours pas mais qui m'impor-
tait maintenant, notre amitié.

— Mon Dieu ! et où allez-vous coucher ? Vraiment,
je ne vous conseille pas l'hôtel où nous prenons
pension, c'est à côté de l'Exposition où des fêtes vont
commencer, vous auriez un monde fou. Non, il
vaudrait mieux l'hôtel de Flandre, c'est un ancien
petit palais du XVIII$^e$ siècle avec de vieilles tapisseries.
Ça « fait » assez « vieille demeure historique ».

Saint-Loup employait à tout propos ce mot de
« faire » pour avoir l'air, parce que la langue parlée,
comme la langue écrite, éprouve de temps en temps le
besoin de ces altérations du sens des mots, de ces
raffinements d'expression. Et de même que souvent
les journalistes ignorent de quelle école littéraire
proviennent les « élégances » dont ils usent, de même
le vocabulaire, la diction même de Saint-Loup étaient
faits de l'imitation de trois esthètes différents dont il
ne connaissait aucun, mais dont ces modes de langage
lui avaient été indirectement inculqués. « D'ailleurs,
conclut-il, cet hôtel est assez adapté à votre hyperes-
thésie auditive. Vous n'aurez pas de voisins. Je
reconnais que c'est un piètre avantage et comme en
somme un autre voyageur peut y arriver demain,
cela ne vaudrait pas la peine de choisir cet hôtel-là

pour des résultats de précarité. Non, c'est à cause de
l'aspect que je vous le recommande. Les chambres
sont assez sympathiques, tous les meubles anciens et
confortables, ça a quelque chose de rassurant. » Mais
pour moi, moins artiste que Saint-Loup, le plaisir que
peut donner une jolie maison était superficiel, presque
nul, et ne pouvait pas calmer mon angoisse commen-
çante, aussi pénible que celle que j'avais jadis à
Combray quand ma mère ne venait pas me dire
bonsoir ou celle que j'avais ressentie le jour de mon
arrivée à Balbec dans la chambre trop haute qui sentait
le vétiver. Saint-Loup le comprit à mon regard fixe.

— Mais vous vous en fichez bien, mon pauvre
petit, de ce joli palais, vous êtes tout pâle ; moi,
comme une grande brute, je vous parle de tapisseries
que vous n'aurez pas même le cœur de regarder. Je
connais la chambre où on vous mettrait, personnellement je la trouve très gaie, mais je me rends bien
compte que pour vous avec votre sensibilité ce n'est
pas pareil. Ne croyez pas que je ne vous comprenne
pas, moi je ne ressens pas la même chose, mais je me
mets bien à votre place.

Un sous-officier qui essayait un cheval dans la cour,
très occupé à le faire sauter, ne répondant pas aux
saluts des soldats, mais envoyant des bordées d'injures
à ceux qui se mettaient sur son chemin, adressa à ce
moment un sourire à Saint-Loup et s'apercevant alors
que celui-ci avait un ami avec lui, salua. Mais son
cheval se dressa de toute sa hauteur, écumant. Saint-
Loup se jeta à sa tête, le prit par la bride, réussit à le
calmer et revint à moi.

— Oui, me dit-il, je vous assure que je me rends
compte, que je souffre de ce que vous éprouvez ; je
suis malheureux, ajouta-t-il, en posant affectueusement sa main sur mon épaule, de penser que si j'avais
pu rester près de vous, peut-être j'aurais pu, en
causant avec vous jusqu'au matin, vous ôter un peu de
votre tristesse. Je vous prêterais bien des livres, mais
vous ne pourrez pas lire si vous êtes comme cela. Et
jamais je n'obtiendrai de me faire remplacer ici, voilà

deux fois de suite que je l'ai fait parce que ma gosse
était venue.

Et il fronçait le sourcil à cause de son ennui et aussi
de sa contention à chercher, comme un médecin, quel
remède il pourrait appliquer à mon mal.

— Cours donc faire du feu dans ma chambre, dit-il
à un soldat qui passait. Allons, plus vite que ça,
grouille-toi.

Puis, de nouveau, il se détournait vers moi et le
monocle et le regard myope faisaient allusion à notre
grande amitié :

— Non ! vous ici, dans ce quartier où j'ai tant pensé
à vous, je ne peux pas en croire mes yeux, je crois que
je rêve. En somme, la santé, cela va-t-il plutôt mieux ?
Vous allez me raconter tout cela tout à l'heure. Nous
allons monter chez moi, ne restons pas trop dans la
cour, il fait un bon dieu de vent, moi je ne le sens
même plus, mais pour vous qui n'êtes pas habitué, j'ai
peur que vous n'ayez froid. Et le travail vous y êtes-
vous mis ? Non ? que vous êtes drôle ! Si j'avais vos
dispositions, je crois que j'écrirais du matin au soir.
Cela vous amuse davantage de ne rien faire. Quel
malheur que ce soient les médiocres comme moi qui
soient toujours prêts à travailler et que ceux qui
pourraient ne veuillent pas. Et je ne vous ai pas
seulement demandé des nouvelles de Madame votre
grand-mère. Son Proudhon ne me quitte pas.

Un officier, grand, beau, majestueux, déboucha à
pas lents et solennels d'un escalier. Saint-Loup le
salua et immobilisa la perpétuelle instabilité de son
corps le temps de tenir la main à la hauteur du képi.
Mais il l'y avait précipitée avec tant de force, se
redressant d'un mouvement si sec, et aussitôt le salut
fini la fit retomber par un déclenchement si brusque
en changeant toutes les positions de l'épaule, de la
jambe et du monocle, que ce moment fut moins
d'immobilité que d'une vibrante tension où se neutralisaient les mouvements excessifs qui venaient de se
produire et ceux qui allaient commencer. Cependant
l'officier, sans se rapprocher, calme, bienveillant,

digne, impérial, représentant en somme tout l'opposé
de Saint-Loup, leva, lui aussi, mais sans se hâter, la
main vers son képi.

— Il faut que je dise un mot au capitaine, me
chuchota Saint-Loup, soyez assez gentil pour aller
m'attendre dans ma chambre, c'est la seconde à
droite, au troisième étage, je vous rejoins dans un
moment.

Et, partant au pas de charge, précédé de son
monocle qui volait en tous sens, il marcha droit vers le
digne et lent capitaine dont on amenait à ce moment le
cheval et qui, avant de se préparer à y monter, donnait
quelques ordres avec une noblesse de gestes étudiée
comme dans quelque tableau historique et s'il allait
partir pour une bataille du Iᵉʳ Empire alors qu'il
rentrait simplement chez lui, dans la demeure qu'il
avait louée pour le temps qu'il resterait à Doncières et
qui était sise sur une place, nommée comme par une
ironie anticipée à l'égard de ce napoléonide, Place de
la République ! Je m'engageai dans l'escalier, man-
quant à chaque pas de glisser sur ces marches cloutées,
apercevant des chambrées aux murs nus, avec le
double alignement des lits et des paquetages. On
m'indiqua la chambre de Saint-Loup. Je restai un
instant devant sa porte fermée, car j'entendais
remuer ; on bougeait une chose, on en laissait tomber
une autre ; je sentais que la chambre n'était pas vide et
qu'il y avait quelqu'un. Mais ce n'était que le feu
allumé qui brûlait. Il ne pouvait pas se tenir tranquille, il déplaçait les bûches et fort maladroitement.
J'entrai ; il en laissa rouler une, en fit fumer une autre.
Et même quand il ne bougeait pas comme les gens
vulgaires il faisait tout le temps entendre des bruits
qui du moment que je voyais monter la flamme se
montraient à moi des bruits de feu, mais que, si j'eusse
été de l'autre côté du mur, j'aurais cru venir de
quelqu'un qui se mouchait et marchait. Enfin, je
m'assis dans la chambre. Des tentures de liberty et de
vieilles étoffes allemandes du xviiiᵉ siècle la préser-
vaient de l'odeur qu'exhalait le reste du bâtiment,

grossière, fade et corruptible comme celle du pain bis.
C'est là, dans cette chambre charmante, que j'eusse
dîné et dormi avec bonheur et avec calme. Saint-Loup
y semblait presque présent grâce aux livres de travail
qui étaient sur sa table à côté des photographies parmi
lesquelles je reconnus la mienne et celle de Mme de
Guermantes, grâce au feu qui avait fini par s'habituer
à la cheminée et comme une bête couchée en une
attente ardente, silencieuse et fidèle, laissait seulement
de temps à autre tomber une braise qui s'émiettait, ou
léchait d'une flamme la paroi de la cheminée. J'entendais le tic-tac de la montre de Saint-Loup laquelle ne
devait pas être bien loin de moi. Ce tic-tac changeait
de place à tout moment car je ne voyais pas la montre ;
il me semblait venir de derrière moi, de devant, d'à
droite, d'à gauche, parfois s'éteindre comme s'il était
très loin. Tout d'un coup je découvris la montre sur la
table. Alors j'entendis le tic-tac en un lieu fixe d'où il
ne bougea plus. Je croyais l'entendre à cet endroit-là ;
je ne l'y entendais pas, je l'y voyais, les sons n'ont pas
de lieu. Du moins les rattachons-nous à des mouvements et par là ont-ils l'utilité de nous prévenir de
ceux-ci, de paraître les rendre nécessaires et naturels.
Certes il arrive quelquefois qu'un malade auquel on a
hermétiquement bouché les oreilles n'entende plus le
bruit d'un feu pareil à celui qui rabâchait en ce
moment dans la cheminée de Saint-Loup, tout en
travaillant à faire des tisons et des cendres qu'il laissait
ensuite tomber dans sa corbeille, n'entendre pas non
plus le passage des tramways dont la musique prenait
son vol, à intervalles réguliers, sur la grand-place de
Doncières. Alors que le malade lise, et les pages se
tourneront silencieusement comme si elles étaient
feuilletées par un dieu. La lourde rumeur d'un bain
qu'on prépare s'atténue, s'allège et s'éloigne comme
un gazouillement céleste. Le recul du bruit, son
amincissement, lui ôtent toute puissance agressive à
notre égard ; affolés tout à l'heure par les coups de
marteau qui semblaient ébranler le plafond sur notre
tête, nous nous plaisons maintenant à les recueillir,

légers, caressants, lointains comme un murmure de
feuillages jouant sur la route avec le zéphir. On fait des
réussites avec des cartes qu'on n'entend pas, si bien
qu'on croit ne pas les avoir remuées, qu'elles bougent
d'elles-mêmes, et, allant au-devant de notre désir de
jouer avec elles, se sont mises à jouer avec nous. Et à
ce propos on peut se demander si pour l'Amour
(ajoutons même à l'Amour l'amour de la vie, l'amour
de la gloire, puisqu'il y a, paraît-il, des gens qui
connaissent ces deux derniers sentiments) on ne
devrait pas agir comme ceux qui contre le bruit, au
lieu d'implorer qu'il cesse, se bouchent les oreilles ; et,
à leur imitation, reporter notre attention, notre défensive, en nous-même, leur donner comme objet à
réduire, non pas l'être extérieur que nous aimons,
mais notre capacité de souffrir par lui.

Pour revenir au son, qu'on épaississe encore les
boules qui ferment le conduit auditif, elles obligent au
pianissimo la jeune fille qui jouait au-dessus de notre
tête un air turbulent ; qu'on enduise l'une de ces
boules d'une matière grasse, aussitôt son despotisme
est obéi par toute la maison, ses lois même s'étendent
au-dehors. Le pianissimo ne suffit plus, la boule fait
instantanément fermer le clavier et la leçon de musique est brusquement finie ; le monsieur qui marchait
sur notre tête cesse d'un seul coup sa ronde ; la
circulation des voitures et des tramways est interrompue comme si on attendait un Chef d'Etat. Et cette
atténuation des sons trouble même quelquefois le
sommeil au lieu de le protéger. Hier encore les bruits
incessants, en nous décrivant d'une façon continue les
mouvements dans la rue et dans la maison, finissaient
par nous endormir comme un livre ennuyeux ; aujour-
d'hui à la surface de silence étendue sur notre
sommeil, un heurt, plus fort que les autres, arrive à se
faire entendre, léger comme un soupir, sans lien avec
aucun autre son, mystérieux ; et la demande d'explication qu'il exhale suffit à nous éveiller. Que si on retire
pour un instant au malade les cotons superposés à son
tympan et soudain la lumière, le plein soleil du son se

montre de nouveau, aveuglant, renaît dans l'univers ;
à toute vitesse rentre le peuple des bruits exilés ; on
assiste, comme si elles étaient psalmodiées par des
anges musiciens, à la résurrection des voix. Les rues
vides sont remplies pour un instant par les ailes
rapides et successives des tramways chanteurs. Dans
la chambre elle-même, le malade vient de créer, non
pas comme Prométhée le feu, mais le bruit du feu. Et
en augmentant, en relâchant les tampons d'ouate,
c'est comme si on faisait jouer alternativement l'une et
l'autre des deux pédales qu'on a ajoutées à la sonorité
du monde extérieur.

Seulement il y a aussi des suppressions de bruits qui
ne sont pas momentanées. Celui qui est devenu
entièrement sourd ne peut même pas faire chauffer
auprès de lui une bouillotte de lait, sans devoir guetter
des yeux, sur le couvercle ouvert, le reflet blanc,
hyperboréen pareil à celui d'une tempête de neige et
qui est le signe prémonitoire auquel il est sage d'obéir
en retirant, comme le Seigneur arrêtant les flots, les
prises électriques ; car déjà l'œuf ascendant et spasmo-
dique du lait qui bout accomplit sa crue en quelques
soulèvements obliques, enfle, arrondit quelques voiles
à demi chavirées qu'avait plissées la crème, en lance
dans la tempête une en nacre et que l'interruption des
courants, si l'orage électrique est conjuré à temps, fera
toutes tournoyer sur elles-mêmes et jettera à la dérive,
changées en pétales de magnolia. Si le malade n'a pas
pris assez vite les précautions nécessaires, bientôt ses
livres et sa montre engloutis émergeraient à peine
d'une mer blanche après ce mascaret lacté, il serait
obligé d'appeler au secours sa vieille bonne qui, fût-il
lui-même un homme politique illustre ou un grand
écrivain, lui dirait qu'il n'a pas plus de raison qu'un
enfant de cinq ans. A d'autres moments dans la
chambre magique, devant la porte fermée une personne qui n'était pas là tout à l'heure a fait son
apparition, c'est un visiteur qu'on n'a pas entendu
entrer et qui fait seulement des gestes comme dans un
de ces petits théâtres de marionnettes, si reposants

pour ceux qui ont pris en dégoût le langage parlé. Et pour ce sourd total, comme la perte d'un sens ajoute autant de beauté au monde que ne fait son acquisition, c'est avec délices qu'il se promène maintenant sur une Terre presque édénique où le son n'a pas encore été créé. Les plus hautes cascades déroulent pour ses yeux seuls, leur nappe de cristal, plus calmes que la mer immobile, pures comme des cataractes du Paradis. Comme le bruit était pour lui, avant sa surdité, la forme perceptible que revêtait la cause d'un mouvement, les objets remués sans bruit semblent l'être sans cause ; dépouillés de toute qualité sonore, ils montrent une activité spontanée, ils semblent vivre ; ils remuent, s'immobilisent, prennent feu d'eux-mêmes. D'eux-mêmes ils s'envolent comme les monstres ailés de la préhistoire. Dans la maison solitaire et sans voisins du sourd, le service qui, avant que l'infirmité fût complète, montrait déjà plus de réserve, se faisait silencieusement, est assuré maintenant, avec quelque chose de subreptice par des muets ainsi qu'il arrive pour un roi de féerie. Comme sur la scène encore le monument que le sourd voit de sa fenêtre — caserne, église, mairie — n'est qu'un décor. Si un jour il vient à s'écrouler, il pourra émettre un nuage de poussière et des décombres visibles ; mais moins matériel même qu'un palais de théâtre dont il n'a pourtant pas la minceur, il tombera dans l'univers magique, sans que la chute de ses lourdes pierres de taille ternisse, de la vulgarité d'aucun bruit, la chasteté du silence.

Celui, bien plus relatif, qui régnait dans la petite chambre militaire où je me trouvais depuis un moment, fut rompu. La porte s'ouvrit, et Saint-Loup, laissant tomber son monocle, entra vivement.

— Ah ! Robert, qu'on est bien chez vous, lui dis-je ; comme il serait bon qu'il fût permis d'y dîner et d'y coucher.

Et en effet, si cela n'avait pas été défendu, quel repos sans tristesse j'aurais goûté là, protégé par cette atmosphère de tranquillité, de vigilance et de gaieté qu'entretenaient mille volontés réglées et sans inquiétude, mille esprits insouciants, dans cette grande communauté qu'est une caserne où, le temps ayant pris la forme de l'action, la triste cloche des heures était remplacée par la même joyeuse fanfare de ces appels dont était perpétuellement tenu en suspens sur les pavés de la ville, émietté et pulvérulent, le souvenir sonore ; — voix sûre d'être écoutée, et musicale, parce qu'elle n'était pas seulement le commandement de l'autorité à l'obéissance mais aussi de la sagesse au bonheur.

— Ah ! vous aimeriez mieux coucher ici près de moi que de partir seul à l'hôtel, me dit Saint-Loup en riant.

— Oh ! Robert, vous êtes cruel de prendre cela avec ironie, lui dis-je, puisque vous savez que c'est impossible et que je vais tant souffrir là-bas.

— Eh bien ! vous me flattez, me dit-il, car j'ai justement eu, de moi-même, cette idée que vous aimeriez mieux rester ici ce soir. Et c'est précisément cela que j'étais allé demander au capitaine.

— Et il a permis ? m'écriai-je.

— Sans aucune difficulté.

— Oh ! je l'adore !

— Non, c'est trop. Maintenant laissez-moi appeler mon ordonnance pour qu'il s'occupe de notre dîner, ajouta-t-il, pendant que je me détournais pour cacher mes larmes [25].

Plusieurs fois entrèrent l'un ou l'autre des camarades de Saint-Loup. Il les jetait à la porte.

— Allons, fous le camp.

Je lui demandais de les laisser rester.

— Mais non, ils vous assommeraient : ce sont des êtres tout à fait incultes, qui ne peuvent parler que courses, si ce n'est pansage. Et puis, même pour moi ils me gâteraient ces instants si précieux que j'ai tant désirés. Remarquez que si je parle de la médiocrité de mes camarades, ce n'est pas que tout ce qui est militaire manque d'intellectualité. Bien loin de là. Nous avons un commandant qui est un homme admirable. Il a fait un cours où l'histoire militaire est

traitée comme une démonstration, comme une espèce
d'algèbre. Même esthétiquement c'est d'une beauté
tour à tour inductive et déductive à laquelle vous ne
seriez pas insensible.

— Ce n'est pas le capitaine qui m'a permis de rester
ici ?

— Non, Dieu merci, car l'homme que vous « ado-
rez » pour peu de chose, est le plus grand imbécile que
la terre ait jamais porté. Il est parfait pour s'occuper
de l'ordinaire et de la tenue de ses hommes ; il passe
des heures avec le maréchal des logis chef et le maître
tailleur. Voilà sa mentalité. Il méprise d'ailleurs
beaucoup, comme tout le monde, l'admirable
commandant dont je vous parle. Personne ne fréquente celui-là, parce qu'il est franc-maçon et ne va
pas à confesse. Jamais le Prince de Borodino ne
recevrait chez lui ce petit bourgeois. Et c'est tout de
même un fameux culot de la part d'un homme dont
l'arrière-grand-père était un petit fermier et qui, sans
les guerres de Napoléon, serait probablement fermier
aussi. Du reste il se rend bien un peu compte de la
situation ni chair ni poisson qu'il a dans la société. Il
va à peine au Jockey, tant il y est gêné, ce prétendu
prince, ajouta Robert, qui, ayant été amené par un
même esprit d'imitation à adopter les théories sociales
de ses maîtres et les préjugés mondains de ses parents
unissait sans s'en rendre compte à l'amour de la
démocratie le dédain de la noblesse d'empire.

Je regardais la photographie de sa tante et la pensée
que Saint-Loup possédant cette photographie, il pourrait peut-être me la donner, me fit le chérir davantage
et souhaiter de lui rendre mille services qui me
semblaient peu de choses en échange d'elle. Car cette
photographie c'était comme une rencontre de plus
ajoutée à celles que j'avais déjà faites de Mme de
Guermantes, bien mieux une rencontre prolongée,
comme si, par un brusque progrès dans nos relations,
elle s'était arrêtée auprès de moi, en chapeau de
jardin, et m'avait laissé pour la première fois regarder
à loisir ce gras de joue, ce tournant de nuque, ce coin

de sourcil (jusqu'ici voilés pour moi par la rapidité de
son passage, l'étourdissement de mes impressions,
l'inconsistance du souvenir) ; et leur contemplation,
autant que celle de la gorge et des bras d'une femme
que je n'aurais jamais vue qu'en robe montante,
m'était une voluptueuse découverte, une faveur. Ces
lignes qu'il me semblait presque défendu de regarder,
je pourrais les étudier là comme dans un traité de la
seule géométrie qui eût de la valeur pour moi[26]. Plus
tard, en regardant Robert, je m'aperçus que lui aussi
était un peu comme une photographie de sa tante, et
par un mystère presque aussi émouvant pour moi
puisque si sa figure à lui n'avait pas été directement
produite par sa figure à elle, toutes deux avaient
cependant une origine commune. Les traits de la
Duchesse de Guermantes qui étaient épinglés dans ma
vision de Combray, le nez en bec de faucon, les yeux
perçants, semblaient avoir servi aussi à découper —
dans un autre exemple analogue et mince, d'une peau
trop fine — la figure de Robert presque superposable
à celle de sa tante. Je regardais sur lui avec envie ces
traits caractéristiques des Guermantes, de cette race
restée si particulière au milieu du monde où elle ne se
perd pas, et où elle reste isolée dans sa gloire
divinement ornithologique, car elle semble issue aux
âges de la mythologie de l'union d'une déesse et d'un
oiseau.

Robert, sans en connaître les causes, était touché de
mon attendrissement. Celui-ci d'ailleurs s'augmentait
du bien-être causé par la chaleur du feu et par le vin de
Champagne qui faisait perler en même temps des
gouttes de sueur à mon front et des larmes à mes
yeux ; il arrosait des perdreaux ; je les mangeais avec
l'émerveillement d'un profane de quelque sorte qu'il
soit, quand il trouve dans une certaine vie qu'il ne
connaissait pas ce qu'il avait cru qu'elle excluait (par
exemple d'un libre penseur faisant un dîner exquis
dans un presbytère). Et le lendemain matin en
m'éveillant, j'allai jeter par la fenêtre de Saint-Loup
qui, située fort haut, donnait sur tout le pays, un

regard de curiosité pour faire la connaissance de ma
voisine, la campagne que je n'avais pas pu apercevoir
la veille, parce que j'étais arrivé trop tard, à l'heure où
elle dormait déjà dans la nuit. Mais de si bonne heure
qu'elle fût éveillée, je ne la vis pourtant en ouvrant la
croisée, comme on la voit d'une fenêtre de château, du
côté de l'étang, qu'emmitouflée encore dans sa douce
et blanche robe matinale de brouillard qui ne me
laissait presque rien distinguer. Mais je savais
qu'avant que les soldats qui s'occupaient des chevaux
dans la cour, eussent fini leur pansage, elle l'aurait
dévêtue. En attendant je ne pouvais voir qu'une
maigre colline, dressant tout contre le quartier son dos
déjà dépouillé d'ombre, grêle et rugueux. A travers les
rideaux ajourés de givre, je ne quittais pas des yeux
cette étrangère qui me regardait pour la première fois.
Mais quand j'eus pris l'habitude de venir au quartier,
la conscience que la colline était là, plus réelle par
conséquent, même quand je ne la voyais pas, que
l'hôtel de Balbec, que notre maison de Paris auxquels
je pensais comme à des absents, comme à des morts,
c'est-à-dire sans plus guère croire à leur existence, fit
que, même sans que je m'en rendisse compte, sa
forme réverbérée se profila toujours sur les moindres
impressions que j'eus à Doncières et pour commencer
par ce matin-là, sur la bonne impression de chaleur
que me donna le chocolat préparé par l'ordonnance de
Saint-Loup dans cette chambre confortable qui avait
l'air d'un centre optique pour regarder la colline,
(l'idée de faire autre chose que la regarder et de s'y
promener étant rendu impossible par ce même brouillard qu'il y avait). Imbibant la forme de la colline
associé au goût du chocolat et à toute la trame de mes
pensées d'alors, ce brouillard sans que je pensasse le
moins du monde à lui vint mouiller toutes mes pensées
de ce temps-là, comme tel or inaltérable et massif était
resté allié à mes impressions de Balbec, ou comme la
présence voisine des escaliers extérieurs de grès noirâ-
tre, donnait quelque grisaille à mes impressions de
Combray. Il ne persista d'ailleurs pas tard dans la

matinée, le soleil commença par user inutilement
contre lui quelques flèches qui le passementèrent de
brillants puis en eurent raison. La colline put offrir sa
croupe grise aux rayons qui, une heure plus tard,
quand je descendis dans la ville donnaient aux rouges
des feuilles d'arbres, aux rouges et aux bleus des
affiches électorales posées sur les murs une exaltation
qui me soulevait moi-même et me faisait battre, en
chantant, les pavés sur lesquels je me retenais pour ne
pas bondir de joie.

Mais, dès le second jour, il me fallut aller coucher à
l'hôtel. Et je savais d'avance que fatalement j'allais y
trouver la tristesse. Elle était comme un arôme
irrespirable que depuis ma naissance exhalait pour
moi toute chambre nouvelle, c'est-à-dire toute chambre : dans celle que j'habitais d'ordinaire, je n'étais
pas présent, ma pensée restait ailleurs et à sa place
envoyait seulement l'habitude. Mais je ne pouvais
charger cette servante moins sensible de s'occuper de
mes affaires dans un pays nouveau, où je la précédais,
où j'arrivais seul, où il me fallait faire entrer en contact
avec les choses ce « Moi » que je ne retrouvais qu'à des
années d'intervalles, mais toujours le même, n'ayant
pas grandi depuis Combray, depuis ma première
arrivée à Balbec, pleurant, sans pouvoir être consolé,
sur le coin d'une malle défaite.

Or, je m'étais trompé. Je n'eus pas le temps d'être
triste, car je ne fus pas un instant seul. C'est qu'il
restait du palais ancien un excédent de luxe, inutilisa-
ble dans un hôtel moderne, et qui, détaché de toute
affectation pratique, avait pris dans son désœuvrement une sorte de vie : couloirs revenant sur leurs pas,
dont on croisait à tous moments les allées et venues
sans but, vestibules longs comme des corridors et
ornés comme des salons, qui avaient plutôt l'air
d'habiter là que de faire partie de l'habitation, qu'on
n'avait pu faire entrer dans aucun appartement, mais
qui rôdaient autour du mien et vinrent tout de suite
m'offrir leur compagnie — sorte de voisins oisifs mais
non bruyants, de fantômes subalternes du passé à qui

on avait concédé de demeurer sans bruit à la porte des
chambres qu'on louait, et qui chaque fois que je les
trouvais sur mon chemin se montraient pour moi
d'une prévenance silencieuse. En somme, l'idée d'un
logis, simple contenant de notre existence actuelle et
nous préservant seulement du froid, de la vue des
autres, était absolument inapplicable à cette demeure,
ensemble de pièces, aussi réelles qu'une colonie de
personnes, d'une vie il est vrai silencieuse, mais qu'on
était obligé de rencontrer, d'éviter, d'accueillir, quand
on rentrait. On tâchait de ne pas déranger et on ne
pouvait regarder sans respect le grand salon qui avait
pris, depuis le XVIIIᵉ siècle, l'habitude de s'étendre
entre ses appuis de vieil or, sous les nuages de son
plafond peint. Et on était pris d'une curiosité plus
familière pour les petites pièces qui, sans aucun souci
de la symétrie, couraient autour de lui, innombrables,
étonnées, fuyant en désordre jusqu'au jardin où elles
descendaient si facilement par trois marches ébré-
chées.

Si je voulais sortir ou rentrer sans prendre l'ascen-
seur ni être vu dans le grand escalier, un plus petit,
privé, qui ne servait plus, me tendait ses marches si
adroitement posées l'une tout près de l'autre, qu'il
semblait exister dans leur gradation une proportion
parfaite du genre de celles qui dans les couleurs, dans
les parfums, dans les saveurs viennent souvent émou-
voir en nous une sensualité particulière. Mais celle
qu'il y a à monter et à descendre, il m'avait fallu venir
ici pour la connaître, comme jadis dans une station
alpestre pour savoir que l'acte habituellement non
perçu, de respirer, peut être une constante volupté. Je
reçus cette dispense d'effort que nous accordent seules
les choses dont nous avons un long usage, quand je
posai mes pieds pour la première fois sur ces marches,
familières avant d'être connues, comme si elles possé-
daient, peut-être déposée, incorporée en elles par les
maîtres d'autrefois qu'elles accueillaient chaque jour,
la douceur anticipée d'habitudes que je n'avais pas
contractées encore et qui même ne pourraient que

s'affaiblir quand elles seraient devenues miennes.
J'ouvris une chambre, la double porte se referma
derrière moi, la draperie fit entrer un silence sur
lequel je me sentis comme une sorte d'enivrante
royauté; une cheminée de marbre ornée de cuivres
ciselés dont on aurait eu tort de croire qu'elle ne savait
que représenter l'art du Directoire me faisait du feu,
et un petit fauteuil bas sur pieds m'aida à me chauffer
aussi confortablement que si j'eusse été assis sur le
tapis. Les murs étreignaient la chambre, la séparant
du reste du monde et, pour y laisser entrer, y enfermer
ce qui la faisait complète, s'écartaient devant la
bibliothèque, réservaient l'enfoncement du lit des
deux côtés duquel des colonnes soutenaient légèrement le plafond surélevé de l'alcôve. Et la chambre
était prolongée dans le sens de la profondeur par deux
cabinets aussi larges qu'elle, dont le dernier suspen-
dait à son mur, pour parfumer le recueillement qu'on
y vient chercher un voluptueux rosaire de grains
d'iris; les portes si je les laissais ouvertes pendant que
je me retirais dans ce dernier retrait, ne se conten-
taient pas de le tripler, sans qu'il cessât d'être
harmonieux et ne faisaient pas seulement goûter à
mon regard le plaisir de l'étendue après celui de la
concentration, mais encore ajoutaient au plaisir de ma
solitude qui restait inviolable et cessait d'être enclose
le sentiment de la liberté [27]. Ce réduit donnait sur une
cour, belle solitaire, que je fus heureux d'avoir pour
voisine quand le lendemain matin, je la découvris,
captive entre ses hauts murs où ne prenait jour aucune
fenêtre, et n'ayant que deux arbres jaunis qui suffisaient à donner une douceur mauve au ciel pur.
    Avant de me coucher je voulus sortir de ma
chambre pour explorer tout mon féerique domaine. Je
marchai en suivant une longue galerie qui me fit
successivement hommage de tout ce qu'elle avait à
m'offrir si je n'avais pas sommeil, un fauteuil placé
dans un coin, une épinette, sur une console, un pot de
faïence bleu rempli de cinéraires, et dans un cadre
ancien le fantôme d'une dame d'autrefois aux cheveux

poudrés mêlés de fleurs bleues et tenant à la main un bouquet d'œillets. Arrivé au bout, son mur plein où ne s'ouvrait aucune porte me dit naïvement « maintenant il faut revenir, mais tu vois, tu es chez toi », tandis que le tapis moelleux ajoutait pour ne pas demeurer en reste que si je ne dormais pas cette nuit je pourrais très bien venir nu-pieds, et que les fenêtres sans volets qui regardaient la campagne m'assuraient qu'elles passeraient une nuit blanche et qu'en venant à l'heure que je voudrais je n'avais à craindre de réveiller personne. Et derrière une tenture je surpris seulement un petit cabinet qui, arrêté par la muraille et ne pouvant se sauver, s'était caché là, tout penaud et me regardait avec effroi de son œil-de-bœuf rendu bleu par le clair de lune. Je me couchai, mais la présence de l'édredon, des colonnettes, de la petite cheminée en mettant mon attention à un cran où elle n'était pas à Paris, m'empêcha de me livrer au traintrain habituel de mes rêvasseries. Et comme c'est cet état particulier de l'attention qui enveloppe le sommeil et agit sur lui, le modifie, le met de plain-pied avec telle ou telle série de nos souvenirs, les images qui remplirent mes rêves, cette première nuit, furent empruntées à une mémoire entièrement distincte de celle que mettait d'habitude à contribution mon sommeil. Si j'avais été tenté en dormant de me laisser réentraîner vers ma mémoire coutumière, le lit auquel je n'étais pas habitué, la douce attention que j'étais obligé de prêter à mes positions quand je me retournais, suffisaient à rectifier ou à maintenir le fil nouveau de mes rêves. Il [28] en est du sommeil comme de la perception du monde extérieur. Il suffit d'une modification dans nos habitudes pour le rendre poétique, il suffit qu'en nous déshabillant nous nous soyons endormi sans le vouloir sur notre lit, pour que les dimensions du sommeil soient changées et sa beauté sentie. On s'éveille, on voit quatre heures à sa montre, ce n'est que quatre heures du matin, mais nous croyons que toute la journée s'est écoulée, tant ce sommeil de quelques minutes et que nous n'avions pas cherché, nous a paru

descendu du ciel, en vertu de quelque droit divin,
énorme, et plein comme le globe d'or d'un empereur.
Le matin, ennuyé de penser que mon grand-père était
prêt et qu'on m'attendait pour partir du côté de
Méséglise, je fus éveillé par la fanfare d'un régiment
qui tous les jours passa sous mes fenêtres. Mais deux
ou trois fois — et je le dis, car on ne peut bien décrire
la vie des hommes, si on ne la fait baigner dans le
sommeil où elle plonge et qui, nuit après nuit la
contourne comme une presqu'île est cernée par la mer
— le sommeil interposé fut en moi assez résistant pour
soutenir le choc de la musique et je n'entendis rien.
Les autres jours il céda un instant ; mais encore
veloutée d'avoir dormi, ma conscience, comme ces
organes préalablement anesthésiés, par qui une cauté-
risation, restée d'abord insensible, n'est perçue que
tout à fait à sa fin et comme une légère brûlure, n'était
touchée qu'avec douceur par les pointes aiguës des
fifres qui la caressaient d'un vague et frais gazouillis
matinal ; et après cette étroite interruption où le
silence s'était fait musique, il reprenait avec mon
sommeil avant même que les dragons eussent fini de
passer, me dérobant les dernières gerbes épanouies du
bouquet jaillissant et sonore. Et la zone de ma
conscience que ses tiges jaillissantes avaient effleurée,
était si étroite, si circonvenue de sommeil, que plus
tard, quand Saint-Loup me demandait si j'avais
entendu la musique, je n'étais pas plus certain que le
son de la fanfare n'eût pas été aussi imaginaire que
celui que j'entendais dans le jour s'élever après le
moindre bruit au-dessus des pavés de la ville. Peut-
être ne l'avais-je entendu qu'en un rêve suscité par la
crainte d'être réveillé, ou au contraire de ne pas l'être
et de ne pas voir le défilé. Car souvent quand je restais
endormi au moment où j'avais pensé au contraire que
le bruit m'aurait réveillé, pendant une heure encore je
croyais l'être, tout en sommeillant et je me jouais à
moi-même en minces ombres sur l'écran de mon
sommeil les divers spectacles auxquels il m'empêchait
mais auxquels j'avais l'illusion d'assister.

Ce qu'on aurait fait le jour, il arrive en effet, le sommeil venant, qu'on ne l'accomplisse qu'en rêve, c'est-à-dire après l'inflexion de l'ensommeillement, en suivant une autre voie qu'on n'eût fait éveillé. La même histoire tourne et a une autre fin. Malgré tout, le monde dans lequel on vit pendant le sommeil est tellement différent que ceux qui ont de la peine à s'endormir cherchent avant tout à sortir du nôtre. Après avoir désespérément, pendant des heures, les yeux clos, roulé des pensées pareilles à celles qu'ils auraient eues les yeux ouverts, ils reprennent courage s'ils s'aperçoivent que la minute précédente a été tout alourdie d'un raisonnement en contradiction formelle avec les lois de la logique, et l'évidence du présent, cette courte « absence » signifiant que la porte est ouverte par laquelle ils pourront peut-être s'échapper tout à l'heure de la perception du réel, aller faire une halte plus ou moins loin de lui, ce qui leur donnera un plus ou moins « bon » sommeil. Mais un grand pas est déjà fait quand on tourne le dos au réel, quand on atteint les premiers antres où les « auto-suggestions » préparent comme des sorcières l'infernal fricot des maladies imaginaires ou de la recrudescence des maladies nerveuses, et guettent l'heure où les crises remontées pendant le sommeil inconscient se déclencheront assez fortes pour le faire cesser.

Non[29] loin de là est le jardin réservé où croissent comme des fleurs inconnues les sommeils si différents les uns des autres, sommeil du datura, du chanvre indien, des multiples extraits de l'éther, sommeil de la belladone, de l'opium, de la valériane, fleurs qui restent closes jusqu'au jour où l'inconnu prédestiné viendra les toucher, les épanouir, et pour de longues heures dégager l'arôme de leurs rêves particuliers, en un être émerveillé et surpris. Au fond du jardin est le couvent aux fenêtres ouvertes où l'on entend répéter les leçons apprises avant de s'endormir et qu'on ne saura qu'au réveil ; tandis que, présage de celui-ci, fait résonner son tic-tac ce réveille-matin intérieur que notre préoccupation a réglé si bien que quand notre

ménagère viendra nous dire : il est sept heures, elle
nous trouvera déjà prêt. Aux parois obscures de cette
chambre qui s'ouvre sur les rêves, et où travaille sans
cesse cet oubli des chagrins amoureux duquel est
parfois interrompue et défaite par un cauchemar plein
de réminiscences la tâche vite recommencée, pendent,
même après qu'on est réveillé, les souvenirs des
songes, mais si enténébrés que souvent nous ne les
apercevons pour la première fois qu'en pleine après-
midi quand le rayon d'une idée similaire vient fortui-
tement les frapper ; quelques-uns déjà, harmonieuse-
ment clairs pendant qu'on dormait, mais devenus si
méconnaissables que, ne les ayant pas reconnus, nous
ne pouvons que nous hâter de les rendre à la terre,
ainsi que des morts trop vite décomposés ou que des
objets si gravement atteints et près de la poussière que
le restaurateur le plus habile ne pourrait leur rendre
une forme, et rien en tirer. — Près de la grille est la
carrière où les sommeils profonds viennent chercher
des substances qui imprègnent la tête d'enduits si durs
que pour éveiller le dormeur sa propre volonté est
obligée, même dans un matin d'or, de frapper à
grands coups de hache, comme un jeune Siegfried.
Au-delà encore sont les cauchemars dont les médecins
prétendent stupidement qu'ils fatiguent plus que
l'insomnie, alors qu'ils permettent au contraire au
penseur de s'évader de l'attention, les cauchemars
avec leurs albums fantaisistes, où nos parents qui sont
morts viennent de subir un grave accident qui n'exclut
pas une guérison prochaine. En attendant nous les
tenons dans une petite cage à rats, où ils sont plus
petits que des souris blanches, et couverts de gros
boutons rouges, plantés chacun d'une plume, nous
tiennent des discours cicéroniens. A côté de cet album
est le disque tournant du réveil grâce auquel nous
subissons un instant l'ennui d'avoir à rentrer tout à
l'heure dans une maison qui est détruite depuis
cinquante ans, et dont l'image est effacée au fur et à
mesure que le sommeil s'éloigne, par plusieurs autres,
avant que nous arrivions à celle qui ne se présente

qu'une fois le disque arrêté et qui coïncide avec celle que nous verrons avec nos yeux ouverts.

Quelquefois je n'avais rien entendu, étant dans un de ces sommeils où l'on tombe comme dans un trou duquel on est tout heureux d'être tiré un peu plus tard, lourd, surnourri, digérant tout ce que nous ont apporté, pareilles aux nymphes qui nourrissaient Hercule, ces agiles puissances végétatives, à l'activité redoublée pendant que nous dormons.

On appelle cela un sommeil de plomb, il semble qu'on soit devenu, soi-même, pendant quelques instants après qu'un tel sommeil a cessé, un simple bonhomme de plomb. On n'est plus personne. Comment, alors, cherchant sa pensée, sa personnalité comme on cherche un objet perdu, finit-on par retrouver son propre moi plutôt que tout autre ? Pourquoi, quand on se remet à penser, n'est-ce pas alors une autre personnalité que l'antérieure, qui s'incarne en nous ? On ne voit pas ce qui dicte le choix et pourquoi, entre les millions d'êtres humains qu'on pourrait être, c'est sur celui qu'on était la veille qu'on met juste la main. Qu'est-ce qui nous guide, quand il y a eu vraiment interruption (soit que le sommeil ait été complet, ou les rêves entièrement différents de nous) ? Il y a eu vraiment mort, comme quand le cœur a cessé de battre et que des tractions rythmées de la langue nous raniment. Sans doute la chambre, ne l'eussions-nous vue qu'une fois, éveille-t-elle des souvenirs auxquels de plus anciens sont suspendus. Où quelques-uns dormaient-ils en nous-mêmes, dont nous prenons conscience ? La résurrection au réveil — après ce bienfaisant accès d'aliénation mentale qu'est le sommeil — doit ressembler au fond à ce qui se passe quand on retrouve un nom, un vers, un refrain oublié. Et peut-être la résurrection de l'âme après la mort est-elle concevable comme un phénomène de mémoire.

Quand j'avais fini de dormir, attiré par le ciel ensoleillé, mais retenu par la fraîcheur, de ces derniers matins si lumineux et si froids où commence l'hiver, pour regarder les arbres où les feuilles n'étaient plus

indiquées que par une ou deux touches d'or ou de rose
qui semblaient être, restées en l'air, dans une trame
invisible, je levais la tête et tendais le cou tout en
gardant le corps à demi caché dans mes couvertures ;
comme une chrysalide en voie de métamorphose,
j'étais une créature double aux diverses parties de
laquelle ne convenait pas le même milieu ; à mon
regard suffisait de la couleur, sans chaleur ; ma
poitrine par contre se souciait de chaleur et non de
couleur. Je ne me levais que quand mon feu était
allumé et je regardais le tableau si transparent et si
doux de la matinée mauve et dorée à laquelle je venais
d'ajouter artificiellement les parties de chaleur qui lui
manquaient, tisonnant mon feu qui brûlait et fumait
comme une bonne pipe et qui me donnait comme elle
eût fait un plaisir à la fois grossier parce qu'il reposait
sur un bien-être matériel, et délicat parce que derrière
lui s'estompait une pure vision. Mon cabinet de
toilette était tendu d'un papier à fond d'un rouge
violent que parsemaient des fleurs noires et blanches,
auxquelles il semble que j'aurais dû avoir quelque
peine à m'habituer. Mais elles ne firent que me
paraître nouvelles, que me forcer à entrer non en
conflit mais en contact avec elles, que modifier la
gaieté et les chants de mon lever, elles ne firent que me
mettre de force au cœur d'une sorte de coquelicot pour
regarder le monde, que je voyais tout autre qu'à Paris,
de ce gai paravent qu'était cette maison nouvelle,
autrement orientée que celle de mes parents et où
affluait un air pur. Certains jours, j'étais agité par
l'envie de revoir ma grand-mère ou par la peur qu'elle
ne fût souffrante ; ou bien c'était le souvenir de
quelque affaire laissée en train, à Paris et qui ne
marchait pas : parfois aussi quelque difficulté dans
laquelle, même ici, j'avais trouvé le moyen de me
jeter. L'un ou l'autre de ces soucis m'avait empêché de
dormir, et j'étais sans force contre ma tristesse qui en
un instant remplissait pour moi toute l'existence.
Alors, de l'hôtel, j'envoyais quelqu'un au quartier,
avec un mot pour Saint-Loup : je lui disais que si cela

lui était matériellement possible — je savais que c'était
très difficile — il fût assez bon pour passer un instant.
Au bout d'une heure il arrivait ; et en entendant son
coup de sonnette je me sentais délivré de mes préoccupations. Je savais que si elles étaient plus fortes que
moi, il était plus fort qu'elles et mon attention se
détachait d'elles et se tournait vers lui qui avait à
décider. Il venait d'entrer et déjà il avait mis autour de
moi le plein air où il déployait tant d'activité depuis le
matin, milieu vital fort différent de ma chambre et
auquel je m'adaptais immédiatement par des réactions
appropriées.

— J'espère que vous ne m'en voulez pas de vous
avoir dérangé, j'ai quelque chose qui me tourmente,
vous avez dû le deviner.

— Mais non, j'ai pensé simplement que vous aviez
envie de me voir et j'ai trouvé ça très gentil. J'étais
enchanté que vous m'ayez fait demander. Mais quoi ?
ça ne va pas, alors ? qu'est-ce qu'il y a pour votre
service ?

Il écoutait mes explications, me répondait avec
précision ; mais avant même qu'il eût parlé, il m'avait
fait semblable à lui ; à côté des occupations importantes qui le faisaient si pressé, si alerte, si content, les
ennuis qui m'empêchaient tout à l'heure de rester un
instant sans souffrir, me semblaient, comme à lui,
négligeables ; j'étais comme un homme qui, ne pouvant ouvrir les yeux depuis plusieurs jours, fait
appeler un médecin lequel avec adresse et douceur lui
écarte la paupière, lui enlève et lui montre un grain de
sable ; le malade est guéri et rassuré. Tous mes tracas
se résolvaient en un télégramme que Saint-Loup se
chargeait de faire partir. La vie me semblait si
différente, si belle, j'étais inondé d'un tel trop-plein de
force que je voulais agir.

— Que faites-vous maintenant, disais-je à Saint-
Loup.

— Je vais vous quitter, car on part en marche dans
trois quarts d'heure et on a besoin de moi.

— Alors ça vous a beaucoup gêné de venir ?

— Non, ça ne m'a pas gêné, le capitaine a été très
gentil, il a dit que du moment que c'était pour vous il
fallait que je vienne, mais enfin je ne veux pas avoir
l'air d'abuser.

— Mais si je me levais vite et si j'allais de mon côté
à l'endroit où vous allez manœuvrer, cela m'intéresse-
rait beaucoup, et je pourrais peut-être causer avec
vous dans les pauses.

— Je ne vous le conseille pas ; vous êtes resté
éveillé, vous vous êtes mis martel en tête pour une
chose qui, je vous assure, est sans aucune conséquence, mais maintenant qu'elle ne vous agite plus,
retournez-vous sur votre oreiller et dormez ce qui sera
excellent contre la déminéralisation de vos cellules
nerveuses ; ne vous endormez pas trop vite parce que
notre garce de musique va passer sous vos fenêtres ;
mais aussitôt après, je pense que vous aurez la paix, et
nous nous reverrons ce soir à dîner.

Mais un peu plus tard j'allai souvent voir le
régiment faire du service en campagne, quand je
commençai à m'intéresser aux théories militaires que
développaient à dîner les amis de Saint-Loup et que
cela devint le désir de mes journées de voir de plus
près leurs différents chefs, comme quelqu'un qui fait
de la musique sa principale étude et vit dans les
concerts, a du plaisir à fréquenter les cafés où l'on est
mêlé à la vie des musiciens de l'orchestre. Pour arriver
au terrain de manœuvres il me fallait faire de grandes
marches. Le soir, après le dîner, l'envie de dormir
faisait par moments tomber ma tête comme un
vertige. Le lendemain, je m'apercevais que je n'avais
pas plus entendu la fanfare, qu'à Balbec, le lendemain
des soirs où Saint-Loup m'avait emmené dîner à
Rivebelle, je n'avais entendu le concert de la plage. Et
au moment où je voulais me lever, j'en éprouvais
délicieusement l'incapacité [30] ; je me sentais attaché à
un sol invisible et profond par les articulations que la
fatigue me rendait sensibles de radicelles musculeuses
et nourricières. Je me sentais plein de force, la vie
s'étendait plus longue devant moi ; c'est que j'avais

reculé jusqu'aux bonnes fatigues de mon enfance à
Combray, le lendemain des jours où nous nous étions
promenés du côté de Guermantes. Les poètes prétendent que nous retrouvons un moment ce que nous
avons jadis été en rentrant dans telle maison, dans tel
jardin où nous avons vécu jeunes. Ce sont là pèleri-
nages fort hasardeux et à la suite desquels on compte
autant de déceptions que de succès. Les lieux fixes,
contemporains d'années différentes, c'est en nous-
même qu'il vaut mieux les trouver. C'est à quoi
peuvent, dans une certaine mesure, nous servir une
grande fatigue que suit une bonne nuit. Mais celles-là
pour nous faire descendre dans les galeries les plus
souterraines du sommeil, où aucun reflet de la veille,
aucune lueur de mémoire n'éclairent plus le monolo-
gue intérieur, si tant est que lui-même n'y cesse pas,
retournent si bien le sol et le tuf de notre corps qu'elles
nous font retrouver là où nos muscles plongent et
tordent leurs ramifications et aspirent la vie nouvelle,
le jardin où nous avons été enfant. Il n'y a pas besoin
de voyager pour le revoir, il faut descendre pour le
retrouver. Ce qui a couvert la terre, n'est plus sur elle,
mais dessous, l'excursion ne suffit pas pour visiter la
ville morte, les fouilles sont nécessaires. Mais on
verra, combien certaines impressions fugitives et
fortuites ramènent bien mieux encore vers le
passé, avec une précision plus fine, d'un vol
plus léger, plus immatériel, plus vertigineux,
plus infaillible, plus immortel, que ces dislocations
organiques.

   Quelquefois ma fatigue était plus grande encore :
j'avais, sans pouvoir me coucher, suivi les manœuvres
pendant plusieurs jours. Que le retour à l'hôtel était
alors béni ! En entrant dans mon lit, il me semblait
avoir enfin échappé à des enchanteurs, à des sorciers,
tels que ceux qui peuplent les « romans » aimés de
notre XVIIᵉ siècle. Mon sommeil et ma grasse matinée
du lendemain n'étaient plus qu'un charmant conte de
fées. Charmant ; bienfaisant peut-être aussi. Je me
disais que les pires souffrances ont leur lieu d'asile,

qu'on peut toujours, à défaut de mieux, trouver le repos. Ces pensées me menaient fort loin.

Les jours où il y avait repos et où Saint-Loup ne pouvait cependant pas sortir, j'allais souvent le voir au quartier. C'était loin ; il fallait sortir de la ville, franchir le viaduc, des deux côtés duquel j'avais une immense vue. Une forte brise soufflait presque toujours sur ces hauts lieux, et emplissait tous les bâtiments construits sur trois côtés de la cour qui grondaient sans cesse comme un antre des vents. Tandis que, pendant qu'il était occupé à quelque service, j'attendais Robert, devant la porte de sa chambre ou au réfectoire, en causant avec tels de ses amis auxquels il m'avait présenté (et que je vins ensuite voir quelquefois même quand il ne devait pas être là), voyant par la fenêtre à cent mètres au-dessous de moi, la campagne dépouillée mais où çà et là des semis nouveaux, souvent encore mouillés de pluie et éclairés par le soleil mettaient quelques bandes vertes d'un brillant et d'une limpidité translucide d'émail, il m'arrivait d'entendre parler de lui ; et je pus bien vite me rendre compte combien il était aimé et populaire. Chez plusieurs engagés, appartenant à d'autres escadrons, jeunes bourgeois riches qui ne voyaient la haute société aristocratique que du dehors et sans y pénétrer, la sympathie qu'excitait en eux ce qu'ils savaient du caractère de Saint-Loup se doublait du prestige qu'avait à leurs yeux le jeune homme que souvent, le samedi soir, quand ils venaient en permisson à Paris, ils avaient vu souper au café de la Paix avec le Duc d'Uzès et le Prince d'Orléans. Et à cause de cela, dans sa jolie figure, dans sa façon dégingandée de marcher, de saluer, dans le perpétuel lancé de son monocle, dans la « fantaisie » de ses képis trop hauts, de ses pantalons d'un drap trop fin et trop rose, ils avaient introduit l'idée d'un « chic » dont ils assuraient qu'étaient dépourvus les officiers les plus élégants du régiment, même le majestueux capitaine à qui j'avais dû de coucher au quartier, lequel semblait, par comparaison, trop solennel et presque commun.

L'un disait que le capitaine avait acheté un nouveau cheval. Il peut acheter tous les chevaux qu'il veut. J'ai rencontré Saint-Loup dimanche matin allée des Acacias, il monte avec un autre chic ! répondait l'autre ; et en connaissance de cause ; car ces jeunes gens appartenaient à une classe qui si elle ne fréquente pas le même personnel mondain, pourtant, grâce à l'argent et au loisir, ne diffère pas de l'aristocratie dans l'expérience de toutes celles des élégances qui peuvent s'acheter. Tout au plus la leur, avait-elle, par exemple en ce qui concernait les vêtements, quelque chose de plus appliqué, de plus impeccable, que cette libre et négligente élégance de Saint-Loup qui plaisait tant à ma grand-mère. C'était une petite émotion pour ces fils de grands banquiers ou d'agents de change, en train de manger des huîtres après le théâtre, de voir à une table voisine de la leur le sous-officier Saint-Loup. Et que de récits faits au quartier le lundi, en rentrant de permission, par l'un d'eux qui était de l'escadron de Robert et à qui il avait dit bonjour « très gentiment », par un autre qui n'était pas du même escadron mais qui croyait bien que malgré cela Saint-Loup l'avait reconnu, car deux ou trois fois il avait braqué son monocle dans sa direction.

— Oui, mon frère l'a aperçu à « la Paix », disait un autre qui avait passé la journée chez sa maîtresse, il paraît même qu'il avait un habit trop large et qui ne tombait pas bien.

— Comment était son gilet ?

— Il n'avait pas de gilet blanc, mais mauve avec des espèces de palmes, époilant !

Pour les anciens (hommes du peuple ignorant le Jockey [31] et qui mettaient seulement Saint-Loup dans la catégorie des sous-officiers très riches, où ils faisaient entrer tous ceux qui, ruinés ou non, menaient un certain train, avaient un chiffre assez élevé de revenus ou de dettes et étaient généreux avec les soldats), la démarche, le monocle, les pantalons, les képis de Saint-Loup, s'ils n'y voyaient rien d'aristocratique, n'offraient pas cependant moins d'intérêt et

de signification. Ils reconnaissaient dans ces particularités, le caractère, le genre, qu'ils avaient assignés une
fois pour toutes à ce plus populaire des gradés du
régiment, manières pareilles à celles de personne,
dédain de ce que pourraient penser les chefs, et qui
leur semblait la conséquence naturelle de sa bonté
pour le soldat. Le café du matin dans la chambrée, ou
le repos sur les lits pendant l'après-midi, paraissaient
meilleurs, quand quelque ancien servait à l'escouade
gourmande et paresseuse quelque savoureux détail sur
un képi qu'avait Saint-Loup.

— Aussi haut comme mon paquetage.

— Voyons, vieux, tu veux nous la faire à l'oseille, il
ne pouvait pas être aussi haut que ton paquetage,
interrompait un jeune licencié ès lettres qui cherchait
en usant de ce dialecte à ne pas avoir l'air d'un bleu et
en osant cette contradiction à se faire confirmer un fait
qui l'enchantait.

— Ah ! il n'est pas aussi haut que mon paquetage.
Tu l'as mesuré peut-être. Je te dis que le lieutenant-
colon le fixait comme s'il voulait le mettre au bloc. Et
faut pas croire que mon fameux Saint-Loup s'épatait,
il allait, il venait, il baissait la tête, il la relevait, et
toujours ce coup du monocle. Faudra voir ce que va
dire le capiston. Ah ! il se peut qu'il ne dise rien, mais
pour sûr que cela ne lui fera pas plaisir. Mais ce képi-
là, il n'a encore rien d'épatant. Il paraît que chez lui,
en ville, il en a plus de trente ?

— Comment que tu le sais, vieux. Par notre sacré
cabot ? demandait le jeune licencié avec pédantisme,
étalant les nouvelles formes grammaticales qu'il
n'avait apprises que de fraîche date et dont il était fier
de parer sa conversation.

— Comment que je le sais ? Par son ordonnance,
pardi.

— Tu parles qu'en voilà un qui ne doit pas être
malheureux !

— Je comprends ! Il a plus de braise que moi, pour
sûr ! Et encore il lui donne tous ses effets, et tout et
tout. Il n'avait pas à sa suffisance à la cantine. Voilà

mon de Saint-Loup qui s'est amené et le cuistot en a entendu : « Je veux qu'il soit bien nourri, ça coûtera ce que ça coûtera. »

Et l'ancien rachetait l'insignifiance des paroles par l'énergie de l'accent, en une imitation médiocre qui avait le plus grand succès.

Au sortir du quartier je faisais un tour, puis, en attendant le moment où j'allais quotidiennement dîner avec Saint-Loup, à l'hôtel où lui et ses amis avaient pris pension, je me dirigeais vers le mien, sitôt le soleil couché, afin d'avoir deux heures pour me reposer et lire. Sur la place, le soir posait aux toits en poudrière du château de petits nuages roses assortis à la couleur des briques et achevait le raccord en adoucissant celles-ci d'un reflet. Un tel courant de vie affluait à mes nerfs qu'aucun de mes mouvements ne pouvait l'épuiser ; chacun de mes pas, après avoir touché un pavé de la place, rebondissait, il me semblait avoir aux talons les ailes de Mercure. L'une des fontaines était pleine d'une lueur rouge, et dans l'autre déjà le clair de lune rendait l'eau de la couleur d'une opale. Entre elles des marmots jouaient, poussaient des cris, décrivaient des cercles, obéissant à quelque nécessité de l'heure, à la façon des martinets ou des chauves-souris. A côté de l'hôtel, les anciens palais nationaux et l'orangerie de Louis XVI dans lesquels se trouvaient maintenant la caisse d'épargne et le corps d'armée étaient éclairés du dedans par les ampoules pâles et dorées du gaz déjà allumé qui, dans le jour encore clair, seyait à ces hautes et vastes fenêtres du XVIII$^e$ siècle où n'était pas encore effacé le dernier reflet du couchant, comme eût fait à une tête avivée de rouge, une parure d'écaille blonde et me persuadait d'aller retrouver mon feu et ma lampe qui, seule dans la façade de l'hôtel que j'habitais, luttait contre le crépuscule et pour laquelle je rentrais, avant qu'il fût tout à fait nuit, par plaisir, comme on fait pour le goûter. Je gardais, dans mon logis, la même plénitude de sensation que j'avais eue dehors. Elle bombait de telle façon l'apparence de surfaces qui nous semblent si souvent plates et vides, la flamme jaune du feu, le papier gros bleu du ciel sur lequel le soir avait brouillonné, comme un collégien, les tire-bouchons d'un crayonnage rose, le tapis à dessin singulier de la table ronde sur laquelle une rame de papier écolier et un encrier m'attendaient avec un roman de Bergotte, que depuis ces choses ont continué à me sembler riches de toute une sorte particulière d'existence qu'il me semble que je saurais extraire d'elles s'il m'était donné de les retrouver. Je pensais avec joie à ce quartier que je venais de quitter et duquel la girouette tournait à tous les vents. Comme un plongeur respirant dans un tube qui monte jusqu'au-dessus de la surface de l'eau, c'était pour moi comme être relié à la vie salubre, à l'air libre, que de me sentir pour point d'attache ce quartier, ce haut observatoire dominant la campagne sillonnée de canaux d'émail vert, et sous les hangars et dans les bâtiments duquel je comptais pour un précieux privilège que je souhaitais durable, de pouvoir me rendre quand je voulais, toujours sûr d'être bien reçu[32].

A sept heures je m'habillais et je ressortais pour aller dîner avec Saint-Loup à l'hôtel où il avait pris pension. J'aimais m'y rendre à pied. L'obscurité était profonde et dès le troisième jour, commença à souffler, aussitôt la nuit venue, un vent glacial qui semblait annoncer la neige. Tandis que je marchais, il semble que j'aurais dû ne pas cesser un instant de penser à Mme de Guermantes : ce n'était que pour tâcher d'être rapproché d'elle que j'étais venu dans la garnison de Robert. Mais un souvenir, un chagrin, sont mobiles. Il y a des jours où ils s'en vont si loin que nous les apercevons à peine, nous les croyons partis. Alors nous faisons attention à d'autres choses. Et les rues de cette ville n'étaient pas encore pour moi, comme là où nous avons l'habitude de vivre, de simples moyens d'aller d'un endroit à un autre. La vie que menaient les habitants de ce monde inconnu me semblait devoir être merveilleuse et souvent les vitres éclairées de quelque demeure me retenaient long-

temps immobile dans la nuit en mettant sous mes yeux
les scènes véridiques et mystérieuses d'existence où je
ne pénétrais pas. Ici le génie du feu me montrait en un
tableau empourpré la taverne d'un marchand de
marrons où deux sous-officiers, leurs ceinturons posés
sur des chaises, jouaient aux cartes sans se douter
qu'un magicien les faisait surgir de la nuit, comme
dans une apparition de théâtre, et les évoquait tels
qu'ils étaient effectivement à cette minute même, aux
yeux d'un passant arrêté qu'ils ne pouvaient voir.
Dans un petit magasin de bric-à-brac, une bougie à
demi consumée, en projetant sa lueur rouge sur une
gravure, la transformait en sanguine, pendant que
luttant contre l'ombre, la clarté de la grosse lampe
basanait un morceau de cuir, niellait un poignard de
paillettes étincelantes, sur des tableaux qui n'étaient
que de mauvaises copies déposait une dorure précieuse comme la patine du passé ou le vernis d'un
maître, et faisait enfin de ce taudis où il n'y avait que
du toc et des croûtes, un inestimable Rembrandt.
Parfois je levais les yeux jusqu'à quelque vaste appartement ancien dont les volets n'étaient pas fermés et
où des hommes et des femmes amphibies, se réadap-
tant chaque soir à vivre dans un autre élément que le
jour, nageaient lentement dans la grasse liqueur qui, à
la tombée de la nuit, sourd incessamment du réservoir
des lampes pour remplir les chambres jusqu'au bord
de leurs parois de pierre et de verre, et au sein de
laquelle ils propageaient, en déplaçant leurs corps, des
remous onctueux et dorés. Je reprenais mon chemin,
et souvent dans la ruelle noire qui passe devant la
cathédrale, comme jadis dans le chemin de Méséglise,
la force de mon désir m'arrêtait ; il me semblait qu'une
femme allait surgir pour le satisfaire ; si dans l'obscurité je sentais tout d'un coup passer une robe, la
violence même du plaisir que j'éprouvais m'empêchait
de croire que ce frôlement fût fortuit et j'essayais
d'enfermer dans mes bras une passante effrayée. Cette
ruelle gothique avait pour moi quelque chose de si
réel, que si j'avais pu y lever et y posséder une femme,

il m'eût été impossible de ne pas croire que c'était l'antique volupté qui allait nous unir, cette femme eût-elle été une simple raccrocheuse postée là tous les soirs, mais à laquelle auraient prêté leur mystère l'hiver, le dépaysement, l'obscurité et le moyen âge. Je songeais à l'avenir : essayer d'oublier Mme de Guermantes me semblait affreux, cruel mais raisonnable et, pour la première fois, possible, facile peut-être. Dans le calme absolu de ce quartier, j'entendais devant moi des paroles et des rires qui devaient venir de promeneurs à demi avinés qui rentraient. Je m'arrêtai pour les voir, je regardais du côté où j'avais entendu le bruit. Mais j'étais obligé d'attendre longtemps, car le silence environnant était si profond qu'il avait laissé passer avec une netteté et une force extrême des bruits encore lointains. Enfin, les promeneurs arrivaient non pas devant moi comme j'avais cru, mais fort loin derrière. Soit que le croisement des rues, l'interposition des maisons eût causé par réfraction cette erreur d'acoustique, soit qu'il soit très difficile de situer un son dont la place ne nous est pas connue, je m'étais trompé tout autant que sur la distance, sur la direction.

Le vent grandissait. Il était tout hérissé et grenu d'une approche de neige, je regagnais la grand-rue et sautais dans le petit tramway où de la plate-forme un officier qui semblait ne pas les voir répondait aux saluts des soldats balourds qui passaient sur le trottoir, la face peinturlurée par le froid ; et elle faisait penser dans cette cité que le brusque saut de l'automne dans ce commencement d'hiver semblait avoir entraînée plus avant dans le nord, à la face rubiconde que Breughel donne à ses paysans joyeux, ripailleurs et gelés.

Et précisément à l'hôtel où j'avais rendez-vous avec Saint-Loup et ses amis et où les fêtes qui commençaient attiraient beaucoup de gens du voisinage et d'étrangers, c'était, pendant que je traversais directement la cour qui s'ouvrait sur de rougeoyantes cuisines où tournaient des poulets embrochés, où gril-

laient des porcs, où des homards encore vivants
étaient jetés dans ce que l'hôtelier appelait le « feu
éternel », une affluence (digne de quelque « Dénom-
brement devant Bethléem [33] » comme en peignaient
les vieux maîtres flamands), d'arrivants qui s'assem-
blaient par groupes dans la cour, demandant au patron
ou à l'un de ses aides (qui leur indiquait de préférence
un logement dans la ville quand ils ne les trouvaient
pas d'assez bonne mine) s'ils pourraient être servis et
logés, tandis qu'un garçon passait en tenant par le cou
une volaille qui se débattait. Et dans la grande salle à
manger que je traversai le premier jour, avant d'atteindre la petite pièce où m'attendait mon ami, c'était
aussi à un repas de l'évangile figuré avec la naïveté du
vieux temps et l'exagération des Flandres que faisait
penser le nombre des poissons, des poulardes, des
coqs de bruyères, des bécasses, des pigeons, apportés
tout décorés et fumants par des garçons hors d'haleine
qui glissaient sur le parquet pour aller plus vite et les
déposaient sur l'immense console où ils étaient décou-
pés aussitôt, mais où — beaucoup de repas touchant à
leur fin, quand j'arrivais — ils s'entassaient inutilisés ;
comme si leur profusion et la précipitation de ceux qui
les apportaient, répondaient beaucoup plutôt qu'aux
demandes des dîneurs, au respect du texte sacré
scrupuleusement suivi dans sa lettre mais naïvement
illustré par des détails réels empruntés à la vie locale,
et au souci esthétique et religieux de montrer aux yeux
l'éclat de la fête par la profusion des victuailles et
l'empressement des serviteurs. Un d'entre eux au bout
de la salle songeait, immobile près d'un dressoir ; et
pour demander à celui-là, qui seul paraissait assez
calme pour me répondre, dans quelle pièce on avait
préparé notre table, m'avançant entre les réchauds
allumés çà et là afin d'empêcher que se refroidissent
les plats des retardataires (ce qui n'empêchait pas
qu'au centre de la salle les desserts étaient tenus par
les mains d'un énorme bonhomme quelquefois sup-
porté sur les ailes d'un canard en cristal, semblait-il,
en réalité en glace, ciselée chaque jour, au fer rouge,

par un cuisinier sculpteur dans un goût bien flamand)
j'allai droit, au risque d'être renversé par les autres,
vers ce serviteur dans lequel je crus reconnaître un
personnage qui est de tradition dans ces sujets sacrés
et dont il reproduisait scrupuleusement la figure
camuse, naïve et mal dessinée, l'expression rêveuse,
déjà à demi presciente du miracle d'une présence
divine que les autres n'ont pas encore soupçonnée.
Ajoutons qu'en raison sans doute des fêtes prochaines,
à cette figuration fut ajouté un supplément céleste
recruté tout entier dans un personnel de chérubins et
de séraphins. Un jeune ange musicien aux cheveux
blonds encadrant une figure de quatorze ans, ne jouait
à vrai dire d'aucun instrument, mais rêvassait devant
un gong ou une pile d'assiettes, cependant que des
anges moins enfantins s'empressaient à travers les
espaces démesurés de la salle, en y agitant l'air du
frémissement incessant des serviettes qui descendaient
le long de leurs corps en formes d'ailes de primitifs,
aux pointes aiguës. Fuyant ces régions mal définies,
voilées d'un rideau de palmes, d'où les célestes
serviteurs avaient l'air, de loin, de venir de l'empyrée,
je me frayai un chemin jusqu'à la petite salle où était la
table de Saint-Loup. J'y trouvai quelques-uns de ses
amis qui dînaient toujours avec lui, nobles, sauf un ou
deux roturiers mais en qui les nobles avaient dès le
collège flairé des amis et avec qui ils s'étaient liés
volontiers, prouvant ainsi qu'ils n'étaient pas, en
principe, hostiles aux bourgeois, fussent-ils républi-
cains, pourvu qu'ils eussent les mains propres et
allassent à la messe. Dès la première fois, avant qu'on
se mît à table, j'entraînai Saint-Loup dans un coin de
la salle à manger, et devant tous les autres, mais qui ne
nous entendaient pas, je lui dis :

— Robert, le moment et l'endroit sont mal choisis
pour vous dire cela, mais cela ne durera qu'une
seconde. Toujours j'oublie de vous le demander au
quartier ; est-ce que ce n'est pas Mme de Guermantes
dont vous avez la photographie sur la table ?

— Mais si, c'est ma bonne tante.

— Tiens, mais c'est vrai, je suis fou, je l'avais su autrefois, je n'y avais jamais songé ; mon Dieu vos amis doivent s'impatienter, parlons vite, ils nous regardent, ou bien une autre fois, cela n'a aucune importance.

— Mais si, marchez toujours, ils sont là pour attendre.

— Pas du tout, je tiens à être poli ; ils sont si gentils ; vous savez du reste, je n'y tiens pas autrement.

— Vous la connaissez cette brave Oriane ?

Cette « brave Oriane », comme il eût dit cette « bonne Oriane », ne signifiait pas que Saint-Loup considérât Mme de Guermantes comme particulièrement bonne. Dans ce cas, bonne, excellente, brave, sont de simples renforcements de « cette », désignant une personne qu'on connaît tous deux et dont on ne sait trop que dire avec quelqu'un qui n'est pas de votre intimité. Bonne sert de hors-d'œuvre et permet d'attendre un instant qu'on ait trouvé : « Est-ce que vous la voyez souvent ? » ou « Il y a des mois que je ne l'ai vue », ou « Je la vois mardi » ou « Elle ne doit plus être de la première jeunesse ».

— Je ne peux pas vous dire comme cela m'amuse que ce soit sa photographie, parce que nous habitons maintenant dans sa maison et j'ai appris sur elle des choses inouïes (j'aurais été bien embarrassé de dire lesquelles) qui font qu'elle m'intéresse beaucoup, à un point de vue littéraire, vous comprenez, comment dirai-je, à un point de vue balzacien, vous qui êtes tellement intelligent, vous comprenez cela à demi-mot, mais finissons vite, qu'est-ce que vos amis doivent penser de mon éducation !

— Mais ils ne pensent rien du tout ; je leur ai dit que vous êtes sublime et ils sont beaucoup plus intimidés que vous.

— Vous êtes trop gentil. Mais justement, voilà : Mme de Guermantes ne se doute pas que je vous connais, n'est-ce pas ?

— Je n'en sais rien ; je ne l'ai pas vue depuis l'été

dernier puisque je ne suis pas venu en permission depuis qu'elle est rentrée.

— C'est que je vais vous dire, on m'a assuré qu'elle me croit tout à fait idiot.

— Cela, je ne le crois pas : Oriane n'est pas un aigle, mais elle n'est tout de même pas stupide.

— Vous savez que je ne tiens pas du tout en général à ce que vous publiiez les bons sentiments que vous avez pour moi, car je n'ai pas d'amour-propre. Aussi je regrette que vous ayez dit des choses aimables sur mon compte à vos amis (que nous allons rejoindre dans deux secondes). Mais pour Mme de Guermantes si vous pouviez lui faire savoir, même avec un peu d'exagération, ce que vous pensez de moi, vous me feriez un grand plaisir.

— Mais très volontiers, si vous n'avez que cela à me demander, ce n'est pas trop difficile, mais quelle importance cela peut-il avoir ce qu'elle peut penser de vous ? Je suppose que vous vous en moquez bien ; en tout cas si ce n'est que cela, nous pourrons en parler devant tout le monde ou quand nous serons seuls, car j'ai peur que vous vous fatiguiez à parler debout et d'une façon si incommode, quand nous avons tant d'occasion d'être en tête à tête.

C'était bien justement cette incommodité qui m'avait donné le courage de parler à Robert ; la présence des autres était pour moi un prétexte m'autorisant à donner à mes propos un tour bref et décousu, à la faveur duquel je pouvais plus aisément dissimuler le mensonge que je faisais en disant à mon ami que j'avais oublié sa parenté avec la Duchesse et pour ne pas lui laisser le temps de me poser sur mes motifs de désirer que Mme de Guermantes me sût lié avec lui, intelligent, etc., des questions qui m'eussent d'autant plus troublé que je n'aurais pas pu y répondre.

— Robert, pour vous si intelligent cela m'étonne que vous ne compreniez pas qu'il ne faut pas discuter ce qui fait plaisir à ses amis mais le faire. Moi, si vous me demandiez n'importe quoi, et même je tiendrais beaucoup à ce que vous me demandiez quelque chose,

je vous assure que je ne vous demanderais pas
d'explications. Je vais plus loin que ce que je désire ; je
ne tiens pas à connaître Mme de Guermantes ; mais
j'aurais dû pour vous éprouver, vous dire que je
désirerais dîner avec Mme de Guermantes et je sais
que vous ne l'auriez pas fait.

— Non seulement je l'aurais fait, mais je le ferai.

— Quand cela ?

— Dès que je viendrai à Paris, dans trois semaines,
sans doute.

— Nous verrons, d'ailleurs elle ne voudra pas. Je
ne peux pas vous dire comme je vous remercie.

— Mais non, ce n'est rien.

— Ne me dites pas cela, c'est énorme, parce que
maintenant je vois l'ami que vous êtes ; que la chose
que je vous demande soit importante ou non, désagréable ou non, que j'y tienne en réalité ou seulement pour vous éprouver, peu importe, vous dites
que vous le ferez, et vous montrez par là la finesse
de votre intelligence et de votre cœur. Un ami bête eût
discuté.

C'était justement ce qu'il venait de faire ; mais peut-
être je voulais le prendre par l'amour-propre : peut-
être aussi j'étais sincère, la seule pierre de touche du
mérite me semblant être l'utilité dont on pouvait être
pour moi à l'égard de l'unique chose qui me semblât
importante, mon amour. Puis j'ajoutai soit par dupli-
cité, soit par un surcroît véritable de tendresse produit
par la reconnaissance, par l'intérêt et par tout ce que la
nature avait mis des traits même de Mme de Guermantes en son neveu Robert :

— Mais voilà qu'il faut rejoindre les autres et je ne
vous ai demandé que l'une des deux choses, la moins
importante, l'autre l'est plus pour moi, mais je crains
que vous ne me la refusiez ; cela vous ennuierait-il que
nous nous tutoyions ?

— Comment m'ennuyer, mais voyons ! *joie ! pleurs
de joie ! félicité inconnue* [34] !

— Comme je vous remercie... te remercie. Quand
vous aurez commencé ! Cela me fait un tel plaisir que

vous pouvez ne rien faire pour Mme de Guermantes si vous voulez, le tutoiement me suffit.

— On fera les deux.

— Ah! Robert! Ecoutez, dis-je encore à Saint-Loup pendant le dîner — oh! c'est d'un comique cette conversation à propos interrompus et du reste je ne sais pas pourquoi — vous savez la dame dont je viens de vous parler?

— Oui.

— Vous savez bien qui je veux dire.

— Mais voyons, vous me prenez pour un crétin du Valais, pour un *demeuré*.

— Vous ne voudriez pas me donner sa photographie?

Je comptais lui demander seulement de me la prêter. Mais au moment de parler, j'éprouvai de la timidité, je trouvai ma demande indiscrète et pour ne pas le laisser voir, je la formulai plus brutalement, et la grossis encore, comme si elle avait été toute naturelle.

— Non, il faudrait que je lui demande la permission d'abord, me répondit-il.

Aussitôt il rougit. Je compris qu'il avait une arrière-pensée, qu'il m'en prêtait une, qu'il ne servirait mon amour qu'à moitié, sous la réserve de certains principes de moralité, et je le détestai.

Et pourtant j'étais touché de voir combien Saint-Loup se montrait autre à mon égard depuis que je n'étais plus seul avec lui et que ses amis étaient en tiers. Son amabilité plus grande m'eût laissé indifférent si j'avais cru qu'elle était voulue; mais je la sentais involontaire et faite seulement de tout ce qu'il devait dire à mon sujet quand j'étais absent et qu'il taisait quand j'étais seul avec lui. Dans nos tête-à-tête, certes je soupçonnais le plaisir qu'il avait à causer avec moi, mais ce plaisir restait presque toujours inexprimé. Maintenant les mêmes propos de moi, qu'il goûtait d'habitude sans le marquer, il surveillait du coin de l'œil s'ils produisaient chez ses amis l'effet sur lequel il avait compté et qui devait répondre à ce qu'il leur avait annoncé. La mère d'une débutante ne

suspend pas davantage son attention aux répliques de
sa fille et à l'attitude du public. Si j'avais dit un mot
dont, devant moi seul, il n'eût que souri, il craignait
qu'on ne l'eût pas bien compris, il me disait :
« Comment, comment ? » pour me faire répéter, pour
faire faire attention, et aussitôt se tournant vers les
autres et se faisant, sans le vouloir, en les regardant
avec un bon rire, l'entraîneur de leur rire, il me
présentait pour la première fois l'idée qu'il avait de
moi et qu'il avait dû souvent leur exprimer. De sorte
que je m'apercevais tout d'un coup moi-même du
dehors, comme quelqu'un qui lit son nom dans le
journal ou qui se voit dans une glace.

Il m'arriva un de ces soirs-là de vouloir raconter une
histoire assez comique sur Mme Blandais mais je
m'arrêtai immédiatement car je me rappelai que Saint-
Loup la connaissait déjà et qu'ayant voulu la lui dire le
lendemain de mon arrivée, il m'avait interrompu en
me disant : « Vous me l'avez déjà racontée à Balbec ».
Je fus donc surpris de le voir m'exhorter à continuer
en m'assurant qu'il ne connaissait pas cette histoire et
qu'elle l'amuserait beaucoup. Je lui dis : « Vous avez
un moment d'oubli, mais vous allez bientôt la reconnaître. — Mais non, je te jure que tu confonds. Jamais
tu ne me l'as dite. Va. » Et pendant toute l'histoire il
attachait fiévreusement ses regards ravis tantôt sur
moi, tantôt sur ses camarades. Je compris seulement
quand j'eus finis au milieu des rires de tous qu'il avait
songé qu'elle donnerait une haute idée de mon esprit à
ses camarades et que c'était pour cela qu'il avait feint
de ne pas la connaître. Telle est l'amitié.

Le troisième soir, un de ses amis auquel je n'avais
pas eu l'occasion de parler les deux premières fois,
causa très longuement avec moi ; et je l'entendais qui
disait à mi-voix à Saint-Loup le plaisir qu'il y trouvait.
Et de fait nous causâmes presque toute la soirée
ensemble devant nos verres de sauternes que nous ne
vidions pas, séparés, protégés des autres, par les voiles
magnifiques d'une de ces sympathies entre hommes
qui, lorsqu'elles n'ont pas d'attrait physique à leur

base, sont les seules qui soient tout à fait mystérieuses.
Tel, de nature énigmatique, m'était apparu à Balbec
ce sentiment que Saint-Loup ressentait pour moi, qui
ne se confondait pas avec l'intérêt de nos conversations, détaché de tout lien matériel, invisible, intangi-
ble et dont pourtant il éprouvait la présence en lui-
même comme une sorte de phlogistique, de gaz, assez
pour en parler en souriant. Et peut-être y avait-il
quelque chose de plus surprenant encore dans cette
sympathie née ici en une seule soirée, comme une
fleur qui se serait ouverte en quelques minutes dans la
chaleur de cette petite pièce. Je ne pus me tenir de
demander à Robert, comme il me parlait de Balbec,
s'il était vraiment décidé qu'il épousât Mlle d'Ambresac. Il me déclara que non seulement ce n'était pas
décidé, mais qu'il n'en avait jamais été question, qu'il
ne l'avait jamais vue, qu'il ne savait pas qui c'était. Si
j'avais vu à ce moment-là quelques-unes des personnes
du monde qui avaient annoncé ce mariage, elles
m'eussent fait part de celui de Mlle d'Ambresac avec
quelqu'un qui n'était pas Saint-Loup et de celui de
Saint-Loup avec quelqu'un qui n'était pas Mlle d'Ambresac. Je les eusse beaucoup étonnés en leur rappelant leurs prédictions contraires et encore si récentes.
Pour que ce petit jeu puisse continuer et multiplier les
fausses nouvelles en en accumulant successivement
sur chaque nom le plus grand nombre possible, la
nature a donné à ce genre de joueurs, une mémoire
d'autant plus courte que leur crédulité est plus
grande.

Saint-Loup m'avait parlé d'un autre de ses camarades qui était là aussi, avec qui il s'entendait particulièrement bien, car ils étaient dans ce milieu les deux
seuls partisans de la révision du procès Dreyfus.

— Oh ! lui, ce n'est pas comme Saint-Loup, c'est
un énergumène, me dit mon nouvel ami ; il n'est
même pas de bonne foi. Au début, il disait : « Il n'y a
qu'à attendre, il y a là un homme que je connais bien,
plein de finesse, de bonté, le général de Boisdeffre ; on
pourra sans hésiter, accepter son avis. » Mais quand il

a su que Boisdeffre proclamait la culpabilité de Dreyfus, Boisdeffre ne valait plus rien ; le cléricalisme, les préjugés de l'état-major l'empêchaient de juger sincèrement, quoique personne ne soit, ou du moins ne fut aussi clérical, avant son Dreyfus, que notre ami. Alors il nous a dit qu'en tout cas on saurait la vérité, car l'affaire allait être entre les mains de Saussier, et que celui-là, soldat républicain (notre ami est d'une famille ultra-monarchiste) était un homme de bronze, une conscience inflexible. Mais quand Saussier a proclamé l'innocence d'Esterhazy, il a trouvé à ce verdict des explications nouvelles, défavorables non à Dreyfus, mais au général Saussier. C'était l'esprit militariste qui aveuglait Saussier (et remarquez que lui est aussi militariste que clérical, ou du moins qu'il l'était, car je ne sais plus que penser de lui). Sa famille est désolée de le voir dans ces idées-là.

— Voyez-vous, dis-je et en me tournant à demi vers Saint-Loup pour ne pas avoir l'air de m'isoler, ainsi que vers son camarade et pour le faire participer à la conversation, c'est que l'influence qu'on prête au milieu est surtout vraie du milieu intellectuel. On est l'homme de son idée ; il y a beaucoup moins d'idées que d'hommes, ainsi tous les hommes d'une même idée sont pareils. Comme une idée n'a rien de matériel, les hommes qui ne sont que matériellement autour de l'homme d'une idée ne la modifient en rien.

Saint-Loup ne se contenta pas de ce rapprochement. Dans un délire de joie que redoublait sans doute celle qu'il avait à me faire briller devant ses amis, avec une volubilité extrême, il me répétait en me bouchonnant comme un cheval arrivé le premier au poteau : « Tu es l'homme le plus intelligent que je connaisse, tu sais ». Il se reprit et ajouta : « Avec Elstir. — Cela ne te fâche pas, n'est-ce pas ? tu comprends, scrupule. Comparaison : je te le dis comme on l'aurait dit à Balzac, vous êtes le plus grand romancier du siècle, avec Stendhal. Excès de scrupule, tu comprends, au fond immense admiration. Non ? tu ne marches pas pour Stendhal ? ajoutait-il avec une confiance naïve

dans mon jugement, qui se traduisait par une charmante interrogation souriante, presque enfantine, de
ses yeux verts. Ah ! bien, je vois que tu es de mon avis,
Bloch déteste Stendhal, je trouve cela idiot de sa part.
*La Chartreuse,* c'est tout de même quelque chose
d'énorme ? Je suis content que tu sois de mon avis.
Qu'est-ce que tu aimes le mieux dans *La Chartreuse,*
réponds, me dictait-il avec une impétuosité juvénile.
Et sa force physique, menaçante, donnait presque
quelque chose d'effrayant à sa question, Mosca ?
Fabrice ? » Je répondais timidement que Mosca avait
quelque chose de M. de Norpois. Sur quoi tempête de
rire du jeune Siegfried-Saint-Loup. Je n'avais pas fini
d'ajouter : « Mais Mosca est bien plus intelligent,
moins pédantesque » que j'entendis Robert crier
bravo en battant effectivement des mains, en riant à
s'étouffer, et en criant : « D'une justesse ! Excellent !
Tu es inouï. »

A ce moment je fus interrompu par Saint-Loup
parce qu'un des jeunes militaires venait en souriant de
me désigner à lui en disant :

« Duroc, tout à fait Duroc[35]. » Je ne savais pas ce
que ça voulait dire, mais je sentais que l'expression du
visage intimidé était plus que bienveillante. Quand je
parlais, l'approbation des autres semblait encore de
trop à Saint-Loup, il exigeait le silence. Et comme un
chef d'orchestre interrompt ses musiciens en frappant
avec son archet parce que quelqu'un a fait du bruit il
réprimanda le perturbateur :

« Gibergue, dit-il, il faut vous taire quand on parle.
Vous direz ça après. Allez continuez », me dit-il.

Je respirai, car j'avais craint qu'il ne me fît tout
recommencer.

— Et comme une idée, continuai-je, est quelque
chose qui ne peut participer aux intérêts humains et ne
pourrait jouir de leurs avantages, les hommes d'une
idée ne sont pas influencés par l'intérêt.

— Dites donc, ça vous en bouche un coin mes
enfants, s'exclama après que j'eus fini de parler Saint-
Loup qui m'avait suivi des yeux avec la même

sollicitude anxieuse que si j'avais marché sur la corde raide. Qu'est-ce que vous vouliez dire, Gibergue ?

— Je disais que monsieur me rappelait beaucoup le commandant Duroc. Je croyais l'entendre.

— Mais j'y ai pensé bien souvent, répondit Saint-Loup, il y a bien des rapports, mais vous verrez que celui-ci a mille choses que n'a pas Duroc.

De même qu'un frère de cet ami de Saint-Loup, élève à la Schola Cantorum, pensait sur toute nouvelle œuvre musicale, nullement comme son père, sa mère, ses cousins, ses camarades de club, mais exactement comme tous les autres élèves de la Schola, de même ce sous-officier noble (dont Bloch se fit une idée extraordinaire quand je lui en parlai, parce que touché d'apprendre qu'il était du même parti que lui, il l'imaginait cependant à cause de ses origines aristocratiques et son éducation religieuse et militaire on ne peut plus différent, paré du même charme qu'un natif d'une contrée lointaine), avait une « mentalité » comme on commençait à dire, analogue à celle de tous les dreyfusards en général et de Bloch en particulier et sur laquelle ne pouvaient avoir aucune espèce de prise les traditions de sa famille et les intérêts de sa carrière. C'est ainsi qu'un cousin de Saint-Loup avait épousé une jeune Princesse d'Orient [36] qui disait-on faisait des vers aussi beaux que ceux de Victor Hugo ou d'Alfred de Vigny et à qui, malgré cela, on supposait un esprit autre que ce qu'on pouvait concevoir, un esprit de princesse d'Orient recluse dans un palais des *Mille et Une Nuits*. Aux écrivains qui eurent le privilège de l'approcher fut réservée la déception ou plutôt la joie d'entendre une conversation qui donnait l'idée non de Schéhérazade, mais d'un être de génie du genre d'Alfred de Vigny ou de Victor Hugo.

Je me plaisais surtout à causer avec ce jeune homme, comme avec les autres amis de Robert du reste, et avec Robert lui-même, du quartier, des officiers de la garnison, de l'armée en général. Grâce à cette échelle immensément agrandie, à laquelle nous voyons les choses, si petites qu'elles soient au milieu

desquelles nous mangeons, nous causons, nous
menons notre vie réelle, grâce à cette formidable
majoration qu'elles subissent et qui fait que le reste
absent du monde ne peut lutter avec elles et prend, à
côté, l'inconsistance d'un songe, j'avais commencé à
m'intéresser aux diverses personnalités du quartier,
aux officiers que j'apercevais dans la cour quand
j'allais voir Saint-Loup, ou si j'étais réveillé quand le
régiment passait sous mes fenêtres. J'aurais voulu
avoir des détails sur le commandant qu'admirait tant
Saint-Loup et sur le cours d'histoire militaire, qui
m'aurait ravi « même esthétiquement ». Je savais que
chez Robert un certain verbalisme était trop souvent
un peu creux, mais d'autres fois signifiait l'assimilation d'idées profondes qu'il était fort capable de
comprendre. Malheureusement, au point de vue
armée, Robert était surtout préoccupé en ce moment
de l'affaire Dreyfus [37]. Il en parlait peu parce que seul
de sa table il était dreyfusard ; les autres étaient
violemment hostiles à la révision, excepté mon voisin
de table, mon nouvel ami dont les opinions paraissaient assez flottantes. Admirateur convaincu du colonel qui passait pour un officier remarquable et qui
avait flétri l'agitation contre l'armée en divers ordres
du jour, qui le faisaient passer pour antidreyfusard,
mon voisin avait appris que son chef avait laissé
échapper quelques assertions qui avaient donné à
croire qu'il avait des doutes sur le culpabilité de
Dreyfus et gardait son estime à Picquart. Sur ce
dernier point, en tout cas, le bruit de dreyfusisme
relatif du colonel était mal fondé comme tous les
bruits venus on ne sait d'où qui se produisent autour
de toute grande affaire. Car, peu après, ce colonel
ayant été chargé d'interroger l'ancien chef de bureau
des renseignements, le traita avec une brutalité et un
mépris, qui n'avaient encore jamais été égalés. Quoi
qu'il en fût et bien qu'il ne se fût pas permis de se
renseigner directement auprès du colonel, mon voisin
avait fait à Saint-Loup la politesse de lui dire — du ton
dont une dame catholique annonce à une dame juive

que son curé blâme les massacres de juifs en Russie et admire la générosité de certains israélites — que le colonel n'était pas pour le dreyfusisme — pour un certain dreyfusisme au moins — l'adversaire fanatique, étroit, qu'on avait représenté.

— Cela ne m'étonne pas, dit Saint-Loup, car c'est un homme intelligent. Mais malgré tout les préjugés de naissance et surtout le cléricalisme l'aveuglent. Ah ! me dit-il, le commandant Duroc, le professeur d'histoire militaire dont je t'ai parlé, en voilà un qui, paraît-il, marche à fond dans nos idées. Du reste, le contraire m'eût étonné, parce qu'il est non seulement sublime d'intelligence, mais radical-socialiste et franc-maçon. Autant par politesse pour ses amis à qui les professions de foi dreyfusardes de Saint-Loup étaient pénibles que parce que le reste m'intéressait davantage, je demandai à mon voisin si c'était exact que ce commandant fît, de l'histoire militaire, une démonstration d'une véritable beauté esthétique. « C'est absolument vrai. »

— Mais qu'entendez-vous par là ?

— Eh bien ! par exemple, tout ce que vous lisez, je suppose dans le récit d'un narrateur militaire, les plus petits faits, les plus petits événements, ne sont que les signes d'une idée qu'il faut dégager et qui souvent en recouvre d'autres, comme dans un palimpseste. De sorte que vous avez un ensemble aussi intellectuel que n'importe quelle science ou n'importe quel art et qui est satisfaisant pour l'esprit.

— Exemples, si je n'abuse pas.

— C'est difficile à te dire comme cela, interrompit Saint-Loup. Tu lis par exemple que tel corps a tenté... Avant même d'aller plus loin, le nom du corps, sa composition, ne sont pas sans signification. Si ce n'est pas la première fois que l'opération est essayée, et si pour la même opération nous voyons apparaître un autre corps, ce peut être le signe que les précédents ont été anéantis ou fort endommagés par ladite opération, qu'ils ne sont plus en état de la mener à bien. Or, il faut s'enquérir quel était ce corps aujourd'hui anéanti ; si c'étaient des troupes de choc, mises en réserves pour de puissants assauts, un nouveau corps de moindre qualité a peu de chance de réussir là où elles ont échoué. De plus si ce n'est pas au début d'une campagne, ce nouveau corps lui-même peut être composé de bric et de broc, ce qui sur les forces dont dispose encore le belligérant, sur la proximité du moment, où elles seront inférieures à celles de l'adversaire, peut fournir des indications qui donneront à l'opération elle-même que ce corps va tenter une signification différente, parce que, s'il n'est plus en état de réparer ses pertes, ses succès eux-mêmes ne feront que l'acheminer, arithmétiquement, vers l'anéantissement final. D'ailleurs le n° désignatif du corps qui lui est opposé n'a pas moins de signification. Si, par exemple c'est une unité beaucoup plus faible et qui a déjà consommé plusieurs unités importantes de l'adversaire, l'opération elle-même change de caractère car, dût-elle se terminer par la perte de la position que tenait le défenseur, l'avoir tenue quelque temps peut être un grand succès, si avec de très petites forces cela a suffi à en détruire de très importantes chez l'adversaire. Tu peux comprendre que si dans l'analyse des corps engagés, on trouve ainsi des choses importantes, l'étude de la position elle-même, des routes, des voies ferrées qu'elle commande, des ravitaillements qu'elle protège est de plus grande conséquence. Il faut étudier ce que j'appellerai tout le contexte géographique, ajouta-t-il en riant. (Et en effet, il fut si content de cette expression, que, dans la suite, chaque fois qu'il l'employa, même des mois après, il eut toujours le même rire.) Pendant que l'opération est préparée par l'un des belligérants, si tu lis qu'une de ses patrouilles est anéantie dans les environs de la position par l'autre belligérant, une des conclusions que tu peux tirer, est que le premier cherchait à se rendre compte des travaux défensifs, par lesquels le deuxième a l'intention de faire échec à son attaque. Une action particulièrement violente sur un point peut signifier le désir de le conquérir, mais aussi le désir de retenir là l'adversaire, de ne pas lui répondre là où il a attaqué, ou même n'être qu'une feinte et cacher, par ce redoublement de violence, des prélèvements de troupes à cet endroit. (C'est une feinte classique dans les guerres de Napoléon.) D'autre part, pour comprendre la signification d'une manœuvre, son but probable et, par conséquent, de quelles autres elle sera accompagnée ou suivie, il n'est pas indifférent de consulter beaucoup moins ce qu'en annonce le commandement et qui peut être destiné à tromper l'adversaire, à masquer un échec possible ; que les règlements militaires du pays. Il est toujours à supposer que la manœuvre qu'a voulu tenter une armée est celle que prescrivait le règlement en vigueur dans les circonstances analogues. Si par exemple, le règlement prescrit d'accompagner une attaque de front par une attaque de flanc, si cette seconde attaque ayant échoué le commandement prétend qu'elle était sans lien avec la première et n'était qu'une diversion, il y a chance pour que la vérité doive être cherchée dans le règlement et non dans les dires du commandement. Et il n'y a pas que les règlements de chaque armée, mais leurs traditions, leurs habitudes, leurs doctrines. L'étude de l'action diplomatique toujours en perpétuel état d'action ou de réaction sur l'action militaire ne doit pas être négligée non plus. Des incidents en apparence insignifiants, mal compris à l'époque, t'expliqueront que l'ennemi, comptant sur une aide dont ces incidents trahissent qu'il a été privé, n'a exécuté en réalité qu'une partie de son action stratégique. De sorte que si tu sais lire l'histoire militaire, ce qui est récit confus pour le commun des lecteurs est pour toi un enchaînement aussi rationnel qu'un tableau pour l'amateur qui sait regarder ce que le personnage porte sur lui, tient dans les mains et tandis que le visiteur ahuri des musées se laisse étourdir et migrainer par de vagues couleurs. Mais comme pour certains tableaux où il ne suffit pas de remarquer que le personnage tient un calice, mais où il faut savoir pourquoi le peintre lui a mis dans les mains un calice, ce qu'il symbolise par là, ces opérations militaires, en dehors même de leur but immédiat, sont habituellement dans l'esprit du général qui dirige la campagne, calquées sur des batailles plus anciennes qui sont, si tu veux, comme le passé, comme la bibliothèque, comme l'érudition, comme l'étymologie, comme l'aristocratie des batailles nouvelles. Remarque que je ne parle pas en ce moment de l'identité locale, comment dirais-je, spatiale des batailles. Elle existe aussi. Un champ de bataille n'a pas été ou ne sera pas à travers les siècles que le champ d'une seule bataille. S'il a été champ de bataille c'est qu'il réunissait certaines conditions de situation géographique, de nature géologique, de défauts même propres à gêner l'adversaire (un fleuve, par exemple, le coupant en deux) qui en ont fait un bon champ de bataille. Donc il l'a été, il le sera. On ne fait pas un atelier de peinture avec n'importe quelle chambre, on ne fait pas un champ de bataille avec n'importe quel endroit. Il y a des lieux prédestinés. Mais encore une fois, ce n'est pas de cela que je parlais, mais du type de bataille qu'on imite, d'une espèce de décalque stratégique, de pastiche tactique, si tu veux : la bataille d'Ulm, de Lodi, de Leipzig, de Cannes[38]. Je ne sais s'il y aura encore des guerres ni entre quels peuples ; mais s'il y en a, sois sûr qu'il y aura (et sciemment de la part du chef) un Cannes, un Austerlitz, un Rosbach, un Waterloo, sans parler des autres quelques-uns ne se gênent pas pour le dire. Le Maréchal von Schlieffen et le Général de Falkenhausen[39] ont d'avance préparé contre la France une bataille de Cannes, genre Annibal, avec fixation de l'adversaire sur tout le front et avance par les deux ailes, surtout par la droite en Belgique, tandis que Bernhardi[40] préfère l'ordre oblique de Frédéric le Grand, Leuthen[41] plutôt que Cannes. D'autres exposent moins crûment leurs vues mais je te garantis bien, mon vieux, que Beauconseil, ce chef d'escadrons à qui je t'ai présenté l'autre jour et qui est un officier du plus grand avenir a potassé sa petite attaque du Pratzen, la connaît dans les coins, la tient en réserve et que si jamais il a l'occasion de l'exécuter, il ne ratera pas le coup et nous la servira dans les grandes largeurs. L'enfoncement du centre à Rivoli, va, ça se refera s'il y a encore des guerres. Ce n'est pas plus périmé que l'*Iliade*. J'ajoute qu'on est presque condamné aux attaques frontales parce qu'on ne veut pas retomber dans l'erreur de 70, mais faire de l'offensive, rien que de l'offensive. La seule chose qui me trouble est que si je ne vois que des esprits retardataires s'opposer à cette magnifique doctrine, pourtant un de mes plus jeunes maîtres qui est un homme de génie, Mangin[42], voudrait qu'on laisse sa place, place provisoire, naturellement, à la défensive. On est bien embarrassé de lui répondre quand il cite comme exemple Austerlitz où la défensive n'est que le prélude de l'attaque et de la victoire. »

Ces théories de Saint-Loup me rendaient heureux. Elles me faisaient espérer que peut-être je n'étais pas dupe dans ma vie de Doncières, à l'égard de ces officiers dont j'entendais parler en buvant du sauternes qui projetait sur eux son reflet charmant, de ce même grossissement qui m'avait fait paraître énorme tant que j'étais à Balbec, le Roi et la Reine d'Océanie, la petite société des quatre gourmets, le jeune homme joueur, le beau-frère de Legrandin, maintenant diminués à mes yeux jusqu'à me paraître inexistants. Ce qui me plaisait aujourd'hui ne me deviendrait peut-être pas indifférent demain, comme cela m'était toujours arrivé jusqu'ici, l'être que j'étais encore en ce moment, n'était peut-être pas voué à une destruction prochaine, puisque, à la passion ardente et fugitive que je portais ces quelques soirs, à tout ce qui concernait la vie militaire, Saint-Loup, par ce qu'il venait de me dire, touchant l'art de la guerre, ajoutait un fondement intellectuel, d'une nature permanente, capable de m'attacher assez fortement pour que je pusse croire, sans essayer de me tromper moi-même, qu'une fois parti, je continuerais à m'intéresser aux travaux de mes amis de Doncières et ne tarderais pas à revenir parmi eux. Afin d'être plus assuré pourtant

que cet art de la guerre fût bien un art au sens spirituel
du mot :

— Vous m'intéressez, pardon, tu m'intéresses
beaucoup, dis-je à Saint-Loup, mais dis-moi, il y a un
point qui m'inquiète. Je sens que je pourrais me
passionner pour l'art militaire, mais pour cela, il
faudrait que je ne le crusse pas différent à tel point des
autres arts, que la règle apprise n'y fût pas tout. Tu
me dis qu'on calque des batailles. Je trouve cela en
effet esthétique, comme tu disais, de voir sous une
bataille moderne une plus ancienne, je ne peux te dire
comme cette idée me plaît. Mais alors, est-ce que le
génie du chef n'est rien ? Ne fait-il vraiment qu'appliquer des règles ? Ou bien, à science égale, y a-t-il des
grands généraux comme il y a de grands chirurgiens, à
qui les éléments fournis par deux états maladifs étant
les mêmes au point de vue matériel, sentent pourtant à
un rien, peut-être fait de leur expérience, mais
interprété, que dans tel cas, ils ont plutôt à faire
ceci, dans tel cas plutôt à faire cela, que dans tel
cas, il convient plutôt d'opérer, dans tel cas de
s'abstenir.

— Mais je crois bien ! Tu verras Napoléon ne pas
attaquer quand toutes les règles voulaient qu'il atta-
quât, mais une obscure divination le lui déconseillait.
Par exemple, vois à Austerlitz ou bien, en 1806, ses
instructions à Lannes. Mais tu verras des généraux
imiter scolastiquement telle manœuvre de Napoléon et
arriver au résultat diamétralement opposé. Dix exemples de cela en 1870. Mais même pour l'interprétation
de ce que *peut* faire l'adversaire, ce qu'il fait n'est
qu'un symptôme qui peut signifier beaucoup de
choses différentes. Chacune de ces choses a autant de
chance d'être la vraie, si on s'en tient au raisonnement
et à la science, de même que dans certains cas
complexes, toute la science médicale du monde ne
suffira pas à décider si la tumeur invisible est fibreuse
ou non, si l'opération doit être faite ou pas. C'est le
flair, la divination genre Mme de Thèbes [43] (tu me
comprends) qui décide chez le grand général, comme

chez le grand médecin. Ainsi je t'ai dit, pour te
prendre un exemple, ce que pouvait signifier une
reconnaissance au début d'une bataille. Mais elle peut
signifier dix autres choses, par exemple faire croire à
l'ennemi qu'on va attaquer sur un point, pendant
qu'on veut attaquer sur un autre, tendre un rideau qui
l'empêchera de voir les préparatifs de l'opération
réelle, le forcer à amener des troupes, à les fixer, à les
immobiliser dans un autre endroit que celui où elles
sont nécessaires, se rendre compte des forces dont il
dispose, le tâter, le forcer à découvrir son jeu. Même
quelquefois, le fait qu'on engage dans une opération
des troupes énormes, n'est pas la preuve que cette
opération soit la vraie ; car on peut l'exécuter pour de
bon, bien qu'elle ne soit qu'une feinte, pour que cette
feinte ait plus de chances de tromper. Si j'avais le
temps de te raconter à ce point de vue, les guerres de
Napoléon, je t'assure que ces simples mouvements
classiques que nous étudions, et que tu nous verras
faire en service en campagne, par simple plaisir de
promenade, jeune cochon ; non, je sais que tu es
malade, pardon ! eh bien, dans une guerre, quand on
sent derrière eux la vigilance, le raisonnement et les
profondes recherches du haut commandement, on est
ému devant eux comme devant les simples feux d'un
phare, lumière matérielle, mais émanation de l'esprit
et qui fouille l'espace pour signaler le péril aux
vaisseaux. J'ai même peut-être tort de te parler
seulement littérature de guerre. En réalité comme la
constitution du sol, la direction du vent et de la
lumière indiquent de quel côté un arbre poussera, les
conditions dans lesquelles se font une campagne, les
caractéristiques du pays où on manœuvre, commandent en quelque sorte et limitent les plans entre
lesquels le général peut choisir. De sorte que le long
des montagnes, dans un système de vallées, sur telles
plaines, c'est presque avec le caractère de nécessité et
de beauté grandiose des avalanches que tu peux
prédire la marche des armées.
    — Tu me refuses maintenant la liberté chez le chef,

la divination chez l'adversaire qui veut lire dans ses
plans, que tu m'octroyais tout à l'heure.

— Mais pas du tout ! Tu te rappelles ce livre de
philosophie que nous lisions ensemble à Balbec, la
richesse du monde des possibles par rapport au monde
réel. Eh bien ! c'est encore ainsi en art militaire. Dans
une situation donnée il y aura quatre plans qui
s'imposent et entre lesquels le général a pu choisir,
comme une maladie peut suivre diverses évolutions
auxquelles le médecin doit s'attendre. Et là encore la
faiblesse et la grandeur humaines sont des causes
nouvelles d'incertitude. Car entre ces quatre plans,
mettons que des raisons contingentes, (comme des
buts accessoires à atteindre, ou le temps, qui presse,
ou le petit nombre et le mauvais ravitaillement de ses
effectifs) fassent préférer au général le premier plan
qui est moins parfait, mais d'une exécution moins
coûteuse, plus rapide et ayant pour terrain un pays
plus riche pour nourrir son armée. Il peut, ayant
commencé par ce premier plan dans lequel l'ennemi,
d'abord incertain, lira bientôt, ne pas pouvoir y
réussir, à cause d'obstacles trop grands, c'est ce que
j'appelle l'aléa né de la faiblesse humaine, l'abandonner et essayer du deuxième ou du troisième ou du
quatrième plans. Mais il se peut aussi qu'il n'ait essayé
du premier — et c'est ici ce que j'appelle la grandeur
humaine — que par feinte pour fixer l'adversaire de
façon à le surprendre là où il ne croyait pas être
attaqué. C'est ainsi qu'à Ulm, Mack qui attendait
l'ennemi à l'ouest, fut enveloppé par le nord où il se
croyait bien tranquille. Mon exemple n'est du reste
pas très bon. Et Ulm est un meilleur type de bataille
d'enveloppement que l'avenir verra se reproduire
parce qu'il n'est pas seulement un exemple classique
dont les généraux s'inspireront mais une forme ۬en
quelque sorte nécessaire (nécessaire entre d'autres, ce
qui laisse le choix, la variété) comme un type de
cristallisation. Mais tout cela ne fait rien parce que ces
cadres sont malgré tout factices. J'en reviens à notre
livre de philosophie, c'est comme les principes ration-

nels, ou les lois scientifiques, la réalité se conforme à cela, à peu près, mais rappelle-toi le grand mathématicien Poincaré[44]. Il n'est pas sûr que les mathématiques soient rigoureusement exactes[45]. Quant aux règlements eux-mêmes, dont je t'ai parlé, ils sont en somme d'une importance secondaire et d'ailleurs on les change de temps en temps. Ainsi pour nous autres cavaliers, nous vivons sur le *Service en Campagne* de 1895 dont on peut dire qu'il est périmé, puisqu'il repose sur la vieille et désuète doctrine qui considère que le combat de cavalerie n'a guère qu'un effet moral par l'effroi que la charge produit sur l'adversaire. Or, les plus intelligents de nos maîtres, tout ce qu'il y a de meilleur dans la cavalerie et notamment le commandant dont je te parlais, envisagent au contraire que la décision sera obtenue par une véritable mêlée où on s'escrimera du sabre et de la lance et où le plus tenace sera vainqueur non pas simplement moralement et par impression de terreur, mais matériellement.

— Saint-Loup a raison et il est probable que le prochain *Service en Campagne* portera la trace de cette évolution, dit mon voisin.

— Je ne suis pas fâché de ton approbation car tes avis semblent faire plus impression que les miens sur mon ami, dit en riant Saint-Loup, soit que cette sympathie naissante entre son camarade et moi l'agaçât un peu, soit qu'il trouvât gentil de la consacrer en le constatant aussi officiellement. Et puis j'ai peut-être diminué l'importance des règlements. On les change, c'est certain. Mais en attendant ils commandent la situation militaire, les plans de campagne et de concentration. S'ils reflètent une fausse conception stratégique, ils peuvent être le principe initial de la défaite. Tout cela, c'est un peu technique pour toi, me dit-il. Au fond, dis-toi bien que ce qui précipite le plus l'évolution de l'art de la guerre, ce sont les guerres elles-mêmes. Au cours d'une campagne, si elle est un peu longue, on voit l'un des belligérants profiter des leçons que lui donnent les succès et les fautes de l'adversaire, perfectionner les méthodes de celui-ci qui, à son tour, enchérit. Mais cela c'est du passé. Avec les terribles progrès de l'artillerie, les guerres futures, s'il y a encore des guerres, seront si courtes qu'avant qu'on ait pu songer à tirer parti de l'enseignement, la paix sera faite.

— Ne sois pas si susceptible, dis-je à Saint-Loup, répondant à ce qu'il avait dit avant ces dernières paroles. Je t'ai écouté avec assez d'avidité !

— Si tu veux bien ne plus prendre la mouche et le permettre, reprit l'ami de Saint-Loup, j'ajouterai à ce que tu viens de dire que si les batailles s'imitent et se superposent, ce n'est pas seulement à cause de l'esprit du chef. Il peut arriver qu'une erreur du chef (par exemple son appréciation insuffisante de la valeur de l'adversaire) l'amène à demander à ses troupes des sacrifices exagérés, sacrifices que certaines unités accompliront avec une abnégation si sublime que leur rôle sera par là analogue à celui de telle autre unité dans telle autre bataille et seront cités dans l'histoire comme des exemples interchangeables : pour nous en tenir à 1870, la garde prussienne à Saint-Privat, les turcos à Frœschviller et à Wissembourg[46].

— Ah ! interchangeables, très exact ! excellent ! tu es intelligent, dit Saint-Loup.

Je n'étais pas indifférent à ces derniers exemples comme chaque fois que sous le particulier on me montrait le général. Mais pourtant le génie du chef, voilà ce qui m'intéressait, j'aurais voulu me rendre compte en quoi il consistait, comment, dans une circonstance donnée, où le chef sans génie ne pourrait résister à l'adversaire, s'y prendrait le chef génial pour rétablir la bataille compromise, ce qui, au dire de Saint-Loup, était très possible et avait été réalisé par Napoléon plusieurs fois. Et pour comprendre ce que c'était que la valeur militaire, je demandais des comparaisons entre les généraux dont je savais les noms, lequel avait de plus une nature de chef, des dons de tacticien, quitte à ennuyer mes nouveaux amis, qui du moins ne le laissaient pas voir et me répondaient avec une infatigable bonté.

Je me sentais séparé (non seulement de la grande nuit glacée qui s'étendait au loin et dans laquelle nous entendions de temps en temps le sifflet d'un train qui ne faisait que rendre plus vif le plaisir d'être là, ou les tintements d'une heure qui heureusement était encore éloignée de celle où ces jeunes gens devraient reprendre leurs sabres et rentrer), mais aussi de toutes les préoccupations extérieures, presque du souvenir de Mme de Guermantes, par la bonté de Saint-Loup à laquelle celle de ses amis qui s'y ajoutait donnait comme plus d'épaisseur ; par la chaleur aussi de cette petite salle à manger, par la saveur des plats raffinés qu'on nous servait. Ils donnaient autant de plaisir à mon imagination qu'à ma gourmandise ; parfois le petit morceau de nature d'où ils avaient été extraits, bénitier rugueux de l'huître dans lequel restent quelques gouttes d'eau salée, ou sarment noueux, pampres jaunis d'une grappe de raisin, les entourait encore, incomestible, poétique et lointain comme un paysage et faisant se succéder au cours du dîner les évocations d'une sieste sous une vigne et d'une promenade en mer ; d'autres soirs c'est par le cuisinier seulement qu'était mise en relief cette particularité originale des mets, qu'il présentait dans son cadre naturel comme une œuvre d'art ; et un poisson cuit au court-bouillon était apporté dans un long plat en terre, où, comme il se détachait en relief sur des jonchées d'herbes, bleuâtre, infrangible mais contourné encore d'avoir été jeté vivant dans l'eau bouillante, entouré d'un cercle, de coquillages d'animalcules satellites, crabes, crevettes et moules, il avait l'air d'apparaître dans une céramique de Bernard Palissy[47].

— Je suis jaloux, je suis furieux, me dit Saint-Loup, moitié en riant, moitié sérieusement, faisant allusion aux interminables conversations à part que j'avais avec son ami. « Est-ce que vous le trouvez plus intelligent que moi, est-ce que vous l'aimez mieux que moi ? Alors, comme ça, il n'y en a plus que pour lui ? » Les hommes qui aiment énormément une femme, qui vivent dans une société d'hommes à femmes se

permettent des plaisanteries que d'autres qui y verraient moins d'innocence n'oseraient pas.

Dès que[48] la conversation devenait générale, on
évitait de parler de Dreyfus de peur de froisser Saint-
Loup. Pourtant une semaine plus tard, deux de ses
camarades firent remarquer combien il était curieux
que vivant dans un milieu si militaire, il fût tellement
dreyfusard, presque antimilitariste : « C'est, dis-je, ne
voulant pas entrer dans des détails que l'influence du
milieu n'a pas l'importance qu'on croit... » Certes, je
comptais m'en tenir là et ne pas reprendre les
réflexions que j'avais présentées à Saint-Loup quelques jours plus tôt. Malgré cela, comme ces mots-là,
du moins, je les lui avais dits presque textuellement,
j'allais m'en excuser en ajoutant : « C'est justement ce
que l'autre jour... » Mais j'avais compté sans le revers
qu'avait la gentille admiration de Robert pour moi et
pour quelques autres personnes. Cette admiration se
complétait d'une si entière assimilation de leurs idées
qu'au bout de quarante-huit heures il avait oublié que
ces idées n'étaient pas de lui. Aussi en ce qui
concernait ma modeste thèse, Saint-Loup absolument
comme si elle eut toujours habité son cerveau, et si je
ne faisais que chasser sur ses terres, crut devoir me
souhaiter la bienvenue avec chaleur et m'approuver.

— Mais oui ! le milieu n'a pas d'importance.

Et avec la même force que s'il avait peur que je
l'interrompisse ou ne le comprisse pas :

— La vraie influence c'est celle du milieu intellectuel ! On est l'homme de son idée !

Il s'arrêta un instant, avec le sourire de quelqu'un
qui a bien digéré, laissa tomber son monocle, et posant
son regard comme une vrille sur moi :

— Tous les hommes d'une même idée sont pareils,
me dit-il, d'un air de défi. Il n'avait sans doute aucun
souvenir que je lui avais dit peu de jours auparavant ce
qu'il s'était en revanche si bien rappelé.

Je n'arrivais pas tous les soirs au restaurant de
Saint-Loup dans les mêmes dispositions. Si un souvenir, un chagrin qu'on a, sont capables de nous laisser,

au point que nous ne les apercevions plus ils revien-
nent aussi et parfois de longtemps, ne nous quittent. Il
y avait des soirs où en traversant la ville pour aller vers
le restaurant, je regrettais tellement Mme de Guermantes, que j'avais peine à respirer : on aurait dit
qu'une partie de ma poitrine avait été sectionnée par
un anatomiste habile, enlevée, et remplacée par une
partie égale de souffrance immatérielle, par un équivalent de nostalgie et d'amour. Et les points de suture
ont beau avoir été bien faits, on vit assez malaisément
quand le regret d'un être est substitué aux viscères, il a
l'air de tenir plus de place qu'eux, on le sent
perpétuellement, et puis, quelle ambiguïté d'être
obligé de *penser* une partie de son corps. Seulement il
semble qu'on vaille davantage. A la moindre brise on
soupire d'oppression, mais aussi de langueur. Je
regardais le ciel. S'il était clair, je me disais : « Peut-
être elle est à la campagne, elle regarde les mêmes
étoiles », et qui sait si en arrivant au restaurant Robert
ne va pas me dire : « Une bonne nouvelle, ma tante
vient de m'écrire, elle voudrait te voir, elle va venir
ici ». Ce n'est pas dans le firmament seul que je
mettais la pensée de Mme de Guermantes. Un souffle
d'air un peu doux qui passait, semblait m'apporter un
message d'elle comme jadis de Gilberte, dans les blés
de Méséglise : on ne change pas, on fait entrer dans le
sentiment qu'on rapporte à un être bien des éléments
assoupis qu'il réveille mais qui lui sont étrangers. Et
puis ces sentiments particuliers toujours quelque
chose en nous s'efforce de les amener à plus de vérité,
c'est-à-dire de les faire se rejoindre à un sentiment
plus général, commun à toute l'humanité, avec lequel
les individus et les peines qu'ils nous causent nous
sont seulement une occasion de communiquer. Ce qui
mêlait quelque plaisir à ma peine c'est que je la savais
une petite partie de l'universel amour. Sans doute de
ce que je croyais reconnaître des tristesses que j'avais
éprouvées à propos de Gilberte, ou bien quand le soir
à Combray, maman ne restait pas dans ma chambre, et
aussi le souvenir de certaines pages de Bergotte, dans

la souffrance que j'éprouvais et à laquelle Mme de
Guermantes, sa froideur, son absence, n'étaient pas
liées clairement comme la cause l'est à l'effet dans
l'esprit d'un savant, je ne concluais pas que Mme de
Guermantes ne fût pas cette cause. N'y-a-t-il pas telle
douleur physique diffuse, s'étendant par irradiation
dans des régions extérieures à la partie malade, mais
qu'elle abandonne pour se dissiper entièrement si un
praticien touche le point précis d'où elle vient. Et
pourtant avant cela, son extension lui donnait pour
nous un tel caractère de vague et de fatalité qu'impuis-
sants à l'expliquer, à la localiser même, nous croyions
impossible de la guérir. Tout en m'acheminant vers le
restaurant je me disais : « Il y a déjà quatorze jours
que je n'ai vu Mme de Guermantes. » Quatorze jours
ce qui ne paraissait pas une chose énorme qu'à moi qui
quand il s'agissait de Mme de Guermantes, comptais
par minutes [49]. Pour moi ce n'était plus seulement les
étoiles et la brise mais jusqu'aux divisions arithméti-
ques du temps qui prenaient quelque chose de douloureux et de poétique. Chaque jour était maintenant
comme la crête mobile d'une colline incertaine : d'un
côté je sentais que je pouvais descendre vers l'oubli, de
l'autre, j'étais emporté par le besoin de revoir la
Duchesse. Et j'étais tantôt plus près de l'un ou de
l'autre, n'ayant pas d'équilibre stable. Un jour je me
dis : « Il y aura peut-être une lettre ce soir » et en
arrivant dîner j'eus le courage de demander à Saint-
Loup :

— Tu n'as pas par hasard des nouvelles de Paris ?
— Si, me répondit-il, d'un air sombre, elles sont
mauvaises.

Je respirai en comprenant que ce n'était que lui qui
avait du chagrin et que les nouvelles étaient celles de
sa maîtresse. Mais je vis bientôt qu'une de leurs
conséquences serait d'empêcher Robert de me mener,
de longtemps, chez sa tante.

J'appris qu'une querelle avait éclaté entre lui et sa
maîtresse, soit par correspondance, soit qu'elle fût
venue un matin le voir entre deux trains. Et les

querelles, même moins graves, qu'ils avaient eues
jusqu'ici, semblaient toujours devoir être insolubles.
Car elle était de mauvaise humeur, trépignait, pleurait, pour des raisons aussi incompréhensibles que les
enfants qui s'enferment dans un cabinet noir, ne
viennent pas dîner, refusant toute explication, et ne
font que redoubler de sanglots quand, à bout de
raisons, on leur donne des claques. Saint-Loup souf-
frit horriblement de cette brouille, mais c'est une
manière de dire qui est trop simple et fausse par là
l'idée qu'on doit se faire de cette douleur. Quand il se
retrouva seul, n'ayant plus qu'à songer à sa maîtresse
partie avec le respect pour lui qu'elle avait éprouvé en
le voyant si énergique, les anxiétés qu'il avait eues les
premières heures prirent fin devant l'irréparable, et la
cessation d'une anxiété est une chose si douce, que la
brouille une fois certaine prit pour lui un peu du
même genre de charme qu'aurait eu une réconciliation. Ce dont il commença à souffrir un peu plus tard,
furent une douleur, un accident secondaires, dont le
flux venait incessamment de lui-même, à l'idée que
peut-être elle aurait bien voulu se rapprocher, qu'il
n'était pas impossible qu'elle attendît un mot de lui,
qu'en attendant pour se venger elle ferait peut-être tel
soir, à tel endroit telle chose et qu'il n'y aurait qu'à lui
télégraphier qu'il arrivait pour qu'elle n'eût pas lieu,
que d'autres peut-être profitaient du temps qu'il
laissait perdre, et qu'il serait trop tard dans quelques
jours pour la retrouver car elle serait prise. De toutes
ces possibilités il ne savait rien, sa maîtresse gardait un
silence qui finit par affoler sa douleur jusqu'à lui faire
se demander si elle n'était pas cachée à Doncières ou
partie pour les Indes [50].

On a dit que le silence était une force; dans un tout
autre sens il en est une terrible à la disposition de ceux
qui sont aimés. Elle accroît l'anxiété de qui attend.
Rien n'invite tant à s'approcher d'un être que ce qui
en sépare, et quelle plus infranchissable barrière que
le silence? On a dit aussi que le silence était un
supplice, et capable de rendre fou celui qui y était

astreint dans les prisons. Mais quel supplice — plus grand que de garder le silence — de l'endurer de ce qu'on aime ! Robert se disait : « Que fait-elle donc, pour qu'elle se taise ainsi ? Sans doute, elle me trompe avec d'autres ? » Il disait encore : « Qu'ai-je donc fait pour qu'elle se taise ainsi ? Elle me hait peut-être, et pour toujours. » Et il s'accusait. Ainsi le silence le rendait fou en effet, par la jalousie et par le remords. D'ailleurs, plus cruel que celui des prisons, ce silence-là est prison lui-même. Une clôture immatérielle, sans doute, mais impénétrable, cette tranche interposée d'atmosphère vide, mais que les rayons visuels de l'abandonné ne peuvent traverser. Est-il un plus terrible éclairage que le silence qui ne nous montre pas une absente, mais mille, et chacune se livrant à quelque autre trahison. Parfois, dans une brusque détente, ce silence, Robert, croyait qu'il allait cesser à l'instant, que la lettre attendue allait venir. Il la voyait, elle arrivait, il épiait chaque bruit, il était déjà désaltéré, il murmurait : « La lettre ! La lettre ! » Après avoir entrevu ainsi une oasis imaginaire de tendresse, il se retrouvait piétinant dans le désert réel du silence sans fin.

Il souffrait d'avance sans en oublier une, toutes les douleurs d'une rupture qu'à d'autres moments il croyait pouvoir éviter, comme les gens qui règlent toutes leurs affaires en vue d'une expatriation qui ne s'effectuera pas, et dont la pensée, qui ne sait plus où elle devra se situer le lendemain, s'agite momentanément, détachée d'eux, pareille à ce cœur qu'on arrache à un malade et qui continue à battre, séparé du reste du corps. En tout cas, cette espérance que sa maîtresse reviendrait, lui donnait le courage de persévérer dans la rupture, comme la croyance qu'on pourra revenir vivant du combat aide à affronter la mort. Et comme l'habitude est de toutes les plantes humaines, celle qui a le moins besoin de sol nourricier pour vivre et qui apparaît la première sur le roc en apparence le plus désolé, peut-être en pratiquant d'abord la rupture par feinte, aurait-il fini par s'y accoutumer sincèrement.

Mais l'incertitude entretenait chez lui un état qui, lié au souvenir de cette femme ressemblait à l'amour. Il se forçait cependant à ne pas lui écrire, pensant peut-être que le tourment était moins cruel de vivre sans sa maîtresse qu'avec elle dans certaines conditions, ou qu'après la façon dont ils s'étaient quittés, attendre ses excuses était nécessaire pour qu'elle conservât ce qu'il croyait qu'elle avait pour lui sinon d'amour, du moins d'estime et de respect. Il se contentait d'aller au téléphone qu'on venait d'installer à Doncières, et de demander des nouvelles, ou de donner des instructions à une femme de chambre qu'il avait placée auprès de son amie. Ces communications étaient du reste compliquées et lui prenaient plus de temps parce que suivant les opinions de ses amis littéraires relativement à la laideur de la capitale mais surtout en considération de ses bêtes, de ses chiens, de son singe, de ses serins et de son perroquet, dont son propriétaire de Paris avait cessé de tolérer les cris incessants, la maîtresse de Robert venait de louer une petite propriété aux environs de Versailles. Cependant lui, à Doncières ne dormait plus un instant la nuit. Une fois, chez moi, vaincu par la fatigue, il s'assoupit un peu. Mais tout d'un coup, il commença à parler, il voulait courir, empêcher quelque chose, il disait :

« Je l'entends, vous ne... vous ne... » Il s'éveilla. Il me dit qu'il venait de rêver qu'il était à la campagne chez le maréchal des logis chef. Celui-ci avait tâché de l'écarter d'une certaine partie de la maison. Saint-Loup avait deviné que le maréchal des logis avait chez lui un lieutenant très riche et très vicieux qu'il savait désirer beaucoup son amie. Et tout à coup dans son rêve, il avait distinctement entendu les cris intermittents et réguliers qu'avait l'habitude de pousser sa maîtresse aux instants de volupté. Il avait voulu forcer le maréchal des logis de le mener à la chambre. Et celui-ci le maintenait pour l'empêcher d'y aller, tout en ayant un certain air froissé de tant d'indiscrétion, que Robert disait qu'il ne pourrait jamais oublier.

— Mon rêve est idiot, ajouta-t-il encore tout essoufflé.

Mais je vis bien que pendant l'heure qui suivit, il fut plusieurs fois sur le point de téléphoner à sa maîtresse pour lui demander de se réconcilier. Mon père avait le téléphone depuis peu mais je ne sais si cela eût beaucoup servi à Saint-Loup. D'ailleurs il ne me semblait pas très convenable de donner à mes parents, même seulement à un appareil posé chez eux, ce rôle d'intermédiaire entre Saint-Loup et sa maîtresse, si distinguée et noble de sentiments que pût être celle-là. Le cauchemar qu'avait eu Saint-Loup s'effaça un peu de son esprit. Le regard distrait et fixe, il vint me voir durant tous ces jours atroces qui dessinèrent pour moi, en se suivant l'un l'autre, comme la courbe magnifique de quelque rampe durement forgée d'où Robert restait à se demander quelle résolution son amie allait prendre.

Enfin, elle lui demanda s'il consentirait à pardonner. Aussitôt qu'il eut compris que la rupture était évitée, il vit tous les inconvénients d'un rapprochement. D'ailleurs il souffrait déjà moins et avait presque accepté une douleur dont il faudrait, dans quelques mois peut-être retrouver à nouveau la morsure si sa liaison recommençait. Il n'hésita pas longtemps. Et peut-être n'hésita-t-il que parce qu'il était enfin certain de pouvoir reprendre sa maîtresse, de le pouvoir, donc de le faire. Seulement elle lui demandait pour qu'elle retrouvât son calme, de ne pas revenir à Paris au 1er janvier. Or, il n'avait pas le courage d'aller à Paris sans la voir. D'autre part elle avait consenti à voyager avec lui, mais pour cela il lui fallait un véritable congé que le capitaine de Borodino ne voulait pas lui accorder.

— Cela m'ennuie à cause de notre visite chez ma tante qui se trouve ajournée. Je retournerai sans doute à Paris à Pâques.

— Nous ne pourrons pas aller chez Mme de Guermantes à ce moment-là, car je serai déjà à Balbec. Mais ça ne fait absolument rien.

— A Balbec ? mais vous n'y étiez allé qu'au mois d'août.

— Oui, mais cette année à cause de ma santé on doit m'y envoyer plus tôt.

Toute sa crainte était que je ne jugeasse mal sa maîtresse, après ce qu'il m'avait raconté. « Elle est violente seulement parce qu'elle est trop franche, trop entière dans ses sentiments. Mais c'est un être sublime. Tu ne peux pas t'imaginer les délicatesses de poésie qu'il y a chez elle. Elle va passer tous les ans le jour des morts à Bruges. C'est « bien » n'est-ce pas. Si jamais tu la connais, tu verras, elle a une grandeur... » Et comme il était imbu d'un certain langage qu'on parlait autour de cette femme dans des milieux littéraires : « Elle a quelque chose de sidéral et même de vatique, tu comprends ce que je veux dire, le poète qui était presque un prêtre. »

Je cherchai pendant tout le dîner un prétexte qui permît à Saint-Loup de demander à sa tante de me recevoir sans attendre qu'il vînt à Paris. Or, ce prétexte me fut fourni par le désir que j'avais de revoir des tableaux d'Elstir, le grand peintre que Saint-Loup et moi nous avions connu à Balbec. Prétexte où il y avait d'ailleurs, quelque vérité car si dans mes visites à Elstir, j'avais demandé à sa peinture de me conduire à la compréhension et à l'amour de choses meilleures qu'elle-même, un dégel véritable, une authentique place de province, de vivantes femmes sur la plage (tout au plus lui eussé-je commandé le portrait des réalités que je n'avais pas su approfondir, comme un chemin d'aubépine, non pour qu'il me conservât leur beauté mais me la découvrît), maintenant au contraire, c'était l'originalité, la séduction de ces peintures qui excitait mon désir et ce que je voulais surtout voir, c'était d'autres tableaux d'Elstir.

Il me semblait d'ailleurs que ses moindres tableaux à lui, étaient quelque chose d'autre que les chefs-d'œuvre de peintres même plus grands. Son œuvre était comme un royaume clos, aux frontières infranchissables, à la matière sans seconde. Collectionnant

avidement les rares revues où on avait publié des
études sur lui, j'y avais appris que ce n'était que
récemment qu'il avait commencé à peindre des paysages et des natures mortes, mais qu'il avait
commencé par des tableaux mythologiques (j'avais vu
les photographies de deux d'entre eux dans son
atelier), puis avait été longtemps impressionné par
l'art japonais.

Certaines des œuvres les plus caractéristiques de
ses diverses manières se trouvaient en province. Telle
maison des Andelys où était un de ses plus beaux
paysages, m'apparaissait aussi précieuse, me donnait
un aussi vif désir du voyage, qu'un village chartrain
dans la pierre meulière duquel est enchâssé un glorieux vitrail ; et vers le possesseur de ce chef-d'œuvre,
vers cet homme qui au fond de sa maison grossière,
sur la grand-rue, enfermé comme un astrologue,
interrogeait un de ces miroirs du monde qu'est un
tableau d'Elstir et qui l'avait peut-être acheté plusieurs milliers de francs, je me sentais porté par cette
sympathie qui unit jusqu'aux cœurs, jusqu'aux caractères de ceux qui pensent de la même façon que nous
sur un sujet capital. Or, trois œuvres importantes de
mon peintre préféré étaient désignées dans l'une de
ces revues comme appartenant à Mme de Guermantes.
Ce fut donc en somme sincèrement que le soir où
Saint-Loup m'avait annoncé le voyage de son amie à
Bruges je pus, pendant le dîner, devant ses amis, lui
jeter comme à l'improviste :

— Ecoute, tu permets ? dernière conversation au
sujet de la dame dont nous avons parlé. Tu te
rappelles Elstir, le peintre que j'ai connu à Balbec.

— Mais, voyons, naturellement.

— Tu te rappelles mon admiration pour lui.

— Très bien, et la lettre que nous lui avions fait
remettre.

— Eh bien, une des raisons pas des plus importantes, une raison accessoire pour laquelle je désirerais
connaître ladite dame, tu sais toujours bien laquelle.

— Mais oui ! que de parenthèses.

— C'est qu'elle a chez elle au moins un très beau tableau d'Elstir.

— Tiens, je ne savais pas.

— Elstir sera sans doute à Balbec à Pâques, vous savez qu'il passe maintenant presque toute l'année sur cette côte. J'aurais beaucoup aimé avoir vu ce tableau avant mon départ. Je ne sais si vous êtes en termes assez intimes avec votre tante : ne pourriez-vous, en me faisant assez habilement valoir à ses yeux pour qu'elle ne refuse pas, lui demander de me laisser aller voir le tableau sans vous, puisque vous ne serez pas là.

— C'est entendu, je réponds pour elle, j'en fais mon affaire.

— Robert, comme je vous aime.

— Vous êtes gentil de m'aimer mais vous le seriez aussi de me tutoyer comme vous l'aviez promis et comme tu avais commencé de le faire.

— J'espère que ce n'est pas votre départ, que vous complotez, me dit un des amis de Robert. Vous savez, si Saint-Loup part en permission, cela ne doit rien changer, nous sommes là. Ce sera peut-être moins amusant pour vous, mais on se donnera tant de peine pour tâcher de vous faire oublier son absence.

En effet, au moment où on croyait que l'amie de Robert irait seule à Bruges, on venait d'apprendre que le Capitaine de Borodino, jusque-là d'un avis contraire, venait de faire accorder au sous-officier Saint-Loup une longue permission pour Bruges. Voici ce qui s'était passé. Le Prince, très fier de son opulente chevelure, était un client assidu du plus grand coiffeur de la ville, autrefois garçon de l'ancien coiffeur de Napoléon III. Le Capitaine de Borodino était au mieux avec le coiffeur car il était, malgré ses façons majestueuses, simple avec les petites gens. Mais le coiffeur chez qui le Prince avait une note arriérée d'au moins cinq ans et que les flacons de « Portugal », d' « Eau des Souverains », les fers, les rasoirs, les cuirs enflaient non moins que les shampoings, les coupes de cheveux, etc., plaçait plus haut Saint-Loup qui payait rubis sur l'ongle, avait plusieurs voitures et des chevaux de selle. Mis au courant de l'ennui de Saint-Loup de ne pouvoir partir avec sa maîtresse, il en parla chaudement au Prince ligoté d'un surplis blanc dans le moment que le barbier lui tenait la tête renversée et menaçait sa gorge. Le récit de ces aventures galantes d'un jeune homme arracha au capitaine-prince un sourire d'indulgence bonapartiste. Il est peu probable qu'il pensa à sa note impayée, mais la recommandation du coiffeur l'inclinait autant à la bonne humeur qu'à la mauvaise, celle d'un Duc. Il avait encore du savon plein le menton que la permission était promise et elle fut signée le soir même. Quant au coiffeur qui avait l'habitude de se vanter sans cesse et, afin de le pouvoir, s'attribuait, avec une faculté de mensonge extraordinaire des prestiges entièrement inventés, pour une fois qu'il rendit un service signalé à Saint-Loup, non seulement il n'en fit pas sonner le mérite, mais, comme si la vanité avait besoin de mentir, et quand il n'y a pas lieu de le faire, cède la place à la modestie, n'en reparla jamais à Robert.

Et tous les amis de Robert me dirent qu'aussi longtemps que je resterais à Doncières, où à quelque époque que j'y revinsse, s'il n'était pas là, leurs voitures, leurs chevaux, leurs maisons, leurs heures de liberté seraient à moi et je sentais que c'était de grand cœur que ces jeunes gens mettaient leur luxe, leur jeunesse, leur vigueur au service de ma faiblesse.

— Pourquoi du reste, reprirent les amis de Saint-Loup après avoir insisté pour que je restasse, ne reviendriez-vous pas tous les ans, vous voyez bien que cette petite vie vous plaît ! Et, même, vous vous intéressez à tout ce qui se passe au régiment comme un ancien.

Car je continuais à leur demander avidement de classer les différents officiers dont je savais les noms, selon l'admiration plus ou moins grande qu'ils leur semblaient mériter, comme jadis au collège, je faisais faire à mes camarades pour les acteurs du Théâtre-Français. Si à la place d'un des généraux que j'enten-

dais toujours citer en tête de tous les autres, un
Galliffet ou un Négrier [51], quelque ami de Saint-Loup
disait : « Mais Négrier est un officier général des plus
médiocres » et jetait le nom nouveau, intact et savoureux de Pau ou de Geslin de Bourgogne, j'éprouvais la
même surprise heureuse, que jadis quand les noms
épuisés de Thiron ou de Febvre se trouvaient refoulés
par l'épanouissement soudain du nom inusité
d'Amaury. « Même supérieur à Négrier ? Mais en
quoi, donnez-moi un exemple ? » Je voulais qu'il
existât des différences profondes jusqu'entre les officiers subalternes du régiment, et j'espérais dans la
raison de ces différences saisir l'essence de ce qu'était
la supériorité militaire. L'un de ceux dont cela m'eût
le plus intéressé d'entendre parler, parce que c'est lui
que j'avais aperçu le plus souvent, était le Prince de
Borodino. Mais ni Saint-Loup, ni ses amis, s'ils
rendaient en lui justice au bel officier, qui assurait à
son escadron une tenue incomparable, n'aimaient
l'homme. Sans parler de lui évidemment sur le même
ton que de certains officiers sortis du rang et francs-
maçons, qui ne fréquentaient pas les autres et gardaient à côté d'eux un aspect farouche d'adjudants, ils
ne semblaient pas situer M. de Borodino au nombre
des autres officiers nobles, desquels à vrai dire, même
à l'égard de Saint-Loup, il différait beaucoup par
l'attitude. Eux, profitant de ce que Robert n'était que
sous-officier et qu'ainsi sa puissante famille pouvait
être heureuse qu'il fût invité chez des chefs qu'elle eût
dédaignés sans cela, ne perdaient pas une occasion de
le recevoir à leur table quand s'y trouvait quelque gros
bonnet capable d'être utile à un jeune maréchal des
logis. Seul, le capitaine de Borodino n'avait que des
rapports de service, d'ailleurs excellents, avec Robert.
C'est que le Prince dont le grand-père avait été fait
maréchal et Prince-Duc par l'Empereur à la famille de
qui il s'était ensuite allié par son mariage, puis dont le
père avait épousé une cousine de Napoléon III et avait
été deux fois ministre après le coup d'Etat, sentait que
malgré cela il n'était pas grand-chose pour Saint-Loup

et la société des Guermantes, lesquels à leur tour, comme il ne se plaçait pas au même point de vue qu'eux, ne comptaient guère pour lui. Il se doutait que, pour Saint-Loup, il était — lui apparenté aux Hohenzollern — non pas un vrai noble mais le petit-fils d'un fermier, mais en revanche, considérait Saint-Loup comme le fils d'un homme dont le comté avait été confirmé par l'Empereur — on appelait cela dans le faubourg Saint-Germain les comtes refaits — et avait sollicité de lui une préfecture, puis tel autre poste placé bien bas sous les ordres de S. A. le Prince de Borodino, ministre d'Etat à qui l'on écrivait Monseigneur et qui était neveu du souverain.

Plus que neveu peut-être. La première Princesse de Borodino passait pour avoir eu des bontés pour Napoléon I$^{er}$ qu'elle suivit à l'île d'Elbe, et la seconde pour Napoléon III. Et si, dans la face placide du Capitaine, on retrouvait de Napoléon I$^{er}$ sinon les traits naturels du visage, du moins la majesté étudiée du masque, l'officier avait surtout dans le regard mélancolique et bon, dans la moustache tombante quelque chose qui faisait penser à Napoléon III ; et cela d'une façon si frappante qu'ayant demandé après Sedan à pouvoir rejoindre l'Empereur, et ayant été éconduit par Bismarck auprès de qui on l'avait mené, ce dernier levant par hasard les yeux sur le jeune homme qui se disposait à s'éloigner, fut saisi soudain par cette ressemblance et se ravisant, le rappela et lui accorda l'autorisation que comme à tout le monde il venait de lui refuser.

Si le Prince de Borodino ne voulait pas faire d'avances à Saint-Loup ni aux autres membres de la société du faubourg Saint-Germain qu'il y avait dans le régiment (alors qu'il invitait beaucoup deux lieutenants roturiers qui étaient des hommes agréables) c'est que, les considérant tous, du haut de sa grandeur impériale, il faisait, entre ces inférieurs, cette différence que les uns étaient des inférieurs qui se savaient l'être et avec qui il était charmé de frayer, étant, sous ses apparences de majesté, d'une humeur simple et

joviale, et les autres des inférieurs qui se croyaient
supérieurs, ce qu'il n'admettait pas. Aussi alors que
tous les officiers du régiment faisaient fête à Saint-
Loup, le Prince de Borodino à qui il avait été
recommandé par le maréchal de X... se borna à être
obligeant pour lui dans le service où Saint-Loup était
d'ailleurs exemplaire, mais il ne le reçut jamais chez
lui sauf en une circonstance particulière où il fut en
quelque sorte forcé de l'inviter, et comme elle se
présentait pendant mon séjour, lui demanda de
m'amener. Je pus facilement, ce soir-là, en voyant
Saint-Loup à la table de son capitaine, discerner
jusque dans les manières et l'élégance de chacun
d'eux, la différence qu'il y avait entre les deux
aristocraties : l'ancienne noblesse et celle de l'Empire.
Issu d'une caste dont les défauts, même s'il les
répudiait de toute son intelligence, avaient passé dans
son sang, et qui ayant cessé d'exercer une autorité
réelle depuis au moins un siècle, ne voit plus dans
l'amabilité protectrice qui fait partie de l'éducation
qu'elle reçoit, qu'un exercice, comme l'équitation ou
l'escrime, cultivé sans but sérieux, par divertissement,
à l'encontre des bourgeois que cette noblesse méprise
assez pour croire que sa familiarité les flatte et que son
sans-gêne les honorerait, Saint-Loup prenait amicalement la main de n'importe quel bourgeois qu'on lui
présentait et dont il n'avait peut-être pas entendu le
nom, et en causant avec lui (sans cesser de croiser et de
décroiser les jambes, se renversant en arrière, dans
une attitude débraillée, le pied dans la main) l'appelait
« mon cher ». Mais au contraire, d'une noblesse dont
les titres gardaient encore leur signification tout
pourvus qu'ils restaient de riches majorats récompen-
sant de glorieux services, et rappelant le souvenir de
hautes fonctions dans lesquelles on commande à
beaucoup d'hommes et où l'on doit connaître les
hommes, le Prince de Borodino, — sinon distinctement, et dans sa conscience personnelle et claire, du
moins en son corps qui le révélait par ses attitudes et
ses façons, — considérait son rang comme une

prérogative effective ; à ces mêmes roturiers que Saint-
Loup eût touchés à l'épaule et pris par le bras, il
s'adressait avec une affabilité majestueuse, où une
réserve pleine de grandeur tempérait la bonhomie
souriante qui lui était naturelle, sur un ton empreint à
la fois d'une bienveillance sincère et d'une hauteur
voulue. Cela tenait sans doute à ce qu'il était moins
éloigné des grandes ambassades et de la cour, où son
père avait eu les plus hautes charges et où les manières
de Saint-Loup, le coude sur la table et le pied dans la
main, eussent été mal reçues, mais surtout cela tenait à
ce que cette bourgeoisie, il la méprisait moins, qu'elle
était le grand réservoir où le premier Empereur avait
pris ses maréchaux, ses nobles, ou le second avait
trouvé un Fould, un Rouher [52].

Sans doute fils ou petit-fils d'empereur, et qui
n'avait plus qu'à commander un escadron, les préoccupations de son père et de son grand-père ne
pouvaient faute d'objet à quoi s'appliquer, survivre
réellement dans la pensée de M. de Borodino. Mais
comme l'esprit d'un artiste continue à modeler bien
des années après qu'il est éteint la statue qu'il sculpta
— elles avaient pris corps en lui, s'y étaient matériali-
sées, incarnées, c'était elles que reflétait son visage.
C'est avec, dans la voix, la vivacité du premier
Empereur, qu'il adressait un reproche à un brigadier,
avec la mélancolie songeuse du second qu'il exhalait la
bouffée d'une cigarette. Quand il passait en civil dans
les rues de Doncières un certain éclat dans ses yeux
s'échappant de sous le chapeau melon, faisait reluire
autour du capitaine un incognito souverain ; on trem-
blait quand il entrait dans le bureau du maréchal des
logis chef, suivi de l'adjudant et du fourrier, comme
de Berthier et de Masséna. Quand il choisissait l'étoffe
d'un pantalon pour son escadron, il fixait sur le
brigadier tailleur un regard capable de déjouer Talleyrand et tromper Alexandre ; et parfois en train de
passer une revue d'installage, il s'arrêtait, laissant
rêver ses admirables yeux bleus, tortillait sa moustache, avait l'air d'édifier une Prusse et une Italie

nouvelles. Mais aussitôt, redevenant de Napoléon III,
Napoléon I$^{er}$, il faisait remarquer que le paquetage
n'était pas astiqué et voulait goûter à l'ordinaire des
hommes. Et chez lui, dans sa vie privée, c'était pour
les femmes d'officiers bourgeois (à la condition qu'ils
ne fussent pas francs-maçons), qu'il faisait servir non
seulement une vaisselle de Sèvres bleu de roi, digne
d'un ambassadeur (donnée à son père par Napoléon,
et qui paraissait plus précieuse encore dans la maison
provinciale qu'il habitait sur le Mail, comme ces
porcelaines rares que les touristes admirent avec plus
de plaisir dans l'armoire rustique d'un vieux manoir
aménagé en ferme achalandée et prospère), mais
encore d'autres présents de l'Empereur : ces nobles et
charmantes manières qui elles aussi eussent fait merveille dans quelque poste de représentation, si pour
certains ce n'était pas être voué pour toute sa vie au
plus injuste des ostracismes que d'être « né », des
gestes familiers, la bonté, la grâce et, enfermant sous
un émail bleu de roi aussi, des images glorieuses, la
relique mystérieuse, éclairée et survivante du regard.
Et à propos des relations bourgeoises que le Prince
avait à Doncières, il convient de dire ceci. Le lieutenant-colonel jouait admirablement du piano, la femme
du médecin-chef chantait comme si elle avait eu un
premier prix au Conservatoire. Ce dernier couple, de
même que le lieutenant-colonel et sa femme dînaient
chaque semaine chez M. de Borodino. Ils étaient
certes flattés, sachant que quand le Prince allait à Paris
en permission, il dînait chez Mme de Pourtalès, chez
les Murat, etc. Mais ils se disaient : c'est un simple
capitaine, il est trop heureux que nous venions chez
lui. C'est du reste un vrai ami pour nous. Mais quand
M. de Borodino, qui faisait depuis longtemps des
démarches pour se rapprocher de Paris, fut nommé à
Beauvais, il fit son déménagement, oublia aussi
complètement les deux couples musiciens que le
théâtre de Doncières et le petit restaurant d'où il
faisait souvent venir son déjeuner, et à leur grande
indignation ni le lieutenant-colonel, ni le médecin-

chef, qui avaient si souvent dîné chez lui, ne reçurent
plus, de toute leur vie, de ses nouvelles.

Un matin, Saint-Loup m'avoua qu'il avait écrit à
ma grand-mère pour lui donner de mes nouvelles et lui
suggérer l'idée, puisque un service téléphonique fonc-
tionnait entre Doncières et Paris, de causer avec
moi [53]. Bref, le même jour, elle devait me faire appeler
à l'appareil et il me conseilla d'être vers quatre heures
moins un quart à la poste. Le téléphone n'était pas
encore à cette époque d'un usage aussi courant
qu'aujourd'hui. Et pourtant l'habitude met si peu de
temps à dépouiller de leur mystère les forces sacrées
avec lesquelles nous sommes en contact que, n'ayant
pas eu ma communication immédiatement, la seule
pensée que j'eus ce fut que c'était bien long, bien
incommode, presque intention d'adresser une plainte.
Comme nous tous maintenant, je ne trouvais pas assez
rapide à mon gré dans ses brusques changements,
l'admirable féerie à laquelle quelques instants suffi-
sent pour qu'apparaisse près de nous, invisible mais
présent, l'être à qui nous voulions parler, et qui
restant à sa table, dans la ville qu'il habite (pour ma
grand-mère c'était Paris), sous un ciel différent du
nôtre, par un temps qui n'est pas forcément le même,
au milieu de circonstances et de préoccupations que
nous ignorons et que cet être va nous dire, se trouve
tout à coup transporté à des centaines de lieues (lui et
toute l'ambiance où il reste plongé) près de notre
oreille, au moment où notre caprice l'a ordonné. Et
nous sommes comme le personnage du conte à qui une
magicienne, sur le souhait qu'il en exprime, fait
apparaître dans une clarté surnaturelle sa grand-mère
ou sa fiancée, en train de feuilleter un livre, de verser
des larmes, de cueillir des fleurs, tout près du
spectateur et pourtant très loin, à l'endroit même où
elle se trouve réellement. Nous n'avons, pour que ce
miracle s'accomplisse, qu'à approcher nos lèvres de la
planchette magique et à appeler — quelquefois un peu
trop longtemps, je le veux bien — les Vierges
Vigilantes dont nous entendons chaque jour la voix

sans jamais connaître le visage, et qui sont nos Anges gardiens dans les ténèbres vertigineuses dont elles surveillent jalousement les portes ; les Toutes-Puissantes par qui les absents surgissent à notre côté, sans qu'il soit permis de les apercevoir : les Danaïdes de l'invisible qui sans cesse vident, remplissent, se transmettent les urnes des sons ; les ironiques Furies qui au moment que nous murmurions une confidence à une amie, avec l'espoir que personne ne nous entendait, nous crient cruellement : « J'écoute » ; les servantes toujours irritées du Mystère, les ombrageuses prêtresses de l'Invisible, les Demoiselles du téléphone !

Et aussitôt que notre appel a retenti, dans la nuit pleine d'apparitions sur laquelle nos oreilles s'ouvrent seules, un bruit léger — un bruit abstrait — celui de la distance supprimée — et la voix de l'être cher s'adresse à nous.

C'est lui, c'est sa voix qui nous parle, qui est là. Mais comme elle est loin ! Que de fois je n'ai pu l'écouter sans angoisse, comme si devant cette impossibilité de voir, avant de longues heures de voyage, celle dont la voix était si près de mon oreille, je sentais mieux ce qu'il y a de décevant dans l'apparence du rapprochement le plus doux, et à quelle distance nous pouvons être des personnes aimées au moment où il semble que nous n'aurions qu'à étendre la main pour les retenir. Présence réelle que cette voix si proche — dans la séparation effective ! Mais anticipation aussi d'une séparation éternelle ! Bien souvent, écoutant de la sorte, sans voir celle qui me parlait de si loin, il m'a semblé que cette voix clamait des profondeurs d'où l'on ne remonte pas, et j'ai connu l'anxiété qui allait m'étreindre un jour, quand une voix reviendrait ainsi (seule, et ne tenant plus à un corps que je ne devais jamais revoir), murmurer à mon oreille des paroles que j'aurais voulu embrasser au passage sur des lèvres à jamais en poussière.

Ce jour-là, hélas, à Doncières, le miracle n'eut pas lieu. Quand j'arrivai au bureau de poste, ma grand-mère m'avait déjà demandé ; j'entrai dans la cabine, la

ligne était prise, quelqu'un causait qui ne savait pas
sans doute qu'il n'y avait personne pour lui répondre
car quand j'amenai à moi le récepteur, ce morceau de
bois se mit à parler comme Polichinelle; je le fis taire,
ainsi qu'au guignol, en le remettant à sa place, mais,
comme Polichinelle, dès que je le ramenais près de
moi, il recommençait son bavardage. Je finis en
désespoir de cause, en raccrochant définitivement le
récepteur, par étouffer les convulsions de ce tronçon
sonore qui jacassa jusqu'à la dernière seconde et j'allai
chercher l'employé qui me dit d'attendre un instant;
puis je parlai et après quelques instants de silence tout
d'un coup j'entendis cette voix que je croyais à tort
connaître si bien, car jusque-là, chaque fois que ma
grand-mère avait causé avec moi, ce qu'elle me disait,
je l'avais toujours suivi sur la partition ouverte de son
visage où les yeux tenaient beaucoup de place, mais sa
voix elle-même, je l'écoutais aujourd'hui pour la
première fois. Et parce que cette voix m'apparaissait
changée dans ses proportions dès l'instant qu'elle était
un tout, et m'arrivait ainsi seule et sans l'accompagne-
ment des traits de la figure, je découvris à quel point
cette voix était douce; peut-être d'ailleurs ne l'avait-
elle jamais été à ce point, car ma grand-mère, me
sentant loin et malheureux, croyait pouvoir s'abandonner à l'effusion d'une tendresse que, par « principes » d'éducatrice, elle contenait et cachait d'habitude. Elle était douce mais aussi comme elle était
triste, d'abord à cause de sa douceur même presque
décantée, plus que peu de voix humaines ont jamais
dû l'être, de toute dureté, de tout élément de résistance aux autres, de tout égoïsme; fragile à force de
délicatesse, elle semblait à tout moment prête à se
briser, à expirer en un pur flot de larmes, puis l'ayant
seule près de moi, vue, sans le masque du visage, j'y
remarquais, pour la première fois, les chagrins qui
l'avaient fêlée au cours de la vie.

   Etait-ce d'ailleurs uniquement la voix qui, parce
qu'elle était seule me donnait cette impression nouvelle qui me déchirait. Non pas; mais plutôt que cet

isolement de la voix était comme un symbole, une évocation, un effet direct d'un autre isolement, celui de ma grand-mère, pour la première fois séparée de moi. Les commandements ou défenses qu'elle m'adressait à tout moment dans l'ordinaire de la vie, l'ennui de l'obéissance ou la fièvre de la rébellion qui neutralisaient la tendresse que j'avais pour elle, étaient supprimés en ce moment et même pouvaient l'être pour l'avenir (puisque ma grand-mère n'exigeait plus de m'avoir près d'elle sous sa loi, était en train de me dire son espoir que je resterais tout à fait à Doncières, ou en tout cas que j'y prolongerais mon séjour le plus longtemps possible, ma santé et mon travail pouvant s'en bien trouver); aussi, ce que j'avais sous cette petite cloche approchée de mon oreille, c'était débarrassée des pressions opposées qui chaque jour lui avaient fait contrepoids, et dès lors irrésistible me soulevant tout entier, notre mutuelle tendresse. Ma grand-mère, en me disant de rester, me donna un besoin anxieux et fou de revenir. Cette liberté qu'elle me laissait désormais et à laquelle je n'avais jamais entrevu qu'elle pût consentir, me parut tout d'un coup aussi triste que pourrait être ma liberté après sa mort (quand je l'aimerais encore et qu'elle aurait à jamais renoncé à moi). Je criais : « Grand-mère, grand-mère », et j'aurais voulu l'embrasser ; mais je n'avais près de moi que cette voix, fantôme, aussi impalpable que celui qui reviendrait peut-être me visiter quand ma grand-mère serait morte. « Parle-moi » ; mais alors il arriva que me laissant plus seul encore, je cessai tout d'un coup de percevoir cette voix. Ma grand-mère ne m'entendait plus, elle n'était plus en communication avec moi, nous avions cessé d'être en face l'un de l'autre, d'être l'un pour l'autre audibles, je continuais à l'interpeller en tâtonnant dans la nuit, sentant que des appels d'elle aussi devaient s'égarer. Je palpitais de la même angoisse que bien loin dans le passé, j'avais éprouvée autrefois, un jour que petit enfant, dans une foule, je l'avais perdue, angoisse moins de ne pas la retrouver que de sentir qu'elle me cherchait, de sentir

qu'elle se disait que je la cherchais : angoisse assez
semblable à celle que j'éprouverais le jour où on parle
à ceux qui ne peuvent plus répondre et de qui on
voudrait au moins tant faire entendre tout ce qu'on ne
leur a pas dit, et l'assurance qu'on ne souffre pas. Il
me semblait que c'était déjà une ombre chérie que je
venais de laisser se perdre parmi les ombres, et seul
devant l'appareil, je continuais à répéter en vain
« Grand-mère, grand-mère », comme Orphée, resté
seul, répète le nom de la morte. Je me décidais à
quitter la poste, à aller retrouver Robert à son
restaurant pour lui dire que, allant peut-être recevoir
une dépêche qui m'obligerait à revenir, je voudrais
savoir à tout hasard l'horaire des trains. Et pourtant
avant de prendre cette résolution, j'aurais voulu une
dernière fois invoquer les Filles de la Nuit, les
Messagères de la parole, les divinités sans visage ; mais
les capricieuses Gardiennes n'avaient plus voulu
ouvrir les portes merveilleuses ou sans doute elles ne le
purent pas ; elles eurent beau invoquer inlassable-
ment, selon leur coutume, le vénérable inventeur de
l'imprimerie et le jeune prince amateur de peinture
impressionniste et chauffeur (lequel était neveu du
capitaine de Borodino), Gutenberg et Wagram laissè-
rent leurs supplications sans réponse et je partis,
sentant que l'Invisible sollicité resterait sourd.

   En arrivant auprès de Robert et de ses amis, je ne
leur avouai pas que mon cœur n'était plus avec eux,
que mon départ était déjà irrévocablement décidé.
Saint-Loup parut me croire mais j'ai su depuis qu'il
avait, dès la première minute, compris que mon
incertitude était simulée, et que le lendemain il ne me
retrouverait pas. Tandis que, laissant les plats refroidir auprès d'eux, ses amis cherchaient avec lui dans
l'indicateur le train que je pourrais prendre pour
rentrer à Paris, et qu'on entendait dans la nuit étoilée
et froide les sifflements des locomotives, je n'éprouvais certes plus la même paix que m'avaient donnée ici
tant de soirs l'amitié des uns, le passage lointain des
autres. Ils ne manquaient pas, pourtant ce soir, sous

une autre forme à ce même office. Mon départ
m'accabla moins quand je ne fus plus obligé d'y
penser seul, quand je sentis employer à ce qui
s'effectuait l'activité plus normale et plus saine de mes
énergiques amis, les camarades de Robert, et de ces
autres êtres forts, les trains dont l'allée et venue, matin
et soir, de Doncières à Paris, émiettait rétrospectivement ce qu'avait de trop compact et insoutenable mon
long isolement d'avec ma grand-mère, en des possibilités quotidiennes de retour.

— Je ne doute pas de la vérité de tes paroles et que
tu ne comptes pas partir encore, me dit en riant Saint-
Loup, mais fais comme si tu partais et viens me dire
adieu demain matin de bonne heure, sans cela je cours
le risque de ne pas te revoir ; je déjeune justement en
ville, le capitaine m'a donné l'autorisation ; il faut que
je sois rentré à deux heures au quartier car on va en
marche toute la journée. Sans doute, le seigneur chez
qui je déjeune à trois kilomètres d'ici me ramènera à
temps pour être au quartier à deux heures.

A peine disait-il ces mots qu'on vint me chercher de
mon hôtel, on m'avait demandé de la poste au
téléphone. J'y courus car elle allait fermer. Le mot
interurbain revenait sans cesse dans les réponses que
me donnaient les employés. J'étais au comble de
l'anxiété car c'était ma grand-mère qui me demandait.
Le bureau allait fermer. Enfin j'eus la communication. « C'est toi grand-mère ? » Une voix de femme
avec un fort accent anglais me répondit : « Oui, mais
je ne reconnais pas votre voix. » Je ne reconnaissais
pas davantage la voix qui me parlait, puis ma grand-
mère ne me disait pas « vous ». Enfin, tout s'expliqua.
Le jeune homme que sa grand-mère avait fait demander au téléphone portait un nom presque identique au
mien et habitait une annexe de l'hôtel. M'interpellant
le jour même où j'avais voulu téléphoner à ma grand-
mère, je n'avais pas douté un seul instant que ce fût
elle qui me demandait. Or c'était par une simple
coïncidence que la poste et l'hôtel venaient de faire
une double erreur.

Le lendemain matin, je me mis en retard, je ne trouvai pas Saint-Loup déjà parti pour déjeuner dans ce château voisin. Vers une heure et demie, je me préparais à aller à tout hasard au quartier pour y être dès son arrivée, quand en traversant une des avenues qui y conduisait, je vis, dans la direction même où j'allais, un tilbury qui, en passant près de moi, m'obligea à me garer ; un sous-officier le conduisait le monocle à l'œil, c'était Saint-Loup. A côté de lui était l'ami chez qui il avait déjeuné et que j'avais déjà rencontré une fois à l'hôtel où Robert dînait. Je n'osais pas appeler Robert comme il n'était pas seul, mais voulant qu'il s'arrêtât pour me prendre avec lui, j'attirai son attention par un grand salut qui était censé motivé par la présence d'un inconnu. Je savais Robert myope, j'aurais pourtant cru que, si seulement il me voyait, il ne manquerait pas de me reconnaître ; or, il vit bien le salut et le rendit, mais sans s'arrêter ; et, s'éloignant à toute vitesse, sans un sourire, sans qu'un muscle de sa physionomie bougeât, il se contenta de tenir pendant deux minutes sa main levée au bord de son képi, comme il eût répondu à un soldat qu'il n'eût pas connu. Je courus jusqu'au quartier, mais c'était encore loin ; quand j'arrivai, le régiment se formait dans la cour où on ne me laissa pas rester et j'étais désolé de n'avoir pu dire adieu à Saint-Loup, je montai à sa chambre il n'y était plus : je pus m'informer de lui à un groupe de soldats malades, des recrues dispensées de marche, le jeune bachelier, un ancien qui regardaient le régiment se former.

— Vous n'avez pas vu le maréchal des logis Saint-Loup, demandai-je.

— Monsieur, il est déjà descendu, dit l'ancien.

— Je ne l'ai pas vu, dit le bachelier.

— Tu ne l'as pas vu, dit l'ancien, sans plus s'occuper de moi, tu n'as pas vu notre fameux Saint-Loup, ce qu'il dégotte avec son nouveau phalzard ! quand le capiston va voir ça, du drap d'officier.

— Ah ! tu en as des bonnes, du drap d'officier, dit le jeune bachelier qui, malade à la chambre, n'allait

pas en marche et s'essayait non sans une certaine
inquiétude à être hardi avec les anciens. Ce drap
d'officier, c'est du drap comme ça [54].

— Monsieur ? demanda avec colère l' « ancien »
qui avait parlé du phalzard.

Il était indigné que le jeune bachelier mît en doute
que ce phalzard fût en drap d'officier, mais, Breton,
né dans un village qui s'appelle Penguern-Stereden,
ayant appris le français aussi difficilement que s'il eût
été anglais ou allemand, quand il se sentait possédé
par une émotion, il disait deux ou trois fois « monsieur » pour se donner le temps de trouver ses paroles,
puis après cette préparation il se livrait à son élo-
quence se contentant de répéter quelques mots qu'il
connaissait mieux que les autres, mais sans hâte, en
prenant ses précautions contre son manque d'habitude
de la prononciation.

— Ah ! c'est du drap comme ça, reprit-il, avec une
colère dont s'accroissaient progressivement l'intensité
et la lenteur de son débit. Ah ! c'est du drap comme
ça, quand je te dis que c'est du drap d'officier, quand
je-te-le-dis, puisque-je-te-le-dis, c'est que je le sais, je
pense. C'est pas à nous qu'il faut faire des boniments à
la noix de coco.

— Ah ! alors, dit le jeune bachelier vaincu par cette
argumentation.

— Tiens, v'là justement le capiston qui passe. Non
mais regarde un peu Saint-Loup ; c'est ce coup de
lancer la jambe ; et puis sa tête. Dirait-on un sous-off ?
Et le monocle ; ah ! il va un peu partout.

Je demandai à ces soldats que ma présence ne
troublait pas à regarder aussi par la fenêtre. Ils ne
m'en empêchèrent pas, ni ne se dérangèrent. Je vis le
capitaine de Borodino passer majestueusement en
faisant trotter son cheval, et semblant avoir l'illusion
qu'il se trouvait à la bataille d'Austerlitz. Quelques
passants étaient assemblés devant la grille du quartier
pour voir le régiment sortir. Droit sur son cheval, le
visage un peu gras, les joues d'une plénitude impériale, l'œil lucide, le Prince devait être le jouet de

quelque hallucination comme je l'étais moi-même chaque fois qu'après le passage du tramway le silence qui suivait son roulement me semblait parcouru et strié par une vague palpitation musicale. J'étais désolé de ne pas avoir dit adieu à Saint-Loup, mais je partis tout de même, car mon seul souci était de retourner auprès de ma grand-mère : jusqu'à ce jour, dans cette petite ville, quand je pensais à ce que ma grand-mère faisait seule, je me la représentais telle qu'elle était avec moi, mais en me supprimant sans tenir compte des effets sur elle de cette suppression ; maintenant, j'avais à me délivrer au plus vite, dans ses bras, du fantôme insoupçonné jusqu'alors et soudain évoqué par sa voix d'une grand-mère réellement séparée de moi, résignée, ayant, ce que je ne lui avais encore jamais connu, un âge, et qui venait de recevoir une lettre de moi dans l'appartement vide où j'avais déjà imaginé maman quand j'étais parti pour Balbec.

Hélas, ce fantôme-là, ce fut lui que j'aperçus quand, entré au salon sans que ma grand-mère fût avertie de mon retour, je la trouvai en train de lire. J'étais là, ou plutôt je n'étais pas encore là puisqu'elle ne le savait pas et comme une femme qu'on surprend en train de faire un ouvrage qu'elle cachera si on entre, elle était livrée à des pensées qu'elle n'avait jamais montrées devant moi. De moi — par ce privilège qui ne dure pas et où nous avons pendant le court instant du retour, la faculté d'assister brusquement à notre propre absence —, il n'y avait là que le témoin, l'observateur, en chapeau et manteau de voyage, l'étranger qui n'est pas de la maison, le photographe qui vient prendre un cliché des lieux qu'on ne reverra plus. Ce qui, mécaniquement, se fit à ce moment dans mes yeux quand j'aperçus ma grand-mère, ce fut bien une photographie. Nous ne voyons jamais les êtres chéris que dans le système animé, le mouvement perpétuel de notre incessante tendresse, laquelle avant de laisser les images que nous présente leur visage arriver jusqu'à nous, les prend dans son tourbillon, les rejette sur l'idée que nous nous faisons d'eux, depuis tou-

jours, les fait adhérer à elle, coïncider avec elle.
Comment, puisque le front, les joues, de ma grand-
mère, je leur faisais signifier ce qu'il y avait de plus
délicat et de plus permanent dans son esprit,
comment, puisque tout regard habituel est une nécro-
mancie et chaque visage qu'on aime le miroir du
passé, comment n'en eussé-je pas omis ce qui en elle
avait pu s'alourdir et changer, alors que même dans les
spectacles les plus indifférents de la vie, notre œil,
chargé de pensée, néglige comme ferait une tragédie
classique, toutes les images qui ne concourent pas à
l'action et ne retient que celles qui peuvent en rendre
intelligible le but. Mais qu'au lieu de notre œil ce soit
un objectif purement matériel, une plaque photographique, qui ait regardé, alors ce que nous verrons, par
exemple, dans la cour de l'Institut au lieu de la sortie
d'un académicien qui veut appeler un fiacre, ce sera sa
titubation, ses précautions pour ne pas tomber en
arrière, la parabole de sa chute, comme s'il était ivre
ou que le sol fût couvert de verglas. Il en est de même
quand quelque cruelle ruse du hasard empêche notre
intelligente et pieuse tendresse d'accourir à temps
pour cacher à nos regards ce qu'ils ne doivent jamais
contempler, quand elle est devancée par eux qui
arrivés les premiers sur place et laissés à eux-mêmes,
fonctionnent mécaniquement à la façon de pellicules,
et nous montrent au lieu de l'être aimé qui n'existe
plus depuis longtemps mais dont elle n'avait jamais
voulu que la mort nous fût révélée, l'être nouveau que
cent fois par jour elle revêtait d'une chère et menteuse
ressemblance. Et, comme un malade qui ne s'était pas
regardé depuis longtemps, et composant à tout
moment le visage qu'il ne voit pas, d'après l'image
idéale, qu'il porte de soi-même dans sa pensée, recule
en apercevant dans une glace, au milieu d'une figure
aride et déserte, l'exhaussement oblique et rose d'un
nez gigantesque comme une pyramide d'Egypte, moi
pour qui ma grand-mère c'était encore moi-même,
moi qui ne l'avais jamais vue que dans mon âme,
toujours à la même place du passé, à travers la

transparence des souvenirs contigus et superposés,
tout d'un coup, dans notre salon qui faisait partie d'un
monde nouveau, celui du temps, celui où vivent les
étrangers dont on dit « il vieillit bien », pour la
première fois et seulement pour un instant car elle
disparut bien vite, j'aperçus sur le canapé, sous la
lampe, rouge, lourde et vulgaire, malade, rêvassant,
promenant au-dessus d'un livre des yeux un peu fous,
une vieille femme accablée que je ne connaissais pas.

A ma demande d'aller voir les Elstir de Mme de
Guermantes, Saint-Loup m'avait dit : « Je réponds
pour elle. » Et malheureusement, en effet, pour elle ce
n'était que lui qui avait répondu. Nous répondons
aisément des autres quand disposant dans notre
pensée les petites images qui les figurent, nous faisons
manœuvrer celles-ci à notre guise. Sans doute même à
ce moment-là nous tenons compte des difficultés,
provenant de la nature de chacun, différente de la
nôtre, et nous ne manquons pas d'avoir recours à tel
ou tel moyen d'action puissant sur elle, intérêt,
persuasion, émoi, qui neutralisera des penchants
contraires. Mais ces différences d'avec notre nature,
c'est encore notre nature qui les imagine, ces difficultés, c'est nous qui les levons ; ces mobiles efficaces,
c'est nous qui les dosons. Et quand les mouvements
que dans notre esprit nous avons fait répéter à l'autre
personne, et qui la font agir à notre gré, nous voulons
les lui faire exécuter dans la vie, tout change, nous
nous heurtons à des résistances imprévues qui peuvent
être invincibles. L'une des plus fortes est sans doute
celle que peut développer en une femme qui n'aime
pas, le dégoût que lui inspire, insurmontable et fétide,
l'homme qui l'aime : pendant les longues semaines
que Saint-Loup resta encore sans venir à Paris, sa
tante, à qui je ne doutai pas qu'il eût écrit pour la
supplier de le faire, ne me demanda pas une fois de
venir chez elle voir les tableaux d'Elstir [55].

Je reçus des marques de froideur de la part d'une
autre personne de la maison. Ce fut de Jupien.
Trouvait-il que j'aurais dû entrer lui dire bonjour, à

mon retour de Doncières, avant même de monter chez
moi ? Ma mère me dit que non, qu'il ne fallait pas
s'étonner. Françoise lui avait dit qu'il était ainsi, sujet
à de brusques mauvaises humeurs, sans raison. Cela se
dissipait toujours au bout de peu de temps.

Cependant l'hiver finissait. Un matin, après quelques semaines de giboulées et de tempêtes, j'entendis
dans ma cheminée — au lieu du vent informe,
élastique et sombre qui me secouait, de l'envie d'aller
au bord de la mer — le roucoulement des pigeons qui
nichaient dans la muraille : irisé, imprévu, comme
une première jacinthe, déchirant doucement son cœur
nourricier pour qu'en jaillît, mauve et satinée, sa fleur
sonore, faisant entrer comme une fenêtre ouverte,
dans ma chambre encore fermée et noire, la tiédeur,
l'éblouissement, la fatigue d'un premier beau jour. Ce
matin-là, je me surpris à fredonner un air de café-
concert que j'avais oublié depuis l'année où j'avais dû
aller à Florence et à Venise. Tant l'atmosphère, selon
le hasard des jours, agit profondément sur notre
organisme et tire des réserves obscures où nous
l'avions oublié, les mélodies inscrites que n'a pas
déchiffrées notre mémoire. Un rêveur plus conscient
accompagna bientôt ce musicien que j'écoutais en
moi, sans même avoir reconnu tout de suite ce qu'il
jouait.

Je sentais bien que les raisons n'étaient pas particulières à Balbec pour lesquelles, quand j'y étais arrivé je
n'avais plus trouvé à son église le charme qu'elle avait
pour moi avant que je la connusse ; qu'à Florence, à
Parme ou à Venise, mon imagination ne pourrait pas
davantage se substituer à mes yeux pour regarder. Je
le sentais. De même, un soir du 1er janvier, à la
tombée de la nuit, devant une colonne d'affiches,
j'avais découvert l'illusion qu'il y a à croire que
certains jours de fête diffèrent essentiellement des
autres. Et pourtant je ne pouvais pas empêcher que le
souvenir du temps pendant lequel j'avais cru passer à
Florence la semaine sainte, ne continuât à faire d'elle
comme l'atmosphère de la cité des Fleurs, à donner à

la fois au jour de Pâques quelque chose de florentin, et
à Florence quelque chose de pascal. La semaine de
Pâques était encore loin ; mais dans la rangée des jours
qui s'étendait devant moi, les jours saints se détachaient plus clairs au bout des jours mitoyens. Touchés d'un rayon comme certaines maisons d'un village
qu'on aperçoit au loin dans un effet d'ombre et de
lumière, ils retenaient sur eux tout le soleil.

Le temps était devenu plus doux. Et mes parents
eux-mêmes en me conseillant de me promener, me
fournissaient un prétexte à continuer mes sorties du
matin. J'avais voulu les cesser parce que j'y rencon-
trais Mme de Guermantes. Mais c'est à cause de cela
même, que je pensais tout le temps à ces sorties, ce qui
me faisait trouver à chaque instant une raison nouvelle
de les faire, laquelle n'avait aucun rapport avec
Mme de Guermantes et me persuadait aisément que
n'eût-elle pas existé, je n'en eusse pas moins manqué
de me promener à cette même heure [56].

Hélas ! si pour moi rencontrer toute autre personne
qu'elle, eût été indifférent, je sentais que pour elle,
rencontrer n'importe qui excepté moi, eût été suppor-
table. Il lui arrivait dans ses promenades matinales, de
recevoir le salut de bien des sots et qu'elle jugeait tels.
Mais elle tenait leur apparition sinon pour une promesse de plaisir, du moins pour un effet du hasard. Et
elle les arrêtait quelquefois car il y a des moments où
on a besoin de sortir de soi, d'accepter l'hospitalité de
l'âme des autres, à condition que cette âme si modeste
et laide soit-elle, soit une âme étrangère, tandis que
dans mon cœur, elle sentait avec exaspération que ce
qu'elle eût retrouvé, c'était elle. Aussi même quand
j'avais pour prendre le même chemin, une autre raison
que de la voir, je tremblais comme un coupable au
moment où elle passait ; et quelquefois pour neutrali-
ser ce que mes avances pouvaient avoir d'excessif, je
répondais à peine à son salut, ou je la fixais du regard
sans la saluer, ni réussir qu'à l'irriter davantage et à
faire qu'elle commença en plus à me trouver insolent
et mal élevé.

Elle avait maintenant des robes plus légères, ou du moins plus claires et descendait la rue où déjà, comme si c'était le printemps, devant les étroites boutiques intercalées entre les vastes façades des vieux hôtels aristocratiques, à l'auvent de la marchande de beurre, de fruits, de légumes, des stores étaient tendus contre le soleil. Je me disais que la femme que je voyais de loin marcher, ouvrir son ombrelle, traverser la rue, était de l'avis des connaisseurs, la plus grande artiste actuelle dans l'art d'accomplir ces mouvements et d'en faire quelque chose de délicieux. Cependant elle s'avançait ignorant de cette réputation éparse, son corps étroit, réfractaire et qui n'en avait rien absorbé, était obliquement cambré sous une écharpe de surah violet : ses yeux maussades et clairs regardaient distraitement devant elle et m'avaient peut-être aperçu ; elle mordait le coin de sa lèvre ; je la voyais redresser son manchon, faire l'aumône à un pauvre, acheter un bouquet de violettes à une marchande, avec la même curiosité que j'aurais eue à regarder un grand peintre donner des coups de pinceau. Et quand, arrivée à ma hauteur elle me faisait un salut auquel s'ajoutait parfois un mince sourire, c'était comme si elle eût exécuté pour moi, en y ajoutant une dédicace, un lavis qui était un chef-d'œuvre. Chacune de ses robes m'apparaissait comme une ambiance naturelle, nécessaire, comme la projection d'un aspect particulier de son âme. Un de ces matins de carême où elle allait déjeuner en ville, je la rencontrai dans une robe d'un velours rouge clair, laquelle était légèrement échancrée au cou. Le visage de Mme de Guermantes paraissait rêveur, sous ses cheveux blonds. J'étais moins triste que d'habitude parce que la mélancolie de son expression, l'espèce de claustration que la violence de la couleur mettait entre elle le reste du monde, lui donnait quelque chose de malheureux et de solitaire qui me rassurait. Cette robe me semblait la matérialisation autour d'elle des rayons écarlates d'un cœur que je ne lui connaissais pas et que j'aurais peut-être pu consoler : réfugiée dans la lumière mystique de

l'étoffe aux flots adoucis elle me faisait penser à
quelque Sainte des premiers âges chrétiens. Alors
j'avais honte d'affliger par ma vue cette martyre. Mais
après tout la rue est à tout le monde.

La rue est à tout le monde, reprenais-je en donnant
à ces mots un sens différent et en admirant qu'en effet
dans la rue populeuse souvent mouillée de pluie et qui
devenait précieuse comme est parfois la rue dans les
vieilles cités de l'Italie, la Duchesse de Guermantes
mêlât à la vie publique des moments de sa vie secrète,
se montrant ainsi : chacun, mystérieuse, coudoyée de
tous, avec la splendide gratuité des grands chefs-
d'œuvre. Comme je sortais le matin, après être resté
éveillé toute la nuit, l'après-midi mes parents me
disaient de me coucher un peu et de chercher le
sommeil. Il n'y a pas besoin pour savoir le trouver de
beaucoup de réflexion, mais l'habitude y est très utile
et même l'absence de la réflexion. Or, à ces heures-là,
les deux me faisaient défaut. Avant de m'endormir je
pensais si longtemps que je ne le pourrais que, même
endormi, il me restait un peu de pensée. Ce n'était
qu'une lueur dans la presque obscurité, mais elle
suffisait pour faire se refléter dans mon sommeil,
d'abord que je ne pourrais dormir, puis, reflet de ce
reflet, l'idée que c'était en dormant que j'avais eu
l'idée que je ne dormais pas, puis par une réfraction
nouvelle, mon éveil... à un nouveau somme où je
voulais raconter à des amis qui étaient entrés dans ma
chambre, que tout à l'heure en dormant j'avais cru
que je ne dormais pas. Ces ombres étaient à peine
distinctes ; il eût fallu une grande et bien vaine
délicatesse de perception pour les saisir. Ainsi plus
tard, à Venise, bien après le coucher du soleil, quand
il semble qu'il fasse tout à fait nuit, j'ai vu, grâce à
l'écho invisible pourtant d'une dernière note de
lumière indéfiniment tenue sur les canaux comme par
l'effet de quelque pédale optique, les reflets des palais
déroulés comme à tout jamais en velours plus noir sur
le gris crépusculaire des eaux. Un de mes rêves était la
synthèse de ce que mon imagination avait souvent

cherché à se représenter, pendant la veille, d'un certain paysage marin et de son passé médiéval. Dans mon sommeil je voyais une cité gothique au milieu d'une mer aux flots immobilisés comme sur un vitrail. Un bras de mer divisait en deux la ville ; l'eau verte s'étendait à mes pieds ; elle baignait sur la rive opposée une église orientale, puis des maisons qui existaient encore dans le XIVe siècle, si bien qu'aller vers elles, c'eût été remonter le cours des âges. Ce rêve où la nature avait appris l'art, où la mer était devenue gothique, ce rêve où je désirais, où je croyais aborder à l'impossible, il me semblait l'avoir déjà fait souvent. Mais comme c'est le propre de ce qu'on imagine en dormant de se multiplier dans le passé, et de paraître, bien qu'étant nouveau, familier, je crus m'être trompé. Je m'aperçus au contraire que je faisais en effet souvent ce rêve.

Les amoindrissements même qui caractérisent le sommeil se reflétaient dans le mien, mais d'une façon symbolique : je ne pouvais pas dans l'obscurité distinguer le visage des amis qui étaient là, car on dort les yeux fermés ; moi qui me tenais sans fin des raisonnements verbaux en rêvant, dès que je voulais parler à ces amis, je sentais le son s'arrêter dans ma gorge, car on ne parle pas distinctement dans le sommeil ; je voulais aller à eux et je ne pouvais pas déplacer mes jambes, car on n'y marche pas non plus ; et tout à coup, j'avais honte de paraître devant eux, car on dort déshabillé. Tel les yeux aveugles, les lèvres scellées, les jambes liées, le corps nu, la figure du sommeil que projetait mon sommeil lui-même avait l'air de ces grandes figures allégoriques où Giotto a représenté l'Envie avec un serpent dans la bouche, et que Swann m'avait données.

Saint-Loup vint à Paris pour quelques heures seulement. Tout en m'assurant qu'il n'avait pas eu l'occasion de parler de moi à sa cousine. « Elle n'est pas gentille du tout Oriane, me dit-il, en se trahissant naïvement, ce n'est plus mon Oriane d'autrefois, on me l'a changée. Je t'assure qu'elle ne vaut pas la peine

que tu t'occupes d'elle. Tu lui fais beaucoup trop
d'honneur. Tu ne veux pas que je te présente à ma
cousine Poictiers ? ajouta-t-il sans se rendre compte
que cela ne pourrait me faire aucun plaisir. Voilà une
jeune femme intelligente et qui te plairait. Elle a
épousé mon cousin, le Duc de Poictiers, qui est un
bon garçon, mais un peu simple pour elle. Je lui ai
parlé de toi. Elle m'a demandé de t'amener. Elle est
autrement jolie qu'Oriane et plus jeune. C'est quelqu'un de gentil, tu sais, c'est quelqu'un de bien. »
C'étaient des expressions nouvellement — d'autant
plus ardemment — adoptées par Robert et qui
signifiaient qu'on avait une nature délicate : « Je ne te
dis pas qu'elle soit dreyfusarde, il faut aussi tenir
compte de son milieu, mais enfin elle dit : « S'il était
innocent quelle horreur ce serait qu'il fût à l'île du
Diable. » Tu comprends, n'est-ce pas ? Et puis enfin
c'est une personne qui fait beaucoup pour ses
anciennes institutrices, elle a défendu qu'on les fasse
monter par l'escalier de service. Je t'assure, c'est
quelqu'un de très bien. Dans le fond Oriane ne l'aime
pas parce qu'elle la sent plus intelligente.

Quoique absorbée par la pitié que lui inspirait un
valet de pied des Guermantes — lequel ne pouvait
aller voir sa fiancée même quand la Duchesse était
sortie car cela eût été immédiatement rapporté par la
loge — Françoise fut navrée de ne s'être pas trouvée là
au moment de la visite de Saint-Loup, mais c'est
qu'elle maintenant en faisait aussi. Elle sortait infailli-
blement les jours où j'avais besoin d'elle. C'était
toujours pour aller voir son frère, sa nièce, et surtout
sa propre fille arrivée depuis peu à Paris. Déjà la
nature familiale de ces visites que faisait Françoise
ajoutait à mon agacement d'être privé de ses services,
car je prévoyais qu'elle parlerait de chacune comme
d'une de ces choses dont on ne peut se dispenser,
selon les lois enseignées à Saint-André-des-Champs.
Aussi je n'écoutais jamais ses excuses sans une mauvaise humeur fort injuste et à laquelle venait mettre le
comble la manière dont Françoise disait non pas : j'ai

été voir mon frère, j'ai été voir ma nièce, mais j'ai été voir le frère, je suis entrée « en courant » donner le bonjour à la nièce (ou à ma nièce la bouchère). Quant à sa fille, Françoise eût voulu la voir retourner à Combray. Mais la nouvelle parisienne, usant, comme une élégante, d'abréviatifs mais vulgaires, elle disait que la semaine qu'elle devait aller passer à Combray lui semblerait bien longue sans avoir seulement « l'Intran[57] ». Elle voulait encore moins aller chez la sœur de Françoise dont la province était montagneuse, car « les montagnes, disait la fille de Françoise en donnant à intéressant un sens affreux et nouveau, ce n'est guère intéressant. » Elle ne pouvait se décider à retourner à Méséglise où « le monde est si bête », où, au marché, les commères, les « pétrousses » se découvriraient un cousinage avec elle et diraient : « Tiens, mais c'est-il pas la fille au défunt Bazireau ? » Elle aimerait mieux mourir que de retourner se fixer là-bas, « maintenant qu'elle avait goûté à la vie de Paris » et Françoise traditionaliste souriait pourtant avec complaisance à l'esprit d'innovation qu'incarnait la nouvelle « parisienne » quand elle disait : « Eh bien, mère, si tu n'as pas ton jour de sortie, tu n'as qu'à m'envoyer un pneu. »

Le temps était redevenu froid. « Sortir ? pourquoi ? pour prendre la crève » disait Françoise qui aimait mieux rester à la maison pendant la semaine que sa fille, le frère et la bouchère étaient allés passer à Combray. D'ailleurs dernière sectatrice en qui survécût obscurément la doctrine de ma tante Léonie touchant la physique, Françoise ajoutait en parlant de ce temps hors de saison : « C'est le restant de la colère de Dieu ! » Mais je ne répondais à ses plaintes que par un sourire plein de langueur, d'autant plus indifférent à ces prédictions que de toutes manières, il ferait beau pour moi ; déjà je voyais briller le soleil du matin sur la colline de Fiesole, je me chauffais à ses rayons ; leur force m'obligeait à ouvrir et à fermer à demi les paupières, en souriant et comme des veilleuses d'albâtre, elles se remplissaient d'une lueur rose. Ce n'était pas seulement les cloches qui revenaient d'Italie, l'Italie était venue avec elle. Mes mains fidèles ne manqueraient pas de fleurs pour honorer l'anniversaire du voyage que j'avais dû faire jadis car depuis qu'à Paris le temps était redevenu froid comme une autre année au moment de nos préparatifs de départ à la fin du carême, dans l'air liquide et glacial qui baignait les marronniers, les platanes des boulevards, l'arbre de la cour de notre maison, entr'ouvraient déjà, leurs feuilles comme dans une coupe d'eau pure, les narcisses, les jonquilles, les anémones du Ponte-Vecchio.

Mon père nous avait raconté qu'il savait maintenant par A. J. où allait M. de Norpois quand il le rencontrait dans la maison.

— C'est chez Mme de Villeparisis, il la connaît beaucoup, je n'en savais rien. Il paraît que c'est une personne délicieuse, une femme supérieure. Tu devrais aller la voir, me dit-il. Du reste, j'ai été très étonné. Il m'a parlé de M. de Guermantes, comme d'un homme tout à fait distingué : je l'avais toujours pris pour une brute. Il paraît qu'il sait infiniment de choses, qu'il a un goût parfait, il est seulement très fier de son nom et de ses alliances. Mais du reste, au dire de Norpois, sa situation est énorme, non seulement ici, mais partout en Europe. Il paraît que l'empereur d'Autriche, l'empereur de Russie le traitent tout à fait en ami. Le père Norpois m'a dit que Mme de Villeparisis t'aimait beaucoup et que tu ferais dans son salon la connaissance de gens intéressants. Il m'a fait un grand éloge de toi, tu le retrouveras chez elle et il pourrait être pour toi d'un bon conseil même si tu dois écrire. Car je vois que tu ne feras pas autre chose. On peut trouver cela une belle carrière, moi ce n'est pas ce que j'aurais préféré pour toi, mais tu seras bientôt un homme, nous ne serons pas toujours auprès de toi, et il ne faut pas que nous t'empêchions de suivre ta vocation [58].

Si, au moins, j'avais pu commencer à écrire ! Mais quelles que fussent les conditions dans lesquelles j'abordasse ce projet (de même, hélas ! que celui de ne plus prendre d'alcool, de me coucher de bonne heure, de dormir, de me bien porter) que ce fût avec emportement, avec méthode, avec plaisir, en me privant d'une promenade, en l'ajournant et en la réservant comme récompense, en profitant d'une heure de bonne santé, en utilisant l'inaction forcée d'un jour de maladie, ce qui finissait toujours par sortir de mes efforts, c'était une page blanche, vierge de toute écriture, inéluctable comme cette carte forcée que dans certains tours on finit fatalement par tirer, de quelque façon qu'on eût préalablement brouillé le jeu. Je n'étais que l'instrument d'habitudes de ne pas travailler, de ne pas me coucher, de ne pas dormir qui devaient se réaliser coûte que coûte ; si je ne leur résistais pas, si je me contentais du prétexte qu'elles tiraient de la première circonstance venue que leur offrait ce jour-là pour les laisser agir à leur guise je m'en tirais sans trop de dommage, je reposais quelques heures tout de même, à la fin de la nuit, je lisais un peu, je ne faisais pas trop d'excès, mais si je voulais les contrarier, si je prétendais entrer tôt dans mon lit, ne boire que de l'eau, travailler, elles s'irritaient, elles avaient recours aux grands moyens, elles me rendaient tout à fait malade, j'étais obligé de doubler la dose d'alcool, je ne me mettais pas au lit de deux jours, je ne pouvais même plus lire, et je me promettais une autre fois d'être plus raisonnable c'est-à-dire moins sage, comme une victime qui se laisse voler de peur, si elle résiste, d'être assassinée.

Mon père dans l'intervalle avait rencontré une fois ou deux M. de Guermantes et maintenant que M. de Norpois lui avait dit que le Duc était un homme remarquable, il faisait plus attention à ses paroles. Justement ils parlèrent dans la cour de Mme de Villeparisis.

— Il m'a dit que c'était sa tante ; il prononce Viparisi. Il m'a dit qu'elle était extraordinairement intelligente. Il a même ajouté qu'elle tenait un *bureau d'esprit* », ajouta mon père impressionné par le vague de cette expression qu'il avait bien lue une ou deux fois dans des mémoires, mais à laquelle il n'attachait pas un sens précis. Ma mère avait tant de respect pour lui que, le voyant ne pas trouver indifférent que Mme de Villeparisis tînt bureau d'esprit, elle jugea que ce fait était de quelque conséquence. Bien que par ma grand-mère, elle sût de tout temps ce que valait exactement la Marquise, elle s'en fit immédiatement une idée plus avantageuse. Ma grand-mère, qui était un peu souffrante, ne fut pas d'abord favorable à la visite, puis s'en désintéressa. Depuis que nous habitions notre nouvel appartement, Mme de Villeparisis lui avait demandé plusieurs fois d'aller la voir. Et toujours ma grand-mère avait répondu qu'elle ne sortait pas en ce moment, dans une de ces lettres que, par une habitude nouvelle et que nous ne comprenions pas, elle ne cachetait plus jamais elle-même, et laissait à Françoise le soin de fermer. Quant à moi, sans bien me représenter ce « bureau d'esprit » je n'aurais pas été très étonné de trouver la vieille dame de Balbec installée devant un « bureau », ce qui du reste, arriva.

Mon père aurait bien voulu par surcroît savoir si l'appui de l'ambassadeur lui vaudrait beaucoup de voix à l'Institut où il comptait se présenter comme membre libre. A vrai dire tout en n'osant pas douter de l'appui de M. de Norpois, il n'avait pourtant pas de certitude. Il avait cru avoir affaire à de mauvaises langues, quand on lui avait dit au ministère que M. de Norpois désirant être seul à y représenter l'Institut, ferait tous les obstacles possibles à une candidature qui d'ailleurs le gênerait particulièrement en ce moment où il en soutenait une autre. Pourtant, quand M. Leroy-Beaulieu [59] lui avait conseillé de se présenter et avait supputé ses chances, il avait été impressionné de voir que parmi les collègues sur qui il pouvait compter en cette circonstance, l'éminent économiste n'avait pas cité M. de Norpois. Mon père n'osait poser directement la question à l'ancien ambassadeur mais espérait que je reviendrais de chez Mme de Villeparisis avec son élection faite. Cette visite était imminente.

La propagande de M. de Norpois capable en effet d'assurer à mon père les deux tiers de l'Académie lui paraissait d'ailleurs d'autant plus probable que l'obligeance de l'Ambassadeur était proverbiale, les gens qui l'aimaient le moins reconnaissant que personne n'aimait autant que lui à rendre service. Et d'autre part au ministère, sa protection s'étendait sur mon père, d'une façon beaucoup plus marquée que sur tout autre fonctionnaire.

Mon père fit une autre rencontre mais qui, celle-là, lui causa un étonnement, puis une indignation extrêmes. Il passa dans la rue près de Mme Sazerat dont la pauvreté relative réduisait la vie à Paris à de rares séjours chez une amie. Personne autant que Mme Sazerat n'ennuyait mon père, au point que maman était obligée une fois par an de lui dire d'une voix douce et suppliante : « Mon ami, il faudrait bien que j'invite une fois Mme Sazerat, elle ne restera pas tard. » et même : « Ecoute, mon ami, je vais te demander un grand sacrifice, va faire une petite visite à Mme Sazerat. Tu sais que je n'aime pas t'ennuyer, mais ce serait si gentil de ta part. Il riait, se fâchait un peu, et allait faire cette visite. Malgré donc que Mme Sazerat ne le divertît pas, la rencontrant, il alla vers elle en se découvrant, mais à sa profonde surprise, Mme Sazerat se contenta d'un salut glacé, forcé par la politesse envers quelqu'un qui est coupable d'une mauvaise action ou est condamné à vivre désormais dans un hémisphère différent. Mon père était rentré fâché, stupéfait. Le lendemain ma mère rencontra Mme Sazerat dans un salon. Celle-ci ne lui tendit pas la main, et lui sourit d'un air vague et triste comme à une personne avec qui on a joué dans son enfance, mais avec qui on a cessé depuis lors toutes relations parce qu'elle a mené une vie de débauches, épousé un forçat ou, qui pis est, un homme divorcé. Or de tous temps mes parents accordaient et inspiraient à Mme Sazerat l'estime la plus profonde. Mais (ce que ma mère ignorait) Mme Sazerat, seule de son espèce à Combray, était dreyfusarde. Mon père, ami

de M. Méline[60], était convaincu de la culpabilité de
Dreyfus. Il avait envoyé promener avec mauvaise
humeur des collègues qui lui avaient demandé de
signer une liste révisionniste. Il ne me reparla pas de
huit jours quand il apprit que j'avais suivi une ligne de
conduite différente. Ses opinions étaient connues. On
n'était pas loin de le traiter de nationaliste. Quant à ma
grand-mère que seule de la famille paraissait devoir
enflammer un doute généreux, chaque fois qu'on lui
parlait de l'innocence possible de Dreyfus, elle avait
un hochement de tête dont nous ne comprenions pas
alors le sens, et qui était semblable à celui d'une
personne qu'on vient déranger dans des pensées plus
sérieuses. Ma mère, partagée entre son amour pour
mon père et l'espoir que je fusse intelligent, gardait
une indécision qu'elle traduisait par le silence. Enfin
mon grand-père adorant l'armée (bien que ses obliga-
tions de garde national eussent été le cauchemar de
son âge mûr), ne voyait jamais à Combray un régiment
défiler devant la grille sans se découvrir quand
passaient le colonel et le drapeau. Tout cela était assez
pour que Mme Sazerat qui connaissait à fond la vie de
désintéressement et d'honneur de mon père et de mon
grand-père, les considérât comme des suppôts de
l'Injustice. On pardonne les crimes individuels, mais
non la participation à un crime collectif. Dès qu'elle le
sut antidreyfusard, elle mit entre elle et lui des
continents et des siècles. Ce qui explique qu'à une
pareille distance dans le temps et dans l'espace, son
salut ait paru imperceptible à mon père et qu'elle n'eût
pas songé à une poignée de main et à des paroles,
lesquelles n'eussent pu franchir les mondes qui les
séparaient.

Saint-Loup devant venir à Paris m'avait promis de
me mener chez Mme de Villeparisis où j'espérais sans
le lui avoir dit, que nous rencontrerions Mme de
Guermantes. Il me demanda de déjeuner au restaurant
avec sa maîtresse que nous conduirions ensuite à une
répétition. Nous devions aller la chercher le matin,
aux environs de Paris où elle habitait.

J'avais demandé à Saint-Loup que le restaurant où nous déjeunerions (dans la vie des jeunes nobles qui dépensent de l'argent le restaurant joue un rôle aussi important que les caisses d'étoffe dans les contes arabes) fût de préférence celui où Aimé m'avait annoncé qu'il devait entrer comme maître d'hôtel en attendant la saison de Balbec. C'était un grand charme pour moi qui rêvais à tant de voyages et en faisais si peu de revoir quelqu'un qui faisait partie plus que de mes souvenirs de Balbec, mais de Balbec même, qui y allait tous les ans, qui, quand la fatigue ou mes cours me forçaient à rester à Paris, n'en regardait pas moins pendant les longues fins d'après-midi de juillet en attendant que les clients vinssent dîner, le soleil descendre et se coucher dans la mer, à travers les panneaux de verre de la grande salle à manger derrière lesquels, à l'heure où il s'éteignait, les ailes immobiles des vaisseaux lointains et bleuâtres avaient l'air de papillons exotiques et nocturnes dans une vitrine. Magnétisé lui-même par son contact avec le puissant aimant de Balbec, ce maître d'hôtel devenait à son tour aimant pour moi. J'espérais en causant avec lui, être déjà en communication avec Balbec, avoir réalisé sur place un peu du charme du voyage.

Je quittai dès le matin la maison où je laissai Françoise gémissante parce que le valet de pied fiancé n'avait pu encore une fois, la veille au soir, aller voir sa promise. Françoise l'avait trouvé en pleurs, il avait failli aller gifler le concierge mais s'était contenu car il tenait à sa place.

Avant d'arriver chez Saint-Loup qui devait m'attendre devant sa porte, je rencontrai Legrandin, que nous avions perdu de vue depuis Combray et qui, tout grisonnant maintenant, avait gardé son air jeune et candide. Il s'arrêta.

— Ah! vous voilà, me dit-il, homme chic, et en redingote encore! Voilà une livrée dont mon indépendance ne s'accommoderait pas. Il est vrai que vous devez être un mondain, faire des visites! Pour aller rêver comme je le fais devant quelque tombe à demi

détruite, ma lavallière et mon veston ne sont pas
déplacés. Vous savez que j'estime la jolie qualité de
votre âme : c'est vous dire combien je regrette que
vous alliez la renier parmi les Gentils. En étant capable
de rester un instant dans l'atmosphère nauséabonde,
irrespirable pour moi des salons, vous rendez contre
votre avenir la condamnation, la damnation du Pro-
phète. Je vois cela d'ici, vous fréquentez les « cœurs
légers », la société des châteaux ; tel est le vice de la
bourgeoisie contemporaine. Ah ! les aristocrates, la
Terreur a été bien coupable de ne pas leur couper le
cou à tous. Ce sont tous de sinistres crapules quand ce
ne sont pas tout simplement de sombres idiots. Enfin,
mon pauvre enfant, si cela vous amuse ! Pendant que
vous irez à quelque five o'clock votre vieil ami sera
plus heureux que vous, car seul dans un faubourg, il
regardera monter dans le ciel violet la lune rose. La
vérité est que je n'appartiens guère à cette Terre où je
me sens si exilé : il faut toute la force de la loi de
gravitation pour m'y maintenir et que je ne m'évade
pas dans une autre sphère. Je suis d'une autre planète.
Adieu, ne prenez pas en mauvaise part la vieille
franchise du paysan de la Vivonne qui est aussi resté le
paysan du Danube[61]. Pour vous prouver que je fais
cas de vous, je vais vous envoyer mon dernier roman.
Mais vous n'aimerez pas cela ; ce n'est pas assez
déliquescent, assez fin de siècle pour vous, c'est trop
franc, trop honnête ; vous[62], il vous faut du Bergotte,
vous l'avez avoué, du faisandé pour les palais blasés de
jouisseurs raffinés. On doit me considérer dans votre
groupe comme un vieux troupier ; j'ai le tort de mettre
du cœur dans ce que j'écris, cela ne se porte plus ; et
puis la vie du peuple ce n'est pas assez distingué pour
intéresser vos snobinettes. Allons, tâchez de vous
rappeler quelquefois la parole du Christ : « Faites cela
et vous vivrez[63]. » Adieu, ami.

Ce n'est pas de trop mauvaise humeur contre
Legrandin que je le quittai. Certains souvenirs sont
comme des amis communs, ils savent faire des récon-
ciliations : jeté au milieu des champs semés de bou-

tons d'or où s'entassaient des ruines féodales le petit
pont de bois nous unissait, Legrandin et moi, comme
les deux bords de la Vivonne.

Ayant quitté Paris où, malgré le printemps
commençant, les arbres des boulevards étaient à peine
pourvus de leurs premières feuilles, quand le train de
ceinture nous arrêta, Saint-Loup et moi dans le village
de banlieue où habitait sa maîtresse, ce fut un
émerveillement de voir chaque jardinet pavoisé par les
immenses reposoirs blancs des arbres fruitiers en
fleurs. C'était comme une de ces fêtes singulières,
poétiques, éphémères et locales qu'on vient de très
loin contempler à époques fixes, mais celle-là donnée
par la nature. Les fleurs des cerisiers sont si étroite-
ment collées aux branches, comme un blanc fourreau,
que de loin, parmi les arbres qui n'étaient presque ni
fleuris, ni feuillus, on aurait pu croire, par ce jour de
soleil encore si froid, voir de la neige fondue ailleurs,
qui était encore restée après les arbustes, mais les
grands poiriers enveloppaient chaque maison, chaque
modeste cour, d'une blancheur plus vaste, plus unie,
plus éclatante et comme si tous les logis, tous les
enclos du village fussent en train de faire, à la même
date, leur première communion.

Ces villages des environs de Paris gardent encore à
leurs portes des parcs du XVIIe et du XVIIIe siècle qui
furent les « folies » des intendants et des favorites. Un
horticulteur avait utilisé l'un d'eux situé en contrebas
de la route pour la culture des arbres fruitiers (ou
peut-être conservé simplement le dessin d'un
immense verger de ce temps-là). Cultivés en quin-
conces, ces poiriers, plus espacés, moins avancés que
ceux que j'avais vus, formaient — séparés par des
murs bas — de grands quadrilatères de fleurs blanches
sur chaque côté desquels la lumière venait se peindre
différemment, si bien que toutes ces chambres sans
toit et en plein air avaient l'air d'être celles du Palais
du Soleil, tel qu'on aurait pu le retrouver en Crète [64] et
elles faisaient penser aussi aux chambres d'un réservoir ou de telles parties de la mer que l'homme pour

quelque pêche ou ostréiculture subdivise, quand on
voyait des branches, selon l'exposition, la lumière
venir se jouer sur les espaliers comme sur les eaux
printanières et faire déferler çà et là, étincelant parmi
le treillage à claire-voie et rempli d'azur des branches,
l'écume blanchissante d'une fleur ensoleillée et mous-
seuse.

C'était un village ancien, avec sa vieille mairie cuite
et dorée devant laquelle en guise de mâts de cocagne et
d'oriflammes, trois grands poiriers étaient, comme
pour une fête civique et locale, galamment pavoisés de
satin blanc.

Jamais Robert ne me parla plus tendrement de son
amie que pendant ce trajet. Je sentais que seule elle
avait des racines dans son cœur; l'avenir qu'il avait
dans l'armée, sa situation mondaine, sa famille, tout
cela ne lui était pas indifférent certes, mais ne
comptait en rien auprès des moindres choses qui
concernaient sa maîtresse. Cela seul avait pour lui du
prestige, infiniment plus de prestige que les Guermantes et tous les rois de la terre. Je ne sais pas s'il se
formulait à lui-même qu'elle était d'une essence
supérieure à tout, mais je sais qu'il n'avait de considération, de souci, que pour ce qui la touchait. Par elle,
il était capable de souffrir, d'être heureux, peut-être
de tuer. Il n'y avait vraiment d'intéressant, de passion-
nant pour lui, que ce que voulait, ce que ferait sa
maîtresse, que ce qui se passait, discernable tout au
plus par des expressions fugitives, dans l'espace étroit
de son visage et sous son front privilégié. Lui si délicat
pour tout le reste, il envisageait la perspective d'un
brillant mariage, seulement pour pouvoir continuer à
l'entretenir, à la garder. Si on s'était demandé à quel
prix il l'estimait, je crois qu'on n'eût jamais pu
imaginer un prix assez élevé. S'il ne l'épousait pas
c'est parce qu'un instinct pratique lui faisait sentir que
dès qu'elle n'aurait plus rien à attendre de lui, elle le
quitterait ou du moins vivrait à sa guise et qu'il fallait
la tenir par l'attente du lendemain. Car il supposait
que peut-être elle ne l'aimait pas. Sans doute la

maladie générale appelée amour devait le forcer —
comme elle fait pour tous les hommes — à croire par
moments qu'elle l'aimait. Mais pratiquement il sentait
que cet amour qu'elle avait pour lui n'empêchait pas
qu'elle ne restât avec lui qu'à cause de son argent et
que le jour où elle n'aurait plus rien à attendre de lui
elle s'empresserait (victime des théories de ses amis de
la littérature et tout en l'aimant, pensait-il) de le quitter.

— Je lui ferai aujourd'hui si elle est gentille, me
dit-il, un cadeau qui lui fera plaisir. C'est un collier
qu'elle a vu chez Boucheron. C'est un peu cher pour
moi en ce moment trente mille francs. Mais ce pauvre
loup, elle n'a pas tant de plaisir dans la vie. Elle va être
joliment contente. Elle m'en avait parlé et elle m'avait
dit qu'elle connaissait quelqu'un qui le lui donnerait
peut-être. Je ne crois pas que ce soit vrai, mais je me
suis à tout hasard entendu avec Boucheron qui est le
fournisseur de ma famille, pour qu'il me le réserve. Je
suis heureux de penser que tu vas la voir ; elle n'est pas
extraordinaire comme figure, tu sais (je vis bien qu'il
pensait tout le contraire et ne disait cela que pour que
mon admiration fût plus grande), elle a surtout un
jugement merveilleux ; devant toi elle n'osera peut-
être pas beaucoup parler, mais je me réjouis d'avance
de ce qu'elle me dira ensuite de toi, tu sais elle dit des
choses qu'on peut approfondir indéfiniment, elle a
vraiment quelque chose de pythique.

Pour arriver à la maison qu'elle habitait, nous
longions de petits jardins et je ne pouvais m'empêcher
de m'arrêter, car ils éblouissaient par l'épanouissement de leurs cerisiers et de leurs poiriers en fleurs [65] ;
sans doute vides et inhabités hier encore comme une
propriété qu'on n'a pas louée, ils étaient subitement
peuplés et embellis par ces nouvelles venues arrivées
de la veille et dont à travers les grillages on apercevait
les belles robes blanches au coin des allées.

— Ecoute, puisque je vois que tu veux regarder
tout cela, être poétique, me dit Robert, ne bouge pas
de là ; mon amie habite tout près, je vais aller la
chercher.

En l'attendant je fis quelques pas, je passais devant
de modestes jardins. Si je levais la tête, je voyais
quelquefois des jeunes filles aux fenêtres, mais même
en plein air et à la hauteur d'un petit étage, çà et là,
souples et légères, dans leur fraîche toilette mauve,
suspendues dans les feuillages, de jeunes touffes de
lilas se laissaient balancer par la brise sans s'occuper
du passant qui levait les yeux jusqu'à leur entresol de
verdure. Je reconnaissais en elles les pelotons violets
disposés à l'entrée du parc de M. Swann, passé la
petite barrière blanche, dans les chauds après-midi du
printemps, pour une ravissante tapisserie provinciale.
Je pris un sentier qui aboutissait à une prairie. Un air
froid y soufflait vif comme à Combray, mais au milieu
de la terre grasse, humide et campagnarde qui eût pu
être au bord de la Vivonne, n'en avait pas moins surgi,
exact au rendez-vous comme toute la bande de ses
compagnons, un grand poirier blanc qui agitait en
souriant et opposait au soleil, comme un rideau de
lumière matérialisée et palpable, ses fleurs convulsées
par la brise, mais lissées et glacées d'argent par les
rayons [66].

Tout à coup, Saint-Loup apparut, accompagné de
sa maîtresse et alors, dans cette femme qui était pour
lui tout l'amour, toutes les douceurs possibles de la
vie, dont la personnalité mystérieusement enfermée
dans un corps comme dans un Tabernacle était l'objet
encore sur lequel travaillait sans cesse l'imagination de
mon ami, qu'il sentait qu'il ne connaîtrait jamais, dont
il se demandait perpétuellement ce qu'elle était en
elle-même, derrière le voile des regards et de la chair,
dans cette femme, je reconnus à l'instant « Rachel
quand du Seigneur [67] » celle qui, il y a quelques
années — les femmes changent si vite de situation
dans ce monde-là, quand elles en changent — disait à
la maquerelle :

— Alors, demain soir, si vous avez besoin de moi
pour quelqu'un, vous me ferez chercher [68].

Et quand on était « venu la chercher » en effet et
qu'elle se trouvait seule dans la chambre avec ce

quelqu'un, elle savait si bien ce qu'on voulait d'elle, qu'après avoir fermé la porte à clef, par précaution de femme prudente, ou par geste rituel, elle commençait à ôter prestement toutes ses affaires, comme on fait devant le docteur qui va vous ausculter et ne s'arrêtait en route que si le « quelqu'un » n'aimant pas la nudité lui disait qu'elle pouvait garder sa chemise, comme le font certains praticiens qui, ayant l'oreille très fine et la crainte de faire se refroidir leur malade, se contentent d'écouter la respiration et le battement de cœur à travers un linge. A cette femme dont toute la vie, toutes les pensées, tout le passé, tous les hommes par qui elle avait pu être possédée, m'étaient chose si indifférente que, si elle me l'eût conté, je ne l'eusse écoutée que par politesse et à peine entendue, je sentis que l'inquiétude, le tourment, l'amour de Saint-Loup s'étaient appliqués jusqu'à faire — de ce qui était pour moi un jouet mécanique, — un objet de souffrances infinies, ayant le prix même de l'existence. Voyant ces deux éléments dissociés (parce que j'avais connu « Rachel quand du Seigneur » dans une maison de passe), je comprenais que bien des femmes pour lesquelles des hommes vivent, souffrent, se tuent, peuvent être en elles-mêmes ou pour d'autres ce que Rachel était pour moi. L'idée qu'on éprouvât une curiosité douloureuse à l'égard de sa vie me stupéfiait. J'aurais pu apprendre bien des coucheries d'elle à Robert, lesquelles me semblaient la chose la plus indifférente du monde. Et combien elles l'eussent peiné. Et que n'avait-il pas donné pour les connaître sans y réussir.

Je me rendais compte de tout ce qu'une imagination humaine peut mettre derrière un petit morceau de visage comme était celui de cette femme, si c'est l'imagination qui l'a connue d'abord ; et, inversement en quels misérables éléments matériels et dénués de toute valeur, pouvait se décomposer ce qui était le but de tant de rêveries, si, au contraire, cela avait été perçu d'une manière opposée par la connaissance la plus triviale. Je comprenais que ce qui m'avait paru ne

pas valoir vingt francs quand cela m'avait été offert
pour vingt francs dans la maison de passe, où c'était
seulement pour moi une femme désireuse de gagner
vingt francs, peut valoir plus qu'un million, plus
même que les tendresses de la famille, que toutes les
situations enviées si on a commencé par imaginer en
elle un être mystérieux, curieux à connaître, difficile à
saisir, à garder. Sans doute c'était le même mince et
étroit visage que nous voyions Robert et moi. Mais
nous étions arrivés à lui par les deux routes opposées
qui ne communiqueraient jamais et nous n'en verrions
jamais la même face. Ce visage, avec ses regards, ses
sourires, les mouvements de sa bouche, moi je l'avais
connu du dehors comme étant celui d'une femme
quelconque qui pour vingt francs ferait tout ce que je
voudrais. Aussi les regards, les sourires, les mouvements de bouche m'avait paru seulement significatifs
d'actes généraux, sans rien d'individuel, et sous eux je
n'aurais pas eu la curiosité de chercher une personne.
Mais ce qui m'avait en quelque sorte été offert au
départ, ce visage consentant, ç'avait été pour Robert
un point d'arrivée vers lequel il s'était dirigé à travers
combien d'espoirs, de doutes, de soupçons, de rêves.
Oui, il avait donné plus d'un million pour avoir, pour
que ne fût pas offert à d'autres ce qui m'avait été offert
comme à chacun pour vingt francs. Pour quel motif il
ne l'avait pas eue à ce prix peut tenir au hasard d'un
instant, d'un instant pendant lequel celle qui semblait
prête à se donner, se dérobe, ayant peut-être un
rendez-vous, quelque raison qui la rende plus difficile
ce jour-là. Si elle a affaire, même sans s'en apercevoir à
un sentimental, mais surtout si elle s'en aperçoit, un
jeu terrible commence. Incapable de surmonter sa
déception, de se passer de cette femme, il la relance,
elle le fuit, si bien qu'un sourire, qu'il n'osait plus
espérer est payé mille fois ce qu'eussent dû l'être les
dernières faveurs. Il arrive même parfois dans ce cas,
quand on a eu par un mélange de naïveté dans le
jugement et de lâcheté devant la souffrance, la folie de
faire d'une fille une inaccessible idole, que ces der-

nières faveurs, ou même le premier baiser on ne
l'obtiendra jamais, on n'ose même plus le demander
pour ne pas démentir des assurances de platonique
amour. Et c'est une grande souffrance alors de quitter
la vie sans avoir jamais su ce que pouvait être le baiser
de la femme qu'on a le plus aimée. Les faveurs de
Rachel, Saint-Loup pourtant avait réussi par chance à
les avoir toutes. Certes s'il avait su maintenant qu'elles
avaient été proposées à tout le monde pour un louis, il
eût sans doute terriblement souffert mais n'eût pas
moins donné ce million pour les conserver, car tout ce
qu'il eût appris n'eût pas pu le faire sortir — ce qui est
important chez l'homme et ne peut arriver que malgré
lui par l'action de quelque grande loi naturelle — de la
route dans laquelle il se trouvait et d'où ce visage ne
pouvait lui apparaître qu'à travers les rêves qu'il avait
formés. L'immobilité de ce mince visage, comme celle
d'une feuille de papier soumise aux colossales pressions de deux atmosphères, me semblait équilibrée par
deux infinis qui venaient aboutir à elle sans se
rencontrer, car elle les séparait. La regardant tous les
deux Robert et moi nous ne la voyions pas du même
côté du mystère.

Ce n'était pas « Rachel quand du Seigneur » qui me
semblait peu de chose, c'était la puissance de l'imagination humaine, l'illusion sur laquelle reposaient les
douleurs de l'amour que je trouvais grandes. Robert
vit que j'avais l'air ému. Je détournai les yeux vers les
poiriers et les cerisiers du jardin d'en face pour qu'il
crût que c'était leur beauté qui me touchait. Et elle me
touchait un peu de la même façon, elle mettait aussi
près de moi de ces choses qu'on ne voit pas qu'avec ses
yeux, mais qu'on sent dans son cœur. Ces arbustes
que j'avais vus dans le jardin, en les prenant pour de
rieuses étrangères[69], ne m'étais-je pas trompé comme
Madeleine quand, dans un autre jardin, un jour dont
l'anniversaire allait bientôt venir, elle vit une forme
humaine et « crut que c'était le jardinier ». Gardiens
des souvenirs de l'âge d'or, garants de la promesse que
la réalité n'est pas ce qu'on croit, que la splendeur de

la poésie, que l'éclat merveilleux de l'innocence peuvent y resplendir et pourront être la récompense que nous nous efforcerons de mériter, les grandes créatures blanches merveilleusement penchées au-dessus de l'ombre propice à la sieste, à la pêche, à la lecture, n'était-ce pas plutôt des anges ? J'échangeais quelques mots avec la maîtresse de Saint-Loup. Nous coupâmes par le village. Les maisons en étaient sordides. Mais à côté des plus misérables, de celles qui avaient un air d'avoir été brûlées par une pluie de salpêtre, un mystérieux voyageur, arrêté pour un jour dans la cité maudite, un ange resplendissant se tenait debout, étendant largement sur elle l'éblouissante protection de ses ailes d'innocence : c'était un poirier en fleurs. Saint-Loup fit quelques pas en avant avec moi :

— J'aurais aimé que nous puissions, toi et moi, attendre ensemble, j'aurais même été plus content de déjeuner seul avec toi, et à ce que nous restions seuls jusqu'au moment d'aller chez ma tante. Mais ma pauvre gosse, ça lui fait tant de plaisir, et elle est si gentille pour moi, tu sais, je n'ai pu lui refuser. Du reste elle te plaira, c'est une littéraire, une vibrante et puis c'est une chose si gentille de déjeuner avec elle au restaurant, elle est si agréable, si simple, toujours contente de tout.

Je crois pourtant que, précisément ce matin-là, et probablement pour la seule fois, Robert s'évada un instant hors de la femme que, tendresse après tendresse, il avait lentement composée, et aperçut tout d'un coup à quelque distance de lui une autre Rachel, un double d'elle, mais absolument différent et qui figurait une simple petite grue. Quittant le beau verger, nous allions prendre le train pour rentrer à Paris quand à la gare, Rachel marchant à quelques pas de nous, fut reconnue et interpellée par de vulgaires « poules » comme elle était et qui d'abord, la croyant seule, lui crièrent : « Tiens, Rachel, tu montes avec nous, Lucienne et Germaine sont dans le wagon et il y a justement encore de la place, viens, on ira ensemble au skating », et s'apprêtaient à lui présenter deux

« calicots », leurs amants qui les accompagnaient,
quand devant l'air légèrement gêné de Rachel, elles
levèrent curieusement les yeux un peu plus loin, nous
aperçurent et s'excusant lui dirent adieu en recevant
d'elle un adieu aussi, un peu embarrassé mais amical.
C'étaient deux pauvres petites poules, avec des collets
en fausse loutre, ayant à peu près l'aspect qu'avait
Rachel quand Saint-Loup l'avait rencontrée la première fois. Il ne les connaissait pas, ni leur nom, et
voyant qu'elles avaient l'air très liées avec son amie eut
l'idée que celle-ci avait peut-être eu sa place, l'avait
peut-être encore, dans une vie insoupçonnée de lui,
fort différente de celle qu'il menait avec elle, une vie
où on avait les femmes pour un louis tandis qu'il
donnait plus de cent mille francs par an à Rachel. Il ne
fit pas qu'entrevoir cette vie, mais aussi au milieu une
Rachel tout autre que celle qu'il connaissait, une
Rachel pareille à ces deux petites poules, une Rachel à
vingt francs. En somme Rachel s'était un instant
dédoublée pour lui, il avait aperçu à quelque distance
de sa Rachel, la Rachel petite poule, la Rachel réelle, à
supposer que la Rachel poule fût plus réelle que
l'autre. Robert eut peut-être l'idée alors que cet enfer
où il vivait, avec la perspective et la nécessité d'un
mariage riche, d'une vente de son nom, pour pouvoir
continuer à donner cent mille francs par an à Rachel, il
aurait peut-être pu s'en arracher aisément, et avoir les
faveurs de sa maîtresse, comme ces calicots celles de
leurs grues, pour peu de chose. Mais comment faire.
Elle n'avait démérité en rien. Moins comblée, elle
serait moins gentille, ne lui dirait plus, ne lui écrirait
plus de ces choses qui le touchaient tant et qu'il citait
avec un peu d'ostentation à ses camarades, en prenant
soin de faire remarquer combien c'était gentil d'elle
mais en omettant qu'il l'entretenait fastueusement,
même qu'il lui donnât quoi que ce fût, que ces
dédicaces sur une photographie ou cette formule pour
terminer une dépêche, c'était la transmutation sous sa
forme la plus réduite et la plus précieuse de cent mille
francs. S'il se gardait de dire que ces rares gentillesses

de Rachel étaient payées par lui, il serait faux — et
pourtant par un raisonnement simpliste on en use
absurdement pour tous les amants qui casquent, pour
tant de maris — de dire que c'était par amour-propre,
par vanité. Saint-Loup était assez intelligent pour se
rendre compte que tous les plaisirs de la vanité, il les
aurait trouvés aisément et gratuitement dans le
monde, grâce à son grand nom, à son joli visage, et
que sa liaison avec Rachel au contraire, était ce qui
l'avait mis un peu hors du monde, faisait qu'il y était
moins coté. Non, cet amour-propre à vouloir paraître
avoir gratuitement les marques apparentes de prédilection de celle qu'on aime, c'est simplement un
dérivé de l'amour, le besoin de se représenter à soi-
même et aux autres comme aimé par ce qu'on aime
tant. Rachel se rapprocha de nous, laissant les deux
poules monter dans leur compartiment; mais, non
moins que la fausse loutre de celles-ci et l'air guindé
des calicots, les noms de Lucienne et de Germaine
maintinrent un instant la Rachel nouvelle. Un instant
il imagina une vie de la place Pigalle, avec des amis
inconnus, des bonnes fortunes sordides, des après-
midi de plaisirs naïfs, promenade ou partie de plaisir,
dans ce Paris où l'ensoleillement des rues depuis le
boulevard de Clichy ne lui sembla pas le même que la
clarté solaire où il se promenait avec sa maîtresse, mais
devoir être autre, car l'amour et la souffrance qui fait
un avec lui ont comme l'ivresse le pouvoir de différencier pour nous les choses. Ce fut presque comme un
Paris inconnu au milieu de Paris même qu'il soup-
çonna, sa liaison lui apparut comme l'exploration
d'une vie étrange, car si avec lui Rachel était un peu
semblable à lui-même, pourtant c'était bien une partie
de sa vie réelle que Rachel vivait avec lui, même la
partie la plus précieuse à cause des sommes folles qu'il
lui donnait, la partie qui la faisait tellement envier des
amies et lui permettrait un jour de se retirer à la
campagne ou de se lancer dans les grands théâtres,
après avoir fait sa pelote. Robert aurait voulu demander à son amie qui étaient Lucienne et Germaine, les

choses qu'elles lui eussent dites si elle était montée
dans leur compartiment, à quoi elles eussent ensemble, elle et ses camarades, passé une journée qui eût
peut-être fini comme divertissement suprême, avec les
plaisirs du skating, à la taverne de l'Olympia, si lui
Robert et moi n'avions pas été présents. Un instant les
abords de l'Olympia qui jusque-là lui avaient paru
assommants, excitèrent sa curiosité, sa souffrance et le
soleil de ce jour printanier donnant dans la rue
Caumartin où, peut-être, si elle n'avait pas connu
Robert, Rachel fût allée tantôt et eût gagné un louis,
lui donna une vague nostalgie. Mais à quoi bon poser à
Rachel des questions, quand il savait d'avance que la
réponse serait ou un simple silence ou un mensonge ou
quelque chose de très pénible pour lui sans pourtant
lui décrire rien. Les employés fermaient les portières,
nous montâmes vite dans une voiture de première, les
perles admirables de Rachel rapprirent à Robert
qu'elle était une femme d'un grand prix, il la caressa,
la fit rentrer dans son propre cœur où il la contempla,
intériorisée, comme il avait toujours fait jusqu'ici —
sauf pendant ce bref instant où il l'avait vue sur une
place Pigalle de peintre impressionniste — et le train
partit.

C'était du reste vrai qu'elle était une « littéraire ».
Elle ne s'interrompit de me parler livres, art nouveau,
tolstoïsme, que pour faire des reproches à Saint-Loup
qu'il bût trop de vin.

— Ah ! si tu pouvais vivre un an avec moi on
verrait, je te ferais boire de l'eau et tu serais bien
mieux.

— C'est entendu, partons.

— Mais tu sais bien que j'ai beaucoup à travailler
(car elle prenait au sérieux l'art dramatique). D'ailleurs que dirait ta famille ?

Et elle se mit à me faire sur sa famille des reproches
qui me semblèrent du reste fort justes et auxquels
Saint-Loup tout en désobéissant à Rachel sur l'article
du champagne adhéra entièrement. Moi qui craignais
tant le vin pour Saint-Loup et sentais la bonne

influence de sa maîtresse, j'étais tout prêt à lui
conseiller d'envoyer promener sa famille. Les larmes
montèrent aux yeux de la jeune femme parce que j'eus
l'imprudence de parler de Dreyfus.

— Le pauvre martyr, dit-elle en retenant un san-
glot, ils le feront mourir là-bas.

— Tranquillise-toi, Zézette, il reviendra, il sera
acquitté, l'erreur sera reconnue.

— Mais avant cela, il sera mort ! Enfin au moins ses
enfants porteront un nom sans tache. Mais penser à ce
qu'il doit souffrir c'est ce qui me tue ! Et croyez-vous
que la mère de Robert, une femme pieuse, dit qu'il
faut qu'il reste à l'île du Diable, même s'il est
innocent, n'est-ce pas une horreur ?

— Oui, c'est absolument vrai, elle le dit, affirma
Robert. C'est ma mère, je n'ai rien à objecter, mais il
est bien certain qu'elle n'a pas la sensibilité de Zézette.

En réalité ces déjeuners « choses si gentilles », se
passaient toujours fort mal. Car dès que Saint-Loup se
trouvait avec sa maîtresse dans un endroit public, il
s'imaginait qu'elle regardait tous les hommes présents, il devenait sombre, elle s'apercevait de sa
mauvaise humeur qu'elle s'amusait peut-être à attiser
mais que, plus probablement, par amour-propre bête,
elle ne voulait pas, blessée par son ton, avoir l'air de
chercher à désarmer ; elle faisait semblant de ne pas
détacher ses yeux de tel ou tel homme, et d'ailleurs ce
n'était pas toujours par pur jeu. En effet que le
monsieur qui au théâtre ou au café se trouvait leur
voisin, que tout simplement le cocher du fiacre qu'ils
avaient pris, eût quelque chose d'agréable, Robert,
aussitôt averti par sa jalousie, l'avait remarqué avant
sa maîtresse ; il voyait immédiatement en lui un de ces
êtres immondes dont il m'avait parlé à Balbec, qui
pervertissent et déshonorent les femmes pour s'amuser, il suppliait sa maîtresse de détourner de lui ses
regards et par là même le lui désignait. Or, quelquefois elle trouvait que Robert avait eu si bon goût dans
ses soupçons qu'elle finissait même par cesser de le
taquiner pour qu'il se tranquillisât et consentît à aller

faire une course pour qu'il lui laissât le temps d'entrer
en conversation avec l'inconnu, souvent de prendre
rendez-vous, quelquefois même d'expédier une pas-
sade. Je vis bien dès notre entrée au restaurant que
Robert avait l'air soucieux. C'est que Robert avait
immédiatement remarqué, ce qui nous avait échappé à
Balbec, que, au milieu de ses camarades vulgaires,
Aimé, avec un éclat modeste, dégageait, bien involon-
tairement, le romanesque qui émane pendant un
certain nombre d'années de cheveux légers et d'un nez
grec, grâce à quoi, il se distinguait au milieu de la
foule des autres serviteurs. Ceux-ci, presque tous
assez âgés, offraient des types extraordinairement
laids et accusés de curés hypocrites, de confesseurs
papelards, plus souvent d'anciens acteurs comiques
dont on ne retrouve plus guère le front en pain de
sucre que dans les collections de portraits exposés
dans le foyer humblement historique de petits théâtres
désuets où ils sont représentés jouant des rôles de
valets de chambre ou de grands pontifes et dont ce
restaurant semblait, grâce à un recrutement sélec-
tionné et peut-être à un mode de nomination héréditaire, conserver le type solennel en une sorte de collège
augural. Malheureusement, Aimé nous ayant reconnus, ce fut lui qui vint prendre notre commande [70]
tandis que s'écoulait vers d'autres tables le cortège des
grands prêtres d'opérette. Aimé s'informa de la santé
de ma grand-mère, je lui demandai des nouvelles de sa
femme et de ses enfants. Il me les donna avec émotion
car il était homme de famille. Il avait un air intelligent,
énergique, mais respectueux. La maîtresse de Robert
se mit à le regarder avec une étrange attention. Mais
les yeux enfoncés d'Aimé auxquels une légère myopie
donnait une sorte de profondeur dissimulée, ne trahi-
rent aucune impression au milieu de sa figure immobile. Dans l'hôtel de province où il avait servi bien des
années avant de venir à Balbec, le joli dessin, un peu
jauni et fatigué maintenant, qu'était sa figure et que
pendant tant d'années, comme telle gravure représentant le Prince Eugène [71], on avait vu toujours à la

même place, au fond de la salle à manger, presque toujours vide, n'avait pas dû attirer de regards bien curieux. Il était donc resté longtemps, sans doute faute de connaisseurs, ignorant de la valeur artistique de son visage, et d'ailleurs peu disposé à la faire remarquer, car il était d'un tempérament froid. Tout au plus quelque Parisienne de passage, s'étant arrêtée une fois dans la ville avait levé les yeux sur lui, lui avait peut-être demandé de venir la servir dans sa chambre avant de reprendre le train, et dans le vide translucide, monotone et profond de cette existence de bon mari et de domestique de province, avait enfoui le secret d'un caprice sans lendemain que personne n'y viendrait jamais découvrir. Pourtant Aimé dut s'apercevoir de l'insistance avec laquelle les yeux de la jeune artiste restaient attachés sur lui. En tout cas elle n'échappa pas à Robert sous le visage duquel je voyais s'amasser une rougeur non pas vive comme celle qui l'empourprait s'il avait une brusque émotion, mais faible, émiettée.

— Ce maître d'hôtel est très intéressant, Zézette ? demanda-t-il à sa maîtresse après avoir renvoyé Aimé assez brusquement. On dirait que tu veux faire une étude d'après lui.

— Voilà que ça commence, j'en étais sûre !

— Mais qu'est-ce qui commence, mon petit ? Si j'ai eu tort, je n'ai rien dit, je veux bien. Mais j'ai tout de même le droit de te mettre en garde contre ce larbin que je connais de Balbec (sans cela je m'en ficherais pas mal), et qui est une des plus grandes fripouilles que la terre ait jamais portées.

Elle parut vouloir obéir à Robert et engagea avec moi une conversation littéraire à laquelle il se mêla. Je ne m'ennuyais pas en causant avec elle car elle connaissait très bien les œuvres que j'admirais et était à peu près d'accord avec moi dans ses jugements ; mais comme j'avais entendu dire par Mme de Villeparisis qu'elle n'avait pas de talent, je n'attachais pas grande importance à cette culture. Elle plaisantait finement de mille choses, et eût été vraiment agréable si elle

n'eût pas affecté d'une façon agaçante le jargon des
cénacles et des ateliers. Elle l'étendait d'ailleurs à tout,
et, par exemple, ayant pris l'habitude de dire d'un
tableau s'il était impressionniste ou d'un opéra s'il
était wagnérien. « Ah ! c'est *bien* », un jour qu'un
jeune homme l'avait embrassée sur l'oreille et que
touché qu'elle simulât un frisson, il faisait le modeste,
elle dit : « Si, comme sensation, je trouve que c'est
*bien*. » Mais surtout ce qui m'étonnait, c'est que les
expressions propres à Robert (et qui d'ailleurs étaient
peut-être venues à celui-ci de littérateurs connus par
elle), elle les employait devant lui, lui devant elle,
comme si c'eût été un langage nécessaire et sans se
rendre compte du néant d'une originalité qui est à
tous.

Elle était, en mangeant, maladroite de ses mains à
un degré qui laissait supposer qu'en jouant la comédie
sur la scène, elle devait se montrer bien gauche. Elle
ne retrouvait de la dextérité que dans l'amour par cette
touchante prescience des femmes qui aiment tant le
corps de l'homme qu'elles devinent du premier coup
ce qui fera le plus de plaisir à ce corps pourtant si
différent du leur.

Je cessai de prendre part à la conversation quand on
parla théâtre car sur ce chapitre Rachel était trop
malveillante. Elle prit, il est vrai, sur un ton de
commisération — contre Saint-Loup, ce qui prouvait
qu'elle l'attaquait souvent devant lui — la défense de
la Berma, en disant : « Oh ! non, c'est une femme
remarquable. Evidemment ce qu'elle fait ne nous
touche plus, cela ne correspond plus tout à fait à ce
que nous cherchons, mais il faut la placer au moment
où elle est venue, on lui doit beaucoup. Elle a fait des
choses bien, tu sais. Et puis c'est une si brave femme,
elle a un si grand cœur, elle n'aime pas naturellement
les choses qui nous intéressent, mais elle a eu, avec un
visage assez émouvant, une jolie qualité d'intelligence. » (Les doigts n'accompagnent pas de même
tous les jugements esthétiques. S'il s'agit de peinture,
pour montrer que c'est un beau morceau, en pleine

pâte, on se contente de faire saillir le pouce. Mais la
« jolie qualité d'esprit » est plus exigeante. Il lui faut
deux doigts, ou plutôt deux ongles comme s'il s'agissait de faire sauter une poussière.) Mais — cette
exception faite — la maîtresse de Saint-Loup parlait
des artistes les plus connus sur un ton d'ironie et de
supériorité, qui m'irritait parce que je croyais —
faisant erreur en cela — que c'était elle qui leur était
inférieure. Elle s'aperçut très bien que je devais la
tenir pour une artiste médiocre et avoir au contraire
beaucoup de considération pour ceux qu'elle méprisait. Mais elle ne s'en froissa pas, parce qu'il y a dans
le grand talent non reconnu encore, comme était le
sien, si sûr qu'il puisse être de lui-même, une certaine
humilité, et que nous proportionnons les égards que
nous exigeons, non à nos dons cachés mais à notre
situation acquise. (Je devais, une heure plus tard, voir
au théâtre la maîtresse de Saint-Loup montrer beaucoup de déférence envers les mêmes artistes sur
lesquels elle portait un jugement si sévère.) Aussi, si
peu de doute qu'eût dû lui laisser mon silence, n'en
insista-t-elle pas moins pour que nous dînions le soir
ensemble, assurant que jamais la conversation de
personne ne lui avait autant plu que la mienne. Si nous
n'étions pas encore au théâtre où nous devions aller
après le déjeuner, nous avions l'air de nous trouver
dans un « foyer » qu'illustraient des portraits anciens
de la troupe, tant les maîtres d'hôtel avaient de ces
figures qui semblent perdues avec toute une génération d'artistes hors ligne, du Palais-Royal ; ils avaient
l'air d'académiciens aussi, arrêté devant un buffet l'un
examinait des poires avec la figure et la curiosité
désintéressée qu'eût pu avoir M. de Jussieu[72]. D'autres, à côté de lui, jetaient sur la salle des regards
empreints de curiosité et de froideur que des membres
de l'Institut déjà arrivés jettent sur le public tout en
échangeant quelques mots qu'on n'entend pas.
C'étaient des figures célèbres parmi les habitués.
Cependant on s'en montrait un nouveau au nez raviné,
à la lèvre papelarde qui comme disait Rachel en son

dialecte « faisait sacristie [73] » et chacun regardait avec
intérêt le nouvel élu. Mais bientôt, peut-être pour
faire partir Robert afin de se trouver seule avec Aimé,
Rachel se mit à faire de l'œil à un jeune boursier, qui
déjeunait à une table voisine avec un ami.

— Zézette, je te prierai de ne pas regarder ce jeune
homme comme cela, dit Saint-Loup sur le visage de
qui les hésitantes rougeurs de tout à l'heure s'étaient
concentrées en une nuée sanglante qui dilatait et
fonçait les traits distendus de mon ami, si tu dois nous
donner en spectacle, j'aime mieux déjeuner de mon
côté et aller t'attendre au théâtre.

A ce moment on vint dire à Aimé qu'un monsieur le
priait de venir lui parler à la portière de sa voiture.
Saint-Loup toujours inquiet et craignant qu'il ne s'agît
d'une commission amoureuse à transmettre à sa
maîtresse regarda par la vitre et aperçut au fond de son
coupé, les mains serrées dans des gants blancs rayés de
noir, une fleur à la boutonnière, M. de Charlus.

— Tu vois, me dit-il à voix basse, ma famille me
fait traquer jusqu'ici. Je t'en prie, moi je ne peux pas,
mais puisque tu connais bien le maître d'hôtel qui va
sûrement nous vendre, demande-lui de ne pas aller à
la voiture. Au moins que ce soit un garçon qui ne me
connaisse pas. Si on dit à mon oncle qu'on ne me
connaît pas, je sais comment il est, il ne viendra pas
voir dans le café, il déteste ces endroits-là. N'est-ce
pas tout de même dégoûtant qu'un vieux coureur de
femmes comme lui, qui n'a pas dételé, me donne
perpétuellement des leçons et vienne m'espionner !

Aimé, ayant reçu mes instructions envoya un de ses
commis qui devait dire qu'il ne pouvait pas se
déranger et que si on demandait le Marquis de Saint-
Loup, on dise qu'on ne le connaissait pas. La voiture
repartit bientôt. Mais la maîtresse de Saint-Loup qui
n'avait pas entendu nos propos chuchotés à voix basse,
et avait cru qu'il s'agissait du jeune homme à qui
Robert lui reprochait de faire de l'œil, éclata en
injures.

— Allons bon ! c'est ce jeune homme maintenant ?

tu fais bien de me prévenir ; oh ! c'est délicieux de déjeuner dans ces conditions ! Ne vous occupez pas de ce qu'il dit, il est un peu piqué et surtout, ajouta-t-elle en se tournant vers moi, il dit cela parce qu'il croit que ça fait élégant, que ça fait grand seigneur d'avoir l'air jaloux.

Et elle se mit à donner avec ses pieds et avec ses mains, des signes d'énervement.

— Mais, Zézette, c'est pour moi que c'est désagréable. Tu nous rends ridicule aux yeux de ce monsieur qui va être persuadé que tu lui fais des avances et qui m'a l'air tout ce qu'il y a de pis.

— Moi, au contraire il me plaît beaucoup ; d'abord il a des yeux ravissants, et qui ont une manière de regarder les femmes, on sent qu'il doit les aimer.

— Tais-toi au moins jusqu'à ce que je sois parti, si tu es folle, s'écria Robert. Garçon, mes affaires.

Je ne savais si je devais le suivre.

— Non, j'ai besoin d'être seul, me dit-il sur le même ton dont il venait de parler à sa maîtresse et comme s'il était tout fâché contre moi. Sa colère était comme une même phrase musicale sur laquelle dans un opéra se chantent plusieurs répliques, entièrement différentes entre elles, dans le livret, de sens et de caractère mais qu'elle réunit par un même sentiment. Quand Robert fut parti, sa maîtresse appela Aimé et lui demanda différents renseignements. Elle voulait ensuite savoir comment je le trouvais.

— Il a un regard amusant, n'est-ce pas ? Vous comprenez ce qui m'amuserait, ce serait de savoir ce qu'il peut penser, d'être souvent servie par lui, de l'emmener en voyage. Mais pas plus que ça. Si on était obligé d'aimer tous les gens qui vous plaisent ce serait au fond assez terrible. Robert a tort de se faire des idées. Tout ça, ça se forme et ça finit dans ma tête, Robert devrait être bien tranquille. Elle regardait toujours Aimé. Tenez, regardez les yeux noirs qu'il a, je voudrais savoir ce qu'il y a dessous.

Bientôt on vint lui dire que Robert la faisait demander dans un cabinet particulier où, en passant par une autre entrée, il était allé finir de déjeuner sans retraverser le restaurant. Je restai seul, puis à mon tour Robert me fit appeler. Je trouvai sa maîtresse étendue sur un sofa riant sous les baisers, les caresses qu'il lui prodiguait. Ils buvaient du champagne. « Bonjour, vous ! » lui disait-elle de temps à autre, car elle avait appris récemment cette formule qui lui paraissait le dernier mot de la tendresse et de l'esprit. J'avais mal déjeuné, j'étais mal à l'aise, et sans que les paroles de Legrandin y fussent pour quelque chose, je regrettais de penser que je commençais dans un cabinet de restaurant et finirais dans des coulisses de théâtre, cette première après-midi de printemps. Après avoir regardé l'heure pour voir si elle ne se mettrait pas en retard, elle m'offrit du champagne, me tendit une de ses cigarettes d'Orient et détacha pour moi une rose de son corsage. Je me dis alors : je n'ai pas trop à regretter ma journée ; ces heures passées auprès de cette jeune femme ne sont pas perdues pour moi puisque par elle j'ai, chose gracieuse et qu'on ne peut payer trop cher, une rose, une cigarette parfumée, une coupe de champagne. Je me le disais parce qu'il me semblait que c'était douer d'un caractère esthétique, et par là justifier, sauver ces heures d'ennui. Peut-être aurais-je dû penser que le besoin même que j'éprouvais d'une raison qui me consolât de mon ennui, suffisait à prouver que je ne ressentais rien d'esthétique. Quant à Robert et à sa maîtresse, ils avaient l'air de ne garder aucun souvenir de la querelle qu'ils avaient eue quelques instants auparavant, ni que j'y eusse assisté. Ils n'y firent aucune allusion, ils ne lui cherchèrent aucune excuse pas plus qu'au contraste que faisaient avec elle leurs façons de maintenant. A force de boire du champagne avec eux, je commençai à éprouver un peu de l'ivresse que je ressentais à Rivebelle, probablement pas tout à fait la même. Non seulement chaque genre d'ivresse de celle que donne le soleil ou le voyage à celle que donne la fatigue ou le vin, mais chaque degré d'ivresse et qui devrait porter une « cote » différente comme les fonds dans la mer, met à nu en nous exactement à la profondeur où il se trouve un homme spécial[74]. Le cabinet où se trouvait Saint-Loup était petit, mais la glace unique qui le décorait était de telle sorte qu'elle semblait en réfléchir une trentaine d'autres, le long d'une perspective infinie; et l'ampoule électrique placée au sommet du cadre, devait le soir, quand elle était allumée, suivie de la procession d'une trentaine de reflets pareils à elle-même, donner au buveur même solitaire l'idée que l'espace autour de lui se multipliait en même temps que ses sensations exaltées par l'ivresse et qu'enfermé seul dans ce petit réduit, il régnait pourtant sur quelque chose de bien plus étendu en sa courbe indéfinie et lumineuse, qu'une allée du « Jardin de Paris ». Or, étant alors à ce moment-là ce buveur, tout d'un coup, le cherchant dans la glace je l'aperçus, hideux, inconnu qui me regardait. La joie de l'ivresse était plus forte que le dégoût; par gaieté ou bravade, je lui souris et en même temps il me souriait. Et je me sentais tellement sous l'empire éphémère et puissant de la minute où les sensations sont si fortes que je ne sais si ma seule tristesse ne fut pas de penser que le moi affreux que je venais d'apercevoir c'était peut-être son dernier jour et que je ne rencontrerais plus jamais cet étranger dans le cours de ma vie.

Robert était seulement fâché que je ne voulusse pas briller davantage aux yeux de sa maîtresse.

— Voyons, ce monsieur que tu as rencontré ce matin et qui mêle le snobisme et l'astronomie, raconte-le-lui, je ne me rappelle pas bien et il la regardait du coin de l'œil.

— Mais, mon petit, il n'y a rien à dire d'autre que ce que tu viens de dire.

— Tu es assommant. Alors raconte les choses de Françoise aux Champs-Elysées, cela lui plaira tant.

— Oh oui ! Bobbey m'a tant parlé de Françoise. Et en prenant Saint-Loup par le menton, elle redit, par manque d'invention, en attirant ce menton vers la lumière : « Bonjour, vous[75] ! »

Depuis que les acteurs n'étaient plus exclusivement pour moi, les dépositaires, en leur diction et leur jeu, d'une vérité artistique, ils m'intéressaient en eux-mêmes, je m'amusais, croyant avoir devant moi les personnages d'un vieux roman comique, de voir au visage nouveau d'un jeune seigneur qui venait d'entrer dans la salle, l'ingénue écouter distraitement la déclaration que lui faisait le jeune premier dans la pièce, tandis que celui-ci, dans le feu roulant de sa tirade amoureuse, n'en dirigeait pas moins une œillade enflammée vers une vieille dame assise dans une loge voisine, et dont les magnifiques perles l'avaient frappé ; et ainsi, surtout grâce aux renseignements que Saint-Loup me donnait sur la vie privée des artistes je voyais une autre pièce muette et expressive, se jouer sous la pièce parlée, laquelle d'ailleurs, quoique médiocre, m'intéressait ; car j'y sentais germer et s'épanouir pour une heure à la lumière de la rampe, faites de l'agglutinement sur le visage d'un acteur d'un autre visage de fard et de carton, sur son âme personnelle des paroles d'un rôle —, ces individualités éphémères et vivaces que sont les personnages, d'une pièce séduisante aussi, qu'on aime, qu'on admire, qu'on plaint, qu'on voudrait retrouver encore, une fois qu'on a quitté le théâtre mais qui déjà se sont désagrégées en un comédien qui n'a plus la condition qu'il avait dans la pièce, en un texte qui ne montre plus le visage du comédien, en une poudre colorée qu'efface le mouchoir, qui sont retournées en un mot à des éléments qui n'ont plus rien d'elles, à cause de leur dissolution, consommée sitôt après la fin du spectacle, font comme celle d'un être aimé, douter de la réalité du moi et méditer sur le mystère de la mort.

Un numéro du programme me fut extrêmement pénible. Une jeune femme que détestait Rachel et plusieurs de ses amies, devait y faire dans des chansons anciennes un début sur lequel elle avait fondé toutes ses espérances d'avenir et celles des siens. Cette jeune femme avait une croupe trop proéminente, presque ridicule, et une voix jolie mais trop

menue, encore affaiblie par l'émotion et qui contrastait avec cette puissante musculature. Rachel avait
aposté dans la salle un certain nombre d'amis et
d'amies dont le rôle était de décontenancer par leurs
sarcasmes la débutante qu'on savait timide, de lui faire
perdre la tête de façon qu'elle fît un fiasco complet
après lequel le directeur ne conclurait pas d'engage-
ment. Dès les premières notes de la malheureuse,
quelques spectateurs recrutés pour cela, se mirent à se
montrer son dos en riant, quelques femmes qui étaient
du complot rirent tout haut, chaque note flûtée
augmentait l'hilarité voulue qui tournait au scandale.
La malheureuse qui suait de douleur sous son fard,
essaya un instant de lutter, puis jeta autour d'elle sur
l'assistance des regards désolés, indignés, qui ne firent
que redoubler les huées. L'instinct d'imitation, le
désir de se montrer spirituelles et braves, mirent de la
partie de jolies actrices qui n'avaient pas été préve-
nues, mais qui lançaient aux autres des œillades de
complicité méchante, se tordaient de rire, avec de
violents éclats, si bien qu'à la fin de la seconde
chanson et bien que le programme en comportât
encore cinq, le régisseur fit baisser le rideau. Je
m'efforçai de ne pas plus penser à cet incident qu'à la
souffrance de ma grand-mère quand mon grand-oncle,
pour la taquiner, faisait prendre du cognac à mon
grand-père, l'idée de la méchanceté ayant pour moi
quelque chose de trop douloureux. Et pourtant de
même que la pitié pour le malheur n'est peut-être pas
très exacte car par l'imagination, nous recréons toute
une douleur sur laquelle le malheureux obligé de
lutter contre elle ne songe pas à s'attendrir, de même
la méchanceté n'a probablement dans l'âme du
méchant cette pure et voluptueuse cruauté qui nous
fait si mal à imaginer. La haine l'inspire, la colère lui
donne une ardeur, une activité qui n'ont rien de très
joyeux : il faudrait le sadisme pour en extraire du
plaisir, le méchant croit que c'est un méchant qu'il fait
souffrir. Rachel s'imaginait certainement que l'actrice
qu'elle faisait souffrir était loin d'être intéressante, en

tout cas qu'en la faisant huer, elle-même vengeait le bon goût et donnait une leçon à une mauvaise camarade. Néanmoins, je préférai ne pas parler de cet incident puisque je n'avais eu ni le courage, ni la puissance de l'empêcher, il m'eût été trop pénible en disant du bien de la victime, de faire ressembler aux satisfactions de la cruauté les sentiments qui animaient les bourreaux de cette débutante.

Mais le commencement de cette représentation m'intéressa encore d'une autre manière. Il me fit comprendre en partie la nature de l'illusion dont Saint-Loup était victime à l'égard de Rachel et qui avait mis un abîme entre les images que nous avions de sa maîtresse, Robert et moi, quand nous la voyions ce matin même sous les poiriers en fleurs. Rachel jouait un rôle presque de simple figurante, dans la petite pièce. Mais vue ainsi, c'était une autre femme. Rachel avait un de ces visages que l'éloignement — et pas nécessairement celui de la salle à la scène, le monde n'étant pour cela qu'un plus grand théâtre — dessine et qui, vus de près, retombent en poussière. Placé à côté d'elle, on ne voyait qu'une nébuleuse, une voie lactée de taches de rousseur, de tout petits boutons, rien d'autre. A une distance convenable, tout cela cessait d'être visible et, des joues effacées, résorbées, se levait comme un croissant de lune un nez si fin, si pur, qu'on aurait souhaité être l'objet de l'attention de Rachel, la revoir autant qu'on aurait voulu, la posséder auprès de soi, si jamais on ne l'avait vue autrement et de près ! Ce n'était pas mon cas, mais c'était celui de Saint-Loup quand il l'avait vue jouer la première fois. Alors, il s'était demandé comment l'approcher, comment la connaître, en lui s'était ouvert tout un domaine merveilleux — celui où elle vivait — d'où émanaient des radiations délicieuses mais où il ne pourrait pénétrer. Il partit du théâtre de la ville de province où cela s'était passé il y avait plusieurs années se disant qu'il serait fou de lui écrire, qu'elle ne lui répondrait pas, tout prêt à donner sa fortune et son nom pour la créature qui vivait en lui dans un monde

tellement supérieur à ces réalités trop connues, un
monde embelli par le désir et le rêve, quand du
théâtre, vieille petite construction qui avait elle-même
l'air d'un décor, il vit à la sortie des artistes, par une
porte déboucher la troupe gaie et gentiment chapeau-
tée des artistes qui avaient joué. Des jeunes gens qui
les connaissaient étaient là à les attendre. Le nombre
des pions humains étant moins nombreux que celui
des combinaisons qu'ils peuvent former, dans une
salle où font défaut toutes les personnes qu'on pouvait
connaître, il s'en trouve une qu'on ne croyait jamais
avoir l'occasion de revoir et qui vient si à point que le
hasard semble providentiel, auquel pourtant quelque
autre hasard se fût sans doute substitué si nous avions
été non dans ce lieu mais dans un différent où seraient
nés d'autres désirs et où se serait rencontrée quelque
autre vieille connaissance pour les seconder. Les
portes d'or du monde des rêves s'étaient refermées sur
Rachel avant que Saint-Loup l'eût vue sortir du
théâtre, de sorte que les taches de rousseur et les
boutons eurent peu d'importance. Ils lui déplurent
cependant, d'autant que, n'étant plus seul, il n'avait
plus le même pouvoir de rêver qu'au théâtre, mais
elle, bien qu'il ne pût plus l'apercevoir, continuait à
régir ses actes comme ces astres qui nous gouvernent
par leur attraction, même pendant les heures où ils ne
sont pas visibles à nos yeux. Aussi, le désir de la
comédienne aux fins traits qui n'étaient même pas
présents au souvenir de Robert, fit que sautant sur
l'ancien camarade qui par hasard était là, il se fit
présenter à la personne sans traits et aux taches de
rousseur, puisque c'était la même et en se disant que
plus tard on aviserait de savoir laquelle des deux cette
même personne était en réalité. Elle était pressée, elle
n'adressa même pas cette fois-là la parole à Saint-Loup
et ce ne fut qu'après plusieurs jours qu'il put enfin,
obtenant qu'elle quittât ses camarades, revenir avec
elle. Il l'aimait déjà. Le besoin de rêve, le désir d'être
heureux par celle à qui on a rêvé, font que beaucoup
de temps n'est pas nécessaire pour qu'on confie toutes

ses chances de bonheur à celle qui quelques jours auparavant n'était qu'une apparition fortuite, inconnue, indifférente, sur les planches de la scène.

Quand, le rideau tombé, nous passâmes sur la scène, intimidé de m'y promener, je voulus parler avec vivacité à Saint-Loup ; de cette façon mon attitude, comme je ne savais pas laquelle on devait prendre dans ces lieux nouveaux pour moi, serait entièrement accaparée par notre conversation et on penserait que j'y étais si absorbé, si distrait qu'on trouverait naturel que je n'eusse pas les expressions de physionomie que j'aurais dû avoir dans un endroit où, tout à ce que je disais, je savais à peine que je me trouvais ; et saisissant pour aller plus vite, le premier sujet de conversation :

— Tu sais, dis-je à Robert, que j'ai été pour te dire adieu le jour de mon départ, nous n'avons jamais eu l'occasion d'en causer. Je t'ai salué dans la rue.

— Ne m'en parle pas, me répondit-il, j'en ai été désolé ; nous nous sommes rencontrés tout près du quartier, mais je n'ai pas pu m'arrêter parce que j'étais déjà très en retard. Je t'assure que j'étais navré.

Ainsi il m'avait reconnu ! Je revoyais encore le salut entièrement impersonnel qu'il m'avait adressé en levant la main à son képi, sans un regard dénonçant qu'il me connût, sans un geste qui manifestât qu'il regrettait de ne pouvoir s'arrêter. Evidemment, cette fiction qu'il avait adoptée à ce moment-là, de ne pas me reconnaître, avait dû lui simplifier beaucoup les choses. Mais j'étais stupéfait qu'il eût su s'y arrêter si rapidement et avant qu'un réflexe eût décelé sa première impression. J'avais déjà remarqué à Balbec que, à côté de cette sincérité naïve de son visage dont la peau laissait voir par transparence le brusque afflux de certaines émotions, son corps avait été admirablement dressé par l'éducation à un certain nombre de dissimulations de bienséance et que comme un parfait comédien il pouvait dans sa vie de régiment, dans sa vie mondaine, jouer l'un après l'autre des rôles différents. Dans l'un de ses rôles il m'aimait profondément, il agissait à mon égard presque comme s'il était mon frère ; mon frère il l'avait été, il l'était redevenu, mais pendant un instant il avait été un autre personnage qui ne me connaissait pas et qui tenant les rênes, le monocle à l'œil, sans un regard ni un sourire, avait levé la main à la visière de son képi pour me rendre correctement le salut militaire !

Les décors encore plantés entre lesquels je passais, vus ainsi de près et, dépouillés de tout ce que leur ajoutent l'éloignement et l'éclairage que le grand peintre qui les avait brossés avait calculé, étaient misérables et Rachel quand je m'approchai d'elle ne subit pas un moindre pouvoir de destruction. Les ailes de son nez charmant étaient restées dans la perspective, entre la salle et la scène, tout comme le relief des décors. Ce n'était plus elle, je ne la reconnaissais que grâce à ses yeux où son identité s'était réfugiée. La forme, l'éclat, de ce jeune astre si brillant tout à l'heure avaient disparu. En revanche, comme si nous nous approchions de la lune et qu'elle cessât de nous paraître de rose et d'or, sur ce visage si uni tout à l'heure, je ne distinguais plus que des protubérances, des taches, des fondrières. Malgré l'incohérence où se résolvaient de près, non seulement le visage féminin mais les toiles peintes, j'étais heureux d'être là, de cheminer parmi les décors, tout ce cadre qu'autrefois mon amour de la nature m'eût fait trouver ennuyeux et factice, mais auquel sa peinture par Goethe dans Wilhelm Meister[76] avait donné pour moi une certaine beauté ; et j'étais déjà charmé d'apercevoir au milieu de journalistes ou de gens du monde amis des actrices, qui saluaient, causaient, fumaient comme à la ville, un jeune homme en toque de velours noir, en jupe hortensia, les joues crayonnées de rouge comme une page d'album de Watteau[77] lequel, la bouche souriante, les yeux au ciel, esquissant de gracieux signes avec les paumes de sa main, bondissant légèrement, semblait tellement d'une autre espèce que les gens raisonnables en veston et en redingote au milieu desquels il poursuivait comme un fou son rêve extasié,

si étranger aux préoccupations de leur vie, si antérieur
aux habitudes de leur civilisation, si affranchi des lois
de la nature que c'était quelque chose d'aussi reposant
et d'aussi frais que de voir un papillon égaré dans une
foule, de suivre des yeux, entre les frises, les arabes-
ques naturelles qu'y traçaient ses ébats ailés, capricieux et fardés. Mais au même instant Saint-Loup
s'imagina que sa maîtresse faisait attention à ce
danseur en train de repasser une dernière fois une
figure de divertissement dans lequel il allait paraître,
et sa figure se rembrunit.

— Tu pourrais regarder d'un autre côté, lui dit-il
d'un air sombre. Tu sais que ces danseurs ne valent
pas la corde sur laquelle ils feraient bien de monter
pour se casser les reins, et ce sont des gens à aller après
se vanter que tu as fait attention à eux. Du reste tu
entends bien qu'on te dit d'aller dans ta loge t'habiller.
Tu vas encore être en retard.

Trois messieurs, — trois journalistes —, voyant
l'air furieux de Saint-Loup, se rapprochèrent, amusés,
pour entendre ce qu'on disait. Et comme on plantait
un décor de l'autre côté nous fûmes resserrés contre
eux.

— Oh ! mais je le reconnais, c'est mon ami, s'écria
la maîtresse de Saint-Loup en regardant le danseur.
Voilà qui est bien fait, regardez-moi ces petites mains
qui dansent comme tout le reste de sa personne !

Le danseur tourna la tête vers elle, et sa personne
humaine apparaissant sous le sylphe qu'il s'exerçait à
être, la gelée étroite[78] et grise de ses yeux trembla et
brilla entre ses cils raidis et peints, et un sourire
prolongea des deux côtés sa bouche, dans sa face
pastellisée de rouge ; puis, pour amuser la jeune
femme, comme une chanteuse qui nous fredonne par
complaisance l'air où nous lui avons dit que nous
l'admirions, il se mit à refaire le mouvement de ses
paumes, en se contrefaisant lui-même avec une finesse
de pasticheur et une bonne humeur d'enfant.

— Oh ! c'est trop gentil, ce coup de s'imiter soi-
même, s'écria-t-elle en battant des mains.

— Je t'en supplie, mon petit, lui dit Saint-Loup d'une voix désolée, ne te donne pas en spectacle comme cela, tu me tues, je te jure que si tu dis un mot de plus, je ne t'accompagne pas à ta loge, et je m'en vais ; voyons, ne fais pas la méchante.

— Ne reste pas comme cela dans la fumée du cigare, cela va te faire mal, me dit Saint-Loup avec cette sollicitude qu'il avait pour moi depuis Balbec.

— Oh ! quel bonheur si tu t'en vas.

— Je te préviens que je ne reviendrai plus.

— Je n'ose pas l'espérer.

— Ecoute, tu sais, je t'ai promis le collier si tu étais gentille, mais du moment que tu me traites comme cela...

— Ah ! voilà une chose qui ne m'étonne pas de toi. Tu m'avais fait une promesse, j'aurais bien dû penser que tu ne la tiendrais pas. Tu veux faire sonner que tu as de l'argent, mais je ne suis pas intéressée comme toi. Je m'en fous de ton collier. J'ai quelqu'un qui me le donnera.

— Personne d'autre ne pourra te le donner, car je l'ai retenu chez Boucheron et j'ai sa parole qu'il ne le vendra qu'à moi.

— C'est bien cela, tu as voulu me faire chanter, tu as pris toutes tes précautions d'avance. C'est bien ce qu'on dit Marsantes, Mater Semita[79], ça sent la race, répondit Rachel répétant une étymologie qui reposait sur un grossier contresens car Semita signifie sente et non Sémite, mais que les nationalistes appliquaient à Saint-Loup à cause des opinions dreyfusardes qu'il devait pourtant à l'actrice. Elle était moins bien venue que personne à traiter de Juive Mme de Marsantes à qui les ethnographes de la société ne pouvaient arriver à trouver de Juif que sa parenté avec les Lévy-Mirepoix. Mais tout n'est pas fini, sois-en sûr. Une parole donnée dans ces conditions n'a aucune valeur. Tu as agi par traîtrise avec moi. Boucheron le saura et on lui en donnera le double de son collier. Tu auras bientôt de mes nouvelles, sois tranquille.

Robert avait cent fois raison. Mais les circonstances

sont toujours si embrouillées que celui qui a cent fois
raison, peut avoir eu une fois tort. Lord Derby lui-
même reconnaît que l'Angleterre n'a pas toujours
raison vis-à-vis de l'Irlande. Et si je ne pus m'empêcher de me rappeler ce mot désagréable et pourtant
bien innocent qu'il avait eu à Balbec : « De cette
façon, j'ai barre sur elle. »

— Tu as mal compris ce que je t'ai dit pour le
collier. Je ne te l'avais pas promis d'une façon
formelle. Du moment que tu fais tout ce qu'il faut
pour que je te quitte, il est bien naturel, voyons, que je
ne te le donne pas, je ne comprends pas où tu vois de
la traîtrise là-dedans, ni que je suis intéressé. On ne
peut pas dire que je fais sonner mon argent, je te dis
toujours que je suis un pauvre bougre qui n'a pas le
sou. Tu as tort de le prendre comme ça, mon petit. En
quoi suis-je intéressé ? Tu sais bien que mon seul
intérêt, c'est toi.

— Oui, oui, tu peux continuer, lui dit-elle ironiquement, en esquissant le geste de quelqu'un qui vous
fait la barbe. Et se tournant vers le danseur :

— Ah ! vraiment, il est épatant avec ses mains. Moi
qui suis une femme, je ne pourrais pas faire ce qu'il
fait là. Et se tournant vers lui en lui montrant les traits
convulsés de Robert : « Regarde, il souffre » lui dit-
elle tout bas, dans l'élan momentané d'une cruauté
sadique qui n'était d'ailleurs nullement en rapport
avec ses vrais sentiments d'affection pour Saint-Loup.

— Ecoute, pour la dernière fois, je te jure que tu
auras beau faire, tu pourras avoir dans huit jours tous
les regrets du monde, je ne reviendrai pas, la coupe est
pleine, fais attention, c'est irrévocable, tu le regrette-
ras un jour, il sera trop tard.

Peut-être était-il sincère et le tourment de quitter sa
maîtresse lui semblait-il moins cruel que celui de
rester près d'elle dans certaines conditions.

— Mais mon petit, ajouta-t-il en s'adressant à moi,
ne reste pas là, je te dis, tu vas te mettre à tousser.

Je lui montrai le décor qui m'empêchait de me

déplacer. Il toucha légèrement son chapeau et dit au
journaliste :

— Monsieur, est-ce que vous voudriez bien jeter
votre cigare, la fumée fait mal à mon ami.

Sa maîtresse ne l'attendant pas, s'en allait vers sa
loge et se retournant :

— Est-ce qu'elles font aussi comme ça avec les
femmes ces petites mains-là ? jeta-t-elle au danseur du
fond du théâtre, avec une voix facticement mélodieuse
et innocente d'ingénue : « Tu as l'air d'une femme toi-
même, je crois qu'on pourrait très bien s'entendre
avec toi et une de mes amies. »

— Il n'est pas défendu de fumer que je sache ;
quand on est malade, on n'a qu'à rester chez soi, dit le
journaliste.

Le danseur sourit mystérieusement à l'artiste.

— Oh ! tais-toi, tu me rends folle, lui cria-t-elle, on
en fera des parties !

— En tout cas, monsieur, vous n'êtes pas très
aimable, dit Saint-Loup au journaliste, toujours sur
un ton poli et doux, avec l'air de constatation de
quelqu'un qui vient de juger rétrospectivement un
incident terminé.

A ce moment, je vis Saint-Loup lever son bras
verticalement au-dessus de sa tête comme s'il avait fait
signe à quelqu'un que je ne voyais pas, ou comme un
chef d'orchestre, et en effet, — sans plus de transition
que, sur un simple geste d'archet, dans une symphonie ou un ballet, des rythmes violents succèdent à un
gracieux andante — après les paroles courtoises qu'il
venait de dire, il abattit sa main, en une gifle
retentissante, sur la joue du journaliste.

Maintenant qu'aux conversations cadencées des
diplomates, aux arts riants de la paix, avait succédé
l'élan furieux de la guerre, les coups appelant les
coups, je n'eusse pas été trop étonné de voir les
adversaires baignant dans leur sang. Mais ce que je ne
pouvais pas comprendre (comme les personnes qui
trouvent que ce n'est pas de jeu que survienne une

guerre entre deux pays quand il n'a encore été
question que d'une rectification de frontière, ou la
mort d'un malade, alors qu'il n'était question que
d'une grosseur du foie), c'était comment Saint-Loup
avait pu faire suivre ces paroles qui appréciaient une
nuance d'amabilité, d'un geste qui ne sortait nullement d'elles, qu'elles n'annonçaient pas, le geste de ce
bras levé non seulement au mépris du droit des gens,
mais du principe de causalité, en une génération
spontanée de colère, ce geste créé *ex nihilo*. Heureusement le journaliste qui, trébuchant sous la violence du
coup, avait pâli et hésité un instant ne riposta pas.
Quant à ses amis, l'un avait aussitôt détourné la tête en
regardant avec attention du côté des coulisses quelqu'un qui évidemment ne s'y trouvait pas, le second
fit semblant qu'un grain de poussière lui était entré
dans l'œil et se mit à pincer sa paupière en faisant des
grimaces de souffrance ; pour le troisième il s'était
élancé en s'écriant :

— Mon Dieu, je crois qu'on va lever le rideau,
nous n'aurons pas nos places.

J'aurai voulu parler à Saint-Loup mais il était
tellement rempli par son indignation contre le danseur, qu'elle venait adhérer exactement à la surface de
ses prunelles ; comme une armature intérieure, elle
tendait ses joues, de sorte que son agitation intérieure
se traduisant par une entière inamovibilité extérieure,
il n'avait même pas le relâchement, le « jeu » nécessaire pour accueillir un mot de moi et y répondre. Les
amis du journaliste, voyant que tout était terminé,
revinrent auprès de lui, encore tremblants. Mais
honteux de l'avoir abandonné, ils tenaient absolument
à ce qu'il crût qu'ils ne s'étaient rendu compte de rien.
Aussi s'étendaient-ils l'un sur sa poussière dans l'œil,
l'autre sur la fausse alerte qu'il avait eue en se figurant
qu'on levait le rideau, le troisième sur l'extraordinaire
ressemblance d'une personne qui avait passé avec son
frère. Et même ils lui témoignèrent une certaine
mauvaise humeur de ce qu'il n'avait pas partagé leurs
émotions.

— Comment, cela ne t'a pas frappé ? Tu ne vois donc pas clair ?

— C'est-à-dire que vous êtes tous des capons, grommela le journaliste giflé.

Inconséquents avec la fiction qu'ils avaient adoptée et en vertu de laquelle ils auraient dû — mais ils n'y songèrent pas — avoir l'air de ne pas comprendre ce qu'il voulait dire, ils préférèrent une phrase qui est de tradition en ces circonstances : « Voilà que tu t'emballes, ne prends pas la mouche, on dirait que tu as le mors aux dents ! »

J'avais compris le matin devant les poiriers en fleurs l'illusion sur laquelle reposait son amour pour « Rachel quand du Seigneur », je ne me rendais pas moins compte de ce qu'avait au contraire de réel les souffrances qui naissaient de cet amour. Peu à peu celle qu'il ressentait depuis une heure, sans cesser, se rétracta, rentra en lui, une zone disponible et souple parut dans ses yeux. Nous quittâmes le théâtre, Saint-Loup et moi, et marchâmes d'abord un peu. Je m'étais attardé un instant à un angle de l'avenue Gabriel d'où je voyais souvent jadis arriver Gilberte. J'essayai pendant quelques secondes de me rappeler ces impressions lointaines, et j'allais rattraper Saint-Loup au pas « gymnastique », quand je vis qu'un monsieur assez mal habillé avait l'air de lui parler d'assez près. J'en conclus que c'était un ami personnel de Robert ; cependant ils semblaient se rapprocher encore l'un de l'autre ; tout à coup, comme apparaît au ciel un phénomène astral, je vis des corps ovoïdes prendre avec une rapidité vertigineuse toutes les positions qui leur permettaient de composer, devant Saint-Loup, une instable constellation. Lancés comme par une fronde ils me semblèrent être au moins au nombre de sept. Ce n'étaient pourtant que les deux poings de Saint-Loup, multipliés par leur vitesse à changer de place dans cet ensemble en apparence idéal et décoratif. Mais cette pièce d'artifice n'était qu'une roulée qu'administrait Saint-Loup, et dont le caractère agressif au lieu d'esthétique me fut d'abord révélé par l'aspect du monsieur médiocrement habillé, lequel parut perdre à la fois toute contenance, une mâchoire, et beaucoup de sang. Il donna des explications mensongères aux personnes qui s'approchaient pour l'interroger, tourna la tête et, voyant que Saint-Loup s'éloignait définitivement pour me rejoindre, resta à le regarder d'un air de rancune et d'accablement, mais nullement furieux. Saint-Loup au contraire l'était, bien qu'il n'eût rien reçu, et ses yeux étincelaient encore de colère quand il me rejoignit. L'incident ne se rapportait en rien, comme je l'avais cru, aux gifles du théâtre. C'était un promeneur passionné qui, voyant le beau militaire qu'était Saint-Loup, lui avait fait des propositions. Mon ami n'en revenait pas de l'audace de cette « clique » qui n'attendait même plus les ombres nocturnes pour se hasarder, et il parlait des propositions qu'on lui avait faites avec la même indignation que les journaux d'un vol à main armée, osé en plein jour, dans un quartier central de Paris. Pourtant le monsieur battu était excusable en ceci qu'un plan incliné rapproche assez vite le désir de la jouissance pour que la seule beauté apparaisse déjà comme un consentement. Or que Saint-Loup fût beau n'était pas discutable. Des coups de poing comme ceux qu'il venait de donner ont cette utilité, pour des hommes du genre de celui qui l'avait accosté tout à l'heure, de leur donner sérieusement à réfléchir mais toutefois pendant assez peu de temps pour qu'ils puissent se corriger et échapper ainsi à des châtiments judiciaires. Aussi, bien que Saint-Loup eût donné sa râclée sans beaucoup réfléchir, toutes celles de ce genre, même si elles viennent en aide aux lois, n'arrivent pas à homogénéiser les mœurs.

Ces incidents, et sans doute celui auquel il pensait le plus, donnèrent sans doute à Robert le désir d'être un peu seul. Au bout d'un moment il me demanda de nous séparer et que j'allasse de mon côté chez Mme de Villeparisis, il m'y retrouverait, mais aimait mieux que nous n'entrions pas ensemble pour qu'il eût l'air d'arriver seulement à Paris plutôt que de donner à

imaginer que nous avions déjà passé une partie de
l'après-midi ensemble l'un avec l'autre.

Comme je l'avais supposé avant de faire la connaissance de Mme de Villeparisis à Balbec, il y avait une
grande différence entre le milieu où elle vivait et celui
de Mme de Guermantes [80]. Mme de Villeparisis était
une de ces femmes qui, nées dans une maison
glorieuse, entrées par leur mariage dans une autre qui
ne l'était pas moins, ne jouissent pas cependant d'une
grande situation mondaine, et, en dehors de quelques
duchesses qui sont leurs nièces ou leurs belles-sœurs,
et même d'une ou deux têtes couronnées, vieilles
relations de famille, n'ont dans leur salon qu'un public
de troisième ordre, bourgeoisie, noblesse de province
ou tarée, dont la présence a depuis longtemps éloigné
les gens élégants et snobs qui ne sont pas obligés d'y
venir par devoirs de parenté ou d'intimité trop
ancienne. Certes je n'eus au bout de quelques instants
aucune peine à comprendre pourquoi Mme de Villeparisis s'était trouvée, à Balbec, si bien informée, et
mieux que nous-mêmes, des moindres détails du
voyage que mon père faisait alors en Espagne avec
M. de Norpois. Mais il n'était pas possible malgré cela
de s'arrêter à l'idée que la liaison, depuis plus de vingt
ans, de Mme de Villeparisis avec l'ambassadeur, pût
être la cause du déclassement de la Marquise dans un
monde où les femmes les plus brillantes affichaient des
amants moins respectables que celui-ci, lequel d'ailleurs n'était probablement plus depuis longtemps
pour la Marquise autre chose qu'un vieil ami. Mme de
Villeparisis avait-elle eu jadis d'autres aventures ?
étant alors d'un caractère plus passionné que maintenant, dans une vieillesse apaisée et pieuse qui devait
peut-être pourtant un peu de sa couleur à ces années
ardentes et consumées, n'avait-elle pas su, en province
où elle avait vécu longtemps, éviter certains scandales,
inconnus des nouvelles générations lesquelles en
constataient seulement l'effet dans la composition
mêlée et défectueuse d'un salon fait sans cela pour être
un des plus purs de tout médiocre alliage ? Cette

« mauvaise langue » que son neveu lui attribuait, lui
avait-elle, dans ces temps-là, fait des ennemis ? l'avait-
elle poussée à profiter de certains succès auprès des
hommes pour exercer des vengeances contre des
femmes ? Tout cela était possible ; et ce n'est pas la
façon exquise, sensible — nuançant si délicatement
non seulement les expressions mais les intonations —
avec laquelle Mme de Villeparisis parlait de la pudeur,
de la bonté, qui pouvait infirmer cette supposition ;
car ceux qui non seulement parlent bien de certaines
vertus, mais même en ressentent le charme et les
comprennent à merveille, (qui sauront en peindre
dans leurs Mémoires une digne image), sont souvent
issus mais ne font pas eux-mêmes partie de la génération muette, fruste et sans art, qui les pratiqua. Celle-
ci se reflète en eux, mais ne s'y continue pas. A la
place du caractère qu'elle avait, on trouve une sensibilité, une intelligence, qui ne servent pas à l'action. Et
qu'il y eût ou non dans la vie de Mme de Villeparisis
de ces scandales qu'eût effacés l'éclat de son nom,
c'est cette intelligence, une intelligence presque
d'écrivain de second ordre bien plus que de femme du
monde, qui était certainement la cause de sa
déchéance mondaine.

Sans doute c'étaient des qualités assez peu exal-
tantes, comme la pondération et la mesure, que
prônait surtout Mme de Villeparisis ; mais pour parler
de la mesure d'une façon entièrement adéquate, la
mesure ne suffit pas et il faut certains mérites
d'écrivains qui supposent une exaltation peu mesurée ;
j'avais remarqué à Balbec que le génie de certains
grands artistes restait incompris de Mme de Villeparisis ; et qu'elle ne savait que les railler finement, et
donner à son incompréhension une forme spirituelle et
gracieuse. Mais cet esprit et cette grâce, au degré où ils
étaient poussés chez elle, devenaient eux-mêmes —
dans un autre plan, et fussent-ils déployés pour
méconnaître les plus hautes œuvres — de véritables
qualités artistiques. Or, de telles qualités exercent sur
toute situation mondaine, une action morbide élec-

tive, comme disent les médecins, et si désagrégeante, que les plus solidement assises ont peine à y résister quelques années. Ce que les artistes appellent intelligence semble prétention pure à la société élégante qui, incapable de se placer au seul point de vue d'où ils jugent tout, ne comprenant jamais l'attrait particulier auquel ils cèdent en choisissant une expression ou en faisant un rapprochement, éprouve auprès d'eux une fatigue, une irritation d'où naît très vite l'antipathie. Pourtant dans sa conversation, et il en est de même des mémoires d'elle qu'on a publiés depuis, Mme de Villeparisis ne montrait qu'une sorte de grâce tout à fait mondaine. Ayant passé à côté de grandes choses sans les approfondir, quelquefois sans les distinguer, elle n'avait guère retenu des années où elle avait vécu et qu'elle dépeignait d'ailleurs avec beaucoup de justesse et de charme, que ce qu'elles avaient offert de plus frivole. Mais un ouvrage, même s'il s'applique seulement à des sujets qui ne sont pas intellectuels, est encore une œuvre de l'intelligence et pour donner dans un livre ou dans une causerie qui en diffère peu, l'impression achevée de la frivolité, il faut une dose de sérieux dont une personne purement frivole serait incapable. Dans certains mémoires écrits par une femme, et considérés comme un chef-d'œuvre, telle phrase qu'on cite comme un modèle de grâce légère m'a toujours fait supposer que pour arriver à une telle légèreté l'auteur avait dû posséder autrefois une science un peu lourde, une culture rébarbative, et que, jeune fille, elle semblait probablement à ses amies un insupportable bas bleu. Et entre certaines qualités littéraires et l'insuccès mondain, la connexité est si nécessaire, qu'en lisant aujourd'hui les mémoires de Mme de Villeparisis, telle épithète juste, telles métaphores qui se suivent, suffiront au lecteur pour qu'à leur aide il reconstitue le salut profond, mais glacial que devait adresser à la vieille Marquise, dans l'escalier d'une ambassade, telle snob comme Mme Leroi, qui lui cornait peut-être un carton en allant chez les Guermantes, mais ne mettait jamais les

pieds dans son salon de peur de s'y déclasser parmi
toutes ces femmes de médecins ou de notaires. Un bas
bleu, Mme de Villeparisis en avait peut-être été un
dans sa prime jeunesse, et ivre alors de son savoir
n'avait peut-être pas su retenir contre des gens du
monde moins intelligents et moins instruits qu'elle,
des traits acérés que le blessé n'oublie pas.

Puis le talent n'est pas un appendice postiche qu'on
ajoute artificiellement à ces qualités différentes qui
font réussir dans la société, afin de faire avec le tout,
ce que les gens du monde appellent une « femme
complète ». Il est le produit vivant d'une certaine
complexion morale où généralement beaucoup de
qualités font défaut et où prédomine une sensibilité
dont d'autres manifestations que nous ne percevons
pas dans un livre, peuvent se faire sentir assez
vivement au cours de l'existence, par exemple telles
curiosités, telles fantaisies, le désir d'aller ici ou là
pour son propre plaisir, et non en vue de l'accroisse-
ment, du maintien, ou pour le simple fonctionnement,
des relations mondaines. J'avais vu à Balbec Mme de
Villeparisis enfermée entre ses gens et ne jetant pas un
coup d'œil sur les personnes assises dans le hall de
l'hôtel. Mais j'avais eu le pressentiment que cette
abstention n'était pas de l'indifférence, et il paraît
qu'elle ne s'y était pas toujours cantonnée. Elle se
toquait de connaître tel ou tel individu qui n'avait
aucun titre à être reçu chez elle, parfois parce qu'elle
l'avait trouvé beau, ou seulement parce qu'on lui avait
dit qu'il était amusant, ou qu'il lui avait semblé
différent des gens qu'elle connaissait, lesquels à cette
époque où elle ne les appréciait pas encore parce
qu'elle croyait qu'ils ne la lâcheraient jamais appartenaient tous au plus pur faubourg Saint-Germain. Ce
bohème, ce petit bourgeois qu'elle avait distingué, elle
était obligée de lui adresser ses invitations dont il ne
pouvait pas apprécier la valeur, avec une insistance
qui la dépréciait peu à peu aux yeux des snobs
habitués à coter un salon d'après les gens que la
maîtresse de maison exclut plutôt que d'après ceux

qu'elle reçoit. Certes si à un moment donné de sa jeunesse, Mme de Villeparisis, blasée sur la satisfaction d'appartenir à la fine fleur de l'aristocratie, s'était en quelque sorte amusée à scandaliser les gens parmi lesquels elle vivait, à défaire délibérément sa situation, elle s'était mise à attacher de l'importance à cette situation après qu'elle l'eut perdue. Elle avait voulu montrer aux Duchesses qu'elle était plus qu'elles, en disant, en faisant tout ce que celles-ci n'osaient pas dire, n'osaient pas faire. Mais maintenant que celles-ci, sauf celles de sa proche parenté, ne venaient plus chez elle, elle se sentait amoindrie et souhaitait encore de régner, mais d'une autre manière que par l'esprit. Elle eût voulu attirer toutes celles qu'elle avait pris tant de soin d'écarter. Combien de vies de femmes, vies peu connues d'ailleurs (car chacun, selon son âge, a comme un monde différent et la discrétion des vieillards empêche les jeunes gens de se faire une idée du passé et d'embrasser tout le cycle), ont été divisées ainsi en périodes contrastées, la dernière tout employée à reconquérir ce qui dans la deuxième avait été si gaiement jeté au vent. Jeté au vent de quelle manière ? Les jeunes gens se le figurent d'autant moins, qu'ils ont sous les yeux une vieille et respectable Marquise de Villeparisis et n'ont pas l'idée que la grave mémorialiste d'aujourd'hui, si digne sous sa perruque blanche, ait pu être jadis une gaie soupeuse qui fit peut-être alors les délices, mangea peut-être la fortune d'hommes couchés depuis dans la tombe ; qu'elle se fût employée aussi à défaire, avec une industrie persévérante et naturelle, la situation qu'elle tenait de sa grande naissance ne signifie d'ailleurs nullement que même à cette époque reculée, Mme de Villeparisis n'attachât pas un grand prix à sa situation. De même l'isolement, l'inaction où vit un neurasthénique peuvent être ourdis par lui du matin au soir sans lui paraître pour cela supportables et tandis qu'il se dépêche d'ajouter une nouvelle maille au filet qui le retient prisonnier, il est possible qu'il ne rêve que bals, chasses et voyages. Nous travaillons à tout moment à donner sa forme à notre vie, mais en copiant malgré nous comme un dessin les traits de la personne que nous sommes et non de celle qu'il nous serait agréable d'être. Les saluts dédaigneux de Mme Leroi pouvaient exprimer en quelque manière la nature véritable de Mme de Villeparisis, ils ne répondaient aucunement à son désir.

Sans doute, au même moment où Mme Leroi, selon une expression chère à Mme Swann « coupait » la Marquise, celle-ci pouvait chercher à se consoler en se rappelant qu'un jour la Reine Marie-Amélie, lui avait dit : « Je vous aime comme une fille ». Mais de telles amabilités royales, secrètes et ignorées, n'existaient que pour la Marquise, poudreuses comme le diplôme d'un ancien premier prix du Conservatoire. Les seuls vrais avantages mondains sont ceux qui créent de la vie, ceux qui peuvent disparaître sans que celui qui en a bénéficié ait à chercher à les retenir ou à les divulguer, parce que dans la même journée cent autres leur succèdent. Se rappelant de telles paroles de la Reine, Mme de Villeparisis les eût pourtant volontiers troquées contre le pouvoir permanent d'être invitée que possédait Mme Leroi, comme, dans un restaurant un grand artiste inconnu, et de qui le génie n'est écrit ni dans les traits de son visage timide, ni dans la coupe désuète de son veston râpé, voudrait bien être même le jeune coulissier du dernier rang de la société mais qui déjeune à une table voisine avec deux actrices, et vers qui, dans une course obséquieuse et incessante s'empressent patron, maître d'hôtel, garçons, chasseurs et jusqu'aux marmitons qui sortent de la cuisine en défilés pour le saluer comme dans les féeries, tandis que s'avance le sommelier, aussi poussiéreux que ses bouteilles, bancroche et ébloui comme si, venant de la cave il s'était tordu le pied avant de remonter au jour.

Il faut dire pourtant que dans le salon de Mme de Villeparisis, l'absence de Mme Leroi, si elle désolait la maîtresse de maison, passait inaperçue aux yeux d'un grand nombre de ses invités. Ils ignoraient totalement la situation particulière de Mme Leroi, connue seule-

ment du monde élégant, et ne doutaient pas que les
réceptions de Mme de Villeparisis ne fussent, comme
en sont persuadés aujourd'hui les lecteurs de ses
mémoires, les plus brillantes de Paris.

A cette première visite qu'en quittant Saint-Loup
j'allai faire à Mme de Villeparisis, suivant le conseil
que M. de Norpois avait donné à mon père, je la
trouvai dans son salon tendu de soie jaune sur laquelle
les canapés et les admirables fauteuils en tapisseries de
Beauvais, se détachaient en une couleur rose, presque
violette, de framboises mûres. A côté des portraits des
Guermantes, des Villeparisis, on en voyait — offerts
par le modèle lui-même — de la Reine Marie-Amélie,
de la Reine des Belges, du Prince de Joinville, de
l'Impératrice d'Autriche [81]. Mme de Villeparisis coiffée d'un bonnet de dentelles noires de l'ancien temps
(qu'elle conservait avec le même instinct avisé de la
couleur locale ou historique qu'un hôtelier breton qui,
si parisienne que soit devenue sa clientèle, croit plus
habile de faire garder à ses servantes la coiffe et les
grandes manches), était assise à un petit bureau, où
devant elle, à côté de ses pinceaux, de sa palette et
d'une aquarelle de fleurs commencée, il y avait dans
des verres, dans des soucoupes, dans des tasses, des
roses mousseuses, des zinias, des cheveux de Vénus,
qu'à cause de l'affluence à ce moment-là des visites
elle s'était arrêtée de peindre et qui avaient l'air
d'achalander le comptoir d'une fleuriste, dans quelque
estampe du XVIIIᵉ siècle. Dans ce salon légèrement
chauffé à dessein, parce que la Marquise s'était
enrhumée en revenant de son château, il y avait parmi
les personnes présentes quand j'arrivai, un archiviste
avec qui Mme de Villeparisis avait classé le matin les
lettres autographes de personnages historiques à elle
adressées et qui étaient destinées à figurer en *fac-
similés* comme pièces justificatives dans les mémoires
qu'elle était en train de rédiger, et un historien
solennel et intimidé qui, ayant appris qu'elle possédait
par héritage un portrait de la Duchesse de Montmorency [82], était venu lui demander la permission de

reproduire ce portrait dans une planche de son
ouvrage sur la Fronde. Visiteurs auxquels vint se
joindre mon ancien camarade Bloch, maintenant jeune
auteur dramatique, sur qui elle comptait pour lui
procurer à l'œil des artistes qui joueraient à ses
prochaines matinées. Il est vrai que le kaléidoscope
social était en train de tourner et que l'affaire Dreyfus
allait précipiter les juifs au dernier rang de l'échelle
sociale. Mais d'une part le cyclone dreyfusiste avait
beau faire rage, ce n'est pas au début d'une tempête
que les vagues atteignent leur plus grand courroux.
Puis Mme de Villeparisis laissant toute une partie de
sa famille tonner contre les juifs était jusqu'ici restée
entièrement étrangère à l'Affaire et ne s'en souciait
pas. Enfin un jeune homme comme Bloch que personne ne connaissait pouvait passer inaperçu, alors
que de grands juifs représentatifs de leur parti étaient
déjà menacés. Il avait maintenant le menton ponctué
d'un « bouc », il portait un binocle, une longue
redingote, un gant, comme un rouleau de papyrus à la
main. Les Roumains, les Egyptiens et les Turcs
peuvent détester les juifs. Mais dans un salon français
les différences entre ces peuples ne sont pas si
perceptibles et un israélite faisant son entrée comme
s'il sortait du fond du désert, le corps penché comme
une hyène, la nuque obliquement inclinée et se
répandant en grands « salams » contente parfaitement
un goût d'orientalisme. Seulement il faut pour cela
que le juif n'appartienne pas au « monde », sans quoi
il prend facilement l'aspect d'un lord, et ses façons
sont tellement francisées que chez lui un nez rebelle,
poussant comme les capucines dans des directions
imprévues, fait penser au nez de Mascarille [83] plutôt
qu'à celui de Salomon. Mais Bloch n'ayant pas été
assoupli par la gymnastique du « Faubourg », ni
ennobli par un croisement avec l'Angleterre ou l'Espagne, restait pour un amateur d'exotisme, aussi
étrange et savoureux à regarder malgré son costume
européen qu'un juif de Decamps [84]. Admirable puissance de la race qui, du fond des siècles pousse en

avant jusque dans le Paris moderne, dans les couloirs
de nos théâtres, derrière les guichets de nos bureaux, à
un enterrement, dans la rue, une phalange intacte
stylisant la coiffure moderne, absorbant, faisant
oublier, disciplinant la redingote, demeure en somme
toute pareille à celle des scribes assyriens qui, peints
en costume de cérémonie à la frise d'un monument de
Suse défend les portes du palais de Darius[85]. (Une
heure plus tard, Bloch allait se figurer que c'était par
malveillance antisémitique que M. de Charlus s'infor-
mait s'il portait un prénom juif, alors que c'était
simplement par curiosité esthétique et amour de la
couleur locale.) Mais, au reste, parler de permanence
de races, rend inexactement l'impression que nous
recevons des juifs, des grecs, des persans, de tous ces
peuples auxquels il vaut mieux laisser leur variété.
Nous connaissons, par les peintures antiques, le visage
des anciens Grecs, nous avons vu des Assyriens au
fronton d'un palais de Suse. Or il nous semble quand
nous rencontrons dans le monde des orientaux appartenant à tel ou tel groupe, être en présence de
créatures surnaturelles que la puissance du spiritisme
aurait fait apparaître. Nous ne connaissions qu'une
image superficielle ; voici qu'elle a pris de la profondeur, qu'elle s'étend dans les trois dimensions, qu'elle
bouge. La jeune dame grecque, fille d'un riche
banquier, et à la mode en ce moment, a l'air d'une de
ces figurantes qui dans un ballet historique et esthétique à la fois, symbolisent, en chair et en os, l'art
hellénique ; encore au théâtre la mise en scène bana-
lise-t-elle ces images ; au contraire le spectacle auquel
l'entrée dans un salon d'une turque, d'un juif, nous
fait assister, en animant les figures, les rend plus
étranges, comme s'il s'agissait en effet d'êtres évoqués
par un effort médiumnimique. C'est l'âme (ou plutôt
le peu de chose auquel se réduit, jusqu'ici du moins,
l'âme, dans ces sortes de matérialisations) c'est l'âme
entrevue auparavant par nous dans les seuls musées,
l'âme des Grecs anciens, des anciens juifs, arrachée à
une vie tout à fait insignifiante et transcendantale, qui

semble exécuter devant nous cette mimique déconcertante. Dans la jeune dame grecque qui se dérobe, ce que nous voudrions vainement étreindre, c'est une figure jadis admirée aux flancs d'un vase. Il me semblait que si j'avais dans la lumière du salon de Mme de Villeparisis pris des clichés d'après Bloch, ils eussent donné d'Israël cette même image, si troublante parce qu'elle ne paraît pas émaner de l'humanité, si décevante parce que tout de même elle ressemble trop à l'humanité, et que nous montrent les photographies spirites. Il n'est pas, d'une façon plus générale, jusqu'à la nullité des propos tenus par les personnes au milieu desquelles nous vivons qui ne nous donne l'impression du surnaturel, dans notre pauvre monde de tous les jours où même un homme de génie de qui nous attendons, rassemblés comme autour d'une table tournante, le secret de l'infini, prononce seulement ces paroles — les mêmes qui venaient de sortir des lèvres de Bloch : « Qu'on fasse attention à mon chapeau haut de forme. »

   « Mon Dieu, les ministres, mon cher monsieur, était en train de dire Mme de Villeparisis s'adressant plus particulièrement à mon ancien camarade, et renouant le fil d'une conversation que mon entrée avait interrompue, personne ne voulait les voir. Si petite que je fusse, je me rappelle encore le Roi priant mon grand-père d'inviter M. Decazes [86] à une redoute où mon père devait danser avec la Duchesse de Berry. « Vous me ferez plaisir, Florimond », disait le Roi. Mon grand-père, qui était un peu sourd, ayant entendu M. de Castries, trouvait la demande toute naturelle. Quand il comprit qu'il s'agissait de M. Decazes il eut un moment de révolte, mais s'inclina et écrivit le soir même à M. Decazes en le suppliant de lui faire la grâce et l'honneur d'assister à son bal qui avait lieu la semaine suivante. Car on était poli, Monsieur, dans ce temps-là et une maîtresse de maison n'aurait pas su se contenter d'envoyer sa carte en ajoutant à la main : « une tasse de thé », ou « thé dansant » ou « thé musical ». Mais si on savait la

politesse on n'ignorait pas non plus l'impertinence.
M. Decazes accepta, mais la veille du bal on apprenait
que mon grand-père se sentant souffrant avait décom-
mandé la redoute. Il avait obéi au Roi, mais il n'avait
pas eu M. Decazes à son bal... — Oui, Monsieur, je
me souviens très bien de M. Molé[87], c'était un homme
d'esprit, il l'a prouvé quand il a reçu M. de Vigny à
l'Académie, mais il était très solennel et je le vois
encore descendant dîner chez lui son chapeau haut de
forme à la main.

— Ah! c'est bien évocateur d'un temps assez
pernicieusement philistin, car c'était sans doute une
habitude universelle d'avoir son chapeau à la main
chez soi, dit Bloch, désireux de profiter de cette
occasion si rare de s'instruire auprès d'un témoin
oculaire, des particularités de la vie aristocratique
d'autrefois, tandis que l'archiviste, sorte de secrétaire
intermittent de la Marquise, jetait sur elle des regards
attendris et semblait nous dire : « Voilà comme elle
est, elle sait tout, elle a connu tout le monde, vous
pouvez l'interroger sur ce que vous voudrez, elle est
extraordinaire.

— Mais non, répondit Mme de Villeparisis tout en
disposant plus près d'elle le verre où trempaient les
cheveux de Vénus que tout à l'heure elle recommence-
rait à peindre, c'était une habitude à M. Molé, tout
simplement. Je n'ai jamais vu mon père avoir son
chapeau chez lui, excepté bien entendu quand le Roi
venait, puisque le Roi étant partout chez lui, le maître
de la maison n'est plus qu'un visiteur dans son propre
salon.

— Aristote nous a dit dans le chapitre II... hasarda
M. Pierre, l'historien de la Fronde, mais si timidement que personne n'y fit attention. Atteint depuis
quelques semaines d'insomnie nerveuse qui résistait à
tous les traitements, il ne se couchait plus et, brisé de
fatigue, ne sortait que quand ses travaux rendaient
nécessaire qu'il se déplaçât. Incapable de recommencer souvent ces expéditions si simples pour d'autres
mais qui lui coûtaient autant que si pour les faire il

descendait de la lune, il était surpris de trouver
souvent que la vie de chacun n'était pas organisée
d'une façon permanente pour donner leur maximum
d'utilité aux brusques élans de la sienne. Il trouvait
parfois fermée une bibliothèque qu'il n'était allé voir
qu'en se campant artificiellement debout et dans une
redingote comme un homme de Wells[88]. Par bonheur
il avait rencontré Mme de Villeparisis chez elle et allait
voir le portrait.

Bloch lui coupa la parole.

— Vraiment, dit-il en répondant à ce que venait de
dire Mme de Villeparisis au sujet du protocole réglant
les visites royales, je ne savais absolument pas cela,
comme s'il était étrange qu'il ne le sût pas.

— A propos de ce genre de visites, vous savez la
plaisanterie stupide que m'a faite hier matin mon
neveu Basin ? demanda Mme de Villeparisis à l'archiviste. Il m'a fait dire au lieu de s'annoncer que c'était
la Reine de Suède[89] qui demandait à me voir.

— Ah ! il vous l'a fait dire froidement comme cela !
Il en a de bonnes ! s'écria Bloch en s'esclaffant, tandis
que l'historien souriait avec une timidité majestueuse.

— J'étais assez étonnée parce que je n'étais revenue
de la campagne que depuis quelques jours ; j'avais
demandé pour être un peu tranquille qu'on ne dise à
personne que j'étais à Paris, et je me demandais,
comment la Reine de Suède le savait déjà, reprit
Mme de Villeparisis laissant ses visiteurs étonnés
qu'une visite de la Reine de Suède ne fût en elle-même
rien d'anormal pour leur hôtesse.

Certes si le matin Mme de Villeparisis avait
compulsé avec l'archiviste la documentation de ses
mémoires, en ce moment, elle en essayait à son insu le
mécanisme et le sortilège sur un public moyen,
représentatif de celui où se recruteraient un jour ses
lecteurs. Le salon de Mme de Villeparisis pouvait se
différencier d'un salon véritablement élégant d'où
auraient été absentes beaucoup de bourgeoises qu'elle
recevait et où on aurait vu en revanche telles des
dames brillantes que Mme Leroi avait fini par attirer,

mais cette nuance n'est pas perceptible dans ses
mémoires, où certaines relations médiocres qu'avait
l'auteur disparaissent, parce qu'elles n'ont pas l'occasion d'y être citées ; et des visiteuses qu'il n'avait pas
n'y font pas faute, parce que dans l'espace forcément
restreint qu'offrent ces mémoires, peu de personnes
peuvent figurer et que si ces personnes sont des
personnages princiers, des personnalités historiques,
l'impression maximum d'élégance que des mémoires
puissent donner au public se trouve atteinte. Au
jugement de Mme Leroi, le salon de Mme de Villeparisis était un salon de troisième ordre ; et Mme de
Villeparisis souffrait du jugement de Mme Leroi.
Mais personne ne sait plus guère aujourd'hui qui était
Mme Leroi, son jugement s'est évanoui, et c'est le
salon de Mme de Villeparisis, où fréquentait la Reine
de Suède, où avaient fréquenté le Duc d'Aumale, le
Duc de Broglie, Thiers, Montalembert, Mgr Dupanloup [90], qui sera considéré comme un des plus brillants
du XIXe siècle par cette postérité qui n'a pas changé
depuis les temps d'Homère et de Pindare, et pour qui
le rang enviable c'est la haute naissance royale ou
quasi royale, l'amitié des rois, des chefs du peuple, des
hommes illustres.

Or de tout cela Mme de Villeparisis avait un peu
dans son salon actuel et dans les souvenirs, quelquefois retouchés légèrement, à l'aide desquels elle le
prolongeait dans le passé. Puis M. de Norpois qui
n'était pas capable de refaire une vraie situation à son
amie lui amenait en revanche des hommes d'Etat
étrangers ou français qui avaient besoin de lui et
savaient que la seule manière efficace de lui faire leur
cour, était de fréquenter chez Mme de Villeparisis.
Peut-être Mme Leroi connaissait-elle aussi ces émi-
nentes personnalités européennes. Mais en femme
agréable et qui fuit le ton des bas-bleus elle se gardait
de parler de la question d'Orient aux premiers ministres aussi bien que de l'essence de l'amour aux
romanciers et aux philosophes. « L'amour ? avait-elle
répondu une fois à une dame prétentieuse qui lui avait

demandé : " Que pensez-vous de l'amour ? "
L'amour ? je le fais souvent mais je n'en parle
jamais. » Quand elle avait chez elle de ces célébrités de
la littérature et de la politique elle se contentait,
comme la Duchesse de Guermantes, de les faire jouer
au poker. Ils aimaient souvent mieux cela que les
grandes conversations à idées générales où les contrai-
gnait Mme de Villeparisis. Mais ces conversations,
peut-être ridicules dans le monde, ont fourni aux
« Souvenirs » de Mme de Villeparisis de ces morceaux
excellents, de ces dissertations politiques qui font bien
dans des mémoires comme dans les tragédies de
Corneille. D'ailleurs les salons des Mme de Villeparisis peuvent seuls passer à la postérité parce que les
Mme Leroi ne savent pas écrire, et le sauraient-elles
n'en auraient pas le temps. Et si les dispositions
littéraires des Mme de Villeparisis sont la cause du
dédain des Mme Leroi, à son tour le dédain des Mme
Leroi sert singulièrement les dispositions littéraires
des Mme de Villeparisis en faisant aux dames bas-
bleus le loisir que réclame la carrière des lettres. Dieu
qui veut qu'il y ait quelques livres bien écrits souffle
pour cela ces dédains dans le cœur des Mme Leroi, car
il sait que si elles invitaient à dîner les Mme de
Villeparisis, celles-ci laisseraient immédiatement leur
écritoire et feraient atteler pour huit heures.
    Au bout d'un instant entra d'un pas lent et solennel
une vieille dame d'une haute taille et qui, sous son
chapeau de paille relevé laissait voir une monumentale
coiffure blanche à la Marie-Antoinette. Je ne savais
pas alors qu'elle était une des trois femmes qu'on
pouvait observer encore dans la société parisienne et
qui comme Mme de Villeparisis, tout en étant d'une
grande naissance avaient été réduites pour des raisons
qui se perdaient dans la nuit des temps et qu'aurait pu
nous dire seul quelque vieux beau de cette époque à ne
recevoir qu'une lie de gens dont on ne voulait pas
ailleurs. Chacune de ces dames avait sa « Duchesse de
Guermantes », sa nièce brillante qui venait lui rendre
des devoirs mais ne serait pas parvenue à attirer chez

elle la « Duchesse de Guermantes » d'une des deux autres. Mme de Villeparisis était fort liée avec ces trois dames, mais elle ne les aimait pas. Peut-être leur situation assez analogue à la sienne lui en présentait-elle une image qui ne lui était pas agréable. Puis aigries, bas-bleus, cherchant par le nombre des saynètes qu'elles faisaient jouer, à se donner l'illusion d'un salon, elles avaient entre elles des rivalités qu'une fortune assez délabrée au cours d'une existence peu tranquille, les forçait à compter, à profiter du concours gracieux d'un artiste, en une sorte de lutte pour la vie. De plus la dame à la coiffure de Marie-Antoinette, chaque fois qu'elle voyait Mme de Villeparisis, ne pouvait s'empêcher de penser que la Duchesse de Guermantes n'allait pas à ses vendredis. Sa consolation était qu'à ces mêmes vendredis ne manquait jamais, en bonne parente, la Princesse de Poix, laquelle était sa Guermantes à elle et qui n'allait jamais chez Mme de Villeparisis quoique Mme de Poix fût amie intime de la Duchesse.

Néanmoins de l'hôtel du quai Malaquais aux salons de la rue de Tournon, de la rue de la Chaise et du faubourg Saint-Honoré, un lien aussi fort que détesté, unissait les trois divinités déchues desquelles j'aurais bien voulu apprendre en feuilletant quelque dictionnaire mythologique de la société, quelle aventure galante, quelle outrecuidance sacrilège, avaient amené la punition. La même origine brillante, la même déchéance actuelle entrait peut-être pour beaucoup dans telle nécessité qui les poussait, en même temps qu'à se haïr, à se fréquenter. Puis chacune d'elles trouvait dans les autres un moyen commode de faire des politesses à leurs visiteurs. Comment ceux-ci eussent-ils pas cru pénétrer dans le faubourg le plus fermé, quand on les présentait à une dame fort titrée dont la sœur avait épousé un Duc de Sagan ou un Prince de Ligne [91]. D'autant plus qu'on parlait infiniment plus dans les journaux de ces prétendus salons que des vrais. Même les neveux « gratins » à qui un camarade demandait de les mener dans le monde

(Saint-Loup tout le premier) disaient : « Je vous
conduirai chez ma tante Villeparisis, ou chez ma tante
X..., c'est un salon intéressant. » Ils savaient surtout
que cela leur donnerait moins de peine que de faire
pénétrer les dits amis chez les nièces ou belles-sœurs
élégantes de ces dames. Les hommes très âgés, les
jeunes femmes qui l'avaient appris d'eux, me dirent
que si ces vieilles dames n'étaient pas reçues, c'était à
cause du dérèglement extraordinaire de leur conduite,
lequel quand j'objectai que ce n'est pas un empêchement à l'élégance, me fut représenté comme ayant
dépassé toutes les proportions aujourd'hui connues.
L'inconduite de ces dames solennelles qui se tenaient
assises toutes droites, prenait, dans la bouche de ceux
qui en parlaient, quelque chose que je ne pouvais
imaginer, proportionné à la grandeur des époques
antéhistoriques, à l'âge du Mammouth. Bref ces trois
Parques à cheveux blancs, bleus ou roses, avaient filé
le mauvais coton d'un nombre incalculable de messieurs. Je pensais que les hommes d'aujourd'hui
exagéraient les vices de ces temps fabuleux, comme les
Grecs qui composèrent Icare, Thésée, Hercule avec
des hommes qui avaient été peu différents de ceux qui
longtemps après les divinisaient. Mais on ne fait la
somme des vices d'un être que quand il n'est plus
guère en état de les exercer, et qu'à la grandeur du
châtiment social, qui commence à s'accomplir et
qu'on constate seul, on mesure, on imagine, on
exagère celle du crime qui a été commis. Dans cette
galerie de figures symboliques qu'est le « monde », les
femmes véritablement légères, les Messalines
complètes, présentent toujours l'aspect solennel d'une
dame d'au moins soixante-dix ans, hautaine, qui reçoit
tant qu'elle peut, mais non qui elle veut, chez qui ne
consentent pas aller les femmes dont la conduite prête
à peu à redire, à laquelle le pape donne toujours sa
« rose d'or [92] », et qui quelquefois a écrit sur la
jeunesse de Lamartine, un ouvrage couronné par
l'Académie française. « Bonjour Alix, dit Mme de
Villeparisis à la dame à coiffure blanche de Marie-

Antoinette, laquelle dame jetait un regard perçant sur
l'assemblée afin de dénicher s'il n'y avait pas dans ce
salon quelque morceau qui pût être utile pour le sien
et que, dans ce cas, elle devrait découvrir elle-même,
car Mme de Villeparisis, elle n'en doutait pas, serait
assez maligne pour essayer de le lui cacher. C'est ainsi
que Mme de Villeparisis eut grand soin de ne pas
présenter Bloch à la vieille dame de peur qu'il ne fît
jouer la même saynète que chez elle, dans l'hôtel du
quai Malaquais. Ce n'était d'ailleurs qu'un rendu. Car
la vieille dame avait eu la veille Mme Ristori [93] qui
avait dit des vers, et avait eu soin que Mme de
Villeparisis à qui elle avait chipé l'artiste italienne
ignorât l'événement avant qu'il fût accompli. Pour
que celle-ci ne l'apprît pas par les journaux et ne s'en
trouvât pas froissée, elle venait le lui raconter, comme
ne se sentant pas coupable. Mme de Villeparisis
jugeant que ma présentation n'avait pas les mêmes
inconvénients que celle de Bloch, me nomma à la
Marie-Antoinette du quai. Celle-ci cherchant en faisant le moins de mouvements possible à garder dans sa
vieillesse cette ligne de déesse de Coysevox [94], qui
avait, il y a bien des années, charmé la jeunesse
élégante et que de faux hommes de lettres célébraient
maintenant dans des bouts rimés — ayant pris d'ailleurs l'habitude de la raideur hautaine et compensa-
trice, commune à toutes les personnes qu'une disgrâce
particulière oblige à faire perpétuellement des avances
— abaissa légèrement la tête avec une majesté glaciale
et la tournant d'un autre côté ne s'occupa pas plus de
moi que si je n'eusse pas existé. Son attitude à double
fin semblait dire à Mme de Villeparisis : « Vous voyez
que je n'en suis pas à une relation près et que les petits
jeunes, — à aucun point de vue, mauvaise langue, —
ne m'intéressent pas. » Mais quand un quart d'heure
après elle se retira, profitant du tohu-bohu elle me
glissa à l'oreille de venir le vendredi suivant dans sa
loge, avec une des trois dont le nom éclatant — elle
était d'ailleurs née Choiseul — me fit un prodigieux
effet.

— Monsieur, j'crois que vous voulez écrire quelque chose sur Mme la Duchesse de Montmorency, dit Mme de Villeparisis à l'historien de la Fronde, avec cet air bougon dont à son insu sa grande amabilité était froncée, par le recroquevillement boudeur, le dépit physiologique de la vieillesse, ainsi que par l'affectation d'imiter le ton presque paysan de l'ancienne aristocratie. J'vais vous montrer son portrait, l'original de la copie qui est au Louvre.

Elle se leva en posant ses pinceaux près de ses fleurs, et le petit tablier qui apparut alors à sa taille et qu'elle portait pour ne pas se salir avec ses couleurs, ajoutait encore à l'impression presque d'une campagnarde que donnaient son bonnet et ses grosses lunettes et contrastait avec le luxe de sa domesticité, du maître d'hôtel qui avait apporté le thé et les gâteaux, du valet de pied en livrée qu'elle sonna pour éclairer le portrait de la Duchesse de Montmorency, abbesse dans un des plus célèbres chapitres de l'Est. Tout le monde s'était levé. Ce qui est assez amusant, dit-elle, c'est que dans ces chapitres où nos grand-tantes étaient souvent abbesses, les filles du roi de France n'eussent pas été admises. C'étaient des chapitres très fermés. — Pas admises les filles du Roi, pourquoi cela ? demanda Bloch stupéfait. — « Mais parce que la Maison de France n'avait plus assez de quartiers depuis qu'elle s'était mésalliée. » L'étonnement de Bloch allait grandissant. « Mésalliée la Maison de France ? Comment ça ? — Mais en s'alliant aux Médicis, répondit Mme de Villeparisis du ton le plus naturel. Le portrait est beau, n'est-ce pas ? et dans un état de conservation parfaite », ajouta-t-elle.

— Ma chère amie, dit la dame coiffée à la Marie-Antoinette, vous vous rappelez que quand je vous ai amené Liszt, il vous a dit que c'était celui-là qui était la copie.

— Je m'inclinerai devant une opinion de Liszt en musique, mais pas en peinture ! D'ailleurs, il était déjà gâteux et je ne me rappelle pas qu'il ait jamais dit cela. Mais ce n'est pas vous qui me l'avez amené. J'avais dîné vingt fois avec lui, chez la Princesse de Sayn-Wittgenstein.

Le coup d'Alix avait raté, elle se tut, resta debout et immobile. Des couches de poudre plâtrant son visage, celui-ci avait l'air d'un visage de pierre. Et comme le profil était noble, elle semblait sur un socle triangulaire et moussu caché par le mantelet, la déesse effritée d'un parc.

— Ah ! voilà encore un autre beau portrait, dit l'historien.

La porte s'ouvrit et la Duchesse de Guermantes entra.

— Tiens, bonjour, lui dit sans un signe de tête Mme de Villeparisis en tirant d'une poche de son tablier une main qu'elle tendit à la nouvelle arrivante ; et cessant aussitôt de s'occuper d'elle pour se retourner vers l'historien : c'est le portrait de la Duchesse de La Rochefoucauld...

Un jeune domestique, à l'air hardi et à la figure charmante (mais rognée si juste pour rester parfaite que le nez était un peu rouge et la peau légèrement enflammée comme s'ils gardaient quelque trace de la récente et sculpturale incision), entra portant une carte sur un plateau.

— C'est ce monsieur qui est déjà venu plusieurs fois pour voir Mme la Marquise.

— Est-ce que vous lui avez dit que je recevais ?

— Il a entendu causer.

— Eh bien ! soit, faites-le entrer. C'est un monsieur qu'on m'a présenté dit Mme de Villeparisis. Il m'a dit qu'il désirait beaucoup être reçu ici. Jamais je ne l'ai autorisé à venir. Mais enfin voilà cinq fois qu'il se dérange, il ne faut pas froisser les gens. Monsieur, me dit-elle, et vous, monsieur, ajouta-t-elle en désignant l'historien de la Fronde, je vous présente ma nièce, la Duchesse de Guermantes.

L'historien s'inclina profondément ainsi que moi et semblant supposer que quelque réflexion cordiale devait suivre ce salut, ses yeux s'animèrent et il s'apprêtait à ouvrir la bouche quand il fut refroidi par

l'aspect de Mme de Guermantes qui avait profité de
l'indépendance de son torse pour le jeter en avant avec
une politesse exagérée et le ramener avec prestesse[95]
sans que son visage et son regard eussent paru avoir
remarqué qu'il y avait quelqu'un devant eux ; après
avoir poussé un léger soupir, elle se contenta de
manifester la nullité de l'impression que lui produisaient la vue de l'historien et la mienne en excécutant
certains mouvements des ailes du nez avec une
précision qui attestait l'inertie absolue de son attention
désœuvrée.

Le visiteur importun entra, marchand droit vers
Mme de Villeparisis d'un air ingénu et fervent, c'était
Legrandin.

— Je vous remercie beaucoup de me recevoir,
madame, dit-il en insistant sur le mot beaucoup : c'est
un plaisir d'une qualité tout à fait rare et subtil que
vous faites à un vieux solitaire, je vous assure que sa
répercussion...

Il s'arrêta net en m'apercevant.

— Je montrais à monsieur le beau portrait de la
Duchesse de La Rochefoucauld, femme de l'auteur
des *Maximes*, il me vient de famille.

Mme de Guermantes, elle, salua Alix, en s'excusant
de n'avoir pu, cette année comme les autres, aller la
voir. « J'ai eu de vos nouvelles par Madeleine »,
ajouta-t-elle.

— Elle a déjeuné chez moi ce matin, dit la marquise du quai Malaquais avec la satisfaction de penser
que Mme de Villeparisis n'en pourrait jamais dire
autant.

Cependant je causais avec Bloch et craignant
d'après ce qu'on m'avait dit du changement à son
égard de son père, qu'il n'enviât ma vie, je lui dis que
la sienne devait être plus heureuse. Ces paroles étaient
de ma part un simple effet de l'amabilité. Mais elle
persuade aisément de leur bonne chance ceux qui ont
beaucoup d'amour-propre, ou leur donne le désir de
persuader les autres. « Oui j'ai en effet une vie
délicieuse, me dit Bloch d'un air de béatitude. J'ai

trois grands amis, je n'en voudrais pas un de plus, une
maîtresse adorable, je suis infiniment heureux. Rare
est le mortel à qui le Père Zeus accorde tant de
félicités. » Je crois qu'il cherchait surtout à se louer et
à me faire envie. Peut-être aussi y avait-il quelque
désir d'originalité dans son optimisme. Il fut visible
qu'il ne voulait pas répondre les mêmes banalités que
tout le monde : « Oh ! ce n'était rien, etc. » quand, à
ma question : « était-ce joli ? » posée à propos d'une
matinée dansante donnée chez lui et à laquelle je
n'avais pu aller, il me répondit d'un air uni, indifférent comme s'il s'était agi d'un autre : « Mais oui
c'était très joli, on ne peut plus réussi. C'était
vraiment ravissant. »

— Ce que vous nous apprenez là m'intéresse infiniment, dit Legrandin à Mme de Villeparisis, car je me
disais justement l'autre jour que vous teniez beaucoup
de lui par la netteté alerte du tour, par quelque chose
que j'appellerai de deux termes contradictoires, là
rapidité lapidaire et l'instantané immortel. J'aurais
voulu ce soir prendre en note toutes les choses que
vous dites ; mais je les retiendrai. Elles sont d'un mot
qui est je crois de Joubert, amies de la mémoire. Vous
n'avez jamais lu Joubert[96]. Oh ! vous lui auriez
tellement plu ! Je me permettrai dès ce soir de vous
envoyer ses œuvres, très fier de vous présenter son
esprit. Il n'avait pas votre force. Mais il avait aussi
bien de la grâce.

J'avais voulu tout de suite aller dire bonjour à
Legrandin, mais il se tenait constamment le plus
éloigné de moi qu'il pouvait, sans doute dans l'espoir
que je n'entendisse pas les flatteries qu'avec un grand
raffinement d'expression, il ne cessait à tout propos de
prodiguer à Mme de Villeparisis.

Elle haussa les épaules en souriant comme s'il avait
voulu se moquer et se tourna vers l'historien.

— Et celle-ci c'est la fameuse Marie de Rohan,
Duchesse de Chevreuse qui avait épousé en première
noces M. de Luynes[97].

— Ma chère, Mme de Luynes me fait penser à

Yolande ; elle est venue hier chez moi, si j'avais su que vous n'aviez votre soirée prise par personne, je vous aurais envoyé chercher, Mme Ristori, qui est venue à l'improviste, a dit devant l'auteur des vers de la reine Carmen Sylva [98], c'était d'une beauté !

« Quelle perfidie ! pensa Mme de Villeparisis. C'est sûrement de cela qu'elle parlait tout bas, l'autre jour, à Mme de Beaulaincourt et à Mme de Chaponay. » — J'étais libre, mais je ne serais pas venue, répondit-elle. J'ai entendu Mme Ristori dans son beau temps, ce n'est plus qu'une ruine. Et puis je déteste les vers de Carmen Sylva. La Ristori est venue ici une fois amenée par la Duchesse d'Aoste dire un chant de l'*Enfer,* de Dante. Voilà où elle est incomparable.

Alix supporta le coup sans faiblir. Elle restait de marbre. Son regard était perçant et vide, son nez noblement arqué. Mais une joue s'écaillait. Des végétations légères, étranges, vertes et roses, envahissaient le menton. Peut-être un hiver de plus la jetterait bas.

— Tenez, monsieur, si vous aimez la peinture, regardez le portrait de Mme de Montmorency, dit Mme de Villeparisis à Legrandin pour interrompre les compliments qui recommençaient.

Profitant de ce qu'il s'était éloigné, Mme de Guermantes le désigna à sa tante d'un regard ironique et interrogateur.

— C'est M. Legrandin, dit à mi-voix Mme de Villeparisis, il a une sœur qui s'appelle Mme de Cambremer, ce qui ne doit pas du reste te dire plus qu'à moi.

— Comment, mais je la connais parfaitement, s'écria en mettant sa main devant sa bouche Mme de Guermantes. Ou plutôt je ne la connais pas, mais je ne sais pas ce qui a pris à Basin qui rencontre Dieu sait où le mari, de dire à cette grosse femme de venir me voir. Je ne peux pas vous dire ce que ça été que sa visite. Elle m'a raconté qu'elle était allée à Londres, elle m'a énuméré tous les tableaux du British [99]. Telle que vous me voyez, en sortant de chez vous, je vais fourrer un

carton chez ce monstre. Et ne croyez pas que ce soit
des plus faciles, car sous prétexte qu'elle est mourante
elle est toujours chez elle et qu'on y aille à sept heures
du soir ou à neuf heures du matin, elle est prête à vous
offrir des tartes aux fraises.

— Mais bien entendu, voyons, c'est un monstre,
dit Mme de Guermantes à un regard interrogatif de sa
tante. C'est une personne impossible : elle dit plumitif
enfin des choses comme ça. » « Qu'est-ce que ça veut
dire plumitif, demanda Mme de Villeparisis à sa
nièce ? » « Mais je n'en sais rien ! s'écria la Duchesse
avec une indignation feinte. Je ne veux pas le savoir.
Je ne parle pas ce français-là. » Et voyant que sa tante
ne savait vraiment pas ce que voulait dire plumitif,
pour avoir la satisfaction de montrer qu'elle était
savante autant que puriste et pour se moquer de sa
tante après s'être moquée de Mme de Cambremer :
« Mais si, dit-elle avec un demi-rire, que les restes de
la mauvaise humeur jouée réprimaient, tout le monde
sait ça, un plumitif c'est un écrivain, c'est quelqu'un
qui tient une plume. Mais c'est une horreur de mot.
C'est à vous faire tomber vos dents de sagesse. Jamais
on ne me ferait dire ça. Comment, c'est le frère ! je n'ai
pas encore réalisé. Mais au fond ce n'est pas incompréhensible. Elle a la même humilité de descente de lit et
les mêmes ressources de bibliothèque tournante. Elle
est aussi flagorneuse que lui et aussi embêtante. Je
commence à me faire assez bien à l'idée de cette
parenté.

— Assieds-toi, on va prendre un peu de thé, dit
Mme de Villeparisis à Mme de Guermantes, sers-toi
toi-même, toi tu n'as pas besoin de voir les portraits de
tes arrière-grands-mères, tu les connais aussi bien que
moi.

Mme de Villeparisis revint bientôt s'asseoir et se mit
à peindre. Tout le monde se rapprocha, j'en profitai
pour aller vers Legrandin et ne trouvant rien de
coupable à sa présence chez Mme de Villeparisis, je lui
dis sans songer combien j'allais à la fois le blesser et lui
faire croire à l'intention de le blesser : « Eh bien,

Monsieur, je suis presque excusé d'être dans un salon puisque je vous y trouve. » M. Legrandin conclut de ces paroles (ce fut du moins le jugement qu'il porta sur moi quelques jours plus tard) que j'étais un petit être foncièrement méchant qui ne se plaisait qu'au mal.

« Vous pourriez avoir la politesse de commencer par me dire bonjour », me répondit-il, sans me donner la main et d'une voix rageuse et vulgaire que je ne lui soupçonnais pas et qui, nullement en rapport rationnel avec ce qu'il disait d'habitude, en avait un autre plus immédiat et plus saisissant avec quelque chose qu'il éprouvait. C'est que, ce que nous éprouvons comme nous sommes décidés à toujours le cacher, nous n'avons jamais pensé à la façon dont nous l'exprimerions. Et tout d'un coup, c'est en nous une bête immonde et inconnue qui se fait entendre et dont l'accent parfois peut aller jusqu'à faire aussi peur à qui reçoit cette confidence involontaire, elliptique et presque irrésistible de votre défaut ou de votre vice, que ferait l'aveu soudain indirectement et bizarrement proféré par un criminel ne pouvant s'empêcher de confesser un meurtre dont vous ne le saviez pas coupable. Certes je savais bien que l'idéalisme, même subjectif, n'empêche pas de grands philosophes, de rester gourmands ou de se présenter avec ténacité à l'Académie. Mais vraiment Legrandin n'avait pas besoin de rappeler si souvent qu'il appartenait à une autre planète quand tous ses mouvements convulsifs de colère ou d'amabilité étaient gouvernés par le désir d'avoir une bonne position dans celle-ci.

— Naturellement quand on me persécute vingt fois de suite pour me faire venir quelque part, continua-t-il à voix basse, quoique j'aie bien droit à ma liberté, je ne peux pourtant pas agir comme un rustre.

Mme de Guermantes s'était assise. Son nom, comme il était accompagné de son titre, ajoutait à sa personne physique, son duché qui se projetait autour d'elle et faisait régner la fraîcheur ombreuse et dorée des bois des Guermantes au milieu du salon, à l'entour du pouf où elle était. Je me sentais seulement étonné

que leur ressemblance ne fût pas plus lisible sur le
visage de la Duchesse, lequel n'avait rien de végétal et
où tout au plus le couperosé des joues — qui auraient
dû, semblait-il, être blasonnées par le nom de Guermantes, était l'effet, mais non l'image, de longues
chevauchées au grand air [100]. Plus tard, quand elle me
fut devenue indifférente, je connus bien des particularités de la Duchesse, et notamment (afin de m'en tenir
pour le moment à ce dont je subissais déjà le charme
alors sans savoir le distinguer), ses yeux, où était captif
comme dans un tableau le ciel bleu d'une après-midi
de France, largement découvert, baigné de lumière
même quand elle ne brillait pas ; et une voix qu'on eût
cru aux premiers sons enroués, presque canaille, où
traînait comme sur les marches de l'église de Combray
ou la pâtisserie de la place, l'or paresseux et gras d'un
soleil de province. Mais ce premier jour je ne discer-
nais rien, mon ardente attention volatilisait immédiatement le peu que j'eusse pu recueillir et où j'aurais pu
retrouver quelque chose du nom de Guermantes. En
tout cas je me disais que c'était bien elle que désignait
pour tout le monde le nom de Duchesse de Guermantes : la vie inconcevable que ce nom signifiait, ce
corps la contenait bien ; il venait de l'introduire au
milieu d'êtres différents, dans ce salon qui la circonve-
nait de toutes parts et sur lequel elle exerçait une
réaction si vive que je croyais voir, là où cette vie
cessait de s'étendre, une frange d'effervescence en
délimiter les frontières : dans la circonférence que
découpait sur le tapis le ballon de la jupe de pékin
bleu, et dans les prunelles claires de la Duchesse, à
l'intersection des préoccupations, des souvenirs, de la
pensée incompréhensible, méprisante, amusée et
curieuse qui les remplissaient, et des images étrangères qui s'y reflétaient. Peut-être eussé-je été un peu
moins ému si je l'eusse rencontrée chez Mme de
Villeparisis à une soirée, au lieu de la voir ainsi à un
des « jours » de la Marquise, à un de ces thés, qui ne
sont pour les femmes qu'une courte halte au milieu de
leur sortie et où gardant le chapeau avec lequel elles

viennent de faire leurs courses elles apportent dans
l'enfilade des salons la qualité de l'air du dehors et
donnent plus jour sur Paris à la fin de l'après-midi que
ne font les hautes fenêtres ouvertes dans lesquelles on
entend les roulements des victorias : Mme de Guermantes était coiffée d'un canotier fleuri de bleuets ; et
ce qu'ils m'évoquaient, ce n'était pas, sur les sillons de
Combray où si souvent j'en avais cueilli, sur le talus
contigu à la haie de Tansonville, les soleils des
lointaines années, c'était l'odeur et la poussière du
crépuscule, telles qu'elles étaient tout à l'heure, au
moment où Mme de Guermantes venait de les traverser, rue de la Paix. D'un air souriant, dédaigneux et
vague, tout en faisant la moue avec ses lèvres serrées,
de la pointe de son ombrelle comme de l'extrême
antenne de sa vie mystérieuse, elle dessinait des ronds
sur le tapis, puis avec cette attention indifférente qui
commence par ôter tout point de contact avec ce que
l'on considère et soi-même, son regard fixait tour à
tour chacun de nous, puis inspectait les canapés et les
fauteuils mais en s'adoucissant alors de cette sympathie humaine qu'éveille la présence même insignifiante d'une chose que l'on connaît, d'une chose qui
est presque une personne ; ces meubles n'étaient pas
comme nous, ils étaient vaguement de son monde, ils
étaient liés à la vie de sa tante ; puis du meuble de
Beauvais ce regard était ramené à la personne qui y
était assise et reprenait alors le même air de perspicacité et de cette même désapprobation que le respect de
Mme de Guermantes pour sa tante l'eût empêchée
d'exprimer, mais enfin qu'elle eût éprouvée, si elle eût
constaté sur les fauteuils au lieu de notre présence
celle d'une tache de graisse ou d'une couche de
poussière.

L'excellent écrivain G... [101] entra ; il venait faire à
Mme de Villeparisis une visite qu'il considérait
comme une corvée. La duchesse, qui fut enchantée de
le retrouver, ne lui fit pourtant pas signe, mais tout
naturellement il vint près d'elle, le charme qu'elle
avait, son tact, sa simplicité la lui faisant considérer

comme une femme d'esprit. D'ailleurs la politesse lui
faisait un devoir d'aller auprès d'elle, car, comme il
était agréable et célèbre, Mme de Guermantes l'invitait souvent à déjeuner même en tête à tête avec elle et
son mari, ou l'automne à Guermantes, profitait de
cette intimité pour le convier certains soirs à dîner
avec des altesses curieuses de le rencontrer. Car la
Duchesse aimait à recevoir certains hommes d'élite, à
la condition toutefois qu'ils fussent garçons, condition
que même mariés, ils remplissaient toujours pour elle,
car comme leurs femmes, toujours plus ou moins
vulgaires, eussent fait tache dans un salon où il n'y
avait que les plus élégantes beautés de Paris, c'est
toujours sans elles qu'ils étaient invités ; et le Duc
pour prévenir toute susceptibilité, expliquait à ces
veufs malgré eux, que la Duchesse ne recevait pas de
femmes, ne supportait pas la société des femmes,
presque comme si c'était par ordonnance du médecin
et comme il eût dit qu'elle ne pouvait rester dans une
chambre où il y avait des odeurs, manger trop salé,
voyager en arrière, ou porter un corset. Il est vrai que
ces grands hommes voyaient chez les Guermantes la
Princesse de Parme, la Princesse de Sagan (que
Françoise, entendant toujours parler d'elle, finit par
appeler, croyant ce féminin exigé par la grammaire, la
Sagante), et bien d'autres, mais on justifiait leur
présence en disant que c'était la famille, ou des amies
d'enfance qu'on ne pouvait éliminer. Persuadés ou
non par les explications que le Duc de Guermantes
leur avait données sur la singulière maladie de la
Duchesse de ne pouvoir fréquenter des femmes, les
grands hommes les transmettaient à leurs épouses.
Quelques-unes pensaient que la maladie n'était qu'un
prétexte pour cacher sa jalousie, parce que la
Duchesse voulait être seule à régner sur une cour
d'adorateurs. De plus naïves encore pensaient que
peut-être la Duchesse avait un genre singulier, voire
un passé scandaleux, que les femmes ne voulaient pas
aller chez elle, et qu'elle donnait le nom de sa fantaisie
à la nécessité. Les meilleures entendant leur mari dire

monts et merveilles de l'esprit de la Duchesse, esti-
maient que celle-ci était si supérieure au reste des
femmes qu'elle s'ennuyait dans leur société car elles ne
savent parler de rien. Et il est vrai que la Duchesse
s'ennuyait auprès des femmes, si leur qualité princière
ne leur donnait pas un intérêt particulier. Mais les
épouses éliminées se trompaient quand elles s'imaginaient qu'elle ne voulait recevoir que des hommes
pour pouvoir parler littérature, science et philosophie.
Car elle n'en parlait jamais, du moins avec les grands
intellectuels. Si, en vertu de la même tradition de
famille qui fait que les filles de grands militaires
gardent au milieu de leurs préoccupations les plus
vaniteuses, le respect des choses de l'armée, petite-
fille de femmes qui avaient été liées avec Thiers,
Mérimée [102] et Augier [103], elle pensait qu'avant tout il
faut garder dans son salon une place aux gens d'esprit,
mais avait d'autre part retenu de la façon à la fois
condescendante et intime dont ces hommes célèbres
étaient reçus à Guermantes, le pli de considérer les
gens de talent comme des relations familières dont le
talent ne vous éblouit pas, à qui on ne parle pas de
leurs œuvres, ce qui ne les intéressait d'ailleurs pas.
Puis le genre d'esprit Mérimée et Meilhac et Halévy,
qui était le sien la portait par contraste avec le
sentimentalisme verbal d'une époque antérieure, à un
genre de conversation qui rejette tout ce qui est
grandes phrases et expression de sentiments élevés, et
faisait qu'elle mettait une sorte d'élégance quand elle
était avec un poète ou un musicien à ne parler que des
plats qu'on mangeait ou de la partie de cartes qu'on
allait faire. Cette abstention avait pour un tiers peu au
courant, quelque chose de troublant qui allait jusqu'au mystère. Si Mme de Guermantes lui demandait
s'il lui ferait plaisir d'être invité avec tel poète célèbre,
dévoré de curiosité il arrivait à l'heure dite. La
Duchesse parlait au poète du temps qu'il faisait. On
passait à table. « Aimez-vous cette façon de faire les
œufs ? » demandait-elle au poète. Devant son assenti-
ment qu'elle partageait, car tout ce qui était chez elle

lui paraissait exquis jusqu'à un cidre affreux qu'elle
faisait venir de Guermantes : « Redonnez des œufs à
monsieur », ordonnait-elle au maître d'hôtel, cependant que le tiers anxieux, attendait toujours ce
qu'avaient sûrement eu l'intention puisqu'ils avaient
arrangé de se voir malgré mille difficultés avant le
départ du poète, celui-ci et la Duchesse. Mais le repas
continuait, les plats étaient enlevés les uns après les
autres, non sans fournir à Mme de Guermantes
l'occasion de spirituelles plaisanteries ou de fines
historiettes. Cependant le poète mangeait toujours
sans que Duc ou Duchesse eussent eu l'air de se
rappeler qu'il était poète. Et bientôt le déjeuner était
fini et on se disait, adieu, sans avoir dit un mot de la
poésie que tout le monde pourtant aimait, mais dont
par une réserve analogue à celle dont Swann m'avait
donné l'avant-goût, personne ne parlait. Cette réserve
était simplement de bon ton. Mais pour le tiers, s'il y
réfléchissait un peu, elle avait quelque chose de fort
mélancolique et les repas du milieu Guermantes
faisaient alors penser à ces heures que des amoureux
timides passent souvent ensemble à parler de banalités
jusqu'au moment de se quitter, et sans que, soit
timidité, pudeur, ou maladresse, le grand secret qu'ils
seraient plus heureux d'avouer ait pu jamais passer de
leur cœur à leurs lèvres. D'ailleurs il faut ajouter que
ce silence gardé sur les choses profondes qu'on
attendait toujours en vain le moment de voir aborder,
s'il pouvait passer pour caractéristique de la Duchesse
n'était pas chez elle absolu. Mme de Guermantes avait
passé sa jeunesse dans un milieu un peu différent,
aussi aristocratique, mais moins brillant et surtout
moins futile que celui où elle vivait aujourd'hui, et de
grande culture. Il avait laissé à sa frivolité actuelle une
sorte de tuf plus solide, invisiblement nourricier et où
même la Duchesse allait chercher (fort rarement car
elle détestait le pédantisme), quelque citation de
Victor Hugo ou de Lamartine qui fort bien appropriée, dite avec un regard senti de ses beaux yeux, ne
manquait pas de surprendre et de charmer. Parfois

même sans prétentions, avec pertinence et simplicité, elle donnait à un auteur dramatique académicien quelque conseil sagace, lui faisait atténuer une situation ou changer un dénouement.

Si, dans le salon de Mme de Villeparisis, tout autant que dans l'église de Combray, au mariage de Mlle Percepied, j'avais peine à retrouver dans le beau visage, trop humain, de Mme de Guermantes, l'inconnu de son nom, je pensais du moins que quand elle parlerait, sa causerie, profonde, mystérieuse, aurait une étrangeté de tapisserie médiévale, de vitrail gothique. Mais pour que je n'eusse pas été déçu par les paroles que j'entendrais prononcer à une personne qui s'appelait Mme de Guermantes, même si je ne l'eusse pas aimée, il n'eût pas suffi que les paroles fussent fines, belles et profondes [104], il eût fallu qu'elles reflétassent cette couleur amarante, de la dernière syllabe de son nom, cette couleur que je m'étais dès le premier jour étonné de ne pas trouver dans sa personne et que j'avais fait se réfugier dans sa pensée. Sans doute j'avais déjà entendu Mme de Villeparisis, Saint-Loup, des gens dont l'intelligence n'avait rien d'extraordinaire prononcer sans précaution ce nom de Guermantes, simplement comme étant celui d'une personne qui allait venir en visite ou avec qui on devait dîner, en n'ayant pas l'air de sentir dans ce nom, des aspects de bois jaunissants et tout un mystérieux coin de province. Mais ce devait être une affectation de leur part comme quand les poètes classiques ne nous avertissent pas des intentions profondes qu'ils ont cependant eues, affectation que moi aussi je m'efforçais d'imiter en disant sur le ton le plus naturel la Duchesse de Guermantes, comme un nom qui eût ressemblé à d'autres. Du reste tout le monde assurait que c'était une femme très intelligente, d'une conversation spirituelle, vivant dans une petite coterie des plus intéressantes : paroles qui se faisaient complices de mon rêve. Car quand ils disaient coterie intelligente, conversation spirituelle, ce n'est nullement l'intelligence telle que je la connaissais que j'imaginais, fût-ce celle des plus grands esprits, ce n'était nullement de gens comme Bergotte que je composais cette coterie. Non, par intelligence j'entendais une faculté ineffable, dorée, imprégnée d'une fraîcheur sylvestre. Même en tenant les propos les plus intelligents (dans le sens où je prenais le mot intelligent quand il s'agissait d'un philosophe ou d'un critique), Mme de Guermantes aurait peut-être déçu plus encore mon attente d'une faculté si particulière, que si dans une conversation insignifiante, elle s'était contentée de parler de recettes de cuisine ou de mobilier de château, de citer des noms de voisines ou de parents à elle, qui m'eussent évoqué sa vie [105].

— Je croyais trouver Basin ici, il comptait venir vous voir, dit Mme de Guermantes à sa tante.

— Je ne l'ai pas vu, ton mari, depuis plusieurs jours, répondit d'un ton susceptible et fâché Mme de Villeparisis. Je ne l'ai pas vu, ou enfin peut-être une fois, depuis cette charmante plaisanterie de se faire annoncer comme la reine de Suède.

Pour sourire Mme de Guermantes pinça le coin de ses lèvres comme si elle avait mordu sa voilette.

— Nous avons dîné avec elle hier chez Blanche Leroi, vous ne la reconnaîtriez pas, elle est devenue énorme, je suis sûre qu'elle est malade [106].

— Je disais justement à ces messieurs que tu lui trouvais l'air d'une grenouille.

Mme de Guermantes fit entendre une espèce de bruit rauque qui signifiait qu'elle ricanait par acquit de conscience.

— Je ne savais pas que j'avais fait cette jolie comparaison, mais, dans ce cas, maintenant c'est la grenouille qui a réussi à devenir aussi grosse que le bœuf. Ou plutôt ce n'est pas tout à fait cela, parce que toute sa grosseur s'est amoncelée sur le ventre, c'est plutôt une grenouille dans une position intéressante.

— Ah ! je trouve ton image drôle, dit Mme de Villeparisis qui était au fond assez fière pour ses visiteurs de l'esprit de sa nièce.

— Elle est surtout *arbitraire*, répondit Mme de Guermantes en détachant ironiquement cette épithète choisie, comme eût fait Swann car, j'avoue n'avoir jamais vu de grenouille en couches. En tout cas cette grenouille, qui d'ailleurs ne demande pas de roi, car je ne l'ai jamais vue plus folâtre que depuis la mort de son époux, doit venir dîner à la maison un jour de la semaine prochaine. J'ai dit que je vous préviendrais à tout hasard.

Mme de Villeparisis fit entendre une sorte de grommellement indistinct.

— Je sais qu'elle a dîné avant-hier chez Mme de Mecklembourg, ajouta-t-elle. Il y avait Hannibal de Bréauté. Il est venu me le raconter, assez drôlement je dois dire.

— Il y avait à ce dîner quelqu'un de bien plus spirituel encore que Babal, dit Mme de Guermantes, qui si intime qu'elle fût avec M. de Bréauté-Consalvi tenait à le montrer en l'appelant par ce diminutif. C'est M. Bergotte.

Je n'avais pas songé que Bergotte pût être considéré comme spirituel ; de plus il m'apparaissait comme mêlé à l'humanité intelligente, c'est-à-dire infiniment distant de ce royaume mystérieux que j'avais aperçu sous les toiles de pourpre d'une baignoire et où M. de Bréauté, faisant rire la Duchesse, tenait avec elle, dans la langue des Dieux, cette chose inimaginable : une conversation entre gens du faubourg Saint-Germain. Je fus navré de voir l'équilibre se rompre et Bergotte passer par-dessus M. de Bréauté. Mais, surtout, je fus désespéré d'avoir évité Bergotte le soir de *Phèdre*, de ne pas être allé à lui, en entendant Mme de Guermantes dire à Mme de Villeparisis :

— C'est la seule personne que j'ai envie de connaître, ajouta la Duchesse en qui on pouvait toujours, comme au moment d'une marée spirituelle, voir le flux d'une curiosité à l'égard des intellectuels célèbres croiser en route le reflux du snobisme aristocratique. Cela me ferait un plaisir !

La présence de Bergotte à côté de moi, présence qu'il m'eût été si facile d'obtenir mais que j'aurais cru capable de donner une mauvaise idée de moi à

Mme de Guermantes, eût sans doute eu au contraire
pour résultat qu'elle m'eût fait signe de venir dans sa
baignoire et m'eût demandé d'amener un jour déjeuner le grand écrivain.

— Il paraît qu'il n'a pas été très aimable, on l'a
présenté à M. de Cobourg et il ne lui a pas dit un mot,
ajouta Mme de Guermantes en signalant ce trait
curieux, comme elle aurait raconté qu'un Chinois se
serait mouché avec du papier. Il ne lui a pas dit une
fois « Monseigneur », ajouta-t-elle, d'un air amusé par
ce détail aussi important pour elle que le refus, par un
protestant au cours d'une audience du pape, de se
mettre à genoux devant Sa Sainteté.

Intéressée par ces particularités de Bergotte, elle
n'avait d'ailleurs pas l'air de les trouver blâmables, et
paraissait plutôt lui en faire un mérite sans qu'elle sût
elle-même exactement de quel genre. Malgré cette
façon étrange de comprendre l'originalité de Bergotte,
il m'arriva plus tard de ne pas trouver tout à fait
négligeable que Mme de Guermantes, au grand étonnement de beaucoup, trouvât Bergotte plus spirituel
que M. de Bréauté. Ces jugements subversifs, isolés et
malgré tout justes, sont ainsi portés dans le monde par
de rares personnes supérieures aux autres. Et ils y
dessinent les premiers linéaments de la hiérarchie des
valeurs telles que l'établira la génération suivante au
lieu de s'en tenir éternellement à l'ancienne.

Le Comte d'Argencourt, chargé d'affaires de Belgique et petit cousin par alliance de Mme de Villeparisis,
entra en boitant, suivi bientôt de deux jeunes
gens, le Baron de Guermantes et S. A. le Duc de
Châtellerault, à qui Mme de Guermantes dit : « Bonjour, mon petit Châtellerault », d'un air distrait et
sans bouger de son pouf, car elle était une grande amie
de la mère du jeune Duc lequel avait, à cause de cela et
depuis son enfance, un extrême respect pour elle.
Grands, minces, la peau et les cheveux dorés, tout à
fait de type Guermantes ces deux jeunes gens avaient
l'air d'une condensation de la lumière printanière et
vespérale qui inondait le grand salon. Suivant une

habitude qui était à la mode à ce moment-là, ils posèrent leurs hauts de forme par terre, près d'eux. L'historien de la Fronde pensa qu'ils étaient gênés, comme un paysan entrant à la mairie et ne sachant que faire de son chapeau. Croyant devoir venir charitablement en aide à la gaucherie et à la timidité qu'il leur supposait :

— Non, non, leur dit-il, ne les posez pas par terre, vous allez les abîmer.

Un regard du Baron de Guermantes en rendant oblique le plan de ses prunelles y roula tout à coup une couleur d'un bleu cru et tranchant qui glaça le bienveillant historien.

— Comment s'appelle ce monsieur, me demanda le Baron, qui venait de m'être présenté par Mme de Villeparisis ?

— M. Pierre, répondis-je à mi-voix.

— Pierre de quoi ?

— Pierre, c'est son nom, c'est un historien de grande valeur.

— Ah !... vous m'en direz tant.

— Non, c'est une nouvelle habitude qu'ont ces messieurs de poser leurs chapeaux à terre, expliqua Mme de Villeparisis [107], je suis comme vous, je ne m'y habitue pas. Mais j'aime mieux cela que mon neveu Robert qui laisse toujours le sien dans l'antichambre. Je lui dis quand je le vois entrer ainsi qu'il a l'air de l'horloger et je lui demande s'il vient remonter les pendules.

— Vous parliez tout à l'heure, madame la Marquise, du chapeau de M. Molé, nous allons bientôt arriver à faire comme Aristote au chapitre des chapeaux [108], dit l'historien de la Fronde, un peu rassuré par l'intervention de Mme de Villeparisis, mais pourtant d'une voix encore si faible que, sauf moi, personne ne l'entendit.

— Elle est vraiment étonnante la petite Duchesse, dit M. d'Argencourt en montrant Mme de Guermantes qui causait avec G. Dès qu'il y a un homme en vue dans un salon, il est toujours à côté d'elle.

Evidemment cela ne peut être que le grand pontife qui
se trouve là. Cela ne peut pas être tous les jours M. de
Borelli, Schlumberger ou d'Avenel. Mais alors ce sera
M. Pierre Loti ou M. Edmond Rostand [109]. Hier soir,
chez les Doudeauville où, entre parenthèses, elle était
splendide sous son diadème d'émeraudes, dans une
grande robe rose à queue, elle avait d'un côté d'elle
M. Deschanel, de l'autre l'ambassadeur d'Allemagne : elle leur tenait tête sur la Chine ; le gros
public, à distance respectueuse, et qui n'entendait pas
ce qu'ils disaient se demandait s'il n'y allait pas y avoir
la guerre. Vraiment on aurait dit une reine qui tenait
le cercle.

Chacun s'était rapproché de Mme de Villeparisis
pour la voir peindre.

— Ces fleurs sont d'un rose vraiment céleste, dit
Legrandin, je veux dire couleur de ciel rose. Car il y a
un rose ciel comme il y a un bleu ciel. Mais, murmura-
t-il pour tâcher de n'être entendu que de la Marquise,
je crois que je penche encore pour le soyeux, pour
l'incarnat vivant de la copie que vous en faites. Ah !
vous laissez bien loin derrière vous Pisanello et Van
Huysum [110], leur herbier minutieux et mort.

Un artiste, si modeste qu'il soit, accepte toujours
d'être préféré à ses riveaux et tâche seulement de leur
rendre justice.

— Ce qui vous fait cet effet-là, c'est qu'ils peignaient des fleurs de ce temps-là que nous ne connaissons plus, mais ils avaient une bien grande science.

— Ah ! des fleurs de ce temps-là, comme c'est
ingénieux, s'écria Legrandin.

— Vous peignez en effet de belles fleurs de ceri-
sier... ou de roses de mai, dit l'historien de la Fronde
non sauf hésitation quant à la fleur, mais avec de
l'assurance dans la voix, car il commençait à oublier
l'incident des chapeaux.

— Non, ce sont des fleurs de pommier, dit la
Duchesse de Guermantes en s'adressant à sa tante.

— Ah ! je vois que tu es une bonne campagnarde
comme moi ; tu sais distinguer les fleurs.

— Ah ! oui, c'est vrai ! mais je croyais que la saison
des pommiers était déjà passée, dit au hasard l'historien de la Fronde pour s'excuser.

— Mais non, au contraire, ils ne sont pas en fleurs,
ils ne le seront pas avant une quinzaine, peut-être trois
semaine, dit l'archiviste qui, gérant un peu les pro-
priétés de Mme de Villeparisis, était plus au courant
des choses de la campagne.

— Oui, et encore dans les environs de Paris où ils
sont très en avance. En Normandie, par exemple, chez
son père, dit-elle en désignant le Duc de Châtellerault,
qui a de magnifiques pommiers au bord de la mer,
comme sur un paravent japonais, ils ne sont vraiment
roses qu'après le 20 mai.

— Je ne les vois jamais, dit le jeune Duc, parce que
ça me donne la fièvre des foins, c'est épatant.

— La fièvre des foins, je n'ai jamais entendu parler
de cela, dit l'historien.

— C'est la maladie à la mode, dit l'archiviste.

— Ça dépend, cela ne vous donnerait peut-être rien
si c'est une année où il a des pommes. Vous savez le
mot du Normand. Pour une année où il y a des
pommes, dit M. d'Argencourt, qui n'étant pas tout à
fait français, cherchait à se donner l'air parisien.

— Tu as raison, répondit à sa nièce Mme de
Villeparisis, ce sont des pommiers du midi. C'est une
fleuriste qui m'a envoyé ces branches-là en me demandant de les accepter. Cela vous étonne, monsieur
Valmère [111], dit-elle en se tournant vers l'archiviste,
qu'une fleuriste m'envoie des branches de pommier.
Mais j'ai beau être une vieille dame, je connais du
monde, j'ai quelques amis, ajouta-t-elle en souriant
par simplicité, crut-on généralement, plutôt, me sem-
bla-t-il, parce qu'elle trouvait du piquant à tirer vanité
de l'amitié d'une fleuriste quand on avait d'aussi
grandes relations.

Bloch se leva pour venir à son tour admirer les
fleurs que peignait Mme de Villeparisis.

— N'importe, Marquise, dit l'historien regagnant
sa chaise, quand même reviendrait une de ces révolu-

tions qui ont si souvent ensanglanté l'histoire de
France — et, mon Dieu, par les temps où nous vivons
on ne peut savoir, ajouta-t-il en jetant un regard
circulaire et circonspect comme pour voir s'il ne se
trouvait aucun « mal pensant » dans le salon, encore
qu'il n'en doutât pas, — avec un talent pareil et vos
cinq langues, vous seriez toujours sûre de vous tirer
d'affaire.

L'historien de la Fronde goûtait quelque repos, car
il avait oublié ses insomnies. Mais il se rappela soudain
qu'il n'avait pas dormi depuis six jours, alors une dure
fatigue, née de son esprit, s'empara des jambes, lui fit
courber les épaules, et son visage désolé pendait,
pareil à celui d'un vieillard.

Bloch voulut faire un geste pour exprimer son
admiration mais d'un coup de coude il renversa le vase
où était la branche et toute l'eau se répandit sur le
tapis.

— Vous avez vraiment des doigts de fée, dit à la
marquise l'historien qui, me tournant le dos à ce
moment-là, ne s'était pas aperçu de la maladresse de
Bloch.

Mais celui-ci crut que ces mots s'appliquaient à lui,
et pour cacher sous une insolence la honte de sa
gaucherie :

— Cela ne présente aucune importance, dit-il, car
je ne suis pas mouillé.

Mme de Villeparisis sonna et un valet de pied vint
essuyer le tapis et ramasser les morceaux de verre. Elle
invita les deux jeunes gens à sa matinée ainsi que la
Duchesse de Guermantes à qui elle recommanda :

— Pense à dire à Gisèle et à Berthe (les Duchesses
d'Auberjon et de Portefin) d'être là un peu avant deux
heures pour m'aider, comme elle aurait dit à des
maîtres d'hôtel extras d'arriver d'avance pour faire les
compotiers.

Elle n'avait avec ses parents princiers, pas plus
qu'avec M. de Norpois, aucune de ces amabilités
qu'elle avait avec l'historien, avec Cottard, avec
Bloch, avec moi, et ils semblaient n'avoir pour elle

d'autre intérêt que de les offrir en pâture à notre curiosité. C'est qu'elle savait qu'elle n'avait pas à se gêner avec des gens pour qui elle n'était pas une femme plus ou moins brillante, mais la sœur susceptible, et ménagée de leur père ou de leur oncle. Il ne lui eût servi à rien de chercher à briller vis-à-vis d'eux, à qui cela ne pouvait donner le change sur le fort ou le faible de sa situation, et qui mieux que personne connaissaient son histoire et respectaient la race illustre dont elle était issue. Mais surtout ils n'étaient plus pour elle qu'un résidu mort qui ne fructifierait plus, ils ne lui feraient pas connaître leurs nouveaux amis, partager leurs plaisirs. Elle ne pouvait obtenir que leur présence ou la possibilité de parler d'eux, à sa réception de cinq heures comme plus tard dans ses mémoires dont celle-ci n'était qu'une sorte de répétition, de première lecture à haute voix devant un petit cercle. Et la compagnie que tous ces nobles parents lui servaient à intéresser, à éblouir, à enchaîner, la compagnie des Cottard, des Bloch, des auteurs dramatiques notoires, historiens de la Fronde de tout genre, c'était dans celle-là que pour Mme de Villeparisis — à défaut de la partie du monde élégant qui n'allait pas chez elle — était le mouvement, la nouveauté, les divertissements et la vie ; c'étaient ces gens-là dont elle pouvait tirer des avantages sociaux (qui valaient bien qu'elle leur fît rencontrer quelquefois, sans qu'ils la connussent jamais, la Duchesse de Guermantes), des dîners avec des hommes remarquables dont les travaux l'avaient intéressée, un opéra-comique ou une pantomime toute montée que l'auteur faisait représenter chez elle, des loges pour des spectacles curieux. Bloch se leva pour partir. Il avait dit tout haut que l'incident du vase de fleurs renversé n'avait aucune importance, mais ce qu'il disait tout bas était différent, plus différent encore ce qu'il pensait : « Quand on n'a pas des domestiques assez bien stylés pour savoir placer un vase sans risquer de tremper et même de blesser les visiteurs on ne se mêle pas d'avoir de ces luxes-là », grommelait-il tout bas. Il était de ces gens susceptibles et « nerveux » qui ne peuvent supporter d'avoir commis une maladresse qu'ils ne s'avouent pourtant pas, pour qui elle gâte toute la journée. Furieux, il se sentait des idées noires, ne voulait plus retourner dans le monde. C'était le moment où un peu de distraction est nécessaire. Heureusement dans une seconde, Mme de Villeparisis allait le retenir. Soit parce qu'elle connaissait les opinions de ses amis et le flot d'antisémitisme qui commençait à monter, soit par distraction, elle ne l'avait pas présenté aux personnes qui se trouvaient là. Lui, cependant, qui avait peu l'usage du monde, crut qu'en s'en allant il devait les saluer, par savoir-vivre, mais sans amabilité ; il inclina plusieurs fois le front, enfonça son menton barbu dans son faux-col, regardant successivement chacun à travers son lorgnon, d'un air froid et mécontent. Mais Mme de Villeparisis l'arrêta ; elle avait encore à lui parler du petit acte qui devait être donné chez elle et d'autre part elle n'aurait pas voulu qu'il partît sans avoir eu la satisfaction de connaître M. de Norpois, (qu'elle s'étonnait de ne pas voir entrer) et bien que cette présentation fût superflue, car Bloch était déjà résolu à persuader aux deux artistes dont il avait parlé de venir chanter à l'œil, chez la Marquise dans l'intérêt de leur gloire, à une de ces réceptions où fréquentait l'élite de l'Europe. Il avait même proposé en plus une tragédienne « aux yeux pers, belle comme Hera [112] », qui dirait des proses lyriques avec le sens de la beauté plastique. Mais à son nom Mme de Villeparisis avait refusé, car c'était l'amie de Saint-Loup.

— J'ai de meilleures nouvelles, me dit-elle à l'oreille, je crois que cela ne bat plus que d'une aile et qu'ils ne tarderont pas à être séparés, malgré un officier qui a joué un rôle abominable dans tout cela, ajouta-t-elle. Car la famille de Robert commençait à en vouloir à mort à M. de Borodino qui avait donné la permission pour Bruges, sur les instances du coiffeur, et l'accusait de favoriser une liaison infâme. C'est quelqu'un de très mal, me dit Mme de Villeparisis

avec l'accent vertueux des Guermantes même les plus
dépravés. De très, très mal, reprit-elle en mettant trois
t à très. On sentait qu'elle ne doutait pas qu'il ne fût
en tiers dans toutes les orgies. Mais comme l'amabilité
était chez la marquise l'habitude dominante, son
expression de sévérité froncée envers l'horrible capitaine dont elle dit avec une emphase ironique le nom :
le Prince de Borodino, en femme pour qui l'Empire ne
compte pas, s'acheva en un tendre sourire à mon
adresse avec un clignement d'œil mécanique de connivence vague avec moi.

— J'aime beaucoup de Saint-Loup-en-Bray, dit
Bloch, quoiqu'il soit un mauvais chien, parce qu'il est
extrêmement bien élevé. J'aime beaucoup, pas lui,
mais les personnes extrêmement bien élevées, c'est si
rare, continua-t-il sans se rendre compte, parce qu'il
était lui-même très mal élevé, combien ses paroles
déplaisaient. Je vais vous citer une preuve que je
trouve très frappante de sa parfaite éducation. Je l'ai
rencontré une fois avec un jeune homme, comme il
allait monter sur son char aux belles jantes, après avoir
passé lui-même les courroies splendides à deux chevaux nourris d'avoine et d'orge et qu'il n'est pas
besoin d'exciter avec le fouet étincelant. Il nous
présenta, mais je n'entendis pas le nom du jeune
homme, car on n'entend jamais le nom des personnes à qui on vous présente, ajouta-t-il en riant,
parce que c'était une plaisanterie de son père. De
Saint-Loup-en-Bray resta simple, ne fit pas de frais
exagérés pour le jeune homme, ne parut gêné en
aucune façon. Or, par hasard j'ai appris quelques
jours après que le jeune homme était le fils de Sir
Rufus Israëls !

La fin de cette histoire parut moins choquante que
son début, car elle resta incompréhensible pour les
personnes présentes. En effet Sir Rufus Israëls qui
semblait à Bloch et à son père un personnage presque
royal, devant lequel Saint-Loup devait trembler, était
au contraire aux yeux du milieu Guermantes un
étranger parvenu, toléré par le monde, et de l'amitié

de qui on n'eût pas eu l'idée de s'enorgueillir, bien au contraire !

— Je l'ai appris, dit Bloch par le fondé de pouvoir de sir Rufus Israëls, lequel est un ami de mon père et un homme tout à fait extraordinaire. Ah ! un individu absolument curieux, ajouta-t-il, avec cette énergie affirmative, cet accent d'enthousiasme qu'on n'apporte qu'aux convictions qu'on ne s'est pas formées soi-même.

Bloch s'était montré enchanté de l'idée de connaître M. de Norpois.

— Il eût aimé, disait-il, le faire parler sur l'affaire Dreyfus. Il y a là une mentalité que je connais mal et ce serait assez piquant de prendre une interview à ce diplomate considérable, dit-il d'un ton sarcastique pour ne pas avoir l'air de se juger inférieur à l'ambassadeur.

— Dis-moi, reprit Bloch en me parlant tout bas, quelle fortune peut avoir Saint-Loup ? Tu comprends bien que si je te demande cela, je m'en moque comme de l'An quarante, mais c'est au point de vue balzacien, tu comprends. Et tu ne sais même pas en quoi c'est placé, s'il a des valeurs françaises, étrangères, des terres ?

Je ne pus le renseigner en rien. Cessant de parler à mi-voix, Bloch demanda très haut la permission d'ouvrir les fenêtres et sans attendre la réponse, se dirigea vers celles-ci. Mme de Villeparisis dit qu'il était impossible d'ouvrir, qu'elle était enrhumée. « Ah ! si ça doit vous faire du mal ! répondit Bloch, déçu. Mais on peut dire qu'il fait chaud ! » Et se mettant à rire, il fit faire à ses regards qui tournèrent autour de l'assistance une quête qui réclamait un appui contre Mme de Villeparisis. Il ne le rencontra pas, parmi ces gens bien élevés. Ses yeux allumés qui n'avaient pu débaucher personne, reprirent avec résignation leur sérieux : il déclara en matière de défaite : « Il fait au moins 22 degrés 25 ? Cela ne m'étonne pas. Je suis presque en nage. Et je n'ai pas, comme le sage Anténor [113], fils du fleuve Alpheios, la faculté de me

tremper dans l'onde paternelle, pour étancher ma
sueur, avant de me mettre dans une baignoire polie et
de m'oindre d'une huile parfumée. » Et avec ce besoin
qu'on a d'esquisser à l'usage des autres des théories
médicales dont l'application serait favorable à notre
propre bien-être : « Puisque vous croyez que c'est bon
pour vous ! Moi je crois tout le contraire. C'est
justement ce qui vous enrhume. »

Mme de Villeparisis regretta qu'il eût dit cela aussi
tout haut mais n'y attacha pas grande importance
quand elle vit que l'archiviste dont les opinions
nationalistes la tenaient pour ainsi dire à la chaîne, se
trouvait placé trop loin pour avoir pu entendre. Elle
fut plus choquée d'entendre que Bloch, entraîné par le
démon de sa mauvaise éducation qui l'avait préalablement rendu aveugle, lui demandait, en riant à la
plaisanterie paternelle : — N'ai-je pas lu de lui une
savante étude où il démontrait pour quelles raisons
irréfutables la guerre russo-japonaise devait se terminer par la victoire des Russes et la défaite des
Japonais [114] ? Et n'est-il pas un peu gâteux. Il me
semble que c'est lui que j'ai vu viser son siège, avant
d'aller s'y asseoir, en glissant comme sur des roulettes.

— Jamais de la vie ! Attendez un instant, ajouta la
Marquise, je ne sais pas ce qu'il peut faire.

Elle sonna et quand le domestique fut entré, comme
elle ne dissimulait nullement et même aimait à montrer que son vieil ami passait la plus grande partie de
son temps chez elle :

— Allez donc dire à M. de Norpois de venir, il est
en train de classer des papiers dans mon bureau, il a
dit qu'il viendrait dans vingt minutes et voilà une
heure trois quarts que je l'attends. Il vous parlera de
l'affaire Dreyfus, de tout ce que vous voudrez, dit-elle
d'un ton boudeur à Bloch, il n'approuve pas beaucoup
ce qui se passe.

Car M. de Norpois était mal avec le ministère actuel
et Mme de Villeparisis, bien qu'il ne se fût pas permis
de lui amener des personnes du gouvernement (elle
gardait tout de même sa hauteur de dame de la grande

aristocratie et restait en dehors et au-dessus des relations qu'il était obligé de cultiver), était par lui au courant de ce qui se passait. De même ces hommes politiques du régime n'auraient pas osé demander à M. de Norpois de les présenter à Mme de Villeparisis. Mais plusieurs étaient allés le chercher chez elle à la campagne, quand ils avaient eu besoin de son concours dans des circonstances graves. On savait l'adresse. On allait au château. On ne voyait pas la châtelaine. Mais au dîner elle disait :

— Monsieur je sais qu'on est venu vous déranger. Les affaires vont-elles mieux ?

— Vous n'êtes pas trop pressé ? demanda Mme de Villeparisis à Bloch.

— Non, non, je voulais partir parce que je ne suis pas très bien, il est même question que je fasse une cure à Vichy pour ma vésicule biliaire, dit-il en articulant ces mots avec une ironie satanique.

— Tiens, mais justement mon petit neveu Châtellerault doit y aller, vous devriez arranger cela ensemble. Est-ce qu'il est encore là ? Il est gentil vous savez, dit Mme de Villeparisis de bonne foi peut-être, et pensant que des gens qu'elle connaissait tous deux n'avaient aucune raison de ne pas se lier.

— Oh ! je ne sais si ça lui plairait, je ne le connais... qu'à peine, il est là-bas plus loin, dit Bloch confus et ravi [115].

Le maître d'hôtel n'avait pas dû exécuter d'une façon complète la commission dont il venait d'être chargé pour M. de Norpois. Car celui-ci, pour faire croire qu'il arrivait du dehors et n'avait pas encore vu la maîtresse de la maison, prit au hasard un chapeau dans l'antichambre et vint baiser cérémonieusement la main de Mme de Villeparisis, en lui demandant de ses nouvelles avec le même intérêt qu'on manifeste après une longue absence. Il ignorait que la Marquise avait préalablement ôté toute vraisemblance à cette comédie, à laquelle elle coupa court d'ailleurs en emmenant M. de Norpois et Bloch dans un salon voisin. Bloch qui avait vu toutes les amabilités qu'on faisait à celui

qu'il ne savait pas encore être M. de Norpois, et les
saluts compassés, gracieux et profonds par lesquels
l'ambassadeur y répondait, Bloch se sentait inférieur à
tout ce cérémonial et, vexé de penser qu'il ne s'adres-
serait jamais à lui, m'avait dit pour avoir l'air à l'aise :
« Qu'est-ce que cette espèce d'imbécile ? » Peut-être
du reste toutes les salutations de M. de Norpois
choquant ce qu'il y avait de meilleur en Bloch, la
franchise plus directe d'un milieu moderne, est-ce en
partie sincèrement qu'il les trouvait ridicules. En tout
cas elles cessèrent de le lui paraître et même l'enchan-
tèrent dès la seconde où ce fut lui, Bloch, qui se trouva
en être l'objet.

— Monsieur l'Ambassadeur, dit Mme de Villeparisis, je voudrais vous faire connaître Monsieur. Monsieur Bloch, Monsieur le Marquis de Norpois. Elle
tenait malgré la façon dont elle rudoyait M. de
Norpois à lui dire : « Monsieur l'Ambassadeur » par
savoir-vivre, par considération exagérée du rang d'ambassadeur, considération que le Marquis lui avait
inculquée, et enfin pour appliquer ces manières moins
familières, plus cérémonieuses à l'égard d'un certain
homme, lesquelles dans le salon d'une femme distinguée, tranchant avec la liberté dont elle use avec ses
autres habitués, désignent aussitôt son amant.

M. de Norpois noya son regard bleu dans sa barbe
blanche, abaissa profondément sa haute taille comme
s'il l'inclinait devant tout ce que lui représentait de
notoire et d'imposant le nom de Bloch, murmura « je
suis enchanté », tandis que son jeune interlocuteur,
ému mais trouvant que le célèbre diplomate allait trop
loin rectifia avec empressement et dit : « Mais pas du
tout, au contraire, c'est moi qui suis enchanté ! » Mais
cette cérémonie que M. de Norpois par amitié pour
Mme de Villeparisis renouvelait avec chaque inconnu
que sa vieille amie lui présentait, ne parut pas à celle-ci
une politesse suffisante pour Bloch à qui elle dit :

— Mais demandez-lui tout ce que vous voulez
savoir, emmenez-le à côté si cela est plus commode ; il
sera enchanté de causer avec vous, je crois que vous

vouliez lui parler de l'affaire Dreyfus, ajouta-t-elle
sans plus se préoccuper si cela faisait plaisir à M. de
Norpois qu'elle n'eût pensé à demander leur agrément
au portrait de la duchesse de Montmorency avant de le
faire éclairer pour l'historien, ou au thé avant d'en
offrir une tasse.

— Parlez-lui fort, dit-elle à Bloch, il est un peu
sourd, mais il vous dira tout ce que vous voudrez, il a
très bien connu Bismarck, Cavour [116]. N'est-ce pas,
Monsieur, dit-elle avec force, vous avez bien connu
Bismarck ?

— Avez-vous quelque chose sur le chantier ? » me
demanda M. de Norpois avec un signe d'intelligence
en me serrant la main cordialement. J'en profitai pour
le débarrasser obligeamment du chapeau qu'il avait
cru devoir apporter en signe de cérémonie, car je
venais de m'apercevoir que c'était le mien qu'il avait
pris par hasard. « Vous m'aviez montré une œuvrette
un peu tarabiscotée où vous coupiez les cheveux en
quatre. Je vous ai donné franchement mon avis : ce
que vous aviez fait ne valait pas la peine que vous le
couchiez sur le papier. Nous préparez-vous quelque
chose ? Vous êtes très féru de Bergotte, si je me
souviens bien. — Ah ! ne dites pas de mal de Bergotte,
s'écria la Duchesse. — Je ne conteste pas son talent de
peintre, nul ne s'en aviserait, Duchesse. Il sait graver
au burin ou à l'eau forte, sinon brosser, comme
M. Cherbuliez [117], une grande composition. Mais il
me semble que notre temps fait une confusion de
genre et que le propre du romancier est plutôt de
nouer une intrigue et d'élever les cœurs que de
fignoler à la pointe sèche un frontispice ou un cul-de-
lampe. Je verrai votre père dimanche chez ce brave A.
J., ajouta-t-il en se tournant vers moi.

J'espérai un instant, en le voyant parler à Mme de
Guermantes, qu'il me prêterait peut-être pour aller
chez elle l'aide qu'il m'avait refusée pour aller chez
M. Swann. Une autre de mes grandes admirations, lui
dis-je, c'est Elstir. Il paraît que la Duchesse de
Guermantes en a de merveilleux, notamment cette

admirable botte de radis que j'ai aperçue à l'Exposition et que j'aimerais tant revoir ; quel chef-d'œuvre que ce tableau ! Et en effet, si j'avais été un homme en vue, et qu'on m'eût demandé le morceau de peinture que je préférais, j'aurais cité cette botte de radis. Un chef-d'œuvre ? s'écria M. de Norpois avec un air d'étonnement et de blâme. Ce n'a même pas la prétention d'être un tableau, mais une simple esquisse (il avait raison). Si vous appelez chef-d'œuvre cette vive pochade, que direz-vous de la « Vierge » d'Hébert ou de Dagnan-Bouveret [118] ?

— J'ai entendu que vous refusiez l'amie de Robert, dit Mme de Guermantes à sa tante après que Bloch eut pris à part l'ambassadeur, je crois que vous n'avez rien à regretter, vous savez que c'est une horreur, elle n'a pas l'ombre de talent, et en plus elle est grotesque.

— Mais comment la connaissez-vous, Duchesse ? dit M. d'Argencourt.

— Comment vous ne savez pas qu'elle a joué chez moi avant tout le monde, je n'en suis pas plus fière pour cela, dit en riant Mme de Guermantes, heureuse pourtant, puisqu'on parlait de cette actrice, de faire savoir qu'elle avait eu la primeur de ses ridicules. Allons, je n'ai plus qu'à partir, ajouta-t-elle sans bouger.

Elle venait de voir entrer son mari et par les mots qu'elle prononçait faisait allusion au comique d'avoir l'air de faire ensemble une visite de noces, nullement aux rapports souvent difficiles qui existaient entre elle et cet énorme gaillard vieillissant, mais qui menait toujours une vie de jeune homme. Promenant sur le grand nombre de personnes qui entouraient la table à thé les regards affables, malicieux et un peu éblouis par les rayons du soleil couchant de ses petites prunelles rondes et exactement logées dans l'œil comme les « mouches » que savait viser et atteindre si parfaitement l'excellent tireur qu'il était, le Duc s'avançait avec une lenteur émerveillée et prudente comme si, intimidé par une si brillante assemblée, il eût craint de marcher sur les robes et de déranger les

conversations. Un sourire permanent de bon roi
d'Yvetot [119] légèrement pompette, une main à demi
dépliée flottant, comme l'aileron d'un requin, à côté
de sa poitrine, et qu'il laissait presser indistinctement
par ses vieux amis et par les inconnus qu'on lui
présentait, lui permettaient, sans avoir à faire un seul
geste ni à interrompre sa tournée débonnaire, fai-
néante et royale, de satisfaire à l'empressement de
tous, en murmurant seulement : « Bonsoir, mon bon,
bonsoir, mon cher ami, charmé monsieur Bloch,
bonsoir Argencourt », et près de moi qui fus le plus
favorisé, quand il eut entendu mon nom : « Bonsoir,
mon petit voisin, comment va votre père. Vous savez
que nous sommes tous les deux très copains, ajouta-
t-il pour me flatter. Quel brave homme ! » Il ne fit de
grandes démonstrations que pour Mme de Villeparisis
qui lui dit bonjour d'un signe de tête en sortant une
main de son petit tablier.

Formidablement riche dans un monde où on l'est de
moins en moins, ayant assimilé à sa personne d'une
façon permanente la notion de cette énorme fortune,
en lui la vanité du grand seigneur était doublée de celle
de l'homme d'argent, l'éducation raffinée du premier
arrivant tout juste à contenir la suffisance du second.
On comprenait d'ailleurs que ses succès de femmes
qui faisaient le malheur de la sienne ne fussent pas dus
qu'à son nom et à sa fortune, car il était encore d'une
grande beauté, avec, dans le profil, la pureté, la
décision de contour de quelque dieu grec.

— Vraiment, elle a joué chez vous ? demanda
M. d'Argencourt à la Duchesse.

— Mais voyons, elle est venue réciter, avec un
bouquet de lis dans la main et d'autres lis « su » sa
robe (Mme de Guermantes mettait comme Mme de
Villeparisis de l'affectation à prononcer certains mots
d'une façon très paysanne, quoiqu'elle ne roulât
nullement les r comme faisait sa tante).

Avant que M. de Norpois, contraint et forcé,
n'emmenât Bloch dans la petite baie où ils pourraient
causer ensemble, je revins un instant vers le vieux

diplomate et lui glissai un mot d'un fauteuil académique pour mon père. Il voulut d'abord remettre la conversation à plus tard. Mais j'objectai que j'allais partir pour Balbec. « Comment ! vous allez de nouveau à Balbec. Mais vous êtes un véritable globe-trotter ! Puis il m'écouta. Au nom de Leroy-Beaulieu, M. de Norpois me regarda d'un air soupçonneux. Je me figurai qu'il avait peut-être tenu à M. Leroy-Beaulieu des propos désobligeants pour mon père, et qu'il craignait que l'économiste ne les lui eût répétés. Aussitôt, il parut animé d'une véritable affection pour mon père. Et après un de ces ralentissements du débit où tout d'un coup une parole éclate, comme malgré celui qui parle, et chez qui l'irrésistible conviction emporte les efforts bégayants qu'il faisait pour se taire : « Non, non, me dit-il avec émotion, il ne *faut* pas que votre père se présente. Il ne le faut pas dans son intérêt, pour lui-même, par respect pour sa valeur qui est grande et qu'il compromettrait dans une pareille aventure. Il vaut mieux que cela. Fût-il nommé, il aurait tout à perdre et rien à gagner. Dieu merci il n'est pas orateur. Et c'est la seule chose qui compte auprès de mes chers collègues quand même ce qu'on dit ne serait que turlutaines. Votre père a un but important dans la vie ; il doit y marcher droit, sans se laisser détourner à battre les buissons, fût-ce les buissons, d'ailleurs plus épineux que fleuris, du jardin d'Academus [120]. D'ailleurs il ne réunirait que quelques voix. L'Académie aime à faire faire un stage au postulant avant de l'admettre dans son giron. Actuellement, il n'y a rien à faire. Plus tard je ne dis pas. Mais il faut que ce soit la Compagnie elle-même qui vienne le chercher. Elle pratique avec plus de fétichisme que de bonheur le *Fara da se* [121] de nos voisins d'au-delà des Alpes. Leroy-Beaulieu m'a parlé de tout cela d'une manière qui ne m'a pas plu. Il m'a du reste semblé à vue de nez avoir partie liée avec votre père ? » Je lui ai peut-être fait sentir un peu vivement qu'habitué à s'occuper de colons et de métaux, il méconnaissait le rôle des impondérables, comme disait Bis-

marck. Ce qu'il faut éviter avant tout, c'est que votre
père se présente : « *Principis obsta*[122]. Ses amis se
trouveraient dans une position délicate s'il les mettait
en présence du fait accompli. Tenez, dit-il brusquement d'un air de franchise, en fixant ses yeux bleus
sur moi, je vais vous dire une chose qui va vous
étonner de ma part à moi qui aime tant votre père. Eh
bien, justement parce que je l'aime, justement (nous
sommes les deux inséparables *Arcades ambo*[123]) parce
que je sais les services qu'il peut rendre à son pays, les
écueils qu'il peut lui éviter s'il reste à la barre, par
affection, par haute estime, par patriotisme, je ne
voterais pas pour lui. Du reste je crois l'avoir laissé
entendre. (Et je crus apercevoir dans ses yeux le profil
assyrien et sévère de Leroy-Beaulieu.) Donc lui donner ma voix serait de ma part une sorte de palinodie. »
A plusieurs reprises, M. de Norpois traita ses collègues de fossiles. En dehors des autres raisons, tout
membre d'un club ou d'une Académie aime à investir
ses collègues du genre de caractère le plus contraire au
sien, moins pour l'utilité de pouvoir dire : « Ah ! si
cela ne dépendait que de moi ! » que pour la satisfaction de présenter le titre qu'il a obtenu comme plus
difficile et plus flatteur. « Je vous dirai, conclut-il que,
dans votre intérêt à tous, j'aime mieux pour votre père
une élection triomphale dans dix ou quinze ans. »
Paroles qui furent jugées par moi comme dictées,
sinon par la jalousie, au moins par un manque absolu
de serviabilité et qui se trouvèrent recevoir plus tard,
de l'événement même, un sens différent.

— Vous n'avez pas l'intention d'entretenir l'Institut du prix du pain pendant la Fronde, demanda
timidement l'historien de la Fronde à M. de Norpois.
« Vous pourriez trouver là un succès considérable »
(ce qui voulait dire une réclame monstre), ajouta-t-il
en souriant à l'ambassadeur avec une pusillanimité
mais aussi une tendresse qui lui fit lever les paupières
et découvrir ses yeux, grands comme un ciel. Il me
semblait avoir vu ce regard, pourtant je ne connaissais
que d'aujourd'hui l'historien. Tout d'un coup je me

rappelai, ce même regard, je l'avais vu dans les yeux d'un médecin brésilien qui prétendait guérir les étouffements du genre de ceux que j'avais par d'absurdes inhalations d'essences de plantes. Comme, pour qu'il prît plus soin de moi, je lui avais dit que je connaissais le professeur Cottard, il m'avait répondu, comme dans l'intérêt de Cottard : « Voilà un traitement, si vous lui en parliez, qui lui fournirait la matière d'une retentissante communication à l'Académie de médecine ! » Il n'avait osé insister mais m'avait regardé de ce même air d'interrogation timide, intéressée et suppliante que je venais d'admirer chez l'historien de la Fronde. Certes ces deux hommes ne se connaissaient pas et ne se ressemblaient guère, mais les lois psychologiques ont comme les lois physiques une certaine généralité. Et si les conditions nécessaires sont les mêmes, un même regard éclaire des animaux humains différents, comme un même ciel matinal des lieux de la terre situés bien loin l'un de l'autre et qui ne se sont jamais vus. Je n'entendis pas la réponse de l'ambassadeur car tout le monde, avec un peu de brouhaha, s'était approché de Mme de Villeparisis pour la voir peindre [124].

— Vous savez de qui nous parlons. Basin ? dit la Duchesse à son mari.

— Naturellement je devine, dit le Duc.

— Ah ! ce n'est pas ce que nous appelons une comédienne de la grande lignée.

— Jamais, reprit Mme de Guermantes s'adressant à M. d'Argencourt, vous n'avez imaginé quelque chose de plus risible. C'était même drolatique, interrompit M. de Guermantes dont le bizarre vocabulaire permettait à la fois aux gens du monde de dire qu'il n'était pas un sot et aux gens de lettres de le trouver le pire des imbéciles. Je ne peux pas comprendre, reprit la Duchesse, comment Robert a jamais pu l'aimer. Oh ! je sais bien qu'il ne faut jamais discuter ces choses-là, ajouta-t-elle avec une jolie moue de philosophe et de sentimentale désenchantée. Je sais que n'importe qui peut aimer n'importe quoi. Et, ajouta-t-elle, car si elle se moquait encore de la littérature nouvelle, celle-ci, peut-être par la vulgarisation des journaux ou à travers certaines conversations s'était un peu infiltrée en elle, c'est même ce qu'il y a de beau dans l'amour, parce que c'est justement ce qui le rend « mystérieux ».

— Mystérieux ! Ah ! J'avoue que c'est un peu fort pour moi, ma cousine, dit le Comte d'Argencourt.

— Mais si, c'est très mystérieux l'amour, reprit la Duchesse avec un doux sourire de femme du monde aimable mais aussi avec l'intransigeante conviction d'une Wagnérienne qui affirme à un homme du cercle qu'il n'y a pas de bruit dans la Walkyrie. Du reste, au fond, on ne sait pas pourquoi une personne en aime une autre, ce n'est peut-être pas du tout pour ce que nous croyons, ajouta-t-elle en souriant, repoussant ainsi tout d'un coup par son interprétation l'idée qu'elle venait d'émettre. Du reste, au fond on ne sait jamais rien, conclut-elle d'un air sceptique et fatigué. Aussi, voyez-vous, c'est plus « intelligent » ; il ne faut jamais discuter le choix des amants.

Mais après avoir posé ce principe, elle y manqua immédiatement en critiquant le choix de Saint-Loup.

— Voyez-vous tout de même, je trouve étonnant qu'on puisse trouver de la séduction à une personne ridicule.

Bloch entendant que nous parlions de Saint-Loup et comprenant qu'il était à Paris, se mit à en dire un mal si épouvantable que tout le monde en fut révolté. Il commençait à avoir des haines et on sentait que pour les assouvir il ne reculerait devant rien. Ayant posé en principe qu'il avait une haute valeur morale, et que l'espèce de gens qui fréquentait la Boulie (cercle sportif qui lui semblait élégant) méritait le bagne tous les coups qu'il pouvait leur porter lui semblaient méritoires. Il alla une fois jusqu'à parler d'un procès qu'il voulait intenter à un de ses amis de la Boulie. Au cours de ce procès il pensait déposer d'une façon mensongère et dont l'inculpé ne pourrait pas cependant prouver la fausseté. De cette façon Bloch, qui ne mit du reste pas à exécution son projet, comptait le désespérer et l'affoler davantage. Quel mal y avait-il à cela, puisque celui qu'il voulait frapper ainsi était un homme qui ne pensait qu'au chic, un homme de la Boulie et que contre de telles gens toutes les armes sont permises, surtout à un Saint, comme lui, Bloch.

— Pourtant, voyez Swann, objecta M. d'Argencourt qui venant enfin de comprendre le sens des paroles qu'avait prononcées sa cousine, était frappé de leur justesse et cherchait dans sa mémoire l'exemple de gens ayant aimé des personnes qui à lui ne lui eussent pas plu.

— Ah ! Swann ce n'est pas du tout le même cas, protesta la Duchesse. C'était très étonnant tout de même parce que c'était une brave idiote, mais elle n'était pas ridicule et elle a été jolie.

— Hou, hou, grommela Mme de Villeparisis.

— Ah ! vous ne la trouviez pas jolie ? si, elle avait des choses charmantes, de bien jolis yeux, de jolis cheveux, elle s'habillait et elle s'habille encore merveilleusement. Maintenant, je reconnais qu'elle est immonde, mais elle a été une ravissante personne. Ça ne m'a fait pas moins de chagrin que Charles l'ait épousée, parce que c'était tellement inutile. La Duchesse ne croyait pas dire quelque chose de remarquable, mais, comme M. d'Argencourt se mit à rire, elle répéta la phrase, soit qu'elle la trouvât drôle, ou seulement qu'elle trouvât gentil le rieur qu'elle se mit à regarder d'un air câlin, pour ajouter l'enchantement de la douceur à celui de l'esprit. Elle continua : « Oui, n'est-ce pas, ce n'était pas la peine, mais enfin elle n'était pas sans charme et je comprends parfaitement qu'on l'aimât, tandis que la demoiselle de Robert je vous assure qu'elle est à mourir de rire. Je sais bien qu'on m'objectera cette vieille rengaine d'Augier : « Qu'importe le flacon pourvu qu'on ait l'ivresse [125] ! » Eh bien, Robert a peut-être l'ivresse, mais il n'a vraiment pas fait preuve de goût dans le choix du flacon ! D'abord, imaginez-vous qu'elle avait eu la prétention que je fisse dresser un escalier au beau milieu de mon salon. C'est un rien, n'est-ce pas, et elle

m'avait annoncé qu'elle resterait couchée à plat ventre
sur les marches. D'ailleurs, si vous aviez entendu ce
qu'elle disait, je ne connais qu'une scène, mais je ne
crois pas qu'on puisse imaginer quelque chose de
pareil : cela s'appelle les *Sept Princesses* [126].

— Les *Sept Princesses*, oh ! oïl, oïl, quel snobisme !
s'écria M. d'Argencourt. Ah mais ! attendez, je
connais toute la pièce. L'auteur l'a envoyée au Roi qui
n'y a rien compris et m'a demandé de lui expliquer.

— Ce n'est pas par hasard du Sar Peladan [127] ?
demanda l'historien de la Fronde avec une intention
de finesse et d'actualité, mais si bas que sa question
passa inaperçue.

— Ah ! vous connaissez les *Sept Princesses* ? répondit la Duchesse à M. d'Argencourt. Tous mes compliments ! Moi je n'en connais qu'une, mais cela m'a ôté
la curiosité de faire la connaissance des six autres. Si
elles sont toutes pareilles à celle que j'ai vue !

« Quelle buse, pensais-je irrité de l'accueil glacial
qu'elle m'avait fait. Je trouvais une sorte d'âpre
satisfaction à constater sa complète incompréhension
de Maeterlinck. C'est pour une pareille femme que
tous les matins je fais tant de kilomètres, vraiment j'ai
de la bonté. Maintenant c'est moi qui ne voudrais pas
d'elle. Tels étaient les mots que je me disais ; ils
étaient le contraire de ma pensée ; c'étaient de purs
mots de conversation, comme nous nous en disons
dans ces moments où trop agités pour rester seuls avec
nous-même nous éprouvons le besoin, à défaut d'autre
interlocuteur, de causer avec nous, sans sincérité,
comme avec un étranger.

— Je ne peux pas vous donner une idée, continua la
Duchesse, c'était à se tordre de rire. On ne s'en est pas
fait faute, trop même, car la petite personne n'a pas
aimé cela et dans le fond Robert m'en a toujours
voulu. Ce que je ne regrette pas du reste, car si cela
avait bien tourné, la demoiselle serait peut-être revenue et je me demande jusqu'à quel point cela aurait
charmé Marie-Aynard.

On appelait ainsi dans la famille la mère de Robert,

Mme de Marsantes, veuve d'Aynard de Saint-Loup, pour la distinguer de sa cousine, la Princesse de Guermantes-Bavière, autre Marie, au prénom de qui ses neveux, cousins et beaux-frères ajoutaient pour éviter la confusion, soit le prénom de son mari, soit un autre de ses prénoms à elle, ce qui donnait soit Marie-Gilbert, soit Marie-Hedwige.

— D'abord la veille il y eut une espèce de répétition qui était une bien belle chose ! poursuivit ironiquement Mme de Guermantes. Imaginez qu'elle disait une phrase, pas même un quart de phrase, et puis elle s'arrêtait ; elle ne disait plus rien, mais je n'exagère pas, pendant cinq minutes.

— Oïl, oïl, oïl ! s'écria M. d'Argencourt. — Avec toute la politesse du monde je me suis permis d'insinuer que cela étonnerait peut-être un peu. Et elle m'a répondu textuellement : « Il faut toujours dire une chose comme si on était en train de la composer soi-même. » Si vous y réfléchissez c'est monumental, cette réponse !

— Mais je croyais qu'elle ne disait pas mal les vers, dit un des deux jeunes gens.

— Elle ne se doute pas de ce que c'est, répondit Mme de Guermantes. Du reste je n'ai pas eu besoin de l'entendre. Il m'a suffi de la voir arriver avec des lis ! J'ai tout de suite compris qu'elle n'avait pas de talent quand j'ai vu les lis !

Tout le monde rit.

— Ma tante, vous ne m'en avez pas voulu de ma plaisanterie de l'autre jour au sujet de la reine de Suède, je viens vous demander l'aman.

— Non, je ne t'en veux pas ; je te donne même le droit de goûter si tu as faim.

— Allons, Monsieur Vallemères, faites la jeune fille, dit Mme de Villeparisis à l'archiviste selon une plaisanterie consacrée.

M. de Guermantes se redressa dans le fauteuil où il s'était affalé son chapeau à côté de lui sur le tapis, examina d'un air de satisfaction les assiettes de petits fours qui lui étaient présentées.

— Mais volontiers, maintenant que je commence à être familiarisé avec cette noble assistance, j'accepterai un baba, ils semblent excellents.

— Monsieur remplit à merveille son rôle de jeune fille, dit M. d'Argencourt qui, par esprit d'imitation, reprit la plaisanterie de Mme de Villeparisis.

L'archiviste présenta l'assiette de petits fours à l'historien de la Fronde.

— Vous vous acquittez à merveille de vos fonctions, dit celui-ci par timidité et pour tâcher de conquérir la sympathie générale.

Aussi jeta-t-il à la dérobée un regard de connivence sur ceux qui avaient déjà fait comme lui.

— Dites-moi, ma bonne tante, demanda M. de Guermantes à Mme de Villeparisis, qu'est-ce que ce monsieur assez bien de sa personne qui sortait comme j'entrais ? Je dois le connaître parce qu'il m'a fait un grand salut, mais je ne l'ai pas remis, vous savez je suis brouillé avec les noms, ce qui est bien désagréable, dit-il d'un air de satisfaction.

— M. Legrandin.

— Ah ! mais Oriane a une cousine dont la mère, sauf erreur, est née Grandin. Je sais très bien, ce sont des Grandin de l'Eprevier.

— Non, répondit Mme de Villeparisis, cela n'a aucun rapport. Ceux-ci sont Grandin tout simplement, Grandin de rien du tout. Mais ils ne demandent qu'à l'être de tout ce que tu voudras. La sœur de celui-ci s'appelle Mme de Cambremer.

— Mais voyons Basin, vous savez bien de qui ma Tante veut parler, s'écria la Duchesse avec indignation, c'est le frère de cette énorme herbivore que vous avez eu l'étrange idée d'envoyer venir me voir l'autre jour. Elle est restée une heure, j'ai pensé que je deviendrais folle. Mais j'ai commencé par croire que c'était elle qui l'était en voyant entrer chez moi une personne que je ne connaissais pas et qui avait l'air d'une vache.

— Ecoutez, Oriane, elle m'avait demandé votre jour ; je ne pouvais pourtant pas lui faire une grossièreté, et puis, voyons, vous exagérez, elle n'a pas l'air d'une vache, ajouta-t-il d'un air plaintif, mais non sans jeter à la dérobée un regard souriant sur l'assistance.

Il savait que la verve de sa femme avait besoin d'être stimulée par la contradiction, la contradiction du bon sens qui proteste que, par exemple, on ne peut pas prendre une femme pour une vache (c'est ainsi que Mme de Guermantes enchérissant sur une première image était souvent arrivée à produire ses plus jolis mots). Et le Duc se présentait naïvement pour l'aider, sans en avoir l'air, à réussir son tour, comme, dans un wagon, le compère inavoué d'un joueur de bonneteau.

— Je reconnais qu'elle n'a pas l'air d'une vache, car elle a l'air de plusieurs, s'écria Mme de Guermantes. Je vous jure que j'étais bien embarrassée voyant ce troupeau de vaches qui entrait en chapeau dans mon salon et qui me demandait comment j'allais. D'un côté j'avais envie de lui répondre : « Mais, troupeau de vaches, tu confonds, tu ne peux pas être en relations avec moi puisque tu es un troupeau de vaches », et d'autre part ayant cherché dans ma mémoire j'ai fini par croire que votre Cambremer était l'infante Dorothée qui avait dit qu'elle viendrait une fois et qui est assez *bovine* aussi, de sorte que j'ai failli dire Votre Altesse royale et parler à la troisième personne à un troupeau de vaches. Elle a aussi le genre de gésier de la Reine de Suède. Du reste cette attaque de vive force avait été préparée par un tir à distance, selon toutes les règles de l'art. Depuis je ne sais combien de temps j'étais bombardée de ses cartes, j'en trouvais partout, sur tous les meubles, comme des prospectus. J'ignorais le but de cette réclame. On ne voyait chez moi que « Marquis et Marquise de Cambremer » avec une adresse que je ne me rappelle pas et dont je suis d'ailleurs résolue à ne jamais me servir.

— Mais c'est très flatteur de ressembler à une reine, dit l'historien de la Fronde.

— Oh ! mon Dieu, monsieur, les rois et les reines, à notre époque ce n'est pas grand-chose ! dit M. de Guermantes parce qu'il avait la prétention d'être un esprit libre et moderne et aussi pour n'avoir pas l'air de faire cas des relations royales auxquelles il tenait beaucoup.

Bloch et M. de Norpois qui s'étaient levés se trouvèrent plus près de nous.

— Monsieur, dit Mme de Villeparisis, lui avez-vous parlé de l'affaire Dreyfus ?

M. de Norpois leva les yeux au ciel mais en souriant, comme pour attester l'énormité des caprices auxquels sa Dulcinée lui imposait le devoir d'obéir. Néanmoins il parla à Bloch, avec beaucoup d'affabilité, des années affreuses, peut-être mortelles, que traversait la France. Comme cela signifiait probablement que M. de Norpois (à qui Bloch cependant avait dit croire à l'innocence de Dreyfus) était ardemment antidreyfusard, l'amabilité de l'ambassadeur, l'air qu'il avait de donner raison à son interlocuteur, de ne pas douter qu'ils fussent du même avis, de se liguer en complicité avec lui pour accabler le gouvernement, flattaient la vanité de Bloch et excitaient sa curiosité. Quels étaient les points importants que M. de Norpois ne spécifiait point mais sur lesquels il semblait implicitement admettre que Bloch et lui étaient d'accord, quelle opinion avait-il donc de l'affaire qui pût les réunir ? Bloch était d'autant plus étonné de l'accord mystérieux qui semblait exister entre lui et M. de Norpois que cet accord ne portait pas que sur la politique, Mme de Villeparisis ayant assez longuement parlé à M. de Norpois des travaux littéraires de Bloch.

— Vous n'êtes pas de votre temps, dit à celui-ci l'ancien ambassadeur, et je vous en félicite, vous n'êtes pas de ce temps où les études désintéressées n'existent plus, où on ne vend plus au public que des obscénités ou des inepties. Des efforts tels que les vôtres devraient être encouragés si nous avions un gouvernement.

Bloch était flatté de surnager seul dans le naufrage universel. Mais là encore il aurait voulu des précisions, savoir de quelles inepties voulait parler M. de Norpois. Bloch avait le sentiment de travailler dans la

même voie que beaucoup, il ne s'était pas cru si
exceptionnel. Il revint à l'affaire Dreyfus, mais ne put
arriver à démêler l'opinion de M. de Norpois. Il tâcha
de le faire parler des officiers dont le nom revenait
souvent dans les journaux à ce moment-là ; ils excitaient plus la curiosité que les hommes politiques
mêlés à la même affaire, parce qu'ils n'étaient pas déjà
connus comme ceux-ci et dans un costume spécial, du
fond d'une vie différente et d'un silence religieuse-
ment gardé venaient seulement de surgir et de parler,
comme Lohengrin descendant d'une nacelle conduite
par un cygne. Bloch avait pu, grâce à un avocat
nationaliste qu'il connaissait, entrer à plusieurs
audiences du procès Zola. Il arrivait là le matin pour
n'en sortir que le soir avec une provision de sandwichs
et une bouteille de café, comme au concours général
ou aux compositions de baccalauréat, et ce changement d'habitudes réveillant l'éréthisme nerveux que le
café et les émotions du procès portaient à son comble,
il sortait de là tellement amoureux de tout ce qui s'y
était passé que, le soir, rentré chez lui, il voulait se
replonger dans le beau songe et courait retrouver dans
un restaurant fréquenté par les deux partis des
camarades avec qui il reparlait sans fin de ce qui s'était
passé dans la journée et réparait par un souper
commandé sur un ton impérieux qui lui donnait
l'illusion du pouvoir, le jeûne et les fatigues d'une
journée commencée si tôt et où on n'avait pas
déjeuné[128]. L'homme jouant perpétuellement entre
les deux plans de l'expérience et de l'imagination
voudrait approfondir la vie idéale des gens qu'il
connaît et connaître les êtres dont il a eu à imaginer la
vie. Aux questions de Bloch, M. de Norpois
répondit :

— Il y a deux officiers mêlés à l'affaire en cours et
dont j'ai entendu parler autrefois par un homme dont
le jugement m'inspirait grande confiance et qui faisait
d'eux le plus grand cas, (M. de Miribel), c'est le
lieutenant-colonel Henry et le lieutenant-colonel Picquart.

— Mais, s'écria Bloch, la divine Athéna, fille de Zeus, a mis dans l'esprit de chacun le contraire de ce qui est dans l'esprit de l'autre. Et ils luttent l'un contre l'autre, tels deux lions. Le colonel Picquart avait une grande situation dans l'armée, mais sa Moire [129] l'a conduit du côté qui n'était pas le sien. L'épée des nationalistes tranchera son corps délicat et il servira de pâture aux animaux carnassiers et aux oiseaux qui se nourrissent de la graisse de morts.

M. de Norpois ne répondit pas.

— De quoi palabrent-ils là-bas dans un coin demanda M. de Guermantes à Mme de Villeparisis en montrant M. de Norpois et Bloch.

— De l'affaire Dreyfus

— Ah diable ! A propos, saviez-vous qui est partisan enragé de Dreyfus ? Je vous le donne en mille. Mon neveu Robert ! Je vous dirai même qu'au Jockey, quand on a appris ces prouesses, cela a été une levée de boucliers, un véritable tollé. Comme on le présente dans huit jours...

— Evidemment, interrompit la Duchesse, s'ils sont tous comme Gilbert qui a toujours soutenu qu'il fallait renvoyer tous les juifs à Jérusalem...

— Ah ! alors, le Prince de Guermantes est tout à fait dans mes idées, interrompit M. d'Argencourt.

Le Duc se parait de sa femme mais ne l'aimait pas. Très « suffisant », il détestait d'être interrompu, puis il avait dans son ménage l'habitude d'être brutal avec elle. Frémissant d'une double colère de mauvais mari à qui on parle et de beau parleur qu'on n'écoute pas, il s'arrêta net et lança sur la Duchesse un regard qui embarrassa tout le monde.

— Qu'est-ce qu'il vous prend de nous parler de Gilbert et de Jérusalem ? dit-il enfin. Il ne s'agit pas de cela. Mais ajouta-t-il d'un ton radouci, vous m'avouerez que si un des nôtres était refusé au Jockey et surtout Robert dont le père y a été pendant dix ans président, ce serait un comble. Que voulez-vous, ma chère, ça les a fait tiquer, ces gens, ils ont ouvert de gros yeux. Je ne peux pas leur donner tort ; personnel-

lement vous savez que je n'ai aucun préjugé de races,
je trouve que ce n'est pas de notre époque et j'ai la
prétention de marcher avec mon temps, mais enfin
que diable ! quand on s'appelle le Marquis de Saint-
Loup, on n'est pas dreyfusard, que voulez-vous que je
vous dise !

M. de Guermantes prononça ces mots : « quand on
s'appelle le Marquis de Saint-Loup » avec emphase. Il
savait pourtant bien que c'était une plus grande chose
encore de s'appeler : « le Duc de Guermantes ». Mais
si son amour-propre avait des tendances à s'exagérer
plutôt la supériorité du titre de Duc de Guermantes,
ce n'était peut-être pas tant les règles du bon goût que
les lois de l'imagination qui le poussaient à le diminuer. Chacun voit en plus beau ce qu'il voit à distance,
ce qu'il voit chez les autres. Car les lois générales qui
règlent la perspective dans l'imagination s'appliquent
aussi bien aux ducs qu'aux autres hommes. Non
seulement les lois de l'imagination, mais celles du
langage. Or, l'une ou l'autre de deux lois du langage
pouvaient s'appliquer ici, l'une veut qu'on s'exprime
comme les gens de sa classe mentale et non de sa caste
d'origine. Par là M. de Guermantes pouvait être dans
ses expressions, même quand il voulait parler de la
noblesse, tributaire de très petits bourgeois qui
auraient dit : « Quand on s'appelle le Duc de Guermantes », tandis qu'un homme lettré, un Swann, un
Legrandin, ne l'eussent pas dit. Un Duc peut écrire
des romans d'épicier, même sur les mœurs du grand
monde, les parchemins n'étant là de nul secours, et
l'épithète d'aristocratique être méritée par les écrits
d'un plébéien. Quel était dans ce cas le bourgeois à qui
M. de Guermantes avait entendu dire : « Quand on
s'appelle », il n'en savait sans doute rien. Mais une
autre loi du langage est que de temps en temps,
comme font leur apparition et s'éloignent certaines
maladies dont on n'entend plus parler ensuite, il naît
on ne sait trop comment, soit spontanément, soit par
un hasard, comparable à celui qui fit germer en
France une mauvaise herbe d'Amérique dont la graine

prise après la peluche d'une couverture de voyage était
tombée sur un talus de chemin de fer, des modes
d'expressions qu'on entend dans la même décade dites
par des gens, qui ne se sont pas concertés pour cela.
Or, de même qu'une certaine année j'entendis Bloch
dire en parlant de lui-même : « Comme les gens les
plus charmants, les plus brillants, les mieux posés, les
plus difficiles, se sont aperçus qu'il n'y avait qu'un
seul être qu'ils trouvaient intelligent, agréable, dont
ils ne pouvaient se passer, c'était Bloch » et la même
phrase dans la bouche de bien d'autres jeunes gens qui
ne la connaissaient pas et qui remplaçaient seulement
Bloch par leur propre nom, de même je devais
entendre souvent le « quand on s'appelle ».

— Que voulez-vous, continua le Duc, avec l'esprit
qui règne là, c'est assez compréhensible.

— C'est surtout comique, répondit la Duchesse
étant donné les idées de sa mère qui nous rase avec *la
Patrie française* [130] du matin au soir.

— Oui, mais il n'y a pas que sa mère, il ne faut pas
nous raconter de craques. Il y a une donzelle, une
cascadeuse de la pire espèce qui a plus d'influence sur
lui et qui est précisément compatriote du sieur
Dreyfus. Elle a passé à Robert son état d'esprit.

— Vous ne saviez peut-être pas, monsieur le Duc,
qu'il y a un mot nouveau pour exprimer un tel genre
d'esprit, dit l'archiviste qui était secrétaire des comités
antirévisionnistes. On dit « mentalité ». Cela signifie
exactement la même chose, mais au moins personne
ne sait ce qu'on veut dire. C'est le fin du fin et comme
on dit le « dernier cri ». Cependant, ayant entendu le
nom de Bloch, il le voyait poser des questions à M. de
Norpois avec une inquiétude qui en éveilla une
différente mais aussi forte chez la Marquise. Tremblant devant l'archiviste et faisant l'antidreyfusarde
avec lui, elle craignait ses reproches s'il se rendait
compte qu'elle avait reçu un Juif plus ou moins affilié
au « syndicat ».

— Ah ! mentalité, j'en prends note, je le resservi-
rai, dit le Duc. (Ce n'était pas une figure, le Duc avait

un petit carnet rempli de « citations » et qu'il relisait avant les grands dîners.) Mentalité me plaît. Il y a comme cela des mots nouveaux, qu'on lance, mais ils ne durent pas. Dernièrement, j'ai lu comme cela qu'un écrivain était « talentueux ». Comprenne qui pourra. Puis je ne l'ai plus jamais revu.

— Mais mentalité est plus employé que talentueux, dit l'historien de la Fronde pour se mêler à la conversation. Je suis membre d'une commission au ministère de l'Instruction publique où je l'ai entendu employer plusieurs fois, et aussi à mon cercle, le cercle Volney, et même à dîner chez M. Emile Ollivier [131].

— Moi qui n'ai pas l'honneur de faire partie du ministère de l'Instruction publique, répondit le Duc avec une feinte humilité mais avec une vanité si profonde que sa bouche ne pouvait s'empêcher de sourire et ses yeux de jeter à l'assistance des regards pétillants de joie sous l'ironie desquels rougit le pauvre historien, moi qui n'ai pas l'honneur de faire partie du ministère de l'Instruction publique, reprit-il s'écoutant parler, ni du cercle Volney, (je ne suis que de l'Union et du Jockey) vous n'êtes pas du Jockey, monsieur ? demanda-t-il à l'historien qui rougissant encore davantage, flairant une insolence et ne la comprenant pas se mit à trembler de tous ses membres. Moi qui ne dîne même pas chez M. Emile Ollivier, j'avoue que je ne connaissais pas mentalité. Je suis sûr que vous êtes dans mon cas, Argencourt.

— Vous savez pourquoi on ne peut pas montrer les preuves de la trahison de Dreyfus. Il paraît que c'est parce qu'il est l'amant de la femme du ministre de la Guerre, cela se dit sous le manteau.

— Ah ! je croyais de la femme du président du Conseil, dit M. d'Argencourt.

— Je vous trouve tous aussi assommants les uns que les autres avec cette affaire, dit la Duchesse de Guermantes qui, au point de vue mondain, tenait toujours à montrer qu'elle ne se laissait mener par personne. Elle ne peut pas avoir de conséquence pour moi au point de vue des Juifs pour la bonne raison que je n'en ai pas dans mes relations et compte toujours rester dans cette bienheureuse ignorance. Mais d'autre part je trouve insupportable que, sous prétexte qu'elles sont bien pensantes, qu'elles n'achètent rien aux marchands juifs ou qu'elles ont « Mort aux Juifs » écrit sur leur ombrelle, une quantité de dames Durand ou Dubois que nous n'aurions jamais connues, nous soient imposées par Marie-Aynard ou par Victurnienne. Je suis allée chez Marie-Aynard avant-hier. C'était charmant autrefois. Maintenant on y trouve toutes les personnes qu'on a passé sa vie à éviter sous prétexte qu'elles sont contre Dreyfus, et d'autres dont on n'a pas idée qui c'est.

— Non, c'est la femme du ministre de la Guerre. C'est du moins un bruit qui court les ruelles, reprit le Duc qui employait ainsi dans la conversation certaines expressions qu'il croyait ancien régime. Enfin en tout cas, personnellement, on sait que je pense tout le contraire de mon cousin Gilbert. Je ne suis pas un féodal comme lui, je me promènerais avec un nègre s'il était de mes amis, et je me soucierais de l'opinion du tiers et du quart comme de l'an quarante, mais enfin tout de même vous m'avouerez que quand on s'appelle Saint-Loup, on ne s'amuse pas à prendre le contrepied des idées de tout le monde qui a plus d'esprit que Voltaire et même que mon neveu. Et surtout on ne se livre pas à ce que j'appellerai ces acrobaties de sensibilité huit jours avant de se présenter au cercle ! Elle est un peu roide ! Non c'est probablement sa petite grue qui lui aura monté le bourrichon. Elle lui aura persuadé qu'il se classerait parmi les « intellectuels ». Les intellectuels, c'est la « Tarte à la crème » de ces messieurs. Du reste cela a fait faire un assez joli jeu de mots, mais très méchant.

Et le Duc cita tout bas pour la Duchesse et M. d'Argencourt : « Mater Semita » qui en effet se disait déjà au Jockey, car de ·toutes les graines voyageuses, celle à qui sont attachées les ailes les plus solides qui leur permettent d'être disséminées à une plus grande distance de son lieu d'éclosion, c'est encore une plaisanterie.

— Nous pourrions demander des explications à monsieur qui a l'air d'*une* érudit, dit-il en montrant l'historien. Mais il est préférable de n'en pas parler d'autant plus que le fait est parfaitement faux. Je ne suis pas si ambitieux que ma cousine Mirepoix qui prétend qu'elle peut suivre la filiation de sa maison avant Jésus-Christ jusqu'à la tribu de Lévi, et je me fais fort de démontrer qu'il n'y a jamais eu une goutte de sang juif dans notre famille. Mais enfin il ne faut tout de même pas nous la faire à l'oseille, il est bien certain que les charmantes opinions de monsieur mon neveu peuvent faire assez de bruit dans Landerneau. D'autant plus que Fezensac est malade, ce sera Duras qui mènera tout et vous savez s'il aime à faire des embarras, dit le Duc qui n'était jamais arrivé à connaître le sens précis de certains mots et qui croyait que faire des embarras voulait dire faire non pas de l'esbroufe mais des complications.

« En tout cas, si ce Dreyfus est innocent, interrompit la Duchesse, il ne le prouve guère. Quelles lettres idiotes, emphatiques il écrit de son île. Je ne sais pas si M. Esterhazy vaut mieux que lui, mais il a un autre chic dans la façon de tourner les phrases, une autre couleur. Cela ne doit pas faire plaisir aux partisans de M. Dreyfus. Quel malheur pour eux qu'ils ne puissent pas changer d'innocent. » Tout le monde éclata de rire. « Vous avez entendu le mot d'Oriane ? » demanda avidement le Duc de Guermantes à Mme de Villeparisis. « Oui, je le trouve très drôle. » Cela ne suffisait pas au Duc : « Eh bien, moi, je ne le trouve pas drôle ; ou plutôt cela m'est tout à fait égal qu'il soit drôle ou non. Je ne fais aucun cas de l'esprit. » M. d'Argencourt protestait. « Il ne pense pas un mot de ce qu'il dit » murmura la Duchesse. « C'est sans doute parce que j'ai fait partie des Chambres où j'ai entendu des discours brillants qui ne signifiaient rien. J'ai appris à y apprécier surtout la logique. C'est sans doute à cela que je dois de n'avoir pas été réélu. Les choses drôles me sont indifférentes. — Basin ne faites pas le Joseph Prudhomme [132], mon petit, vous savez bien que personne n'aime plus l'esprit que vous. — Laissez-moi finir. C'est justement parce que je suis insensible à un certain genre de facéties, que je prise souvent l'esprit de ma femme. Car il part généralement d'une observation juste. Elle raisonne comme un homme, elle formule comme un écrivain. »

Bloch cherchait à pousser M. de Norpois sur le colonel Picquart.

— Il est hors de conteste, répondit M. de Norpois, que sa déposition était nécessaire. Je sais qu'en soutenant cette opinion j'ai fait pousser à plus d'un de mes collègues des cris d'orfraie, mais, à mon sens, le gouvernement avait le devoir de laisser parler le colonel. On ne sort pas d'une pareille impasse par une simple pirouette, ou alors on risque de tomber dans un bourbier. Pour l'officier lui-même, cette déposition produisit à la première audience une impression des plus favorables. Quand on l'a vu, bien pris dans le joli uniforme des chasseurs, venir sur un ton parfaitement simple et franc, raconter ce qu'il avait vu, ce qu'il avait cru, dire « Sur mon honneur de soldat (et ici la voix de M. de Norpois vibra d'un léger trémolo patriotique) telle est ma conviction », il n'y a pas à nier que l'impression a été profonde.

— Voilà, il est dreyfusard, il n'y a plus l'ombre d'un doute, pensa Bloch.

— Mais ce qui lui a aliéné entièrement les sympathies qu'il avait pu rallier d'abord, cela a été sa confrontation avec l'archiviste Gribelin, quand on entendit ce vieux serviteur, cet homme qui n'a qu'une parole (et M. de Norpois accentua avec l'énergie des convictions sincères les mots qui suivirent) quand on l'entendit, quand on le vit regarder dans les yeux son supérieur, ne pas craindre de lui tenir la dragée haute et dire de lui d'un ton qui n'admettait pas de réplique : « Voyons, mon colonel, vous savez bien que je n'ai jamais menti, vous savez bien qu'en ce moment comme toujours je dis la vérité. » Le vent tourna,

M. Picquart eut beau remuer ciel et terre dans les audiences suivantes, il fit bel et bien fiasco.

« Non décidément il est antidreyfusard, c'est couru, se dit Bloch. Mais s'il croit Picquart un traître qui ment, comment peut-il tenir compte de ses révélations et les évoquer comme s'il y trouvait du charme et les croyait sincères. Et si au contraire il voit en lui un juste qui délivre sa conscience, comment peut-il le supposer mentant dans sa confrontation avec Gribelin. »

Peut-être la raison pour laquelle M. de Norpois parlait ainsi à Bloch comme s'ils eussent été d'accord venait-elle de ce qu'il était tellement antidreyfusard que trouvant que le gouvernement ne l'était pas assez il en était l'ennemi tout autant qu'étaient les dreyfusards. Peut-être parce que l'objet auquel il s'attachait en politique était quelque chose de plus profond, situé dans un autre plan, et d'où le dreyfusisme apparaissait comme une modalité sans importance et qui ne mérite pas de retenir un patriote soucieux des grandes questions extérieures. Peut-être plutôt, parce que les maximes de sa sagesse politique ne s'appliquant qu'à des questions de forme, de procédé, d'opportunité, elles étaient aussi impuissantes à résoudre les questions de fond qu'en philosophie la pure logique l'est à trancher les questions d'existence ou que cette sagesse même lui fît trouver dangereux de traiter de ces sujets et que, par prudence, il ne voulût parler que de circonstances secondaires. Mais où Bloch se trompait, c'est quand il croyait que M. de Norpois, même moins prudent de caractère et d'esprit moins exclusivement formel, eût pu s'il l'avait voulu, lui dire la vérité sur le rôle d'Henry, de Picquart, de du Paty de Clam, sur tous les points de l'affaire. La vérité, en effet, sur toutes ces choses Bloch ne pouvait douter que M. de Norpois la connût. Comment l'aurait-il ignorée puisqu'il connaissait les ministres. Certes, Bloch pensait que la vérité politique peut être approximativement reconstituée par les cerveaux les plus lucides, mais il s'imaginait, tout comme le gros du public, qu'elle habite toujours, indiscutable et matérielle, le dossier secret du président de la République et du président du Conseil lesquels en donnent connaissance aux ministres. Or, même quand la vérité politique comporte des documents, il est rare que ceux-ci aient plus que la valeur d'un cliché radioscopique où le vulgaire croit que la maladie du patient s'inscrit en toutes lettres, tandis qu'en fait, ce cliché fournit un simple élément d'appréciation qui se joindra à beaucoup d'autres sur lesquels s'appliquera le raisonnement du médecin et d'où il tirera son diagnostic. Aussi la vérité politique, quand on se rapproche des hommes renseignés et qu'on croit l'atteindre se dérobe. Même plus tard, et pour en rester à l'affaire Dreyfus, quand se produisit un fait aussi éclatant que l'aveu d'Henry, suivi de son suicide, ce fait fut aussitôt interprété de façon opposée par des ministres dreyfusards, et par Cavaignac et Cuignet qui avaient eux-mêmes fait la découverte du faux et conduit l'interrogatoire ; bien plus parmi les ministres dreyfusards eux-mêmes, et de même nuance, jugeant non seulement sur les mêmes pièces, mais dans le même esprit, le rôle d'Henry fut expliqué de façon entièrement opposé, les uns voyant en lui un complice d'Esterhazy, les autres assignant au contraire ce rôle à du Paty de Clam, se ralliant ainsi à une thèse de leur adversaire Cuignet et étant en complète opposition avec leur partisan Reinach [133]. Tout ce que Bloch put tirer de M. de Norpois c'est que s'il était vrai que le chef d'état-major, M. de Boisdeffre, eût fait faire une communication secrète à M. Rochefort, il y avait évidemment là quelque chose de singulièrement regrettable.

— Tenez pour assuré que le ministre de la Guerre a dû, *in petto* du moins, vouer son chef d'état-major aux dieux infernaux. Un désaveux officiel n'eût pas été à mon sens une superfétation. Mais le ministre de la Guerre s'exprime fort crûment là-dessus *inter pocula* [134]. Il y a du reste certains sujets sur lesquels il est fort imprudent de créer une agitation dont on ne peut ensuite rester maître.

— Mais ces pièces sont manifestement fausses, dit Bloch.

M. de Norpois ne répondit pas, mais déclara qu'il n'approuvait pas les manifestations du Prince Henri d'Orléans [135] :

— D'ailleurs elles ne peuvent que troubler la sérénité du prétoire et encourager des agitations qui dans un sens comme dans l'autre seraient à déplorer. Certes il faut mettre le holà aux menées antimilitaristes mais nous n'avons non plus que faire d'un grabuge encouragé par ceux des éléments de droite qui, au lieu de servir l'idée patriotique, songent à s'en servir. La France, Dieu merci, n'est pas une république sud-américaine et le besoin ne se fait pas sentir d'un général de pronunciamiento.

Bloch ne put arriver à le faire parler de la question de la culpabilité de Dreyfus ni donner un pronostic sur le jugement qui interviendrait dans l'affaire civile actuellement en cours. En revanche M. de Norpois parut prendre plaisir à donner des détails sur les suites de ce jugement.

— Si c'est une condamnation, dit-il, elle sera probablement cassée, car il est rare que dans un procès où les dépositions de témoins sont aussi nombreuses, il n'y ait pas de vices de formes que les avocats puissent invoquer [136].

— Pour en finir sur l'algarade du Prince Henri d'Orléans, je doute fort qu'elle ait été du goût de son père.

— Vous croyez que Chartres est pour Dreyfus ? demanda la Duchesse en souriant, les yeux ronds, les joues roses, le nez dans son assiette de petits fours, l'air scandalisé.

— Nullement, je voulais seulement dire qu'il y a dans toute la famille, de ce côté-là, un sens politique dont on a pu voir, chez l'admirable Princesse Clémentine, le *nec plus ultra,* et que son fils le Prince Ferdinand a gardé comme un précieux héritage. Ce n'est pas le Prince de Bulgarie qui eût serré le commandant Esterhazy dans ses bras.

— Il aurait préféré un simple soldat, murmura
Mme de Guermantes, qui dînait souvent avec le
Bulgare chez le Prince de Joinville et qui lui avait
répondu une fois comme il lui demandait si elle n'était
pas jalouse : « Si, Monseigneur, de vos bracelets. »

— Vous n'allez pas ce soir au bal de Mme de
Sagan ? dit M. de Norpois à Mme de Villeparisis pour
couper court à l'entretien avec Bloch. Celui-ci ne
déplaisait pas à l'Ambassadeur qui nous dit plus tard,
non sans naïveté et sans doute à cause des quelques
traces qui subsistaient dans le langage de Bloch de la
mode néo-homérique qu'il avait pourtant abandon-
née : Il est assez amusant, avec sa manière de parler
un peu vieux jeu, un peu solennelle. Pour un peu il
dirait : « les Doctes Sœurs » comme Lamartine ou
Jean-Baptiste Rousseau. C'est devenu assez rare dans
la jeunesse actuelle et cela l'était même dans celle qui
l'avait précédée. Nous-mêmes nous étions un peu
romantiques. Mais si singulier que lui parût l'interlocuteur, M. de Norpois trouvait que l'entretien n'avait
que trop duré.

— Non, monsieur, je ne vais plus au bal, répondit-
elle avec un joli sourire de vieille femme. Vous y allez,
vous autres ? C'est de votre âge, ajouta-t-elle en
englobant dans un même regard M. de Châtellerault,
son ami, et Bloch. Moi aussi j'ai été invitée, dit-elle en
affectant par plaisanterie d'en tirer vanité. On est
même venu m'inviter (On : c'était la Princesse de
Sagan).

— Je n'ai pas de carte d'invitation, dit Bloch
pensant que Mme de Villeparisis allait lui en offrir
une, et que Mme de Sagan serait heureuse de recevoir
l'ami d'une femme qu'elle était venue inviter en
personne.

La Marquise ne répondit rien, et Bloch n'insista pas
car il avait une affaire plus sérieuse à traiter avec elle et
pour laquelle il venait de lui demander un rendez-vous
pour le surlendemain. Ayant entendu les deux jeunes
gens dire qu'ils avaient donné leur démission du cercle
de la rue Royale où on entrait comme dans un moulin,

il voulait demander à Mme de Villeparisis de l'y faire recevoir [137].

— Est-ce que ce n'est pas assez faux chic, assez snob à côté, ces Sagan ? dit-il d'un air sarcastique.

— Mais pas du tout, c'est ce que nous faisons de mieux dans le genre, répondit M. d'Argencourt qui avait adopté toutes les plaisanteries parisiennes.

— Alors, dit Bloch à demi ironiquement, c'est ce qu'on appelle une des *solennités*, des grandes *assises mondaines* de la saison !

Mme de Villeparisis dit gaiement à Mme de Guermantes :

— Voyons, est-ce une grande solennité mondaine, le bal de Mme de Sagan ?

— Ce n'est pas à moi qu'il faut demander cela, lui répondit ironiquement la Duchesse, je ne suis pas encore arrivée à savoir ce que c'était qu'une solennité mondaine. Du reste les choses mondaines ne sont pas mon fort.

— Ah ! je croyais le contraire, dit Bloch qui se figurait que Mme de Guermantes avait parlé sincèrement.

Il continua au grand désespoir de M. de Norpois à lui poser nombre de questions sur l'affaire Dreyfus, celui-ci déclara qu'à « vue de nez » le colonel du Paty de Clam lui faisait l'effet d'un cerveau un peu fumeux et qui n'avait peut-être pas été très heureusement choisi pour conduire cette chose délicate, qui exige tant de sang-froid et de discernement, une instruction.

— Je sais que le parti socialiste réclame sa tête à cor et à cri, ainsi que l'élargissement immédiat du prisonnier de l'île du Diable. Mais je pense que nous n'en sommes pas encore réduits à passer ainsi sous les fourches caudines de MM. Gérault-Richard et consorts. Cette affaire-là jusqu'ici, c'est la bouteille à l'encre. Je ne dis pas que d'un côté comme de l'autre il n'y ait à cacher d'assez vilaines turpitudes. Que même certains protecteurs plus ou moins désintéressés de votre client puissent avoir de bonnes intentions, je ne prétends pas le contraire mais vous savez que l'enfer en est pavé, ajouta-t-il avec un regard fin. Il est essentiel que le gouvernement donne l'impression qu'il n'est pas aux mains des factions de gauche et qu'il n'a à se rendre pieds et poings liés aux sommations de je ne sais quelle armée prétorienne qui, croyez-moi, n'est pas l'armée. Il va de soi que si un fait nouveau se produisait, une procédure de révision serait entamée. La conséquence saute aux yeux. Réclamer cela, c'est enfoncer une porte ouverte. Ce jour-là le gouvernement saura parler haut et clair ou il laisserait tomber en quenouille ce qui est sa prérogative essentielle. Les coqs-à-l'âne ne suffiront plus. Il faudra donner des juges à Dreyfus. Et ce sera chose facile car quoique l'on ait pris l'habitude dans notre douce France, où l'on aime à se calomnier soi-même, de croire ou de laisser croire que pour faire entendre les mots de vérité et de justice, il est indispensable de traverser la Manche, ce qui n'est bien souvent qu'un moyen détourné de rejoindre la Sprée, il n'y a pas de juges qu'à Berlin. Mais une fois l'action gouvernementale mise en mouvement, le gouvernement saurez-vous l'écouter ? Quand il vous conviera à remplir votre devoir civique, saurez-vous l'écouter, vous rangerez-vous autour de lui ? à son patriotique appel, saurez-vous ne pas rester sourds et répondre : « Présent ! » ?

M. de Norpois posait ces questions à Bloch avec une véhémence qui tout en intimidant mon camarade le flattait aussi ; car l'Ambassadeur avait l'air de s'adresser en lui à tout un parti, d'interroger Bloch comme s'il avait reçu les confidences de ce parti et pouvait assumer la responsabilité des décisions qui seraient prises. « Si vous ne désarmiez pas, continua M. de Norpois sans attendre la réponse collective de Bloch, si, avant même que fût séchée l'encre du décret qui instituerait la procédure de révision, obéissant à je ne sais quel insidieux mot d'ordre vous ne désarmiez pas, mais vous confiniez dans une opposition stérile qui semble pour certains l'*ultima ratio* de la politique, si vous vous retiriez sous votre tente et brûliez vos vaisseaux, ce serait à votre grand dam. Etes-vous prisonniers des fauteurs de désordre ? Leur avez-vous donné des gages ? » Bloch était embarrassé pour répondre. M. de Norpois ne lui en laissa pas le temps. « Si la négative est vraie, comme je veux le croire, et si vous avez un peu de ce qui me semble malheureusement manquer à certains de vos chefs et de vos amis, quelque esprit politique, le jour même où la Chambre Criminelle sera saisie, si vous ne vous laissez pas embrigader par les pêcheurs en eau trouble, vous aurez ville gagnée. Je ne réponds pas que tout l'état-major puisse tirer son épingle du jeu mais c'est déjà bien beau si une partie tout au moins peut sauver la face sans mettre le feu aux poudres.

Il va de soi d'ailleurs que c'est au gouvernement qu'il appartient de dire le droit et de clore la liste trop longue des crimes impunis, non certes, en obéissant aux excitations socialistes ni de je ne sais quelle soldatesque, ajouta-t-il, en regardant Bloch dans les yeux et peut-être avec l'instinct qu'ont tous les conservateurs de se ménager des appuis dans le camp adverse. L'action gouvernementale doit s'exercer sans souci des surenchères, d'où qu'elles viennent. Le gouvernement n'est, Dieu merci, aux ordres ni du colonel Driant, ni, à l'autre pôle, de M. Clemenceau [138]. Il faut mater les agitateurs de profession et les empêcher de relever la tête. La France dans son immense majorité désire le travail, dans l'ordre ! Là-dessus ma religion est faite. Mais il ne faut pas craindre d'éclairer l'opinion ; et si quelques moutons, de ceux qu'a si bien connus notre Rabelais, se jetaient à l'eau tête baissée, il conviendrait de leur montrer que cette eau est trouble, qu'elle a été troublée à dessein par une engeance qui n'est pas de chez nous, pour en dissimuler les dessous dangereux. Et il ne doit pas se donner l'air de sortir de sa passivité à son corps défendant quand il exercera le droit qui est essentiellement le sien, j'entends de mettre en mouvement Dame Justice. Le gouvernement acceptera toutes vos suggestions. S'il est avéré qu'il y ait eu erreur

judiciaire, il sera assuré d'une majorité écrasante qui
lui permettrait de se donner du champ.

— Vous, monsieur, dit Bloch, en se tournant vers
M. d'Argencourt à qui on l'avait nommé en même
temps que les autres personnes, vous êtes certainement dreyfusard : à l'étranger tout le monde l'est.

— C'est une affaire qui ne regarde que les Français
entre eux, n'est-ce pas ? répondit M. d'Argencourt
avec cette insolence particulière qui consiste à prêter à
l'interlocuteur une opinion qu'on sait manifestement
qu'il ne partage pas, puisqu'il vient d'en émettre une
opposée.

Bloch rougit ; M. d'Argencourt sourit, en regardant
autour de lui, et si ce sourire, pendant qu'il l'adressa
aux autres visiteurs fut malveillant pour Bloch, il se
tempéra de cordialité en l'arrêtant finalement sur mon
ami afin d'ôter à celui-ci le prétexte de se fâcher des
mots qu'il venait d'entendre et qui n'en restaient pas
moins cruels. Mme de Guermantes dit à l'oreille de
M. d'Argencourt quelque chose que je n'entendis pas
mais qui devait avoir trait à la religion de Bloch, car il
passa à ce moment dans la figure de la Duchesse cette
expression à laquelle la peur qu'on a d'être remarqué
par la personne dont on parle donne quelque chose
d'hésitant et de faux et où se mêle la gaieté curieuse et
malveillante qu'inspire un groupement humain auquel
nous nous sentons radicalement étrangers. Pour se
rattraper Bloch se tourna vers le Duc de Châtellerault : « Vous, Monsieur, qui êtes français, vous savez
certainement qu'on est dreyfusard à l'étranger, quoiqu'on prétende qu'en France on ne sait jamais ce qui
se passe à l'étranger. Du reste je sais qu'on peut causer
avec vous, Saint-Loup me l'a dit. » Mais le jeune Duc
qui sentait que tout le monde se mettait contre Bloch
et qui était lâche comme on l'est souvent dans le
monde, usant d'ailleurs d'un esprit précieux et mordant que, par atavisme, il semblait tenir de M. de
Charlus : « Excusez-moi, Monsieur, de ne pas discuter de Dreyfus avec vous, mais c'est une affaire dont
j'ai pour principe de ne parler qu'entre Japhétiques. »

Tout le monde sourit, excepté Bloch, non qu'il n'eût l'habitude de prononcer des phrases ironiques sur ses origines juives, sur son côté qui tenait un peu au Sinaï. Mais au lieu d'une de ces phrases, lesquelles sans doute n'étaient pas prêtes, le déclic de la machine intérieure en fit monter une autre à la bouche de Bloch. Et on ne put recueillir que ceci : « Mais comment avez-vous pu savoir ? Qui vous a dit ? » comme s'il avait été le fils d'un forçat. D'autre part, étant donné son nom qui ne passe pas précisément pour chrétien, et son visage, son étonnement montrait quelque naïveté.

Ce que lui avait dit M. de Norpois ne l'ayant pas complètement satisfait, il s'approcha de l'archiviste et lui demanda si on ne voyait pas quelquefois chez Mme de Villeparisis M. du Paty de Clam ou M. Joseph Reinach. L'archiviste ne répondit rien ; il était nationaliste et ne cessait de prêcher à la marquise qu'il y aurait bientôt une guerre sociale et qu'elle devrait être plus prudente dans le choix de ses relations. Il se demanda si Bloch n'était pas un émissaire secret du syndicat venu pour le renseigner et alla immédiatement répéter à Mme de Villeparisis ces questions que Bloch venait de lui poser. Elle jugea qu'il était au moins mal élevé, peut-être dangereux pour la situation de M. de Norpois. Enfin elle voulait donner satisfaction à l'archiviste, la seule personne qui lui inspirât quelque crainte et par lequel elle était endoctrinée, sans grand succès (chaque matin il lui lisait l'article de M. Judet [139] dans le *Petit Journal*). Elle voulut donc signifier à Bloch qu'il eût à ne pas revenir et elle trouva tout naturellement dans son répertoire mondain la scène par laquelle une grande dame met quelqu'un à la porte de chez elle, scène qui ne comporte nullement le doigt levé et les yeux flambants que l'on se figure. Comme Bloch s'approchait d'elle pour lui dire au revoir, enfoncée dans son grand fauteuil, elle parut à demi tirée d'une vague somnolence. Ses regards noyés n'eurent que la lueur faible et charmante d'une perle. Les adieux de Bloch, déplis-

sant à peine dans la figure de la Marquise un
languissant sourire, ne lui arrachèrent pas une parole,
et elle ne lui tendit pas la main. Cette scène mit Bloch
au comble de l'étonnement, mais comme un cercle de
personnes en était témoin alentour, il ne pensa pas
qu'elle pût se prolonger sans inconvénient pour lui et,
pour forcer la marquise, la main qu'on ne venait pas
lui prendre, de lui-même il la tendit. Mme de Villeparisis fut choquée. Mais sans doute tout en tenant à
donner une satisfaction immédiate à l'archiviste et au
clan antidreyfusard voulait-elle pourtant ménager
l'avenir, elle se contenta d'abaisser les paupières et de
fermer à demi les yeux.

— Je crois qu'elle dort, dit Bloch à l'archiviste qui
se sentant soutenu par la Marquise prit un air indigné.
Adieu, Madame, cria-t-il.

La Marquise fit le léger mouvement de lèvres d'une
mourante qui voudrait ouvrir la bouche, mais dont le
regard ne reconnaît plus. Puis elle se tourna débordante d'une vie retrouvée vers le Marquis d'Argencourt tandis que Bloch s'éloignait persuadé qu'elle
était « ramollie ». Plein de curiosité et du dessein
d'éclairer un incident si étrange, il revint la voir
quelques jours après. Elle le reçut très bien parce
qu'elle était bonne femme, que l'archiviste n'était pas
là, qu'elle tenait à la saynète que Bloch devait faire
jouer chez elle, et qu'enfin elle avait fait le jeu de
grande dame qu'elle désirait, lequel fut universelle-
ment admiré et commenté le soir même dans divers
salons, mais d'après une version qui n'avait déjà plus
aucun rapport avec la vérité.

— Vous parliez des *Sept Princesses*, Duchesse, vous
savez (je n'en suis pas plus fier pour ça) que l'auteur
de ce... comment dirai-je, de ce factum, est un de mes
compatriotes, dit M. d'Argencourt avec une ironie
mêlée de la satisfaction de connaître mieux que les
autres l'auteur d'une œuvre dont on venait de parler !
Oui il est belge, de son état, ajouta-t-il.

— Vraiment ? Non, nous ne vous accusons pas
d'être pour quoi que ce soit dans les Sept Princesses.

Heureusement pour vous et pour vos compatriotes, vous ne ressemblez pas à l'auteur de cette ineptie. Je connais des Belges très aimables, vous, votre Roi qui est un peu timide mais plein d'esprit, mes cousins Ligne et bien d'autres, mais heureusement vous ne parlez pas le même langage que l'auteur des *Sept Princesses*. Du reste si vous voulez que je vous dise, c'est trop d'en parler parce que surtout ce n'est rien. Ce sont des gens qui cherchent à avoir l'air obscur et au besoin qui s'arrangent d'être ridicules pour cacher qu'ils n'ont pas d'idées. S'il y avait quelque chose dessous, je vous dirais que je ne crains pas certaines audaces, ajouta-t-elle d'un ton sérieux, du moment qu'il y a de la pensée. Je ne sais pas si vous avez vu la pièce de Borelli. Il y a des gens que cela a choqués ; moi, quand je devrais me faire lapider, ajouta-t-elle sans se rendre compte qu'elle ne courait pas de grands risques, j'avoue que j'ai trouvé cela infiniment curieux. Mais les *Sept Princesses* ! L'une d'elles a beau avoir des bontés pour mon neveu, je ne peux pas pousser les sentiments de famille...

La Duchesse s'arrêta net, car une dame entrait qui était la Vicomtesse de Marsantes, la mère de Robert. Mme de Marsantes était considérée dans le faubourg Saint-Germain comme un être supérieur, d'une bonté, d'une résignation angéliques. On me l'avait dit et je n'avais pas de raison particulière pour en être surpris ne sachant pas à ce moment-là qu'elle était la propre sœur du Duc de Guermantes. Plus tard j'ai toujours été étonné chaque fois que j'appris, dans cette société, que des femmes mélancoliques, pures, sacrifiées, vénérées comme d'idéales saintes de vitrail, avaient fleuri sur la même souche généalogique que des frères brutaux, débauchés et vils. Des frères et sœurs quand ils sont tout à fait pareils du visage comme étaient le Duc de Guermantes et Mme de Marsantes me semblaient devoir avoir en commun une seule intelligence, un même cœur, comme aurait une personne qui peut avoir de bons ou de mauvais moments mais dont on ne peut attendre tout de même de vastes vues si elle est d'esprit borné, et une abnégation sublime si elle est de cœur dur.

Mme de Marsantes suivait les cours de Brunetière [140]. Elle enthousiasmait le faubourg Saint-Germain et, par sa vie de sainte, l'édifiait aussi. Mais la connexité morphologique du joli nez et du regard pénétrant incitaient pourtant à classer Mme de Marsantes dans la même famille intellectuelle et morale que son frère le Duc. Je ne pouvais croire que le seul fait d'être une femme et peut-être d'avoir été malheureuse et d'avoir l'opinion de tous pour soi pouvait faire qu'on fût aussi différent des siens, comme dans les chansons de gestes où toutes les vertus et les grâces sont réunies en la sœur de frères farouches. Il me semblait que la nature, moins libre que les vieux poètes, devait se servir à peu près exclusivement des éléments communs à la famille et je ne pouvais lui attribuer tel pouvoir d'innovation qu'elle fît avec des matériaux analogues à ceux qui composaient un sot et un rustre, un grand esprit sans aucune tare de sottise, une sainte sans aucune souillure de brutalité. Mme de Marsantes avait une robe de surah blanc à grandes palmes, sur lesquelles se détachaient des fleurs en étoffe lesquelles étaient noires. C'est qu'elle avait perdu, il y a trois semaines, son cousin M. de Montmorency ce qui ne l'empêchait pas de faire des visites, d'aller à de petits dîners, mais en deuil. C'était une grande dame. Par atavisme son âme était remplie par la frivolité des existences de cour, avec tout ce qu'elles ont de superficiel et de rigoureux. Mme de Marsantes n'avait pas eu la force de regretter longtemps son père et sa mère, mais pour rien au monde elle n'eût porté de couleurs dans le mois qui suivait la mort d'un cousin. Elle fut plus qu'aimable avec moi parce que j'étais l'ami de Robert et parce que je n'étais pas du même monde que Robert. Cette bonté s'accompagnait d'une feinte timidité, de l'espèce de mouvement de retrait intermittent de la voix, du regard, de la pensée qu'on ramène à soi comme une jupe indiscrète, pour ne pas prendre trop de place, pour rester bien droite, même dans la souplesse, comme le veut la bonne éducation. Bonne éducation qu'il ne faut pas prendre trop au pied de la lettre d'ailleurs, plusieurs de ces dames versant très vite dans le dévergondage des mœurs sans perdre jamais la correction presque enfantine des manières. Mme de Marsantes agaçait un peu dans la conversation parce que, chaque fois qu'il s'agissait d'un roturier, par exemple de Bergotte, d'Elstir, elle disait en détachant le mot, en le faisant valoir, et en le psalmodiant sur deux tons différents en une modulation qui était particulière aux Guermantes : « J'ai eu l'*honneur*, le grand *hon*-neur de rencontrer Monsieur Bergotte, de faire la connaissance de Monsieur Elstir », soit pour faire admirer son humilité, soit par le même goût qu'avait M. de Guermantes de revenir aux formes désuètes, pour protester contre les usages de mauvaise éducation actuelle où on ne se dit pas assez « honoré [141] ». Quelle que fût celle de ces deux raisons qui fut la vraie, de toute façon on sentait que quand Mme de Marsantes disait : « J'ai eu l'*honneur*, le grand *hon*-neur », elle croyait remplir un grand rôle, et montrer qu'elle savait accueillir les noms des hommes de valeur comme elle les eût reçus eux-mêmes dans son château, s'ils s'étaient trouvés dans le voisinage. D'autre part, comme sa famille était nombreuse, qu'elle l'aimait beaucoup, que lente de débit et amie des explications elle voulait faire comprendre les parentés, elle se trouvait (sans aucun désir d'étonner et tout en n'aimant sincèrement parler que de paysans touchants et de gardes-chasses sublimes) citer à tout instant toutes les familles médiatisées d'Europe, ce que les personnes moins brillantes ne lui pardonnaient pas, et si elles étaient un peu intellectuelles raillaient comme de la stupidité.

À la campagne, Mme de Marsantes était adorée pour le bien qu'elle faisait mais surtout parce que la pureté d'un sang où depuis plusieurs générations on ne rencontrait que ce qu'il y a de plus grand dans l'histoire de France, avait ôté à sa manière d'être tout ce que les gens du peuple appellent des « manières » et lui avait donné la parfaite simplicité. Elle ne craignait pas d'embrasser une pauvre femme qui était malheureuse et lui disait d'aller chercher un char de bois au château. C'était, disait-on, la parfaite chrétienne. Elle tenait à faire faire un mariage colossalement riche à Robert. Etre grande dame c'est jouer à la grande dame, c'est-à-dire, pour une part, jouer la simplicité. C'est un jeu qui coûte extrêmement cher, d'autant plus que la simplicité ne ravit qu'à la condition que les autres sachent que vous pourriez ne pas être simples, c'est-à-dire que vous êtes très riches. On me dit plus tard, quand je racontai que je l'avais vue : « Vous avez dû vous rendre compte qu'elle a été ravissante. » Mais la vraie beauté est si particulière, si nouvelle, qu'on ne la reconnaît pas pour la beauté. Je me dis seulement ce jour-là qu'elle avait un nez tout petit, des yeux très bleus, le cou long et l'air triste.

— Ecoute, dit Mme de Villeparisis à la Duchesse de Guermantes, je crois que j'aurai tout à l'heure la visite d'une femme que tu ne veux pas connaître, j'aime mieux te prévenir pour que cela ne t'ennuie pas. D'ailleurs, tu peux être tranquille, je ne l'aurai jamais chez moi plus tard mais elle doit venir pour une seule fois aujourd'hui. C'est la femme de Swann.

Mme Swann, voyant les proportions que prenait l'affaire Dreyfus et craignant que les origines de son mari ne se tournassent contre elle, l'avait supplié de ne plus jamais parler de l'innocence du condamné. Quand il n'était pas là, elle allait plus loin et faisait profession du nationalisme le plus ardent ; elle ne faisait que suivre en cela d'ailleurs Mme Verdurin chez qui un antisémitisme bourgeois et latent s'était réveillé et avait atteint une véritable exaspération. Mme Swann avait gagné à cette attitude d'entrer dans quelques-unes des ligues de femmes du monde antisémite qui commençaient à se former et avait noué des relations avec plusieurs personnes de l'aristocratie. Il peut paraître étrange que, loin de les imiter, la Duchesse de Guermantes, si amie de Swann, eût, au contraire, toujours résisté au désir qu'il ne lui avait pas caché de lui présenter sa femme. Mais on verra plus tard que c'était un effet du caractère particulier de la Duchesse qui jugeait qu'elle « n'avait pas » à faire telle ou telle chose et imposait avec despotisme ce qu'avait décidé son « libre arbitre » mondain, fort arbitraire.

— Je vous remercie de me prévenir, répondit la Duchesse. Cela me serait en effet très désagréable. Mais comme je la connais de vue je me lèverai à temps.

— Je t'assure, Oriane, elle est très agréable, c'est une excellente femme, dit Mme de Marsantes.

— Je n'en doute pas, mais je n'éprouve aucun besoin de m'en assurer par moi-même.

— Est-ce que tu es invitée chez Lady Israël, demanda Mme de Villeparisis à la Duchesse pour changer la conversation.

— Mais, Dieu merci, je ne la connais pas, répondit Mme de Guermantes. C'est à Marie-Aynard qu'il faut demander cela. Elle la connaît et je me suis toujours demandé pourquoi.

— Je l'ai en effet connue, répondit Mme de Marsantes, je confesse mes erreurs. Mais je suis décidée à ne plus la connaître. Il paraît que c'est une des pires et qu'elle ne s'en cache pas. Du reste nous avons tous été trop confiants, trop hospitaliers. Je ne fréquenterai plus personne de cette nation. Pendant qu'on avait de vieux cousins de province du même sang, à qui on fermait sa porte, on l'ouvrait aux Juifs. Nous voyons maintenant leur remerciement. Hélas ! je n'ai rien à dire, j'ai un fils adorable et qui débite, en jeune fou qu'il est, toutes les insanités possibles, ajouta-t-elle en entendant que M. d'Argencourt avait fait allusion à Robert. Mais, à propos de Robert, est-ce que vous ne l'avez pas vu ? demanda-t-elle à Mme de Villeparisis ; comme c'est samedi, je pensais qu'il aurait pu passer vingt-quatre heures à Paris et dans ce cas il serait sûrement venu vous voir.

En réalité Mme de Marsantes pensait que son fils n'aurait pas de permission ; mais comme, en tout cas, elle savait que s'il en avait eu une il ne serait pas venu chez Mme de Villeparisis elle espérait, en ayant l'air de croire qu'elle l'eût trouvé ici, lui faire pardonner par sa tante susceptible, toutes les visites qu'il ne lui avait pas faites.

— Robert ici ! Mais je n'ai pas même eu un mot de lui ; je crois que je ne l'ai pas vu depuis Balbec.

— Il est si occupé, il a tant à faire, dit Mme de Marsantes.

Un imperceptible sourire fit onduler les cils de Mme de Guermantes qui regarda le cercle qu'avec la pointe de son ombrelle, elle traçait sur le tapis. Chaque fois que le Duc avait délaissé trop ouvertement sa femme, Mme de Marsantes avait pris avec éclat contre son propre frère le parti de sa belle-sœur. Celle-ci gardait de cette protection un souvenir reconnaissant et rancunier et, elle n'était qu'à demi fâchée des fredaines de Robert. A ce moment la porte s'étant ouverte de nouveau, celui-ci entra.

— Tiens, quand on parle du Saint-Loup, dit Mme de Guermantes.

Mme de Marsantes qui tournait le dos à la porte n'avait pas vu entrer son fils. Quand elle l'aperçut, en cette mère la joie battit, véritablement comme un coup d'aile, le corps de Mme de Marsantes se souleva à demi, son visage palpita et elle attachait sur Robert des yeux émerveillés :

— Comment, tu es venu ! quel bonheur ! quelle surprise !

— Ah ! *quand on parle du Saint-Loup,* je comprends, dit le diplomate belge riant aux éclats.

— C'est délicieux, répliqua sèchement Mme de Guermantes qui détestait les calembours et n'avait hasardé celui-là qu'en ayant l'air de se moquer d'elle-même.

— Bonjour, Robert, dit-elle ; eh bien ! voilà comme on oublie sa tante.

Ils causèrent un instant ensemble et sans doute de moi, car tandis que Saint-Loup se rapprochait de sa mère, Mme de Guermantes se tourna vers moi.

— Bonjour, comment allez-vous, me dit-elle.

Elle laissa pleuvoir sur moi la lumière de son regard bleu, hésita un instant, déplia et tendit la tige de son bras, pencha en avant son corps qui se redressa rapidement en arrière comme un arbuste qu'on a couché et qui, laissé libre, revient à sa position naturelle. Ainsi agissait-elle sous le feu des regards de Saint-Loup qui l'observait et faisait à distance des efforts désespérés pour obtenir un peu plus encore de sa tante. Craignant que la conversation ne tombât, il vint l'alimenter et répondit pour moi :

— Il ne va pas très bien, il est un peu fatigué ; du reste il irait peut-être mieux s'il te voyait plus souvent, car je ne te cache pas qu'il aime beaucoup te voir.

— Ah ! mais, c'est très aimable, dit Mme de Guermantes d'un ton volontairement banal, comme si je lui eusse apporté son manteau. Je suis très flattée.

— Tiens, je vais un peu près de ma mère, je te donne ma chaise, me dit Saint-Loup en me forçant ainsi à m'asseoir à côté de sa tante.

Nous nous tûmes tous deux.

— Je vous aperçois quelquefois le matin, me dit-elle comme si ce fût une nouvelle qu'elle m'eût apprise et, comme si moi je ne la voyais pas. Vous êtes comme moi, vous aimez les promenades du matin [142]. Ça fait beaucoup de bien à la santé.

— Oriane, dit à mi-voix Mme de Marsantes, vous disiez que vous alliez voir Mme de Saint-Ferréol, est-ce que vous auriez été assez gentille pour lui dire qu'elle ne m'attende pas à dîner, je resterai chez moi puisque j'ai Robert. Si même j'avais osé vous demander de dire en passant qu'on achète tout de suite de ces cigares que Robert aime, ça s'appelle des « Corona », il n'y en a plus.

Robert se rapprocha ; il avait seulement entendu le nom de Mme de Saint-Ferréol.

— Qu'est-ce que c'est encore que ça Mme de Saint-Ferréol ? demanda-t-il sur un ton d'étonnement et de décision car il affectait d'ignorer tout ce qui concernait le monde.

— Mais voyons, mon chéri, tu sais bien, dit sa

mère, c'est la sœur de Vermandois ; c'est elle qui t'avait donné ce beau jeu de billard que tu aimais tant.

— Comment, c'est la sœur de Vermandois, je n'en avais pas la moindre idée. Ah ! ma famille est épatante, dit-il en se tournant à demi vers moi et en prenant sans s'en rendre compte les intonations de Bloch comme il empruntait ses idées, elle connaît des gens inouïs, des gens qui s'appellent plus ou moins Saint-Ferréol (et détachant la dernière consonne de chaque mot), elle va au bal, elle se promène en victoria, elle mène une existence fabuleuse. C'est prodigieux.

Mme de Guermantes fit avec la gorge ce bruit léger, bref et fort exagéré, comme d'un sourire forcé qu'on ravale et qui était destiné à montrer qu'elle prenait part dans la mesure où la parenté l'y obligeait, à l'esprit de son neveu. On vint annoncer que le Prince de Faffenheim-Munsterburg-Weinigen [143] faisait dire à M. de Norpois qu'il était là.

— Allez le chercher, monsieur, dit Mme de Ville-parisis à l'ancien ambassadeur qui se porta au-devant du premier ministre allemand.

Mais la marquise le rappela :

— Attendez, monsieur ; faudra-t-il que je lui montre la miniature de l'Impératrice Charlotte ?

— Ah ! je crois qu'il sera ravi, dit l'ambassadeur d'un ton pénétré et comme s'il enviait ce fortuné ministre de la faveur qui l'attendait.

— Ah ! je sais qu'il est très *bien pensant*, dit Mme de Marsantes, et c'est si rare parmi les étrangers. Mais je suis renseignée. C'est l'antisémitisme en personne.

Le nom du Prince gardait dans la franchise avec laquelle ses premières syllabes étaient — comme on dit en musique — attaquées, et dans la bégayante répétition qui les scandait, l'élan, la naïveté maniérée, les lourdes « délicatesses » germaniques projetées comme des branchages verdâtres sur le « Heim » d'émail bleu sombre qui déployait la mysticité d'un vitrail rhénan, derrière les dorures pâles et finement ciselées du XVIIIe siècle allemand. Ce nom contenait parmi les noms divers dont il était formé celui d'une

petite ville d'eaux allemande, où tout enfant j'avais été
avec ma grand-mère, au pied d'une montagne honorée
par les promenades de Goethe et des vignobles de
laquelle nous buvions au Kurhof [144] les crus illustres à
l'appellation composée et retentissante comme les
épithètes qu'Homère donne à ses héros. Aussi à peine
eus-je entendu prononcer le nom du Prince qu'avant
de m'être rappelé la station thermale il me parut
diminuer, s'imprégner d'humanité, trouver assez
grande pour lui une petite place dans ma mémoire à
laquelle il adhéra, familier, terre à terre, pittoresque,
savoureux, léger, avec quelque chose d'autorisé, de
prescrit. Bien plus, M. de Guermantes en expliquant
qui était le Prince cita plusieurs de ses titres, et je
reconnus le nom d'un village traversé par la rivière où
chaque soir, la cure finie, j'allais en barque, à travers
les moustiques; et celui d'une forêt assez éloignée
pour que le médecin ne m'eût pas permis d'y aller en
promenade. Et en effet il était compréhensible que la
suzeraineté du seigneur s'étendît aux lieux circonvoi-
sins et associât à nouveau dans l'énumération de ses
titres, les noms qu'on pouvait lire à côté les uns des
autres sur une carte. Ainsi sous la visière du Prince du
Saint-Empire et de l'écuyer de Franconie ce fut le
visage d'une terre aimée où s'étaient souvent arrêtés
pour moi les rayons du soleil de six heures que je vis,
du moins avant que le prince, rhingrave et électeur
palatin, fût entré. Car j'appris en quelques instants
que les revenus qu'il tirait de la forêt et de la rivière
peuplées de gnomes et d'ondines, de la montagne
enchantée où s'élève le vieux Burg qui garde le
souvenir de Luther et de Louis le Germanique, il en
usait pour avoir cinq automobiles Charron, un hôtel à
Paris et un à Londres, une loge le lundi à l'Opéra et
une aux « mardis » des « Français ». Il ne me semblait
pas, et il ne semblait pas lui-même le croire, qu'il
différât des hommes de même fortune et de même âge
qui avaient une moins poétique origine. Il avait leur
culture, leur idéal, se réjouissait de son rang mais
seulement à cause des avantages qu'il lui conférait, et

n'avait plus qu'une ambition dans la vie, celle d'être
élu membre correspondant de l'Académie des
Sciences morales et politiques, raison pour laquelle il
était venu chez Mme de Villeparisis. Si lui, dont la
femme était à la tête de la coterie la plus fermée de
Berlin, avait sollicité d'être présenté chez la Marquise
ce n'était pas qu'il en eût éprouvé d'abord le désir.
Rongé depuis des années par cette ambition d'entrer à
l'Institut, il n'avait malheureusement jamais pu voir
monter au-dessus de cinq le nombre des Académiciens
qui semblaient prêts à voter pour lui. Il savait que
M. de Norpois disposait à lui seul d'au moins une
dizaine de voix auxquelles il était capable, grâce à
d'habiles transactions, d'en ajouter d'autres. Aussi le
Prince qui l'avait connu en Russie quand ils y étaient
tous deux ambassadeurs, était-il allé le voir et avait-il
fait tout ce qu'il avait pu pour se le concilier. Mais il
avait eu beau multiplier les amabilités, faire avoir au
Marquis des décorations russes, le citer dans des
articles de politique étrangère, il avait eu devant lui un
ingrat, un homme pour qui toutes ces prévenances
avaient l'air de ne pas compter, qui n'avait pas fait
avancer sa candidature d'un pas, ne lui avait même pas
promis sa voix ! Sans doute M. de Norpois le recevait
avec une extrême politesse, même ne voulait pas qu'il
se dérangeât et « prît la peine de venir jusqu'à sa
porte », se rendait lui-même à l'hôtel du Prince et
quand le chevalier teutonique avait lancé : « Je voudrais bien être votre collègue », répondait d'un ton
pénétré : « Ah ! je serais très heureux ! » Et sans doute
un naïf, un docteur Cottard se fût dit : « Voyons, il est
là chez moi, c'est lui qui a tenu à venir parce qu'il me
considère comme un personnage plus important que
lui, il me dit qu'il serait heureux que je sois de
l'Académie, les mots ont tout de même un sens, que
diable, sans doute s'il ne me propose pas de voter pour
moi, c'est qu'il n'y pense pas. Il parle trop de mon
grand pouvoir, il doit croire que les alouettes me
tombent toutes rôties, que j'ai autant de voix que j'en
veux et c'est pour cela qu'il ne m'offre pas la sienne,

mais je n'ai qu'à le mettre au pied du mur, là, entre nous deux et à lui dire :

« Eh bien ! votez pour moi, et il sera obligé de le faire.

Mais le Prince de Faffenheim n'était pas un naïf ; il était ce que le docteur Cottard eût appelé " un fin diplomate " et il savait que M. de Norpois n'en était pas un moins fin, ni un homme qui ne se fût pas avisé de lui-même qu'il pourrait être agréable à un candidat en votant pour lui. Le Prince, dans ses ambassades, et comme ministre des Affaires étrangères avait tenu, pour son pays au lieu que ce fût comme maintenant pour lui-même, de ces conversations où on sait d'avance jusqu'où on veut aller et ce qu'on ne vous fera pas dire. Il n'ignorait pas que dans le langage diplomatique causer signifie offrir. Et c'est pour cela qu'il avait fait avoir à M. de Norpois le cordon de Saint-André. Mais s'il eût dû rendre compte à son gouvernement de l'entretien qu'il avait eu après cela avec M. de Norpois, il eût pu énoncer dans sa dépêche " J'ai compris que j'avais fait fausse route ". Car dès qu'il avait recommencé à parler Institut, M. de Norpois lui avait redit :

— J'aimerais cela beaucoup, beaucoup pour mes collègues. Ils doivent, je pense, se sentir vraiment honorés que vous ayez pensé à eux. C'est une candidature tout à fait intéressante, un peu en dehors de nos habitudes. Vous savez, l'Académie est très routinière, elle s'effraye de tout ce qui rend un son un peu nouveau. Personnellement je l'en blâme. Que de fois il m'est arrivé de le laisser entendre à mes collègues. Je ne sais même pas. Dieu me pardonne, si le mot d'encroûtés n'est pas sorti une fois de mes lèvres, avait-il ajouté avec un sourire scandalisé, à mi-voix, presque *a parte*, comme dans un effet de théâtre et en jetant sur le Prince un coup d'œil rapide et oblique de son œil bleu, comme un vieil acteur qui veut juger de son effet. Vous comprenez, Prince, que je ne voudrais pas laisser une personnalité aussi éminente que la vôtre s'embarquer dans une partie perdue d'avance.

Tant que les idées de mes collègues resteront aussi
arriérées, j'estime que la sagesse est de s'abstenir.
Croyez bien d'ailleurs que si je voyais jamais un esprit
un peu plus nouveau, un peu plus vivant se dessiner
dans ce collège qui tend à devenir une nécropole, si
j'escomptais une chance possible pour vous, je serais
le premier à vous en avertir. »

— Le cordon de Saint-André est une erreur, pensa
le Prince ; les négociations n'ont pas fait un pas ; ce
n'est pas cela qu'il voulait. Je n'ai pas mis la main sur
la bonne clef.

C'était un genre de raisonnement dont M. de
Norpois, formé à la même école que le Prince, eût été
capable. On peut railler la pédantesque niaiserie avec
laquelle les diplomates à la Norpois s'extasiaient
devant une parole officielle à peu près insignifiante.
Mais leur enfantillage a sa contre-partie : les diplomates savent que dans la balance qui assure cet
équilibre européen ou autre qu'on appelle la paix, les
bons sentiments, les beaux discours, les supplications
pèsent fort peu ; et que le poids lourd, le vrai, les
déterminant, consiste en autre chose, en la possibilité
que l'adversaire a, s'il est assez fort, ou n'a pas, de
contenter, par moyen d'échange, un désir. Cet ordre
de vérités, qu'une personne entièrement désintéressée
comme ma grand-mère, par exemple, n'eût pas
compris M. de Norpois, le Prince von*** avaient
souvent été aux prises avec lui. Chargé d'affaires dans
les pays avec lesquels nous avions été à deux doigts
d'avoir la guerre, M. de Norpois, anxieux de la
tournure que les événements allaient prendre, savait
très bien que ce n'était pas par le mot : paix, ou par le
mot : guerre, qu'ils lui seraient signifiés, mais par un
autre, banal en apparence, terrible ou béni et que le
diplomate, à l'aide de son chiffre, saurait immédiatement lire, et auquel, pour sauvegarder la dignité de la
France, il répondrait par un autre mot tout aussi banal
mais sous lequel le ministre de la nation ennemie
verrait aussitôt : guerre. Et même selon une coutume
ancienne, analogue à celle qui donnait au premier

rapprochement de deux êtres promis l'un à l'autre la forme d'une entrevue fortuite à une représentation du théâtre du Gymnase, le dialogue où le destin dicterait le mot Guerre ou le mot Paix, n'avait généralement pas eu lieu dans le cabinet du ministre, mais sur le banc d'un « Kurgarten » où le ministre et M. de Norpois allaient l'un et l'autre à des fontaines thermales boire à la source de petits verres d'une eau curative. Par une sorte de convention tacite, ils se rencontraient à l'heure de la cure, faisaient d'abord ensemble quelques pas d'une promenade que sous son apparence bénigne, les deux interlocuteurs savaient aussi tragique qu'un ordre de mobilisation. Or, dans une affaire privée comme cette présentation à l'Institut, le Prince avait usé du même système d'induction qu'il avait fait dans sa carrière, de la même méthode de lecture à travers les symboles superposés.

Et certes on ne peut prétendre que ma grand-mère et ses rares pareils eussent été seuls à ignorer ce genre de calculs. En partie la moyenne de l'humanité exerçant des professions tracées d'avance, rejoint par son manque d'intuition l'ignorance que ma grand-mère devait à son haut désintéressement. Il faut souvent descendre jusqu'aux êtres entretenus, hommes ou femmes, pour avoir à chercher le mobile de l'action ou des paroles en apparence les plus innocentes dans l'intérêt, dans la nécessité de vivre. Quel homme ne sait que, quand une femme qu'il va payer lui dit : « Ne parlons pas d'argent », cette parole doit être comptée ainsi qu'on dit en musique, comme « une mesure pour rien » et que si plus tard elle lui déclare : « Tu m'as fait trop de peine, tu m'as souvent caché la vérité, je suis à bout », il doit interpréter : « un autre protecteur lui offre davantage ». Encore n'est-ce là que le langage d'une cocotte assez rapprochée des femmes du monde. Les apaches fournissent des exemples plus frappants. Mais M. de Norpois et le Prince allemand, si les apaches leur étaient inconnus, avaient accoutumé de vivre sur le même plan que les nations, lesquelles sont aussi, malgré leur grandeur, des êtres d'égoïsme et de ruse, qu'on ne dompte que par la force, par la considération de leur intérêt, qui peut les pousser jusqu'au meurtre, un meurtre symbolique souvent lui aussi, la simple hésitation à se battre ou le refus de se battre pouvant signifier pour une nation : « périr ». Mais comme tout cela n'est pas dit dans les Livres Jaunes [145] et autres, le peuple est volontiers pacifiste ; s'il est guerrier c'est instinctivement par haine, par rancune, non par les raisons qui ont décidé les chefs d'Etat avertis par les Norpois.

L'hiver suivant, le Prince fut très malade, il guérit mais son cœur resta irrémédiablement atteint.

— Diable ! se dit-il, il ne faudrait pas perdre de temps pour l'Institut car si je suis trop long, je risque de mourir avant d'être nommé. Ce serait vraiment désagréable.

Il fit sur la politique de ces vingt dernières années une étude pour la *Revue des Deux Mondes* et s'y exprima à plusieurs reprises dans les termes les plus flatteurs sur M. de Norpois. Celui-ci alla le voir et le remercia. Il ajouta qu'il ne savait comment exprimer sa gratitude. Le Prince se dit comme quelqu'un qui vient d'essayer d'une autre clef pour une serrure : « Ce n'est pas encore celle-ci », et se sentant un peu essoufflé en reconduisant M. de Norpois, pensa : « Sapristi, ces gaillards-là me laisseront crever avant de me faire entrer. Dépêchons. »

Le même soir, il rencontra M. de Norpois à l'Opéra :

— Mon cher ambassadeur, lui dit-il, vous me disiez ce matin que vous ne saviez pas comment me prouver votre reconnaissance ; c'est fort exagéré, car vous ne m'en devez aucune, mais je vais avoir l'indélicatesse de vous prendre au mot.

M. de Norpois n'estimait pas moins le tact du Prince, que le Prince le sien. Il comprit immédiatement que ce n'était pas une demande qu'allait lui faire le Prince de Faffenheim, mais une offre, et avec une affabilité souriante il se mit en devoir de l'écouter.

— Voilà, vous allez me trouver très indiscret. Il y a deux personnes auxquelles je suis très attaché et tout à fait diversement comme vous allez le comprendre, et qui se sont fixées depuis peu à Paris où elles comptent vivre désormais, ma femme et la Grande-Duchesse Jean. Elles vont donner quelques dîners notamment en l'honneur du Roi et de la Reine d'Angleterre et leur rêve aurait été de pouvoir offrir à leurs convives une personne pour laquelle sans la connaître elles éprouvent toutes deux une grande admiration. J'avoue que je ne savais comment faire pour contenter leur désir quand j'ai appris tout à l'heure, par le plus grand des hasards, que vous connaissiez cette personne ; je sais qu'elle vit très retirée, ne veut voir que peu de monde, happy few ; mais si vous me donniez votre appui, avec la bienveillance que vous me témoignez, je suis sûr qu'elle permettrait que vous me présentiez chez elle et que je lui transmette le désir de la Grande-Duchesse et de la Princesse. Peut-être consentirait-elle à venir dîner avec la Reine d'Angleterre et qui sait, si nous ne l'ennuyons pas trop passer les vacances de Pâques avec nous à Beaulieu chez la Grande-Duchesse Jean. Cette personne s'appelle la Marquise de Villeparisis. J'avoue que l'espoir de devenir l'un des habitués d'un pareil bureau d'esprit me consolerait, me ferait envisager sans ennui de renoncer à me présenter à l'Institut. Chez elle aussi on tient commerce d'intelligence et de fines causeries.

Avec un sentiment de plaisir inexprimable le Prince sentit que la serrure ne résistait pas et qu'enfin cette clef-là y entrait.

— Une telle option est bien inutile, mon cher Prince, répondit M. de Norpois ; rien ne s'accorde mieux avec l'Institut que le salon dont vous parlez et qui est une véritable pépinière d'académiciens. Je transmettrai votre requête à Mme la Marquise de Villeparisis : elle en sera certainement flattée. Quant à aller dîner chez vous, elle sort très peu et ce sera peut-être plus difficile. Mais je vous présenterai et vous plaiderez vous-même votre cause. Il ne faut surtout

pas renoncer à l'Académie ; je déjeune précisément de
demain en quinze, pour aller ensuite avec lui à une
séance importante, chez Leroy-Beaulieu sans lequel
on ne peut faire une élection ; j'avais déjà laissé tomber
devant lui votre nom qu'il connaît naturellement à
merveille. Il avait émis certaines objections. Mais il se
trouve qu'il a besoin de l'appui de mon groupe pour
l'élection prochaine, et j'ai l'intention de revenir à la
charge ; je lui dirai très franchement les liens tout à fait
cordiaux qui nous unissent, je ne lui cacherai pas que,
si vous vous présentiez, je demanderais à tous mes
amis de voter pour vous (le Prince eut un profond
soupir de soulagement) et il sait que j'ai des amis.
J'estime que si je parvenais à m'assurer son concours,
vos chances deviendraient fort sérieuses. Venez ce
soir-là à six heures chez Mme de Villeparisis, je vous
introduirai et je pourrai vous rendre compte de mon
entretien du matin.

C'est ainsi que le Prince de Faffenheim avait été
amené à venir voir Mme de Villeparisis. Ma profonde
désillusion eut lieu quand il parla. Je n'avais pas songé
que si une époque a des traits particuliers et généraux
plus forts qu'une nationalité, de sorte que, dans un
dictionnaire illustré où l'on donne jusqu'au portrait
authentique de Minerve, Leibniz avec sa perruque et
sa fraise diffère peu de Marivaux ou de Samuel
Bernard[146], une nationalité a des traits particuliers
plus forts qu'une caste. Or ils se traduisirent devant
moi, non par un discours où je croyais d'avance que
j'entendrais le frôlement des elfes et la danse des
Kobolds mais par une transposition qui ne certifiait
pas moins cette poétique origine : le fait qu'en s'incli-
nant, petit, rouge et ventru, devant Mme de Villeparisis, le Rhingrave lui dit : « Ponchour, Matame la
Marquise » avec le même accent qu'un concierge
alsacien.

— Vous ne voulez pas que je vous donne une tasse
de thé ou un peu de tarte, elle est très bonne, me dit
Mme de Guermantes, désireuse d'avoir été aussi
aimable que possible. Je fais les honneurs de cette

maison comme si c'était la mienne, ajouta-t-elle sur un
ton ironique qui donnait quelque chose d'un peu
guttural à sa voix comme si elle avait étouffé un rire
rauque.

— Monsieur, dit Mme de Villeparisis à M. de
Norpois, vous penserez tout à l'heure que vous avez
quelque chose à dire au Prince au sujet de l'Académie ?

Mme de Guermantes baissa les yeux, fit faire un
quart de cercle à son poignet pour regarder l'heure.

— Oh ! mon Dieu ; il est temps que je dise au revoir
à ma tante, si je dois encore passer chez Mme de Saint-
Ferréol et je dîne chez Mme Leroi.

Et elle se leva sans me dire adieu. Elle venait
d'apercevoir Mme Swann qui parut assez gênée de me
rencontrer. Elle se rappelait sans doute qu'avant
personne elle m'avait dit être convaincue de l'innocence de Dreyfus.

— Je ne veux pas que ma mère me présente à Mme
Swann, me dit Saint-Loup. C'est une ancienne grue.
Son mari est juif et elle nous le fait au nationalisme.
Tiens voici mon oncle Palamède.

La présence de Mme Swann avait pour moi un
intérêt particulier dû à un fait qui s'était produit
quelques jours auparavant, et qu'il est nécessaire de
relater à cause des conséquences qu'il devait avoir
beaucoup plus tard, et qu'on suivra, dans leur détail,
quand le moment sera venu. Donc, quelques jours
avant cette visite, j'en avais reçu une à laquelle je ne
m'attendais guère, celle de Charles Morel, le fils,
inconnu de moi, de l'ancien valet de chambre de mon
grand-oncle. Ce grand-oncle (celui chez lequel j'avais
vu la dame en rose) était mort, l'année précédente.
Son valet de chambre avait manifesté à plusieurs
reprises l'intention de venir me voir ; je ne savais pas le
but de sa visite, mais je l'aurais vu volontiers car
j'avais appris par Françoise qu'il avait gardé un vrai
culte pour la mémoire de mon oncle et faisait, à
chaque occasion, le pèlerinage du cimetière. Mais
obligé d'aller se soigner dans son pays, et comptant y

rester longtemps, il me déléguait son fils. Je fus
surpris de voir entrer un beau garçon de dix-huit ans,
habillé plutôt richement qu'avec goût, mais qui pourtant avait l'air de tout, excepté d'un valet de chambre.
Il tint du reste dès l'abord à couper le câble avec la
domesticité d'où il sortait, en m'apprenant avec un
sourire satisfait qu'il était premier prix du Conservatoire. Le but de sa visite était celui-ci : son père avait,
parmi les souvenirs de mon oncle Adolphe, mis de
côté certains qu'il avait jugé inconvenant d'envoyer à
mes parents mais qui, pensait-il, étaient de nature à
intéresser un jeune homme de mon âge. C'étaient les
photographies des actrices célèbres, des grandes
cocottes que mon oncle avait connues, les dernières
images de cette vie de vieux viveur qu'il séparait, par
une cloison étanche, de sa vie de famille. Tandis que le
jeune Morel me les montrait je me rendis compte qu'il
affectait de me parler comme à un égal. Il avait à dire
« vous », et le moins souvent possible « Monsieur » le
plaisir de quelqu'un dont le père n'avait jamais
employé en s'adressant à mes parents que la « troisième personne ». Presque toutes les photographies
portaient une dédicace telle que : « A mon meilleur
ami. » Une actrice plus ingrate et plus avisée avait
écrit : « Au meilleur des amis », ce qui lui permettait,
m'a-t-on assuré, de dire que mon oncle n'était nullement et à beaucoup près son meilleur ami, mais l'ami
qui lui avait rendu le plus de petits services, l'ami dont
elle se servait, un excellent homme, presque une
vieille bête. Le jeune Morel avait beau chercher à
s'évader de ses origines, on sentait que l'ombre de
mon oncle Adolphe, vénérable et démesurée aux yeux
du vieux valet de chambre, n'avait cessé de planer,
presque sacrée, sur l'enfance et la jeunesse du fils.
Pendant que je regardais les photographies, Charles
Morel examinait ma chambre. Et comme je cherchais
où je pourrais les serrer : « Mais comment se fait-il,
me dit-il d'un ton où le reproche n'avait pas besoin de
s'exprimer tant il était dans les paroles mêmes) que je
n'en voie pas une seule de votre oncle dans votre

chambre ? » Je sentis le rouge me monter au visage, et balbutiai : « Mais je crois que je n'en ai pas. — Comment, vous n'avez pas une seule photographie de votre oncle Adolphe qui vous aimait tant ! Je vous en enverrai une que je prendrai dans les quantités qu'a mon paternel et j'espère que vous l'installerez à la place d'honneur au-dessus de cette commode qui vous vient justement de votre oncle. » Il est vrai que, comme je n'avais même pas une photographie de mon père ou de ma mère dans ma chambre il n'y avait rien de si choquant à ce qu'il ne s'en trouvât pas de mon oncle Adolphe. Mais il n'était pas difficile de deviner que pour Morel, lequel avait enseigné cette manière de voir à son fils, mon oncle était le personnage important de la famille duquel mes parents tiraient seulement un éclat amoindri. J'étais plus en faveur parce que mon oncle disait tous les jours que je serais une espèce de Racine, de Vaulabelle, et Morel me considérait à peu près comme un fils adoptif, comme un enfant d'élection de mon oncle. Je me rendis vite compte que le fils de Morel était très « arriviste ». Ainsi ce jour-là il me demanda, étant un peu compositeur aussi, et capable de mettre quelques vers en musique, si je ne connaissais pas de poète ayant une situation importante dans le monde « aristo ». Je lui en citai un. Il ne connaissait pas les œuvres de ce poète et n'avait jamais entendu son nom qu'il prit en note. Or je sus que peu après il avait écrit à ce poète pour lui dire qu'admirateur fanatique de ses œuvres, il avait fait de la musique sur un sonnet de lui et serait heureux que le librettiste en fît donner une audition chez la Comtesse ***. C'était aller un peu vite et démasquer son plan. Le poète, blessé, ne répondit pas.

Au reste Charles Morel semblait avoir, à côté de l'ambition, un vif penchant vers des réalités plus concrètes. Il avait remarqué dans la cour la nièce de Jupien en train de faire un gilet et, bien qu'il me dît seulement avoir justement besoin d'un gilet « de fantaisie » je sentis que la jeune fille avait produit une vive impression sur lui. Il n'hésita pas à me demander de descendre et de le présenter « mais pas par rapport à votre famille, vous m'entendez, je compte sur votre discrétion quant à mon père, dites seulement un grand artiste de vos amis, vous comprenez il faut faire bonne impression aux commerçants ». Bien qu'il m'eût insinué que, ne le connaissant pas assez pour l'appeler, il le comprenait, cher ami, je pourrais lui dire devant la jeune fille quelque chose comme « pas Cher Maître évidemment... quoique, mais si cela vous plaît : cher grand artiste », j'évitai dans la boutique de le « qualifier » comme eût dit Saint-Simon et me contentai de répondre à ses « vous » par des « vous ». Il avisa, parmi quelques pièces de velours, une du rouge le plus vif et si criard que, malgré le mauvais goût qu'il avait, il ne put jamais, par la suite, porter ce gilet. La jeune fille se remit à travailler avec ses deux « apprenties » mais il me sembla que l'impression avait été réciproque et que Charles Morel, qu'elle crut « de mon monde », (plus élégant seulement et plus riche), lui avait plu singulièrement. Comme j'avais été très étonné de trouver parmi les photographies que m'envoyait son père une du portrait de miss Sacripant (c'est-à-dire Odette) par Elstir, je dis à Charles Morel en l'accompagnant jusqu'à la porte cochère : « Je crains que vous ne puissiez me renseigner. Est-ce que mon oncle connaissait beaucoup cette dame ? Je ne vois pas à quelle époque de la vie de mon oncle je puis la situer ; et cela m'intéresse à cause de M. Swann... — Justement j'oubliais de vous dire que mon père m'avait recommandé d'attirer votre attention sur cette dame. En effet cette demi-mondaine déjeunait chez votre oncle le dernier jour que vous l'avez vu. Mon père ne savait pas trop s'il pouvait vous faire entrer. Il paraît que vous aviez plu beaucoup à cette femme légère, et elle espérait vous revoir. Mais justement à ce moment-là il y a eu de la fâche dans la famille, à ce que m'a dit mon père, et vous n'avez jamais revu votre oncle. » Il sourit à ce moment, pour lui dire adieu de loin, à la nièce de Jupien. Elle le regardait et admirait sans doute son visage maigre, d'un dessin régulier, ses cheveux légers, ses yeux gais. Moi, en lui serrant la main, je pensais à Mme Swann et je me disais avec étonnement, tant elles étaient séparées et différentes dans mon souvenir, que j'aurais désormais à l'identifier avec la « Dame en rose ».

M. de Charlus fut bientôt assis à côté de Mme Swann. Dans toutes les réunions où il se trouvait, dédaigneux avec les hommes, courtisé par les femmes, il avait vite fait d'aller faire corps avec la plus élégante, de la toilette de laquelle il se sentait empanaché. La redingote ou le frac du Baron le faisait ressembler à ces portraits remis par un grand coloriste d'un homme en noir mais qui a près de lui, sur une chaise, un manteau éclatant qu'il va revêtir pour quelque bal costumé. Ce tête-à-tête, généralement avec quelque altesse, procurait à M. de Charlus de ces distinctions qu'il aimait. Il avait, par exemple, pour conséquence, que les maîtresses de maison laissaient, dans une fête, le Baron avoir seul une chaise sur le devant, dans un rang de dames, tandis que les autres hommes se bousculaient dans le fond. De plus, fort absorbé, semblait-il, à raconter, et très haut, d'amusantes histoires à la dame charmée, M. de Charlus était dispensé d'aller dire bonjour aux autres donc d'avoir des devoirs à rendre. Derrière la barrière parfumée que lui faisait la beauté choisie, il était isolé au milieu d'un salon comme au milieu d'une salle de spectacles dans une loge et quand on venait le saluer, au travers pour ainsi dire de la beauté de sa compagne, il était excusable de répondre fort brièvement et sans s'interrompre de parler à une femme. Certes Mme Swann n'était guère du rang des personnes avec qui il aimait ainsi à s'afficher. Mais il faisait profession d'admiration pour elle, d'amitié pour Swann, savait qu'elle serait flattée de son empressement, et était flatté lui-même d'être compromis par la plus jolie personne qu'il y eût là.

Mme de Villeparisis n'était d'ailleurs qu'à demi contente d'avoir la visite de M. de Charlus. Celui-ci,

tout en trouvant de grands défauts à sa tante, l'aimait
beaucoup. Mais, par moments, sous le coup de la
colère, de griefs imaginaires, il lui adressait, sans
résister à ses impulsions, des lettres de la dernière
violence dans lesquelles il faisait état de petites choses
qu'il semblait jusque-là n'avoir pas remarquées. Entre
autres exemples je peux citer ce fait parce que mon
séjour à Balbec me mit au courant de lui, Mme de
Villeparisis craignant de ne pas avoir emporté assez
d'argent pour prolonger sa villégiature à Balbec, et
n'aimant pas, comme elle était avare et craignait les
frais superflus, faire venir de l'argent de Paris, s'était
fait prêter trois mille francs par M. de Charlus. Celui-
ci, un mois plus tard, mécontent de sa tante pour une
raison insignifiante, les lui réclama par mandat télégraphique. Il reçut deux mille neuf cent quatre-vingt-
dix et quelques francs. Voyant sa tante quelques jours
après à Paris et causant amicalement avec elle, il lui fit
avec beaucoup de douceur remarquer l'erreur
commise par la banque chargée de l'envoi. « Mais il
n'y a pas erreur, répondit Mme de Villeparisis, le
mandat télégraphique coûte six francs soixante-
quinze. — Ah ! du moment que c'est intentionnel,
c'est parfait, répliqua M. de Charlus. Je vous l'avais
dit seulement pour le cas où vous l'auriez ignoré,
parce que dans ce cas-là, si la banque avait agi de
même avec des personnes moins liées avec vous que
moi, cela aurait pu vous contrarier. — Non, non, il
n'y a pas erreur. — Au fond vous avez eu parfaitement
raison », conclut gaiement M. de Charlus en baisant
tendrement la main de sa tante. En effet il ne lui en
voulait nullement et souriait seulement de cette petite
mesquinerie. Mais quelque temps après, ayant cru
que dans une chose de famille sa tante avait voulu le
jouer et « monter contre lui tout un complot », comme
celle-ci se retranchait assez bêtement derrière des
hommes d'affaires avec qui il l'avait précisément
soupçonnée d'être alliée contre lui, il lui avait écrit une
lettre qui débordait de fureur et d'insolence. « Je ne
me contenterai pas de me venger, ajoutait-il en post-

scriptum, je vous rendrai ridicule. Je vais dès demain aller raconter à tout le monde l'histoire du mandat télégraphique et des six francs soixante-quinze que vous m'avez retenus sur les trois mille francs que je vous avais prêtés, je vous déshonorerai. » Au lieu de cela il était allé le lendemain demander pardon à sa tante Villeparisis, ayant regret d'une lettre où il y avait des phrases vraiment affreuses. D'ailleurs à qui eût-il pu apprendre l'histoire du mandat télégraphique ? Ne voulant pas de vengeance mais une sincère réconciliation, cette histoire du mandat, c'est maintenant qu'il l'aurait tue. Mais auparavant il l'avait racontée partout, tout en étant très bien avec sa tante, il l'avait racontée sans méchanceté, pour faire rire, et parce qu'il était l'indiscrétion même. Il l'avait racontée mais sans que Mme de Villeparisis le sût. De sorte qu'ayant appris par sa lettre qu'il comptait la déshonorer en divulguant une circonstance où il lui avait déclaré à elle-même qu'elle avait bien agi, elle avait pensé qu'il l'avait trompée alors et mentait en feignant de l'aimer. Tout cela s'était apaisé mais chacun des deux ne savait pas exactement l'opinion que l'autre avait de lui. Certes il s'agit là d'un cas de brouilles intermittentes un peu particulier. D'ordre différent étaient celles de Bloch et de ses amis. D'un autre encore celles de M. de Charlus, comme on le verra, avec des personnes tout autres que Mme de Villeparisis. Malgré cela il faut se rappeler que l'opinion que nous avons les uns des autres, les rapports d'amitié, de famille, n'ont rien de fixe qu'en apparence mais sont aussi éternellement mobiles que la mer. De là tant de bruits de divorce entre des époux qui semblaient si parfaitement unis et qui bientôt après parlent tendrement l'un de l'autre, tant d'infamies dites par un ami sur un ami dont nous le croyions inséparable et avec qui nous le trouverons réconcilié avant que nous ayons eu le temps de revenir de notre surprise ; tant de renversements d'alliance en si peu de temps, entre les peuples.

— Mon Dieu, ça chauffe entre mon oncle et Mme Swann, me dit Saint-Loup. Et maman qui, dans son innocence, vient les déranger. Aux pures tout est pur !

Je regardais M. de Charlus. La houppette de ses cheveux gris, son œil dont le sourcil était relevé par le monocle et qui souriait, sa boutonnière en fleurs rouges, formaient comme les trois sommets mobiles d'un triangle convulsif et frappant. Je n'avais pas osé le saluer, car il ne m'avait fait aucun signe. Or, bien qu'il ne fût pas tourné de mon côté j'étais persuadé qu'il m'avait vu : tandis qu'il débitait quelque histoire à Mme Swann dont flottait jusque sur un genou du Baron le magnifique manteau couleur pensée, les yeux errants de M. de Charlus, pareils à ceux d'un marchand en plein vent qui craint l'arrivée de la *Rousse*, avaient certainement exploré chaque partie du salon et découvert toutes les personnes qui s'y trouvaient. M. de Châtellerault vint lui dire bonjour sans que rien décelât dans le visage de M. de Charlus qu'il eût aperçu le jeune Duc avant le moment où celui-ci se trouvât devant lui. C'est ainsi que dans les réunions un peu nombreuses comme était celle-ci, M. de Charlus gardait d'une façon presque constante un sourire sans direction déterminée ni destination particulière, et qui préexistant de la sorte aux saluts des arrivants, se trouvait, quand ceux-ci entraient dans sa zone, dépouillé de toute signification d'amabilité pour eux. Néanmoins il fallait bien que j'allasse dire bonjour à Mme Swann. Mais comme elle ne savait pas si je connaissais Mme de Marsantes et M. de Charlus, elle fut assez froide, craignant sans doute que je lui demandasse de me présenter. Je m'avançai alors vers M. de Charlus et aussitôt le regrettai car devant très bien me voir, il ne le marquait en rien. Au moment où je m'inclinai devant lui, je trouvais distant de son corps dont il m'empêchait d'approcher de toute la longueur de son bras tendu, un doigt veuf, eût-on dit, d'un anneau épiscopal dont il avait l'air d'offrir pour qu'on la baisât la place consacrée, et dut paraître avoir pénétré à l'insu du Baron et par une effraction dont il me laissait la responsabilité dans la permanence, la dispersion anonyme et vacante de son sourire. Cette froideur ne fut pas pour encourager beaucoup Mme Swann à se départir de la sienne.

— Comme tu as l'air fatigué et agité, dit Mme de Marsantes à son fils qui était venu dire bonjour à M. de Charlus.

Et en effet les regards de Robert semblaient par moments atteindre à une profondeur qu'ils quittaient aussitôt comme un plongeur qui a touché le fond. Ce fond, qui faisait si mal à Robert quand il le touchait qu'il le quittait aussitôt pour y revenir un instant après, c'était l'idée qu'il avait rompu avec sa maîtresse.

— Ça ne fait rien, ajouta sa mère, en lui caressant la joue, ça ne fait rien, c'est bon de voir son petit garçon.

Mais cette tendresse paraissant agacer Robert, Mme de Marsantes entraîna son fils dans le fond du salon, là où dans une baie tendue de soie jaune, quelques fauteuils de Beauvais massaient leurs tapisseries violacées comme des iris empourprés dans un champ de boutons d'or [147]. Mme Swann se trouvant seule et ayant compris que j'étais lié avec Saint-Loup, me fit signe de venir auprès d'elle. Ne l'ayant pas vue depuis si longtemps je ne savais de quoi lui parler. Je ne perdais pas de vue mon chapeau parmi tous ceux qui se trouvaient sur le tapis, mais me demandais curieusement à qui pouvait en appartenir un qui n'était pas celui du Duc de Guermantes et dans la coiffe duquel un G était surmonté de la couronne ducale. Je savais qui étaient tous les visiteurs et n'en trouvais pas un seul dont ce pût être le chapeau.

— Comme M. de Norpois est sympathique, dis-je à Mme Swann en lui montrant. Il est vrai que Robert de Saint-Loup me dit que c'est une peste, mais...

— Il a raison, répondit-elle.

Et voyant que son regard se reportait à quelque chose qu'elle me cachait je la pressai de questions. Pour être contente d'avoir l'air d'être très occupée par quelqu'un dans ce salon où elle ne connaissait presque personne elle m'emmena dans un coin.

— Voilà sûrement ce que M. de Saint-Loup a voulu vous dire, me répondit-elle, mais ne le lui répétez pas, car il me trouverait indiscrète et je tiens beaucoup à son estime, je suis très « honnête homme » vous savez. Dernièrement Charlus a dîné chez la Princesse de Guermantes : je ne sais pas comment on a parlé de vous. M. de Norpois leur aurait dit, c'est inepte, n'allez pas vous mettre martel en tête pour cela, personne n'y a attaché d'importance, on savait trop de quelle bouche cela tombait, — que vous étiez un flatteur à moitié hystérique [148].

J'ai raconté bien auparavant ma stupéfaction qu'un ami de mon père comme était M. de Norpois eût pu s'exprimer ainsi en parlant de moi. J'en éprouvai une plus grande encore à savoir que mon émoi de ce jour ancien où j'avais parlé de Mme Swann et de Gilberte était connu par la Princesse de Guermantes de qui je me croyais ignoré. Chacune de nos actions, de nos paroles, de nos attitudes est séparée du « monde », des gens qui ne l'ont pas directement perçue, par un milieu dont la perméabilité varie à l'infini et nous reste inconnue ; ayant appris par l'expérience que tel propos important que nous avions souhaité vivement être propagé (tels ceux si enthousiastes que je tenais autrefois à tout le monde et en toute occasion sur Mme Swann, pensant que parmi tant de bonnes graines répandues il s'en trouverait bien une qui lèverait) s'est trouvé, souvent à cause de notre désir même, immédiatement mis sous le boisseau, combien à plus forte raison étions-nous éloignés de croire que telle parole minuscule, oubliée, de nous-mêmes, voire jamais prononcée par nous et formée en route par l'imparfaite réfraction d'une parole différente serait transportée, sans que jamais sa marche s'arrêtât, à des distances infinies — en l'espèce jusque chez la Princesse de Guermantes — et allât divertir à nos dépens le festin des dieux. Ce que nous nous rappelons de notre conduite reste ignoré de notre plus proche voisin ; ce que nous en avons oublié avoir dit, ou même ce que nous n'avons jamais dit va provoquer l'hilarité jusque dans une autre planète, et l'image que les autres se font de nos faits et gestes ne ressemble pas plus à celle que nous nous en faisons nous-même, qu'à un dessin quelque décalque raté où tantôt au trait noir correspondrait un espace vide, et à un blanc, un contour inexplicable. Il peut du reste arriver que ce qui n'a pas été transcrit soit quelque trait irréel que nous ne voyons que par complaisance, et que ce qui nous semble ajouté nous appartienne au contraire, mais si essentiellement que cela nous échappe. De sorte que cette étrange épreuve qui nous semble si peu ressemblante a quelquefois le genre de vérité, peu flatteur certes mais profond et utile, d'une photographie par les rayons X. Ce n'est pas une raison pour que nous nous y reconnaissions. Quelqu'un qui a l'habitude de sourire dans la glace à sa belle figure et à son beau torse, si on lui montre leur radiographie aura devant ce chapelet osseux, indiqué comme étant une image de lui-même, le même soupçon d'une erreur que le visiteur d'une exposition qui devant un portrait de jeune femme lit dans le catalogue : Dromadaire couché. Plus tard cet écart entre notre image selon qu'elle est dessinée par nous-même, ou par autrui, je devais m'en rendre compte pour d'autres que moi, vivant béatement au milieu d'une collection de photographies qu'ils avaient tirées d'eux-mêmes tandis qu'alentour grimaçaient d'effroyables images, habituellement invisibles pour eux-mêmes, mais qui les plongeaient dans la stupeur si un hasard les leur montrait en leur disant : « C'est vous. »

Il y a quelques années j'aurais été bien heureux de dire à Mme Swann « à quel sujet » j'avais été si tendre pour M. de Norpois, puisque ce « sujet » était le désir de la connaître. Mais je ne le ressentais plus, je n'aimais plus Gilberte. D'autre part je ne parvenais pas à identifier Mme Swann à la Dame en rose de mon enfance. Aussi je parlai de la femme qui me préoccupait en ce moment.

— Avez-vous vu tout à l'heure la Duchesse de Guermantes ? demandai-je à Mme Swann.

Mais comme la Duchesse ne saluait pas
Mme Swann, celle-ci voulait avoir l'air de la considérer comme une personne sans intérêt et de la présence
de laquelle on ne s'aperçoit même pas.

— Je ne sais pas, je n'ai pas *réalisé*, me répondit-elle
d'un air désagréable, en employant un terme traduit
de l'anglais [149].

J'aurais pourtant voulu avoir des renseignements
non seulement sur Mme de Guermantes mais sur tous
les êtres qui l'approchaient, et, tout comme Bloch,
avec le manque de tact des gens qui cherchent dans
leur conversation non à plaire aux autres mais à
élucider, en égoïstes, des points qui les intéressent,
pour tâcher de me représenter exactement la vie de
Mme de Guermantes, j'interrogeai Mme de Villeparisis sur Mme Leroi.

— Oui, je sais, répondit-elle avec un dédain
affecté, la fille de ces gros marchands de bois. Je sais
qu'elle voit du monde maintenant, mais je vous dirai
que je suis bien vieille pour faire de nouvelles
connaissances. J'ai connu des gens si intéressants, si
aimables, que vraiment je crois que Mme Leroi
n'ajouterait rien à ce que j'ai.

Mme de Marsantes qui faisait la dame d'honneur de
la Marquise me présenta au Prince et elle n'avait pas
fini que M. de Norpois me présentait aussi, dans les
termes les plus chaleureux. Peut-être trouvait-il
commode de me faire une politesse qui n'entamait en
rien son crédit puisque je venais justement d'être
présenté, peut-être parce qu'il pensait qu'un étranger
même illustre était moins au courant des salons
français et pouvait croire qu'on lui présentait un jeune
homme du grand monde, peut-être pour exercer une
de ses prérogatives, celle d'ajouter le poids de sa
propre recommandation d'ambassadeur, ou par le
goût d'archaïsme de faire revivre en l'honneur du
Prince l'usage flatteur pour cette Altesse que deux
parrains étaient nécessaires, si on voulait lui être
présenté.

Mme de Villeparisis interpella M. de Norpois,

éprouvant le besoin de me faire dire par lui qu'elle n'avait pas à regretter de ne pas connaître Mme Leroi.

— N'est-ce pas, monsieur l'ambassadeur, que Mme Leroi est une personne sans intérêt, très inférieure à toutes celles qui fréquentent ici et que j'ai eu raison de ne pas l'attirer.

Soit indépendance, soit fatigue, M. de Norpois se contenta de répondre par un salut plein de respect mais vide de signification.

— Monsieur, lui dit Mme de Villeparisis en riant, il y a des gens bien ridicules. Croyez-vous que j'ai eu aujourd'hui la visite d'un monsieur qui a voulu me faire croire qu'il avait plus de plaisir à embrasser ma main que celle d'une jeune femme.

Je compris tout de suite que c'était Legrandin. M. de Norpois sourit avec un léger clignement d'œil, comme s'il s'agissait d'une concupiscence si naturelle qu'on ne pouvait en vouloir à celui qui l'éprouvait, presque d'un commencement de roman qu'il était prêt à absoudre, voire à encourager, avec une indulgence perverse à la Voisenon ou à la Crébillon fils [150].

— Bien des mains de jeunes femmes seraient incapables de faire ce que j'ai vu là dit le Prince en montrant les aquarelles commencées de Mme de Villeparisis.

Et il lui demanda si elle avait vu les fleurs de Fantin-Latour [151] qui venaient d'être exposées.

— Elles sont de premier ordre, et comme on dit aujourd'hui d'un beau peintre, d'un des maîtres de la palette, déclara M. de Norpois, je trouve cependant qu'elles ne peuvent pas soutenir la comparaison avec celles de Mme de Villeparisis où je reconnais mieux le coloris de la fleur.

Même en supposant que la partialité de vieil amant, l'habitude de flatter, les opinions admises dans une coterie, dictassent ces paroles à l'ancien ambassadeur, celles-ci prouvaient pourtant sur quel néant de goût véritable repose le jugement artistique des gens du monde, si arbitraire, qu'un rien peut le faire aller aux pires absurdités, sur le chemin desquelles il ne

rencontre pour l'arrêter aucune impression vraiment
sentie.

— Je n'ai aucun mérite à connaître les fleurs, j'ai
toujours vécu aux champs, répondit modestement
Mme de Villeparisis. Mais, ajouta-t-elle gracieusement en s'adressant au Prince, si j'en ai eu toute jeune
des notions un peu plus sérieuses que les autres
enfants de la campagne, je le dois à un homme bien
distingué de votre nation, M. de Schlegel. Je l'ai
rencontré à Broglie où ma tante Cordelia (la Maréchale
de Castellane) m'avait amenée. Je me rappelle très
bien que M. Lebrun, M. de Salvandy, M. Doudan [152],
le faisaient parler sur les fleurs. J'étais une toute petite
fille, je ne pouvais pas bien comprendre ce qu'il disait.
Mais il s'amusait à me faire jouer et, revenu dans votre
pays, il m'envoya un bel herbier en souvenir d'une
promenade que nous avions été faire en phaéton au
Val Richer et où je m'étais endormie sur ses genoux.
J'ai toujours conservé cet herbier et il m'a appris à
remarquer bien des particularités des fleurs qui ne
m'auraient pas frappé sans cela. Quand Mme de
Barante a publié quelques lettres de Mme de Broglie,
belles et affectées comme elle était elle-même, j'avais
espéré y trouver quelques-unes de ces conversations
de M. de Schlegel [153]. Mais c'était une femme qui ne
cherchait dans la nature que des arguments pour la
religion.

Robert m'appela dans le fond du salon où il était
avec sa mère.

— Que tu as été gentil, lui dis-je, comment te
remercier ? Pouvons-nous dîner demain ensemble ?

— Demain, si tu veux, mais alors avec Bloch ; je
l'ai rencontré devant la porte ; après un instant de
froideur, parce que j'avais, malgré moi, laissé sans
réponse deux lettres de lui (il ne m'a pas dit que c'était
cela qui l'avait froissé mais je l'ai compris) il a été
d'une tendresse telle que je ne peux pas me montrer
ingrat envers un tel ami. Entre nous, de sa part au
moins, je sens bien que c'est à la vie, à la mort.

Je ne crois pas que Robert se trompât absolument.

Le dénigrement furieux était souvent chez Bloch
l'effet d'une vive sympathie qu'il avait cru qu'on ne lui
rendait pas. Et comme il imaginait peu la vie des
autres, ne songeait pas qu'on peut avoir été malade ou
en voyage, etc., un silence de huit jours lui paraissait
vite provenir d'une froideur voulue. Aussi je n'ai
jamais cru que ses pires violences d'ami, et plus tard
d'écrivain fussent bien profondes. Elles s'exaspéraient
si l'on y répondait par une dignité glacée, ou par une
platitude qui l'encourageait à redoubler ses coups,
mais cédait souvent à une chaude sympathie. « Quant
à gentil, continua Saint-Loup, tu prétends que je l'ai
été pour toi, mais je n'ai pas été gentil du tout, ma
tante dit que c'est toi qui la fuis, que tu ne lui dis pas
un mot. Elle se demande si tu n'as pas quelque chose
contre elle. »

Heureusement pour moi, si j'avais été dupe de ces
paroles, notre départ que je croyais imminent pour
Balbec m'eût empêché d'essayer de revoir Mme de
Guermantes, de lui assurer que je n'avais rien contre
elle et de la mettre ainsi dans la nécessité de me
prouver que c'était elle qui avait quelque chose contre
moi. Mais je n'eus qu'à me rappeler qu'elle ne m'avait
pas même offert d'aller voir les Elstir. D'ailleurs ce
n'était pas une déception ; je ne m'étais nullement
attendu à ce qu'elle m'en parlât ; je savais que je ne lui
plaisais pas, que je n'avais pas à espérer me faire aimer
d'elle ; le plus que j'avais pu souhaiter, c'est que grâce
à sa bonté, j'eusse d'elle, puisque je ne devais pas la
revoir avant de quitter Paris, une impression entièrement douce, que j'emporterais à Balbec indéfiniment
prolongée, intacte, au lieu d'un souvenir mêlé
d'anxiété et de tristesse.

A tous moments Mme de Marsantes s'interrompait
de causer avec Robert pour me dire combien il lui
avait souvent parlé de moi, combien il m'aimait ; elle
était avec moi d'un empressement qui me faisait
presque de la peine parce que je le sentais dicté par la
crainte qu'elle avait d'être fâchée par moi avec ce fils
qu'elle n'avait pas encore vu aujourd'hui, avec qui elle

était impatiente de se trouver seule, et sur lequel elle croyait donc que l'empire qu'elle exerçait n'égalait pas et devait ménager le mien. M'ayant entendu auparavant demander à Bloch des nouvelles de M. Nissim Bernard, son oncle, Mme de Marsantes s'informa si c'était celui qui avait habité Nice.

— Dans ce cas, il y a connu M. de Marsantes avant qu'il m'épousât, avait répondu Mme de Marsantes. Mon mari m'en a souvent parlé comme d'un homme excellent, d'un cœur délicat et généreux.

— Dire que pour une fois il n'avait pas menti, c'est incroyable, eut pensé Bloch.

Tout le temps j'aurais voulu dire à Mme de Marsantes que Robert avait pour elle infiniment plus d'affection que pour moi, et que m'eût-elle témoigné de l'hostilité, je n'étais pas d'une nature à chercher à le prévenir contre elle, à le détacher d'elle. Mais depuis que Mme de Guermantes était partie, j'étais plus libre d'observer Robert et je m'aperçus seulement alors que de nouveau une sorte de colère semblait s'être élevée en lui, affleurant à son visage durci et sombre. Je craignais qu'au souvenir de la scène de l'après-midi il ne fût humilié vis-à-vis de moi de s'être laissé traiter si durement par sa maîtresse, sans riposter.

Brusquement il s'arracha d'auprès de sa mère qui lui avait passé un bras autour du cou et venant à moi il m'entraîna derrière le petit comptoir fleuri de Mme de Villeparisis, où celle-ci s'était rassise, et il me fit signe de le suivre dans le petit salon. Je m'y dirigeais assez vivement quand M. de Charlus qui avait pu croire que j'allais vers la sortie, quitta brusquement M. de Faffenheim avec qui il causait, fit un tour rapide qui l'amena en face de moi. Je vis avec inquiétude qu'il avait pris le chapeau au fond duquel il y avait un G et une couronne ducale. Dans l'embrasure de la porte du petit salon il me dit sans me regarder :

— Puisque je vois que vous allez dans le monde maintenant, faites-moi donc le plaisir de venir me voir. Mais c'est assez compliqué, ajouta-t-il d'un air d'inattention et de calcul et comme s'il s'était agi d'un plaisir qu'il avait peur de ne plus retrouver une fois qu'il aurait laissé échapper l'occasion de combiner avec moi les moyens de le réaliser. Je suis peu chez moi, il faudrait que vous m'écriviez. Mais j'aimerais mieux vous expliquer cela plus tranquillement. Je vais partir dans un moment. Voulez-vous faire deux pas avec moi ? Je ne vous retiendrai qu'un instant.

— Vous ferez bien de faire attention, monsieur, lui dis-je. Vous avez pris par erreur le chapeau d'un des visiteurs.

— Qu'est-ce que vous prétendez ? M'empêcher de prendre mon chapeau ? »

Je supposai, l'aventure m'étant arrivée à moi-même peu auparavant, que quelqu'un lui ayant enlevé son chapeau, il en avait avisé un au hasard pour ne pas rentrer nu-tête et que je le mettais dans l'embarras en dévoilant sa ruse. Aussi je n'insistai pas. Je lui dis qu'il fallait d'abord que je dise quelques mots à Saint-Loup. « Il est en train de parler avec cet idiot de Duc de Guermantes, ajoutai-je. — C'est charmant ce que vous dites là, je le dirai à mon frère. — Ah ! vous croyez que cela peut intéresser M. de Charlus ? » (Je me figurais que s'il avait un frère, ce frère devait s'appeler Charlus aussi. Saint-Loup m'avait bien donné quelques explications là-dessus à Balbec mais je les avais oubliées.) « Qu'est-ce qui vous parle de M. de Charlus ? me dit le Baron d'un air insolent. Allez auprès de Robert. Je sais que vous avez participé ce matin à un de ces déjeuners d'orgie qu'il a avec une femme qui le déshonore. Vous devriez bien user de votre influence sur lui pour lui faire comprendre le chagrin qu'il cause à sa pauvre mère, et à nous tous en traînant notre nom dans la boue. »

J'aurais voulu répondre qu'au déjeuner avilissant on n'avait parlé que d'Emerson, d'Ibsen, de Tolstoï [154] et que la jeune femme avait prêché Robert pour qu'il ne bût que de l'eau. Afin de tâcher d'apporter quelque baume à Robert, de qui je croyais la fierté blessée, je cherchai à excuser sa maîtresse. Je ne savais pas qu'en ce moment malgré sa colère contre elle, c'était à lui-même qu'il adressait des reproches. Même dans les querelles entre un bon et une méchante et quand le droit est tout entier d'un côté, il arrive toujours qu'il y a une vétille qui peut donner à la méchante l'apparence de n'avoir pas tort sur un point. Et comme tous les autres points, elle les néglige, pour peu que le bon ait besoin d'elle, soit démoralisé par la séparation, son affaiblissement le rendra scrupuleux, il se rappellera les reproches absurdes qui lui ont été faits et se demandera s'ils n'ont pas quelque fondement.

— Je crois que j'ai eu tort dans cette affaire du collier, me dit Robert. Bien sûr je ne l'avais pas fait dans une mauvaise intention, mais je sais bien que les autres ne se mettent pas au même point de vue que nous-mêmes. Elle a eu une enfance très dure. Pour elle je suis tout de même le riche qui croit qu'on arrive à tout par son argent, et contre lequel le pauvre ne peut pas lutter, qu'il s'agisse d'influencer Boucheron ou de gagner un procès devant un tribunal. Sans doute elle a été bien cruelle, moi qui n'ai jamais cherché que son bien. Mais je me rends bien compte, elle croit que j'ai voulu lui faire sentir qu'on pouvait la tenir par l'argent et ce n'est pas vrai. Elle qui m'aime tant, que doit-elle se dire ! Pauvre chérie, si tu savais elle a de telles délicatesses, je ne peux pas te dire, elle a souvent fait pour moi des choses adorables. Ce qu'elle doit être malheureuse en ce moment ! En tout cas, quoi qu'il arrive je ne veux pas qu'elle me prenne pour un mufle, je cours chez Boucheron chercher le collier. Qui sait, peut-être, en voyant que j'agis ainsi, reconnaîtra-t-elle ses torts. Vois-tu, c'est l'idée qu'elle souffre en ce moment que je ne peux pas supporter ! Ce qu'on souffre, soi, on le sait, ce n'est rien. Mais elle, se dire qu'elle souffre et ne pas pouvoir se le représenter, je crois que je deviendrais fou, j'aimerais mieux ne la revoir jamais que de la laisser souffrir. Qu'elle soit heureuse sans moi s'il le faut, c'est tout ce que je demande. Ecoute, tu sais, pour moi, tout ce qui la touche c'est immense, cela prend quelque chose de cosmique, je cours chez le bijoutier et après cela lui

demander pardon. Jusqu'à ce que je sois là-bas,
qu'est-ce ce qu'elle va pouvoir penser de moi ? Si elle
savait seulement que je vais venir ! A tout hasard tu
pourras venir chez elle ; qui sait, tout s'arrangera peut-
être. Peut-être, dit-il avec un sourire, comme n'osant
croire à un tel rêve, nous irons dîner tous les trois à la
campagne. Mais on ne peut pas savoir encore, je sais si
mal la prendre ; pauvre petite, je vais peut-être encore
la blesser. Et puis sa décision est peut-être irrévocable.

Robert m'entraîna brusquement vers sa mère.

— Adieu, lui dit-il ; je suis forcé de partir. Je ne
sais pas quand je reviendrai en permission, sans doute
pas avant un mois. Je vous l'écrirai dès que je le
saurai.

Certes Robert n'était nullement de ces fils qui,
quand ils sont dans le monde avec leur mère, croient
qu'une attitude exaspérée à son égard doit faire
contrepoids aux sourires et aux saluts qu'ils adressent
aux étrangers. Rien n'est plus répandu que cette
odieuse vengeance de ceux qui semblent croire que la
grossièreté envers les siens complète tout naturellement la tenue de cérémonie. Quoique la pauvre mère
dise, son fils, comme s'il avait été emmené malgré lui
et voulait faire payer cher sa présence, contrebat
immédiatement d'une contradiction ironique, précise,
cruelle, l'assertion timidement risquée : la mère se
range aussitôt, sans le désarmer pour cela, à l'opinion
de cet être supérieur qu'elle continuera à vanter à
chacun en son absence, comme une nature délicieuse,
et qui ne lui épargne pourtant aucun de ses traits les
plus acérés. Saint-Loup était tout autre, mais l'angoisse que provoquait l'absence de Rachel faisait que
pour des raisons différentes, il n'était pas moins dur
avec sa mère que ne le sont ces fils-là avec la leur. Et
aux paroles qu'il prononça je vis le même battement,
pareil à celui d'une aile que Mme de Marsantes n'avait
pu réprimer à l'arrivée de son fils, la dresser encore
tout entière ; mais maintenant c'était un visage
anxieux, des yeux désolés qu'elle attachait sur lui.

— Comment Robert, tu t'en vas, c'est sérieux ?

mon petit enfant ! le seul jour où je pouvais t'avoir !

Et presque bas, sur le ton le plus naturel, d'une voix
d'où elle s'efforçait de bannir toute tristesse pour ne
pas inspirer à son fils une pitié qui eût peut-être été
cruelle pour lui, ou inutile et bonne seulement à
l'irriter, comme un argument de simple bon sens elle
ajouta :

— Tu sais que ce n'est pas gentil ce que tu fais là.

Mais à cette simplicité elle ajoutait tant de timidité
pour lui montrer qu'elle n'entreprenait pas sur sa
liberté, tant de tendresse pour qu'il ne lui reprochât
pas d'entraver ses plaisirs, que Saint-Loup ne put pas
ne pas apercevoir en lui-même comme la possibilité
d'un attendrissement, c'est-à-dire un obstacle à passer
la soirée avec son amie. Aussi se mit-il en colère :

— C'est regrettable, mais gentil ou non, c'est ainsi.

Et il fit à sa mère les reproches que sans doute il se
sentait peut-être mériter ; c'est ainsi que les égoïstes
ont toujours le dernier mot ; ayant posé d'abord que
leur résolution est inébranlable, plus le sentiment
auquel on fait appel en eux pour qu'ils y renoncent est
touchant, plus ils trouvent condamnables non pas eux
qui y résistent, mais ceux qui les mettent dans la
nécessité d'y résister, de sorte que leur propre dureté
peut aller jusqu'à la plus extrême cruauté sans que cela
fasse à leurs yeux qu'aggraver d'autant la culpabilité
de l'être assez indélicat pour souffrir, pour avoir
raison, et leur causer ainsi lâchement la douleur d'agir
contre leur propre pitié. D'ailleurs d'elle-même
Mme de Marsantes cessa d'insister, car elle sentait
qu'elle ne le retiendrait plus.

— Je te laisse, me dit-il, mais, maman, ne le gardez
pas longtemps parce qu'il faut qu'il aille faire une
visite tout à l'heure.

Je sentais bien que ma présence ne pouvait faire
aucun plaisir à Mme de Marsantes, mais j'aimais
mieux en ne partant pas avec Robert qu'elle ne crût
pas que j'étais mêlé à ces plaisirs qui la privaient de
lui. J'aurais voulu trouver quelque excuse à la
conduite de son fils, moins par affection pour lui que

par pitié pour elle. Mais ce fut elle qui parla la première :

— Pauvre petit, me dit-elle, je suis sûre que je lui ai fait de la peine. Voyez-vous, monsieur, les mères sont très égoïstes, il n'a pourtant pas tant de plaisirs lui qui vient si peu à Paris. Mon Dieu, s'il n'était pas encore parti, j'aurais voulu le rattraper, non pas pour le retenir certes, mais pour lui dire que je ne lui en veux pas, que je trouve qu'il a eu raison. Cela ne vous ennuie pas que je regarde sur l'escalier.

Et nous allâmes jusque-là :

— Robert, Robert ! cria-t-elle. Non, il est parti, il est trop tard. Maintenant je me serais aussi volontiers chargé d'une mission pour faire rompre Robert et sa maîtresse qu'il y a quelques heures pour qu'il partît vivre tout à fait avec elle. Dans un cas Saint-Loup m'eût jugé un ami traître, dans l'autre cas sa famille m'eût appelé son mauvais génie. J'étais pourtant le même homme à quelques heures de distance.

Nous rentrâmes dans le salon. En ne voyant pas rentrer Saint-Loup, Mme de Villeparisis échangea avec M. de Norpois ce regard dubitatif, moqueur, et sans grande pitié qu'on a en montrant une épouse trop jalouse ou une mère trop tendre (lesquelles donnent aux autres la comédie) et qui signifie : « Tiens, il a dû y avoir de l'orage. »

Robert alla chez sa maîtresse en lui apportant le splendide bijou que, d'après leurs conventions, il n'aurait pas dû lui donner. Mais d'ailleurs cela revint au même car elle n'en voulut pas et même dans la suite, il ne réussit jamais à le lui faire accepter. Certains amis de Robert pensaient que ces preuves de désintéressement qu'elle donnait étaient un calcul pour se l'attacher. Pourtant elle ne tenait pas à l'argent, sauf peut-être pour pouvoir le dépenser sans compter. Je lui ai vu faire à tort et à travers, à des gens qu'elle croyait pauvres, des charités insensées. « En ce moment, disaient à Robert ses amis pour faire contre poids par leurs mauvaises paroles à un acte de désintéressement de Rachel, en ce moment elle doit être au promenoir des Folies-Bergère. Cette Rachel, c'est une énigme, un véritable sphinx. » Au reste combien de femmes intéressées, puisqu'elles sont entretenues, ne voit-on pas, par une délicatesse qui fleurit au milieu de cette existence, poser elles-mêmes mille petites bornes à la générosité de leur amant !

Robert ignorait presque toutes les infidélités de sa maîtresse et faisait travailler son esprit sur ce qui n'était que des riens insignifiants auprès de la vraie vie de Rachel, vie qui ne commençait chaque jour que lorsqu'il venait de la quitter. Il ignorait presque toutes ces infidélités. On aurait pu les lui apprendre [155] sans ébranler sa confiance en Rachel. Car c'est une charmante loi de nature qui se manifeste au sein des sociétés les plus complexes, qu'on vive dans l'ignorance parfaite de ce qu'on aime. D'un côté du miroir, l'amoureux se dit : « C'est un ange, jamais elle ne se donnera à moi, je n'ai plus qu'à mourir et pourtant elle m'aime ; elle m'aime tant que peut-être... mais non ce ne sera pas possible. » Et dans l'exaltation de son désir, dans l'angoisse de son attente que de bijoux il met aux pieds de cette femme, comme il court emprunter de l'argent pour lui éviter un souci ; cependant de l'autre côté de la cloison [156] à travers laquelle ces conversations ne passeront pas plus que celles qu'échangent les promeneurs devant un aquarium, le public dit : « Vous ne la connaissez pas ? je vous en félicite, elle a volé, ruiné, je ne sais pas combien de gens, il n'y a pas pis que ça comme fille. C'est une pure escroqueuse. Et roublarde ! » Et peut-être le public n'a-t-il pas absolument tort en ce qui concerne cette dernière épithète, car même l'homme sceptique qui n'est pas vraiment amoureux de cette femme et à qui elle plaît seulement dit à ses amis : « Mais non, mon cher, ce n'est pas du tout une cocotte ; je ne dis pas que dans sa vie elle n'ait pas eu deux ou trois caprices, mais ce n'est pas une femme qu'on paye, ou alors ce serait trop cher. Avec elle c'est cinquante mille francs ou rien du tout. »

Or lui a dépensé cinquante mille francs pour elle, il

l'a eue une fois, mais elle, trouvant d'ailleurs pour cela
un complice chez lui-même dans la personne de son
amour-propre, elle a su lui persuader qu'il était de
ceux qui l'avaient eue pour rien. Telle est la société,
où chaque être est double, et où le plus percé à jour, le
plus mal famé, ne sera jamais connu par un certain
autre qu'au fond et sous la protection d'une coquille
d'un doux cocon, d'une délicieuse curiosité naturelle.
Il y avait à Paris deux [157] honnêtes gens que Saint-
Loup ne saluait plus et dont il ne parlait pas sans que
sa voix tremblât, les appelant exploiteurs de femmes :
c'est qu'ils avaient été ruinés par Rachel.

— Je ne me reproche qu'une chose, me dit tout bas
Mme de Marsantes, c'est de lui avoir dit qu'il n'était
pas gentil. Lui ce fils adorable, unique, comme il n'y
en a pas d'autres, pour la seule fois où je le vois, lui
avoir dit qu'il n'était pas gentil, j'aimerais mieux avoir
reçu un coup de bâton, parce que je suis certaine que
quelque plaisir qu'il ait ce soir, lui qui n'en a pas tant,
il lui sera gâté par cette parole injuste. Mais, Monsieur, je ne vous retiens pas, puisque vous êtes pressé.

Mme de Marsantes me dit au revoir avec anxiété.
Ces sentiments se rapportaient à Robert, elle était
sincère. Mais elle cessa de l'être pour redevenir grande
dame :

— J'ai été *intéressée, si heureuse,* de causer un peu
avec vous. Merci ! merci !

Et d'un air humble elle attachait sur moi des regards
reconnaissants, enivrés, comme si ma conversation
était un des plus grands plaisirs qu'elle eût connus
dans la vie. Ces regards charmants allaient fort bien
avec les fleurs noires sur la robe blanche à ramages ; ils
étaient d'une grande dame qui sait son métier.

— Mais je ne suis pas pressé, Madame, répondis-
je ; d'ailleurs j'attends M. de Charlus avec qui je dois
m'en aller.

Mme de Villeparisis entendit ces derniers mots. Elle
en parut contrariée. S'il ne s'était agi d'une chose qui
ne pouvait intéresser un sentiment de cette nature, il
m'eût paru que ce qui me semblait en alarme à ce

moment-là chez Mme de Villeparisis, c'était la
pudeur. Mais cette hypothèse ne se présenta même
pas à mon esprit. J'étais content de Mme de Guermantes, de Saint-Loup, de Mme de Marsantes, de
M. de Charlus, de Mme de Villeparisis, je ne réflé-
chissais pas, et je parlais gaiement, à tort et à travers.

— Vous devez partir avec mon neveu Palamède?
me dit-elle.

Pensant que cela pouvait produire une impression
très favorable sur Mme de Villeparisis que je fusse lié
avec un neveu qu'elle prisait si fort : « Il m'a demandé
de revenir avec lui, répondis-je avec joie. J'en suis
enchanté. Du reste nous sommes plus amis que vous
ne croyez, madame, et je suis décidé à tout pour que
nous le soyons davantage. »

De contrariée, Mme de Villeparisis sembla devenue
soucieuse : « Ne l'attendez pas, me dit-elle d'un air
préoccupé, il cause avec M. de Faffenheim. Il ne
pense déjà plus à ce qu'il vous a dit. Tenez, partez,
profitez vite pendant qu'il a le dos tourné. »

Le premier émoi de Mme de Villeparisis eût
ressemblé, n'eussent été les circonstances, à celui de la
pudeur, son insistance, son opposition auraient pu, si
l'on n'avait consulté que son visage, paraître dictées
par la vertu. Je n'étais, pour ma part, guère pressé
d'aller retrouver Robert et sa maîtresse. Mais Mme de
Villeparisis semblait tenir tant à ce que je partisse que,
pensant peut-être qu'elle avait à causer d'affaire
importante avec son neveu, je lui dis au revoir. A côté
d'elle M. de Guermantes, superbe et olympien, était
lourdement assis. On aurait dit que la notion omnipré-
sente en tous ses membres de ses grandes richesses, lui
donnait une densité particulièrement élevée, comme si
elles avaient été fondues au creuset en un seul lingot
humain, pour faire cet homme qui valait si cher. Au
moment où je lui dis au revoir, il se leva poliment de
son siège et je sentis la masse inerte de trente millions
que la vieille éducation française faisait mouvoir,
soulevait, et qui se tenait debout devant moi. Il me
semblait voir cette statue de Jupiter Olympien que

Phidias, dit-on, avait fondue tout en or. Telle était la puissance que la bonne éducation [158] avait sur M. de Guermantes, sur le corps de M. de Guermantes du moins, car elle ne régnait pas aussi en maîtresse sur l'esprit du Duc. M. de Guermantes riait de ses bons mots mais ne se déridait pas à ceux des autres.

Dans l'escalier, j'entendis derrière moi une voix qui m'interpellait :

— Voilà comme vous m'attendez, Monsieur.

C'était M. de Charlus.

— Cela vous est égal de faire quelques pas à pied ? me dit-il sèchement, quand nous fûmes dans la cour. Nous marcherons jusqu'à ce que j'aie trouvé un fiacre qui me convienne.

— Vous vouliez me parler de quelque chose, Monsieur ?

— Ah ! voilà, en effet, j'avais certaines choses à vous dire, mais je ne sais trop si je vous les dirai [159]. Certes je crois qu'elles pourraient être pour vous le point de départ d'avantages inappréciables. Mais j'entrevois aussi qu'elles amèneraient dans mon existence, à mon âge où on commence à tenir à la tranquillité, bien des pertes de temps, bien des dérangements. Je me demande si vous valez la peine que je me donne pour vous tout ce tracas, et je n'ai pas le plaisir de vous connaître assez pour en décider [160]. Peut-être aussi n'avez-vous pas de ce que je pourrais faire pour vous un assez grand désir pour que je me donne tant d'ennuis, car je vous le répète très franchement, Monsieur, pour moi ce ne peut être [161] que de l'ennui.

Je protestai qu'alors il n'y fallait pas songer. Cette rupture des pourparlers ne parut pas être de son goût.

— Cette politesse ne signifie rien, me dit-il d'un ton dur. Il n'y a rien de plus agréable que de se donner de l'ennui pour une personne qui en vaille la peine. Pour les meilleurs d'entre nous, l'étude des arts, le goût de la brocante, les collections, les jardins, ne sont que des ersatz, des succédanés, des alibis. Dans le fond de notre tonneau, comme Diogène, nous deman-

dons un homme. Nous cultivons les bégonias, nous
taillons les ifs, par pis aller, parce que les ifs et les
bégonias se laissent faire. Mais nous aimerions donner
notre temps à un arbuste humain, si nous étions sûrs
qu'il en valût la peine. Toute la question est là ; vous
devez vous connaître un peu. En valez-vous la peine
ou non ?

— Je ne voudrais, Monsieur, pour rien au monde,
être pour vous une cause de soucis, lui dis-je, mais
quant à mon plaisir, croyez bien que tout ce qui me
viendra de vous m'en causera un très grand. Je suis
profondément touché que vous veuillez bien faire ainsi
attention à moi et chercher à m'être utile.

A mon grand étonnement ce fut presque avec
effusion qu'il me remercia de ces paroles. Passant son
bras sous le mien avec cette familiarité intermittente
qui m'avait déjà frappé à Balbec et qui contrastait avec
la dureté de son accent.

— Avec l'inconsidération de votre âge, me dit-il,
vous pourriez parfois avoir des paroles capables de
creuser un abîme infranchissable entre nous. Celles
que vous venez de prononcer au contraire sont du
genre qui est justement capable de me toucher et de [162]
me faire faire beaucoup pour vous.

Tout en marchant bras dessus bras dessous avec
moi et en me disant ces paroles qui, bien que mêlées
de dédain, étaient si affectueuses, M. de Charlus
tantôt fixait ses regards sur moi avec cette fixité
intense, cette dureté perçante qui m'avaient frappé le
premier matin où je l'avais aperçu devant le casino à
Balbec et même bien des années avant près de l'épinier
rose, à côté de Mme Swann que je croyais alors sa
maîtresse, dans le parc de Tansonville, tantôt il les
faisait errer autour de lui et examiner les fiacres qui
passaient assez nombreux, à cette heure de relais, avec
tant d'insistance, que plusieurs s'arrêtèrent, le cocher
ayant cru qu'on voulait le prendre. Mais M. de
Charlus les congédiait aussitôt.

— Aucun ne fait mon affaire, me dit-il, tout cela est
une question de lanternes, du quartier où ils rentrent.

Je voudrais, Monsieur, me dit-il, que vous ne puissiez pas vous méprendre sur le caractère purement désintéressé et charitable de la proposition que je vais vous adresser.

J'étais frappé[163] combien sa diction ressemblait à celle de Swann encore plus qu'à Balbec.

— Vous êtes assez intelligent, je suppose, pour ne pas croire que c'est par « manque de relations », par crainte de la solitude et de l'ennui, que je m'adresse à vous[164]. Je n'aime pas beaucoup à parler de moi, Monsieur, mais enfin vous l'avez peut-être appris, un article assez retentissant, *Times* y a fait allusion, l'Empereur d'Autriche qui m'a toujours honoré de sa bienveillance et veut bien entretenir avec moi des relations de cousinage, a déclaré naguère dans un entretien rendu public que si M. le Comte de Chambord avait eu auprès de lui un homme possédant aussi à fond que moi les dessous de la politique européenne, il serait aujourd'hui roi de France. J'ai souvent pensé, Monsieur, qu'il y avait en moi, du fait non de mes faibles dons, mais de circonstances que vous apprendrez peut-être un jour, un trésor d'expérience, une sorte de dossier secret et inestimable, que je n'ai pas cru devoir utiliser personnellement, mais qui serait sans prix pour un jeune homme à qui je livrerais en quelques mois ce que j'ai mis plus de trente ans à acquérir et que je suis peut-être seul à posséder. Je ne parle pas des jouissances intellectuelles que vous auriez à apprendre certains secrets qu'un Michelet[165] de nos jours donnerait des années de sa vie pour connaître et grâce auxquels certains événements prendraient à ses yeux un aspect entièrement différent. Et je ne parle pas seulement des événements accomplis, mais de l'enchaînement de circonstances (c'était une des expressions favorites de M. de Charlus et souvent quand il la prononçait il conjoignait ses deux mains comme quand on veut prier, mais les doigts raides et comme pour faire comprendre par ce complexus ces circonstances qu'il ne spécifiait pas et leur enchaînement). Je vous donnerais une explication inconnue

non seulement du passé, mais de l'avenir. » M. de
Charlus s'interrompit pour me poser des questions sur
Bloch dont on avait parlé sans qu'il eût l'air d'entendre, chez Mme de Villeparisis. Et de cet accent qu'il
savait si bien détacher de ce qu'il disait qu'il avait l'air
de penser à tout autre chose et de parler machinale-
ment par simple politesse, il me demanda si mon
camarade était jeune, était beau, etc. Bloch, s'il l'eût
entendu, eût été plus en peine encore que pour M. de
Norpois, mais à cause de raisons bien différentes, de
savoir si M. de Charlus était pour ou contre Dreyfus.
« Vous n'avez pas tort si vous voulez vous instruire,
me dit M. de Charlus après m'avoir posé ces questions
sur Bloch d'avoir parmi vos amis quelques étrangers. » Je répondis que Bloch était Français. « Ah ! dit
M. de Charlus, j'avais cru qu'il était Juif. » La
déclaration de cette incompatibilité me fit croire que
M. de Charlus était plus antidreyfusard qu'aucune des
personnes que j'avais rencontrées. Il protesta au
contraire contre l'accusation de trahison portée contre
Dreyfus. Mais ce fut sous cette forme : « Je crois que
les journaux disent que Dreyfus a commis un crime
contre sa patrie, je crois qu'on le dit, je ne fais pas
attention aux journaux, je les lis comme je me lave les
mains, sans trouver que cela vaille la peine de
m'intéresser. En tout cas le crime est inexistant, le
compatriote de votre ami aurait commis un crime
contre sa patrie s'il avait trahi la Judée, mais qu'est-ce
qu'il a à voir avec la France ? » J'objectai que s'il y
avait jamais une guerre, les Juifs seraient aussi bien
mobilisés que les autres. « Peut-être et il n'est pas
certain que ce ne soit pas une imprudence. Mais si on
fait venir aussi des Sénégalais et des Malgaches, je ne
pense pas qu'ils mettront grand cœur à défendre la
France et c'est bien naturel. Votre Dreyfus pourrait
plutôt être condamné pour infraction aux règles de
l'hospitalité. Mais laissons cela. Peut-être pourriez-
vous demander à votre ami de me faire assister à
quelque belle fête au temple, à une circoncision, à des
chants juifs. Il pourrait peut-être louer une salle et me

donner quelque divertissement biblique, comme les filles de Saint-Cyr jouèrent des scènes tirées des *Psaumes* par Racine pour distraire Louis XIV. Vous pourriez peut-être arranger même des parties pour faire rire. Par exemple une lutte entre votre ami et son père où il le blesserait comme David Goliath. Cela composerait une farce assez plaisante. Il pourrait même, pendant qu'il y est, frapper à coups redoublés sur sa charogne, ou, comme dirait ma vieille bonne, sur sa carogne de mère. Voilà qui serait fort bien fait et ne serait pas pour nous déplaire, hein petit ami, puisque nous aimons les spectacles exotiques et que frapper cette créature extra-européenne, ce serait donner une correction méritée à un vieux chameau. » En disant ces mots affreux et presque fous, M. de Charlus me serrait le bras à me faire mal. Je me souvenais de la famille de M. de Charlus citant tant de traits de bonté admirables, de la part du Baron, à l'égard de cette vieille bonne dont il venait de rappeler le patois moliéresque et je me disais que les rapports, peu étudiés jusqu'ici, me semblait-il, entre la bonté et la méchanceté dans un même cœur, pour divers qu'ils puissent être, seraient intéressants à établir.

Je l'avertis [166] qu'en tous cas Mme Bloch n'existait plus, et que quant à M. Bloch je me demandais jusqu'à quel point il se plairait à un jeu qui pourrait parfaitement lui crever les yeux. M. de Charlus sembla fâché. « Voilà, dit-il, une femme qui a eu grand tort de mourir. Quant aux yeux crevés, justement la Synagogue est aveugle, elle ne voit pas les vérités de l'Evangile. En tout cas pensez en ce moment où tous ces malheureux juifs tremblent devant la fureur stupide des chrétiens, quel honneur pour eux de voir un homme comme moi condescendre à s'amuser de leurs jeux. » A ce moment j'aperçus M. Bloch père qui passait, allant sans doute au-devant de son fils. Il ne nous voyait pas mais j'offris à ce M. de Charlus de le lui présenter. Je ne me doutais pas de la colère que j'allais déchaîner chez mon compagnon : « Me le présenter ! Mais il faut que vous ayez bien peu le sentiment des valeurs ! On ne me connaît pas si facilement que ça. Dans le cas actuel l'inconvenance serait double à cause de la juvénilité du présentateur et de l'indignité du présenté. Tout au plus si on me donne un jour le spectacle asiatique que j'esquissais, pourrai-je adresser à cet affreux bonhomme quelques paroles empreintes de bonhomie. Mais à condition qu'il se soit laissé copieusement rosser par son fils. Je pourrais aller jusqu'à exprimer ma satisfaction. » D'ailleurs M. Bloch ne faisait nulle attention à nous. Il était en train d'adresser à Mme Sazerat de grands saluts fort bien accueillis d'elle. J'en étais surpris car jadis, à Combray, elle avait été indignée que mes parents eussent reçu le jeune Bloch tant elle était antisémite. Mais le dreyfusisme, comme une chasse d'air, avait fait il y a quelques jours voler jusqu'à elle M. Bloch. Le père de mon ami avait trouvé Mme Sazerat charmante et était particulièrement flatté de l'antisémitisme de cette dame qu'il trouvait une preuve de la sincérité de sa foi et de la vérité de ses opinions dreyfusardes, et qui donnait aussi du prix à la visite qu'elle l'avait autorisée à lui faire. Il n'avait même pas été blessé qu'elle eût dit étourdiment devant lui : « M. Drumont a la prétention de mettre les révisionnistes dans le même sac que les protestants et les juifs. C'est charmant cette promiscuité ! » « Bernard, avait-il dit avec orgueil, en rentrant, à M. Nissim Bernard, tu sais, elle a le préjugé ! Mais M. Nissim Bernard n'avait rien répondu et avait levé au ciel un regard d'ange. S'attristant du malheur des juifs, se souvenant de ses amitiés chrétiennes, devenant maniéré et précieux au fur et à mesure que les années venaient, pour des raisons que l'on verra plus tard, il avait maintenant l'air d'une larve préraphaélite où des poils se seraient malproprement implantés, comme des cheveux noyés dans une opale. — Toute cette affaire Dreyfus, reprit le Baron qui tenait toujours mon bras, n'a qu'un inconvénient : c'est qu'elle détruit la société (je ne dis pas la bonne société, il y a longtemps que la société ne mérite plus cette épithète

louangeuse) par l'afflux de messieurs et de dames du
Chameau, de la Chamellerie, de la Chamellière, enfin
de gens inconnus que je trouve même chez mes
cousines parce qu'ils font partie de la ligue de la Patrie
Française, antijuive, je ne sais quoi, comme si une
opinion politique donnait droit à une qualification
sociale. Cette frivolité de M. de Charlus l'apparentait
davantage à la Duchesse de Guermantes. Je lui
soulignai le rapprochement. Comme il semblait croire
que je ne la connaissais pas, je lui rappelai la soirée de
l'Opéra où il avait semblé vouloir se cacher de moi. Il
me dit avec tant de force ne m'avoir nullement vu que
j'aurais fini par le croire si bientôt un petit incident ne
m'avait donné à penser que M. de Charlus, trop
orgueilleux peut-être, n'aimait pas à être vu avec moi.

— Revenons à vous, me dit-il et à mes projets sur
vous. Il existe entre certains hommes, Monsieur, une
franc-maçonnerie dont je ne puis vous parler, mais qui
compte dans ses rangs en ce moment quatre souverains de l'Europe. Or l'entourage de l'un d'eux veut le
guérir de sa chimère. Cela est une chose très grave et
peut nous amener la guerre. Oui, Monsieur, parfaitement. Vous connaissez l'histoire de cet homme qui
croyait tenir dans une bouteille la Princesse de la
Chine. C'était une folie. On l'en guérit. Mais dès qu'il
ne fut plus fou, il devint bête. Il y a des maux dont il
ne faut pas chercher à guérir parce qu'ils nous
protègent seuls contre de plus graves. Un de mes
cousins avait une maladie de l'estomac, il ne pouvait
rien digérer. Les plus savants spécialistes de l'estomac
le soignèrent sans résultat. Je l'amenai à un certain
médecin [167] (encore un être bien curieux, entre
parenthèses, et sur lequel il y aurait beaucoup à dire).
Celui-ci devina aussitôt que la maladie était nerveuse [168], il persuada son malade, lui ordonna de
manger sans crainte ce qu'il voudrait et qui serait
toujours bien toléré. Mais mon cousin avait aussi de la
néphrite. Ce que l'estomac digère parfaitement, le rein
finit par ne plus pouvoir l'éliminer, et mon cousin, au
lieu de vivre vieux avec une maladie d'estomac

imaginaire qui le forçait à suivre un régime, mourut à
quarante ans, l'estomac guéri mais le rein perdu.
Ayant une formidable avance sur votre propre vie, qui
sait, vous serez peut-être ce qu'eût pu être un homme
éminent du passé, si un génie bienfaisant lui avait
dévoilé, au milieu d'une humanité qui les ignorait, les
lois de la vapeur et de l'électricité. Ne soyez pas bête,
ne refusez pas par discrétion. Comprenez que si je
vous rends un grand service, je n'estime pas que vous
m'en rendiez un moins grand. Il y a longtemps que les
gens du monde ont cessé de m'intéresser, je n'ai plus
qu'une passion, chercher à racheter les fautes de ma
vie en faisant profiter de ce que je sais une âme encore
vierge et capable d'être enflammée par la vertu. J'ai eu
de grands chagrins, Monsieur, et que je vous dirai
peut-être un jour, j'ai perdu ma femme qui était l'être
le plus beau, le plus noble, le plus parfait qu'on pût
rêver. J'ai de jeunes parents qui ne sont pas, je ne dirai
pas dignes, mais capables de recevoir l'héritage moral
dont je vous parle. Qui sait si vous n'êtes pas celui
entre les mains de qui il peut aller, celui dont je
pourrai diriger et élever si haut la vie. La mienne y
gagnerait par surcroît. Peut-être en vous apprenant les
grandes affaires diplomatiques y reprendrais-je goût
de moi-même et me mettrais-je enfin à faire des choses
intéressantes où vous seriez de moitié. Mais avant de
le savoir, il faudrait que je vous visse souvent, très
souvent, chaque jour.

Je voulais profiter de ces bonnes dispositions ines-
pérées de M. de Charlus pour lui demander s'il ne
pourrait pas me faire rencontrer sa belle-sœur [169],
mais, à ce moment, j'eus le bras vivement déplacé par
une secousse comme électrique. C'était M. de Charlus
qui venait de retirer précipitamment son bras de
dessous le mien. Bien que tout en parlant il promenât
ses regards dans toutes les directions il venait seulement d'apercevoir M. d'Argencourt qui débouchait
d'une rue transversale. En nous voyant M. d'Argencourt parut contrarié, jeta sur moi un regard de
méfiance, presque ce regard destiné à un être d'une

autre race que Mme de Guermantes avait eu pour
Bloch et tâcha de nous éviter. Mais on eût dit que
M. de Charlus tenait à lui montrer qu'il ne cherchait
nullement à ne pas être vu de lui, car il l'appela et pour
lui dire une chose fort insignifiante. Et craignant peut-
être que M. d'Argencourt ne me reconnût pas, M. de
Charlus lui dit que j'étais un grand ami de Mme de
Villeparisis, de la Duchesse de Guermantes, de Robert
de Saint-Loup, que lui-même, Charlus, était un vieil
ami de ma grand-mère, heureux de reporter sur le
petit-fils un peu de la sympathie qu'il avait pour elle.
Néanmoins je remarquai que M. d'Argencourt à qui
pourtant j'avais été à peine nommé chez Mme de
Villeparisis et à qui M. de Charlus venait de parler
longuement de ma famille fut plus froid avec moi qu'il
n'avait été il y a une heure, pendant fort longtemps il
en fut ainsi chaque fois qu'il me rencontrait. Il
m'observait avec une curiosité qui n'avait rien de
sympathique et sembla même avoir à vaincre une
résistance quand en nous quittant, après une hésitation, il me tendit une main qu'il retira aussitôt.

— Je regrette cette rencontre, me dit M. de
Charlus. Cet Argencourt, bien né, mais mal élevé,
diplomate plus que médiocre, mari détestable et
coureur, fourbe comme dans les pièces, est un de ces
hommes incapables de comprendre, mais très capable
de détruire les choses vraiment grandes. J'espère que
notre amitié le sera, si elle doit se fonder un jour, et
j'espère que vous me ferez l'honneur de la tenir autant
que moi à l'abri des coups de pied d'un de ces ânes
qui, par désœuvrement, par maladresse, par méchanceté, écrasent ce qui semblait fait pour durer. C'est
malheureusement sur ce moule que sont faits la
plupart des gens du monde.

— La Duchesse de Guermantes semble très intelligente. Nous parlions tout à l'heure d'une guerre
possible. Il paraît qu'elle a là-dessus des lumières
spéciales.

— Elle n'en a aucune, me répondit sèchement
M. de Charlus. Les femmes, et beaucoup d'hommes

d'ailleurs, n'entendent rien aux choses dont je voulais parler. Ma belle-sœur est une femme charmante qui s'imagine être encore au temps des romans de Balzac où les femmes influaient sur la politique. Sa fréquentation ne pourrait actuellement exercer sur vous qu'une action fâcheuse comme d'ailleurs toute fréquentation mondaine. Et c'est justement une des premières choses que j'allais vous dire quand ce sot m'a interrompu. Le premier sacrifice qu'il faut me faire — j'en exigerai autant que je vous ferai de dons — c'est de ne pas aller dans le monde. J'ai souffert tantôt de vous voir à cette réunion ridicule. Vous me direz que j'y étais bien, mais pour moi ce n'est pas une réunion mondaine c'est une visite de famille. Plus tard quand vous serez un homme arrivé, si cela vous amuse de descendre un moment dans le monde ce sera peut-être sans inconvénients. Alors je n'ai pas besoin de vous dire de quelle utilité je pourrai vous être. Le « Sésame » de l'hôtel Guermantes et de tous ceux qui valent la peine que la porte s'ouvre grande devant vous, c'est moi qui le détiens. Je serai juge et entends rester maître de l'heure [170].

Je voulus profiter de ce que M. de Charlus parlait de cette visite chez Mme de Villeparisis pour tâcher de savoir quelle était exactement celle-ci, mais la question se posa sur mes lèvres autrement que je n'aurais voulu et je demandai ce que c'était que la famille Villeparisis.

— C'est absolument comme si vous me demandiez ce que c'est que la famille « rien », me répondit M. de Charlus. Ma tante a épousé par amour un M. Thirion, d'ailleurs excessivement riche, et dont les sœurs étaient très bien mariées et qui, à partir de ce moment-là, s'est appelé le Marquis de Villeparisis. Cela n'a fait de mal à personne, tout au plus un peu à lui et bien peu ! Quant à la raison, je ne sais pas, je suppose que c'était, en effet, un monsieur de Villeparisis, un monsieur né à Villeparisis, vous savez que c'est une petite localité près de Paris. Ma tante a prétendu qu'il y avait ce marquisat dans la famille, elle a voulu faire les choses régulièrement, je ne sais pas pourquoi. Du moment qu'on prend un nom auquel on n'a pas droit, le mieux est de ne pas simuler des formes régulières.

Mme de Villeparisis n'étant que Mme Thirion acheva la chute qu'elle avait commencée dans mon esprit quand j'avais vu la composition mêlée de son salon. Je trouvais injuste qu'une femme dont même le titre et le nom étaient presque tout récents, pût faire illusion aux contemporains et dût faire illusion à la postérité grâce à des amitiés royales. Redevenant ce qu'elle m'avait paru être dans mon enfance, une personne qui n'avait rien d'aristocratique, ces grandes parentés qui l'entouraient me semblèrent lui rester étrangères. Elle ne cessa dans la suite d'être charmante pour nous. J'allais quelquefois la voir et elle m'envoyait de temps en temps un souvenir. Mais je n'avais nullement l'impression qu'elle fût du faubourg Saint-Germain et si j'avais eu quelque renseignement à demander sur lui, elle eût été une des dernières personnes à qui je me fusse adressé.

— Actuellement, continua M. de Charlus, en allant dans le monde, vous ne feriez que nuire à votre situation, déformer votre intelligence et votre caractère. Du reste il faudrait surveiller même et surtout vos camaraderies. Ayez des maîtresses si votre famille n'y voit pas d'inconvénient, cela ne me regarde pas et même je ne peux que vous y encourager, jeune polisson, jeune polisson qui allez avoir bientôt besoin de vous faire raser, me dit-il en me touchant le menton. Mais le choix des amis hommes a une autre importance. Sur dix jeunes gens, huit sont de petites fripouilles, de petits misérables capables de vous faire un tort que vous ne réparerez jamais. Tenez, mon neveu Saint-Loup est à la rigueur un bon camarade pour vous. Au point de vue de votre avenir, il ne pourra vous être utile en rien, mais pour cela, je suffis. Et somme toute, pour sortir avec vous, aux moments où vous aurez assez de moi, il me semble ne pas présenter d'inconvénient sérieux, à ce que je crois. Du moins, lui c'est un homme, ce n'est pas un de ces

efféminés comme on en rencontre tant aujourd'hui qui
ont l'air de petits truqueurs et qui mèneront peut-être
demain à l'échafaud leurs innocentes victimes. Je ne
savais pas le sens de cette expression d'argot : « truqueur ». Quoiconque l'eût connue eût été aussi surpris que moi. Les gens du monde aiment volontiers à
parler argot, et les gens à qui on peut reprocher
certaines choses, à montrer qu'ils ne craignent pas de
parler d'elles. Preuve d'innocence à leurs yeux. Mais
ils ont perdu l'échelle, ne se rendent plus compte du
degré à partir duquel une certaine plaisanterie deviendra trop spéciale, trop choquante, sera plutôt une
preuve de corruption que de naïveté.

— Il n'est pas comme les autres, il est très gentil,
très sérieux.

Je ne pus m'empêcher de sourire de cette épithète
de « sérieux » à laquelle l'intonation que lui prêta
M. de Charlus semblait donner le sens de « vertueux », de « rangé », comme on dit d'une petite
ouvrière qu'elle est sérieuse. A ce moment un fiacre
passa qui allait tout de travers ; un jeune cocher, ayant
déserté son siège, le conduisait du fond de la voiture
où il était assis sur les coussins, l'air à moitié gris.
M. de Charlus l'arrêta vivement. Le cocher parle-
menta un moment.

— De quel côté allez-vous ?

— Du vôtre (cela m'étonnait, car M. de Charlus
avait déjà refusé plusieurs fiacres ayant des lanternes
de la même couleur).

— Mais je ne veux pas remonter sur le siège. Ça
vous est égal que je reste dans la voiture ?

— Oui, seulement, baissez la capote. Enfin pensez
à ma proposition, me dit M. de Charlus avant de me
quitter, je vous donne quelques jours pour y réfléchir,
écrivez-moi. Je vous le répète, il faudra que je vous
voie chaque jour et que je reçoive de vous des
garanties de loyauté, de discrétion que d'ailleurs, je
dois le dire, vous semblez offrir. Mais, au cours de ma
vie, j'ai été si souvent trompé par les apparences que je
ne veux plus m'y fier. Sapristi c'est bien le moins

qu'avant d'abandonner un trésor je sache en quelles
mains je le remets. Enfin, rappelez-vous bien ce que je
vous offre, vous êtes comme Hercule, dont, malheureusement pour vous, vous ne me semblez pas avoir la
forte musculature, au carrefour de deux routes.
Tâchez de pas avoir à regretter toute votre vie de
n'avoir pas choisi celle qui conduisait à la vertu.
Comment, dit-il au cocher, vous n'avez pas encore
baissé la capote ? je vais plier les ressorts moi-même.
Je crois du reste qu'il faudra aussi que je conduise,
étant donné l'état où vous semblez être.

Et il sauta à côté du cocher, au fond du fiacre qui
partit au grand trot.

Pour ma part, à peine rentré à la maison, j'y
retrouvai le pendant de la conversation qu'avaient
échangée un peu auparavant Bloch et M. de Norpois,
mais sous une forme brève, invertie et cruelle : c'était
une dispute entre notre maître d'hôtel qui était
dreyfusard et celui des Guermantes qui était antidreyfusard. Les vérités et contre-vérités qui s'opposaient
en haut chez les intellectuels de la Ligue de la Patrie
française et celle des Droits de l'homme se propageaient en effet jusque dans les profondeurs du
peuple. M. Reinach manœuvrait par le sentiment des
gens qui ne l'avaient jamais vu, alors que pour lui
l'affaire Dreyfus se posait seulement devant sa raison
comme un théorème irréfutable et qu'il démontra, en
effet, par la plus étonnante réussite de politique
rationnelle (réussite contre la France, dirent certains)
qu'on ait jamais vue. En deux ans il remplaça un
ministère Billot par un ministère Clemenceau, chan-
gea de fond en comble l'opinion publique, tira de sa
prison Picquart pour le mettre, ingrat, au ministère de
la Guerre. Peut-être ce rationaliste manœuvreur de
foules était-il lui-même manœuvré par son ascen-
dance. Quand les systèmes philosophiques qui
contiennent le plus de vérités sont dictés à leurs
auteurs, en dernière analyse, par une raison de
sentiment, comment supposer que dans une simple
affaire politique comme l'affaire Dreyfus, des raisons

de ce genre ne puissent, à l'insu du raisonneur,
gouverner sa raison. Bloch croyait avoir logiquement
choisi son dreyfusisme, et savait pourtant que son nez,
sa peau et ses cheveux lui avaient été imposés par sa
race. Sans doute la raison est plus libre : elle obéit
pourtant à certaines lois qu'elle ne s'est pas données.
Le cas du maître d'hôtel des Guermantes et du nôtre
était particulier. Les vagues des deux courants de
dreyfusisme et d'antidreyfusisme qui de haut en bas
divisaient la France étaient assez silencieuses, mais les
rares échos qu'elles émettaient étaient sincères. En
entendant quelqu'un au milieu d'une causerie qui
s'écartait volontairement de l'Affaire, annoncer furtivement une nouvelle politique, généralement fausse
mais toujours souhaitée, on pouvait induire de l'objet
de ses prédictions l'orientation de ses désirs. Ainsi
s'affrontaient sur quelques points, d'un côté un timide
apostolat, de l'autre une sainte indignation. Les deux
maîtres d'hôtel que j'entendis en rentrant faisaient
exception à la règle. Le nôtre laissa entendre que
Dreyfus était coupable, celui des Guermantes qu'il
était innocent. Le concierge les regardait. J'eus l'impression que ce n'était pas lui qui mettait la division
dans la domesticité des Guermantes. Ce n'était pas
pour dissimuler leurs convictions, mais par méchanceté et âpreté au jeu. Notre maître d'hôtel, incertain si
la révision se ferait, voulait d'avance, pour le cas d'un
échec, ôter au maître d'hôtel des Guermantes la joie de
croire une juste cause battue. Le maître d'hôtel des
Guermantes pensait qu'en cas de refus de révision, le
nôtre serait plus ennuyé de voir maintenir à l'Ile du
Diable un innocent.

Je remontai et trouvai ma grand-mère plus souffrante. Depuis quelque temps, sans trop savoir ce
qu'elle avait, elle se plaignait de sa santé. C'est dans la
maladie que nous nous rendons compte que nous ne
vivons pas seuls mais enchaînés à un être d'un règne
différent, dont des abîmes nous séparent, qui ne nous
connaît pas et duquel il est impossible de nous faire
comprendre : notre corps. Quelque brigand que nous

rencontrions sur une route, peut-être pourrons-nous
arriver à le rendre sensible à son intérêt personnel
sinon à notre malheur. Mais demander pitié à notre
corps, c'est discourir devant une pieuvre, pour qui nos
paroles ne peuvent pas avoir plus de sens que le bruit
de l'eau, et avec laquelle nous serions épouvantés
d'être condamnés à vivre. Les malaises de ma grand-
mère passaient souvent inaperçus à son attention
toujours détournée vers nous. Quand elle en souffrait
trop, pour arriver à les guérir, elle s'efforçait en vain
de les comprendre. Si les phénomènes morbides dont
son corps était le théâtre restaient obscurs et insaisissa-
bles à sa pensée, ils étaient clairs et intelligibles pour
des êtres appartenant au même règne physique
qu'eux, de ceux à qui l'esprit humain a fini par
s'adresser pour comprendre ce que lui dit son corps,
comme devant les réponses d'un étranger on va
chercher quelqu'un du même pays qui servira d'interprète. Eux peuvent causer avec notre corps, nous dire
si sa colère est grave ou s'apaisera bientôt. Cottard,
qu'on avait appelé auprès de ma grand-mère et qui
nous avait agacés en nous demandant avec un sourire
fin dès la première minute où nous lui avions dit
qu'elle était malade : « Malade ? Ce n'est pas au moins
une maladie diplomatique ? » Cottard essaya pour
calmer l'agitation de sa malade le régime lacté. Mais
les perpétuelles soupes au lait ne firent pas d'effet
parce que ma grand-mère y mettait beaucoup de sel
(Widal [171] n'ayant pas encore fait ses découvertes, dont
on ignorait l'inconvénient en ce temps-là). Car la
médecine étant un compendium des erreurs successives et contradictoires des médecins, en appelant à soi
les meilleurs d'entre eux on a grande chance d'implorer une vérité qui sera reconnue fausse quelques
années plus tard. De sorte que croire à la médecine
serait la suprême folie, si n'y pas croire n'en était pas
une plus grande : de cet amoncellement d'erreurs se
sont dégagées en effet à la longue quelques vérités.
Cottard avait recommandé qu'on prît sa température.
On alla chercher un thermomètre. Dans presque toute

sa hauteur le tube était vide de mercure. A peine si l'on distinguait, tapie au fond dans sa petite cuve, la salamandre d'argent. Elle semblait morte. On plaça le chalumeau de verre dans la bouche de ma grand-mère. Nous n'eûmes pas besoin de l'y laisser longtemps ; la petite sorcière n'avait pas été longue à tirer son horoscope. Nous la trouvâmes immobile, perchée à mi-hauteur de sa tour et n'en bougeant plus, nous montrant avec exactitude le chiffre que nous lui avions demandé et que toutes les réflexions qu'ait pu faire sur soi-même l'âme de ma grand-mère eussent été bien incapables de lui fournir : 38°3. Pour la première fois nous ressentîmes quelque inquiétude. Nous secouâmes bien fort le thermomètre pour effacer le signe fatidique, comme si nous avions pu par là abaisser la fièvre en même temps que la température marquée. Hélas ! il fut bien clair que la petite sibylle dépourvue de raison n'avait pas donné arbitrairement cette réponse, car le lendemain, à peine le thermomètre fut-il replacé entre les lèvres de ma grand-mère que presque aussitôt, comme d'un seul bond, belle de certitude et de l'intuition d'un fait pour nous invisible, la petite prophétesse était venue s'arrêter, au même point, en une immobilité implacable, et nous montrait encore ce chiffre 38°3, de sa verge étincelante. Elle ne disait rien d'autre, mais nous avions eu beau désirer, vouloir, prier, sourde, il semblait que ce fût son dernier mot avertisseur et menaçant. Alors pour tâcher de la contraindre à modifier sa réponse, nous nous adressâmes à une autre créature du même règne, mais plus puissante, qui ne se contente pas d'interroger le corps, mais peut lui commander, un fébrifuge du même ordre que l'aspirine, non encore employée alors. Nous n'avions pas fait baisser le thermomètre au-delà de 37°1/2 dans l'espoir qu'il n'aurait pas ainsi à remonter. Nous fîmes prendre ce fébrifuge à ma grand-mère et remîmes alors le thermomètre. Comme un gardien implacable à qui on montre l'ordre d'une autorité supérieure, auprès de laquelle on a fait jouer une protection, et qui le trouvant en règle répond :

C'est bien je n'ai rien à dire, du moment que c'est
comme ça, passez, la vigilante tourière ne bougea pas
cette fois. Mais morose elle semblait dire : A quoi cela
vous servira-t-il ? Puisque vous connaissez la quinine,
elle me donnera l'ordre de ne pas bouger, une fois, dix
fois, vingt fois. Et puis elle se lassera, je la connais,
allez. Cela ne durera pas toujours. Alors vous serez
bien avancés. Alors ma grand-mère éprouva la présence, en elle, d'une créature qui connaissait mieux le
corps humain que ma grand-mère, la présence d'une
contemporaine des races disparues, la présence du
premier occupant — bien antérieur à la création de
l'homme qui pense — ; elle sentit cet allié millénaire
qui la tâtait, un peu durement même, à la tête, au
cœur, au coude, il reconnaissait les lieux, organisait
tout pour le combat préhistorique qui eut lieu aussitôt
après. En un moment, Python écrasé, la fièvre fut
vaincue par le puissant élément chimique, que ma
grand-mère, à travers les règnes, passant par-dessus
tous les animaux et les végétaux, aurait voulu pouvoir
remercier. Et elle restait émue de cette entrevue
qu'elle venait d'avoir à travers tant de siècles, avec un
élément antérieur à la création même des plantes. De
son côté le thermomètre, comme une Parque momentanément vaincue par un dieu plus ancien, tenait
immobile son fuseau d'argent. Hélas ! d'autres créatures inférieures, que l'homme a dressées à la chasse
de ces gibiers mystérieux qu'il ne peut pas poursuivre,
au fond de lui-même, nous apportaient cruellement
tous les jours un chiffre d'albumine faible mais assez
fixe pour que lui aussi parût en rapport avec quelque
état persistant que nous n'apercevions pas. Bergotte
avait choqué en moi l'instinct scrupuleux qui me
faisait subordonner mon intelligence, quand il m'avait
parlé du docteur du Boulbon comme d'un médecin
qui ne m'ennuierait pas, qui trouverait des traitements, fussent-ils en apparence bizarres, mais qui
s'adapteraient à la singularité de mon intelligence.
Mais les idées se transforment en nous, elles triom-
phent des résistances que nous leur opposions d'abord

et se nourrissent de riches réserves intellectuelles toutes prêtes, que nous ne savions pas faites pour elles. Maintenant, comme il arrive chaque fois que les propos entendus, au sujet de quelqu'un que nous ne connaissons pas, ont eu la vertu d'éveiller en nous l'idée d'un grand talent, d'une sorte de génie, au fond de mon esprit, je faisais bénéficier le docteur du Boulbon de cette confiance sans limites que nous inspire celui qui d'un œil plus profond qu'un autre perçoit la vérité. Je savais certes qu'il était plutôt un spécialiste des maladies nerveuses, celui à qui Charcot [172] avant de mourir avait prédit qu'il régnerait sur la neurologie et la psychiatrie. « Ah ! je ne sais pas, c'est très possible », dit Françoise qui était là et qui entendait pour la première fois le nom de Charcot comme celui de du Boulbon. Mais cela ne l'empêchait nullement de dire : « C'est bien possible. » Ses « c'est possible », ses « peut-être », ses « je ne sais pas » étaient exaspérants en pareil cas. On avait envie de lui répondre : « Bien entendu que vous ne le saviez pas puisque vous ne connaissez rien à la chose dont il s'agit, comment pouvez-vous même dire que c'est possible ou pas, vous n'en savez rien. En tout cas maintenant vous ne pouvez pas dire que vous ne savez pas ce que Charcot a dit à du Boulbon, etc., vous le savez puisque nous vous l'avons dit, et vos " peut-être ", vos " c'est possible " ne sont pas de mise puisque c'est certain. »

Malgré cette compétence plus particulière en matière cérébrale et nerveuse, comme je savais que du Boulbon était un grand médecin, un homme supérieur, d'une intelligence inventive et profonde, je suppliai ma mère de le faire venir, et l'espoir que, par une vue juste du mal, il le guérirait peut-être, finit par l'emporter sur la crainte que nous avions, si nous appelions un consultant, d'effrayer ma grand-mère. Ce qui décida ma mère fut que, inconsciemment encouragée par Cottard, ma grand-mère ne sortait plus, ne se levait guère. Elle avait beau nous répondre par la lettre de Mme de Sévigné sur Mme de la

Fayette : « On disait qu'elle était folle de ne vouloir point sortir. » Je disais à ces personnes si précipitées dans leur jugement : « Mme de la Fayette n'est pas folle et je m'en tenais là. Il a fallu qu'elle soit morte pour faire voir qu'elle avait raison de ne pas sortir [173]. » Du Boulbon appelé donna tort sinon à Mme de Sévigné qu'on ne lui cita pas, du moins à ma grand-mère. Au lieu de l'ausculter, tout en posant sur elle ses admirables regards où il y avait peut-être l'illusion de scruter profondément la malade, ou le désir de lui donner cette illusion, qui semblait spontanée mais devait être tenue machinale, ou de ne pas lui laisser voir qu'il pensait à tout autre chose, ou de prendre de l'empire sur elle, — il commença à parler de Bergotte.

— Ah ! je crois bien, Madame, c'est admirable, comme vous avez raison de l'aimer. Mais lequel de ses livres préférez-vous ? Ah ! vraiment ! Mon Dieu, c'est peut-être en effet le meilleur. C'est en tout cas son roman le mieux composé : Claire y est bien charmante ; comme personnage d'homme lequel vous y est le plus sympathique ?

Je crus d'abord qu'il la faisait ainsi parler littérature parce que lui la médecine l'ennuyait, peut-être aussi pour faire montre de sa largeur d'esprit, et même, dans un but plus thérapeutique, pour rendre confiance à la malade, lui montrer qu'il n'était pas inquiet, la distraire de son état. Mais, depuis, j'ai compris que, surtout particulièrement remarquable comme aliéniste et pour ses études sur le cerveau, il avait voulu se rendre compte par ses questions si la mémoire de ma grand-mère était bien intacte. Comme à contrecœur il l'interrogea un peu sur sa vie, l'œil sombre et fixe. Puis tout à coup, comme apercevant la vérité et décidé à l'atteindre coûte que coûte, avec un geste préalable qui semblait avoir peine à s'ébrouer, en les écartant du flot des dernières hésitations qu'il pouvait avoir et de toutes les objections que nous aurions pu faire, regardant ma grand-mère d'un œil lucide, librement et comme enfin sur la terre ferme, ponctuant les mots sur un ton doux et prenant, dont l'intelligence nuançait toutes les inflexions. (Sa voix du reste, pendant toute la visite, resta ce qu'elle était naturellement, caressante. Et sous ses sourcils embroussaillés, ses yeux ironiques étaient remplis de bonté.)

— Vous irez bien, Madame, le jour lointain ou proche, et il dépend de vous que ce soit aujourd'hui même, où vous comprendrez que vous n'avez rien et où vous aurez repris la vie commune. Vous m'avez dit que vous ne mangiez pas, que vous ne sortiez pas.

— Mais Monsieur j'ai un peu de fièvre.

Il toucha sa main.

— Pas en ce moment en tous cas. Et puis la belle excuse ! Ne savez-vous pas que nous laissons au grand air, que nous suralimentons, des tuberculeux qui ont jusqu'à 39°.

— Mais j'ai aussi un peu d'albumine.

— Vous ne devriez pas le savoir. Vous avez ce que j'ai décrit sous le nom d'albumine mentale. Nous avons tous eu, au cours d'une indisposition, notre petite crise d'albumine que notre médecin s'est empressé de rendre durable en nous la signalant. Pour une affection que les médecins guérissent avec des médicaments (on assure, du moins, que cela est arrivé quelquefois), ils en produisent dix chez des sujets bien portants, en leur inoculant cet agent pathogène plus virulent mille fois que tous les microbes, l'idée qu'on est malade. Une telle croyance puissante sur le tempérament de tous, agit avec une efficacité particulière chez les nerveux. Dites-leur qu'une fenêtre fermée est ouverte dans leur dos, ils commencent à éternuer, faites-leur croire que vous avez mis de la magnésie dans leur potage, ils seront pris de coliques, que leur café était plus fort que d'habitude ils ne fermeront pas l'œil de la nuit. Croyez-vous, Madame, qu'il ne m'a pas suffi de voir vos yeux, d'entendre seulement la façon dont vous vous exprimez, que dis-je de voir Madame votre fille et votre petit-fils qui vous ressemble tant, pour connaître à qui j'avais affaire. — Ta grand-mère pourrait peut-être aller s'asseoir, si le docteur le lui permet, dans une allée calme des Champs-Elysées, près de ce massif de lauriers devant lequel tu jouais autrefois », me dit ma mère consultant ainsi indirectement du Boulbon et de laquelle la voix prenait à cause de cela quelque chose de timide et de déférent qu'elle n'aurait pas eu si elle s'était adressée à moi seul. Le docteur se tourna vers ma grand-mère et, comme il n'était pas moins lettré que savant : « Allez aux Champs-Elysées, madame, près du massif de lauriers qu'aime votre petit-fils. Le laurier vous sera salutaire. Il purifie. Après avoir exterminé le serpent Python, c'est une branche de laurier à la main qu'Apollon fit son entrée dans Delphes. Il voulait ainsi se préserver des germes mortels de la bête venimeuse. Vous voyez que le laurier est le plus ancien, le plus vénérable et j'ajouterai — ce qui a bien sa valeur en thérapeutique, comme en prophylaxie — le plus beau des antiseptiques. »

Comme une grande partie de ce que savent les médecins leur est enseignée par les malades, ils sont facilement portés à croire que ce savoir des « patients » est le même chez tous, et ils se flattent d'étonner celui auprès de qui ils se trouvent avec quelque remarque apprise de ceux qu'ils ont auparavant soignés. Aussi fut-ce avec le fin sourire d'un Parisien qui, causant avec un paysan, espérerait l'étonner en se servant d'un mot de patois, que le docteur du Boulbon dit à ma grand-mère : « Probablement les temps de vent réussissent à vous faire dormir là où échoueraient les plus puissants hypnotiques. — Au contraire, monsieur, le vent m'empêche absolument de dormir. — Mais les médecins sont susceptibles. — Ach ! murmura du Boulbon en fronçant les sourcils, comme si on lui avait marché sur le pied et si les insomnies de ma grand-mère par les nuits de tempête étaient pour lui une injure personnelle. Il n'avait pas tout de même trop d'amour-propre et, comme en tant qu'« esprit supérieur », il croyait de son devoir de ne pas ajouter foi à la médecine, il reprit vite sa sérénité philosophique.

Ma mère par désir passionné d'être rassurée par l'ami de Bergotte, ajouta à l'appui de son dire qu'une cousine germaine de ma grand-mère, en proie à une affection nerveuse, était restée sept ans cloîtrée dans sa chambre à coucher de Combray, sans se lever qu'une fois ou deux par semaine.

— Vous voyez, Madame, je ne le savais pas, et j'aurais pu vous le dire.

— Mais, Monsieur, je ne suis nullement comme elle, au contraire, mon médecin ne peut pas me faire rester couchée, dit ma grand-mère, soit qu'elle fût un peu agacée par les théories du docteur ou désireuse de lui soumettre les objections qu'on y pouvait faire, dans l'espoir qu'il les réfuterait, et que, une fois qu'il serait parti, elle n'aurait plus en elle-même aucun doute à élever sur son heureux diagnostic.

— Mais naturellement, Madame, on ne peut pas avoir, pardonnez-moi le mot, toutes les vésanies, vous en avez d'autres, vous n'avez pas celle-là. Hier, j'ai visité une maison de santé pour neurasthéniques. Dans le jardin, un homme était debout sur un banc immobile comme un fakir, le cou incliné dans une position qui devait être fort pénible. Comme je lui demandais ce qu'il faisait là, il me répondit sans faire un mouvement ni tourner la tête : « Docteur je suis extrêmement rhumatisant et enrhumable, je viens de prendre trop d'exercice et pendant que je me donnais bêtement chaud ainsi, mon cou était appuyé contre mes flanelles. Si maintenant je l'éloignais de ces flanelles avant d'avoir laissé tomber ma chaleur, je suis sûr de prendre un torticolis et peut-être une bronchite. » Et il l'aurait pris, en effet. « Vous êtes un joli neurasthénique, voilà ce que vous êtes », lui dis-je. Savez-vous la raison qu'il me donna pour me prouver que non ? C'est que, tandis que tous les malades de l'établissement avaient la manie de prendre leur poids, au point qu'on avait dû mettre un cadenas à la balance pour qu'ils ne passassent pas toute la journée à se peser, lui on était obligé de le forcer à monter sur la bascule tant il en avait peu envie. Il triomphait de n'avoir pas la manie des autres, sans penser qu'il avait aussi la sienne et que c'était elle qui le préservait d'une autre. Ne soyez pas blessée de la comparaison, Madame, car cet homme qui n'osait pas tourner le cou de peur de s'enrhumer est le plus grand poète de notre temps. Ce pauvre maniaque est la plus haute intelligence que je connaisse. Supportez d'être appelée une nerveuse. Vous appartenez à cette famille magnifique et lamentable qui est le sel de la terre. Tout ce que nous connaissons de grand nous vient des nerveux. Ce sont eux et non pas d'autres qui ont fondé les religions et composé les chefs-d'œuvre. Jamais le monde ne saura tout ce qu'il leur doit et surtout ce qu'eux ont souffert pour le lui donner. Nous goûtons les fines musiques, les beaux tableaux, mille délicatesses, mais nous ne savons ce qu'elles ont coûté, à ceux qui les inventèrent, d'insomnies, de pleurs, de rires spasmodiques, d'urticaires, d'asthmes, d'épilepsies, d'une angoisse de mourir qui est pire que tout cela, et que vous connaissez peut-être, Madame, ajouta-t-il en souriant à ma grand-mère, car avouez-le, quand je suis venu, vous n'étiez pas très rassurée. Vous vous croyiez malade, dangereusement malade peut-être. Dieu sait de quelle affection vous croyiez découvrir en vous les symptômes. Et vous ne vous trompiez pas, vous les aviez. Le nervosisme est un pasticheur de génie. Il n'y a pas de maladie qu'il ne contrefasse à merveille. Il imite à s'y méprendre la dilatation des dyspeptiques, les nausées de la grossesse, l'arythmie du cardiaque, la fébricité du tuberculeux. Capable de tromper le médecin, comment ne tromperait-il pas le malade ? Ah ! ne croyez pas que je raille vos maux, je n'entreprendrais pas de les soigner, si je ne savais pas de les comprendre. Et, tenez, il n'y a de bonne confession que réciproque. Je vous ai dit que sans maladie nerveuse il n'est pas de grand artiste, qui plus est, ajouta-t-il en élevant gravement l'index, il n'y a pas de grand savant. J'ajouterai que sans qu'il soit atteint lui-même de maladie nerveuse, il n'est pas, ne me faites pas dire de bon médecin, mais seulement de médecin

correct des maladies nerveuses. Dans la pathologie
nerveuse, un médecin qui ne dit pas trop de bêtises,
c'est un malade à demi guéri, comme un critique est
un poète qui ne fait plus de vers, un policier un voleur
qui n'exerce plus. Moi, Madame, je ne me crois pas
comme vous albuminurique, je n'ai pas la peur
nerveuse de la nourriture, du grand air, mais je ne
peux pas m'endormir sans m'être relevé plus de vingt
fois pour voir si ma porte est fermée. Et cette maison
de santé où j'ai trouvé hier un poète qui ne tournait
pas le cou, j'y allais retenir une chambre, car, ceci
entre nous, j'y passe mes vacances à me soigner quand
j'ai augmenté mes maux en me fatiguant trop à guérir
ceux des autres.

— Mais, Monsieur, devrais-je faire une cure semblable ? dit avec effroi ma grand-mère.

— C'est inutile, Madame. Les manifestations que
vous accusez céderont devant ma parole. Et puis vous
avez près de vous quelqu'un de très puissant que je
constitue désormais votre médecin. C'est votre mal,
votre suractivité nerveuse. Je saurais la manière de
vous en guérir, je me garderais bien de le faire. Il me
suffit de lui commander. Je vois sur votre table un
ouvrage de Bergotte. Guérie de votre nervosisme,
vous ne l'aimeriez plus. Or, me sentirais-je le droit
d'échanger les joies qu'il procure contre une intégrité
nerveuse qui serait bien incapable de vous les donner.
Mais ces joies mêmes, c'est un puissant remède, le
plus puissant de tous peut-être. Non je n'en veux pas à
votre énergie nerveuse. Je lui demande seulement de
m'écouter ; je vous confie à elle. Qu'elle fasse machine
en arrière. La force qu'elle mettait pour vous empêcher de vous promener, de prendre assez de nourriture, qu'elle l'emploie à vous faire manger, à vous
faire lire, à vous faire sortir, à vous distraire de toute
façon. Ne me dites pas que vous êtes fatiguée. La
fatigue est la réalisation organique d'une idée précon-
çue. Commencez par ne pas la penser. Et si jamais
vous avez une petite indisposition, ce qui peut arriver
à tout le monde, ce sera comme si vous ne l'aviez pas,

car elle aura fait de vous, selon un mot profond de M. de Talleyrand, un bien portant imaginaire. Tenez, elle a commencé à vous guérir, vous m'écoutez toute droite sans vous être appuyée une fois, l'œil vif, la mine bonne, et il y a de cela une demi-heure d'horloge et vous ne vous en êtes pas aperçue. Madame, j'ai bien l'honneur de vous saluer.

Quand après avoir reconduit le docteur du Boulbon, je rentrai dans la chambre où ma mère était seule, le chagrin qui m'oppressait depuis plusieurs semaines s'envola, je sentis que ma mère allait laisser éclater sa joie et qu'elle allait voir la mienne, j'éprouvai cette impassibilité de supporter l'attente de l'instant prochain où près de nous une personne va être émue qui, dans un autre ordre, est un peu comme la peur qu'on éprouve quand on sait que quelqu'un va entrer pour vous effrayer par une porte qui est encore fermée, je voulus dire un mot à maman, mais ma voix se brisa, et fondant en larmes, je restai longtemps, la tête sur son épaule, à pleurer, à goûter, à accepter, à chérir la douleur, maintenant que je savais qu'elle était sortie de ma vie, comme nous aimons à nous exalter de vertueux projets que les circonstances ne nous permettent pas de mettre à exécution [174]. Françoise m'exaspéra en ne prenant pas part à notre joie. Elle était tout émue parce qu'une scène terrible avait éclaté entre le valet de pied et le concierge rapporteur. Il avait fallu que la Duchesse, dans sa bonté, intervînt, rétablît un semblant de paix et pardonnât au valet de pied. Car elle était bonne et ç'aurait été la place idéale si elle n'avait pas écouté les racontages.

On commençait déjà depuis plusieurs jours à savoir ma grand-mère souffrante et à prendre de ses nouvelles. Saint-Loup m'avait écrit : « Je ne veux pas profiter de ces heures où ta chère grand-mère n'est pas bien pour te faire ce qui est beaucoup plus que des reproches et où elle n'est pour rien. Mais je mentirais en te disant, fût-ce par prétérition, que je n'oublierai jamais la perfidie de ta conduite et qu'il n'y aura jamais un pardon pour ta fourberie et ta trahison. »

Mais des amis jugeant ma grand-mère peu souffrante ou ignorant même qu'elle le fût du tout, m'avaient demandé de les prendre le lendemain aux Champs-Elysées pour aller de là faire une visite et assister à la campagne à un dîner qui m'amusait. Je n'avais plus aucune raison de renoncer à ces deux plaisirs. Quand on avait dit à ma grand-mère qu'il faudrait maintenant, pour obéir au docteur du Boulbon, qu'elle se promenât beaucoup, on a vu qu'elle avait tout de suite parlé des Champs-Elysées. Il me serait aisé de l'y conduire ; pendant qu'elle serait assise à lire, de m'entendre avec mes amis sur le lieu où nous retrouver, et j'aurai encore le temps, en me dépêchant, de prendre avec eux le train pour Ville-d'Avray. Au moment convenu, ma grand-mère ne voulut pas sortir, se trouvant fatiguée. Mais ma mère, instruite par du Boulbon, eut l'énergie de se fâcher et de se faire obéir. Elle pleurait presque à la pensée que ma grand-mère allait retomber dans sa faiblesse nerveuse, et ne s'en relèverait plus. Jamais un temps aussi beau et chaud ne se prêterait si bien à sa sortie. Le soleil changeant de place intercalait çà et là dans la solidité rompue du balcon ses inconsistantes mousselines, et donnait à la pierre de taille un tiède épiderme, un halo d'or imprécis. Comme Françoise n'avait pas eu le temps d'envoyer un « tube » à sa fille, elle nous quitta dès après le déjeuner. Ce fut déjà bien beau qu'avant elle entrât chez Jupien pour faire faire un point au mantelet que ma grand-mère mettrait pour sortir. Rentrant moi-même à ce moment-là de ma promenade matinale, j'allai avec elle chez le giletier. « Est-ce votre jeune maître qui vous amène ici, dit Jupien à Françoise, est-ce vous qui me l'amenez, ou bien est-ce quelque bon vent et la fortune qui vous amènent tous les deux ? » Bien qu'il n'eût pas fait ses classes, Jupien respectait aussi naturellement la syntaxe, que M. de Guermantes, malgré bien des efforts, la violait. Une fois Françoise partie et le mantelet réparé, il fallut que ma grand-mère s'habillât. Ayant refusé obstinément que maman restât avec elle, elle mit, toute seule, un temps infini à sa toilette et maintenant que je savais qu'elle était bien portante, et avec cette étrange indifférence que nous avons pour nos parents tant qu'ils vivent, qui fait que nous les faisons passer après tout le monde, je la trouvais bien égoïste, d'être si longue, de risquer de me mettre en retard quand elle savait que j'avais rendez-vous avec des amis et devais dîner à Ville-d'Avray. D'impatience, je finis par descendre d'avance, après qu'on m'eut dit deux fois qu'elle allait être prête. Enfin elle me rejoignit, sans me demander pardon de son retard comme elle faisait d'habitude dans ces cas-là, rouge et distraite comme une personne qui est pressée et qui a oublié la moitié de ses affaires, comme j'arrivais près de la porte vitrée entrouverte qui sans les en réchauffer le moins du monde, laissait entrer l'air liquide, gazouillant et tiède, du dehors comme si on avait ouvert un réservoir entre les glaciales parois de l'hôtel.

— Mon Dieu, puisque tu vas voir des amis, j'aurais pu mettre un autre mantelet. J'ai l'air un peu malheureux avec cela.

Je fus frappé comme elle était congestionnée et compris que s'étant mise en retard elle avait dû beaucoup se dépêcher. Comme nous venions de quitter le fiacre à l'entrée de l'avenue Gabriel, dans les Champs-Elysées, je vis ma grand-mère qui sans me parler s'était détournée et se dirigeait vers le petit pavillon ancien, grillagé de vert où un jour j'avais attendu Françoise. Le même garde forestier qui s'y trouvait alors y était encore auprès de la « Marquise », quand, suivant ma grand-mère qui, parce qu'elle avait sans doute une nausée, tenait sa main devant sa bouche, je montai les degrés du petit théâtre rustique, édifié au milieu des jardins. Au contrôle, comme dans ces cirques forains où le clown, prêt à entrer en scène et tout enfariné, reçoit lui-même à la porte le prix des places, la « Marquise », percevant les entrées, était toujours là avec son museau énorme et irrégulier enduit de plâtre grossier, et son petit bonnet de fleurs rouges et de dentelle noire surmontant sa perruque

rousse. Mais je ne crois pas qu'elle me reconnut. Le
garde délaissant la surveillance des verdures à la
couleur desquelles était assorti son uniforme, causait,
assis à côté d'elle.

— Alors, disait-il, vous êtes toujours là. Vous ne
pensez pas à vous retirer.

— Et pourquoi que je me retirerais, Monsieur ?
Voulez-vous me dire où je serais mieux qu'ici, où
j'aurais plus mes aises et tout le confortable ? Et puis
toujours du va-et-vient, de la distraction ; c'est ce que
j'appelle mon petit Paris : mes clients me tiennent au
courant de ce qui se passe. Tenez, Monsieur, il y en a
un qui est sorti il n'y a pas plus de cinq minutes, c'est
un magistrat tout ce qu'il y a de plus haut placé. Eh
bien ! Monsieur, s'écria-t-elle avec ardeur comme
prête à soutenir cette assertion par la violence — si
l'agent de l'autorité avait fait mine d'en contester
l'exactitude — depuis huit ans, vous m'entendez bien,
tous les jours que Dieu a faits, sur le coup de 3 heures,
il est ici, toujours poli, jamais un mot plus haut que
l'autre, ne salissant jamais rien, il reste plus d'une
demi-heure pour lire ses journaux en faisant ses petits
besoins. Un seul jour il n'est pas venu. Sur le moment
je ne m'en suis pas aperçue, mais le soir tout d'un
coup je me suis dit : « Tiens mais ce monsieur n'est
pas venu, il est peut-être mort. » Ça m'a fait quelque
chose parce que je m'attache quand le monde est bien.
Aussi j'ai été bien contente quand je l'ai revu le
lendemain, je lui ai dit : « Monsieur, il ne vous était
rien arrivé hier ? » Alors il m'a dit comme ça qu'il ne
lui était rien arrivé à lui, que c'était sa femme qui était
morte, et qu'il avait été si retourné qu'il n'avait pas pu
venir. Il avait l'air triste assurément, vous comprenez,
des gens qui étaient mariés depuis vingt-cinq ans,
mais il avait l'air content tout de même de revenir. On
sentait qu'il avait été tout dérangé dans ses petites
habitudes. J'ai tâché de le remonter, je lui ai dit : « Il
ne faut pas se laisser aller. Venez comme avant, dans
votre chagrin ça vous fera une petite distraction. »

La « Marquise » reprit un ton plus doux, car elle

avait constaté que le protecteur des massifs et des pelouses l'écoutait avec bonhomie sans songer à la contredire, gardant inoffensive au fourreau une épée qui avait plutôt l'air de quelque instrument de jardinage ou de quelque attribut horticole.

— Et puis, dit-elle, je choisis mes clients, je ne reçois pas tout le monde dans ce que j'appelle mes salons. Est-ce que ça n'a pas l'air d'un salon avec mes fleurs ? Comme j'ai des clients très aimables, toujours l'un ou l'autre veut m'apporter une petite branche de beau lilas, de jasmin, ou des roses, ma fleur préférée.

L'idée que nous étions peut-être mal jugés par cette dame en ne lui apportant jamais ni lilas, ni belles roses me fit rougir, et pour tâcher d'échapper physiquement — ou de n'être jugé par elle que par contumace — à un mauvais jugement, je m'avançai vers la porte de sortie. Mais ce ne sont pas toujours dans la vie les personnes qui apportent les belles roses pour qui on est le plus aimable, car la « Marquise » croyant que je m'ennuyais, s'adressa à moi :

— Vous ne voulez pas que je vous ouvre une petite cabine ?

Et comme je refusais :

— Non, vous ne voulez pas ? ajouta-t-elle avec un sourire ; c'était de bon cœur, mais je sais bien que ce sont des besoins qu'il ne suffit pas de ne pas payer pour les avoir.

A ce moment une femme mal vêtue entra précipitamment qui semblait précisément les éprouver. Mais elle ne faisait pas partie du monde de la « Marquise », car celle-ci avec une férocité de snob, lui dit sèchement :

— Il n'y a rien de libre, Madame.

— Est-ce que ce sera long ? demanda la pauvre dame, rouge sous ses fleurs jaunes.

— Ah ! Madame, je vous conseille d'aller ailleurs, car, vous voyez, il y a encore ces deux messieurs qui attendent, dit-elle en nous montrant moi et le garde, et je n'ai qu'un cabinet les autres sont en réparation.

« Ça a une tête de mauvais payeur, dit la " Mar-

quise ". Ce n'est pas le genre d'ici, ça n'a pas de
propreté, pas de respect, il aurait fallu que ce soit moi
qui passe une heure à nettoyer pour madame. Je ne
regrette pas ses deux sous. »

Enfin après une grande demi-heure ma grand-mère
sortit et songeant qu'elle ne chercherait pas à effacer
par un pourboire l'indiscrétion qu'elle avait montrée
en restant un temps pareil, je battis en retraite pour ne
pas avoir une part du dédain que lui temoignerait sans
doute la « Marquise » et je m'engageai dans une allée,
mais lentement, pour que ma grand-mère pût facilement me rejoindre et continuer avec moi. C'est ce qui
arriva bientôt. Je pensais que ma grand-mère allait me
dire : « Je t'ai fait bien attendre, j'espère que tu ne
manqueras tout de même pas tes amis », mais elle ne
prononça pas une seule parole, si bien qu'un peu
déçu, je ne voulus pas lui parler le premier ; enfin
levant les yeux vers elle, je vis que, tout en marchant
auprès de moi, elle tenait la tête tournée de l'autre
côté. Je craignais qu'elle n'eût encore mal au cœur. Je
la regardai mieux et fus frappé de sa démarche
saccadée. Son chapeau était de travers, son manteau
sale, elle avait l'aspect désordonné et mécontent, la
figure rouge et préoccupée d'une personne qui vient
d'être bousculée par une voiture ou qu'on a retirée
d'un fossé.

— J'ai eu peur que tu n'aies eu une nausée, grand-
mère ; te sens-tu mieux ? lui dis-je.

Sans doute pensa-t-elle qu'il lui était impossible,
sans m'inquiéter, de ne pas me répondre.

— J'ai entendu toute la conversation entre la
« Marquise » et le garde, me dit-elle. C'était on ne
peut plus Guermantes et petit noyau Verdurin. Dieu !
qu'en termes galants ces choses-là étaient mises. Et
elle ajouta encore, avec application, ceci de sa Marquise à elle, Mme de Sévigné : « En les écoutant je
pensais qu'ils me préparaient les délices d'un
adieu [175]. »

Voilà le propos qu'elle me tint et où elle avait mis
toute sa finesse, son goût des citations, sa mémoire des

classiques, un peu plus même qu'elle n'eût fait
d'habitude et comme pour montrer qu'elle gardait
bien tout cela en sa possession. Mais ces phrases, je les
devinai plutôt que je ne les entendis, tant elle les
prononça d'une voix ronchonnante et en serrant les
dents plus que ne pouvait l'expliquer la peur de
vomir.

— Allons, lui dis-je assez légèrement pour n'avoir
pas l'air de prendre trop au sérieux son malaise,
puisque tu as un peu mal au cœur, si tu veux bien nous
allons rentrer, je ne veux pas promener aux Champs-
Elysées une grand-mère qui a une indigestion.

— Je n'osais pas te le proposer à cause de tes amis,
me répondit-elle. Pauvre petit ! Mais puisque tu le
veux bien, c'est plus sage.

J'eus peur qu'elle ne remarquât la façon dont elle
prononçait ces mots.

— Voyons, lui dis-je brusquement, ne te fatigue
donc pas à parler, du moment que tu as mal au cœur,
c'est absurde, attends au moins que nous soyons
rentrés.

Elle me sourit tristement et me serra la main. Elle
avait compris qu'il n'y avait pas à me cacher ce que
j'avais deviné tout de suite : qu'elle venait d'avoir une
petite attaque.

NOTES

1. Ajout autographe sur G2 « [...] la chanson, (distincte même de loin lorsqu'elle est faible, comme un motif d'orchestre) d'un homme qui passait [...] » Nous suivons l'édition originale en posant comme hypothèse que Proust a corrigé un troisième jeu d'épreuves qui ne nous est pas parvenu, ce qui explique les différences entre les épreuves Gallimard corrigées dont nous disposons (G2) sous la cote N.A.F. 16762 à la Bibliothèque nationale et le texte de l'édition originale.

2. Nous supprimons « qui » afin de rendre la phrase syntaxiquement cohérente.

3. « [...] si dans un livre les mots lunettes d'or, me font penser après tant d'années au Docteur Béchu, aussitôt le nom de Guermantes — qui a repris le son si différent de celui d'aujourd'hui en ce matin où j'allais assister au mariage de la fille du Docteur me redonne ce mauve doux, trop brillant, trop neuf, dont se veloutait la cravate gonflée de Madame de Guermantes. »

Ce texte, manuscrit dans le Cahier 39, folio 1 r°, est barré dans la dactylographie, folio 2, et remplacé par celui que l'on trouve dans l'édition originale. Béchu est un des noms antérieurs du docteur Percepied.

4. Genèse VIII, 4 : « Le septième jour, le dix-septième jour du mois, l'arche s'arrêta sur les montagnes d'Ararat. »

5. Sur la dactylographie, folio 6, Proust a écrit en marge à gauche : « c'était des tapisseries d'Oudry », barré ce dernier nom et remplacé par celui de Boucher. Jean-Baptiste Oudry (1686-1755) était peintre des chasses royales et directeur de la manufacture des tapisseries de Beauvais puis surinspecteur des Gobelins. François Boucher (1703-1770), peintre, dessinateur et décorateur, influencé par l'école du Corrège et de Tiepolo fit de nombreux cartons de tapisserie en 1734 et devint le premier peintre de Louis XIV en 1765.

6. « [...] qu'en brûlait l'appui ». Correction autographe sur dactylographie, folio 10, imprimé dans Grasset, placard 2 et G2, placard 1. Barré dans G3 ?

7. Après « généreux » Proust note sur G2, placard 1 : « Pas de blanc, un simple petit alinéa. » Les deux phrases suivantes sont un ajout postérieur à G2 et ne sont nulle part attestées dans les manuscrits. Elles furent sans doute rajoutées par Proust sur G3.

8. Nous rétablissons « chose de » qui a été barré par erreur dans la dactylographie, folio 13, ce qui rend la phrase incohérente.

9. Réplique de la môme Crevette, personnage de la pièce de Feydeau : *La Dame de chez Maxim's* (1899).

10. « En tout cas, il est bien impoli ; il ne dit rien en face, bien sûr, mais dès que je suis passée, j'entends des messes basses qu'il dit contre moi. Tout ça n'est pas catholique. » Ce passage qui est un ajout autographe sur les épreuves Grasset, placard 2, est imprimé dans G2, placard 2 mais a disparu de l'édition originale. Supprimé par Proust sur G3 ?

11. Jusqu'ici, ce paragraphe, qui commence avec « Elle était surtout exaspérée [...] » n'est attesté ni dans le Cahier 39, ni dans la dactylographie, ni sur les épreuves Grasset. Il est néanmoins imprimé dans G2. Nous supposons donc que Proust l'a rajouté sur les premières épreuves Gallimard G1 dont nous n'avons que trois fragments : la moitié du premier placard qui se trouve rajouté à la fin des épreuves Grasset (N.A.F. 16761) le placard 10 qui est reproduit dans le *Proust* de Pierre Abraham, édition Rieder 1930, et le placard 23 qui est dans les documents Proust non classés de la Bibliothèque nationale.

12. James McNeil Whistler (1843-1903), peintre américain qui vécut en Angleterre. Il fit de nombreux portraits dont celui de Robert de Montesquiou et une série de paysages intitulés *Harmonies*. En 1905, Proust alla voir l'exposition Whistler à Paris au Palais de l'Ecole des Beaux-Arts, dans laquelle se trouvaient l'*Harmonie bleu argent, Crépuscule d'Opale : Trouville, la Vague bleue : Biarritz* et *Nocturne en bleu argent*.

13. Oasis du Sahara marocain.

14. Paragraphe ajouté par Proust sur G3 ?

15. « [...] et il ne consistait plus qu'en une mince croûte de sons et d'attitudes. Maintenant, c'est pour aller voir tel tableau d'Elstir, telle tapisserie gothique que j'aurais fait litière de ma santé, peut-être bon marché de ma vie. Mais je me disais que dans quelques années sans doute, ces œuvres-là, je me trouverais peut-être à quelques pas d'elle (*sic*) sans même désirer d'aller les regarder et à sentir la vanité des efforts que j'aurais faits maintenant pour les contempler, les nuits sans sommeil, les crises d'étouffement en wagon, je sentais pour la 1$^{re}$ fois l'énormité de cet effort comme ces nerveux qui ne sont fatigués que quand on présente à eux la notion de leur fatigue. » Développement autographe en marge de la dactylographie, folio 30, imprimé dans les épreuves Grasset, placard 4 avec une erreur : « les efforts que j'aurais fait montre », disparu de G2.

16. Proust a bien écrit « sa cousine » dans le Cahier 45, folio 13 r$^o$ car il s'agit non de la cousine du prince de Saxe mais de la cousine de la duchesse de Guermantes.

17. « me donnant des plaisirs dont je ne reconnaissais pas l'origine et que je rapportais à la Princesse ». Feuillet sur dactylographie folio 40 ; imprimé dans Grasset, placard 5 et dans G2, placard 3. Supprimé par Proust dans G3 ?

18. Orosmane est un sultan turc amoureux de sa prisonnière chrétienne Zaïre qu'il tue dans un accès de jalousie dans la pièce de Voltaire : *Zaïre* (1732).

19. Les corrections autographes que Proust a faites sur le placard 4 de G2 qui commence ici et se termine avec « l'attention, la chaleur, le vertige » n'ont pas été reportées sur l'édition originale, qui suit le texte manuscrit du Cahier 45, augmenté des ajouts autographes de Proust sur la dactylographie et les épreuves Grasset. Nous avons tenu compte de ces corrections pour établir notre texte sauf lorsque nous avons eu la preuve qu'elles furent modifiées ultérieurement sur G3 ou dans les errata.

20. Une version antérieure de ce passage situe la scène à l'Opéra-Comique et Proust a souvent oublié de barrer l'adjectif sur les épreuves, ce qui explique que le texte oscille sans raison entre Opéra et Opéra-Comique. *N.R.F.* donne « Opéra-Comique ».

21. « Même le visage que avant de m'endormir je revois clair et brillant étant le plus souvent quand le matin je le voyais de près, rouge, bientôt le désir qui chaque soir me décidait de ne pas manquer de sortir le lendemain, ce ne fut plus de retrouver une tête blonde et dorée mais de revoir une peau couperosée. » Correction autographe sur la dactylographie, folio 69, imprimé dans Grasset, placard 7 et dans G2, placard 5. Supprimé dans G3 ? *N.R.F.* donne « une tête d'or ».

22. Dans une version antérieure, Jupien, qui s'appelle Borniche, exerce la profession de fleuriste et a une fille. Proust n'a pas remplacé de façon systématique « fille » par « nièce » et entretient la même confusion que la grand-mère du narrateur qui prend à tort la nièce de Jupien pour sa fille.

23. « [...] comme à un enfant ». Ajout sur la dactylographie, folio 75, imprimé dans Grasset placard 8 et dans G2 placard 6. Barré dans G3 ?

24. « Car l'ivrogne, tel que je l'avais été à Rivebelle rempli de son bonheur et de la facilité qu'il voit à tout, ne songe pas que la personne qu'il rencontre ne lui tiendra aucun compte d'un état qu'elle ne partage pas et ne comblera pas plus aisément ses vœux qu'il y a une heure avant boire quand tous les obstacles lui apparaissaient clairement. Mais il y a des avantages plus réels qu'un optimisme subjectif et momentané, sur lesquels le passant n'est pas mieux renseigné qu'ils influenceraient peut-être. Qui sait si le monsieur que nous rencontrons ne vient pas de quitter la maîtresse la plus enviable, peut-être la nôtre ? » Addition sur dactylographie folio 77, imprimé dans Grasset, placard 8 et dans G2, placard 6. Barré dans G3 ?

25. « mon angoisse venait de se détacher de moi, elle ne m'étreignait plus, elle n'était plus mienne, j'avais assez de détachement, d'insincérité, de loisir pour pouvoir pleurer. » Manuscrit,

Cahier 45, folio 58 r°, dactylographie, folio 86 ; imprimé dans Grasset, placard 9, disparu de G2. Barré dans G1 ?

26. « Telle fut du moins mon impression à ce moment-là. Mais plus tard, ce qui m'en avait d'abord paru être le plus précieux dans cette photographie — l'immobilité de Mme de Guermantes, la durée, la permanence de son apparition — devait m'en paraître le défaut. » Correction autographe sur dactylographie, folio 87, imprimé dans Grasset, placard 9 et G2, placard 7. Barré sur G3 ?

27. « [...] à sa manière presque aussi exaltant que celui que j'éprouvais à Combray en regardant le donjon de Roussainville sous les toits dans un cabinet semblable. » Correction sur dactylographie, folio 91, imprimé dans Grasset, placard 9 et dans G2, placard 7.

28. Ce passage, jusqu'à « globe d'or d'un empereur » ne fait pas partie des ajouts autographes sur les placards Grasset mais est imprimé dans G2. Il faut supposer que Proust l'a rajouté sur G1.

29. Ce passage sur le sommeil et les rêves qui va de : « Non loin de là [...] » jusqu'à : « [...] un phénomène de mémoire » résulte de deux additions autographes sur le placard 7 de G2. Nous avons suivi l'édition en supposant que le texte reflète le choix définitif de Proust sur G3.

30. « que dépeint le poète latin quand il raconte la surprise d'une nymphe changée en arbre. » Imprimé sur G2, placard 7 disparu du texte de l'édition. Supprimé sur G3 ? Proust fait allusion aux *Métamorphoses* d'Ovide : la nymphe Daphné, poursuivie par Apollon fut transformée en laurier.

31. Club fondé en 1834 et situé 1, rue Scribe à Paris entre 1863 et 1924.

32. Les extraits du passage suivant, autographes dans la dactylographie, folio 104, sont imprimés dans Grasset placard 10 mais ont disparu de G2. Supprimés sur G1 ?

> Cette vie était-elle indifférente en elle-même et les charmes que je lui trouvais était-ce seulement ce temps exaltant d'extrême automne qui me les versait dans son breuvage frais, vif et doré ? Ou bien est-ce un repos pour nous de concentrer, sur un point fixe tout l'intérêt de notre vie, de faire porter par quelques êtres comme étaient Saint-Loup et ses amis tout l'effort de notre intelligence, de notre art de plaire, de notre bonté, de ne chercher à recueillir que là des satisfactions, fût-ce d'amour-propre ? Ou bien mon amour pour Mme de Guermantes qui savait quelle bonne situation je m'étais faite dans la garnison de son neveu, cet amour était-il l'armature cachée qui soutenait pour moi cette vie, et sans quoi elle s'effondrerait. [...]
>
> Swann, on l'a vu, moi, on ne le verra plus tard, ne crûmes-nous pas aimer pour elle-même la vie qu'on menait dans le salon de Verdurin et dans le casino de Balbec ?
>
> En attendant l'heure de partir dîner avec Saint-Loup, j'écrivais à ma grand-mère que je me sentais bien, que j'allais enfin commencer à me bien porter et à travailler. Le nombre de fois que cette espérance avait déjà été trompée, ne l'avait

pas affaiblie en moi. Chaque jour j'étais convaincu que le lendemain j'arrangerais ma journée à merveille et travaillerais plusieurs heures. [...] Non pas [que] la cause qui me rendait malade et m'ôtât le courage de travailler ne fût permanente, mais je ne la connaissais que par ses effets passés ; je ne le sentais pas en moi où chaque soir, se trouvaient seulement en présence dans un espace imaginé et vide d'obstacles, que j'appelais le lendemain d'une part quelque projet à réaliser, quelque travail à faire, d'autre part une volonté pure, intacte, qui viendrait aisément à bout d'eux. Malheureusement dès que ce lendemain devenait aujourd'hui, il laissait aussitôt entrer sous sa cloche pneumatique une atmosphère dans laquelle je me remuais avec infiniment moins de facilité que dans l' « avenir ». Mais le résultat était que je prolongeais ainsi indéfiniment une paresse que je croyais passagère.

[...] l'idée de la date de leur échéance que nous ajoutons aux choses au moment où nous les pensons les modifie extrêmement pour nous. De même que nous rendons l'idée de la mort à peu près nulle en écartant du présent immédiat l'attente de sa réalisation, de même les gens les plus sages, les plus vertueux, deviennent capables de mener jusqu'à la fin l'existence la plus coupable ou la plus fade en comptant sur les hasards du lendemain pour amener la résiliation d'une habitude dégradante ou ruineuse et qu'ils n'acquièrent pas toujours que parce qu'ils ne s'engagent jamais que pour un jour ou deux.

33. Tableau de Breughel le Vieux (1525-1590) exécuté en 1566.

34. Citation asez inexacte du *Mémorial* de Pascal : « Joie, joie, pleurs de joie » (Œuvres complètes, Paris, Gallimard, 1954, p. 554).

35. Gérard, Christophe, Michel Duroc (1772-1813), général français qui participa au coup d'Etat du 18 Brumaire et fut chargé de missions diplomatiques diverses par Napoléon.

36. Allusion à Anna de Noailles, princesse Brancovan (1876-1933), poétesse et amie de Proust.

37. Alfred Dreyfus (1859-1935), officier de l'armée française d'origine juive, attaché au 2e bureau de l'état-major au ministère de la Guerre. Il fut faussement accusé d'avoir livré des secrets militaires au major allemand Schwartzkoppen et, en 1894, condamné à la déportation à vie à l'île du Diable en Guyane. En 1896, le commandant Picquart, convaincu de l'innocence de Dreyfus et de la culpabilité d'un autre officier français, Esterhazy, demanda la révision du procès. En janvier 1898, Esterhazy fut acquitté et Picquart déplacé en Tunisie. Emile Zola publia alors dans *L'Aurore* sa lettre « J'accuse », dénonçant l'antisémitisme et la corruption de l'armée française. On découvrit que le colonel Henry, qui se suicida par la suite, avait fabriqué des faux pour charger Dreyfus. Une nouvelle révision du procès eut lieu en 1899 mais le conseil de guerre réuni à Rennes déclara Dreyfus coupable avec des circonstances atténuantes. Gracié par Loubet quelques jours après, il fut réhabilité en 1906.

38. Bataille d'Ulm (20 octobre 1805) victoire de Napoléon sur le général autrichien Mack.

Lodi (1796), victoire de Bonaparte sur les troupes autrichiennes.

Leipzig (1813), victoire de Napoléon en Saxe.

Cannes (-216), victoire d'Annibal sur les Romains.

Ces batailles ont en commun la stratégie d'enveloppement, de même que la victoire de Frédéric le Grand à Rosbach en 1757.

39. Alfred von Schlieffen (1833-1913), fut chef d'état-major des armées allemandes de 1891 à 1905 et inventa un plan d'attaque indirect qui fut utilisé avec succès en 1914.

Le général de Falkenhausen (1844-1936) est l'auteur de traités de stratégie qui développent des idées assez proches de la tactique préconisée par von Schlieffen.

40. Friedrich von Bernhardi (1849-1930), général allemand disciple de Karl von Clausewitz (1780-1831) théoricien de l'art militaire et auteur de *Vom Kriege*.

41. La bataille de Leuthen (5 décembre 1757) est un bon exemple d'attaque surprise qui permit à Frédéric le Grand d'emporter la victoire. De même, le plateau de Pratzen fut utilisé avec habileté par Napoléon au cours de la bataille d'Austerlitz (2 décembre 1805) pour diviser les forces austro-russes.

42. Charles Mangin (1866-1925), général français qui se distingua durant la Première Guerre mondiale.

43. Mme de Thèbes (1865-1916) était une chiromancienne célèbre.

44. Henri Poincaré (1854-1912), mathématicien français auteur de *La Science et l'hypothèse* (1902).

45. On trouve, barrée par Proust sur G2, la note suivante imprimée par erreur parce qu'elle faisait partie du long développement autographe sur le placard 12 de Grasset qui va de « J'aurais voulu savoir des détails »... jusqu'à « et me répondaient avec une infatigable bonté » :

> « *Nota Bene :* l'exemple que je mettrai en regard de cela dans la guerre de 1916, sera la manœuvre de Falkenhayn sur Cracovie, voir Bidou, *Débats* du 23 et 24 novembre 1916 à relire entièrement. D'autre part avant la guerre Saint-Loup me comparera Loullé-Bourgas à Ulm, au début de la guerre, Charleroi à Ulm. Enfin pour les principes il les croira altérés par la guerre du Transvaal et la guerre de Mandchourie (et la guerre balkanique ?). Je montrerai à sa femme qu'il se trompait à demi (peut-être général de Lacroix). Mais pourtant un peu de vrai ! (Pétain : c'est de la guerre d'avant la guerre). (La feinte de Falkenhayn — manœuvre par le Prehovember en direction de Campolmy trompe même après coup jusqu'à Bidou qui appelle le 23 échec de cette manœuvre ce qu'il découvre feinte le lendemain 24 novembre 1916). L'enfoncement par le centre à Rivoli, c'est ce qu'a essayé Kluck à la bataille de la Marne, voir dans les *Débats* du 1er ou 2 février 1917 la conférence de Bidou et mieux la conférence ».

On voit que Proust utilise comme source du passage sur la stratégie militaire le *Journal des Débats*, fondé en 1789 et qui parut bi-quotidiennement jusqu'à 1944.

46. Au cours des batailles de Saint-Privat (8 août 1870), Frœschwiller (5 août 1870), et Wissembourg (4 août 1870), les troupes françaises reculèrent devant les forces prussiennes. A partir de la guerre de Crimée (1854-1855), on appela « turcos » les régiments d'infanterie algériens.

47. Bernard Palissy (1510-1590), céramiste français qui découvrit une méthode de fabrication des émaux.

48. Ici commence le placard 10 des premières épreuves Gallimard qui est reproduit dans l'ouvrage de Pierre Abraham : *Proust*, édition Rieder, de 1930. Les corrections et les ajouts autographes de Proust ont été reportés dans G2.

49. Proust a barré dans G1 le passage suivant, dont le manuscrit est sur une paperole ajoutée au folio 121 de la dactylographie et qui est imprimé sur Grasset, placard 12 : « Et je ne songeais pas qu'elle n'attendait pas et que ces quatorze jours de séparation immense à travers le microscope de mon regret qui m'avait permis d'en compter chaque dixième de seconde étant infimes et peut-être pur néant, et resteraient tels même quant à eux se seraient ajoutés cent fois quatorze jours, pour Mme de Guermantes qui pendant tout ce temps n'avait pas pensé, ne pensait pas une seule fois à moi. »

50. « le Maroc » G2 placard 10. Proust a dû corriger sur G3.

51. François Oscar de Négrier (1839-1913), général français qui participa à la conquête de l'Algérie et du Tonkin.

Gaston, Alexandre, Auguste de Galliffet (1830-1909), général français, ministre de la Guerre au moment de l'affaire Dreyfus.

52. Achille Fould, (1800-1867), banquier français, ministre des Finances sous Napoléon III.

Eugène Rouher (1814-1884), homme politique, ministre du Commerce et de l'Agriculture sous le second Empire. Premier ministre en 1867.

53. Ce passage sur le « téléphonage » à la grand-mère a connu plusieurs avatars. Il semble avoir pour base une expérience personnelle de Proust. En octobre 1896, Mme Adrien Proust téléphona à son fils en vacances à Fontainebleau avec son ami Léon Daudet. Dans une lettre à Antoine Bibesco, du jeudi 4 décembre 1902, Proust donne une préfiguration des « intermittences du cœur » en écrivant :

> « Je me rappelle que quand Maman a perdu ses parents, [ce] qui a été pour elle une douleur après laquelle je me demande encore comment elle a pu vivre, j'avais eu beau la voir tous les jours et toutes les heures chaque jour, une fois que j'étais allé à Fontainebleau je lui ai téléphoné. Et dans le téléphone tout d'un coup m'est arrivée sa pauvre voix brisée, meurtrie, à jamais une autre que celle que j'avais toujours connue, pleine de fêlures et de fissures, et c'est en en recueillant dans le récepteur les morceaux saignants et brisés que j'ai eu pour la première fois la sensation atroce de ce qui s'était à jamais brisé en elle. »

Il avait déjà fait état de l'incident dans le chapitre de *Jean Santeuil* intitulé : « Jean à Beg-Meil. Le téléphonage à sa mère. » Et il reprend et développe le thème dans un article qui parut dans *Le Figaro* du 20 mars 1907 sous le titre « Journées de lecture », en y ajoutant le passage sur les Demoiselles du Téléphone. Dans le Cahier 31 des brouillons du *Contre Sainte-Beuve*, qui date de 1909, le narrateur téléphone à sa mère. Dans le Cahier 41 des brouillons du *Côté de Guermantes* (1911) c'est avec sa grand-mère que la conversation téléphonique a lieu.

54. « On voit que vous êtes instruit vous parlez de la Sorbonne dit un caporal malade à la chambre. » « Mais non je ne parle pas de la Sorbonne. » « Pardon je croyais que vous aviez dit : " tu nous la sors bonne " répondit le caporal qui feignait d'avoir mal entendu pour pouvoir placer son jeu de mots. »

Proust a barré dans la dactylographie, folio 148, cette plaisanterie un peu facile que l'on trouve dans le Cahier 35, folio 101 rº.

55. Le texte manuscrit dans le Cahier 35 et imprimé dans Grasset, placard 13 est différent de celui qui est imprimé dans G2, placard 15. On peut constater que le texte a éclaté et que Proust a remplacé ses impressions de Balbec par celles de Venise. Il a sans doute effectué ces remaniements du texte sur G1. Nous reproduisons ici des extraits du texte du manuscrit et de Grasset :

> S'il n'eût pas dû m'éloigner de Mme de Guermantes, c'est avec joie que j'eusse vu approcher notre départ pour Balbec. Certes j'avais quitté Criquebec sans y avoir connu ce dont le désir m'avait fait, la première fois surmonter, pour partir, maladie et tristesse : des flots soulevés par la tempête autour d'une église persane, parmi l'immense brouillard, au petit jour, tandis que je buvais du café au lait dans une auberge. Mais mon désir d'aller à Balbec n'était pas moins fort parce qu'à ces images, la mémoire en avait substitué d'autres, choisies par elle, et aussi arbitraires, aussi étroites, aussi fugitives dans leur durée, aussi fixes dans leur aspect, aussi délimitées dans leur cadre, aussi exclusives de toutes autres, aussi excitantes pour mon désir, aussi dominatrices de ma volonté [...]
>
> Ce que je voulais maintenant c'était par un jour de soleil et de vent remonter de la plage avec Mme de Villeparisis qui en passant envoyait un bonjour de la main à la Princesse de Luxembourg et m'annonçait que nous allions avoir à déjeuner des œufs à la crème et des soles frites ; c'était entrer à midi dans la salle à manger à travers le grand vitrage azuré dans laquelle je verrais des ombres promenées ciel sur la mer comme par le jeu d'un miroir mobile [...]
>
> Je sentais bien que tous ces tableaux-là étaient les uns et les autres d'essence spirituelle que je ne les atteindrais jamais, pas plus ceux qui étaient maintenant formés par ma mémoire que ceux qui l'avaient été autrefois par mon imagination et que la réalité avait détruits. Détruits ? pas pour toujours ; quand le temps était doux que j'entendais le vent souffler dans la cheminée, que je me rappelais certaines phrases de Bergotte sur les églises du moyen âge ou sur les mers brumeuses de Bretagne, alors tout d'un coup ce désir qui m'avait tant de fois agité, de prendre le beau train d'une

heure cinquante renaissait en moi pareil à ce qu'il était autrefois. [...]

Puis tout à coup je me rappelais ; ce tableau c'était avec des phrases, avec des noms, avec des désirs qu'il s'était composé en moi, il n'existait pas dans la réalité. Je ne pourrais pas plus le voir qu'étreindre une héroïne de roman et je maudissais la médiocrité d'un monde où les plus beaux rêves de notre jeunesse sont dûs à notre ignorance de la réalité, à notre foi excessive en certaines paroles et ne peuvent jamais être caressés que de loin sans que nous soyons jamais transportés parmi eux.

Nous le trouvons pourtant dans notre sommeil. Là le rêvé, l'inaccessible est à côté de nous. Nous avons pu enfin atteindre le but du voyage et il n'a pas cessé d'être conforme à ce que nous avions imaginé. [...]

Cela m'était souvent arrivé pour Balbec, et ma nostalgie la plus profonde, la plus insensée, avait pour but, ce Balbec non pas même de mon imagination, mais de mes songes, longtemps, découvrant dans la journée parmi les souvenirs oubliés de la nuit qu'on retrouve tout à coup comme un objet perdu, le lieu étrange que j'appelais Balbec en dormant, je crus la première fois que je faisais ce rêve et que c'était seulement une des illusions dont il était composé, qui me faisait croire l'avoir rêvé souvent. Mais si c'est souvent un des effets de songe de nous faire paraître une nouveauté familière et reconnaître ce que nous n'avons jamais vu, il est facile de se référer dans les « souvenirs de rêves » qui eux appartiennent au jour, à des jours qu'on peut se rappeler. Aussi je me rendis compte que je faisais souvent un même rêve à propos de Balbec. [...]

Objectivant sans doute dans une réalisation synthétique ce que mon imagination avait souvent cherché pendant la veille à se représenter du paysage marin de Balbec et à la fois de son passé médiéval, je voyais en dormant une cité du moyen âge au milieu des flots immobiles comme sur un vitrail. Un bras de mer divisait la ville de la baie de Balbec de son passé immémoral. Je voyais l'eau verte à mes pieds ; sur la rive opposée elle baignait une église orientale, (sans doute l'église persane) puis des maisons gothiques qui existaient encore dans le passé, si bien qu'aller vers elles, comme j'allais avoir l'ivresse de pouvoir le faire, c'était comme remonter le fleuve des âges. [...] Mais je songeais que le désir de cette synthèse où la nature avait appris l'art, où l'océan était devenu gothique, où le présent pouvait approcher le passé révolu depuis des siècles, ce n'était que dans un rêve qu'il était donné de l'atteindre car c'était le désir de l'impossible.

56.     Cependant sachant que je sortais le matin bien des amis, et surtout depuis qu'on avait appris notre projet de passer une partie de l'année loin de Paris, m'avaient dit que chaque jour avant déjeuner ils m'attendraient l'un chez lui, l'autre avenue du Bois, l'autre au Louvre où il faisait une copie. Et sans doute supputaient-ils si j'avais plus ou moins de chances de venir, si tel empêchement ne serait pas plus fort que mon intention de les retrouver. Or ces empêchements qu'ils imaginaient eussent été tout à fait inutiles.

Car pendant des semaines pas une seule fois ne se

> présentait à moi le matin le souvenir que l'un était au bois,
> l'autre au Louvre où il faisait une copie. [...]
>     Tandis que le passage de Mme de Guermantes dans ces
> rues, ce n'est pas seulement que je ne l'anéantissais pas par
> l'oubli, je le multipliais des centaines de fois par l'imagina-
> tion et l'attente, son apparition était un dessin que ma
> pensée avait indéfiniment esquissé, avant que mes regards
> lui donnassent sa forme définitive.

Texte manuscrit sur la dactylographie, folio 162, imprimé sur
Grasset, placard 16 et sur G2 placard 12. Barré sur G3 ?

57. *L'Intransigeant*, journal quotidien du soir fondé en 1880 par
Henri Rochefort.

58. « Mais je ne pouvais trouver belle qu'une carrière qui,
contrariée par mes parents, me laissait du moins la douceur de faire
leur volonté et je ne pus que répondre à mon père en le couvrant de
larmes et de baisers :

— Non, je ne serai pas bientôt un homme, je ne serai jamais que
ton petit garçon. D'ailleurs je n'ai aucune vocation pour écrire.
Permets-moi d'avoir la même profession que toi. Quant à Mme de
Villeparisis, puisque Saint-Loup vient à Paris avant notre départ,
c'est lui qui m'y mènera. »

Manuscrit dans le Cahier 35, folio 125 rº, dactylographié folio
169, imprimé dans Grasset, placard 16, dans G2 sous la forme que
nous donnons ci-dessus.

59. Pierre, Paul Leroy-Beaulieu (1843-1916), économiste, élu à
l'Académie des Sciences morales et politiques en 1878.

60. Jules Méline (1838-1925), Premier ministre en 1896 et 1898,
déclara le 4 décembre 1897 : « Il n'y a pas d'affaire Dreyfus. »

Tout ce paragraphe sur la rencontre du père du narrateur et de
Mme Sazerat est un ajout postérieur à G2.

61. Fable de La Fontaine, Livre XI, fable 7.

62. Il semble que les corrections autographes faites par Proust
sur le placard 13 de G2 n'aient pas été reportées sur le texte de
l'édition originale entre « vous, il vous faut du Bergotte » et « nous
ne voyons pas le même côté du mystère ». Nous avons tenu compte
des modifications indiquées par Proust et négligées par l'imprimeur.

63. Evangile selon saint Luc, X, 27-28.

64. En 1900, l'archéologue Arthur Evans découvrit le site du
Palais de Cnossos qui était dans la mythologie la demeure de Minos,
le roi soleil.

65. L'édition corrigée par les errata mais qui ne tient pas compte
des corrections de Proust sur G2 placard 13 donne : « nous passions
devant de petits jardins/nous longions de petits jardins et je ne
pouvais m'empêcher de m'arrêter, car ils avaient toute une floraison de cerisiers et de poiriers ».

66.     « Car ainsi que quand nous nous émerveillons de ce qu'est
> le baiser, nous cherchons à penser jusqu'à quelle douceur il
> pourrait atteindre s'il était appliqué sur des lèvres chères et
> que nous n'avons jamais effleurées, j'aurais voulu pour
> sentir encore avec plus de force ce qu'avait de naturel et

> d'émouvant l'efflorescence du beau poirier, réussir à l'ajou-
> ter par la pensée à une certaine prairie, au coin de la route
> que j'avais si souvent prise dans mes promenades avec Mme
> de Villeparisis et par laquelle on sortait de Balbec. Saint-
> Loup n'était pas encore revenu devant le petit jardin quand
> j'y arrivai. J'avais pensé à Combray et en effet c'était bien les
> fleurs de Combray, les fleurs qui avaient fait rêver mon
> enfance, ces tels enchantements que je ne croyais plus que,
> dans le monde médiocre, elles existaient réellement, c'était
> bien ces fleurs-là de poiriers, de cerisiers, que je voyais
> attachées aux arbres au-dessus de l'ombre propice à la sieste,
> à la lecture, à la pêche. »

Texte manuscrit sur feuillet rajouté à la dactylographie, folio 180,
imprimé dans Grasset, placard 17, disparu de G2. Barré sur G1.

67. Paroles de l'aria d'Eleazar dans l'acte IV de *La Juive* de
Jacques Halévy (1799-1862) représenté pour la première fois à
l'Opéra en 1835.

68. « La pitié que j'aurais dû éprouver pour Robert ne fut pas le
sentiment qui m'envahit alors. Non, si les larmes me vinrent aux
yeux, ce fut plutôt par l'excès de la joie que me donna l'apparition
au fond de moi d'une sorte de vérité confuse encore mais générale et
qui dépassait Robert et son amie. » Manuscrit sur le feuillet ajouté
au folio 181 de la dactylographie, imprimé dans Grasset, placard 17,
disparu de G2. Barré sur G3 ?

69. Proust n'a nulle part corrigé « dieux étrangers » qui se trouve
dans l'édition de la Pléiade alors qu'il avait bien écrit « rieuses
étrangères » dans l'ajout autographe à la dactylographie folio 182
qui correspond mieux à l'épisode biblique auquel il fait allusion :
l'apparition du Christ à Marie-Madeleine avant Pâques (Jean, XX,
17). L'erreur initiale vient de l'imprimeur de Grasset qui a laissé
passer « dieux étrangères » sur le placard 17 car il avait mal lu. Et
G2 imprimé porte « dieux étrangers » par fausse rectification.
N.R.F. donne « charmantes étrangères ».

70. « Je voulus lui poser quelques questions sur Balbec mais je
vis bien vite que ses réponses ne me feraient pas entrer plus avant
dans le charme de Balbec que la lecture d'un ouvrage sur les
modèles qui ont servi à Stendhal pour décrire Sorel ou la Sanseve-
rina dans le charme du *Rouge et le Noir* ou de *La Chartreuse*. Je ne
savais même pas que lui dire. » Addition en marge de la dactylographie folio 185, imprimé dans Grasset placard 18, disparu de G2.
Supprimé dans G3 ?

71. Il y a deux Princes Eugène : le Prince Eugène de Savoie-
Carignan (1663-1736), homme de guerre, fils de la nièce de Mazarin
qui s'allia avec l'empereur d'Autriche contre Louis XIV, amateur
d'art et humaniste et Eugène de Beauharnais (1781-1824), fils
d'Alexandre et de Joséphine qui suivit Napoléon dans ses cam-
pagnes d'Egypte et d'Italie.

C'est plutôt au second que le texte fait référence si on le
rapproche du passage de la préface à la traduction de *Sésame et les
Lys* de Ruskin (1904), où apparaît ce personnage qui semble avoir
fasciné Proust :

« Quant à la photographie par Brown du *Printemps* de Botticelli ou au moulage de la *Femme inconnue* du musée de Lille, qui, aux murs et sur la cheminée des chambres de Maple, sont la part concédée par William Morris à l'inutile beauté, je dois avouer qu'ils étaient remplacés dans ma chambre par une sorte de gravure représentant le Prince Eugène, terrible et beau dans son dolman, et que je fus très étonné d'apercevoir une nuit, dans un grand fracas de locomotives et de grêle, toujours terrible et beau, à la porte d'un buffet de gare, où il servait de réclame à une spécialité de biscuits. Je soupçonne aujourd'hui mon grand-père de l'avoir autrefois reçu, comme prime, de la munificence d'un fabricant, avant de l'installer à jamais dans ma chambre. Mais alors je ne me souciais pas de son origine, qui me paraissait historique et mystérieuse, et je ne m'imaginais pas qu'il pût y avoir plusieurs exemplaires de ce que je considérais comme une personne, comme un habitant permanent de la chambre que je ne faisais que partager avec lui et où je le retrouvais tous les ans, toujours pareil à lui-même. Il y a maintenant bien longtemps que je ne l'ai vu, et je suppose que je ne le reverrai jamais. »

72. Les Jussieu sont une famille de botanistes. Antoine de Jussieu (1686-1758) écrivit un certain nombre de traités, Bernard (1699-1777) créa le jardin botanique du Trianon, Joseph (1704-1779) introduisit les plantes ornementales en Europe, Antoine Laurent (1784-1836) fut professeur au jardin du roi et Adrien (1797-1853) se rendit célèbre par une étude des embryons monocotylédonés.

73. Cette correction autographe de Proust en marge G2 placard 14 n'a pas été reportée sur l'édition originale qui donne : « qui avait l'air d'église ».

74. « Quelquefois nous le connaissons en l'entendant chanter un certain air qu'il a déjà chanté quand nous avions le même degré d'ivresse et que nous n'avons jamais entendu depuis ; car chacun de ces airs enregistrés en nous comme ceux des gramophones ont comme eux un numéro correspondant à celui de la cote de l'ivresse et qu'il possède seul. Nous le reconnaissons donc le certain homme ivre que nous avons déjà été en reconnaissant son répertoire par les oreilles mais ce jour-là il m'arriva mieux ou pis [...] » Ajout autographe sur Grasset, placard 18, non imprimé sur G2. Barré sur G1 ou oublié par l'imprimeur ?

75. « Ce fut pour moi, d'aller dans les coulisses et avant cela dans la salle où Saint-Loup m'avait fait donner un fauteuil pour la première pièce, pourtant insignifiante, un plaisir d'autant plus vif que je n'avais plus la passion du théâtre. Dans ce temps-là les acteurs ne me semblaient exister que dans leurs relations avec la vérité d'art que je pourrais extraire de leur diction, de leur jeu. Car de même que du jour où je cessai de chercher une grande impression d'art dans les pierres des cathédrales, elles m'intéressèrent en elles-mêmes comme se rattachant à de petits problèmes d'hagagraphie, de même [...] » Partiellement manuscrit dans la dactylographie,

folio 199, imprimé dans Grasset, placard 18, disparu de G2. Barré sur G1 ?

76. La première partie des *Années d'apprentissage de Wilhelm Meister*, roman d'initiation écrit par Goethe entre 1777 et 1785 s'intitule *La formation théâtrale*.

77. Antoine Watteau (1684-1721), peintre français qui exécuta de nombreuses sanguines.

78. Le manuscrit du cahier 35, folio 132 r°, atteste bien « étroite » ainsi que la dactylographie, folio 205 et le placard 19 de Grasset. « Droite » est donc une coquille à l'impression des épreuves Gallimard que Proust n'a pas corrigée et qui est passée dans l'édition originale.

79. Dans *De la formation française des anciens noms de lieux*, 1878, Jules Quicherat note sous la rubrique : Noms latinisés sur une fausse étymologie : « Mater semita Mère Sente ou Amara Semita, Mar-Sente, approximatif du nom de Marsantes (Eure-et-Loir). »

80. « Mais cette différence dont je ne me rendis peut-être compte que plus tard tenait à des raisons de fait et n'avait pas ce caractère absolu, uni, poétique des différences que l'imagination met entre les choses rien qu'en répandant sur elles des tonalités diverses. » Addition sur dactylographie, folio 211, imprimé dans Grasset, placard 19, disparu de G2. Barré sur G1 ?

81. La reine Marie-Amélie, fille de·Ferdinand IV, épouse de Louis-Philippe, eut huit enfants, dont les quatre premiers furent : le duc d'Orléans, le duc de Nemours, le prince de Joinville et le duc d'Aumale. Le duc d'Orléans eut pour fils le comte de Paris et le duc de Chartres.

La reine des Belges est ici Louise-Marie d'Orléans, qui épousa Leopold Ier en 1832 et mourut en 1850.

L'impératrice d'Autriche est Elisabeth (1837-1898) qui épousa François-Joseph en 1854 et fut assassinée à Genève par un anarchiste.

82. La duchesse de Montmorency (1601-1666) se retira au couvent de Moulins après que son époux, le duc Henri de Montmorency, fut décapité pour avoir comploté contre Richelieu.

83. Personnage de valet impudent dans les comédies de Molière.

84. Alexandre, Gabriel Decamps (1803-1860), peintre français qui commença comme dessinateur satirique puis, après un voyage en Turquie, se spécialisa dans la représentation de scènes orientales.

85. L'archéologue Dieulafoy découvrit en 1884 les ruines du palais de Darius à Suse et en rapporta des fragments au Louvre, dont une frise assyrienne représentant les archers de la garde royale.

Le texte autographe de l'ajout sur Grasset, placard 20 donne : « Admirable puissance de la race qui du fond des siècles pousse en avant jusque dans le Paris moderne, dans les colonies de nos théâtres, derrière les guichets de nos bureaux, dans un salon, une phalange intacte qui stylisant la coiffure moderne, absorbant, faisant oublier, disciplinant la redingote, reste toute pareille à celle des archers qui aux monuments de Suse (?) défend les portes du

Palais de Darius. » Sur G2 placard 16 Proust supprime le second « qui », remplace « dans un salon » par « enterrement », et « reste » par « demeurée » sans se rendre compte qu'après scribes assyriens « qui » n'a pas été rétabli à l'impression, rendant ainsi la phrase incohérente. Cependant il faut bien lire « défend » et non « devant ».

86. Le duc Elie Decazes (1780-1860) devint ministre de l'Intérieur en 1819 mais dut démissionner à la suite de l'attentat terroriste à l'Opéra en février 1820, qui coûta la vie au duc de Berry, neveu de Louis XVIII, qui avait fait M. de Castries pair et duc héréditaire en 1814.

87. Louis Mathieu, comte Molé (1781-1855), fut Premier ministre sous Louis-Philippe. En 1845, il fit un discours remarqué pour la réception d'Alfred de Vigny à l'Académie française.

88. Herbert, George Wells (1866-1946) journaliste et romancier anglais de science-fiction, auteur de *La Machine à explorer le temps* (1895), *L'Homme invisible* (1897), *La Guerre des mondes* (1898).

89. Sophie de Nassau (1836-1913) épousa Oscar de Suède en 1857 et devint reine de Suède en 1872.

90. Achille, Charles, Léonce, Victor, duc de Broglie (1785-1870), épousa Albertine de Staël en 1816 et devint ministre des Affaires étrangères en 1832.

Adolphe Thiers (1797-1877), journaliste et homme politique fut président de la République en 1871.

Le comte Charles Forbes de Montalembert, partisan des catholiques libéraux et directeur du *Correspondant* fut élu à l'Assemblée constituante en 1848.

Monseigneur Dupanloup (1802-1878), évêque d'Orléans en 1849 et député en 1871, participa à la commission qui prépara la loi de 1850 sur l'enseignement.

91. « Prince de Sagan » était le titre utilisé par Charles, Guillaume, Frederich, Boson, de Talleyrand-Périgord (1832-1910), connu pour ses fastueuses réceptions parisiennes.

Le prince Charles Joseph de Luynes (1734-1814), homme de guerre d'origine belge, fréquenta les salons parisiens et publia ses *Lettres et Pensées*, qui furent éditées par Mme de Staël.

92. La rose d'or est une récompense offerte à une princesse catholique par le pape le quatrième dimanche du Carême.

93. Adélaïde Ristori (1822-1906), tragédienne italienne qui remporta un grand succès dans *Médée* de Legouvé à Paris en 1856.

94. Antoine Coysevox (1640-1720), sculpteur français de tendance baroque qui décora Versailles.

95. On a à tort imprimé « justesse » pour « prestesse » dans Grasset, placard 21, car on a mal lu l'écriture de Proust en marge du folio 231 de la dactylographie et Proust n'a pas relevé cette coquille qui a persisté sur G2 et l'édition.

96. Joseph Joubert (1754-1824), moraliste français auteur de *Pensées, essais, maximes,* publié en 1842 et cité par Sainte-Beuve

dans ses *Portraits littéraires* : « Il est des mots amis de la mémoire... »

97. Marie de Rohan (1600-1679), fille du duc de Montbazon, épousa en 1617 Charles Albert, duc de Luynes, puis une fois veuve, Claude de Lorraine, duc de Chevreuse en 1622.

98. Carmen Sylva est le nom de plume d'Elizabeth, reine de Roumanie (1843-1916), qui écrivit des poèmes et des nouvelles en allemand et en français.

99. « J'ai horreur des personnes qui voyagent avec « fruit ». Ajout autographe sur dactylographie, folio 233, imprimé sur Grasset, placard 21 et G2, placard 17. Barré dans G3 ?

100. « La vérité est que comme le premier jour où j'allai voir jouer la Berma je ne voyais rien, je n'entendais rien, mon ardente attention volatilisait immédiatement ce qu'il eût fallu recueillir. » Ajout autographe sur Grasset, placard 21, imprimé dans G2, placard 17. Barré dans G3 ?

101. B dans la paperole autographe rajoutée à Grasset placard 21. B est barré par Proust et remplacé par G dans G2, placard 17.

102. Prosper Mérimée (1803-1870), écrivain français auteur de *Carmen* et *Colomba*, adversaire de Baudelaire, protégé par la famille de Broglie et par Stendhal.

103. Emile Augier (1820-1889), créateur de l'« Ecole du bon sens » au théâtre et auteur du *Gendre de Monsieur Poirier*.

104. « [...] il n'eut pas plus suffi que les paroles fussent belles, fines, profondes qu'à Balbec que les statues fussent d'un art profond, il eut fallu [...] » Ajout autographe sur la dactylographie, folio 237, imprimé dans Grasset, placard 22, disparu de G2. Barré sur G1 ?

105. « Au reste, entre notre perception et une personne dont nous venons seulement de faire la connaissance, toutes ses particularités — un défaut de son nez, un signe sur sa joue, la façon agaçante de prononcer un certain mot qui de plus n'était pas celui que nous attendions, — ne forment-elles pas une sorte d'hiatus assez désagréable et auquel si nous restions fidèles à notre impression nous donnerions le nom de déception. [...]

Mais on nous dit : « Elle est si distinguée, quelle race ! Comme elle est intelligente, quel esprit ! » Jaloux de tenir bien notre partie dans le chœur social, nous répétons : « Quelle race, quel esprit ! » [...] Bientôt on ne voit plus le défaut du nez plus qu'on n'entend le tic-tac de la montre qu'on a auprès de soi et à qui on demande seulement de vous dire s'il est l'heure de partir dîner en ville. L'hiatus est comblé, les angles sont effacés, on ne dit plus seulement, on pense de tout son cœur : « Quelle beauté, quelle race, quel esprit ! » et on le répète, comme si c'était l'essence de ce qu'on pense (alors que ce n'est que la pensée seconde, fort différente, par laquelle nous remplaçons, en tant qu'hommes du monde, notre pensée d'essai, notre impression personnelle) aux nouveaux venus qui eux sont encore sensibles aux défauts du nez, au signe de la joue, aux adjectifs mal choisis. »

Ajout autographe sur Grasset, placard 22, imprimé dans G2, placard 17 mais absent de l'édition. Barré dans G3 ?

106. Allusion à la fable de La Fontaine : *La grenouille qui veut se faire aussi grosse que le bœuf*. Postérieur à G2.

107. Dans la première version de ce passage qui est un ajout autographe au folio 240 de la dactylographie, les rôles ne sont pas tenus par les mêmes personnages puisqu'on peut y lire la scène suivante, dont nous avons respecté la ponctuation, à la suite de « Non, c'est une nouvelle habitude qu'ont ces messieurs de poser leurs chapeaux à terre dit Mme de Villeparisis » : « Ah ! je n'ai plus qu'à m'en aller, dit Madame de Guermantes en voyant entrer son mari qui entrait avec lenteur et gesticulation, comme intimidé par tant de monde. « Nous en sommes comme le dit Aristote au chapitre des chapeaux » dit le professeur Cottard, résumant pour Madame de Villeparisis l'incident des " tubes " posés par terre. Il faut que je vous présente mes devoirs, Madame. Je peux m'éclipser à l'anglaise, n'est-ce pas ? Et il fila non sans jeter de droite et de gauche quelques regards incertains. »

108. Dans son chapitre « De la qualité », Aristote (384-322), écrit : « puisque le chapeau est un corps inanimé, il faut dire la figure d'un chapeau et non point la forme. ». Cette phrase est reprise par Molière dans *Le Mariage forcé*, scène 1 et dans *Le Médecin malgré lui* (II, 2) où Sganarelle attribue faussement à Hippocrate un chapitre des chapeaux.

109. Le vicomte de Borelli est l'auteur d'*Alain Chartier*, qui fut représenté à la Comédie-Française le 20 mai 1889, et de divers recueils de poèmes.

Gustave Schlumberger (1844-1929) et le vicomte Georges d'Avenel (1855-1939), sont des historiens français.

Pierre Loti (pseudonyme de Julien Viaud) (1850-1923), est un romancier français, auteur de *Madame Chrysanthème* (1887), *Pêcheur d'Islande* (1886), *Ramuntcho* (1897).

Edmond Rostand (1868-1918), dramaturge, auteur de *Cyrano de Bergerac* et de *L'Aiglon* joué en 1900 par Sarah Bernhardt.

Paul Deschanel (1855-1922), homme politique, président de la Chambre des députés en 1898 et président de la République en 1920.

110. Antonio Pisanello (1395-1455), peintre et médailleur italien.

Jan Van Huysum (1682-1749), peintre hollandais paysagiste et spécialiste des natures mortes avec arrangements floraux.

111. Le nom de l'archiviste est Vallismère au folio 242 de la dactylographie et Devallenères au folio 253 ! Tout ce passage, à partir de « Ces fleurs sont vraiment d'un rose céleste » jusqu'à « pour faire les compotiers » a été réécrit par Proust sur la dactylographie car dans la version du Cahier 44, c'est Cottard qui prononce : « Vous avez vraiment des doigts de fée » et tout l'épisode du vase renversé se situe avant l'arrivée de Legrandin et de la Duchesse de Guermantes.

112. Héra est la sœur et l'épouse de Zeus. Bloch cite la traduction de Leconte de Lisle et Proust a bien écrit « yeux pers » et non « purs » sur le folio 246 de la dactylographie où avait été laissé un blanc.

113. Dans l'*Iliade*, Anténor est un conseiller du roi Priam. Dans la mythologie il est le fils du fleuve Alphée et de la nymphe Aréthuse.

114. La guerre russo-japonaise (1904-1905) fut une défaite pour le tsar Nicolas II, à qui la France était favorable, car elle était opposée à l'intervention japonaise en Chine.

115. « [...] Et regardant dans la lumière blonde du couchant, M. de Châtellerault qui assis sur un canapé près de la fenêtre avait l'air, un énorme œillet rose à sa boutonnière, de figurer dans quelque tableau vivant une « fleur animée », Bloch voyait s'ouvrir si inopinément devant lui un avenir où il aurait ce jeune compagnon de voyage, se demandait s'il n'était pas le jouet d'un songe d'une fin d'après-midi de printemps. »

Ajout autographe sur dactylographie, folio 247, imprimé dans Grasset, placard 23, disparu de G2. Barré dans G1 ?

116. Otto von Bismarsk (1815-1898), ministre de Frederich Guillaume de Prusse, vainqueur de Napoléon à la bataille de Sedan en 1870, fin diplomate dont le pouvoir diminua avec l'accession au trône de Guillaume II en 1888.

Camillo, comte de Cavour (1810-1861), homme politique italien qui unifia le pays.

117. Victor Cherbuliez (1829-1899), romancier suisse et français, membre de l'Académie française.

118. Ernest Hébert (1817-1908), peintre français qui reçut le grand prix de l'Exposition de 1889.

Pascal, Adolphe, Jean Dagnan-Bouveret (1852-1929), peintre français qui gagna une médaille à la même exposition.

119. Héros pacifiste d'une chanson de Béranger écrite en 1813.

120. Le jardin d'Academus est le gymnase où Platon dispensait son enseignement à Athènes.

121. « fara da se » : l'Italie « agira toute seule » devise des nationalistes italiens opposés aux interventions étrangères.

122. « Principiis obsta », Ovide : *Remedia Amoris*, vers 91-92, « résiste aux premières avances ».

123. « Arcades ambo », Virgile : *Eglogues* VII, 4, « tous les deux Arcadiens ».

124. Proust avait rajouté ce paragraphe à partir de « Vous n'avez pas l'intention [...] » en marge du placard 18 de G2 mais a dû ensuite le déplacer (sur G3 ?) car M. de Norpois n'était pas encore entré dans le salon à ce niveau du texte une fois remanié. Ceci explique que nous ayons deux fois la phrase : « Tout le monde s'était approché de Mme de Villeparisis pour la voir peindre » à quelques pages d'intervalle.

125. Ce vers est de Musset (Dédicace à *La Coupe et les lèvres*, 175) et non d'Augier.

126. *Les Sept Princesses*, pièce écrite en 1891 par Maurice Maeterlinck (1862-1949), poète et dramaturge belge.

127. Joseph Péladan (1858-1918), romancier français qui fonda le salon de la Rose-Croix et se prétendit mage (Sâr).

128. « Il y avait une fois un être qui à certains jours était capable

de sécréter de vives couleurs ; il en peignait tout ce qu'il rencontrait, et c'était ces gens-là qu'il appelait bons, charmants, désirables [...]. Les premiers rôles de l'affaire Dreyfus étaient fourbis comme des héros de roman dont on voudrait savoir quelle vie réelle ils menèrent avant que l'auteur en fit le comte Mosca, Madame Bovary, Lucien de Rubempré. »

Ajout autographe sur Grasset, placard 24, disparu de G2. Barré sur G1 ?

129. Ces deux phrases sont postérieures à G2. Les Moires sont les divinités grecques du destin, correspondant aux Parques.

130. *La Patrie française* est une ligue fondée en 1898 pour s'opposer à la révision du procès de Dreyfus réclamée par la Ligue des Droits de l'Homme.

131. Emile Ollivier (1825-1913), avocat et homme politique, fondateur du tiers parti, ministre de la Justice sous Napoléon III.

132. Joseph Prudhomme est un personnage représentant le conformisme bourgeois créé par le caricaturiste Henry Monnier en 1830.

133. « D'ailleurs ne gardons-nous pas une incertitude profonde sur les véritables mobiles des gens que nous avons approchés le plus près ; pouvons-nous affirmer dix ans après que dans notre rupture avec notre maîtresse, qui d'elle ou de nous a eu tous les torts, que si nous avions agi autrement cette rupture était préméditée par elle quoi que nous fissions, etc. Or pourquoi la vérité sur les événements politiques, historiques serait-elle autre, concrète, indiscutable, c'est-à-dire en dehors de la vie, pourquoi le serait-elle puisque à ces événements sont mêlés des hommes c'est-à-dire des créatures si difficiles à connaître et qui ne se connaissent pas eux-mêmes. »

Ajout autographe sur Grasset, placard 24 non imprimé dans G2. Barré sur G1 ?

134. « inter pocula » au milieu des coupes, c'est-à-dire entre amis, en privé.

135. Henri d'Orléans (1867-1901), est le petit-fils de Louis-Philippe. Il félicita publiquement Esterhazy après son acquittement.

136. « Au sujet de la déclaration du général de Pellieux, relative à une guerre possible, Bloch déclara dans l'espoir que M. de Norpois lui demanderait de le lui raconter qu'il trouvait fort joli le mot que Grosclaude avait répondu l'autre jour à Hérédia. Mais pas un muscle ne bougea dans le visage glabre et pâle de M. de Norpois devant lequel Bloch se démenait comme un déclamateur devant quelque statue du Musée des Antiques. « Vous ne le connaissez pas et sans attendre la réponse, Hérédia a dit s'il y a la guerre, je m'avancerai tout seul vers le camp ennemi, je serai tué et la guerre sera finie. » « Pour vous répondit Grosclaude ». Aucune marque d'improbation ou d'impatience n'avait altéré la rigidité du masque antique. La voix n'en parut que plus aiguë et plus mordante qui s'échappa du buste soudain parlant du Philopomen. « Oh ! c'est une vieille histoire, ma réponse de Scholl à Victor Hugo. » [...]

« Mais je vous affirme qu'Hérédia l'a dit, tenez, mercredi

dernier, c'était chez Mme Verdurin » insista Bloch qui ne songeait pas que ces précisions étaient absurdes du moment que l'histoire remontait à cinquante ans. Pour manifester qu'il était incrédule, M. de Norpois ne crut pas devoir sortir de son immobilité. Il fit entendre par politesse un « Ah ! » qui n'était ni interrogatif ni exclamatif, mais pour montrer qu'il n'attachait aucune importance aux précisions de Bloch, rappela, comme si l'autre n'avait rien dit, dans quelles circonstances Victor Hugo avait prononcé ces paroles. »

Addition sur Grasset, placard 24, partiellement barré dans G2 imprimé.

137. « Est-ce que vous n'êtes pas effrayé de la situation financière demanda le Duc de Guermantes à M. de Norpois. Voilà maintenant qu'on parle d'un impôt sur le revenu. Certes je suis de ceux qui trouvent qu'il faut marcher avec son temps, ajouta-t-il car il se piquait de n'être pas réactionnaire. » « Commençons par avoir un ministère composé d'hommes capables, répondit M. de Norpois. Comme dirait le B$^{on}$ Louis : Faites-moi de bonne politique et je vous ferai de bonnes finances. » Nous avons cru et oublié que après un service quotidien qui avait duré de longues années, le proverbe « les chiens aboient, la caravane passse » et le mot de Talleyrand « c'est plus qu'un crime » avaient été tellement fatigués, tellement hors d'usage, qu'ils avaient été remplacés au *Journal des Débats*, au *Temps*, dans les bulletins politiques de *la Revue des 2 Mondes* [...] et avant tout dans la conversation de M. de Norpois par la maxime du B$^{on}$ Louis et par « qui sème le vent ». Même ce proverbe arrivait avec des forces si fraiches qu'il aurait pu fournir une longue carrière et servir encore à M. de Norpois (qui n'est pas mort) à l'heure où le présent volume est achevé d'imprimer, s'il n'y avait pas eu la guerre. Mais ce fut le tour d'un proverbe japonais que quelqu'un s'avisa de citer (« celui qui sait souffrir un quart d'heure de plus »). Tout le monde aussitôt écouta ce quelqu'un et cita ce proverbe. Et les « Readers » du *Temps*, des *Débats*, les conversations de M. de Norpois furent remplis pourtant chaque jour par « les traités ne sont pas des chiffons de papier » « la fameuse kultur », la manie du Kolonel, la paix « boiteuse » et le « mordant » des troupes trouvaient tout de même une petite place pour le quart d'heure des Japonais. [...]

C'est ainsi que les modes changent et marquent en changeant la fuite des années. » Addition dont nous respectons la ponctuation sur Grasset, placard 24, non imprimé dans G2.

138. Emile Cyprien Driant (1855-1916), homme politique qui épousa la fille de Boulanger et fut ministre de la Guerre en 1886.

Georges Clemenceau (1841-1929), journaliste anticlérical qui soutint Dreyfus dans *L'Aurore*, président du Conseil en 1906.

139. Ernest Judet (1851-1943), journaliste boulangiste et antidreyfusard.

140. Ferdinand Brunetière (1849-1906) fut maître de conférence à l'Ecole normale supérieure où il défendit l'art pour l'art en 1886 et

directeur de la *Revue des Deux Mondes* en 1893. Son nom est un ajout postérieur à G2.

141. « comme Ruskin faisait filer la quenouille et aurait voulu (dit-on) qu'on ne voyageât pas en chemin de fer ». Paperole sur Grasset placard 25, non imprimé dans G2.

142. Cette phrase, manuscrite dans le Cahier 44, folio 38 r°, et dactylographiée, folio 278, a été oubliée à l'impression. Nous la rétablissons car elle donne un sens aux remarques de Mme de Guermantes qui autrement en sont dénuées. Pour la même raison, nous rétablissons « exagéré » après fort. (Cahier 44, folio 49 r°.)

143. Dans le Cahier 44, il s'agit du Prince Tchiguine, d'origine russe. Dans la dactylographie Proust barre le nom de Tchiguine au profit de celui de Faffenhein-Munsterburg-Weinigen et insère tout un développement sur ce nom, dont le brouillon se trouve dans le Cahier 13.

144. Un Kurhof est une auberge. En 1895 et en 1897, Proust alla au Kurhaus Hotel avec sa mère, dans la petite ville de Bad Kreuznach, non loin du Schlossberg.

145. Nom donné aux documents diplomatiques distribués aux Parlementaires.

146. Samuel Bernard (1651-1739), financier français.

147. « Certes les mots que je lui avais entendu dire ne répondaient guère à l'idée que je m'étais faite d'une intelligence aussi particulière que son nom. Son mélange d'esprit et d'incompréhension de l'art m'avait déçu en tant qu'il était le caractère de bien d'autres conversations que la sienne, qu'il appartenait à une foule d'esprits intelligents. Mais notre pensée n'est que flux et reflux. Elle s'élance à la poursuite d'un idéal qu'elle ne rencontre pas, se brise à la réalité en emporte quelques niveaux et avec eux recompose un idéal nouveau vers lequel elle s'élance. Ce rebondissement m'avait été d'autant plus facile que comme j'aimais Madame de Guermantes les paroles bienveillantes qu'elle m'avait dites m'avait rempli d'une émotion qui pour se créer à elle-même un contenu, une cause légitime, me fit m'écrier au-dedans de moi : quelle femme délicieuse, et je fus aussitôt persuadé qu'elle l'était. [...[
J'aurais voulu avoir des renseignements sur tous les êtres qui approchaient Madame de Guermantes, comme on en souhaite sur les personnes qui sont représentées dans un roman. »
Manuscrit dans le Cahier 44 folio 46 r° dactylographié folio 294, mais non composé sur les indications de Proust qui a repaginé en sautant une feuille de la dactylographie.

148. Ici se situe sur les épreuves Grasset une addition manuscrite qui rapporte l'opinion défavorable de M. de Norpois sur le narrateur et qui a été replacée dans *A l'ombre des jeunes filles en fleurs*. A la place nous avons, imprimé sur G2, l'épisode du « dromadaire couché » qui doit être un remaniement sur G1.

149. « qui s'était rajouté au vocabulaire mondain », imprimé sur G2. Ajout sur G1, barré sur G3 ?

150. Claude Henri, abbé de Voisenon (1708-1775), ami de

Voltaire et de Choiseul, auteur de contes libertins et de poésies galantes.

Claude Crébillon fils (1707-1777), auteur de romans licencieux dont le plus célèbre est *Le Sofa* (1745).

151. Henri Fantin-Latour (1836-1904), peintre français qui exposa des études de fleurs au Salon de 1899 à Paris.

152. Pierre, Antoine Lebrun (1785-1873), poète français élu à l'Académie française en 1828 puis homme politique sous Napoléon III.

Narcisse, Achille Salvandy (1795-1856), écrivain français élu à l'Académie française en 1836, ambassadeur à Madrid et membre du cabinet Molé.

153. Mme de Barante (Césarine Houdetot), auteur de *La Présence de Dieu* (1868) et *Catherine de Sienne* (1875). Son fils publia les lettres de la duchesse de Broglie et son mari celles de femmes célèbres dans le cadre de ses *Etudes historiques et biographiques* (1857).

154. Ralph, Waldo Emerson (1803-1882), philosophe américain fondateur du « transcendentalisme ».

Henrik Ibsen (1828-1906), dramaturge norvégien joué en France en 1890.

Léon Tolstoï (1828-1910), romancier russe, auteur de *Guerre et Paix*.

155. Nous disposons de deux placards 23 commençant à « que Robert put apprendre ces liaisons » et finissant à « Hélas d'autres créatures inférieures ». Le placard 23 non classé à la Bibliothèque nationale appartient à de premières épreuves Gallimard dont nous n'avons que ce fragment en plus du placard 1 déjà mentionné et du placard 10 reproduit dans le livre de Pierre Abraham. On peut noter qu'un certain nombre de corrections faites par Proust sur le placard 23 G1 n'ont pas été reportées sur le placard 23 G2 et donc n'ont pas apparu dans l'édition originale. Par contre, elles ont été répercutées dans l'édition de la Pléiade puisque les éditeurs avaient eu connaissance de ce document partiel qui prouve bien l'existence d'un jeu d'épreuves intermédiaire entre les placards Grasset et les placards Gallimard G2. Nous avons préféré suivre l'édition originale en la confrontant aux documents autographes, c'est-à-dire, les additions sur la dactylographie, les épreuves Grasset et G2, qui constituent, avec le texte parcellaire des Cahiers 35 et 47 le manuscrit du placard 23 G2. Nous donnons en note les principales additions de Proust sur G1.

156. « de verre ». G1.

157. « quatre » sur le manuscrit, la dactylographie, Grasset, G1 et G2. Modifié par Proust sur G3 ?

158. « l'éducation des Jésuites ». G1.

159. « si je le ferai ». G1.

160. « Je vous ai trouvé bien médiocre à Balbec, même en faisant la part de la stupidité inséparable du personnage de « baigneur » et du port de la chose appelée « espadrilles ». G1.

161. « répéta-t-il en scandant les mots avec force, que des ennuis ». G1.

162. « et de m'entraîner à faire beaucoup, trop peut-être, pour vous ». G1.

163. « par combien de côtés sa diction, plus encore qu'à Balbec ressemblait à celle de Swann ». G1.

164. « De ma famille je n'ai pas à vous parler, car je pense qu'un garçon de votre âge appartenant à la petite bourgeoisie (il accentua ce mot avec satisfaction) doit savoir l'histoire de France. Ce sont les gens de mon monde qui ne lisent rien et ont une ignorance de laquais. Jadis les valets de chambre du Roi étaient recrutés parmi les grands seigneurs, maintenant les grands seigneurs ne sont guère plus que des valets de chambre. Mais les jeunes bourgeois comme vous lisent, vous connaissez certainement sur les miens la belle page de Michelet : " Je les vois bien grands, ces puissants Guermantes. Et qu'est auprès d'eux le pauvre petit roi de France enfermé dans son palais de Paris ? " Quant à ce que je suis personnellement, c'est un sujet, Monsieur [...] ». G1.

165. Dans le manuscrit sur dactylo, folio 308, Proust a barré Barante et Thiers pour écrire à la place Henri Martin. Sur G1, il a barré Henri Martin pour remplacer par Guizot. Sur G2 apparaît imprimé Henri Martin. Dans l'édition de la Pléiade on a Guizot c'est-à-dire G1. Mais l'édition originale donne Michelet, que nous conservons car ce doit être le choix final de Proust sur G3.

166. Sur G2, ajout autographe au placard 23, le narrateur répond au style direct : « Madame Bloch n'existe plus, Monsieur [...] » Correction sur G3 ?

167. « au docteur du Boulbon » sur Grasset, G1 et G2. Corrigé sur G3 ?

168. « [...] nerveuse, en une heure il rendit au malade la confiance, et celui-ci digéra sans malaise les dîners les plus succulents. Malheureusement il avait un rein en lambeaux, incapable d'éliminer les résidus de ce que son estomac digérait parfaitement. Du jour qu'il sut qu'il pouvait tout digérer, son rein, protégé jusque-là par la diète, ne put plus offrir de résistance, et mon cousin fut emporté par une crise d'urémie à la suite de ses excès de table. La Table Ronde d' » (la phrase reste inachevée). » G1.

169. « ... quand cette "hésitation sublime" dans un carrefour unique où, piètre roturier, il me faisait pourtant jouer le rôle du fils d'Alcmène, fut brusquement interrompue par celui qui était en train de me l'offrir. Mon bras fut vivement déplacé par un choc, comme il arrive quand tenant un objet électrisé on a mis par mégarde sa main sur un bouton électrique. » G1.

170. « Actuellement vous êtes un catéchumène. Votre présence là-haut avait quelque chose de scandaleux. Il faut avant tout éviter l'indécence.

Comme M. de Charlus parlait de cette visite chez Mme de Villeparisis, je voulus lui demander sa parenté exacte avec la marquise, la naissance de celle-ci, mais la question se posa sur mes lèvres autrement que je n'aurais voulu et je demandai ce que c'était que la famille Villeparisis.

— Mon Dieu, la réponse n'est pas très facile, me répondit d'une voix qui semblait patiner sur les mots, M. de Charlus. C'est comme si vous me demandiez de vous dire ce que c'est que rien. Ma tante, qui peut tout se permettre, a eu la fantaisie, en se remariant avec un certain petit M. Thirion, de plonger dans le néant le plus grand nom de France. Ce Thirion a pensé qu'il pourrait [...] prendre un nom aristocratique et éteint. L'histoire ne dit pas s'il fut tenté par La Tour d'Auvergne, s'il hésita entre Toulouse et Montmorency. En tout cas il fit un choix autre et devient monsieur de Villeparisis. Comme il n'y en a plus depuis 1702, j'ai pensé qu'il voulait modestement signifier par là qu'il était un monsieur de Villeparisis, petite localité près de Paris, qu'il avait une étude d'avoué ou une boutique de coiffeur à Villeparisis. Mais ma tante n'entendait pas de cette oreille-là — elle arrive d'ailleurs à l'âge où l'on n'entend plus d'aucune. Elle prétendit que ce marquisat était dans la famille, elle nous a écrit à tous, elle a voulu faire les choses régulièrement, je ne sais pas pourquoi. Du moment qu'on prend un nom auquel on n'a pas droit, le mieux est de ne pas faire tant d'histoires [...]

Le comique est que, depuis ce moment-là, ma tante a fait le trust de toutes les peintures se rapportant aux Villeparisis véritables, avec lesquels feu Thirion n'avait aucune parenté. Le château de ma tante est devenu une sorte de lieu d'accaparement de leurs portraits, authentiques ou non, sous le flot grandissant desquels certains Guermantes et certains Condé qui ne sont pourtant pas de la petite bière, ont dû disparaître. Les marchands de tableaux lui en fabriquent tous les ans. Et elle a même dans sa salle à manger à la campagne un portrait de Saint-Simon à cause du premier mariage de sa nièce avec M. de Villeparisis et bien que l'auteur des *Mémoires* ait peut-être d'autres titres à l'intérêt des visiteurs que n'avoir pas été le bisaïeul de M. Thirion. »

G1.

171. Fernand Widal (1862-1929), médecin français qui fit des travaux sur le taux d'urée dans le sang, permettant de diagnostiquer les néphrites.

172. Jean, Martin Charcot (1825-1893), médecin français à la Salpêtrière qui travailla sur l'hystérie et l'hypnose.

173. Lettre du 3 juin 1693.

174. Sur le folio 44 r° du Cahier 47 (N.A.F. 16687) Proust écrit à la suite de ceci : « Ce soir-là je reçus une lettre de Mme Du Change et une lettre de Mme Verdurin, *[qui me demandaient toutes deux si ma grand-mère allait mieux qui me proposaient]* Mme du Change me disait qu'elle n'avait pas pu aller aux Champs-Elysées depuis longtemps *[mais]* et ne m'avait pas écrit à cause de cela mais qu'elle y serait *[mercredi]* le surlendemain mercredi s'il faisait beau à partir de quatre heures en face les chevaux de bois. Et un mot de Mme Verdurin qui ayant rencontré la B<sup>ne</sup> Putbus l'avait invité à dîner pour ce même mercredi. Mme Putbus resterait à coucher et ne partirait que le lendemain matin et si ma grand-mère était assez bien pour que je vienne, je devrais bien rester aussi et ne repartir que le lendemain.

Je n'avais plus aucune raison de renoncer à ces deux plaisirs. »

Sur D3 Proust barre ce passage au folio 62. Le narrateur doit simplement retrouver « des amis » et partir avec eux en train pour Ville-d'Avray.

Sur D1 cependant, c'était Marie que le narrateur devait rencontrer aux Champs-Elysées un jeudi à trois heures (folio 10) : « Quant à moi qui étais déjà au moment où j'allais voir Marie, je ne voulais même pas dans mon impatience admettre que nous ne sortirions pas et j'étais déjà au bas de l'escalier Puisque nous préférons nos parents à tout comment ce bonheur de leur société si délicieuse que la privation pour toujours, à leur mort, nous causera la plus grande douleur que nous puissions éprouver, comment pendant toutes ces années où il nous est merveilleusement conservé cherchons nous si peu à en jouir ? Nous sommes toujours prêts à les quitter pour le plus insignifiant camarade. Chaque jour nous sortons, nous nous dérangeons pour voir tout le monde excepté eux. Nous savons pourtant qu'un jour nous ne pourrons plus les voir et cependant nous continuons demain comme hier. Qu'attendons-nous pour agir comme s'ils étaient vivants et non comme s'ils étaient morts pour ne pas anticiper d'avance et de leur vivant la tristesse de les voir jamais ? Nous méritons bien de ne pas les perdre quand nous en profitons si peu tant que nous les gardons. »

175. Lettre du 21 juin 1680.

# RÉSUMÉ

travail (226). Mon père veut se présenter à l'Institut et compte sur l'appui de M. de Norpois (228). Mme Sazerat dreyfusarde (229).

*La journée Villeparisis.*

En allant retrouver Saint-Loup un matin de printemps je rencontre Legrandin qui me reproche de fréquenter des aristocrates et promet de m'envoyer son roman (230). Le village de banlieue où habite la maîtresse de Saint-Loup (233). Eblouissement devant les poiriers en fleurs (233). Je reconnais en la jeune femme « Rachel quand du Seigneur » (236). Puissance de l'imagination humaine (237). Retour en train (240).

au restaurant

Rachel et Aimé (245). Jalousie de Saint-Loup (246). Le jeune boursier (249). Le cabinet particulier (250). Effets de l'alcool (251).

au théâtre

Nouveau point de vue sur les acteurs (253). Cruauté de Rachel envers une débutante (253). Je comprends l'illusion dont Saint-Loup est victime en la voyant sur scène (255). Il m'explique son étrange salut à Doncières (257). Le danseur (258). Saint-Loup menace Rachel de rupture définitive (261). Il gifle un journaliste (262). Le promeneur passionné (264). Saint-Loup préfère que nous arrivions séparément chez Mme de Villeparisis (265).

le salon

Déchéance mondaine de Mme de Villeparisis (266). Ses mémoires (268). Meubles et portraits (272). Mon ancien camarade Bloch (273). Son type physique (273). L'historien de la Fronde (276). Arrivée d'Alix, une des « trois Parques » (279). Le vrai portrait de la Duchesse de Montmorency (283). Entrée de la Duchesse de Guermantes (284). Snobisme de Legrandin (288). Je ne retrouve rien du nom de Guermantes dans la personne assise dans le salon (290). L'écrivain G... (291). Le genre d'esprit de Mérimée, de Meilhac

# ANNEXES

## TEXTES DE MARCEL PROUST

## Annexe 1

Lettre de Marcel Proust à Madame Gaston de
Caillavet in *Correspondance de Marcel Proust*, texte
établi, présenté et annoté par Philip Kolb, Paris, Plon,
1983. Tome XI, 1912, p. 154 (peu avant le 4 juillet
1912).

... Est-ce que par hasard vous pourriez me donner
pour le livre que je finis quelques petites explications
« couturières ? » (Ne croyez pas que c'était pour cela
que je vous avais téléphoné l'autre jour ; je n'y
songeais, mais seulement à l'envie de vous voir.)
Voilà, j'ai besoin de beaucoup de détails, de mots qui
me manquent, mais que je sais d'avance que vous ne
pourrez pas me donner parce que c'est trop ancien.
Vous étiez trop petite. Mais voici ce que peut-être
vous pourriez. Avez-vous cette année vu, en toilettes
analogues à celles qu'on a pour l'Opéra, Mme Standish et Mme Greffuhle, un soir des représentations
italiennes de Monte Carlo ? Mme Greffuhle m'avait
emmené à l'Opéra avec Mme Standish. Et j'avais eu
l'impression de deux façons de comprendre la toilette,
l'élégance, très différentes, très opposées. Je ne pense
pas que vous ayez pu les voir ce soir-là car c'était dans
une baignoire d'avant-scène fort noire (il y a à peu près

deux mois), mais vous les avez peut-être vues séparément, à d'autres représentations. Je désirerais qu'elles ne sachent ni l'une ni l'autre que cela m'intéresse (sans cela j'aurais tout simplement demandé à Mme Guiche que j'ai souvent vue depuis) parce que les deux femmes que je recouvrirais — comme deux mannequins — de leurs robes n'ont aucun rapport avec elles, que mon roman n'a aucune clef, que si je leur en parle et si après cela mes personnages femmes sont empoisonneuses ou incestueuses, ou n'importe quoi, elles croiront que j'ai voulu dire cela d'elles ! J'aime mieux pas ! Je ne vous écris pas de détails pour ne pas vous fatiguer ni me fatiguer si c'est inutile et si vous devez me dire que vous ne savez pas, que vous ne pouvez pas me dire. Dans le cas contraire je vous écrirai (avec des mots inexacts et faux que vous rectifierez) la description de mon souvenir. Mais n'en parlez pas ! Si je ne me sens pas trop fatigué jeudi, comme j'aime aller à la dernière soirée de l'année pour me rappeler des visages (quand elle a lieu chez des gens que je connais !) j'ai l'intention d'aller chez la Duchesse de Guiche. Voudriez-vous que j'aille avant, vers 9 heures et demie, vous faire une petite visite et je vous quitterais vers 10 heures et demie pour y aller. Mais ce n'est que si je suis mieux. Comme j'ai eu quelques jours relativement bons, c'est possible. D'ailleurs si vous aimez mieux que je reste un peu plus avec vous, je peux très bien ne pas aller chez les Guiche. Je pense beaucoup à votre fille. Quel ennui qu'elle n'aille pas à Cabourg ; je ne suis du reste pas du tout décidé à y aller cette année, mais si elle y venait je n'hésiterais plus. Vous ai-je raconté que j'y vois tous les ans un cousin à vous, le jeune Prémonville, qui a l'air d'être amoureux aussi de votre fille et que j'y ai revu aussi les Daireaux d'autrefois. Que de choses à se dire et que c'est ennuyeux d'être malade !

Votre ami respectueux,

MARCEL PROUST.

Lettre de Marcel Proust à Robert de Montesquiou, in *Correspondance générale*, publiée par Robert Proust et Paul Brach, Paris, Plon, 1930, vol. I., p. 281 (peu après le 18 avril 1918).

Cher Monsieur,

Que vous êtes gentil de m'avoir écrit cette magnifique lettre ! C'est le plus grand honneur que je puisse avoir. Pour vous distraire par des frivolités, je réponds à ce que vous me dites des fausses clés de mon livre. Dans tout l'ouvrage (je ne parle pas des volumes, mais de l'ensemble des volumes), il y a à peine deux ou trois clés et qui n'ouvrent qu'un instant. Ainsi, il n'y a aucune clé pour Saint-Loup, mais, dans un passage non encore publié du livre, qui a paru dans *La Revue hebdomadaire*, je me suis souvenu d'une promenade sur les banquettes d'un café, promenade exécutée par mon pauvre ami Bertrand de Fénelon, qui a été tué en 1914. Pour le reste, il n'y a pas de traits de lui.

Si vous vous rappelez vaguement *A l'ombre des jeunes filles en fleurs* (excusez-moi de parler ainsi de mes livres oubliés, mais c'est vous qui m'y conviez), au moment où M. de Charlus me regarde fixement et

distraitement près du Casino, j'ai pensé un instant à
feu le Baron D[oasan], habitué du salon Aubernon et
assez dans ce genre. Mais je l'ai laissé, ensuite, et j'ai
construit un Charlus beaucoup plus vaste, entièrement inventé. Quant aux Blocqueville, Janzé, etc., je
ne les ai connues que de nom, et ma Mme de
Villeparisis est plutôt Mme de Beaulaincourt (avec un
rien de Mme de Chaponay-Courval). J'ai même dit
qu'elle peignait des fleurs pour ne pas dire qu'elle en
fabriquait. Car Mme de Beaulaincourt en fabriquait
d'artificielles et c'eût été trop ressemblant. Mon
Charlus est assez raté dans le prochain volume, mais il
prend, ensuite (je me figure !), une certaine ampleur.

Beaucoup de gens croient que Saint-Loup est
d'Albuféra, je n'y ai jamais songé. Je suppose qu'il le
croit lui-même ; c'est la seule explication que je trouve
à sa brouille avec moi, laquelle me fait beaucoup de
chagrin, d'autant plus qu'il venait de me rendre
service. Hasard curieux. J'ai reçu votre lettre au
moment où je venais d'écrire (moi qui ne peux plus
écrire jamais) au directeur d'une grande revue, ou
assez grande revue, et où, après avoir parlé d'autre
chose, je disais :

— Quel malheur qu'une critique d'art importante
ne soit pas confiée au plus grand critique d'art de
notre époque, M. de Montesquiou ! [...]

Je ne peux vous dire combien d'églises ont « posé »
pour mon église de Combray, dans *Du côté de chez
Swann*. Les gens sont plus inventés, les monuments
viennent apporter doucement, tel sa flèche, tel son
pavage, tel son dôme. Cher Monsieur, la fatigue
m'arrête et je ne puis vous parler, cette fois, de l'autre
livre, plus beau encore ; entre parenthèses, je l'ai
communiqué à Gide, pour qu'il vît la gentille façon
dont vous parlez de lui à propos de Mallarmé.

Je ne suis pas, en bon roturier, de votre avis sur les
couronnes. Les gens du monde (bien entendu,
j'excepte ceux qui sont de grands artistes) n'ont
d'autre raison d'être que de nous rappeler sur leur
papier à lettres l'équivalent de *Pulchre Sedem, melius*

*agens*. Et si les « sœurs aimables » (supérieures, du reste, à leur milieu) se font faire, au lieu d'instructives couronnes, un chiffre chez Leuchars comme Mme Porgès, je le regrette. J'aimerais bien savoir quelle parenté il y a entre le Chaulnes de Mallarmé et la Duchesse d'Uzès.

Au revoir, cher Monsieur ! J'espère que vous êtes tout à fait guéri et que votre entière résurrection viendra en même temps que ma mort c'est-à-dire bientôt.

Votre admirateur affectueux et reconnaissant.

Marcel PROUST.

Lettre de Marcel Proust à Madame de Chevigné, in *La Duchesse de Guermantes : Laure de Sade, Comtesse de Chevigné* par la princesse Bibesco, Paris, Plon, 1950, p. 153-154 (octobre ? 1920).

44 rue Hamelin

Madame,

Je vous remercie d'avoir pensé à moi pour si peu de chose. Dans mon prochain livre (qui va paraître dans huit jours) il y a tout le temps une dame à chapeau de bluets quand elle est en visite, et autrement habillée aussi. Si seulement elle vous plaît à moitié autant qu'au narrateur (qui dans le livre est fou d'elle), je suis récompensé. Du reste elle ne cessera plus de paraître. Je ne vous ai pas envoyé mon édition de grand luxe des *Jeunes Filles*, mais comme ils ont eu la stupidité de ne tirer qu'à 50 exemplaires, je n'en ai pas un seul à moi.

Votre respectueux admirateur

Marcel PROUST.

*Id.*, p. 149 (1920).

Madame,

Je ne vous écris pas mais j'écris sur vous. Tout mon prochain volume est sur vous. Et je suis hanté par le souvenir de vos moindres conversations que le jour même du Prix Goncourt, à un conte sur le matin, j'ai ajouté pour qu'il portât votre marque, ces mots que vous m'aviez dits à propos de Mme de Beaulaincourt[1] : « Elle lui a mangé jusqu'à son dernier fermage. » Si je vous voyais souvent, comme mes livres seraient moins mauvais ! Du moins on peut toujours y retrouver votre souvenir comme dans cette église de Brou où à tous les piliers s'enlacent avec une tendre monotonie des initiales adorées. Ainsi je ne peux rien écrire qui ne répète comme dans la poésie de Lamartine le nom de Laure. Je ne me crois pas, hélas ! Pétrarque pour cela mais je garde la trace ineffaçable des minutes enchantées.

Daignez agréer, madame, tous mes respects.

Marcel PROUST.

Lettre de Marcel Proust à Paul Souday in *Correspondance générale*, vol. III, p. 85 (novembre 1920).

Cher Monsieur,

Ne mêlons pas la vie (et les sympathies déférentes qui y naissent) avec la littérature.

Donc.

### 1º VIE

Vous a-t-on dit qu'il y a une quinzaine de jours, ayant eu un soir d'éclaircie dans mes souffrances, j'ai envoyé un taxi vous demander si vous vouliez venir dîner le même soir au Ritz, taxi qui, après la rue Guénégaud, s'est dirigé dans des quartiers divers à la recherche des convives dont je souhaitais vous entourer ? Je recommencerai, quand je pourrai. Et ne pourriez-vous m'indiquer un « Sésame » pour réussir ?

### 2º LITTÉRATURE

J'ai eu, il y a trois ou quatre jours, ce qu'on appelle un « mauvais Souday ». Je l'eusse trouvé tel autrefois.

---

1. Balaincourt. Erreur de Proust.

Mais depuis que je vous connais, que j'ai compati à votre deuil, que je me suis pris de sympathie pour vous, l'ennui de ne pas vous voir compte seul et celui d'un « mauvais Souday » est minime. J'en souhaiterais cinquante pires, si seulement je pouvais dîner avec vous de temps en temps.

Seulement, le bon sens aime argumenter. Et alors je ne peux m'empêcher de vous dire ceci : Comment, sachant probablement que j'ai toute ma vie connu des Duchesses de Guermantes, n'avez-vous pas compris l'effort qu'il m'avait fallu faire pour me mettre à la place de quelqu'un qui n'en connaîtrait pas et souhaiterait d'en connaître ? Là comme pour le rêve, etc., etc., j'ai tâché de voir les choses par le dedans, d'étudier l'imagination. Les romanciers snobs, ce sont ceux qui, du dehors, peignent ironiquement le snobisme qu'ils pratiquent. Puisque vous êtes ami de la Princesse Lucien Murat, elle peut vous dire à quel âge les Guermantes de tout genre m'étaient familiers. J'ajoute que si M. de Guermantes dit « spirituel » (mais non, cela serait trop long à écrire, et pour vous à lire). En tout cas, les gens du monde sont si bêtes qu'il m'est arrivé ceci : agacé de voir Saint-Simon parler toujours du langage si particulier aux Mortemart sans jamais nous dire en quoi il consistait, j'ai voulu tenir le coup et essayer de faire un « esprit de Guermantes ». Or, je n'ai pu trouver mon modèle que chez une femme non « née », Mme Strauss, la veuve de Bizet. Non seulement les mots cités sont d'elle (elle n'a pas voulu que je dise son nom dans le livre), mais j'ai pastiché sa conversation. Je vous dirai une chose plus curieuse. Dans *Guermantes II,* que vous ne connaissez pas, mon héros reçoit une invitation chez la Princesse de Guermantes (cousine de la Duchesse). Cela lui paraît si élégant qu'il a peur qu'on lui ait fait une farce. Or, ce trait n'est pas de moi. M. d'Haussonville, le père, raconte, dans ses Mémoires, que lui et son ami, M. d'Aramon, avaient si envie d'être invités chez M. Delessert, que, l'ayant été, ils allèrent s'informer chacun de leur côté si c'était bien vrai, ne pouvant croire à leur bonheur. Ce sont peut-être les deux seules fois dans toute mon œuvre que je n'ai pas « inventé » de toutes pièces. Enfin, si Mme de Guermantes n'est pas aimable avec mon héros, ce n'est pas parce qu'il est bourgeois, mais parce qu'elle se sent aimée. Dès que (dans *Guermantes II* déjà imprimé, non encore paru) elle n'est plus aimée, elle se précipite sur son amoureux de la veille et l'invite à dîner sans arrêter...

### 3° RAPPORTS DE LA CRITIQUE LITTÉRAIRE
#### AVEC LA VIE

Une chose m'a fait de la peine où vous n'avez certainement pas mis de méchanceté ! Au moment où je vais publier *Sodome et Gomorrhe*, et où, parce que je parlerai de Sodome, personne n'aura le courage de prendre ma défense, d'avance vous frayez (sans méchanceté, j'en suis sûr) le chemin à tous les méchants, en me traitant de « féminin ». De féminin à efféminé, il n'y a qu'un pas. Ceux qui m'ont servi de témoins en duel vous diront si j'ai la mollesse des efféminés. Encore une fois, je suis certain que vous l'avez dit sans préméditation. Avec cette longue lettre (toute confidentielle et privée, naturellement, et nullement à insérer), recevez, cher monsieur, l'expression de mon attachement bien admiratif et de ma gratitude dévouée. Vous aurez ces livres-là en mai, mais j'espère bien qu'on se verra avant.

Marcel PROUST.

Lettre de Marcel Proust à Laure Hayman, in *Correspondance générale*, publiée par Robert Proust et Paul Brach, Paris, Plon, 1935, vol. VI, p. 220. (19 mai 1922.)

### Chère Madame,

Après un accident qui m'est arrivé la semaine dernière (par un médicament dont j'ignorais qu'il fallait le diluer, que j'ai pris pur et qui m'a causé des

douleurs à perdre connaissance), j'espérais souffrir
paisiblement et ne pas écrire une seule lettre. Mais
puisque des personnes, dont vous ne me dites pas le
nom, ont été assez méchantes pour réinventer cette
fable, et vous (la chose qui, de vous, me stupéfie) assez
dénuée d'esprit critique pour y ajouter foi, je suis
forcé de vous répondre pour protester une fois de
plus, sans plus de succès, mais par sentiment de
l'honneur. Odette de Crécy, non seulement n'est pas
vous, mais est exactement le contraire de vous. Il me
semble qu'à chaque mot qu'elle dit, cela se devine
avec une force d'évidence. Il est même curieux
qu'aucun détail de vous ne soit venu s'insérer au
milieu d'un portrait différent. Il n'y a peut-être pas un
autre de mes personnages les plus inventés de toutes
pièces, où quelque souvenir de telle autre personne
qui n'a aucun rapport pour le reste, ne soit venu
ajouter sa petite touche de vérité et de poésie. Par
exemple (c'est je crois dans *Les Jeunes Filles en fleurs*)
j'ai mis dans le salon d'Odette toutes les fleurs très
particulières qu'une dame « du côté de Guermantes »
comme vous dites a toujours dans son salon. Elle a
reconnu ces fleurs, m'a écrit pour me remercier et n'a
pas cru une seconde qu'elle fût pour cela Odette. Vous
me dites à ce propos que votre « cage » ( !) ressemble à
celle d'Odette. J'en suis bien surpris. Vous aviez un
goût d'une sûreté, d'une hardiesse ! Si j'avais le nom
d'un meuble, d'une étoffe à demander je m'adresserais
volontiers à vous, plutôt qu'à n'importe quel artiste.
Or, avec beaucoup de maladresse peut-être, mais
enfin de mon mieux, j'ai au contraire cherché à
montrer qu'Odette n'avait pas plus de goût en ameu-
blement qu'en autre chose, qu'elle était toujours (sauf
pour la toilette) en retard d'une mode, d'une génération. Je ne saurais décrire l'appartement de l'avenue
du Trocadéro, ni l'hôtel de la rue Lapérouse, mais je
me souviens d'eux comme du *contraire* de la maison
d'Odette. Y eût-il des détails communs aux deux cela
ne prouverait pas plus que j'ai pensé à vous en faisant
Odette que dix lignes, ressemblant à M. Doasan,

enclavées dans la vie et le caractère d'un de mes
personnages auquel plusieurs volumes sont consacrés
ne signifie que j'aie voulu « peindre » M. Doasan. J'ai
signalé dans un article des *Œuvres libres* la bêtise des
gens du monde qui croient qu'on fait *entrer* ainsi *une
personne* dans un livre. J'ajoute qu'ils choisissent
généralement la personne qui est exactement le
contraire du personnage. J'ai cessé depuis longtemps
de dire que Mme Greffulhe « n'était pas » la Duchesse
de Guermantes, en était le contraire. Je ne persuaderai
aucune oie. C'est à cet oiseau que vous vous comparez,
vous m'aviez plutôt laissé le souvenir d'une hirondelle
pour la légèreté (je veux dire rapidité), d'un oiseau de
paradis pour la beauté, d'un ramier pour l'amitié
fidèle, d'une mouette ou d'un aigle pour la bravoure,
d'un pigeon voyageur pour le sûr instinct. Hélas, est-
ce que je vous surfaisais ? Vous me lisez, et vous vous
trouvez une ressemblance avec Odette ! C'est à désespérer d'écrire des livres. Je n'ai pas les miens très
présents à l'esprit. Je peux cependant vous dire que
dans *Du côté de chez Swann* quand Odette se promène
en voiture aux Acacias, j'ai pensé à certaines robes,
mouvements, etc., d'une femme qu'on appelait Clomenil et qui était bien jolie, mais, là encore, dans ses
vêtements traînants, sa marche lente devant le tir aux
pigeons, tout le contraire de votre genre d'élégance.
D'ailleurs, sauf à cet instant (une demi-page peut-
être), je n'ai pas pensé à Clomenil une seule fois en
parlant d'Odette. Dans le prochain volume, Odette
aura épousé un « noble », sa fille deviendra proche
parente des Guermantes avec un grand titre. Les
femmes du monde ne se font aucune idée de ce qu'est
la création littéraire, sauf celles qui sont remarquables. Mais dans mon souvenir vous étiez justement
remarquable. Votre lettre m'a bien déçu. Je suis à
bout de forces pour continuer, et en disant adieu à la
cruelle épistolière qui ne m'écrit que pour me faire de
la peine, je mets mes respects et mon tendre souvenir
aux pieds de celle qui m'a jadis mieux jugé.

Marcel PROUST.

Lettre de Marcel Proust à Benjamin Crémieux, citée dans *Du côté de Marcel Proust*, Paris, Lemarget, 1929, p. 166, datée du 6 août 1922.

Cher ami,

Vous avez été monstrueux, car en m'offrant de me signaler ce qu'alors j'ai refusé à d'autres de faire (*sic*), vous m'avez forcé à être impoli avec toute la presse italienne (laquelle s'occupe quotidiennement de moi au grand désespoir de M. Barrère qui croit que j'ai voulu le peindre dans M. de Norpois simplement parce qu'il dînait quand j'étais enfant toutes les semaines à la maison. Or Norpois est le représentant d'un type diplomatique exactement contraire et d'ailleurs aussi parfaitement détestable [1]).

Vous m'avez écrit une lettre si remarquable que je pense que vous devriez la publier (pas comme adressée à moi et sans qu'il soit question de moi) par exemple en prenant le prétexte de donner votre adresse (parisienne) à un ami. Il y aurait des choses à ôter, mais il resterait encore tant, il y a presque une richesse à chaque quart de ligne.

Je crois que les anachronismes dont vous avez la bonne grâce de me féliciter ne sont pas dans mon livre. Je ne le jure pas et cela m'ennuierait trop d'ouvrir cet assommant ouvrage pour vous répondre avec certitude. Mais enfin, autant que je me souviens, entre la soirée Guermantes et le deuxième séjour à Balbec, il y a un grand intervalle de temps. Einsteinisons-le si vous voulez pour plus de commodité. D'autre part il me semble que c'est après 1900. En tout cas il me semble que je ne parle des ballets russes qu'au futur. Et enfin quand Swann cause avec le Prince de Guermantes la revision est entière. Or il me semble bien qu'il restera tout de même un petit hiatus. Mais déjà dans les volumes précédents, cela avait lieu

---

1. Dans un article intitulé « Le marquis de Norpois : encore les clefs de Proust », publié dans *Le Mercure de France*, n° 84 (mai 1951), Philip Kolb montre qu'il s'agit de Guillaume Hanotaux.

toujours à cause de la forme aplatie que prennent mes êtres en révolution dans le temps. Ce serait terriblement compliqué à éclaircir dans une lettre.

Quant à la germanophilie de Caillaux peut-être en effet est-elle un peu anticipée. Je demanderai à Léon Daudet à quelle époque il l'a d'avance dénoncée. Je me figure du reste quelquefois qu'elle était un bien alors. Je n'ai pas suivi tout cela et ne peux avoir d'opinion, mais il me semble que le Caillaux de Kiderlen-Waechter n'était pas le même que celui de la guerre.

Je ne connais pas Nemours, sauf le nom qui est magnifique, mais ce que vous dites du pays enchante. Alors quelle sombre folie de quitter cela le 11 août :

Mais les vrais voyageurs sont ceux-là seuls qui
                                      [partent
Pour partir...

Présentez mes respectueux hommages à Madame Crémieux et croyez-moi tout à vous.

Marcel PROUST.

# L'ACCUEIL DE LA CRITIQUE

Nous donnons la liste des comptes rendus du *Côté de Guermantes* I entre octobre 1920, date de la publication, et mai 1921, date de publication du *Côté de Guermantes* II.

| | |
|---|---|
| 1<sup>er</sup> novembre 1920 | Annonce du *Côté de Guermantes* I dans les pages roses de publicité de la *Nouvelle Revue Française*. Anonyme. Proust devina que l'auteur en était Jacques Rivière. Voir textes N° 1 et 2. |
| id. Les Treize : | *Le Côté de Guermantes*, premier volume, *L'Intransigeant*. |
| 4 novembre | Paul Souday, *Le Côté de Guermantes*, *Le Temps*. Texte N° 3. |
| 10 novembre | Camille Marbo, *Du côté de Guermantes (sic)*, *Revue du mois*, p. 388-389. « Comme M. André Gide, M. Marcel Proust a de fervents admirateurs, et naturellement, car la lumière appelle l'ombre, des détracteurs passionnés. » |
| 14 novembre | Jacques Patin, *Le Côté de Guermantes*, *Le Figaro*. |
| 19 novembre | Paul Souday, « Apologie pour le |

snobisme », *Comœdia*. A la suite d'une lettre de Marcel Proust (citée p. 438) Paul Souday modifie le point de vue qu'il a exprimé dans son article du *Temps* (voir texte N° 3) et voit le snobisme du narrateur comme « la marque d'une nature poétique et chevaleresquement aventureuse ».

20 novembre    Orion (pseudonyme collectif des journalistes de *L'Action française* qui signaient la chronique littéraire. Proust pensait qu'il s'agissait d'Eugène Marsan, 1882-1936) : *A la recherche du temps perdu*.

21 novembre    *id.* « Sur Marcel Proust ».

21 novembre    Henri Bidou : *Le Côté de Guermantes, Annales politiques et littéraires*.

24 novembre    Jean de Pierrefeu, *Le Côté de Guermantes, Journal des débats*. « quand il se borne à être poète, il l'est de façon incomparable ».

28 novembre    Henri de Régnier : *Du Côté de Guermantes* (sic). *Le Figaro*. Trouve un charme indéfinissable dans le style de Proust qu'il appellera plus tard « un écrivain d'exception ».

28 novembre    P.O. Graillet, *Le Côté de Guermantes, Journal de Bruxelles*. Compare défavorablement *Guermantes* aux deux premiers volumes.

3 décembre    René Sudre, *Le Côté de Guermantes, L'Avenir*.

4 décembre    Jacques Boulenger, *Du Côté de Marcel Proust, L'Opinion*.

|  | Trouve *Guermantes* mieux écrit que les volumes précédents. |
|---|---|
| 5 décembre | Gaston Rageot, *Le Côté de Guermantes*, *Le Gaulois*. |
| 18 décembre | François Mauriac, « Quelques livres », *Revue hebdomadaire*. Texte N° 4. |
| 1er janvier 1921 | Georges Rency, *Le Côté de Guermantes*, *Indépendance belge*. |
| 16 janvier | Raymond Clauzel, *Le Côté de Guermantes*, *Eve*. Insiste sur l'originalité du style de Proust. |
| 1er février | Louis Martin-Chauffier, *Le Côté de Guermantes*, *N.R.F.* Voir texte N° 5. |
| 15 février | Charles Bourdon, *Le Côté de Guermantes*, *Revue des lectures*. |
| 10 mars | Jacques Tabulo, *Du Côté des Guermantes* (sic) *Calepin de Paris*. Trouve *Guermantes* moins bien composé et moins poétique que les autres volumes. |

### Texte N° 1

Annonce du *Côté de Guermantes* I dans les pages de publicité de la *N.R.F.* du 1er novembre 1920. Anonyme. [Jacques Rivière.]

## LE CÔTÉ DE GUERMANTES I

Il y a vingt espèces différentes de surprises. Avec Marcel Proust nous éprouvons surtout celle de l'approfondissement psychologique, celle de voir se compliquer, se prolonger, souvent se démentir, en un mot s'humaniser, des êtres dont nous pensions bien pourtant tenir le secret, la figure définitive. Dans ce troisième tome de son immense et magnifique roman, l'auteur ne nous présente que très peu de personnages nouveaux. Et cependant c'est à un étonnement perpétuel qu'il nous convie ; nous nous avançons dans son œuvre comme au cœur d'une féerie. Successivement Françoise, Saint-Loup, la Duchesse de Guermantes, Madame de Villeparisis, Monsieur de Norpois, Bloch, Monsieur de Charlus, nous découvrent des aspects de leur caractère, de leur vie, absolument imprévus. Ils se remettent sous nos yeux à croître, à se déployer, comme ces roses de Jéricho qu'on pouvait croire éteintes et bonnes pour l'herbier, mais dont un peu d'eau suffit à réveiller l'instinct végétal. On goûtera tout particulièrement l'installation de la famille du héros dans l'hôtel de Guermantes, le séjour à Doncières auprès de Saint-Loup, les scènes entre Saint-Loup et sa maîtresse, la réception de Madame de Villeparisis, la conversation homérique de Bloch et de Monsieur de Norpois sur l'affaire Dreyfus, les entreprises de M. de Charlus. On admirera à nouveau, et avec plus de raison que jamais, la manière progressive et détaillée, l'art de construire par le dedans, de créer des êtres par la seule analyse de leurs manies, de leurs tics, de leur langage, qui sont les facultés maîtresses du grand psychologue qu'est Marcel Proust. Et aussi peut-être, comme à des oasis de poésie au milieu de l'innombrable définition des caractères qui fait le fond de l'ouvrage, se plaira-t-on aux pages où l'auteur tantôt décrit la nature telle que la suppression momentanée ou définitive d'un sens la transforme, tantôt reconstitue la flore obscure de ses sommeils et, tantôt évoque l'aquarium prodigieux de l'Opéra, où nagent, dans une ombre transparente, les blanches Néréides que le spectacle attire du fond des eaux.

## Texte N° 2

Lettre de Proust à Jacques Rivière du 7 ou 8 novembre 1920 en réponse à l'annonce du *Côté de Guermantes* I dans la *N.R.F.* du 1ᵉʳ novembre. (*Marcel Proust et Jacques Rivière : Correspondance*, présentée et annotée par Philip Kolb, Paris, Plon, 1955, p. 151-152.)

44 rue Hamelin

Mon cher Jacques

Je ne sais si ma clairvoyance est en défaut, j'ai l'impression que vous seul avez pu tracer sur une page rose de la Revue ces lignes ravissantes. Si je me trompe, si ce n'est pas vous, remerciez je vous prie pour moi, celui de vos collaborateurs qui en parlant du *Côté de Guermantes,* s'est montré si bienveillant, mais aussi si lumineusement inspiré. Mais ce collaborateur peut-il vraiment exister et chaque ligne n'est-elle pas comme signée Jacques Rivière. Mon hypothèse, ma quasi-certitude repose sur deux faits que j'écarterais bien difficilement. Le moins important quoiqu'il ait sa valeur est que l'énumération de réalités spirituelles vous est très particulière. Je me souviens que dans un article paru je crois dans *Excelsior* (car vous m'avez comblé !) vous énumériez ainsi avec une grâce, une limpidité incomparables, l'émoi causé par un trop charmant visage (ce n'est pas cela du tout et je gâche en voulant citer de mémoire) et tant de choses. Or je retrouve ici cette aisance tranquille dans les propositions acccumulées et qui fait cette fois de l'énumération, ce que je n'eusse jamais cru qu'elle pût être, la forme même de la synthèse. Et ceci m'amène au second point. Qui d'autre que vous aurait su en quelques lignes peindre en toute sa variété, en vérité sans rien raccourcir, tout le *Côté de Guermantes.* On n'est jamais content de son portrait, on ne peut même pas l'être de celui des autres, trop fragmentaire. Or je vois ici de *Guermantes* un portrait complet. En m'acharnant je découvrirais peut-être deux ou trois touches qui manquent. Mais non, elles y sont. Je ne voudrais pas que ce fût de quelqu'un d'autre, car c'est un plaisir de vous admirer. Et je sais que je ne trouverai jamais le secret de votre art transparent et tranquille.

> *Et pareil à ces eaux si pures et si belles*
> *Qui coulent sans effort des sources naturelles*

Votre ami

Marcel Proust.

P.-S. Mon cher Jacques, et la rose de Jéricho, et l'aquarium de l'Opéra, non vraiment j'aurais du chagrin que ces merveilles ne fussent pas de vous. Et le rythme, et la phrase sur les caractères, vous me rassurerez quand vous me verrez, vous ne me laisserez ni transférer à un autre ma gratitude ni diviser ma prédilection.

## Texte N° 3

Paul Souday : Marcel Proust, *Le Côté de Guermantes*, 1 vol. aux éditions de la *Nouvelle Revue Française*, *Le Temps*, 4 novembre 1920.

*Le Côté de Guermantes* est le troisième volume de la série intitulée : *A la recherche du temps perdu*, qui avait commencé par *Du côté de chez Swann* et par *A l'ombre des jeunes filles en fleurs*. Il y avait, pour sortir de la maison de campagne où le héros de ces mémoires romanesques a passé son enfance, deux routes, dont l'une conduisait à la propriété de M. Swann, l'autre au château de Guermantes. De là les deux titres. Cette troisième partie qui nous est offerte aujourd'hui n'est qu'un volume de transition, moins complet en soi que les deux précédents, et servira surtout à préparer les deux derniers tomes déjà sous presse, lesquels seront terribles et nous entraîneront, d'après ce qu'on annonce, jusqu'à Sodome et à Gomorrhe. Tous les chemins mènent à Rome, mais n'ont pas heureusement cette fatale orientation du côté de Guermantes. Il sied d'attendre la fin de la publication pour porter un jugement d'ensemble sur ce grand ouvrage de M. Marcel Proust, qui, à défaut d'autres ressemblances, fera du moins songer à *Jean-Christophe* par son étendue. On voit en tout cas que ses adversaires, lorsqu'il obtint le prix Goncourt, étaient bien injustes de lui reprocher une insuffisante fécondité et qu'il est en train de se rattraper largement. Car ses cinq volumes en vaudront bien dix de dimensions ordinaires et la concision n'est assurément pas sa faculté maîtresse.

Il faut avoir des loisirs pour pouvoir lire M. Marcel Proust, qui n'est à aucun point de vue d'une lecture facilement abordable. Les gens pressés auraient tort de s'imaginer qu'on peut prendre une idée de ses livres en les parcourant à la hâte comme on fait aisément pour beaucoup d'autres et ils feront mieux d'y renoncer tout de suite. Ceux qui auront le temps de s'embarquer dans cette entreprise de longue haleine ne le regretteront pas. Ce récit touffu, ces phrases enchevêtrées, ces innombrables pages compactes parfois presque inextricables, recèlent des trésors d'observations pénétrantes, d'impressions délicates ou profondes, d'imaginations ardentes et subtiles. M. Marcel Proust est un prodigieux sensitif et un analyste inépuisable. Son style surchargé mais frémissant, et souvent éclatant, l'a fait parfois comparer à Saint-Simon. Toutes proportions gardées, il y a du vrai, bien que M. Marcel Proust soit surtout un esthète nerveux, un peu morbide, presque féminin, et n'ait pas les coups de passion ni les orages fulgurants de l'auteur des *Mémoires* — ou du moins ne les ait pas encore eus car cela viendra peut-être au bout du

chemin de Guermantes, du côté de Gomorrhe et
Sodome.

Un trait par lequel Marcel Proust ressemble à Saint-
Simon ou renchérit même sur lui, c'est la préoccupation absorbante et l'idée fixe des généalogies, des
rangs et des préséances. Il en est littéralement obsédé.
Bien avant d'avoir aperçu la Duchesse de Guermantes,
son héros — qui lui ressemble comme un frère, malgré
l'arrangement des personnages et des événements
romancés — cristallise furieusement sur ce nom et sur
ce titre, qui ne lui semblent pouvoir appartenir qu'à
un être surnaturel, à une dame de légende ou à une fée
du lac. Il est un peu déçu de découvrir que ce n'est
qu'un être humain, lorsque ses parents vont habiter à
Paris un appartement sis dans une aile de l'hôtel
Guermantes. Mais la cristallisation reprend bientôt
sur nouveaux frais, parce qu'on lui dit que tout en
résidant sur la rive droite, la Duchesse occupe la
première situation du Faubourg Saint-Germain.

Aucun ambitieux de Balzac n'a plus ardemment
rêvé de cette mystérieuse contrée et de cette terre de
Chanaan. Y pénétrer est l'unique objet des vœux de ce
novice, qui se figure un instant qu'il est amoureux de
Mme de Guermantes elle-même, mais ne l'est en
réalité que de cet Olymps où planent les grands dieux
de la suprême mondanité et de l'inimitable élégance.
C'est d'ailleurs pour lui seul qu'il caresse cette chimère, et il jugerait fort choquant que ses pareils, de
simples bourgeois même opulents et distingués, eussent le fol orgueil de prétendre à n'être jamais admis
dans ce sublime faubourg. « La vie que je supposais y
être menée dérivait d'une source si différente de
l'expérience, et me semblait devoir être si particulière,
que je n'aurais pu imaginer aux soirées de la Duchesse
la présence de personnes que j'eusse autrefois fréquentées, de personnes réelles. Car ne pouvant subitement
changer de nature, elles auraient tenu là des propos
analogues à ceux que je connaissais ; leurs partenaires
se seraient peut-être abaissés à leur répondre dans le
même langage humain et pendant une soirée dans le

premier salon du Faubourg Saint-Germain il y aurait eu des instants identiques à ceux que j'avais déjà vécus : ce qui était impossible. »

Notre bon jeune homme, assistant à une représentation de gala à l'Opéra, n'a d'yeux que pour une miraculeuse baignoire où trônent la Duchesse, sa cousine la Princesse de Guermantes-Bavière, une vague Altesse Royale et quelques demi-dieux du Jockey Club. Les humbles mortels entassés avec lui aux fauteuils d'orchestre lui font l'effet d'un madrépore de protozoaires. Une fameuse tragédienne, la Berma, joue un acte de *Phèdre*. Il eût mieux aimé connaître le jugement de ces grandes dames, qui ne pensaient peut-être qu'à leurs toilettes que celui du premier critique du monde. Le moment enivrant est celui où la Duchesse, l'ayant reconnu, leva la main gantée de blanc qu'elle tenait appuyée sur le rebord de la loge, l'agita en signe d'amitié et fit pleuvoir sur lui l'averse étincelante et céleste de son sourire. L'excellent garçon n'a pas perdu sa soirée. Mais un peu plus tard il découvrira qu'il a fait une gaffe et en éprouvera un cuisant regret.

Rencontrant la Duchesse en visite, il l'entendra déclarer que M. Bergotte, qui n'est pas du Jockey, a encore plus d'esprit que M. de Bréauté, qui en est pourtant, et que l'unique personne qu'elle ait envie de connaître est ce M. Bergotte dont le seul mérite consiste à être un écrivain illustre. Notre néophyte, qui a cependant la vocation littéraire, et qui admire infiniment ce maître des lettres contemporaines, n'en est pas moins stupéfait : « Je n'avais pas songé que Bergotte pût être considéré comme spirituel ; de plus, il m'apparaissait comme mêlé à l'humanité intelligente, c'est-à-dire infiniment distant de ce royaume mystérieux que j'avais aperçu sous les toiles de pourpre d'une baignoire et où M. de Bréauté faisant rire la Duchesse tenait avec elle, dans la langue des dieux cette chose inimaginable : une conversation entre gens du Faubourg Saint-Germain. Je fus navré de voir l'équilibre se rompre et Bergotte passer pardessus M. de Bréauté. Mais surtout je fus désespéré d'avoir évité Bergotte le soir de *Phèdre*, de ne pas être allé à lui... La présence de Bergotte à côté de moi, présence qu'il m'eût été si facile d'obtenir, mais que j'aurais cru capable de donner une mauvaise idée de moi à Mme de Guermantes, eût sans doute eu au contraire pour résultat qu'elle m'eût fait signe de venir dans sa baignoire et m'eût demandé d'amener un jour déjeuner le grand écrivain. » C'est bien fait, mon ami, et tant pis pour toi. Ça t'apprendra à regarder comme compromettante la fréquentation d'un homme supérieur, qui t'honorerait grandement au contraire, et à lui préférer le premier imbécile à particule.

Il semble d'ailleurs certain que cette curiosité à l'égard des intellectuels célèbres est, chez la Duchesse, un snobisme analogue à celui qui fait se pâmer quelques naïfs devant l'aristocratie de nom. Vanité des vanités. Mais ceux qui en bénéficient le plus n'en sont donc pas exempts, et les droits de l'esprit, seule valeur réelle, sont ainsi rétablis par ce détour.

Il conviendrait toutefois que ses représentants fissent respecter leur dignité, ce que ne font pas tous les commensaux de Mme de Guermantes, si l'on en croit M. Marcel Proust. A propos de l'excellent écrivain G... que la Duchesse invitait souvent à déjeuner, même en tête à tête avec elle et son mari ou l'automne à Guermantes, et qu'elle servait certains soirs à des Altesses curieuses de le rencontrer, M. Marcel Proust écrit : « La Duchesse aimait à recevoir certains hommes d'élite, à la condition toutefois qu'ils fussent garçons, condition que même mariés ils remplissaient toujours pour elle, car comme leurs femmes, toujours plus ou moins vulgaires, eussent fait tache dans un salon où il n'y avait que les plus élégantes beautés de Paris, c'est toujours sans elles qu'ils étaient invités. Et le Duc, pour prévenir toute susceptibilité, expliquait à ces veufs malgré eux que la Duchesse ne recevait pas de femmes, ne supportait pas la société des femmes, comme si c'était par ordonnance du médecin et comme il eût dit qu'elle ne pouvait pas rester dans une chambre où il y avait des odeurs, manger trop salé, voyager en arrière ou porter un corset. » En vérité, à entendre cette Duchesse et son complaisant historiographe, on croirait que tous les hommes de lettres épousent leur blanchisseuse ! L'un d'eux, en butte à une de ces invitations unilatérales et discourtoises, qu'aucune disgrâce ne justifiait, répondit tout à trac qu'il n'allait sans sa femme que dans le demi-monde. La leçon était juste. L'égalité est la base des relations sociales et ceux qui méprisent les autres n'ont qu'à se passer de leur compagnie. S'ils la désirent, qu'ils la recherchent poliment, et non en mettant leurs invités plus bas que terre !

C'est assez l'habitude de Mme de Guermantes, et si l'on en juge par certaines particularités que rapporte M. Marcel Proust, cette grande dame est assez mal élevée. Ces gens de talent qu'elle attire si volontiers chez elle, il paraît qu'elle les traite d'une façon « condescendante ». Ils sont bien bons de la supporter. Mais il faut qu'elle les choisisse : il y en a certains qu'après une telle expérience elle n'aurait jamais revus. Comme sa tante, Mme de Villeparisis, lui présentait certain érudit et le héros du roman, la Duchesse, dit ce dernier, « profita de l'indépendance de son torse pour le jeter en avant avec une politesse exagérée et le ramener avec justesse sans que son visage et son regard eussent paru avoir remarqué qu'il y avait quelqu'un devant eux ; après avoir poussé un léger soupir elle se contenta de manifester la nullité de l'impression que lui produisaient la vue de l'historien et la mienne en exécutant certains mouvements des ailes du nez avec une précision qui attestait l'inertie absolue de son attention désœuvrée ». Et plus loin : « D'un air souriant, dédaigneux et vague, tout en faisant la moue avec ses lèvres serrées, de la pointe de son ombrelle comme de l'extrême antenne de sa vie mystérieuse, elle dessinait des ronds sur le tapis, puis avec cette attention indifférente qui commence par ôter tout point de contact avec ce que l'on considère soi-même, son regard fixait tour à tour chacun de nous, puis inspectait les canapés et les fauteuils, mais en s'adoucissant alors de cette sympathie humaine qu'éveille la présence même insignifiante d'une chose que l'on connaît, d'une chose qui est presque une personne ; ces meubles n'étaient pas comme nous. Ils étaient vaguement de son monde, ils étaient liés à la vie de sa tante ; puis du meuble de Beauvais ce regard était ramené à la personne qui y était assise et reprenait alors le même air de perspicacité et cette même désapprobation que le respect de Mme de Guermantes pour sa tante l'eût empêchée d'exprimer mais qu'enfin elle eût éprouvée, si elle eût constaté sur les fauteuils, au lieu de notre présence, celle d'une tache de graisse ou d'une couche de poussière. » Notez que ces hommes assimilés si gracieusement à des grains de poussière ou à des taches de graisse qui salissent les nobles fauteuils de Mme de Villeparisis sont irréprochables et fort estimables à tous points de vue, sous cette unique réserve qu'ils ne sont pas « nés ». Il semble difficile de pousser plus loin que cette Duchesse l'insolence et la grossièreté. On incline même à croire que M. Marcel Proust exagère et qu'il n'y en a plus beaucoup de ce calibre ou qu'elles dissimulent mieux.

On trouvera naturellement bien d'autres choses dans cet ouvrage, notamment l'histoire du Marquis Robert de Saint-Loup, maréchal des logis de cavalerie, et d'une petite actrice, sa maîtresse, puis des notes historiques relatives aux répercussions de l'affaire Dreyfus sur les conversations et la vie en société, enfin d'exquis ou admirables tableaux où la maîtrise descriptive de M. Marcel Proust rivalise avec les plus grands peintres (je vous recommande particulièrement le Boecklin beaucoup plus harmonieux que ceux de Bâle des pages 36 et 37 et le Rembrandt de la page 87). Mais nous aurons l'occasion de revenir sur tout cela lorsque paraîtront les prochains volumes.

## Texte N° 4

François Mauriac : « Quelques livres », *Revue hebdomadaire*, 18 décembre 1920.

Deux romanciers aussi différents l'un de l'autre qu'il est possible, par les moyens les plus opposés, brisent le moule du vieux roman, échappent au discours français dialogué qu'est le roman de chez nous, à la superficielle investigation psychologique pratiquée du dehors ; Marcel Proust nous donne *Le Côté de Guermantes* qui est une suite à : *Du côté de chez Swann* et à : *A l'ombre des jeunes filles en fleurs* ; et Georges Duhamel publie *La Confession de minuit*. Qu'on ne se récrie pas au rapprochement de ces deux noms : Proust et Duhamel tendent par des voies contraires à la même délivrance. Tout ce que l'on peut dire jusqu'à présent de l'art d'un Proust a été dit et il faut attendre que le cycle de son œuvre soit fermé pour espérer la saisir mieux et de plus près. Des parties essentielles manquent encore à ce monument qui peut-être sera l'apport le plus important de notre génération. Disons en bref que Proust s'établit au centre de sa vie, de sa durée d'homme, qu'il n'en est rien qu'il ne ressuscite et qu'il ne réveille — idées, sentiments, images, paysages — et les plus ténues sensations et jusqu'à l'odeur mouillée du vent à telle heure du jour sur telle route. Ce subjectivisme, bien loin qu'il empêche Marcel Proust de créer des êtres vivants, lui permet d'en peupler son œuvre ; ils existent, mais en fonction de Marcel Proust. Il ne se met pas dans leur peau, comme on dit, il n'essaye pas de nous donner d'eux une idée totale ; nous ne les connaissons que dans la mesure où ils traversent le champ de la vision de Marcel Proust, l'intervalle de cet écran.

## Texte N° 5

Louis Martin-Chauffier, *Le Côté de Guermantes*, *N.R.F.*, 1ᵉʳ février 1921, p. 204-208.

M. Marcel Proust passe pour un écrivain diffus. Ainsi se forment les légendes. Il est le plus concis des écrivains. Qu'on lise la première partie du *Côté de Guermantes*. Cette lecture faite, qu'on imagine le thème de ce roman proposé à Mérimée, par exemple : cet auteur sec et précis serait bien empêché d'en composer une nouvelle de dix pages. Mais, qu'on eût offert, au contraire, à Balzac, la matière abondante de ces 279 pages — je dis la matière, plus exactement la profusion de vues — : il en eût sorti quinze volumes (parce qu'il est mort jeune).

Ainsi M. Proust enferme un monde dans un thème qui, pour tout autre, n'en serait pas même un : et voilà une conception concise, servie par une inspiration riche. Ce monde, M. Proust l'analyse avec une telle minutie que quiconque voudrait en grignoter les restes s'en retournerait le ventre vide : et il lui suffit pour cela, de 279 pages ; et voilà une inspiration riche, servie par une expression concise.

Mais voyons d'abord l'expression. Ce qui égare, c'est la richesse étonnante des nuances. Parce que M. Proust emploie volontiers quatre ou cinq pages, ou même dix, à suivre une même idée ; parce que le lien qui unit différents aspects de cette idée lui semble si fragile, et cependant si nécessaire à conserver, qu'un point terminant une phrase suffirait à en rompre la continuité délicate — à quoi il se refuse —; on lui reproche de trop s'étendre et de se plaire aux phrases interminables. C'est ignorer les ressources de la syntaxe, et ne pas soupçonner la joie qu'on goûte à l'enchaînement des propositions. Et c'est aussi laisser entendre que Saint-Simon est ennuyeux ! Un point est, en quelque façon, un aveu d'impuissance, une

manière détournée, et point très brave, de suggérer :
« Voyez, je suis à bout de souffle. » Il faut être Pascal,
ou La Rochefoucauld, pour concentrer, en une phrase
brève, une grande richesse de vues (ce n'est point une
comparaison que j'établis entre des auteurs, mais deux
tours d'esprit dont je marque la différence). Ce
procédé est poli, mais un peu téméraire, même,
surtout, chez de si grands esprits. Car ils renferment
et condensent, dans une maxime, une ample matière,
qui prête un fondement solide, et ouvre un vaste
champ à des réflexions profondes : ce qui suppose un
lecteur réfléchi, et capable de profondeur. J'ai dit que
c'était poli, mais téméraire. Et pour dégager d'une
formule tout ce que le grand esprit qui l'a ciselée y a
inclus, il y faudrait un esprit de même taille. Voyez
plutôt l'Evangile : tout l'effort des docteurs, depuis
1900 ans, s'applique à en rendre explicites les leçons
implicites : et je ne compte pas les hérésiarques, ni le
risque qu'on court à extraire d'une formule ce qu'on
suppose qu'elle renferme, ni le danger des para-
phrases, ni l'audace des commentaires.

M. Proust n'est pas moins poli, ni moins téméraire ;
seulement, c'est d'autre façon. Il nous fait la grâce de
penser que nous sommes bons marcheurs, et pourvus
de bons yeux. Il ne se contente pas de montrer au
lecteur de vastes perspectives où le laisser s'aventurer.
Une infinité de petits sentiers s'enchevêtrent, dans ce
paysage, qui n'est pas une toile de fond, mais un décor
réel, et plein d'animation. Il s'y engage, les suit tous,
jusqu'au bout, revient sur ses pas, sans se perdre
jamais, en nous tirant par la manche. On n'a qu'à le
suivre. Ce n'est déjà pas si commode, et beaucoup
restent en chemin. Ce qui, d'abord, semble un peu
irritant, c'est la tutelle où il nous tient : il ne laisse rien
à découvrir à notre imagination, ou à notre curiosité :
chez lui, l'une est si vive, l'autre si attentive, que nous
n'avons qu'à rester cois. Mais ce n'est qu'une illusion.
Montesquieu écrit quelque part : « Il ne faut pas
toujours tellement épuiser un sujet qu'on ne laisse rien
à faire au lecteur. » Le conseil paraît juste ; il est au

fond bien vain. On n'épuise jamais un sujet. Il peut
arriver quelquefois qu'on en extraie tout le suc, toutes
les leçons : le lecteur se rattrape sur les applications, et
en découvre d'autant plus que les vues qu'on lui ouvre
sont plus claires et plus nombreuses. Ainsi fait M.
Proust. Il nous laisse la liberté de recommencer cette
excursion, non plus à sa suite, et en novices ignorants
et soumis, mais cette fois, sans lui, ce que nous
n'eussions pas pu faire, n'eût été sa direction préalable
et complaisante, avec autant de fruit, ni sans risquer
de nous égarer. Il nous apprend à voyager dans le
domaine de la vie intérieure.

La particularité de M. Proust, c'est que, tout en
étant minutieux comme on ne l'a, je crois, jamais été,
il n'est pas méticuleux. Sa pénétration extrême ne lui
ôte ni le sens des ensembles ni celui des relations.
C'est proprement, si l'on y songe, une qualité extraordinaire. A propos d'une impression particulière, très
intense, et très fouillée, il jette une vue générale, qui
éclaire d'une lumière nouvelle un recoin jusqu'alors
ignoré, non point de sa sensibilité personnelle, mais de
l'âme. Il se promène avec assurance dans ces régions
semi-obscures, dont d'autres avant lui avaient rendu
sensibles, mais non intelligibles, les mouvements. Il
est par là, un créateur — au sens inexact, modéré,
humain et non divin du mot — qui donne l'existence à
ce qui végétait, plus proprement un révélateur, qui
lance un éclair dans la nuit, et sait en diriger la
flamme. Un esprit fortement nourri, une mémoire
prodigieuse (et la plus rare, celle des sentiments, des
sensations, et de toutes leurs nuances, évoqués, non
point à l'état isolé, mais dans le cadre même et les
conditions qui ont provoqué leur naissance et permis
leur épanouissement, mieux que par l'association
fortuite de circonstances accessoires passées et présentes, par l'analogie ou l'opposition naturelle que
présentent avec un tel sentiment, telle sensation
nouvelle, celui ou celle de jadis, et qui les ramènent à
l'esprit, toutes vivantes, et non, par un jeu du hasard,
désagrégées), une intelligence attentive permettent

seuls de tels jeux. On pourrait assez justement le
comparer à un botaniste, dont la curiosité d'esprit
passe de beaucoup la botanique, mais qui s'attache à
cette science et utilise à son propos toutes les connaissances qu'il a. Etudiant une branche de fleurs, il n'en
fait pas voir seulement l'enchevêtrement des fibres, le
tissu du bois, les voiles des pétales et des feuilles ; il ne
s'arrête pas au développement actuel de cette
branche ; mais, par des moyens enchanteurs, il nous la
montre, telle qu'elle était, encore enclose dans le
bourgeon près d'éclater, et telle qu'elle sera, demain,
presque flétrie ; et non seulement cela, mais telle
qu'elle eût été, si, floraison d'automne, quelque
miracle l'eût fait s'épanouir au printemps ; et encore
sous l'aspect qu'elle aurait revêtu, si, au lieu qu'elle
soit, par exemple, une fleur de chrysanthème, elle eût
été dahlia, glaïeul, ou violette ; ou bien telle qu'on
l'aurait vue, non pas détachée de l'arbuste nourricier,
mais, somptueuse, dans un beau jardin, au milieu de
ses sœurs, ou dans sa dernière splendeur, et près de
mourir, dans un vase, solitaire. Il évoque, compare,
suit les progrès, et, d'un coup d'aile, nous transporte
dans un lieu mystérieux et dominant, d'où nous
pouvons apercevoir, non seulement le vaste ensemble
qu'il a disposé avec un art appliqué et précis, mais cet
ensemble sous toutes ses faces. Et cette perspective
qu'il nous montre, et qui semble, parce qu'il nous y a
d'abord promenés, être moins un paysage qu'un lieu
d'excursion, nous la comprenons mieux, pour en avoir
pénétré les détails, de même qu'un homme dégagera,
avec plus de lucidité, le sens d'un décor qui s'étale
devant ses yeux, s'il en a visité auparavant tous les
replis. Mais j'entends bien que c'est un art difficile
que de voir, dans ses grandes lignes ce qu'on connaît
dans son détail, et que, pour beaucoup, la minutie
d'esprit écarte la portée d'esprit. Et un grand nombre
reprochent à M. Proust que son ouvrage ne soit pas
composé, dont le dessein leur échappe. Qu'on se
rappelle son livre précédent. Il y opposait, à la poésie
du nom de lieu Balbec, la banalité du pays de Balbec,

ou, si l'on veut, à l'impression produite par ces deux syllabes, préalablement à toute rencontre, et par le seul jeu de l'imagination, l'impression produite par la vue du pays, qui, ne répondant pas du tout à son image fictive, semble d'autant plus banal qu'il a été imaginé plus poétique. De même le nom de Guermantes, source et prétexte d'abord de fantaisies agréables et belles, quand, au lieu d'emprunter son charme en quelque sorte à la phonétique, à la légende, et au château qu'il désigne, c'est-à-dire à tout ce qu'il permet d'évoquer, il s'applique à une personne, d'abord rencontrée à peu près comme une vision, dépourvue de toute individualité, plaisante en ceci seulement qu'elle prête une apparence à la fiction, et ornée de parures brodées par un esprit ingénieux autour du nom qu'elle porte, change de sens en se fixant. Et à mesure que la Duchesse de Guermantes, peu à peu descendue de l'empyrée où elle règne, d'abord comme un pur esprit, puis comme une nymphe au milieu de ses compagnes et de ses compagnons, se fait plus réelle, revêt une personnalité, et avec elle tout le milieu où elle vit, ce nom de Guermantes est absorbé par elle, et devient, au lieu du mot magique qui ouvrait un royaume féerique, le terme qui désigne dans le monde une certaine femme et puis une certaine famille. Et après avoir contribué à embellir cette dame, il perd sa vertu ancienne, et, de talisman devient épithète.

Ainsi, l'on pourrait dire, non seulement du *Côté de Guermantes*, mais de tous les livres parus de la série, qu'ils signifient le passage de la fiction à la réalité (à la réalité non point sèche, mais encore enveloppée de tous les voiles gracieux de la fiction évanouie, de même que le souvenir d'une belle statue demeure dans l'esprit de celui qui la vit, superbe et dressée sur son socle, après qu'elle a été brisée et remplacée, par une mauvaise copie, augmenté encore par un regret mélancolique, et cependant gêné dans son évocation par la présence d'une image malencontreuse), ou plus exactement et plus précisément, qu'ils racontent la transformation des mots, selon que ceux-ci évoquent ou qualifient, dans un esprit porté à la fois à imaginer abondamment et à observer lucidement.

Ceci dit, tout reste à dire ; et, entre ce dessein général, et la façon particulière dont il se développe, il y aurait matière à épiloguer sans fin. Je ne m'y lancerai pas. Cependant, il faut bien signaler le lien qui unit les diverses parties de cette œuvre considérable, qui est la personnalité du narrateur. Il faut le signaler, mais non s'y arrêter : la conclusion serait prématurée, avant le terme de l'ouvrage, et malséante ou indiscrète : car ou bien je ferais mine de tirer de mon propre fond ce que je ne connais que par ouï-dire, ou bien je dirais tout crûment ma source, et j'abuserais d'une amitié dont je veux bien goûter l'agrément et l'honneur, mais non tirer profit.

# BIBLIOGRAPHIE

Extraits du *Côté de Guermantes* en prépublication :
« Voyage de Pâques » in *Le Figaro*, 25 mars 1913, repris dans *Chroniques*, Gallimard, 1927.
« A la recherche du temps perdu », in *Nouvelle Revue française*, N° 67, 1er juillet 1914, p. 72-124.
« Une agonie », in *Nouvelle Revue française*, N° 88, 1er janvier 1921, p. 5-30.

Editions :

*Le Côté de Guermantes*, Nouvelle Revue française, Gallimard, 1920, 2 vol. Tomes III et IV d'*A la recherche du temps perdu*.
*Le Côté de Guermantes*, *A la recherche du temps perdu*, t. II, édition établie et présentée par Pierre Clarac et André Ferré, Gallimard, Bibliothèque de la Pléiade, 1954.
*Le Côté de Guermantes*, Le Livre de poche, 1966, même texte.
*Le Côté de Guermantes*, Gallimard, Collection folio.

Correspondance de Marcel Proust :

*A un ami*, Préface de Georges de Lauris, Paris, Amiot-Dumont, 1948.
*Choix de Lettres*, Paris, Plon, 1965.
*Correspondance avec Madame Strauss*, Préface de S. Mante-Proust, Paris. Le Livre de poche.
*Correspondance avec sa mère*, Paris, Plon, 1953.
*Correspondance Marcel Proust et Jacques Rivière*,

Paris, Plon, 1955. Texte établi, présenté et annoté par Ph. Kolb.

*Lettres à André Gide*, Neuchâtel, Ides et Calendes, 1949.

*Lettres à la N.R.F.*, Cahiers Marcel Proust, N° 6, Paris, Gallimard, 1932.

*Lettres retrouvées*, Paris, Plon, 1966.

*Lettres à Reynaldo Hahn*, Paris, Gallimard, 1966.

Kolb, Ph., *La Correspondance de Marcel Proust*, Urbana, University of Illinois Press, 1949.

— *Correspondance de Marcel Proust*, tomes I à XVI, Paris, Plon, 1970-1987.

Recueils contenant des lettres de Marcel Proust dans lesquelles il fait référence au *Côté de Guermantes* :

Crémieux, B., *Du côté de chez Marcel Proust*, Paris, Lemarget, 1929.

Daudet, L., *Autour de soixante lettres de Marcel Proust*, Cahiers Marcel Proust, N° 5, Paris, Gallimard, 1929.

Dreyfus, R., *Souvenirs sur Marcel Proust*, Paris, Grasset, 1926.

Jaloux, E., *Avec Marcel Proust*, Genève, La Palatine, 1953.

Pierre-Quint, L., *Proust et la stratégie littéraire*, Paris, Corréa, 1954.

Robert, L. de, *Comment débuta Marcel Proust*, Paris, Gallimard, 1926.

Ouvrages de référence :

Alden, D. W., *Marcel Proust and his French critics*, Los Angeles, Lymanhouse, 1940.

— *Marcel Proust's Grasset Proofs*, Chapel Hill, University of North Carolina Press, 1978.

Bonnet, H., *Marcel Proust de 1907 à 1914*, Paris, Nizet, 1976.

Bardèche, M., *Marcel Proust romancier*, Paris, Les Sept Couleurs, 1971, 2 vol.

Feuillerat, A., *Comment Marcel Proust a composé son roman*, New Haven, Yale University Press, 1934.

Kolb, Ph. et Price, L., *Textes retrouvés*, Urbana, University of Illinois Press, 1968.

Milly, J., *La phrase de Proust : des phrases de Bergotte aux phrases de Vinteuil*, Paris, Larousse, 1975, (réédité par Champion en 1983).

Raimond, M., *Proust romancier*, Paris, S.E.D.E.S., 1984.

Painter, G. D., *Marcel Proust* I, Les années de jeunesse. II, Les années de maturité, Paris, Mercure de France, 1971.

Tadié, J.-Y., *Lectures de Proust*, Paris, A. Colin, 1971. *Proust et le roman*, Paris, Gallimard, 1971.

— *Proust*, Paris, Belfond, 1983.

Vogely, M., *A Proust Dictionary*, Troy, N. Y. Whitson Publishing Company, 1981.

Winton, A., *Proust's Additions*, Cambridge University Press, 1977.

Publications proustiennes :

*Bulletin de la Société des Amis de Marcel Proust et de Combray* (BSAMP) depuis 1950. Rédaction : Henri Bonnet, Elyane Dezon-Jones.

*Bulletin d'Informations Proustiennes* (BIP) depuis 1975. Rédaction : Bernard Brun.

*Etudes proustiennes, Cahiers Marcel Proust*, Gallimard, depuis 1973. Rédaction : J. Bersani, M. Raimond, J.-Y. Tadié.

*Proust Research Association Newsletter*, University of Kansas (PRAN), depuis 1969. Rédaction : Th. Johnson.

Articles portant sur *Le Côté de Guermantes* :

Berry, W., *Du côté de Guermantes*, in *Hommage de la N.R.F.* 1er janvier 1923, p. 77-80.

Bibesco, Princesse, *La Duchesse de Guermantes, Laure de Sade, Comtesse de Chevigné*, Paris, Plon, 1950.

Barois, E., « Les conversations dans *Le Côté de Guermantes* », in BSAMP, N° 21, 1971, p. 1131-46.

Bouch, A., « Généalogie de la maison de Guermantes », in *Gazette des Lettres*, N° 87, 30 avril 1949, p. 13.

Carassus, E., « L'Affaire Dreyfus et l'espace romanesque : de *Jean Santeuil* à *A la recherche du temps perdu* », in *R.H.L.F.*, LXXI, 1971, p. 836-53.

Cazeaux, J., « L'écriture de Proust ou l'art du vitrail » (Chapitre IV : La baignoire des Guermantes-La Berma) in *Etudes Proustiennes, Cahiers Marcel Proust*, N° 4, Paris, Gallimard, 1971.

Dezon-Jones, E., « Guermantes », in BSAMP, N° 32, 1982, p. 475-79.

Fleurant, général, « Proust et l'armée », in BSAMP, N° 20, 1970, p. 963-75.

Guimard, P., « La légende et l'histoire », in *Arts*, 2 août 1954.

Humbourg, P., « Oriane de Guermantes est morte une seconde fois », in *Arts, Spectacles*, N° 375, 5 septembre 1952, p. 5.

Hachez, W., « Histoire et Généalogie des Guermantes », in BSAMP, N° 12, 1962, p. 491-502.

Kolb, Ph., « Le marquis de Norpois : encore les clefs de Proust », in *Mercure de France*, N° 84, mai 1951, p. 178-81.

Lacretelle, J. de, « Les clefs de l'œuvre de Proust », in N.R.F., XX, 1923, p. 198-203.

Maranini, L., « Le Côté de Guermantes », in *Proustiana*, Padua, Liviana, 1971, p. 123-165.

Martin, P., « Le téléphone », *L'Information littéraire*, N° 5, novembre-décembre 1969, p. 243, N° 1, janvier-février 1970, p. 46-52, N° 2, mars-avril 1970, p. 87-98.

Martinoir, F. de, « Une étape vers la métaphore : Proust et l'art militaire », in *L'Information littéraire*, N° 4, 1974, p. 173-7.

Morand, B., « L'aristocratie chez Proust », in *Europe*, N$^{os}$ 496-497, 1970, p. 37-46.

Reddick, B., « The La Berma passages or Proust's *A la recherche du temps perdu :* the theatre of experience », in *French Review*, XLII, avril 1969, p. 683-92.

Rogers, B. G., « Deux sources littéraires d'*A la recherche du temps perdu* », in *Francofonia*, Bologne, 1983, p. 15-26.

Raimond, M., « Note sur la structure du *Côté de Guermantes* », in R.H.L.F., LXXI, 1971, p. 854.

— « La logique du texte dans *Le Côté de Guermantes* », in *Marcel Proust : A critical panorama*, 1973, p. 67-81.

Serodes, S., « Proust et les choses : *Du Côté de Guermantes* », in *Revue de l'université d'Ottawa*, XLII, Nº 1, 1972, p. 46-71.

Vance, V., « Proust's Guermantes as birds », in *French Review*, XXXV, octobre 1961, p. 3-10.

Viel, M. J., « La comtesse Greffühle, héroïne de Proust et Reine de Paris », in *Carrefour*, 3 septembre 1952.

# CHRONOLOGIE

**1871** (10 juillet) : Naissance à Paris de Marcel Proust, fils du docteur Adrien Proust, agrégé de médecine (1834-1903), lui-même fils d'un épicier d'Illiers (Eure-et-Loir), et de Jeanne Weil (1849-1905), fille d'un riche agent de change juif d'origine messine.

**1873** (24 mai) : Naissance de Robert, frère de Marcel, à Paris. Il deviendra chirurgien, et lui aussi professeur à la faculté de médecine.

**1880** : Première crise d'asthme de Marcel. Il souffrira sa vie durant de cette maladie.

**1882-1889** : Etudes secondaires au lycée Condorcet à Paris. Attiré très tôt par la littérature et curieux du Symbolisme, Marcel Proust rédige avec ses condisciples la *Revue Lilas,* sur des cahiers d'écolier, en 1888. Il a pour professeur de philosophie Alphonse Darlu, qu'il admire vivement (voir M. Beulier dans *Jean Santeuil*). Premières expériences mondaines.

**1889-1890** : Volontariat au 76ᵉ régiment d'infanterie à Orléans.

**1890** : S'inscrit à la faculté de droit de Paris et à l'Ecole des sciences politiques, sans conviction. Mène une vie surtout mondaine.

**1892** : Collabore à la revue symboliste *Le Banquet.*

**1893** : Collabore à *La Revue blanche*. Fait la connaissance de Robert de Montesquiou.

**1894** : Fait la connaissance du musicien Reynaldo Hahn.

**1895** : Obtient la licence ès lettres. Entre comme assistant non rémunéré à la Bibliothèque Mazarine, où il se fera accorder congé sur congé jusqu'en 1900, date où on le considère comme démissionnaire. Commence à Beg-Meil, pendant l'été, un projet de roman autobiographique qui l'occupera jusqu'en 1899 et auquel il renoncera ; les ébauches en seront publiées sous le nom du héros, *Jean Santeuil*. Se lie d'amitié avec Lucien, fils d'Alphonse Daudet.

**1896** : Publication des *Plaisirs et les Jours*, préfacé par Anatole France, recueil d'essais remontant pour la plupart à la collaboration au *Banquet* et à *La Revue blanche*.

**1897** (6 juillet) : Duel avec le journaliste Jean Lorrain, à la suite d'insinuations de celui-ci sur ses relations avec Lucien Daudet.

**1898** : Proust ardent dreyfusard.

**1899** : Passionné depuis 1893 par Ruskin, dont il lit tous les articles traduits en revues, il entreprend la traduction et le commentaire de *La Bible d'Amiens*, avec l'aide de sa mère et de Marie Nordlinger.

**1900** : Mort de Ruskin. Proust donne des articles d'hommage à cette occasion. Voyages à Venise en mai, avec sa mère, et en octobre.

**1903** : Mort du professeur Adrien Proust, père de Marcel.

**1904** : Publication par Proust de la traduction annotée de *La Bible d'Amiens*, de Ruskin.

**1905** : Mort de Jeanne Proust, mère de Marcel.

**1906** : Publication de la traduction de *Sésame et les Lys*, de Ruskin, avec une importante préface de Proust sur la lecture.

**1907** : Article important dans *Le Figaro* du 1er février : « Sentiments filiaux d'un parricide. » Vacances à Cabourg. Excursions en automobile à travers la Normandie, avec Alfred Agostinelli pour chauffeur.

**1908** : Dans *Le Figaro*, série de pastiches littéraires, en février-mars, à propos d'une affaire d'escroquerie aux faux diamants, l'Affaire Lemoine. A partir de l'été, Proust travaille à un projet d'ouvrage mi-romanesque, mi-critique, où il compte évoquer une matinée avec sa mère, et se livrer à une étude sur la méthode de Sainte-Beuve.

**1909-1912** : L'ouvrage de Proust prend de l'ampleur, et devient uniquement un projet de roman. Proust le propose tour à tour, mais en vain, au Mercure de France, au *Figaro*, à Fasquelle, à la N.R.F. Il en fait paraître des extraits dans *Le Figaro* et au *Gil Blas*. Il songe à deux volumes de 700 pages, dont le titre général sera *A la recherche du temps perdu*.

**1913** : Il négocie avec Grasset l'édition à compte d'auteur de son roman, dont la première partie, *Du côté de chez Swann*, paraît le 13 novembre. Il a repris à son service, comme secrétaire-dactylographe, son ancien chauffeur Agostinelli.

**1914** : Le 30 mai, mort d'Agostinelli dans un accident d'avion. Néanmoins, Proust prépare l'édition du second volume, qui doit s'intituler *Le Côté de Guermantes*, l'ensemble de l'ouvrage devant désormais comporter trois parties.
Le 1er août, la guerre est déclarée. Le projet d'édition est arrêté.

**1914-1918** : Proust, malade et dégagé du service militaire, continue de travailler à son roman, qu'il développe considérablement.

**1919** (mars) : Proust publie à la N.R.F. un volume de *Pastiches et Mélanges* où il reprend et développe, entre autres, ses pastiches de 1908-1909 dans *Le Figaro*.

(Juin) : Mise en vente (malgré un achevé d'imprimer daté du 30 novembre 1918) du deuxième tome du roman, intitulé cette fois *A l'ombre des jeunes filles en fleurs*.

L'éditeur de Proust est désormais la N.R.F. Le Prix Goncourt lui est attribué en décembre.

**1920** : Publication du *Côté de Guermantes* I.

**1921** : *Le Côté de Guermantes* II, *Sodome et Gomorrhe* I. Violent malaise de Proust, en mai, tandis qu'il visite au Musée du Jeu de Paume une exposition de peinture hollandaise.

**1922** (avril) : *Sodome et Gomorrhe* II. Proust travaille ensuite fiévreusement, pendant les répits que lui laisse sa maladie, à la préparation de *La Prisonnière* ; mais il n'a le temps de revoir que le début des dactylographies.

(18 novembre) : Il meurt d'une pneumonie.

**1923** (novembre) : *La Prisonnière*, publiée par Robert Proust et Jacques Rivière.

**1925** : *Albertine disparue*, ou *La Fugitive*.

**1927** : *Le Temps retrouvé*, dernier tome de la *Recherche. Chroniques*, recueil d'articles.

**1952** : Publication, par les soins de Bernard de Fallois, sous le titre de *Jean Santeuil*, du projet de roman auquel Proust avait travaillé en 1895-1899.

**1954** : Publication, par le même critique, de fragments antérieurs à la *Recherche*, sous le titre de *Contre Sainte-Beuve*. Publication en 3 volumes d'*A la recherche du temps perdu*, dans la collection de la Pléiade (Gallimard), par P. Clarac et A. Ferré.

**1962** : Acquisition, par la Bibliothèque nationale, du fonds manuscrit conservé par les héritiers de Proust.

**1971** : Année du centenaire, marquée par de nombreuses manifestations et publications, dont *Jean Santeuil* (par les soins de P. Clarac et Y. Sandre) et

*Contre Sainte-Beuve* (par les soins des mêmes) dans la collection de la Pléiade.

**1984** : Acquisition, par la Bibliothèque nationale, de treize nouveaux cahiers de brouillon appartenant à la collection de Jacques Guérin.

# TABLE

# TITRES RÉCEMMENT PARUS

## GF GRAND-FORMAT

Vous trouverez chez votre libraire le catalogue complet de notre collection.

GF — TEXTE INTÉGRAL — GF

2730-IX-1987. — Imp. Bussière, St-Amand (Cher).
Nº d'édition 11334. — octobre 1987. — Printed in France.

CF — TEXTE INTÉGRAL — CK

2801X 1930. — Imp. Busson, St-Amand (Cher).
Nº d'édition 1224. — dépôt : 1941. — Printed in France.